# 宇治拾遺物語

中島悦次＝校註

角川文庫
1896

# 例言

一　原本は二册本であるが、今、便宜上、萬治二年板行の木板本の分け方に従つて十五巻とした。

二　原本では各話で行《ぎよう》を改め、朱墨の斜線を加えているが、今、その巻頭の目次によつて一話毎に題目を加え、木板本によつて番號を施した。

三　原本の變態假名は全部平假名に改めた。

四　原本に濁點・句讀點・振假名等はないが、校註者の責任において之を施して通讀に便した。

五　特に誤りと認められる假名遣だけは歴史假名遣に訂正統一したが、音讀の假名書の多くは原本のままにした。

＊かひもちひ・かひ（搔）そひて・かひけつ・つゐゐて・しゐ（爲出）で・こだひ（古代）・つゐで（序）・たゆふ（大夫）――は「い」に改めた。

＊おほ（多）ふ・とほ（遠）ふ――は「う」に改めた。

＊ずはへ・な（萎）へ・こ（肥）へ・さか（榮）へ・汗あへて・ゑやみ・ゑん（緣）・ゑき（易）・ゑい（纓）――は「え」に改めた。

＊をよび（指・及）・をろ〳〵・をし（推・押）・をのれ・をの〳〵・をのづから・をひ（負・追）・をく（置）・をと（音）・をびただし・をこせ（遣）・をそし・をくれ・をよぎ・をもし・をもたげ・をとがひ・をとる・をよぶ・をそり（恐）・をとゞ（大臣）・をろか（愚・疎）――

は「お」に改めた。
＊きわだ・ひわつ――は、「は」に改めた。
＊さいはい・つゐに・ちいさき・かい（效・買・匙）・あたい・そこゐ・ひたい・のろい（呪）・くい（杙）・まかない・ふるまゐ・そくい・けはい・かいな・こまゐ・おとない・すい（吸）・ひろい（拾）・ゆい（結）――は「ひ」にあらためた。
＊たうとし・たうれて・あやうく・はう（這）・ちりぼう・をしう（敎）・あつかう・つかう（使）・きしろう・たうさぎ（褌）・ざうしき（雜色）・きうじ（給仕）――は「ふ」に改めた。
＊ゆくゑ・かぞえ・にゑ・いけにゑ・さえの神――は「へ」に改めた。
＊くるおしう・いとお（を）しう・とをり（通）・たをれ（倒）・ほのを・ほうえみて・すなを――は「ほ」に改めた。
＊ことはり・かはく・こはだえ・さはぐ・さはやか・しはがれて――は「わ」に改めた。
＊まいる（參）・いて（率）・ほかい（行器）・あやいがさ――は「ゐ」に改めた。
＊えみ（笑）・ゆへ（故）・つへ（杖）・すへて（据）・うへて（植）――は「ゑ」に改めた。
＊おさめ・おしみ・おり（折）・くづおれ・おはりて・おのこ（男）・おさなし・おしふ（敎）・おかしく・おさ（長）・おこ・おこづる・おめく・おかみ・おけ（桶）・さほ（竿）――は「を」に改めた。

六　註に「古板本」とあるのは、寛永年間の木活本（岩波文庫本）。「板本」とあるのは、萬治二年の木板本。「一本」とあるのは、舊圖書寮藏の八册本（寫本）を指している。

# 目次

卷第二



卷第三

巻第四



巻第五

卷第一二

卷第一三



卷第一四

# 校註　宇治拾遺物語

# 序

世に[一]宇治《うぢ》大納言《だいなごん》物語といふ物あり。此大納言は[二]隆國《たかくに》といふ人なり。[三]西宮殿《にしのみやどの》高明也の孫、[四]俊賢大納言《としかたのだいなごん》の第二の男《なん》なり。年たかうなりては、あつさをわびていとまを申《まうし》て、五月《さつき》より八月《はづき》までは[五]平等院一切經藏の南の山ぎはに南泉房といふ所にこもりゐられけり。さて宇治大納言とはきこえけり。[六]もとどりをゆひわげて、[七]□むしろをいたにしきて[八]□大《おほき》なる[九]打輪《うちわ》を[一〇]□上中下をいはず[一一]□昔物語をせさせて、我は内にそひふして、かたるにしたがひて、おほきなる双紙《さうし》にかかれけり。[一二]天竺の事もあり、[一三]大唐の事もあり、日本の事もあり。それがうちに、たふとき事もあり、をかしき事もあり、おそろしき事もあり、哀なる事もあり、きたなき事もあり。少々はそら物語もあり、[一四]利口なる事もあり、様々《さまざま》やう〳〵なり。世の人是を興じみる。[一五]十四帖なり。その正本《しやうほん》はつたはりて、[一六]侍従俊貞《じじゆうとしさだ》といひし人のもとにぞありける。いかになりにけるにか。後にさかしき人々かきいれたるあひだ、物語おほくなれり。大納言より後の事かき入《いれ》たる本もあるにこそ。[一七]さる程にいまの世に又物がたりかきいれたるいで

一　八雲御抄に「宇治大納言隆国」とある書名。今日の今昔物語以前の書か。

二　大納言俊賢の二男。正二位・大納言。後辞任して承保四年歿。年七四。

三　源高明。醍醐帝の子。正二位・左大臣。安和二年太宰権帥。天元五年歿。年六九。西宮左大臣。

四　源高明の三男。正二位・権大納言。万寿四年歿。年六八。

五　山城国宇治郡宇治にあり、鳳凰堂として有名な仏寺。

六　髪を束ねてまげに結って。

七　板本に「をかしげなる姿にて」とある。

八　板本に「すゞみゐはべりて」

九　団扇。

一〇　板本に「もてあふがせなどして、ゆききの物」

きたれり。大納言の物語にもれたるをひろひあつめ、又其後の事などかきあつめたるなるべし。名を宇治《うぢ》拾遺《しふゐ》の物語《ものがたり》といふ。宇治にのこれるをひろふと付《つけ》たるにや。又侍従[一八]を拾遺といへば、侍従[一九]大納言はべるをまなびて□□といふ事しりがたし。□□にや、おぼつかなし。

一一　板本に「よびあつめ」
一二　印度。
一三　中国（支那）
一四　口さかしいこと。
一五　「十よ（餘）帖」の当て字か。板本には「十五帖なり」とある。
一六　隆国六世の孫俊定（尊卑分脈）のことか。
一七　今日の「今昔物語集」の誤記か。
一八　職原抄「侍従八人。相当従五位下。唐名拾遺」
一九　板本に以下「宇治拾遺物語といへるにや、差別しりがたし、おぼつかなし」とある。

# 巻第一

## 一　道命阿闍梨於＿和泉式部ノ許＿讀レ經五條道祖神聽聞ノ事*

[一]今はむかし、[二]道命阿闍梨《だうめいあざり》とて[三]傅殿《ふどの》の子に、色にふけりたる僧ありけり。[四]和《い》泉式部《づみしきぶ》に通《かよひ》けり。經《きやう》を目出《めでた》く讀《よみ》けり。それが和泉式部が[五]りゆきてふしたりけるに、目さめて經を心をすましてよみけるほどに、[六]八巻《やまき》よみはてて、曉にまどろまんとする程に、人のけはひのしければ、「あれは誰《たれ》ぞ。」と問《とひ》ければ、「おのれは五條西洞院《にしのとうゐん》の邊に候《さぶらふ》翁《おきな》に候。」とこたへければ、「こは何事ぞ。」と道命いひければ、「この御經をこよひ承《うけたまはり》ぬる事の、生々世々《しやう〴〵せゞ》わすれがたく候。」といひければ、道命「法華經をよみたてまつる事はつねの事也。などこよひしもいはるゝぞ。」といひければ、[七]五條の齋《さい》いはく、「淸くてよみまゐらせ給時は、[八]梵天《ぼんてん》・帝尺《たいしやく》をはじめたてまつりて、聽聞《ちやうもん》せさせ給へば、翁などは、ちかづきまゐりてうけ給はるにおよび候はず。こよひは御行水《ぎやうずゐ》も候はでよみ

＊今昔物語巻一二第三六話・古事談巻三・雑談集巻七・東斎随筆好色類と同話。

一　この書き出しは、竹取物語・落窪物語・古本説話集・今昔物語集に見える。

二　藤原道綱の長男。慈恵僧正の弟子で四天王寺別当になった。美声で有名。

三　東宮傅藤原道綱。兼家の二男。正二位大納言。寛仁三年歿。年六六。

四　越前守大江雅致の女。上東門院の女房。和泉守橘道貞の妻。歌人。和泉式部日記の作者。

五　の許に。

六　法華経。八巻二八品あるのでいう。

七　五条大路に鎮座する道祖神。

八　梵天・帝釈天は仏教の守護神の名。

たてまつらせ給へば、梵天・帝尺も御聽聞候はぬひまにて、翁まゐりよりて、うけ給はりてさぶらひぬる事の忘《わすれ》がたく候也。」とのたまひけり。さればはかなくさはよみたてまつるとも、きよくてよみたてまつるべき事なり。「念佛・讀經《ときやう》[一]、四威儀をやぶる事なかれ。」と[二]恵心《ゑしん》の御房《ごばう》もいましめ給にこそ。

## 二　丹波國篠村平茸生事

これもいまはむかし、[三]丹波國篠村《しのむら》といふ所に、年比《としごろ》[四]平茸《ひらたけ》やるかたもなくおほかりけり。里村の者これをとりて人にも心ざし、又われもくひなどして年《とし》來過《ごろすぐ》る程に、その里にとりて、[五]むねとあるものの夢に、[六]かしらをつかみなる法師どもの二三十人計《ばかり》いできて、「申べき事候。」といひければ、「いかなる人ぞ。」ととふに、「[七]此法師原《ばら》は、この年比も宮づかひよくして候《さぶらひ》つるが、この里の縁つきて、いまはよそへまかりなんずる事の、かつはあはれにも候。又事のよしを申さではと思ひて、此《この》よしを申なり。」といふとみて、[八]うちおどろきて、「こは何事ぞ。」と妻や子やなどにかたる程に、又その里の人の夢にも、「[九]この定《ちやう》にみえたり。」とて、あまた同様《おなじやう》にかたれば、心もえで年もくれぬ。さて次《つぐ》のとしの九・十月にも成《なり》ぬるに、さきざきいでくるほどなれば、山に入て茸をもとむるに、すべて[一〇]蔬おほかたみえず、「いかなる事にか。」と

一　行・住・坐・臥。恵心僧都の往生要集に「今勧二念仏一…男女貴賤、簡二行・住・坐・臥一不レ論二時処諸縁一修レ之不レ難」

二　卜部正親の子。大和の人。名は源信。慈恵僧正の弟子。寛仁元年歿。年七六。

三　京都府桑田郡。

四　私註「今世に云ふ初茸なるべし」

五　おもだった者。

六　「小摑み」で五分さかやきの事か。今物語「法師のまことに怪しげなるが頭はをつかみに生ひて」

七　私ども僧侶たちは。

八　目覚めて。

九　このとおりに。

一〇　類聚名義抄「蔬クサビラ」蕈・菌・茸もくさびらと訓まれる。

里國の者思ひてすぐる程に、故《こ》[一一]仲胤僧都とて、説法《せつぽふ》ならびなき人いましけり。此事をききて、「こはいかに。『[一二]不浄說法する法師、平茸にむまる』といふ事のある物を。」との給ひてけり。さればいかにも〳〵平茸はくはざらんに事かくまじき物なりとぞ。

## 三　鬼[*]ニ癭《こぶ》被レ取事

これも今はむかし、右の顔に大《おほき》なるこぶある翁《おきな》ありけり。[一三]大《だい》かう[一四]じの程なり。人にまじるに及ばねば、薪をとりて世をすぐるほどに山へ行《ゆき》ぬ。雨風はしたなくて歸《かへる》[一五]におよばで、山の中に心にもあらずとまりぬ。木《き》こりもなかりけり。おそろしさすべきかたなし。木のうつぼのありけるにはひ入《いり》て、目もあはずかゞまり居たるほどに、はるかより人の音おほくして、とゞめきくるおとす。いかにも山の中にたゞひとりゐたるに、人のけはひのしければ、すこしいきいづる心ちして見いだしければ、大かたやう〳〵さま〴〵なるものども、あかき色には青き物をき、くろき色には赤き物をき、[一六]たうさきにかき、大かた目一《ひとつ》ある物あり、口なき物など、大かたいかにもいふべきにあらぬ物ども、百人計《ばかり》ひしめきあつまりて、火を[一七]てんのめのごとくにともして、我ゐたるうつぼ木《ぎ》のまへに[一八]居まはりぬ。大かたいとゞ物おぼえず。むねとあると

一一　天台宗の僧で、堀河―後白河頃の名説法家。古事談巻五に見える。
一二　景徳伝燈録の迦那提婆伝の故事か。
*　醒睡笑巻一・日本昔話集成、本格昔話二一、隣の爺、一九四瘤取爺・楊茂謙「笑林酔」(嬉遊笑覧)・朝鮮の物語集に類話がある。
一三　大柑子。大きな柑子(蜜柑)。
一四　諸本に「じの程……世をすぐるほどに」なし。
一五　原文「ことよはりて」今、板本による。
一六　犢鼻。褌。「さるまた」の類。日本書紀巻二一「着二犢鼻一(タフサキシテ)」宝物集巻一「犢鼻をかきて」ここは「赤き物を――にかき」の意。
一七　「天の目(星?)」「貂の目」とも。
一八　車座になった。

みゆる鬼、[一]横座にゐたり。[二]うらうへに二《ふた》ならびに[三]居なみたる鬼、數をしらず。そのすがたおの〱いひつくしがたし。酒まゐらせあそぶ有樣、この世の人のする[四]定也《ぢやうなり》。たび〱[五]かはらけはじまりて、むねとの鬼殊の外にゑひたるさま也。すゑよりわかき鬼一人立《たち》て、[六]折敷《をしき》をかざして、なにといふにか、[七]くどき、くせゝる事をいひて、よこ座の鬼のまへにねりいでてくどくめり。横座の鬼、盃を左の手にもちて、[八]ゑみこだれたるさま、たゞこの世の人のごとし。舞《まひ》て入《いり》ぬ。次第に下《しも》よりまふ。あしく、よくまふもあり。あさましとみるほどに、このよこ座にゐたる鬼のいふやう、「こよひの御あそびこそ、いつにもすぐれたれ。たゞし、さもめづらしからん[九]かなでをみばや。」など云《いふ》に、此翁、[一〇]物の付《つき》たりけるにや、又しかるべく神佛の思はせ給けるにや、『あはれ走出《はしりいで》てまはばや』と思ふを、一どは思《おもひ》かへしつ。それになにとなく、鬼どもがうちあげたる[一一]拍子《はうし》のよげにきこえければ、『さもあれ、たゞはしりいでて舞《まひ》てん。死なばさてありなん』と思とりて、木のうつぼより、[一二]ゑぼしははなにたれかけたる翁の、こしに[一三]よきといふ木きる物さして、よこ座の鬼のゐたる前にをどり出《いで》たり。この鬼どもをどりあがりて、「こはなにぞ。」とさわぎあへり。おきな、のびあがりかゞまりて、舞《まふ》べきかぎり、[一四]すぢりもぢり、えいごゑをいだして[一五]一庭《ひとには》を走《はしり》まはりまふ。横座の鬼よりはじめて、あつまりゐたる鬼ども[一六]あさみ興ず。横座の鬼のいはく、「おほくの年比《としごろ》この遊《あそび》をしつれども、い

一 正座。江家次第巻二〇、新任大臣大饗の条に「尊者着㆓横座㆒」
二 （裏表）対いあいに。左右に。
三 居並び。
四 とおりである。次に「この世の人の如し」
五 （土器）素焼の酒盃。
六 へぎ板で作った角盆。
七 わけのわからぬことをいうの意か。図書寮八冊本に「くせさる」具せざる（整わぬ）の意かという。（本位田重美氏）
八 笑いこけた様子。
九 舞いかなで。
一〇 霊がのりうつったのか。
一一 音頭。
一二 （烏帽子）冠り物。
一三 斧の小さいもの。木を伐る道具。
一四 巻五第七話「よぢりすぢりする程に」
一五 全広場。
一六 驚嘆し面白がる。

またかかるものにこそあはざりつれ。いまより此翁、かやうの御あそびにかならずまゐれ。」といふ。翁申やう、「[一七]さたにおよび候はず、まゐり候べし。このたび、にはかにて、[一八]をさめの手もわすれ候にたり。かやうに御らんにかなひ候はば、しづかにつかうまつり候はん。」といふ。よこ座の鬼「いみじう申《まうし》たり。かならずまゐるべき也。」といふ。奥の座の三番にゐたる鬼「この翁はかくは申候へども、まゐらぬ事も候はんずらんとおぼえ候に、質《しち》をやとらるべく候《さぶらふ》らん。」といふ。よこ座の鬼「しかるべし〳〵。」といひて、「なにをかとるべき。」とおの〳〵[一九]いひさたするに、横座の鬼のいふやう、「かの翁がつらにあるこぶをやとるべき。こぶはふくの物なれば、それをやをしみおもふらん。」といふに、翁がいふやう、「たゞ目鼻をばめすとも、此こぶはゆるし給候《さぶらは》ん。年比もちて候物を、ゆゑなくめされん、[二〇]すぢなき事に候《さぶらひ》なん。」といへば、よこ座の鬼、「かうをしみ申物也。たゞそれを取べし。」といへば、鬼よりて、「[二一]さはとるぞ。」とて、ねぢてひくに、大かたいたき事なし。さて、「かならずこのたびの御遊にまゐるべし。」とて、曉に鳥などなきぬれば、鬼どもかへりぬ。翁かほをさぐるに、年來《としごろ》ありしこぶ跡かたなく、[二二]かいのごひたるやうに[二三]つや〳〵なかりければ、木《き》こらん事も忘れて家に歸りぬ。妻《め》のうば、「こはいかなりつる事ぞ。」と問へば、しか〳〵とかたる。「[二四]あさましき事哉《かな》。」といふ。隣にある翁、左のかほに大《おほき》なるこぶありけるが、こ

一七　沙汰。命令。
一八　秘蔵の舞の手。奥の手。
一九　言い定め。評定。
二〇　無理な事。理由のない事。無茶な事。
二一　それでは取るぞ。
二二　拭きとったように。「かい」は「掻き」の音便。
二三　全く。
二四　あきれた事だな。

の翁こぶのうせたるをみて、「こはいかにして、こぶはうせ給《たまひ》たるぞ。いづこなる醫師《くすし》のとり申たるぞ。我に傳給へ。この癭《こぶ》とらん。」といひければ、「これはくすしのとりたるにもあらず。しか〳〵の事ありて鬼のとりたる也。」といひければ、「我その定《ちやう》にしてとらん。」とて、事の次第をこまかにとひければ、をしへつ。此翁いふまゝにして、その木のうつぼに入《いり》てまちければ、まことに[一]きくやうにして鬼どもいできたり、ゐまはりて、酒のみあそびて、「[二]いづら、翁はまゐりたるか。」といひければ、此翁おそろしと思ながら、ゆるぎ出《いで》たれば、鬼ども「こゝに翁まゐりて候。」と申せば、よこ座の鬼、「こちまゐれ。とくまへ。」といへば、さきの翁よりは、[三]天骨《てんこつ》もなく、[四]おろ〳〵かなでたりければ、横座の鬼、「このたびはわろく舞たり。返々《かへす〴〵》わろし。そのとりたりし質《しち》のこぶ[五]返したべ。」といひければ、[六]すゑつかたより鬼いできて、「しちのこぶ、かへしたぶぞ。」とて、いま[七]かたがたのかほになげつけたりければ、うらうへにこぶつきたる翁にこそ成《なり》たりけれ。ものうらやみはすまじき事なりとか。

## 四　伴大納言ノ事*

これも今は昔、[八]伴大納言善男《とものだいなごんよしを》は、佐渡國郡司《さどのくにのぐんじ》が從者也《なり》。彼《かの》國にて善男夢に

一　隣りの翁から聞くようにして。
二　どうした。どうじゃ。源氏物語、花宴「頭中将いづら遅し」
三　天才もなく。不器用に。
四　はっきりしない様子で。不十分に。増鏡、序「たゞおろおろと見及びし物どもは水鏡といふにや」
五　返し賜え。返してやれ。「たぶ」は「賜ふ」と同意。
六　末の方。末座。
七　片方。片一方。
＊　江談抄巻二・古事談巻二にも見える。
八　公卿補任では、参議伴国通の五男。江談抄「本者佐渡国百姓子也。彼国郡司ニ従テゾ侍ケル」正三位大納言に至り、貞観八年応天門放火に坐して伊豆国に流され同一〇年逝く。年五八。
九　奈良県(大和国)生駒郡(奈良市)。高野寺ともいう。

みるやう、[九]西大寺《さいだいじ》と[一〇]東大寺とをまたげて立《たち》たりと見て、妻《め》の女にこのよしをかたる。めのいはく、「[一一]そこのまたこそ、さかれんずらめ。」と[一二]あはするに、善男おどろきて、「よしなき事を語《かたり》てけるかな。」とおそれ思て、[一三]しうの郡司が家へ行《ゆき》むかふ所に、郡司きはめたる[一四]相人也《さうにんなり》けるが、日來《ひごろ》はさもせぬに、事のほかに饗應して、[一五]わらふだとりいで、むかひて、めしのぼせければ、善男あやしみをなして、『我をすかしのぼせて、妻のいひつるやうに、またなどさかんずるやらん。』と恐思程《おそれおもふほど》に、郡司がいはく、「汝[一六]やんごとなき高相《かうさう》の夢見てけり。それによしなき人にかたりてけり。かならず大位にはいたるとも、事いできて罪をかぶらんぞ。」といふ。しかるあひだ、善男縁につきて、京《きやう》上《のぼり》して大納言にいたる。されども[一七]猶罪を[一八]かぶる。郡司がことばにたがはず。

## 五　隨求陀羅尼籠レ額法師ノ事

これもいまはむかし、人のもとに、[一九]ゆゝしくこと〲しく[二〇]負レ斧《をのおひ》、ほら貝腰につけ、[二一]錫杖《しやくぢやう》つきなどしたる[二二]山臥《やまぶし》の、こと〲しげなる入來《いりき》て、[二三]侍《さぶらひ》の[二四]立《たて》蔀《じとみ》の内の小庭に立けるを、侍、「あれはいかなる御房《ごばう》ぞ。」と問《とひ》ければ、「これは日比《ひごろ》[二五]白山《はくさん》に侍《はべり》つるが、[二六]みたけへまゐりて、いま二千日候はんと仕候《つかまつりさぶらひ》つるが、[二七]時《とき》れうつきて侍り。まかりあづからんと申あげ給へ。」といひてたて

一〇　奈良県奈良市。大和の国分寺。奈良の大仏で名高い。
一一　そこもと。貴方。
一二　夢合せ（夢判断）する時に。
一三　主の郡司（郡の役人）の家。
一四　達者な人相見。
一五　円座。藁・菅で編んだ円い座布団。和名抄「円座、和名和良布太、円草褥也」
一六　えらいけだかい人相。
一七　古板本「犯罪をかうぶる」罪は応天門放火の罪で、本書巻一〇第一話に見える。
一八　蒙（かうぶ）る。
一九　えらく仰山に。
二〇　「負斧」を「をひ・をの」（笈・斧）と讀まれた。
二一　錫杖。山伏の携える鐶をはめた杖。
二二　山伏。修験者。
二三　侍の詰所。
二四　衝立のように作った蔀。蔀は細い木を縦横に組んで板を張ったもの。
二五　石川県（加賀国）能美郡。頂上に白山神社がある。
二六　奈良県（大和国）吉野郡の金峰山。
二七　斎料。僧侶の食料。

り。みれば、額まゆの間の程に、かうぎは[一]によりて二寸計《ばかり》疵《きず》あり。いまだ、なまいえにて、あかみたり。侍問《とひ》ていふやう、「その額の疵はいかなる事ぞ。」ととふ。山臥いとたふと〳〵しくこゑをなしていふやう、「これは隨求《ずゐぐ》陀羅《だら》尼《に》[二]をこめたるぞ。」とこたふ。侍のものども、「ゆゝしき事にこそ侍れ。足手の指など切たるはあまた見ゆれども、額破《わり》て陀羅尼こめたるこそ、みるともおぼえね。」といひあひたる程に、十七八ばかりなる小侍《こさぶらひ》の、ふとはしりいでて、うち見て、「あな、かたはらいた[三]の法師や。なむでう[四]隨求陀羅尼をこめんずるぞ。あれは七條町に、江冠者《ごうくわざ》[五]が家の、おほひんがし[六]にあるいもじ[七]が妻を、みそか〳〵に入《いり》ふし〳〵せし程に、去年《こぞ》の夏いりふしたりけるに、男のいもじ[八]歸りあひたりければ、とる物もとりあへず、逃《にげ》て西へ走《はしり》しが、冠者が家のまへほどにて、追《おひ》つめられて、さひづゑ[九]して額をうちわられたりしぞかし。冠者もみしは。」といふを、『あさまし』と人どもききて、山伏《やまぶし》[一〇]がかほを見れば、すこしもことと思たる氣色《けしき》もせず、すこしまのしたるやうにて、「その次《ついで》[一一]にこめたるぞ。」と、つれなう[一二]いひたる時に、あつまれる人ども、一度に、はとわらひたるまぎれに、逃《にげ》ていにけり。

## 六　中納言師時、法師ノ玉莖《たまくき》檢知ノ事

一　髮際に寄って。
二　隨求陀羅尼経に出た陀羅尼(真言)。仏菩薩の説いた呪語。
三　傍で見て苦々しい。笑止千万な。
四　「何でふ」(何という)何だって。
五　江は大江氏。冠者は元服して冠した少年。大江匡房のことかともいう。
六　真東。「大よその東」ともいう。
七　鋳物師。大蔵省被管の典鋳司の官人にもある。
八　夫(をっと)
九　鍬の一種。和名抄「鏄、和名佐比都恵。鋤属也」
一〇　真面目くさった様子であろう。「目伸し」「間伸し」という。第六話は「ひじりまのしをして」
一一　機会。
一二　厚顔に。そしらぬ顔で。

これもいまはむかし、[一三]中納言師時《もろとき》といふ人おはしけり。その御もとに、ことの外に色くろき墨染の衣のみじかきに、[一四]不動袈裟《ふどうげさ》といふけさかけて、[一五]木練《もくれん》子《じ》の念珠《ねんず》の大きなる、くりさげたる聖法師《ひじりほふし》入《いり》きて立てり。中納言「あれは、なにする僧ぞ。」と尋《たづね》らるゝに、ことのほかにこゑをあはれげになして、「かりの世はかなく候を、しのびがたくて、[一六]無始よりこのかた、生死《しやうじ》に流轉《るてん》するは、[一七]せんずる所煩惱《ぼんなう》にひかへられて、いまにかくてうき世を出《いで》やらぬにこそ。これを無益《むやく》なりと思とりて、煩惱を切すてて、ひとへにこのたび生死のさかひをいでなむと、思《おもひ》とりたる聖人《しやうにん》に候。」といふ。中納言、「さて煩惱をきりすつとはいかに。」と問給へば、「[一八]くは、これを御らんぜよ。」といひて、衣のまへをかきあげてみすれば、まことに[一九]まめやかのはなくて、ひげばかりあり。「こはふしぎの事かな。」とみ給程に、しもにさがりたるふくろの、事のほかにおぼえて、「[二〇]人やある。」とよび給へば、侍二三人いできたり。中納言「その法師ひきはれ。」との給へば、ひじりまのしをして、[二一]阿彌陀佛《あみだぶつ》申て、「とくとくいかにもし給へ。」といひて、あはれげなるかほげしきをして、足をうちひろげて、[二二]おろねぶりたるを、中納言、「あしをひきひろげよ。」とのたまへば、二三人よりて引ひろげつ。さて小侍《こさぶらひ》の十二三ばかりなるがあるを、めしいでて、「あの法《ほふ》しのまたの上を、手をひろげてあげおろしさすれ。」との給へば、そのまゝにふくらかなる手してあげおろしさする。[二三]とばかりある程に、

一三　村上源氏。堀川左大臣俊房の二男。保延二年逝。正三位権中納言。年六〇。
一四　輪袈裟のこと。
一五　無患子（むくろじ）の木の実で作った数珠。
一六　無限の太初から。
一七　所詮。結句。
一八　「こは」と同じ。こら。それ。
一九　原本「まめやかには」今、板本による。陰茎。「忠実物」の意か。
二〇　人があるか。誰かいないか。
二一　無量寿・無量光と訳す。西方極楽世界の教主。
二二　（おろ眠りたるを）微睡したのを。
二三　暫時。増鏡の序「とばかりありて」

この聖《ひじり》まのしをして、「[一]いまは、さておはせ。」といひけるを、中納言、「よげになりにたり。たゞさすれ。それ〳〵。」とありければ、聖、「さまあしく候。いまはさて。」と云《いふ》を、[二]あやにくぞさすりふせけるほどに、毛の中より松茸のおほきやかなる物の、ふら〳〵といできて、腹にすは〳〵とうちつけたり。中納言をはじめて、[三]そこらつどひたる物どもも[四]ろごゑにわらふ。聖も手をうちて、ふしまろびわらひけり。はやう、[五]まめやか物を、したのふくろへひねりいれて、[六]そくひにて毛をとりつけて、さりげなくして人をはかりて、物をこはんとしたりけるなり。狂惑の法師にてありける。

## 七　龍門聖鹿ニ欲レ替事[*]

大和國に、龍門《りようもん》といふ所に聖《ひじり》ありけり。住ける所を名にて、龍門の聖とぞいひける。そのひじりのしたしくしりたりける男の、明《あけ》くれ、[八]しゝをころしけるに、[九]ともしといふ事をしける比《ころ》、いみじうくらかりける夜、照射《ともし》に出《いで》にけり。鹿《しゝ》をもとめありく程に、目をあはせたりければ、「鹿ありけり。」とて、おしまはし〳〵するに、たしかに目をあはせたり。[一〇]矢比《やごろ》にまはしよりて、[一一]ほぐしに引《ひき》かけて、[一二]矢をはげて、いんとて弓ふりたてみるに、此鹿の[一三]目のあひの、れいの鹿の目のあはひよりもちかくて、目の色もかはりたれば、あやし

一　もう、そのままになさい。
二　意地わるく。
三　多数。
四　声をそろえて。
五　「まめやかの」に同じ。
六　（続飯）飯粒を練った糊。
＊　古事談巻三の舜見上人の話に似ている。醒睡笑巻三に同話がある。
七　奈良県（大和国）吉野郡に竜門寺（義淵僧正の創建）があり、竜門の滝もある。
八　鹿（かのしし）
九　夏の頃、狩人が火串に松をともして、寄り来る鹿を射る猟法。ともし狩。
一〇　矢の届く程合い。射程内。
一一　火串。照射に松明を挟む木。
一二　矢を弦に引きかけて、射ようとして。
一三　鹿の目の間隔。

と思て、弓を引《ひき》[一四]さしてよくみけるに、猶あやしかりければ、矢をはづして、火をとりてみるに、鹿の目にはあらぬなりけりとみて、『おきばおきよ』と思て、ちかくまはしよせてみれば、身は一[一五]ぢやうの革にてあり。「猶鹿なり。」とて、又いんとするに、猶目[一六]のあらざりければ、たゞうちに打《うち》よせてみるに、法師の頭《かしら》にみなしつ。「こはいかに。」と云て、おり走《はしり》て火うちふきて、し[一七]ひをりとてみれば、此聖の目うちたゝきて、しゝの皮を引かづきてそひふし給へり。「こはいかに、かくてはおはしますぞ。」といへば、ほろ〳〵となきて、「わぬし[一八]がせ[一九]いする事をきかず、いたく此鹿をころす。我《われ》鹿にかはりてころされなば、さりともすこしはとゞまりなむと思へば、かくてい[二〇]られんとしてをる也《なり》。口惜《くちをし》うい ざりつ。」との給ふに、男ふしまろび、なきて、「かくまで弓打《うち》おぼしける事を、あながちにし侍りける事。」とて、そこにて刀をぬきて弓切《きり》、や[二一]なぐひみな折《をり》くだきて本鳥切《もとどりきり》[二二]て、やがて聖にぐ[二三]して法師になりて、聖のおはしけるかぎり聖につかはれて、聖うせ給ければ、かはりて又そこにぞおこなひてゐたりけるとなん。

## 八　易**ノ占シテ金取出ス事

旅人のやどもとめけるに、大きやかなる家のあばれ[二四]たるがありけるにより

一四　弓を引きかけて止めて。
一五　一定の皮（渡辺綱也氏説）。つまり、たしかな毛皮。
一六　「目のあはざりければ」の誤りか。
一七　「一本ニハ『しひをりとりてみれば』トアリ。『しひ』ハ『しび』ニテ心ノ訛ナランカ。……松明ノ火ヲ明ルクセンニハ、心ヲ摘ムモノナレバナリ」（渡辺氏）一本「火をとりて」
一八　我が主。「わ」は親しんでつける接頭語。「わ僧」「わ狐」
一九　制する。
二〇　射られん。
二一　（箙）矢を盛って負う具。和名抄「箙、和名夜奈久比、盛レ矢器也」
二二　髻。髪をつかねて結んだ所。
二三　（具して）ともなって。
**　晋書の芸術伝、捜神記巻三の隗炤の話が日本化したものか。
二四　荒れたのが。巻三第一話「あばらなる屋」ともある。

て、「こゝにやどし給《たまひ》てんや。」といへば、女ごゑにて、「よき事。やどり給へ。」といへば、みなおりゐにけり。やおほきけれども人ありげもなし。ただ女一人ぞあるけはひしける。かくて夜あけになれば、物くひしたゝめていでてゆくを、此家にある女いできて、「えいでおはせじ。とゞまり給へ。」といふ。「こはいかに。」ととへば、「[一]おのれは[二]金《こがね》千両[三]おひ給へり。その[四]わきまへしてこそ出《いで》給はめ。」といへば、この旅人の[五]ずんざどももわらひて、「あら、[六]しや[七]さんなめり。」といへば、此旅人、「しばし。」といひて、又おりゐて、[八]皮《かは》子《ご》をこひよせて、幕引めぐらして、しばしばかりありて、此女をよびければ、出《いで》きにけり。旅人とふやうは、「此親は、もし[九]易《えき》の占《うらなひ》といふ事やせられし。」といへば、ととへば、「[一〇]いさ、さや侍《はべり》けん。そのし給ふやうなる事はし給き。」といへば、「[一一]さるなり。」といひて、「さてもなに事にて千両金おひたる、そのわきまへせよとはいふぞ。」ととへば、「おのれがおやの失侍《うせはべり》しをりに、[一二]世中にあるべき程の物など、えさせおきて、まうししやう、『いまなむ十年ありて[一三]その月に、こゝに旅人來てやどらんとす。その人は我《わが》金を千両おひたる人なり。それにその金をこひて、たへがたからんをりは、うりてすぎよ』と申《まうし》しかば、今までは親のえさせて侍し物を、すこしづつもうりつかひて、ことしとなりてはうるべき物も侍らぬまゝに、いつしか我親のいひし月日の[一四]とくこかしと待侍《まちはべり》つるに、けふにあたりておはしてやどり給へれば、金おひ給へる人なりと思《おもひ》

一 貴方。
二 原話に「金五百斤」
三 借金を負うていらっしゃる。
四 その借金の弁償。
五 従者。
六 「しや」は罵る時の接頭語。
七 「さあるなるめり」で、そんな事があるんだろうか。「あらじや、ざん(讒)なめり」(渡辺氏)ともいう。
八 皮籠。革で張った、葛籠のような箱。
九 周易一八変六四卦の筮法。筮竹と算木を用いて未来をトする法。うらない。
一〇 さあ、そうだったでしょうか。古板本「いざさ侍けん」
一一 そうなんだ。古板本「さるなる」
一二 生活できるだけの物など与えておいて。
一三 某月。
一四 早く来いよ。「かし」は強める終助詞。

て申也。」といへば、「金の事はまことなり。さる事あるらん。」とて女をかたすみに引てゆきて、人にもしらせで柱をたゝかすれば、[一五]うつぼなる聲のする所を、「くは、これが中にの給ふ金はあるぞ。あけてすこしづつ取出《とりいで》てつかひ給へ。」と、をしへて、いでていにけり。此女のおやのえきの占《うらなひ》の上手にて、此女のありさまを勘《かんが》へけるに、『いま十年ありてまづしくならんとす。その月日、[一六]易の占する男きて、やどらんずる』とかんがへて、『かゝる金あるとつげては、[一七]まだしきにとりいでて、つかひうしなひては、まづしくならん程に、つかふ物なくてまどひなむ』と思て、しかいひをしへて死《しに》ける後にも、この家をもうしなはずして、[一八]けふを待《まち》つけて、この人をかくせめければ、[一九]これもえきの占する物にて、心をみてうらなひいだして、敎へいでて、いにけるなりけり。えきの占は、[二〇]行末を[二一]掌の中のやうにさして、しる事にてありけるなり。

九　宇治殿倒レサセ給テ實相房僧正驗者ニ被レ召事*

これもいまはむかし、[二二]高陽院《かやのゐん》造らるゝ間、[二三]宇治殿、御騎馬《のりうま》にてわたらせ給あひだ、たほれさせ給て、[二四]心ちたがはせたまふ。『[二五]心譽僧正に祈られん』とて、めしにつかはすほどに、いまだまゐらざるさきに、[二六]女房の局《つぼね》なる小女に[二七]物つきて申ていはく、「別《べち》の事にあらず、[二八]きと目見いれたてまつるによりて、

一五　うつぼは空洞。
一六　原文「やく」板本に「易」とあるによる。
一七　まだ困らない内に（金を）取り出して。
一八　今日を待ち受けて。
一九　この旅の男も。
二〇　原本「下」とあるのは「卜」の誤か。今は板本による。
二一　掌（てのひら）の中のものを指し示すように、手近に明らかに指し示して。
＊　古事談巻三・宝物集巻七に類話がある。
二二　百錬抄後三条帝延久元年六月二一日条「自二大宮院一遷二御高陽院一。件院者先帝（後冷泉帝）旧居也。今加二造舎屋一有二遷幸一也」栄華物語に宮殿の美を詳述する。
二三　御堂関白藤原道長の長男、従一位太政大臣、摂政関白。延久六年逝。年八二。
二四　病いなさった。
二五　右大臣顕忠の孫で、重輔の子。長元二年三井寺長吏。大僧正。
二六　女房の部屋にいる小女。
二七　霊がのりうつって。
二八　ちょっと。

かくおはしますなり。僧正まゐられざるさきに、護法《ごほふ》さきだちてまゐりて、おひはらひさぶらへば、迯《にげ》をはりぬ。」とこそ申けれ。則《すなはち》よくならせ給にけり。心譽僧正いみじかりけるとか。

## 一〇　秦兼久向ニ通俊卿ノ許ニ悪口ノ事*

これも今は昔、治部卿通俊卿、後拾遺をえらばれける時、秦兼久《はたのかねひさ》行向《ゆきむかひ》て、『おのづから哥《うた》などやいる』と思てうかゞひけるに、治部卿いであひて物がたりして、「いかなる哥かよみたる。」といはれければ、「はかぐ\しき哥候はず。後三條院かくれさせ給てのち、圓宗寺にまゐりて候しに、花の匂むかしにかはらず侍《はべり》しかば、つかうまつりて候しなり。」とて、

「こぞみしに色もかはらず咲《さき》にけり
　花こそ物はおもはざりけれ

とこそ仕《つかま》つりて候しか。」といひければ、通俊卿、「よろしくよみたり。たゞし、けれ・けり・けるなどいふ事は、いとしもなきことばなり。それはさることにて、花こそといふ文字こそ、めのわらはなどの名にしつべけれ。」とて、いともほめられざりければ、ことばずくなにてたちて、侍どもありける所によりて、「此殿は、大かた哥のありさましり給はぬにこそ。かゝる人の撰集《せんじふ》

一　護法童子。仏法を守る鬼神。
二　（即）すぐさま。
*　袋草紙巻二・今物語にも見える話。
三　藤原経平の二男。従三位権中納言。承徳三年逝。年五三。歌人。後拾遺和歌集二〇巻の撰者。
四　八代集の第四。白河帝応徳三年勅撰。
五　秦兼方（袋草紙・今物語）の誤か。秦武方―兼方―兼久。
六　ひょっとして。
七　後三条院（延久五年五月七日四〇歳）が逝去の後。
八　京都府葛野郡。
九　後の金葉集巻九に「後三条院かくれおはしまして後、又の年の春、盛りなる花を見て詠める――右近将曹秦兼方」としてあり、宝物集巻一では第五句「思はざりけん」とある。
一〇　あまりよくない詞。
一一　「こそ」は敬称。「父こそ」「辨の君こそ」
一二　此の殿様（通俊）

うけ給《たまはり》ておはするは、あさましき事哉《かな》。四條大納言[一三]の哥に、

　春[一四]きてぞ人も問《とひ》ける山里は
　　花こそやどのあるじなりけれ

とよみ給へるはめでたき哥とて、世の人ぐちにのりて申《まうす》めるは、その哥に『人もとひける』とあり、又『やどのあるじなりけれ』とあめるは、『花こそ』といひたるは、それにはおなじさまなるに、いかなれば四條大納言のはめでたくて、兼久がはわるかるべきぞ。かゝる人の撰集うけ給りてえらび給、あさましき事也。」といひて出《いで》にけり。さぶらひ、通俊のもとへ行《いき》て、「兼久[一五]こそかう〳〵申て出《いで》ぬれ。」とかたりければ、治部卿うちうなづきて、「さり[一六]けりさりけり。物[一七]ないひそ。」とぞいはれける。

## 二　源大納言雅俊一生不犯ノ金打セタル事

これも今は昔、京極[一八]の源大納言雅俊といふ人おはしけり。佛事をせられけるに、佛前にて僧に鐘《かね》を打《うた》せて、一生不犯[一九]《ふぼん》なるをえらびて講[二〇]《かう》を行なはれけるに、ある僧の禮盤[二一]《らいばん》にのぼりて、すこしかほげしきたがひたるやうに成《なり》て、鐘[二二]《しゅ》木《もく》をとりてふりまはして、打《うち》もやらで、しばし計《ばかり》ありければ、大納言『いかに』と思はれけるほどに、やゝ久しく物もいはでありければ、人ども覺《おぼ》つか

一三　藤原公任。
一四　拾遺集巻一六雑春に「北白川の山荘に花の面白く咲きて侍りけるを見に人人まうで来りければ――右衛門督公任」と題す。
一五　兼方（かねのり）の誤か。
一六　さありけり。そうだ。
一七　他言するな。
一八　右大臣源顕房の二男。正二位権大納言。保安三年逝。年五七。京極大納言。
一九　不淫戒を保って一生女犯をしない事。
二〇　法華八講のような経を講ずる法会。
二一　僧が仏を礼拝する時に上る座床。
二二　鉦を打ち鳴す丁形の棒。

なく思《おもひ》けるほどに、この僧わなゝき[一]たるこゑにて、「かはつるみ[二]はいかゞ候べき。」といひたるに、諸人おとがひ[三]をはなちてわらひたるに、一人の侍ありて、「かはつるみはいくつ計《ばかり》にてさぶらひしぞ。」と問たるに、この僧くびをひねりて、「きと夜部《よべ》[四]もしてさぶらひき。」といふに、大《おほ》かたよどみあへり。そのまぎれに、はやうにげにけりとぞ。

## 三　兒ノカイ餅スルニ空寝シタル事

これも今は昔、比叡《ひえ》[五]の山に兒《ちご》[六]ありけり。僧たち、よひのつれ〴〵に、「いざ、かいもちひ[七]せん。」といひけるを、此兒心よせにききけり。さりとて『しいださんをまちて、ねざらんも、わろかりなん』と思て、かたかた[八]によりて、ねたるよしにて出《いで》くるを待《まち》けるに、すでにしいだしたるさまにて、ひしめき[九]あひたり。この兒『定《さだめ》て、おどろかさんずらん[一〇]』と待ゐたるに、僧の「物申《まうし》さぶらはん。おどろかせ給へ。」といふを、『うれし』とは思へども、『たゞ一どにいらへん[一一]も、待《まち》けるかともぞ、おもふ』とて、『今一こゑよばれていらへん』と、念じてねたる程に、「や、なおこしたてまつりそ。をさなき人はね入給ひにけり。」といふこゑのしければ、『あなわびし[一二]』とおもひて、『いま一どおこせかし』と思《おもひ》ねにきけば、ひしひしとたゞくひにくふおとのしけれ

一　わなわなと震えた声で。
二　皮交接。手淫。「男色」ともいう。
三　頤を外して。大笑いすること。「解レ頤」と同じ。
四　昨夜。
五　近江国滋賀郡。山上に天台宗延暦寺あり、伝教大師の開基。
六　寺院に使う童児。
七　掻餅。物類称呼、牡丹餅「関西および加賀にてかいもちと云。豊州にてはぎ餅と云……」お萩。ただし「そばがき」の類かとも考えられる。
八　片方。かたすみ。
九　ひしひしと音たてあった。
一〇　声かけて起すであろう。
一一　答えるのも。
一二　ああつらい。

ば、ずちなくて[一三]、むご[一四]の後に「えい。」といらへたりければ、僧達わらふ事かぎりなし。

## 一三　田舍ノ兒櫻ノ散ヲ見テ泣ク事

これも今は昔、ゐ中[一五]《なか》の兒《ちご》のひえの山へのぼりたりけるが、櫻のめでたくさきたりけるに、風のはげしく吹《ふき》けるを見て、此兒さめぐ\となきけるをみて、僧のやはら[一六]よりて、「などかうは、なかせ給ふぞ。此花のちるををしうおぼえさせ給《たまふ》か。櫻ははかなき物にて、かく程なくうつろひ[一七]候なり。されどもさのみぞさぶらふ。」となぐさめければ、「櫻のちらんは、あながちにいかがせん。くるしからず[一八]。我《わが》てゝ[一九]の作《つくり》たる麥の花ちりて、實《み》のいらざらん思ふがわびしき。」といひて、さくりあげて[二〇]、をゝ[二一]となきけるは、うたてしやな。

## 一四　小藤太聟ニオドサレタル事

これも今は昔、源大納言定房[二二]といひける人の許に、小藤太といふ侍《さぶらひ》ありけり。やがて女房[二三]にあひぐしてぞありける。むすめも女房にて[二四]使はれけり。この小藤太は殿の沙汰をしければ、三とほり四とほりに居《ゐ》ひろげてぞありける。

一三　しようがなくて。古板本「すべなくて」
一四　無期の後。長く時間がたった後。
一五　田舍育ちの兒。
一六　静かに。徐ろに。
一七　「色が変る」ことから「散る」こと。徒然草に「風も吹きあへず移ろふ人の心の花に」
一八　構いません。
一九　父。
二〇　しゃくり上げて。
二一　わっと。板本「よよと」
二二　村上源氏。右大臣源雅定の養子（権中納言雅兼の四男）。久我太政大臣の孫。正二位大納言。文治四年出家後逝く。年五九。
二三　古板本「女」
二四　小藤太の女も定房殿の女房として。

此女《むすめ》の女房に、[一]なまりやうけしのかよひけるありけり。よひに忍《しのび》て局《つぼね》[二]へ入《いり》にけり。暁より雨ふりて、え歸らで局に忍《しのび》てふしたりけり。此女《むすめ》の女房は、う[三]へへのぼりにけり。此[四]聟の君、屛風を立《たて》まはしてねたりける。春雨いつとなくふりて、歸《かへる》べきやうもなくて、ふしたりけるに、此しうとの小藤太、『此聟の君つれ〴〵にておはすらん』とて、さかな[五]折敷《をしき》にするゑてもちて、いま、かた手に[六]提《ひさげ》に酒を入《いれ》て、えんよりいらんは人みつべしと思て、おくの方《かた》より、さりげなくてもて行《いく》に、此むこの君はきぬをひきかづきて、[七]のけざまにふしたりけり。『此女房のとくおりよかし』と、つれ〴〵におもひてふしたりける程に、おくの方より遣戸《やりど》をあけたれば、うたがひなく此女房のうへよりおるゝぞと思て、きぬをば顔にかづきながら、[八]あの物をかきいだして、腹をそらして、けし〳〵とおこしければ、小藤太おびえて[九]のけされかへる程に、さかなも打《うち》ちらし、酒も[一〇]さながらうちこぼして、大ひげをさゝげてのけさまにふしてたほれたり。かしらをあらう打《うち》て、[一一]まくれ入《いり》てふせりけりとか。

## 一五　大童子鮭ヌスミタル事

これも今は昔、越後國より鮭《さけ》を馬に[一二]おほせて廿駄計《ばかり》[一三]粟田口《あはたぐち》より京へおひ入《いれ》けり。それに粟田口の鍛冶《かぢ》が居たる程に、いたゞきはげたる大童子《だいどうじ》の[一四]まみ

一　生良家子。職原鈔下、蔵人所「六位中撰二良家子一令レ候二殿上一謂二之非蔵人一」生寮家司ともいう。一本「なまずりやう」(生受領)
二　女房の部屋。
三　主人の御殿。
四　生良家子のこと。
五　へぎの角盆。
六　酒を入れる器。つぎ口・つるのある物。
七　仰向けざまに。竹取物語「八島の鼎の上にのけさまに落ち給へり」
八　板本「前の物」
九　仰向けにひっくりかえる。
一〇　そのままそっくり。
一一　目昏(く)れ。眼がくらみ。
一二　負わせて。
一三　近江路から京都への入口にあたる。
一四　目つきがくすんで。

しぐれて、[一五]物むつかしう、[一六]うらゝかにもみえぬが、此鮭の馬の中に走入《はしりいり》にけり。道はせばくて、馬なにかとひしめきける間、此大童子走《はしり》そひて、さけを二引《ふたつひき》ぬきて、ふところへひきいれてけり。さてさりげなくて走先立《はしりさきだち》けるを、此鮭にぐしたる男みてけり。走先立て、童《わらは》のうでくびをとりて、引《ひき》とゞめていふやう、「[一七]わせんじやうは、いかで此《この》鮭をぬすむぞ。」といひければ、大童子「さる事なし。なにをしようこにて、かうはの給《たまふ》ぞ。[一八]わぬしが取て[一九]此童《わらは》におほする也。」といふ。かくひしめく程に、のぼりくだるもの市《いち》をなして行《いき》もやらで見あひたり。さる程に、この鮭の[二〇]かうちやう、「まさしくわせんじやうとりてふところに引入れつ。」といふ。大童子は又「わぬしこそぬすみつれ。」といふ時に、此鮭に付《つき》たる男、「せんずる所、我も人もふところをみん。」といふ。大童子、「さまでやはあるべき。」などいふ程に、此男袴をぬぎて、ふところをひろげて、「くは、み給へ。」といひて、[二一]ひし〱とす。さて、此男、大童子につかみつきて、「わせんじやう、はや物ぬぎ給へ。」といへば、童、「さまあしとよ。さまであるべき事か。」といふを、この男たゞぬがせて、まへを引《ひき》あけたるに、こしにさけを二腹《ふたつ》にそへてさしたり。男「[二二]くは〱。」といひて引出《ひきいだ》したりける時に、大童子うち見て、「あれ[二三]勿體《もつたい》なきぬしかな。かうやうに、はだかになしてあさらんには、いかなる女御《にようご》・后《きさき》なりとも、こしに鮭[二四]の一二尺なきやうはありなんや。」といひたりければ、そこら[二五]立《たち》とま

一五　何となく厭わしく。むさくるしく。
一六　古板本「おもらかにも見えぬが」
一七　(我先生) 君。例「わ主」「わ僧」
一八　我主。君。
一九　此の童子 (自分) に罪を負わせる。
二〇　綱丁。荷物の監督。延喜式、主計下「凡諸国調并雑物、綱丁等……」
二一　着物を振るって見せるさま。
二二　(此は〱) それそれ。そらそら。
二三　無体な人だな。
二四　鮭の一二隻 (一二尾) に裂けの一二尺をかけている。延喜式、主計上に「鮭十隻」「鮭二隻」
二五　多数。

りてみける物ども、一度にはつとわらひけるとか。

## 一六 *尼地藏奉レ見事

今は昔、一丹後國に老尼《おいあま》ありけり。地藏井《ちざうぼさつ》は曉《あかつき》ごとに二ありき給といふ事を、ほのかにききて、曉ごとに、地藏見たてまつらんとて、ひと世界をまどひありくに、三博打《ばくち》のうちほうけてゐたるが、みて、「尼公はさむきに、なにわざし給ぞ。」といへば、「地藏井の曉にありき給なるに、あひまゐらせんとて、かくありく也《なり》。」といへば、「地藏のありかせ給ふ道は我こそしりたれ。四いざ給へ。」とて、隣なる所へゐていく。尼悅《あまよろこび》ていそぎ行《いく》に、そこの子に地藏と云《いふ》童《わらは》ありけるを、五それがおやをしりたるによりて、「地藏は。」ととひければ、おや、「あそびにいぬ。いまきなん。」といへば、「くは、こゝなり。地藏のおはします所は。」といへば、尼うれしくて、六つむぎのきぬをぬぎてとらすれば、ばくちは、いそぎてとりていぬ。尼は地藏見まゐらせんとてゐたれば、おやどもは心えず、『など此わらはをみんと思《おもふ》らん』と思ふ程《ほど》に、十ばかりなる童のきたるを、「くは、地藏。」といへば、尼みるまゝに、是非《ぜひ》もしらずふしまろびて、をがみ入て土にうつぶしたり。童七ずはえを持《もち》てあそびけるまゝに來たりけるが、そのずはえして、手すさみのやうに額《ひたひ》をかけば、額よりか

＊ 地藏霊験記巻上・今昔物語巻一七第一話に類話がある。
一 京都府の内。
二 (歩き) 延命地藏経「有二菩薩一名二延命地藏一……菩薩毎日晨朝入二於諸定一遊二化六道一抜レ苦与レ楽」
三 博徒。ばくちうち。
四 さあいらっしゃい。
五 それ(童)の親を。
六 真綿を紡(つむ)いで製した糸で織った絹布の着物。
七 (楚) 真直ぐに伸びた若枝のことから笞のことをもいう。

ほのうへまでさけぬ。さけたる中よりえもいはずめでたき地藏の御顔みえ給。尼をがみ入《いり》て、うち見あげたれば、かくて立給《たちたま》へれば、涙をながしてをがみ入《いり》まゐらせて、やがて[八]極樂へまゐりけり。されば心にだにもふかく念じつれば、佛もみえ給なりけりと信ずべし。

## 一七　修行者逢二百鬼夜行一事[**]

今は昔、修行者のありけるが、[九]津《つ》の國までいきたりけるに、日暮《くれ》て[一〇]りうせん寺とて大《おほき》なる寺のふりたるが、人もなきありけり。これは人やどらぬ所といへども、そのあたりに又やどるべき所なかりければ、「いかがせん」と思て、[一一]負《おひ》うちおろして内に入てゐたり。[一二]不動《ふどう》の咒《じゆ》を唱《とな》へゐたるに、『夜中《よなか》ばかりにやなりぬらん』と思ふ程に、人々のこゑあまたして、くるおとす也《なり》。みれば手ごとに火をともして、百人計《ばかり》此堂の内にきつどひたり。ちかくてみれば、目一《ひと》つきたるなどさま〴〵なり。人にもあらず、あさましき物どもなりけり。あるひは角《つの》おひたり。頭もえもいはずおそろしげなる物ども也《なり》。おそろしと思へども、すべき樣《やう》もなくてゐたれば、おの〳〵みな居ぬ。ひとりぞまた所もなくてえゐずして火を打《うち》ふりて、我をつら〳〵とみていふやう、「我ゐるべき座にあたらしき不動尊こそゐ給《たまひ》たれ。今夜計《こよひばかり》は外におはせ。」とて、片手

八　西方阿弥陀浄土。阿弥陀経「従レ是西方過二十万億仏土一有二世界一曰二極楽一」

**　百鬼夜行のことは大鏡師輔伝・打聞集第二三話に見える。

九　摂津国。

一〇　(竜泉寺)河内国南河内郡にある真言宗牛頭山医王院の誤か。元亨釈書巻一空海伝「内州有二一寺一其地之滝池。竜移二他処一池又涸、寺衆苦レ無レ水、海(空海のこと)点二一所一加持、清泉忽沸。因号二竜泉寺一」

一一　笈。行脚の僧が背に負う箱。

一二　不動明王の陀羅尼(咒)の中の慈救咒をいう。

して我をひきさげて、[一]堂の軒の下にすゑつ。さる程に「曉になりぬ。」とて、この人々のゝしりて歸《かへり》ぬ。『實《まこと》にあさましくおそろしかりける所かな。とく夜の明《あけ》よかし。いなん』と思ふに、からうじて夜あけたり。うち見まはしたれば、ありし寺もなし。はる〴〵とある野の來《こ》しかたもみえず人のふみ分《わけ》たる道もみえず、行《いく》べき方《かた》もなければ、『あさまし』と思《おもひ》てゐたる程に、まれまれ馬に乘《のり》たる人どもの、人あまたぐして出《いで》きたり。いとうれしくて、「こゝはいづくとか申候。」ととへば、「などかくは問給《とひたまふ》ぞ。肥前國ぞかし。」といへば、『あさましきわざ哉』と思《おもひ》て、事のやうくはしくいへば、此馬なる人も「[二]いとけうの事かな。肥前國にとりてもこれはおくの郡なり。これは[三]みたちへまゐるなり。」といへば、修行者悦《よろこび》て、「道もしり候はぬに、さらば道までもまゐらん。」といひていきければ、これより京へ行《いく》べき道などをしへければ、船たづねて京へのぼりにけり。さて人どもに、「かゝるあさましき事こそありしか。津の國のりうせん寺といふ寺にやどりたりしを、鬼どもの來て、『所《ところ》せばし』とて、『[四]あたらしき不動尊しばし[五]雨《あま》だりにおはしませ』といひて、搔きいだきて雨だりに[六]ついすゆと思《おもひ》しに、肥前國の奥の郡にこそゐたりしか。かゝる淺猿《あさまし》き事にこそあひたりしか。」とぞ、京にきて語りけるとぞ。

一 諸本「堂の縁の下」。
二 （希有の事）めずらしい事。
三 （御館）肥前国（佐賀県）の国司（地方官）の庁（役所）。肥前の国府は和名抄に「小城［乎岐］」。
四 もったいない。
五 雨だれ。軒下。
六 （突き据ゆ）「据ゆ」はワ行下二活が当時ヤ行にも活用された。
＊ 今昔物語巻二六第一七話と同話。芥川竜之介「芋粥」の題材となった。
七 民部卿鎮守府将軍藤原時長の子で、母は越前の人秦豊国の女。利仁は越前国敦賀の有仁の聟になったという。醍醐帝頃の人。
八 摂政関白たる人。私註に「昭宣公（基経）なるべし」。
九 親王・摂関・大臣家に仕える侍。宿直勤仕の人。
一〇 大臣大饗。大臣に任じられた時、正月の初に諸大臣以下殿上人を招いて饗応する行事。

## 一八　利仁署預粥ノ事*

今は昔、[七]利仁《としひと》の将軍のわかかりける時、其時の一の人[八]の御もとに恪勤《かくご》[九]して候《さぶらひ》けるに、正月に大饗《だいきやう》[一〇]せられけるに、[一一]そのかみは大饗終《は》てて、[一二]とりばみといふ物を、[一三]はらひていれずして、大饗の[一四]おろし米《ごめ》とて、給仕《きふじ》[一五]したる恪勤のものどもの食《くひ》ける也《なり》。その所に年比《としごろ》になりて、きふじしたる物の中には、所《ところ》[一六]えたる五位ありけり。そのおろしごめの座にて芋粥《いもがゆ》[一七]すゝりて、舌うちをして、「あはれ、いかでいも粥に[一八]あかん。」といひければ、とし仁《ひと》これを聞きて、「[一九]大夫殿《たいふ》、いまだいもがゆにあかせ給はずや。」ととふ。五位「いまだあき侍《はべ》らず。」といへば、「あかせたてまつりてんかし。」といへば、「[二〇]かしこく侍らん。」とてやみぬ。さて四五日計《ばかり》ありて、[二一]ぞうしずみにてありける所へ、利仁きていふやう、「[二二]いざさせ給へ。湯あみに。大夫殿。」といへば、「いとかしこき事かな。こよひ身のかゆく侍《はべり》つるに。乗物こそは侍らね。」といへば、「[二三]こゝにあやしの馬ぐして侍り。」といへば、「あな、うれしく〳〵。」といひて、うすわたのきぬ二計《ふたつばかり》に、[二四]あをにびのさしぬきのすそやれたるに、おなじ色の[二五]かり衣《ぎぬ》の[二六]すこし落《おち》たるに、[二七]したの袴もきず、鼻《はな》だかなるもののさきはあかみて、穴のあたりぬれればみたるは、すゝばなをのごはぬなめりとみゆ。狩衣《かりぎぬ》

一一　その当時。
一二　取り食み。饗応の余り物を外に投げ出すのを取って食うこと。又、その乞食のこと。発心集「饗(アヘ)を庭に投げすつれば、もろもろの乞食(カタヰ)かたかたに集まりて争ひ取りて食らふ習ひなるを」
一三　追い払って入れないで。
一四　大饗の残り物。
一五　近侍して雑務をとること。
一六　古参の五位。
一七　類聚雑要抄巻二「署預粥」(薯蕷粥)
一八　十分食べたい。
一九　大夫は五位の称。
二〇　かたじけのうござろう。次にも「いとかしこき事かな」
二一　曹司(部屋)に詰め居ること。非番なので……。
二二　「いざ給へ」に同じ。さあいらっしゃい。
二三　粗末な馬。
二四　青鈍色の指貫(奴袴)の裾の破れたのに。
二五　狩衣。丸襟で袖に括りがある。狩襖。
二六　板本「肩少し」
二七　指貫の下にはく袴。

のうしろは、帯にひきゆがめられたるまゝに、引《ひき》もつくろはぬは、いみじうみぐるし。をかしけれども、さきにたてて、我も人も馬にのりて、[一]河原ざまにうち出《いで》ぬ。五位のともには、あやしの童《わらは》だになし。利仁がともには、[二]調度《てうど》がけ・[三]とねり・[四]ざふしき、ひとりぞありける。河原うち過《すぎ》て、粟田口《あはたぐち》にかゝるに、「いづくへぞ。」ととへば、たゞ「こゝぞ〳〵。」とて山科《やましな》も過《すぎ》ぬ。「こはいかに。こゝぞ〳〵とて山科もすぐしつるは。」といへば、「あしこ〳〵。」とて[五]關山《せき》も過《すぎ》ぬ。「こゝぞ〳〵。」とて、三井寺に、しりたる僧のもとにいきたれば、『こゝに湯わかすか』とおもふだにも、物ぐるほしう遠かりけりと思《おもふ》に、こゝにも湯ありげもなし。「[六]いづく、ゆは。」といへば、「まことは[七]つるがへ[八]ゐてたてまつるなり。」といへば、「物《もの》ぐるほしうおはしける。[九]京にてさとの給はましかば、下人などもぐすべかりけるを。」といへば、利仁あざわらひて、「とし仁ひとり侍らば千人とおぼせ。」といふ。かくて物など食《くひ》ていそぎ出《いで》ぬ。そこにて利仁、[一〇]やなぐひとりておひける。かくて行《いく》程に、[一一]みつの濱に、狐の一《ひとつ》はしり出《いで》たるをみて、「よき使出《いで》きたり。」とて、利仁、狐おしかくれば、きつね身をなげて迯《にぐ》れども、おひせめられて、えにげず。[一二]落《おち》かゝりて、狐の尻足《しりあし》を取《とり》引あげつ。乘《のり》たる馬は、いとかしこしともみえざりつれども、[一三]いみじき逸物《いちもつ》にてありければ、いくばくもの[一四]ばさずして、とらへたる所に、此五位はしらせて、いきつきたれば、狐を引《ひき》あげて云様《いふやう》は、「[一五]わ狐、こ

一　賀茂河原の方面に。
二　道具（武具）担ぎ。
三　（舎人）側付きの侍。
四　（雑色）雑用たす小者。
五　近江国滋賀郡の逢坂山。関のあった山。
六　板本「いづら」
七　敦賀。越前国（福井県）敦賀市の地。
八　お連れするのです。
九　京都でそうとおっしゃったならば。
一〇　胡簶。矢を盛って背負う武具。
一一　三津浜。近江国滋賀郡の琵琶湖畔。
一二　馬から落ちかかるようにして。
一三　すばらしい駿馬。
一四　逃がさないで。
一五　「わ」は親しみよぶ接頭語。

よひのうちに利仁が家のつるがにまかりていはん様《やう》は、『俄に客人《まらうど》を具《ぐ》したてまつりてくだる也《なり》。明日《あす》の巳《み》[16]の時に、[17]高嶋邊《たかしまへん》に[18]をのこどもむかへに馬に鞍《くら》おきて、二疋ぐしてまうでこ[19]』といへ。もしいはぬ物《もの》ならば。わ狐たゞ心《こころ》[20]みよ。狐は變化《へんげ》[21]ある物《もの》なれば、けふのうちに行《いき》つきていへ。」とて、はなてば、「荒涼《くわうりやう》[22]の使哉《かな》。」といふ。「よし御覽ぜよ。まからでは、よにあらじ。」と云《いふ》に、はやく狐見返《みかへり》／＼して前《さき》に走《はしり》行く。「能くまかるめり。」と云《いふ》にあはせて[23]、走先立《はしりさきだち》てうせぬ。かくて其夜は道にとゞまりて、つとめてとく出《いで》て行《ゆく》程に、誠に巳《み》の時計《ばかり》に、卅騎計《ばかり》[24]こりてくる物あり。「なにがあらん。」とみるに、「をのこどもまうできたり。」といへば、「不定《ふぢやう》[25]の事哉《かな》。」と云程《いふほど》に、たゞ、ちかにちかくなりて、はら／＼とおるゝ程に、「これみよ。誠におはしたるは。」といへば、利仁ほゝゑみて「何事ぞ。」ととふ。[26]おとなしき郎等すゝみきて、「二疋さぶらふ。」と云。食物《くひもの》などして來ければ、その程におりてゐて、くふついでに、おとなしき郎等の云様《いふやう》、「夜部《よべ》[27]けうの事のさぶらひし也《なり》。戌《いぬ》[28]の時計《ばかり》[29]に大《だい》ばん所《どころ》のむねをきりにきりて[30]やませ給《たまひし》かば、『いかなる事にか』とて、俄に『僧め[31]さん』などさわがせ給《たまひ》しほどに、てづから[32]仰《おほせ》さぶらふ様《やう》、『何かさわがせ給。おのれは狐也。別《べち》のことなし。此五日みつの濱にて殿《との》[33]の下《くだ》らせ給つるに、逢《あひ》たてまつりたりつるに、迯《にげ》つれど、得《え》にげで、とらへられたてまつりたりつ

一六　午前十時。
一七　近江国高島郡の琵琶湖畔。
一八　(男の子) 下男。
一九　(参うで来) 参れ。
二〇　試みよ。やってみろ。
二一　変化力。通力。
二二　すさまじい使だな。今昔物語「広量」
二三　同時に。次にも「これにあはせて」
二四　凝り固って来る。一団となって来る。「こり」が古板本「より」板本「とり」とある。
二五　当てにならぬ事だな。(五位の詞)
二六　頭だった家来。
二七　昨夜。
二八　午後八時。
二九　台盤所 (台所) の意味から貴人の妻をいう。後の御台所。ここは利仁の妻、有仁の女。
三〇　錐でもむように痛むさま。
三一　僧を呼ぼう。祈禱をさせるためである。
三二　自ら。
三三　殿様。利仁のこと。

るに、「けふの中《うち》にわが家にいきつきて、客人《まらうど》ぐしたてまつりてなんくだる。あす巳時に、馬二《ふたつ》に鞍おきて、ぐして、をのこども高嶋のつにまゐりあへといへ。もし、けふのうちにいきつきていはずば、[一]からきめみせんずるぞ。」と仰《おほせ》られつるなり。をのこどもとく〳〵出立《いでたち》てまゐれ。おそくまゐらば、我は[二]勘當《かんだう》かうぶりなん』とおぢさわがせ給《たまひ》つれば、をのこどもにめしおほせさぶらひつれば、[三]例《れい》ざまにならせ給《たまひ》にき。其後、[四]鳥とともに參《まゐり》さぶらひつる也。」といへば、利仁うちゑみて、五位にみあはすれば、五位『あさまし』と思たり。物などくひはてて、いそぎたちて、[五]くら〴〵に行《いき》つきぬ。「これみよ。まことなりけり。」と[六]あさみあひたり。五位は馬よりおりて、家のさまをみるに、[七]にぎははしくめでたき事、物にもにず。もときたるきぬ二《ふたつ》がうへに、利仁が[八]宿衣《とのゐぎぬ》をきせたれども、[九]身の中《うち》しすきたるべければ、いみじうさむげに思《おもひ》たるに、[一〇]ながすびつに火をおほうおこしたり。[一一]たゝみあつらかにしきて、くだ物《もの》くひ物《もの》しまうけて、たのしくおぼゆるに、「[一二]道の程さむくおはしつらん。」とて、[一三]ねり色のきぬのわたあつらかなる、三つひきかさねてもてきて、うちおほひたるに、たのしとはおろかなり。物くひなどして、ことしづまりたるに、[一四]しうとの有仁いできていふやう、「こは、いかで、かくはわたらせ給へるぞ。これにあはせて、御使のさま物《もの》ぐるほしうて、[一五]うへ、にはかにやませたてまつり給ふ。けうの事也《なり》。」といへば、利仁うち笑《わらひ》て、「物の心みんと

一　ひどい目にあわせようぞ。
二　お叱り。
三　例の有様に。平常どおりに。
四　鶏の啼くのと共に。
五　暗々。暮れ〳〵。薄暮。
六　家人ども互に驚き合った。
七　富み栄えて。
八　宿直する時の着物。寝衣。
九　空腹なのだから。今昔物語「身内《ノ》透《シ》タリケレバ」。「シ」は間投助詞。
一〇　（長炭櫃）長い炉。
一一　畳む敷物。今の「うすべり」の類。
一二　道中。
一三　（練色）薄黄色の着物。
一四　舅（利仁の妻の父）の有仁。
一五　奥方。

思ひてしたりつる事を、誠にまうできて、つげて侍《はべる》にこそあんなれ。」といへば、しうともわらひて、「希有《けう》の事也《なり》。」といふ。「ぐしたてまつらせ給《たまひ》つらん人は、此おはします殿の御事か。」といへば、「さに侍り。芋粥《いもがゆ》にいまだあかずと仰《おほせ》らるれば、あかせたてまつらんとて、ゐてたてまつりたり。」といへば、「やすき物にも、えあかせ給はざりけるな。」とてたはぶるれば、五位、「東山に湯わかしたりとて、人を[一六]はかりいでて、かくの給《たまふ》なり。」などいひたはぶれて、夜すこしふけぬれば、しうとも入《いり》ぬ。ね所《どころ》とおぼしき所に五位入《いり》て、ねんとするに、綿四五寸計《ばかり》ある[一七]ひたたれあり。我《わが》もとのうすわたは[一八]むつかしう、なにのあるにか、かゆき所もいでくる衣《きぬ》なれば、ぬぎおきて、ねり色《いろ》のきぬ三《みつ》がうへに、此ひたゝれ、ひききてふしたる心、いまだならはぬに[一九]氣もあげつべし。あせ水《みつ》にてふしたるに、又かたはらに人の[二〇]はたらけば、「たぞ。」ととへば、「『[二一]御あし給へ』と候へば、まゐりつる也。」と云《いふ》。けはひにくからねば、かきふせて風のすく所にふせたり。かゝる程に物たかく云《いふ》こゑす。『何事ぞ』ときけば、をのこのさけびて云様《いふやう》、「此邊の下人うけ給はれ。あすの[二二]卯時《うのとき》に[二三]切口三寸、ながさ五尺の芋おのおの一筋づつもてまゐれ。」と云《いふ》なりけり。『あさましう、[二四]おほのかにも云物哉《いふものかな》』とききて、ね入《いり》ぬ。曉《あかつき》がたにきけば、庭に莚《むしろ》敷くおとのするを、『何《なに》わざするにかあらん』ときくに、[二五]こやたうばんよりはじめて、おきたちてゐたるほどに[二六]蔀《しとみ》あけたるに、みれば、

一六　だまし連れ出して。古板本「はかりゐて」で「ゐ」は「率」か。或は「給」の草体の誤りかともいう（渡辺綱也氏）

一七　（直垂）庶民の服。

一八　むさくるしく。

一九　のぼせそうである。

二〇　動くので。

二一　御足をおさすりせよ。

二二　午前六時。

二三　口径。直径。

二四　「おほどかに」と同じ。大様に。

二五　小屋当番。

二六　木を縦横に格子に組んだのに板を張り、蝶番で舞戸にしたもの。今の雨戸の用をする。

ながむしろをぞ四五枚敷たる。[一]『なにのれうにかあらん』とみる程に、げす男《をとこ》の、木のやうなる物をかたに打《うち》かけて來《き》て、一すぢおきて[二]いぬ。其後うちつゞきもてきつゝおくをみれば、誠に口三寸計《ばかり》のいもの五六尺ばかりなるを、一すぢづつもてきておくとすれど、[三]巳《みの》時までおきければ、[四]ゐたる屋《や》とひとしくおきなしつ。夜部《よべ》さけびしは、はやうそのへんにある下人のかぎりに物いひきかすとて、人《ひと》よびの岡とてあるつかのうへにていふなり。たゞそのこゑのおよぶかぎりの、めぐりの下人のかぎりのもてくるにだに、さばかりおほかり。まして[五]たちのきたるずさどものおほさをおもひやるべし。『あさまし』とみたる程に、[六]五石なはのかまを五六舁《か》きもて來て、庭《には》にくひども打《うち》て、すゑわたしたり。『何《なに》のれうぞ』とみる程に、[七]しほぎぬの[八]あをといふ物きて、帯《おび》して、わかやかに、きたなげなき女どもの、しろくあたらしき桶に水を入《いれ》て、此釜どもにさく〳〵といる。『なにぞの湯わかすか』とみれば、此水とみるは[九]みせんなりけり。わかきをのこどもの袂《たもと》より手出《いだ》したる、うすらかなる刀《かたな》のながやかなるもたるが、十餘人計《ばかり》いできて、此いもをむきつゝ、[一〇]すきぎりにきれば、はやく芋粥《いもがゆ》になるなりけりとみるに、くふべき心ちもせず。かへりて、うとましく成《なり》にたり。さら〳〵と[一一]かへらかして、「いもがゆ、[一二]いでまうできにたり。」といふ、「まゐらせよ。」とて、[一三]先大《まつおほき》なるかはらけぐして、かねの提《ひさげ》の一斗ばかり入《いり》ぬべきに、三四《みつよつ》に入《いれ》て、[一四]「且《かつ》。」とてもてきたるに、あきて

一　（何の料に）なに用に。何のために。
二　去る。行く。
三　午前一〇時。
四　五位の居た家の屋根と同じ高さに積み上げた。
五　遠く隔った従者共。
六　五石入りの釜。五石納の釜。
七　今昔物語「白キ布」「しろぎぬ」の誤りか。
八　襖。袷をいう。
九　（味煎）甘葛（あまづら）の煎汁。今の砂糖水にあたる。
一〇　薄切り。今昔物語には「撫切」
一一　煮えくらかえして。今昔物語には「煮返シテ」巻二第七話にも「提に湯を返らかして」と見える。
一二　出来上りました。
一三　土器を添えて。
一四　さあ。どうぞ。板本「且一（かつひとつ）」とある。

一《ひと》もりをだにえくはず、「あきにたり。」といへば、いみじうわらひて集りゐて、[一五]「客人殿《まらうど》の御とくに、いもがゆくひつ。」といひあへり。かやうにする程に、向《むかひ》のなが家《や》の軒に、狐のさしのぞきてゐたるを、利仁見つけて、「かれ御覧ぜよ。[一六]候《さぶらひ》し狐のげざんするを。」とて、「かれに物《もの》くはせよ。」といひければ、くはするに、うちくひてけり。かくてよろづの事、たのもしといへばおろか也。一月ばかりありてのぼりけるに、[一七]けをさめのさうぞくども[一八]あまたくだり、又たゞの[一九]八丈・わた・きぬなど、[二〇]皮子《かはご》どもに入《いれ》てとらせ、はじめの夜の直垂《ひたゝれ》、はた、さらなり、馬に鞍おきながらとらせてこそおくりけれ。[二一]きう者なれども、[二二]所につけて、年比《としごろ》になりてゆるされたる物は、[二三]さるものおのづからある也《なり》けり。

一五　お客様のおかげで。

一六　昨日伺候した狐がお目見えですよ。「げざん（見参）」は面会。

一七　ふだん着と晴れ着。け（褻）は平常。をさめ（納）は晴れの時。

一八　数多がさね。「くだり」は領または襲の訓。（渡辺氏）

一九　八丈絹。美濃八丈・信濃八丈などいって諸国から産した絹布。

二〇　皮籠。皮張りの箱。

二一　給者（給仕の者）または窮者で、五位のことか。

二二　地位に居ついて。

二三　そんな優遇をうける者。

# 巻第二

## 一　清徳聖奇特ノ事

今は昔、せいとくひじりといふ[一]聖《ひじり》のありけるが、母の[二]死《しに》たりければ、ひつぎにうち入《いれ》て、たゞひとり[三]あたごの山に持《もち》て行《いき》て、大《おほき》なる石を四《よつ》の隅《すみ》におきて、その上にこのひつぎをうちおきて、[四]千手《せんじゅ》ダラ尼《に》を、片時《かたとき》やすむ時もなく[五]打《うち》ぬる事もせず、物もくはず湯水ものまで、[六]こわだえもせず誦《ず》したてまつりて、此ひつぎをめぐる事三年に成《なり》ぬ。[七]その年の春、夢ともなくうつゝともなく、ほのかに母の聲にて、「此ダラ尼《に》をかくよるひる誦《ずし》給へば、我ははやく男《なん》子《し》となりて天にむまれにしかども、おなじくは佛になりて告申さんとて、今までは、つげ申さざりつるぞ。今は佛になりて告申也。」といふときこゆるとき、『さ思《おもひ》つる事なり。今ははやう成給ぬらん』とて、とりいでて、そこにてやきて、骨とりあつめてうづみて、上に石の[八]そとばなどたてて、例《れい》の様《やう》にして、京へいづる道に、[九]西京《にしのきやう》に[一〇]なぎいとおほくおひたる所あり。此聖[一一]こうじて、物いとほしかりければ、道すがら折《をり》て食《くふ》ほどに、主《ぬし》の男出《いで》きて見れば、

一　高徳の僧の意から単に僧の意。
二　古板本「しゝたりければ」
三　愛宕山。山城国葛野郡。京都の西北にある山。
四　千手陀羅尼。千手陀羅尼経にある千手観音の咒文。
五　寝る。「打」は接頭語。
六　声絶え。
七　某年の春。
八　率都婆（塔婆）は梵語。方墳などと漢訳される。墓標。
九　平安京は朱雀大路によって東の京（左京）と西の京（右京）とに分けられ、東の京（今の京都の地）が隆えて西の京は寂れていたので、特に京とは別に西の京といった。
一〇　水草の一種で水葵に似たものという。和名抄に「水葱、一名薢菜。奈木」と読ませ、「唐韻云、水菜可レ食也」とある。
一一　（困じて）つかれて。

いとたふとげなる聖の、かく[一二]すゞろに折《をり》くへばあさましと思て、「いかにかくはめすぞ。」と云《いふ》。聖「こうじてくるしきまゝにくふなり。」と云《いふ》時に、「さらばまゐりぬべくば、今すこしもめさまほしからんほどめせ。」といへば、三十筋ばかりむず〳〵と折くふ。此なぎは三町計《ばかり》ぞうゑたりけるに、かくくへば、いとあさましく、くはんやうも、みまほしくて、「めしつべくば、いくらもめせ。」といへば、「あな、たふと。」とて、うちゐざり〳〵をりつゝ、[一三]三町をさながらくひつ。ぬしの男、『あさましう物くひつべき聖かな』と思《おもひ》て、「しばしゐさせ給へ。物してめさせん。」とて、白米一石とりいでて、飯《いひ》にしてくはせたれば、「年比《としごろ》物もくはでこうじたるに。」とて、みな食ていでていぬ。此男『いと淺《あさ》まし』と思て、これを人にかたりけるをききつゝ、[一四]坊城の右のおほ殿《との》に、人のかたりまゐらせければ、『いかでか、さはあらん。心えぬ事かな。よびて物くはせてみん』とおぼして、「[一五]結縁《けちえん》のために物まゐらせてみん。」とて、よばせ給《たまひ》ければ、いみじげなる聖あゆみまゐる。そのしりに、[一六]餓鬼・畜生・とら・おほかみ・犬・からす、よろづの鳥獸ども、千萬とあゆみつゞきてきけるを、[一七]こと人《ひと》の目に大かたえみず、たゞ聖ひとりとのみ見けるに、この[一八]おとゞ、みつけ給て、『さればこそいみじき聖にこそありけれ。めでたし』とおぼえて、白米十石を[一九]おものにして、あたらしき莚《むしろ》・薦《こも》に、をしき・をけ・ひつなどに入《いれ》て、[二〇]いく〳〵とおきて、くはせさせ給《たまひ》ければ、し

一二　むやみに。

一三　そのまま、そっくり。

一四　藤原師輔。摂政左大臣忠平の第二子。天徳四年逝、年五三。正二位・右大臣。九条右相府・坊城大臣と号された。

一五　仏法に縁を結ぶこと。

一六　三悪道（地獄道・餓鬼道・畜生道）の一で、ここに堕ちた者は飢渇に苦しめられ、食べようとするものは皆炎となり、口は針の穴のようで芥子も入らないで苦しむという。

一七　他の人の目に少しも見えない。

一八　大殿。大臣。

一九　飯に炊いて。

二〇　たっぷりと置いて。

りにたちたる物どもにくはすれば、あつまりて手をさゝげてみなくひつ。聖はつゆくはで悦《よろこび》ていでぬ。『さればこそたゞ人《びと》にはあらざりけり。佛などの變じてありき給《たまふ》にや』とおぼしけり。こと人《びと》の目にはたゞ聖ひとりして食《くふ》とのみみえければ、いと〳〵あさましき事に思けり。さて出《いで》て行程《いくほど》に、四條の北なる小路にゑどをまる。此しりにぐしたるもの、しちらしたれば、たゞ墨のやうにくろきゑどを、ひまもなくはる〴〵としちらしたれば、げすなどもきたながりて、その小路を「糞《くそ》の小路。」とつけたりけるを、御門《みかど》きかせ給て、「その四條の南をばなにといふ。」と問《とは》せ給ければ、「綾《あや》の小路となんと申。」と申ければ、「これをば錦小路といへかし。あまり穢き名哉《かな》。」と仰られけるよりしてぞ、錦小路といひける。

## 二　靜觀僧正祈レ雨法驗ノ事*

今は昔、延喜の御時旱魃《かんばつ》したりけり。六十人の貴僧をめして、大般若經《だいはんにやきやう》よましめ給《たまひ》けるに、僧共黑煙《くろけぶり》をたてて、しるしあらはさんと祈《いのり》けれども、いたくのみ晴《はれ》まさりて、日つよくてりければ、御門《みかど》をはじめて、大臣公卿、百姓人民、此一事より外《ほか》の歎《なげき》なかりけり。藏人頭《くらうどのとう》をめしよせて、靜觀僧正《じやうくわんそうじやう》に仰下さるゝ樣《やう》、「ことさら思召《おぼしめ》さるゝやうあり。かくのごとく方々《かたがた》の御祈《おんいのり》ども、

一　露ほども（少しも）食べないで。
二　四条大路の北にある小路。錦小路。もと具足（糞の）小路か。
三　糞をする。「穢土」は、大便のこと。「まる」は、四段活で「ひる」意味。
四　（帝）後冷泉天皇か。
五　四条大路の南、綾小路。二中歴（前田家本）巻一五「又、具足小路、依二天喜二年（一〇五四）宣言一改名二錦小路一」
＊　打聞集第四話と同話。
六　醍醐天皇の年号。（九〇一―九二三）
七　摩訶般若波羅蜜多経。唐の玄奘三蔵の漢訳で六百巻ある。
八　護摩（ゴマ）を焚き黒い煙を立てて。
九　蔵人所の職員で、四位殿上人が任じられる。
一〇　静観は西僧正増命の諡号。桑内安峰の子、天台座主。延長五年逝。年八五。
一一　垣のこと。次に「へい（屏）」ともある。
一二　特に。

させるしるしなし。座をたちて別に壁[一一]のもとにたちて、いのれ。おぼしめすやうあれば、[一二]とりわき仰付《おほせつく》るなり。」と仰くだされければ、靜觀僧正、其時は律師《りつし》にて、上に僧都《そうづ》・僧正《そうじやう》・[一三]上﨟《じやうらふ》どもおはしけれども、面目かぎりなくて、[一四]南殿の御階《みはし》よりくだりて、へいのもとに北[一五]向に立《たち》て、香爐《かうろ》とりくびりて、額に香爐をあてて祈誓《きせい》し給こと、みる人さへくるしくおもひけり。熱日のしばしもえさしいでぬに、涙をながし黒煙をたてて、きせいし給《たまひ》ければ、香呂《かうろ》の煙空へあがりて、扇ばかりの黒雲になる。上達部《かんだちべ》は南殿にならび居《ゐ》、殿上人《てんじやうびと》は[一六]弓場殿《ゆばでん》に立《たち》てみるに、上達部の[一七]御前《みさき》は美福門《びふくもん》よりのぞく。かくのごとくみる程に、其雲むらなく大空にひきふたぎて、龍神震動し雷光大[一八]界にみち、車[一九]軸のごとくなる雨ふりて、天下忽にうるほひ、五穀豐饒にして萬木果をむすぶ。見聞の人歸服せずといふ事なし。さて御門・大臣・公卿[二〇]隨喜《ずゐき》して[二一]僧都《そうづ》になし給へり。不思議の事なれば、すゑの世の物語にかくしるせる也《なり》。

## 三　**同僧正大嶽ノ岩祈失事

今は昔、靜觀僧正は、[二二]西塔の[二三]千手院といふ所に住給《すみたま》へり。その所は南むきにて、[二四]大嶽《おほたけ》をまもる所にて有《あり》けり。大たけの[二五]乾《いぬゐ》の方のそひに大《おほき》なるいはほあり。其岩のありさま龍の口をあきたるに似たりけり。その岩の[二六]すぢに向《むかひ》て住《すみ》

一三　﨟を積んだ人。夏﨟（略して﨟）は僧の安居（アンゴ。夏、籠って修行すること）を一﨟として、功を積んだことを数える。
一四　紫宸殿のこと。
一五　竜神（雨神）は北を司るというので北面する。
一六　校書殿のこと。
一七　御前駈。さきがけ。
一八　板本「大千界」
一九　長阿含経に「澍降二大雨一滴如二車軸一或復如レ杵」
二〇　法華経、随喜功徳品「世尊説二是法一我等皆随喜」
二一　僧正の下、律師の上の僧官。
**　日本往生極楽記・元亨釈書巻一〇増命伝に見え、扶桑略記、宇多帝、寛平三年（八九一）夏の事とする。
二二　比叡山三塔（東塔・西塔・横川）の一。
二三　千手観音一体を安置する。天台座主記、増命の註「千光院」元亨釈書「西塔釈迦院北庵」
二四　大比叡（比叡山の頂上）を見まもる所。
二五　西北方の崖。
二六　筋むかいに住んだ。

ける僧ども、命《いのち》もろくしておほく死《しに》けり。しばらくは『いかにして死ぬるやらん』と、心もえざりける程に、「此岩の有《ある》ゆゑぞ。」といひたちにけり。此岩を毒龍の巖とぞ名づけたりける。これによりて西塔《さいたふ》のありさま、たゞあれに荒れのみまさりけり。此千手院にも、人おほく死《しに》ければ住《すみ》わづらひけり。此巖をみるに、まことに龍の大口をあきたるに似たり。『人のいふ事は、げにもさありけり』と僧正思《おもひ》給《たまひ》て、此岩の方《かた》に向て、七日七夜加持《かぢ》[一]しければ、七日といふ夜半計《ばかり》に、空くもり震動する事おびたゞし。大嶽に黒雲かゝりてみえず、しばらくありて空晴《はれ》ぬ。夜明《あけ》て大たけをみれば、毒龍巖くだけて散《ちり》失《うせ》にけり。それより後、西塔に人住《すみ》けれども、たゝり[二]なかりけり。西塔の僧共は、件《くだん》[三]の座主を今に至るまでたふとみけるとぞ語傳《かたりつたへ》たる。不思議の事也《ことなり》。

## 四　金峯山薄打ノ事

今は昔、七條[四]にはくうち[五]あり、みたけまうで[六]しけり。まゐりてかなくづれ[七]をゆいてみれば、誠《まこと》の金のやうにてありけり。うれしく思て、件《くだん》の金を取て袖につゝみて家に歸《かへり》ぬ。おろして[八]みければ、きら〳〵として誠の金なりければ、『ふしぎの事也《なり》。此《この》金取るは、神《かみ》なり、地振《ちぶるひ》[九]、雨ふりなどして、すこしも[一〇]えとらざんなるに、これはさる事もなし。此《この》のちもこの金をとりて、世中《よのなか》を

一　真言で修する仏力加護の呪法（祈禱）。
二　（祟）悪霊のなす災。
三　増命は第一〇代の天台座主となり、延喜六年一〇月一七日（年六五、臈四五）に宣命があり、同二二年五月二六日に辞職するまで治山一六年に及んだ。天台座主は天台宗比叡山延暦寺を統べる僧官。
四　七条大路のあった地。
五　（箔打）金銀を薄く打つのを職とする者。
六　（御嶽詣）大和国吉野郡（奈良県）の金峰山に参詣すること。
七　（金崩）金峰山の山崩れの所。
八　けずって粉にして。
九　古板本「ぢしん」
一〇　「え取らざるなるに」で、取られないのに。

すぐべし』と、うれしくてはかりにかけてみれば、十八兩ぞありける。これをはくに[一一]うつに七八千枚にうちつ。『これをまろげて、みなかはん人もがな』と思て、しばらく持《もち》たる程に、「検非違使《けびゐし》[一二]なる人の東寺《とうじ》[一三]の佛造らんとて、薄《はく》をおほく買《かは》んといふ。」とつぐる物ありけり。悦《よろこび》て、ふところにさし入《いり》て行《いき》ぬ。「箔やめす。」といひければ、「いくら計持《ばかりもち》たるぞ。」と問《とひ》ければ、「七八千枚ばかり候。」といひければ、「持《もち》てまゐりたるか。」といへば、「候《さぶらふ》。」とて懐より紙につゝみたるを取出したり。みれば、やれず[一四]ひろく、色いみじかりければ、ひろげてかぞへんとてみれば、ちひさき文字にて、「金ノ御嶽〳〵。」とこと〴〵くかゝれたり。心もえで、「此《この》かきつけは、なにの[一五]れうの書付《かきつけ》ぞ。」ととへば、薄打《はくうち》「書付も候はず。何のれうのかき付《つけ》かは候はん。」といへば、「げんにあり。これをみよ。」とてみするに、薄打みれば、まことにあり。『あさましき事哉《ことかな》』と思て、口も、えあかず[一七]。検非違使《けびゐし》、「これはたゞ事《ごと》[一八]にあらず。やう[一六]あるべし。」とて、友をよびぐして、金をばかどのをさにもたせて、薄《はく》うちぐして大理《だいり》[一九]の許《もと》へまゐりぬ。件の事どもを語《かたり》たてまつれば、別當[二〇]おどろきて、「はやく河原にゐて行《いき》て、とへ。」といはれければ、検非違使ども河原に行て、よせば[二一]しらほりたてて、身をはたらかさぬやうに、はりつけて、七十度のかうじ[二二]をへければ、せなかは紅のねりひとへ[二三]を水にぬらしてきせたるやうに、みさ〳〵[二四]と成《なり》てありけるを、かさねて獄に入《いれ》たりければ、わづか

一一　箔。「薄」とも書く。
一二　検非違使庁の官員。非法非違を検する官。
一三　京都九条にある真言宗の寺。金光明四天王教王護国寺。
一四　破れず。
一五　何のための書付か。
一六　事情があるだろう。
一七　古板本「友をよび〳〵して」
一八　看督長（かどのをさ）検非違使の下役。
一九　検非違使別当の唐名。
二〇　検非違使の長官。
二一　原本・古板本「よせばし」こゝは図書寮本（八冊本）による。罪人をつなぎ拷問する柱。
二二　「勘じ（拷問し）終へければ」か。
二三　練絹の単衣。
二四　びしょびしょ。流血の様。

に十日計《ばかり》ありて死《しに》にけり。薄《はく》をば金峯《きんぶ》山《せん》に返して、もとの所におきけると、かたりつたへたり。それよりして人おぢて、いよ〳〵件の金とらんとおもふ人なし。あなおそろし。

## 五　用經荒卷ノ事*

今は昔、[一]左京のかみなりける、ふる上達部《かんだちべ》ありけり。年老《としおい》て、いみじうふるめかしかりけり。[二]しもわたりなる家に、[三]ありきもせで籠《こも》り居たりけり。その[四]つかさのさくわんにて、[五]紀用經《きのもちつね》といふ物ありけり。[六]長岡になん住《すみ》ける。司《つかさ》の[七]目《さくわん》なれば、このかみのもとにもきてなん、[八]をこづりける。此用經、[九]大殿に[一〇]まゐりて、にへ殿《どの》にゐたるほどに、[一一]淡路守《あはぢのかみ》よりちかが鯛の[一二]あら卷《まき》をおほくたてまつりたりけるを、贄殿《にへどの》にもてまゐりたり。にへ殿《どの》のあづかりよしずみに、二《ふた》まき用經こひとりて、[一三]ま木《ぎ》にさゝげておくとて、よしずみにいふやう、「これ人してとりにたてまつらんをりに、[一四]おこせ給へ。」といひおく。[一五]さて殿を出《いで》て心のうちに思けるやう、『これわが司《つかさ》のかみにたてまつりて、をこづりたてまつらん』と思て、これをまぎにさゝげて、左京のかみのもとにいきてみれば、[一六]かんの君《きみ》、[一七]いでゐにまらうど二三人ばかりきて、[一八]あるじせんとて、[一九]ぢくわろに火おこしなどして、我《わが》もとにて、物くはんとするに、はか〴〵し

* 今昔物語巻二八、第三〇話と同話。
一　左京大夫。左京職の長官。
二　下京あたり。
三　歩きもしないで。
四　左京職の第四等官。「さくわん」は属で、大属一人・小属二人あった。
五　今昔物語「紀茂経」
六　山城国乙訓郡（京都府）。桓武帝延暦三年一一月に奈良から遷って同一三年一〇月京都に移るまでの間の都。
七「目」は国司の第四等官。こゝは左京の属のこと。
八　機嫌をとった。
九　今昔物語では宇治殿（藤原頼通）のこと。
一〇　魚鳥を貯蔵し調理する所。
一一　淡路国の国守（国司の長官）源頼親。多田満仲の二男、頼光の弟。従四位大和守。
一二　苞苴。苞（つと）
一三　間木（棚の類）にさし上げて置く。
一四　遣わし。よこし。
一五「さて殿を出て」一本により補った。

き魚もなし。鯉・鳥などようありげなり。それに用經が申《まうす》やう、「もちつねがもとにこそ、津《つ》の國なる下人の、鯛のあらまき三《みつ》けさ持《も》てまうできたりつるを、一まきたべ心み侍《はべり》つるが、えもいはずめでたくさぶらひつれば、いま二まきは、けがさでおきてさぶらふ。いそぎてまうでつるに、下人の候《さぶらは》で持て參り候はざりつる也《なり》。たゞいま、とりにつかはさんはいかに。」と、こゑだかく、二〇したりがほに袖をつくろひて、二一くちわきかいのごひなどして、ゐあがりのぞきて申せば、かみ「さるべき物のなきに、いとよき事かな。とくとりにやれ。」との給《たま》ふ。まらうどども、くふべき物のさぶらはざめるに、九月ばかりの事なれば、「此比《このごろ》鳥のあぢはひ、いとわろし。鯉はまだいでこず、よき鯛は二二きいの物也。」などいひあへり。用經、馬ひかへたる童《わらは》をよびとりて、「馬をば御門の腋につなぎて、たゞいま走て大殿にまゐりて、贄殿のあづかりのぬしに、『そのおきつるあら卷、たゞいまおこせ給へ』と二三さゝめきて、二四時かはさずもてこ。ほかによるな。とくはしれ。」とてやりつ。さて「まな板《いた》あらひて、もてまゐれ。」とこゑだかくいひて、やがて用經、「けふの二五庖丁《はうちやう》は仕まつらん。」といひて、二六まなばしけづり、さやなる二七刀ぬいて、まうけつゝ「あな久し。二八いづら、きぬや。」など、心もとながりゐたり。「おそし〳〵。」といひゐたる程に、やりつる童、木の枝にあらまき二《ふたつ》ゆひつけてもてきたり。「いとかしこく、あはれ、とぶがごと走《はしり》てまうできたる童かな。」とほめて、とり

一六　かみ（左京の大夫）の君。
一七　（出居）応接間。
一八　饗応。
一九　地下炉。炉の類。
二〇　得意顔。
二一　口脇掻い拭い。
二二　奇異の物。今昔物語「極（いみじ）キ物」
二三　小声で云って。今昔物語「私語（ささや）キテ」
二四　時を移さず。即刻。
二五　料理人。続古事談「清涼殿ノ広庇ニ庖丁ノ人々高雅・明順ナド候ケリ」
二六　真魚箸。魚の料理に使う箸。
二七　庖丁刀。
二八　どうだ、来たか。

てまな板の上に打おきて、こと〳〵しく大鯉つくらんやうに、左右の袖つくろひ、[一]くゝりひきゆひ、かたひざたて、いまかた膝ふせて、いみじくつきづきしくゐなして、あら巻《まき》のなはをふつ〳〵とおしきりて、刀して藁《わら》をおしひらくに、ほろ〳〵と物どもこぼれておつる物は、ひら足駄《あしだ》・[二]古《ふる》しきれ・[三]ふるわらうづ・ふるぐつ、かやうの物のかぎりあるに、用經あきれて、刀もまなばしもうちすてて、沓《くつ》もはきあへず逃《にげ》ていぬ。左京のかみも、客人《まらうど》も、あきれて目も口もあきてゐたり。まへなる侍どももあさましくて、目をみかはして、[四]ゐなみたるかほども、いとあやしげなり。物くひ酒のみつるあそびも、みな[五]すさまじく成て、ひとりたち、ふたりたち、みなたちていぬ。左京のかみのいはく、「此をのこをば、かく、えもいはぬ[六]しれ物《もの》ぐるひとはしりたりつれども、[七]司《つかさ》のかみとて、[八]きむつびつれば、よしとは思はねど、おふべき事もあらねば、さとみてあるに、かゝるわざをしてはからんをばいかがすべき。[九]物あしき人は、[一〇]はかなき事に付《つき》てもかゝる也《なり》。いかに世の人きゝつたへて、よのわらひぐさにせんとすらん。」と、空をあふぎてなげき給事かぎりなし。用經は馬に乘て、はせちらして殿にまゐりて、にへ殿のあづかりよしずみにあひて、「此あらまきをば、[一一]をしとおぼさば、[一二]おいらかにとり給《たまひ》てはあらで、かゝる事をしいで給へる。」と、なきぬばかりにうらみのゝしる事かぎりなし。よしずみがいはく、「こはいかにの給事《たまふこと》ぞ。あらまきはたてまつりて後、

一　袖の括り紐を締め。
二　(古尻切) 古草履。
三　(古藁沓) 古わらじ。
四　居並んだ。
五　興ざめて。
六　白痴狂人。
七　(自分を) 上官と思って。
八　(来睦び) 来て親しみ。
九　下種な人。
一〇　ちょっとした事についても。
一一　惜しいとお思いになるならば。
一二　穏かに。おとなしく。

[一三]あからさまにやどに、まかりつとて、おのがをのこに云様《いふやう》、『さ京のかみのぬしのもとから、荒巻とりにおこせたらば、取《とり》て使[一四]にとらせよ』といひおきて、まかでてたゞいま歸《かへり》まゐりてみるに、あらまきなければ、『いづちいぬるぞ』ととふに、『しか〴〵の御使ありつれば、の給《たま》はせつるやうにとりてたてまつりつる』といひつれば、さにこそはあんなれとききてなん侍《はべ》る。事[一五]のやうをしらず。」といへば、「さらば、かひなくとも、いひあづけつらんぬしをよびて問《とひ》給へ。」といへば、男をよびてとはんとするに、いでていにけり。[一六]膳部《かしはで》なる男がいふやう、「おのれがへやに入《いり》ゐてききつれば、[一七]このわかぬしたちの、『まぎにさゝげられたるあらまきこそあれ。こは、たがおきたるぞ。なんのれうぞ』ととひつれば、たれにかありつらん、『左京のさくわんのぬしなり』といひつれば、『さては、[一八]ことにもあらず。すべき様《やう》あり』とて、取おろして、[一九]鯛をばみなきりまゐりて、かはりにふるしきれ・ひらあしだなどをこそ入《いれ》て、まぎにおかるときき侍《はべり》つれ。」とかたれば、用經ききて、しかりのゝしる事かぎりなし。此の聲をききて、人々[二〇]「いとほし。」とはいはで、わらひのゝしる。[二一]用經しわびて、『かくわらひのゝしられんほどはありかじ』とおもひて、長岡の家にこもりゐたり。其後、左京のかみの家にも、[二二]えいかずなりにけるとかや。

一三　仮初に。ちょっと。
一四　「使」は古板本に「夫」(ブ)とある。
一五　事情。
一六　食膳のことを掌る者。膳夫。
一七　この贄殿の若い衆。
一八　何の事もない。
一九　切り（料理し）食して。
二〇　気の毒だ。
二一　国文大観本には「用経はいふかひなくて帰りにけり。その後思ひしわびて」とある。「しわびて」は当惑して。
二二　行かれなくなってしまったとさ。

## 六　厚行死人ヲ家ヨリ出ス事 *

むかし、右近将監《うこんしやうげん》下野《しもつけの》[一]厚行《あつゆき》といふ物ありけり。競馬によく乘《のり》けり。帝王よりはじめまゐらせて、[二]おぼえことにすぐれたりけり。朱雀院の御時より、村上の御門《みかど》の御時なんどは、盛《さかり》にいみじき[三]舎人《とねり》にて、人々ゆるし思《おもひ》けり。年たかくなりて、西の京にすみけり。隣なりける人俄に死《しに》けるに、此厚行[四]とぶらひに行《いき》て、其子にあひて、[五]別《わかれ》のあひだの事共とぶらひけるに、「此死《しに》たる親を出《いだ》さんに、門《かど》あしき方に向へり。さればとて、さて有《ある》べきにあらず。門よりこそ出すべき事にてあれ。」といふをききて、厚行が云様《いふやう》、「あしき方よりいださん事ことに然《しかる》べからず。かつは、あまたの御子たちのため、ことにいまはしかるべし。厚行が[六]へだての垣をやぶりて、それより出《いだ》したてまつらん。かつは、いき給《たまひ》たりし時、ことにふれて情《なさけ》のみありし人也《なり》。かゝるをりだにもその恩を報じ申さずば、なにをもてか、むくい申さん。」といへば、子どものいふやう、「[七]無爲なる人の家より出さん事あるべきにあらず。[八]忌《いみ》の方《かた》なりとも、我門よりこそいださめ。」といへども、「僻事《ひがごと》なし給《たまひ》そ。たゞ厚行が門より出し奉《たてまつら》ん。」といひて歸《かへり》ぬ。我子どもに云様《いふやう》、「隣のぬしの死たる、いとほしければ、とぶらひに行《いき》たりつるに、あの子どもの云様《いふやう》、『忌の方なれど

＊ 今昔物語巻二〇第四四話と同話。
一 古板本「原行」（もとゆき）。今昔物語は「下毛野敦行」
二 思われ。信任。
三 近衛府の下役。近衛舎人とも府掌ともいう。
四 とむらい。弔問。
五 死別。
六 両家を隔てる垣。次に「中の垣」とある。
七 無事。
八 凶の方角。

も、門は一《ひとつ》なれば、これよりこそ出さめ』といひつれば、いとほしく思て、『中の垣を破て、我門より出し給へ』といひつる。」といふに、妻子どもききて、「[九]不思議の事し給親かな。[一〇]いみじき穀《こく》だちの聖《ひじり》なりとも、かゝる事する人やはあるべき。身思はぬといひながら、我家の門より隣の死人出す人や有《ある》。返々《かへすがへす》も有間敷《あるまじき》事也《ことなり》。」とみないひあへり。厚行「ひが事《ごと》ないひあひそ。たゞ厚行がせん様《やう》にまかせてみ給へ。[一一]物忌《ものいみ》し、くすしくいむやつは、命もみじかくはかゞしき事なし。たゞ物いまぬは命もながく子孫もさかゆ。いたく物いみ、くすしきは人といはず。恩を思《おもひ》しり、身を忘るゝをこそ人とはいへ。[一二]天道も是《これ》をぞめぐみ給らん。[一三]よしなきこと、なわびあひそ。」とて、下人どもよびて、中の檜垣《ひがき》をたゞ[一四]こぼちにこぼちて、それよりぞ出《いで》させける。さてその事世にきこえて、[一五]殿原《とのばら》も[一六]あさみほめ給《たまひ》けり。さて其後、九十計《ばかり》までたもちてぞ死《しに》ける。それが子どもにいたるまで、みな命ながくて、下野氏の子孫は、舎人の中にもおほくあるとぞ。

## 七　鼻長キ僧ノ事[**]

昔、[一七]池の尾に[一八]禪珍内供《ぜんちんないぐ》といふ僧すみけり。[一九]眞言《しんごん》なんどよく習《ならひ》て、年久《ひさし》く行《*おこなひ》て貴《たふ》とかりければ、世の人々さまぐの祈《いのり》をせさせければ、身の[二〇]德ゆたかに

九　原本「不思儀」古板本による。
一〇　えらい絶穀の僧。巻一二第九話参照。
一一　物事を気にして、変に忌み嫌う奴。やたらに御幣をかつぐ奴。
一二　天地を主宰する神。
一三　理由のない事を悲観しあうな。
一四　こわしにこわして。
一五　「原」は複数をあらわす接尾語。「法師ばら」の類。
一六　驚嘆し。
**　今昔物語巻二八第二〇話と同話。芥川竜之介「鼻」の素材となった話。
一七　山城国宇治郡（京都市）。
一八　八冊本には「禅智」。「内供」は内供奉（宮廷の内道場に供奉する僧職で十名。内供奉十禅師）の略。
一九　真言秘密の法。加持祈禱のこと。
二〇　富。

て、堂も僧坊もすこしもあれたる所なし。佛供御燈などもたえず、をりふしの僧膳、寺の講演しげく行はせければ、寺中の僧坊にひまなく僧もすみにぎはひけり。[一]湯屋《ゆや》には、ゆわかさぬ日なく、あみ[二]のゝしりけり。又そのあたりに、小家どももおほくいできて里もにぎはひけり。さてこの内供は鼻長かりけり。五六寸計《ばかり》なりければ、おとがひ[三]よりさがりてぞみえける。色は赤紫にて、[四]大柑子《だいかうじ》のはだのやうにつぶだちてふくれたり。かゆがる事かぎりなし。[五]提《ひさげ》に湯をかへらかして、[六]折敷《をしき》を鼻さし入《いる》ばかりゑりとほして、火のほのほのかほにあたらぬやうにして、その折敷の穴より鼻をさしいでて、提の湯にさし入《いれ》て、よく〳〵ゆでて引あげたれば、色はこき紫色也《なり》。それをそばざまに[七]臥《ふせ》て、したに物をあてて人にふますれば、つぶだちたる穴ごとに煙のやうなる物いづ。それをいたくふめば、白き蟲の穴ごとにさし出《いづ》るを、毛抜《けぬき》にてぬけば、四分計《ばかり》なるしろき蟲を穴ごとにとりいだす。その跡はあなだにあきてみゆ。それを又おなじ湯に入《いれ》て、[八]さらめかしわかすに、[九]ゆづれば鼻ちひさくしぼみあがりて、たゞの人の鼻のやうになりぬ。又二三日になれば、さきのごとくに、はれて大きに成《なり》ぬ。かくのごとくしつゝ、腫《はれ》たる日數はおほくありければ、物食ける時は、弟子の法師に、平なる板の一尺計《ばかり》なるが、廣さ一寸ばかりなるを鼻のしたにさし入《いれ》て、むかひゐて、[一〇]かみざまへもてあげさせて、物くひはつるまではありけり。[一一]こと人《びと》してもてあげさするをりは、あらくもて

一 浴室。
二 浴み。浴び。
三 あご。
四 大きな蜜柑。
五 手さげのつるとつぎ口のある金属製の器。
六 へぎ製の角盆。
七 横向きに身を臥せて。今昔物語「喬様（そばざま）に臥して」
八 巻一第一八話に「さらさらと返らかして」
九 ゆでると。
一〇 上方へ。
一一 他の人に命じて。

あげければ、腹をたてて物もくはず、されば此法師一人をきめて、物くふたびごとにもてあげさす。それに[一二]心ちあしくして、この法師いでざりけるをりに、朝がゆくはんとするに、鼻をもてあぐる人なかりければ、「いかにせん。」[一三]なむどいふ程に、つかひける童《わらは》の、「我はよくもてあげまゐらせてん。更にその[一四]御房には、よもおとらじ。」といふを、弟子の法師ききて、「この童のかくは申《まうす》。」といへば、[一五]中大童子にて、[一六]みめもきたなげなくありければ、[一七]うへにめしあげてありけるに、この童、鼻《はな》もてあげの木を取《とり》て、[一八]うるはしくむかひゐて、よき程《ほど》に高からずひきからずもたげて、粥をすゝらすれば、此内供《ないぐ》、「いみじき上手にてありけり。例の法師にはまさりたり。」とて、かゆをすゝる程に、この童、[一九]はなをひんとて、そばざまに向《むき》てはなをひる程に、手ふるひて、鼻もたげの木ゆるぎて、鼻はづれて粥の中へ鼻ふたりとうちいれつ。内供がかほにも、童のかほにも、粥とばしりて、[二〇]ひと物かゝりぬ。内供大《おほき》に腹《はら》立《だち》て、頭かほにかゝりたるかゆを紙にてのごひつゝ、「おのれは[二一]まが〳〵しかりける心もちたる物哉《かな》。[二二]心なしのかたゐとはおのれがやうなる物をいふぞかし。[二三]我ならぬやごつなき人の御鼻にもこそまゐれ、それには、かくやはせんずる。[二四]うたてなりける心なしの[二五]しれ物《もの》かな。おのれ、たて〳〵。」とて追《おひ》たてければ、たつまゝに、「世の人のかゝる鼻もちたるがおはしまさばこそ、はなもたげにもまゐらめ。[二六]をこの事の給《たま》へる御房かな。」といひければ、弟子

一二　病気で。
一三　「なにと」の音便。古板本「など」
一四　僧の敬称。平生定って鼻を持ち上げる役をしている僧をさす。
一五　今昔物語は「中童子」巻一第一五話に「大童子」と出た。
一六　容貌も清らかで。
一七　上座敷。
一八　端然と。きちんと。
一九　くさめをしようとして。和名抄「嚔、和名、波奈比流（はなひる）、噴鼻也」
二〇　一面にかゝった。
二一　禍々しい。いまいましい。
二二　分別のない乞食。
二三　自分以外の高貴な人のお鼻でも持ち上げ申す時には。
二四　あんまりな。けしからぬ。
二五　ばかもの。
二六　ばかばかしい事。

どもは物のうしろに迯《にげ》のきてぞわらひける。

## 八　清明封㆓藏人少將㆒事

むかし、[一]晴明《せいめい》、[二]陣《ちん》にまゐりたりけるに、[三]さき花やかにおはせて、殿上人《てんじやうびと》のまゐりけるをみれば、[四]藏人の少將とて、まだわかく花やかなる人の、みめまことにきよげにて、[五]車よりおりて[六]内《うち》にまゐりたりける程に、この少將のうへに烏の飛《とび》てとほりけるが、[七]ゑどをしかけけるを晴明きとみて、『あはれ、世にもあひ、年などもわかくてみめもよき人にこそあんめれ。[八]しきにうてけるにか。このからすは、しき神にこそありけれ』と思ふに、しかるべくて、此少將のいくべき報やありけん、いとほしう晴明が覺《おぼ》えて、少將のそばへあゆみよりて、「御前へまゐらせ給か。さかしく申やうなれど、なにかまゐらせたまふ。[九]殿は今夜えすぐさせ給はじとみたてまつるぞ。しかるべくて、おのれにはみえさせ給つるなり。[一〇]いざさせ給へ。物心みん。」とて、ひとつの車にのりければ、少將わなゝきて、「あさましき事哉《かな》。さらばたすけ給へ。」とて、ひとつ車に乘《のり》て少將の[一一]里へいでぬ。[一二]申《さる》の時計《ばかり》の事にてありければ、かくいでなどしつる程に日も暮《くれ》ぬ。晴明、少將をつといだきて[一三]身のかためをし、又なに事にか、つぶ〳〵と夜《よ》一夜《ひとよ》いもねず、こわだゐもせず讀《よみ》きかせ、[一四]かぢしけ

一　安倍晴明。益材の子で、大膳大夫・陰陽師・天文博士。卜易・祈禱の名人。巻一一第三話・巻一四第一〇話に見える。
二　宮中で公事ある時諸卿の参列する場所。詰所。
三　前駈。
四　藏人（藏人所の職員）で近衛少将の人。
五　牛車（ぎっしゃ）
六　内裏（だいり）
七　（穢土）糞。
八　式神に打たれたのか。式神は陰陽師が呪詛に使う神。次にも「己れ只今しきに打てて死に侍りぬ」
九　貴殿は今夜を無事にお過し得られなさるまい。
一〇　さあいらっしゃい。
一一　私邸。出仕先の「内」に対する語。
一二　午後四時ほど。
一三　古板本「身がためをし」
一四　（加持）加持祈禱。

り。秋の夜のながきによく〳〵したりければ、暁《あかつき》がたに戸をはた〳〵とたゝきけるに、「あれ人出してきかせ給へ。」とて、きかせければ、この少将の[一五]あひ聟にて、蔵人の五位のありけるも、おなじ家にあなたこなたにすゑたりけるが、此少将をば善き聟とてかしづき、[一六]今ひとりをば事のほかに思《おもひ》おとしたりければ、ねたがりて、[一七]陰陽師《おんやうじ》をかたらひて、[一八]しきをふせたりける也《なり》。さてその少将は死なんとしけるを、晴明が見つけて夜一夜祈《いのり》たりければ、そのふせける陰陽師のもとより人のきて、[一九]たかやかに「心のまどひけるまゝに、よしなく[二〇]まもりつよかりける人の御ために、仰をそむかじとて、しきふせて、すでにしき神かへりて、[二一]おのれたゞいま、しきにうてて死侍《しにはべり》ぬ。すまじかりける事をして。」といひけるを、晴明「是《これ》きかせ給へ。[二二]夜部《よべ》みつけまゐらせざらましかば、かやうにこそ候《さぶら》はまし。」といひて、その使に人をそへてやりて、ききければ、「陰陽師は[二三]やがて死《しに》にけり。」とぞいひける。しきをふせさせける聟をば、しうとやがておひすてけるとぞ。晴明にはなく〳〵悦《よろこび》て、[二四]おほくの事どもしてあかずぞ喜びける。[二五]たれとはおぼえず、大納言までなり給けるとぞ。

一五　「あひよめ」に対して妻の姉妹の夫をいう。
一六　蔵人の五位をさす。
一七　陰陽寮の役員で、占易・相地・呪術などの事を司った。うらし（卜師）。
一八　式神を祈禱力で責め伏せたのだ。
一九　高らかに。
二〇　護身の強い人。蔵人の少将をさす。晴明の法力が強くて守っているのでこういう。
二一　自分。蔵人の五位が語らった陰陽師のこと。
二二　昨夜私が見つけ申さなかったならば、貴殿もかように死なれたでしょうに。
二三　そのまま直ちに。
二四　多くの謝礼などして。
二五　蔵人の少将とは誰の事だかは知らないが。

## 九 季通欲レ逢レ事ニ事*

むかし、駿河前司《ぜんじ》[一]橘季通といふ物ありき。それが若かりける時、さるべき所なりける女房を、忍《しのび》てゆきかよひける程に、そこにありける侍《さぶらひ》ども、「なま[二]六位の、[三]家人《けにん》にてあらぬが、よひ曉にこの殿へ出入《いでいる》事わびし。これたてこめて[四]かうぜん。」といふ事を、あつまりていひあはせけり。かゝる事をもしらで、例の事なれば、小舎人童《こどねりわらは》一人具《ぐ》して[五]局《つぼね》に入《いり》ぬ。童をば、「曉迎《むかへ》に來《こ》よ。」とて返《かへ》しやりつ。此うたんとするをのこども、うかゞひまもりければ、「[六]例《れい》のぬしきて、局に入《いり》ぬるは。」と告《つげ》まはして、かなたこなたの門どもを[七]さしまはして、かぎ取置て、侍共引杖《ひきつゑ》して、[八]築地《ついぢ》のくづれなどのある所に立《たち》ふたがりてまもりけるを、その局の[九]めの童《わらは》けしきどりて、主《しう》の女房に「かゝる事のさぶらふは、いかなる事にか候らん。」と告《つげ》ければ、主の女もききおどろき、[一〇]ふたりふしたりけるが、おきて季通も装束《さうぞく》してゐたり。女房うへにのぼりて尋《たづね》ぬれば、「侍《さぶらひ》どもの心合せてするとはいひながら、[一一]主の男も、空《そら》しらずしておはする事。」とききえて、すべきやうなくて、局に歸りてなきゐたり。季通『いみじきわざかな。恥を見てんず』と思へども、すべきやうなし。めの童を出《いだ》して、「出ていぬべき少しのひまやある。」とみせけれども、「さやう

* 今昔物語巻二三第一六話と同話。
一 前任の駿河守である橘季通は陸奥守則光の子。歌人。
二 新参の六位。
三 今昔物語「此殿の人にも非ぬ者の」
四 懲らしめよう。
五 部屋。曹司。女房などのいる部屋。
六 季通をさす。
七 錠をさし廻して。
八 土を築（つ）いて作った垣。土塀。
九 女の童。小間使のような少女。
一〇 季通と女房。
一一 女房の仕えている男主人も知らぬふりして。

のひまもある所には、四五人づつくゝり[一二]をあげ、そばをはさみて、太刀をはき、杖をわきばさみつゝ、みなたてりければ、出《いづ》べきやうもなし。」といひけり。此駿河前司は、いみじう力ぞつよかりける。『いかゞせん。[一三]明《あけ》ぬとも、この局にこもりゐてこそは、ひきいでに入《いり》こんものと取あひてしなめ、さりとも夜明て後、[一四]我ぞ人ぞとしりなん後には、ともかくもえせじ、[一五]ずんざどもよびにやりてこそ、出《いで》てもゆかめ』と思《おもひ》ゐたりけり。『曉にこの童の來て、心もえず門たゝきなどして、わが小舍人童と心えられて、とらへしばられやせんずらん』と、それぞ不便《ふびん》に覺《おぼえ》ければ、めの童を出《いだ》して、[一六]『もしやききつくる』とうかゞひけるをも、侍ども、はしたなくいひければ、なきつゝ歸《かへり》てかゞまりゐたり。かゝる程に、曉方《あかつきがた》になりぬらんと思ふほどに、此童いかにしてか入《いり》けん。入《いり》くるおとするを、侍、「たそ。その童は。」と、けしきどりてとへば、[一七]『あしくいらへなんず』と思《おもひ》ゐたるほどに、[一八]「御《み》ど經《きやう》の僧の童子《どうじ》に侍《はべり》。」となのる。さなのられて「とく過《すぎ》よ。」といふ。『かしこくいらへつる物かな。[一九]よりきて、れいよぶめの童の名やよばんずらん』と、又それを思《おもひ》ゐたる程に、よりもこで過《すぎ》ていぬ。『此童も心えてけり。[二〇]うるせきやつぞかし。さ心えてば、さりとも、たばかる事あらん。』と、童の心をしりたれば、たのもしく思《おもひ》たる程に、大路《おほぢ》に女ごゑして、[二一]「ひはぎありて人ころすや。」とをめく。それをききて、この立てる侍ども、[二二]「あれからめよや。[二三]けしうはあらじ。」

一二　狩袴の下緒（括り紐）をしめあげ、袴の股立をはさんで。
一三　もし夜が明けても、この部屋にこもっていては、引っぱり出しに入って来よう者と格闘して死のうが。
一四　自分だ相手の人だと區別がわかるようになった後には。
一五　従者ども。とも人。
一六　今昔物語では「若ヤ来ル」。「もしや来つる」の誤りか。
一七　季通の思わくをのべる。「いらへ」は答え。
一八　御読経。
一九　寄り来て。近寄って来て。
二〇　怜悧な奴。
二一　（引剝）追剝。
二二　あれを引っ捕えよや。
二三　構うことはあるまい。

といひて、みなはしりかゝりて、門をも、え明《あけ》あへず、くづれよりはしりいでつゝ、「いづかたへいぬるぞ。」「こなた。」「かなた。」と尋《たづね》さわぐ程に、『この童のはかる事よ』と思《おもひ》ければ、走《はしり》いでてみるに、門をばさしたれば門をばうたがはず、くづれのもとに、[一]かたへはとまりて、とかくいふ程に、門のもとに走《はしり》よりて、[二]じやうをねぢて引《ひき》ぬきて、[三]あくるまゝに走《はしり》のきて、築地《ついち》はしりすぐる程にぞ、此童は走あひたる。ぐして三町計《ばかり》走のびて、れいのやうにのどかにあゆみて、「いかにしつる事ぞ。」といひければ、「門どもの例《れい》ならず[四]さされたるにあはせて、くづれに侍どもの立ふたがりて、きびしげに尋問《たづねと》ひさぶらひつれば、そこにては、『御《み》讀經《どきやう》の僧の童子』と名のり侍りつれば、[五]いで侍《はべり》つるを、それよりまかり歸《かへ》りて、とかくやせましと思給《おもひたまへ》つれども、[六]まゐりたりとしられたてまつらでは、あしかりぬべくおぼえ侍りつれば、聲をきかれたてまつりて、歸出《かへりいで》て、此隣なるめのわらはの[七]くぼまりゐて侍《はべる》を、[八]しや頭をとりて打《うち》ふせて、きぬをはぎ侍りつれば、をめき候《さぶらひ》つるこゑにつきて、人々いでまうできつれば、今はさりとも出《いで》させ給《たまひ》ぬらんと思《おもひ》て、こなたざまにまゐりあひつるなり。」とぞいひける。童部《わらはべ》なれども、かしこくうるせきものは、かゝる事をぞしける。

一　半ば。半数。
二　錠。
三　季通は門を開けるや否や。今昔物語「門ヲ開クママニ」
四　閉されていると同時に。
五　今昔物語「入テ候ツルヲ」（入れてくれましたのを）
六　自分がお迎えに来たと（主人の季通に）知られ申さなくては。
七　原本・古板本「くそまりゐてはべるを」今、板本による。今昔物語「大路ニ居テ候ツルヲ」
八　「どたま」というような語。そっ首。今昔物語では「シヤ髪」

## 一〇　袴垂合二保昌一事*

昔、はかま[九]だれとていみじき盗人の大将軍ありけり。十月計《ばかり》[一〇]にきぬの用ありければ、衣《きぬ》すこしまうけんとて、さるべき所々うかゞひありきけるに、夜中ばかりに、人みなしづまりはててのち、月の朧《おぼろ》なるに、きぬあまたきたりけるぬしの、[一一]指貫《さしぬき》のそばはさみて、[一二]きぬの狩衣《かりぎぬ》めきたるきて、たゞひとり笛吹《ふき》て、[一三]ゆきもやらず、ねりゆけば、『あはれ、これこそ、我にきぬえさせんとて、出《いで》たる人なめれ』と思て、走かゝりて衣《きぬ》をはがんと思ふに、あやしく物のおそろしく覺えければ、そひて二三町ばかりいけども、我に人こそ付《つき》たれと思《おもひ》たるけしきもなし。いよ〳〵笛を吹《ふき》ていけば、心みんと思て、[一四]足をたかくして走《はしり》よりたるに、笛を吹ながら見かへりたる氣《け》しき、取りかゝるべくもおぼえざりければ走のきぬ。かやうにあまたたび、[一五]とざまかうざまにするに、露ばかりもさわぎたるけしきなし。『希有《けう》の人かな』と思て、十餘町ばかりぐして行《いく》。『さりとてあらんやは』と思て、刀をぬきて走かゝりたる時に、そのたび笛を吹《ふき》やみて、立歸て、「こは、なにものぞ。」ととふに、心もうせて、我にもあらで、[一六]ついゐられぬ。又「いかなる者ぞ。」ととへば、今は、にぐとも、よもにがさじと覺《おぼえ》ければ、「[一七]ひはぎにさぶらふ。」といへば、「何ものぞ。」ととへば、「[一八]あざな袴《はかま》だれとなんいはれさぶらふ。」と答ふれば、「さ

* 今昔物語巻二五第七話と同話。
九 （袴垂）世に「袴垂保輔」というが、袴垂と保輔とは別人。保輔は本話に出る藤原保昌の弟であること巻一一第二話に。
一〇 今昔物語「衣ノ要有ケレバ」
一一 括り袴の股立（ももだち）をとって。
一二 絹製の狩衣めいた物を着て。
一三 ゆるゆると歩いて行くので。
一四 今昔物語「足音ヲ高クシテ」
一五 かれこれといろいろにするが。打聞集第四話に「トサマカウサマニ祈ドモ露ノ験シ无シ」
一六 思わずかしこまった。「つい」は「突き」で接頭語。巻一第一八話に「つい据ゆ」
一七 （引剝）追い剝。
一八 通称。

いふ者ありときくぞ。あやふげに、希有《けう》のやつかな。」といひて、「[一]ともにまうでこ。」とばかりいひかけて、又おなじやうに笛吹てゆく。この人のけしき、今はにぐともよもにがさじと覺ければ、鬼に[二]神とられたるやうにて、ともに行程《いくほど》に、家に行《いき》つきぬ。いづこぞと思へば、攝津前司[三]保昌《やすまさ》といふ人なりけり。家のうちによび入《いれ》て、綿あつき衣一《ひとつ》を給はりて、「きぬの用あらん時は、まゐりて申せ。心もしらざらん人にとりかゝりて、汝あやまちすな。」とありしこそ、あさましく[四]むくつけくおそろしかりしか。いみじかりし人のありさま也と、とらへられてのち、かたりける。

## 二　明衡欲レ逢レ殃事*

むかし、[五]博士《はかせ》にて、[六]大學頭明衡《だいがくのかみあきひら》といふ人ありき。若かりける時、さるべき所に宮仕《みやづかへ》しける女房をかたらひて、その所に入《いり》ふさん事便《びん》なかりければ、そのかたはらにありける下種《げす》の家を借《かり》て、「女房かたらひ出《いだ》してふさん。」といひければ、男あるじはなくて妻計《ばかり》ありけるが、「いとやすき事。」とて、おのれがふす所よりほかに臥《ふす》べき所のなかりければ、我がふし所《どころ》をさりて、女房の局の[七]疊をとりよせて、ねにけり。家あるじの男、我《わが》妻の[八]みそかをとこするとききて、「そのみそか男、こよひなん逢《あは》んとかまふる。」とつぐる人ありけ

一　一緒にやって来い。
二　「鬼に神」は「鬼神に」の誤りか。今昔には「鬼神ニ被レ取ルト云ラム様ニテ」
三　大納言藤原元方の孫で、右京大夫致忠の子。長元九年逝。年七九。和泉式部の夫となった人。
四　気味わるく。
*　今昔物語巻二六第四話と同話。
五　大学寮（紀伝・明経・明法・算・書）・陰陽寮（陰陽・暦・天文・漏刻）・典薬寮（医・針・咒禁）の職員でその道の教官。学者ほどの意。
六　大学寮の長官藤原明衡。敦信の子。文章博士。東宮学士。本朝文粋・雲州往来・本朝秀句の著者。
七　うすべりの類。
八　（密男）間男。

れば、こんをかまへて、殺さんと思て、妻には「遠く物へ行《ゆき》て、いま四五日歸《かへる》まじき。」といひて、九そらいきをしてうかゞふ。夜にてぞありける。家あるじの男、夜ふけて立《たち》ぎくに、男女の忍《しのび》て物いふけしきしけり。『されば、かくし男《をとこ》きにけり』と思《おもひ》て、みそかに入《いり》てうかゞひみるに、我《わが》ね所《どころ》に男、女と臥《ふし》たり。くらければ、確《たし》かにけしきみえず。男のいびきするかたへ、やはらのぼりて、刀をさかてにぬきもちて、腹の上とおぼしきほどを、さぐりてつかんと思《おもひ》て、かひなをもちあげて、つき立てんとする程に、月影の一〇板間《いたま》よりもりたりけるに、指貫《さしぬき》の一一くゝりながやかにて、ふとみえければ、それにきと思《おもふ》やう、『我妻のもとには、かやうに指貫きたる人は、よもこじ物を。もし人たがへしたらんは、いとほしく不便《ふびん》なるべき事』と思《おもひ》て、手をひき返して、きたるきぬなどをさぐりける程に、一二女房ふとおどろきて、「こゝに人のおとするは、たそ。」と、忍《しのび》やかにいふけはひ、我妻にあらざりければ、『さればよ』と思て、ゐのきける程に、一三此の臥《ふし》たる男もおどろきて、「たそく〵。」ととふ聲をききて、我妻の、しもなる所に一四ふして、『一五我男のけしきのあやしかりつるは、それがみそかにきて一六人《ひと》たがへなどするにや』とおぼえける程に、おどろきさわぎて、「あれはたそ。盗人か。」などのゝしるこゑの我妻にてありければ、一七『こと人々《ひとびと》のふしたるにこそ』と思て、走《はしり》いでて妻がもとにいきて、髪をとりて引《ひき》ふせて、「いかなる事ぞ。」ととひければ、妻『さればよ』と思て、

九　嘘の外出。外出の風をよそおうこと。
一〇　板の隙間。
一一　括り紐。
一二　明衡の愛人の女房が不意に目ざめて。
一三　明衡のこと。
一四　板本は「ふして」の次に「思ひけるやう、」がある。
一五　我が夫の様子が。
一六　人違い。
一七　別の人たち。

「かしこういみじきあやまちすらんに。かしこには上臈[一]《じやうらふ》の今夜計《こよひばかり》とてからせ給《たまひ》つれば、かしたてまつりて、我はこゝに[二]こそふしたれ。希有《けう》のわざする男かな。」とのゝしる時にぞ、明衡もおどろきて、「いかなる事ぞ。」と問《とひ》ければ、その時に男出《いで》きていふやう、「おのれは甲斐殿[三]の雑色《ざふしき》某《なにがし》と申者にて候ふ。一家の君おはしけるをしりたてまつらで、ほと〳〵[四]あやまちをなんつかまつるべく候《さぶらひ》つるに、けうに[五]御指貫のくゝりを見つけて、しか〴〵[六]思給《おもひたまへ》てなん、かひなを[七]引《ひき》しゞめて候つる。」といひて、いみじうわびける。甲斐殿といふ人は、この明衡の妹[八]の男《をとこ》なりけり。思《おもひ》かけぬさしぬきのくゝりの徳に、けうの命をこそいきたりけれ。かゝれば人は忍《しのぶ》といひながら、あやし[九]の所にはたちよるまじきなり。

## 三　唐卒都婆ニ血付ル事*

昔、もろこし[一〇]に大《おほき》[一一]なる山ありけり。その山のいたゞきに、大《おほき》なる卒都婆《そとば》[一二]一《ひとつ》たてりけり。その山の麓の里に、年八十計《ばかり》なる女の[一三]住《すみ》けるが、日に一度、その山の峯にある卒都婆をかならず見けり。たかく大《おほき》なる山なれば、麓より峯へのぼるほど、さがしく[一四]はげしく道遠かりけるを、雨ふり雪ふり、風吹《ふき》雷《いかづち》なり、しみ氷《こほり》たるにも、又あつくくるしき夏も一日もかゝず、かならずのぼ

一　下臈に対して身分の高い人をいう。
二　古板本「宿にこそ」今昔物語も「此ニ」
三　甲斐守殿に仕えている下部の某と申す者。今昔物語に「其ノ甲斐殿ト云ハ此ノ明衡ノ妹ノ男（夫）ニテ藤原公業ト云人也ケリ。此ノ男（雑色某）ハ其ノ人（公業）ノ雑色也ケレバ、常に明衡ノ許ニ使ニ来ケレバ、明暮レ見ユル男也ケリ」公業は参議太宰大弐有国の子。「雑色」は身分が賤しいので定った色の袍（うえのきぬ）の着用が許されない者。雑用をたす人。
四　「ほとんど」は音便。
五　希有に。ふしぎにも。
六　思いまして。「給ふ」は、四段活は尊敬、下二活は謙遜の補助動詞。
七　腕を引き縮めたのでした。
八　明衡の妹の夫。藤原公業。
九　賤しい場所。
*　今昔物語巻一〇第三六話と同話。歴陽湖式伝説で、述異記巻上・捜神記巻一三・

りて此の卒都婆を見けり。かくするを人えしらざりけるに、わかき男ども、童部《わらはべ》の、夏あつかりける比《ころ》、みねにのぼりて、卒都婆のもとに居つゝ、すゞみけるに、此女あせをのごひて、腰ふたへなる者の杖にすがりて、卒都婆のもとにきて、そとばをめぐりければ、をがみたてまつるかとみれば、そとばをうちめぐりては、則《すなはち》歸々《かへり〳〵》する事一度にもあらず、あまたたび、この涼む男どもにみえにけり。「この女は、なにの心ありて、かくは、くるしきにするにか。」とあやしがりて、「けふみえば、此事とはん。」といひ合せける程に、常の事なれば、此女は[一五]ふく〳〵のぼりけり。男ども女にいふやう、「[一六]わ女はなにの心によりて、我らがすゞみにくるだに、あつくくるしく大事なる道を、すゞまんと思ふによりてのぼりくるだにこそあれ。すゞむこともなし。べちにする事もなくて、卒都婆を見めぐるを[一七]事にて、日々にのぼりおるゝこそ、あやしき女のしわざなれ。このゆゑしらせ給へ。」といひければ、この女、「わかきぬしたちは實《げ》にあやしと思給《おもひたまふ》らん。かくまうできて此そとばみることは、此比《このごろ》の事にしも侍《はべ》らず。[一八]物の心しりはじめてより後《のち》此七十餘年、日ごとにかくのぼりて、そとばを見たてまつるなり。」といへば、「その事のあやしく侍《はべる》なり。そのゆゑをのたまへ。」ととへば、「[一九]おのれが親は、百廿にてなん、うせ侍《はべり》にし。祖父《おほぢ》は百卅ばかりにてぞ、うせ給へりし。それに又[二〇]父祖父《ちゝおほぢ》などは、二百餘計《ばかり》までぞ生きて侍《はべり》ける。『その人々のいひおかれたりける』

淮南子俶真訓などに見える中国の伝説や、朝鮮の広浦の伝説・長崎ペーロン祭縁起譚・四国お亀島の伝説などは著名。

一〇　唐土。中国。

一一　淮南子「北山」

一二　墓標。

一三　今昔物語「嫗」和名抄「嫗、和名於無奈、老女之称也」女はヲムナ、嫗はオムナ。

一四　嶮しく。

一五　（這ふ〳〵）這い這い。

一六　「わ」は親しみを表わす接頭語。例「わ主」「わ先生」「わ狐」

一七　仕事にして。

一八　物心ついてから後。

一九　今昔物語「己が父」

二〇　曾祖父。今昔物語では「亦其レガ父ヤ祖父ナドハ」

とて、『此卒都婆に血のつかんをりになん、此山は崩れて、ふかき海となるべき』となん父の申おかれしかば、麓に侍る身なれば、山崩《くづれ》なば、うちおほはれて死にぞすると思へば、もし血つかば逃《にげ》てのかんとて、かく日毎に見侍なり。」といへば、此きく男ども、をこ[一]がりあざけりて、「おそろしき事哉《ことかな》。くづれん時は告[二]給へ。」など笑《わらひ》けるをも、我をあざけりていふとも心えずして、「[三]さら也《なり》。いかでかは我ひとり逃《にげ》んと思て、告申さゞるべき。」といひて、歸《かへり》くだりにけり。此男共、「此女は、けふは、よもこじ。あす又きてみんに、おどして走らせて、わらはん。」といひあはせて、血を[四]あやして卒都婆によくぬりつけて、此男共歸《かへり》おりて、里の物どもに、「此麓なる女の日ごとに峯にのぼりて卒都婆みるを、あやしさにとへば、しかしかなんいへば、あすおどして、はしらせんとて、そとばに血を塗《ぬり》つる也《なり》。さぞくづるらむものや。」などいひわらふを、里の物どもきき傳へて、[五]をこなる事のためしにひき、わらひけり。かくて又の[六]日、女のぼりてみるに、卒都婆に血の[七]おほらかに付《つき》たりければ、女うちみるままに、[八]色をたがへて、たふれまろび、はしり歸て、さけびいふやう、「此里の人々。とくにげのきて命いきよ。此山はたゞいま崩《くづれ》て、ふかき海になりなんとす。」と、あまねく告《つげ》まはして、家に行《いき》て、子《こ》孫《まご》どもに家の[九]具足《ぐそく》どもお[一〇]ほせもたせて、おのれも持《もち》て、手《て》まどひして里[一一]うつりしぬ。これをみて血つけし男ども、手を打《うち》てわらひなどする程に、その事と

一　ばからしがり。
二　古板本「も」
三　もちろんです。「云ふも更なり」の意。
四　血を出して。
五　ばかげた事のよい例に引いて。
六　翌日。
七　多らかに。多量に。今昔物語「濃キ血多ク付タリ」
八　顔色を変えて。
九　家財道具。次に「家の具」とある。
一〇　負わせ持たせて。
一一　移転した。引越した。
一二　真の闇。まっくらやみ。
一三　真実のことをいったも

もなくさゞめきのゝしりあひたり。風の吹《ふき》くるか、雷《いかづち》のなるかと思《おもひ》あやしむ程に、空もつ[一二]ゝやみになりて、あさましくおそろしげにて、この山ゆるぎたちにけり。「こはいかに〳〵。」とのゝしりあひたる程に、たゞくづれに崩《くづれ》もてゆけば、「女は[一三]まことしける物を。」などいひて、にげ、にげえたる物もあれども、親のゆくへもしらず、子をもうしなひ、[一四]家の物《もの》の具《ぐ》もしらずなどして、をめき叫びあひたり。此女ひとりぞ子《こ》まごも引《ひき》ぐして、家の物《もの》の具一《ぐひとつ》もうしなはずして、かねて逃《にげ》のきて、しづかにゐたりける。かくてこの山皆くづれて、ふかき海と成《なり》にければ、これをあざけりわらひし物どもは、みな死《しに》にけり。あさましき事なりかし。

## 三　ナリムラ强力ノ學士ニ逢事*

昔、[一五]成村といふ相撲《すまひ》ありけり。時に國々の相撲ども上《のぼり》あつまりて、[一六]相撲節《すまひのせち》まちける程、[一七]朱雀門《すざくもん》にあつまりてすゞみけるが、そのへんあそびゆくに、[一八]大學の東門を過《すぎ》て、南ざまにゆかんとしけるを、[一九]大學の衆どもも、あまた東の門に出《いで》て、すゞみてたてりけるに、此相撲どものすぐるをとほさじとて、[二〇]「なりせいせん。なりたかし。」といひて、たちふたがりて、とほさざりければ、さすがに[二一]やごつなき所の衆どものする事なれば、破《やぶり》ては、えとほらぬに、[二二]長《たけ》

のを。
一四　家財道具。
＊　今昔物語巻二三第二一話と同話。
一五　真髪ノ成村。村上・円融帝頃の相撲取で、常陸国(茨城県)の人。為村の父。最手（ほて）経則の祖父。最手になったという。今昔物語巻二三第五話参照。
一六　相撲節会。毎年七月、朝廷で行われた行事。二六日に仁寿殿で内取りがあって二八日に紫宸殿で決勝があった。
一七　大内裏の南面の正門。朱雀大路の北端。
一八　大学寮。二条大路の南、朱雀大路の東、神泉苑の西にあり、式部省に属す。
一九　大学寮の学生。
二〇　鳴制せむ、鳴高し。当時の流行歌を少しかえたことば。風俗歌、鳴高の歌句「鳴高しや鳴高し、大宮近くて鳴高し。アハレノ鳴高し。音なせそや、音なせそ。あなかま。来むとも、あそかなれ」
二一　「止むごとなき」と同じ。高貴な。
二二　身長の低い。

ひきらかなる衆の、冠・[一]うへのきぬ、こと人《ひと》よりはすこしよろしきが、中にすぐれていでたちて、いたく制《せい》するがありけるを、なりむらはみつめてけり。「いざ〳〵帰《かへり》なん。」とて本《もと》の朱雀門に帰《かへり》ぬ。そこにていふ、「此大學の衆にくきやつどもかな。何の心に我らをばとほさじとはするぞ。たゞとほらんと思《おもひ》つれども、さもあれ、けふは通《とほ》らであすとほらんと思《おもふ》なり。たけひきやかにて、中にすぐれて『なりせいせん』といひて、とほさじとたちふさがる男、にくきやつ也《なり》。あすとほらんにも、かならずけふのやうにせんず。[二]なにぬし、その男が尻鼻、[三]血あゆばかり、かならずけたまへ。」といへば、さいはるゝ相撲、[四]わきをかきて、「おのれが蹴《け》てんには、いかにも[五]いかじ物を。[六]敖議《がうぎ》にてこそいかめ。」といひけり。此「尻けよ」といはるゝ相撲は、おぼえある力ひと人《ひと》よりはすぐれ、[七]走《はしり》とくなどありけるをみて、なりむらも云《いふ》なりけり。さてその日は、各家々に帰ぬ。又の日になりて、昨日まゐらざりし相撲など、あまためしあつめて、[八]人がちに成《なり》て、とほらんとかまふるを、大學の衆も、さや心えにけん、昨日よりは人おほくなりて、かしがましう「なりせいせん。」といひたてりけるに、此相撲どもうちむれてあゆみかゝりたり。昨日すぐれて制せし大學の衆、れいの事なれば、すぐれて大路《おほぢの》中に立《たち》て、すぐさじと思ふけしきしたり。なりむら、しりけよといひつる相撲に、[九]目をくはせければ、此相撲、人よりたけたかく大きに、わかくいさみたるをのこにて、く[一〇]

一　袍。表衣。
二　(何主) 何とかさん。
三　血の出るほど。
四　「腕をさすって」と同意か。
五　生かじ。助かるまい。
六　今昔物語「辛クテコソ生カメ」「いかめ」は「行かめ」かともいう。(渡辺氏)「からくて」が「かうきにて」と誤写されたのか。
七　走るのが疾くあるなど。巻一一第八話に「走りの疾く覚えければ」
八　多人数になって。
九　目くばせしたので。
一〇　袴のくくり紐。

くりたかやかにかきあげて、さしすゝみあゆみよる。それにつゞきて、[一一]ことずまひも、たゞとほりにとほらんとするを、かの衆どもも、とほさじとする程に、尻けんとする相撲、かくいふ衆にはしりかゝりて、けたほさんと足をいたくもたげたるを、此衆はめをかけて、[一二]せをたわめてちがひければ、蹴はづして足のたかくあがりて、[一三]のけざまになるやうにしたる足を、大學の衆とりてけり。そのすまひを、ほそき杖などを人のもちたるやうに、ひきさげて、[一四]かたへのすまひに走《はしり》かゝりければ、それをみて、かたへのすまひ迯《にげ》けるを追かけて、その手にさげたる相撲をばなげければ、ふりぬきて、[一五]二三段計《ばかり》なげられて、たほれふしにけり。身くだけて、おきあがるべくもなく成《なり》ぬ。[一六]それをばしらず、なりむらがあるかたざまへ走かゝりければ、なりむら、めをかけて逃《にげ》けり。[一七]心もおかずおひければ、朱雀門の方ざまに走て、脇の門より走《はしり》入《いる》を、やがて[一八]つめて走《はしり》かゝりければ、『とらへられぬ』と思て、[一九]式部省の築《つい》地《ち》こえけるを、引《ひき》とゞめんとて手をさしやりたりけるに、はやく越《こえ》ければ、こと所《どころ》をばえとらへず、かた足すこしさがりたりける[二〇]きびすを、沓《くつ》くはへながらとらへたりければ、[二一]沓のきびすに足の皮を取りくはへて、沓のきびすを、刀にて切《きり》たるやうに、引切てとりてけり。なりむら、築地の内にこえたちて足をみければ、血はしりてとゞまるべくもなし。沓の踵《きびす》きれてうせにけり。我を追《おひ》ける大學の衆、あさましく力ある物にてぞ有《あり》けるなめり。尻けつる相

一一　他の相撲取も。
一二　背をそらせて体をかわしたから。
一三　仰向けざまに。
一四　傍輩の相撲取。
一五　今昔物語「二三丈」
一六　それをかまわず（捨てておいて）
一七　今昔物語「所モ不レ置」場所もかまわずの意。
一八　追いつめて。
一九　礼儀・法式・学政などを掌る役所。朱雀門の内側、朝堂院の東南にある。
二〇　踵（かかと）を沓と一緒に。今昔物語では「踵ヲ沓履乍ラ」
二一　今昔物語に「沓ヲモ踵ヲモ」

撲をも、[一]人杖《ひとつゑ》につかひてなげくだくめり。世の中ひろければ、かかる物のあるこそおそろしき事なれ。投《なげ》られたるすまひは、死入《しにいり》たりければ、物にかき入《いれ》て、になひて、もてゆきけり。此なりむら、かたのすけに[二]「しか〳〵の事なん候《さぶらひ》つる。かの大學の衆は、いみじき相撲にさぶらふめり。なりむらと申《まうす》とも[三]あふべき心ち仕らず。」とかたりければ、かたの助《すけ》は宣旨《せんじ》申《まうし》くだして、「[四]式部のぞうなりとも、[五]その道にたへたらんはといふ事あれば、まして大學の衆は[六]何條事《なんでふ》かあらん。」とて、いみじう尋求《たづねもと》められけれ共《とも》、[七]その人ともきこえずしてやみにけり。

## 一四　柿木ニ佛現ズル事*

昔、[八]延喜《えんぎ》の御門《みかど》の御時、[九]五條の天神のあたりに、大《おほき》なる柿の木の[一〇]實《み》ならぬあり。その木の上《うへ》に佛あらはれておはします。京中の人こぞりてまゐりけり。馬・車もたてあへず、[一一]人もせきあへず、をがみのゝしり、かくする程に五六日有《ある》に、[一二]右大臣殿心えずおぼし給《たまひ》ける間『まことの佛の、世の末に出《いで》給べきにあらず。我行《いき》て心みん』とおぼして、[一三]日《ひ》の装束うるはしくして、[一四]びりやうの車に乘《のり》て、御前《みさき》おほく具《ぐ》して、あつまりつどひたる物どものけさせて、車かけはづして、[一五]榻《しぢ》をたてて、木末《こずゑ》を[一六]目もたゝかず、[一七]あからめもせずして、ま

一　人を杖のようにあつかって。
二　「方の助」の意か。今昔物語には「方ノ将」とある。相撲の節会における左右近衛の次将。
三　取組むべき心持がいたしません。
四　式部丞（式部省の第三等官）
五　相撲道に堪能であろう者は。「召す」と補って見る。
六　何だって不都合があろうか。相撲に召しても差支えないの意。
七　だれともわからずに沙汰止みになったという。
*　今昔物語巻二〇第三話と同話。
八　醍醐天皇。
九　京の五条の南、西洞院の西にあって僧空海の創建。大己貴神・少彦名神を祭る。今昔物語には「五条ノ道祖神ノ在マス所ニ」とある。五条の道祖神のことは巻一第一話参照。
一〇　万葉集巻二「玉葛実成らぬ樹には、ちはやぶる神ぞ著くと云ふ、成らぬ樹ごとに」

もりて一時計《ひとときばかり》おはするに、此佛しばしこそ花もふらせ、光をもはなち給《たまひ》けれ、あまりに〳〵まもられて、しわびて、大なる一八くそとびの羽をれたる、土におちて、まどひ一九ふためくを、童部共《わらはべども》よりて打《うち》ころしてけり。大臣《おとゞ》は、『さればこそ』とて歸給《かへりたまひ》ぬ。さて時の人、此おとゞを、いみじくかしこき人にておはしますとぞ、のゝしりける。

一二　人も堰き止め得ないほど。
一三　今昔物語には「其時ニ光ノ大臣ト云フ人有リ、深草ノ天皇（仁明帝）ノ御子也。身ノ才賢ク智明カ也ケル人ニテ」とある。源光は菅原道真に替って右大臣になった人。延喜一三年逝。年六三。後西三条右大臣。
一四　晝の裝束。束帯。
一五　檳榔毛の車。毛車。
一六　車の轅（ながえ）を据える四脚の台。
一七　目ばたきもせず。
一八　脇目もせずに、見つめて。
一九　今昔物語「屎鵄」。和名抄に鳶を久曾止比と読ます。
一九　ぱたぱたするのを。

# 巻第三

## 一　大太郎盗人ノ事

昔、大太郎[一]とて、いみじき盗人の大將軍ありけり。それが京へのぼりて、『物取《とり》ぬべき所あらば、入《いり》て物とらん』と思て、うかゞひありきける程に、[二]めぐりもあばれ、門なども[三]かたかたはたほれたる、よこ様《ざま》によせかけたる所[四]のあだげなるに、男と云ものは一人もみえずして女のかぎりにて、はり物《もの》おほく取《とり》ちらして有《ある》にあはせて、[五]八丈うる物などあまたよび入《いれ》て、きぬおほく取いでて、[六]えりかへさせつゝ物どもをかへば、『物おほかりける所かな』と思て、たちどまりて、みいるれば、をりしも風の、南の簾《すだれ》を吹《ふき》あげたるに、すだれの内に、なにの入《いり》たりとはみえねども、[七]皮子《かはご》のいとたかく、うちつまれたるまへに、ふたあきて、絹なめりとみゆる物とりちらしてあり。これをみて、『うれしきわざかな。[八]天たうの我に物を[九]たぶなりけり』と思て、走歸《はしりかへ》りて、八丈一疋、人にかりて持《も》てきて、うるとて、ちかくよりてみれば、内にも外《ほか》にも男といふものは一人もなし。たゞ女どものかぎりして、みれば皮子《かはご》もお

一　甲斐の国（山梨県）の住人烏帽子折大太郎（源平盛衰記巻二二）の名が見える。
二　周囲も荒れ。
三　片方。
四　（仇気）しまりがない様子。
五　八丈絹。
六　選び換えさせ。
七　皮籠。
八　（天道）天の神。
九　賜う。賜わる。

ほかり。物はみえねど、うづたかく[一〇]ふたおほはれ、きぬなどもことの外にあり。布うち散《ちら》しなどして、いみじう物おほく有《あり》げなる所哉《かな》とみゆ。[一一]たかくいひて、八丈をばうらで持《もち》て歸《かへり》て、[一二]ぬしにとらせて、同類どもに、「かゝる所こそあれ。」といひまはして、その夜きて門にいらんとするに、たぎり湯をおもてにかくるやうにおぼえて、[一三]ふつと、えいらず。「こはいかなる事ぞ。」とて、あつまりていらんとすれど、[一四]せめて物のおそろしかりければ、「有《ある》やうあらん。こよひはいらじ。」とて歸《かへり》にけり。[一五]つとめて、「さてもいかなりつる事ぞ。」とて、同類などぐして、うり物などもたせてきてみるに、いかにもわづらはしき事なし。物おほく有《ある》を、女どものかぎりして、とりいで取《とり》をさめすれば、『ことにもあらず』と返々《かへすがへす》[一六]思《おもひ》みふせて、又くるれば、よく〳〵[一七]したゝめていらんとするに、猶恐ろしく覺《おぼえ》て、えいらず。「[一八]わぬし、まづいれ〳〵。」といひたちて、こよひも猶いらずなりぬ。又つとめても、おなじやうにみゆるに、[一九]なほけしきけなる物と見えず。『たゞわれがおく病《びやう》にて覺ゆるなめり』とて、又その夜よくしたゝめて行向《ゆきむかひ》てたてるに、日比より猶物おそろしかりければ、「こはいかなる事ぞ。」といひて、かへりて云《いふ》やうは、「事をおこしたらん人こそは先《まづ》いらめ。先《まづ》大太郎が入《いる》べき。」といひければ、「さもいはれたり。」とて、[二〇]身をなきになして入《いり》ぬ。それに[二一]とりつゞきて[二二]かたへも入《いり》ぬ。いりたれども、なほ物のおそろしければ、やはらあゆみよりてみれば、あば

一〇　蓋が覆われ。
一一　値を高く云って。
一二　借りた所有主に返却して。
一三　ふっつりと入られない。
一四　極めて。ひどく。
一五　翌朝。早朝。
一六　見とどけて。見極めて。
一七　支度して。
一八　(我主)お前さん。
一九　やはり様子が異っているものと見られない。
二〇　決死の覚悟で入った。
二一　古板本「取つきて」
二二　自余の者。その他の者。

らなる屋《や》のうちに火ともしたり。[一]母屋《もや》のきはにかけたる簾《すだれ》をばおろして、簾の外《と》に火をばともしたり。まことに皮子《かはご》おほかり。かの簾の中のおそろしくおぼゆるにあはせて、簾の内に矢を[二]爪《つま》よるおとのするが、その矢のきて、身にたつ心ちして、云《いふ》ばかりなくおそろしくおぼえて、歸《かへり》いづるも、[三]せをそらしたるやうにおぼえて、かまへていでえで、あせをのごひて、「こは、いかなる事ぞ。あさましくおそろしかりつるつまよりのおと哉《かな》。」と、いひあはせて歸《かへり》ぬ。そのつとめて、その家のかたはらに、大太らうが知りたるものありける家に行《ゆき》たれば、みつけていみじくきやう[四]おうして、「いつのぼり給へるぞ。おぼつかなく侍りつる。」などいへば「たゞ今まうできつるまゝに、まうできたる也《なり》。」といへば、「かはらけまゐらせん。」とて酒わかして、くろきかはらけの大《おほき》なるを盃にして、かはらけ取て大太郎にさして、家あるじのみて、かはらけわたしつ。大太郎とりて、酒を一《ひと》かはらけうけて、もちながら、「この北には、たがゐ給へるぞ。」といへば、おどろきたる氣色《けしき》にて、「まだ知らぬか。[五]おほ矢《や》のすけたけのぶの、この比《ごろ》のぼりてゐられたる也《なり》。」といふに、『さは入《いり》たらましかば、みな數をつくして射ころされなまし』と思けるに、物もおぼえず臆して、そのうけたる酒を、家あるじに頭よりうちかけて立《たち》はしり、たちける物はうつぶしにたほれにけり。いへあるじ『あさまし』と思て、「こはいかに〳〵。」といひけれど、かへりみだにもせずして逃ていにけ

一　寝殿造りの中央の間。
二　矢を爪でひねる音がする。矢箆（ヤノ、矢の柄）の曲りを調べるためという。
三　背を後から引き戻されるように思われて。
四　饗応して。馳走して。
五　私註「大矢佐武信」。強弓をひいて大矢を用いたのでこのあだ名がついたのであろう。平家物語巻四にも「大矢俊長」

り。大太郎が[六]とられて、[七]むさの城《しろ》のおそろしきよしをかたりける也。

## 二　藤大納言忠家物言フ女放屁ノ事

今は昔、[八]藤大納言忠家《とうだいなごんただいへ》といひける人、いまだ殿上人《てんじやうびと》におはしける時、[九]びゞしき色《いろ》ごのみなりける女房と物言ひて、夜《よ》ふくる程に、月はひるよりもあかかりけるに、たへかねて御《み》すをうちかづきて、[一〇]なげしの上にのぼりて、[一一]肩をかきて引よせけるほどに、髪をふりかけて、「あな、[一二]さまあし。」といひて、くるめきける程に、[一三]いとたかくならしてけり。女房はいふにもたへず、くたくたとしてよりふしにけり。此大納言、『心うき事にもあひぬる物かな。世にありてもなにかはせん。出家せん』とて、御《み》すのすそをすこしかきあげて、ぬき足《あし》をして、『うたがひなく出家せん』とおもひて、[一四]二けんばかりは行《ゆく》程《ほど》に、『抑《そも〳〵》[一五]その女房あやまちせんからに、出家すべきやうやある』と思ふ心又つきて、たゝ〳〵とはしりて、いでられにけり。女房はいかがなりけん、しらずとか。

六　捕えられて。
七　武者の城（邸宅）
八　大納言藤原忠家。御堂関白道長の孫で長家の二男。五条三位俊成の祖父。寛治四年出家。年五八。
九　美々しき（?）好色者。
一〇　敷居。
一一　古板本其他「扇」
一二　古板本「あさまし」
一三　大鏡巻二、左大臣時平の条に「いと高やかに鳴らして侍りけるに」
一四　「一間」は柱と柱との間。大体今の二間。「二けん」は今の四間ほど。
一五　あの女房が過失をしたからとて。

## 三 小式部内侍定賴卿ノ經ニメデタル事 *

今は昔、[一]小式部内侍《こしきぶのないし》に、[二]定賴中納言物[三]いひわたりけり。それに又時の[四]關白《くわんぱく》かよひ給《たまひ》けり。局《つぼね》に入《いり》てふし給《たまひ》たりけるをしらざりけるにや、中納言よりきて、たゝきけるを、局の人「かく。」とやいひたりけん、沓《くつ》をはきて行《ゆき》けるが、すこしあゆみのきて、[五]經《きやう》をはたとうちあげてよみたりけり。二こゑばかりまでは、小式部内侍、きと耳をたつるやうにしければ、[六]この入《いり》てふし給へる人、あやしとおぼしける程に、すこし聲とほうなるやうにて、四聲五《よこゑいつ》こゑばかり、ゆきもやらで、よみたりける時、「う。」といひて、うしろざまにこそ、ふしかへりたりけれ。この入《いり》ふし給へる人の「さ計《ばかり》たへがたう、はづかしかりし事こそなかりしか。」と、のちに、の給《たま》ひけるとかや。

## 四 山伏舟祈返事 **

是も今は昔、越前の國[七]かふらきの[八]わたりといふ所に、わたりせんとて物どもあつまりたるに、山伏《やまぶし》あり。けいたう房といふ僧なりけり。[九]熊野《くまの》・[一〇]みたけはいふに及ばず、[一一]白山・伯耆《はうき》の[一二]大山《だいせん》・出雲《いづも》の[一三]わにぶち、大かた修行し殘した

* 古事談巻二にも見える話。
一 橘道貞の女、母は和泉式部。一条帝の中宮上東門院（藤原道長の女、彰子）に仕えた歌人。古事談には「上東門院有二好色女房一」として注に「或説、小式部内侍云々」
二 藤原公任の長男。權中納言正二位。寛徳二年逝。年五四。
三 語らい通っていた。恋仲だったのだ。
四 関白藤原教通。道長の三男。承保二年逝。年八〇。大二条殿。古事談では「堀川右府」（教通の兄藤原頼宗）とする。
五 古事談では「方便品」（法華経）
六 教通のこと。
** 大平記巻二「阿新丸」中に類話がある。
七 越前国南条郡甲楽城浦。蕪木とも書くからカブラギかという。
八 渡り。渡し場。
九 紀伊国東牟婁郡の熊野三山。（本宮・新宮・那智）
一〇 大和国（奈良県）吉野郡の金峰山。

る所なかりけり。それに、このかふらきの渡《わたり》に行てわたらんとするに、渡《わたり》せんとする物雲霞のごとし。おの〳〵[一四]物をとりてわたす。このけいたう房「わたせ。」と云《いふ》に、わたし守《もり》ききもいれで、こぎいづ。その時にこの山臥《やまぶし》、「いかに、[一五]かくは無下《むげ》には有《ある》ぞ。」といへども、大かた耳にもききいれずして漕ぎ出《いだ》す。其時にけいたう房、歯をくひあはせて、[一六]念珠《ねんず》をもちちぎる。このわたし守《もり》、みかへりて、『をこの事』と思たるけしきにて、三四町ばかりゆくを、けいたう房みやりて、[一七]足をすなごに、はぎのなから計《ばかり》ふみ入《いれ》て、目もあかくにらみなして、ずゞをくだけぬと、もみちぎりて、「めし返せ〳〵。」とさけぶ。猶行過《ゆきすぐ》る時に、けいたう房、袈裟《けさ》と念珠とをとりあはせて、汀《みぎは》ちかくあゆみよりて、[一八]「護法《ごはふ》、召返《めしかへ》せ。めしかへさずば、ながく[一九]三寶に別《わかれ》たてまつらん。」とさけびて、この袈裟《けさ》を海になげいれんとす。それをみて、此つどひゐたる物ども、色をうしなひてたてり。かくいふほどに、風もふかぬに、このゆく舟のこなたへ[二〇]よりく。それをみて、けいたう房、「よるめるは〳〵。はやうゐておはせ〳〵。」と、[二一]すはなちをして、みる者色をたがへたり。かくいふ程に、一町がうちによりきたり。その時けいたう房、「さて今はうちかへせうちかへせ。」とさけぶ。その時につどひてみる物ども、[二二]一《ひと》こゑに「[二三]むざうの申《まうし》やうかな。ゆゝしき罪に候。さておはしませ〳〵。」と云時、けいたう房すこし、けしきかはりて、「はや打返し給へ。」とさけぶ時に、此わたし

一一　加賀国(石川県)能美郡。
一二　伯耆国(鳥取県)西伯郡。志賀直哉の「暗夜行路」で有名である。
一三　出雲国(島根県)簸川郡御埼山中の一峰(鰐淵)
一四　渡し賃をとって。
一五　こんなにひどい扱いするのか。
一六　数珠。
一七　足を砂に脛の半分ほど踏み込んで。
一八　護法童子よ、船を召し返せ。
一九　仏・法・僧。主として仏をいう。
二〇　(寄り来)近寄って来る。
二一　誤脱があるらしい。
二二　声をそろえて。
二三　「無慚」(仏教語)の音便。無慈悲。

舟《ぶね》に廿餘人のわたるもの、つぶりとなげ返しぬ。その時けいたう房、あせをおしのごひて、「あな、いた[一]のやつ原《ばら》や。まだしらぬか。」といひて立歸《たちかへり》にけり。世のするなれども、三寶おはしましけりとなむ。

一 「いた」は「甚」で、ひどい奴らだの意かという。

## 五　鳥羽僧正與二國俊一戲事

是も今は昔、法輪院大僧正覺猷[二]といふ人おはしけり。その甥《をひ》に陸奥前司[三]國《くに》俊《とし》、僧正のもとへ行《ゆき》て、「まゐりてこそ候へ。」といはせければ、「只今見參[四]すべし。そなたにしばしおはせ。」とありければ、待居たるに、二時計《ふたときばかり》まで出《いで》あはねば、なま腹《はら》だたしうおぼえて、出《いで》なんと思て、共《とも》にぐしたる雜色《ざふしき》をよびければ、出《いで》きたるに、「沓《くつ》もてこ。」といひければ、もてきたるをはきて、「出《いで》なん。」といふに、此雜色が云やう、「僧正の御房[五]の『陸奥殿[六]に申《まうし》たれば、「とうのれ[七]」とあるぞ。其車ゐてこ[八]』とて、『小御門《こみかど》よりいでん』とおほせ事《ごと》候つれば、やうぞ候《さぶらふ》らんとて、牛飼《うしかひ》のせたてまつりて候へば、『「またせ給[九]へ。」と申せ。時の程《ほど》ぞあらんずる。やがて歸《かへり》こむずるぞ』とて、はやうたてまつりて出《いだ》させ給候つるにて候。かうて[一〇]一時《ひとゝき》には過候《すぎさぶらひ》ぬらん。」といへば、「わ雜色は[一一]不覺《ふかく》のやつかな。『御車をかくめしのさぶらふは』と、我にいひてこそ、かし申さめ。ふかく也。」といへば、「[一二]うちさしのきたる人にもおは

二 醍醐源氏。隆国の子で、覚円大僧正の弟子。鳥羽帝の護持僧、大僧正、天台座主。保延六年鳥羽の精舎で逝。年八八。鳥羽僧正。
三 源隆国の子。隆俊・俊明らの弟であるから、鳥羽僧正の甥ではないという。
四 対面。面会。
五 鳥羽僧正のお坊さんが。
六 国俊のこと。
七 疾く乗れ。
八 あの牛車をともなって来い。
九 すでにお乗りになってお出になったのです。
一〇 今の二時間。
一一 不覚悟。不行届。
一二 御房は御主人様（国俊）と縁遠い方でもいらっしゃいません。

しまさず。やがて御[一三]尻切《しきれ》たてまつりて、『きと〳〵よく申《まうし》たるぞ』と仰事候へば、[一四]力及《および》候はざりつる。」といひければ、僧正はさだまりたる事にて、陸奥のぜんし歸《かへり》のぼりて、『いかにせん』と思まはすに、[一五]湯舟《ゆぶね》に藁《わら》をこま〲ときりて、[一六]一《ひと》はた入《いれ》て、それがうちに莚《むしろ》をしきて、ありきまはりては、[一七]さうなく[一八]浴殿へ行《ゆき》て、はだかに成《なり》て、「えさいかさい、とりふすま。」と[一九]いひて、ゆぶねに、さくとのけざまに臥事《ふすこと》をぞし給ける。陸奥前司よりて、莚を引《ひき》あげてみれば、まことに藁をこま〲ときり入《いれ》たり。それを浴殿のたれ布《ぬの》をときおろして、此わらをみなとり入《いれ》て、よくつゝみて、その湯舟《ゆぶね》に湯桶《ゆをけ》をしたにとり入《いれ》て、それが上《うへ》に[二〇]圍碁盤をうら返しておきて、莚を引おほひて、さりげなくて、垂布《たれぬの》につゝみたる藁をば、大門の腋にかくしおきて待《まち》ゐたる程に、[二一]三時《みとき》あまりありて、僧正小門より歸《かへる》おとしければ、[二二]ちがひて大門へ出《いで》て、歸《かへり》たる車よびよせて、[二三]車の尻にこのつゝみたる藁を入《いれ》て、「家へ、[二四]はやらかにやりて、おりて、此わらを牛のあちこち[二五]ありきこうじたるにくはせよ。」とて、牛飼童《うしかひわらは》にとらせつ。僧正は例の事なれば、衣ぬぐ程もなく例の浴殿へ入《いり》て、「えさい、かさい、とりふすま。」といひて、湯舟へをどり入《いり》て、のけざまに、ゆくりもなくふしたるに、ごばんのあしの[二六]いかりさしあがりたるに、尻骨《しりぼね》を[二七]あしうつきて、年たかうなりたる人の死入《しにいり》て、さしぞりて臥《ふし》たりけるが、其後《のち》おとなかりければ、ちかうつかふ僧、よりてみれば、[二八]目をかみに見つけて

一三　お草履お召しになって。
一四　どうしようもありませんでした。
一五　浴槽。和名抄「湯槽」を「由布禰」とよませている。
一六　一ぱい。
一七　（左右なく）ためらいなく。いきなり。
一八　古板本「湯殿」
一九　原本「とひて」
二〇　囲碁をする盤。碁盤。
二一　諸本「二時余」
二二　行き違いに。
二三　牛車の後部。
二四　速かに。
二五　歩き疲れた（牛）に食わせてくれ。
二六　突起したのに。
二七　「悪く」の音便。古板本「あらふ」（「荒く」の音便「あらう」か）
二八　上目をつかって。瞳が上に上って気絶したのをいう。

死入てねたり。「こはいかに」といへど、いらへもせず。よりてかほに水ふきなどして、[一]とばかりありてぞ、息のしたに[二]おろ〳〵いはれける。このたは[三]ぶれいとはしたなかりけるにや。

## 六 繪佛師良秀家ノ燒ヲ見テ悦ブ事*

是も今は昔、[四]繪《ゑ》佛師《ぶつし》良秀といふありけり。家の隣より火出《いで》きて、風おしおほひて、せめければ、逃出《にげいで》て大路《おほぢ》へ出《いで》にけり。人のかかする佛もおはしけり。また[五]衣《きぬ》きぬ妻・子なども、[六]さながら内に有《あり》けり。それもしらず、たゞ逃《にげ》いでたるをことにして、[七]むかひのつらにたてり。みれば、すでに我家にうつりて、煙《けぶり》ほのほくゆりけるまで、大かた、むかひのつらに立《たち》て、ながめければ、「あさましきこと。」とて、人ども來《き》とぶらひけれど、さわがず。「いかに。」と人いひければ、むかひに立《たち》て家のやくるを見て、打《うち》うなづきて時々わらひけり。「あはれ、[八]しつるせうとくかな。年比はわろくかきける物かな。」と云時に、とぶらひにきたる物ども、「こは、いかにかくては立《たち》給へるぞ。あさましき事かな。[九]物のつき給へるか。」といひければ、「[一〇]なんでふ物のつくべきぞ。年比《としごろ》[一一]不動尊の火焔《くわえん》をあしくかきける也《なり》。今みれば、『かうこそもえけれ』と心えつるなり。是こそせうとくよ。此道を立てて世にあらんには、佛だによ

一 暫らくして。
二 はっきりしないさま。不十分なさま。
三 大そうてひどかったことであろうか。
* 十訓抄中巻第六第三五と同話。古今著聞集巻一一、「弘高の地獄変の屏風を書ける次第」と共に芥川竜之介「地獄変」の素材にされた。
四 仏像画家の良秀。十訓抄では「絵仏師良秀といふ僧」その異本には「明実」とある。
五 衣服を着ない妻子。十訓抄「物も打かづかぬ妻子」
六 そのまゝ。
七 向かい側。
八 為つる所得。うまくやった儲け。火事のために火焔の描写法を悟ったのでいう。
九 何か(霊)がとりつきなさったのか。
一〇 何だって。
一一 不動明王。五大明王の一。

くかきたてまつらば、百千の家も出《いで》きなむ。[一二]わたうたちこそ、[一三]させるのうもおはせねば、物をもをしみ給へ。」といひて、あざわらひてこそ、たてりけれ。其後にや、良秀が『よぢり不動』とて、今に人々めであへり。

## 七　虎**ノ鰐取タル事

是も今は昔、[一四]筑紫《つくし》の人あきなひしに[一五]新羅《しらぎ》にわたりけるが、あきなひはてて歸《かへる》みちに、山の根にそひて舟に水くみいれんとて、水の流出《ながれいで》たる所に舟をとどめて水をくむ。其程舟に乗《のり》たる物、舟《ふな》ばたにゐて、うつぶして海をみれば、山の影うつりたり。高き岸の[一六]三四十丈ばかりあまりたる上に、[一七]虎つくまりゐて物をうかゞふ、その影水にうつりたり。その時に人々につげて、水くむ物をいそぎよびのせて、手毎に櫓《ろ》をおして急《いそぎ》て舟をいだす。其時に虎をどりおりて船にのるに、舟はとくいづ。とらはおちくる[一八]程《ほど》のありければ、いま一丈ばかりを、えをどりつかで、海に落入《おちいり》ぬ。舟をこぎて急《いそぎ》て行《ゆく》まゝに、此虎に目をかけてみる。しばし計《ばかり》ありて、虎海よりいできぬ。およぎて、[一九]くがざまにのぼりて、汀《みぎは》にひらなる石の上にのぼるをみれば、左のまへあしを、ひざよりかみ食《くひ》きられて[二〇]血あゆ。[二一]『鰐《わに》にくひきられたる也《なり》けり』とみる程に、そのきれたる所を、水にひたして、[二二]ひらがりをるを、『いかにするか』とみる程《ほど》

一二　(我党達)お前がた。
一三　これといった能もお有りなさらないから物惜しみもなさる。
**　今昔物語巻二九第三一話と同話。
一四　筑前・筑後(北九州)地方の称から九州全島のこと。
一五　朝鮮半島にあった王国。もと辰韓の地。
一六　今昔物語には「三四丈上りたる上に」
一七　板本「つゞまりゐて」今昔物語「縮リ居テ」とある。
一八　道程。
一九　陸地の方に。
二〇　血が出る。
二一　鰐「鰐鮫」のことか。
二二　平たくなっているのを。今昔物語巻一二第一九話にも「つい平がりて、猫の鼠窺ふやうにてあるを」

に、沖《おき》の方より、鰐、虎のかたをさしてくるとみる程に、虎右のまへ足をもて、鰐の頭に爪を打立《うちたて》て、陸《くが》ざまになげあぐれば、一丈ばかり濱になげあげられぬ。のけざまになりてふためく[一]おとがひ[二]のしたを、をどりかゝりて食《くひ》て、二《ふた》たび三《み》たびばかり打《うち》ふりて、なえ〳〵となして、かたに[三]打かけて、手をたてたるやうなる岩の五六丈有《ある》を、三《みつ》の足を持《もち》て、くだり坂を走《はしる》がごとくのぼりてゆけば、舟の中《うち》なる物共、是がしわざをみるに、なから[四]は死入《しにいり》ぬ。『舟に飛《とび》かゝりたらましかば、いみじき劒刀《つるぎかたな》をぬきてあふとも[五]、かばかり力つよ[六]く、はやからんには、何《なに》わざをすべきぞ』と思ふに、肝心《きもごころ》うせて、舟こぐ[七]空《そら》もなくてなむ、筑紫《つくし》には歸りけるとかや。

## 八　樵*夫哥ノ事

今はむかし、木《き》こりの、山守《やまもり》[八]によき[九]をとられて、侘《わび》し心うしと思て、つら[一〇]杖《つゑ》つきてをりける、山もりみて、「さるべきことを[一一]申せ。とらせん。」といひければ、

[一二]あしきだになきはわりなき世中《よのなか》に
よきをとられてわれいかにせむ

とよみたりければ、山もり『返し[一三]せん』と思て、「うゝ〳〵[一四]。」とうめきけれ

一　ぱたぱたする。今昔物語「のためく」。
二　頤（あご）。
三　肩にかついで。
四　半分は。今昔物語「半ハ皆死スル心地ス」
五　わたり合っても。今昔物語「向会フトモ」
六　今昔物語には「力ノ強ク足ノ早カラムニハ」
七　舟漕ぐ心地もなくて。
*　古本説話集第一八話・醍醐笑巻五と同話。
八　山番。この山林が朝廷の御料地だからであろう。
九　斧。小型の鉞。
一〇　頬杖。思案するさま。
一一　然るべきことをいってみろ、斧を返してやろう。
一二　悪い物でさえ無いのは情ない世の中に、よき（善き・斧）を取られて、私はどうしよう。
一三　返歌をしよう。
一四　板本「こゝ〳〵」
一五　斧を返し与えたので。
**　古本説話集第二〇話と同話。
一六　多気の大夫。平維幹。鎮守府将軍国香の孫で、陸奥守繁盛の子。常陸国筑波郡多気邑にいて従五位下だ

ど、えせざりけり。さて、[一五]よきかへしとらせてければ、うれしと思《おもひ》けりとぞ。人はたゞ哥《うた》をかまへてよむべしとみえたり。

## 九　伯ノ母ノ事＊＊

今は昔、[一六]たけのたいふといふものの、[一七]常陸よりのぼりて、[一八]うれへする比《ころ》、むかひに、[一九]越前守といふ人のもとに、[二〇]きやうずしけり。此の越前守は、[二一]伯母《はくのはゝ》とて、よにめでたき人、哥《うた》よみのおやなり。妻は[二二]伊勢のたいふ、ひめぎみたちあまたあるべし。たけのたいふ、つれ〴〵におぼゆれば、[二三]ちやうもんにまゐりたりけるに、みすを風の吹《ふき》あげたるに、[二四]なべてならずうつくしき人の[二五]くれなゐのひとへかさねきたるをみるより、『此人を[二六]めにせばや』と、[二七]いりもみ思《おもひ》ければ、その家の[二八]上《うへ》わらはを、かたらひて、とひきけば、「[二九]大《おほ》ひめごぜんの、[三〇]紅はたてまつりたる。」とかたりければ、それにかたらひつきて、「われにぬすませよ。」と云《いふ》に、「おもひかけず。えせじ。」といひければ、「さらば、その[三一]めのとをしらせよ。」といひければ、「それは、さも申《まうし》てん。」とてしらせてけり。さて[三二]いみじくかたらひて、かね百兩とらせなどして、「此ひめぎみをぬすませよ。」とせめいひければ、[三三]さるべき契《ちぎり》にやありけん、ぬすませてけり。やがてめのと打《うち》ぐして、ひたちへいそぎ下りにけり。跡《あと》になきかなしめ

ったのでこう呼ばれた。「大夫」は五位の称。
一七　常陸国から京へ上って。
一八　訴訟。
一九　筑前守の誤か。高階明順の子成順のこと。正五位下・筑前守。出家して乗蓮といった。伊勢大輔の夫で「伯の母」の父。
二〇　経を誦した。
二一　神祇伯（康資王）の母。高階成順の二女。歌人。（後拾遺集）
二二　伊勢大輔。大中臣能宣の孫で伊勢祭主大中臣輔親の女。一条帝の中宮上東門院（彰子）の女房で歌人。高階成順の妻。
二三　（聴聞に）越前守の読経を聞きに。
二四　一通りでなく。
二五　紅の単衣を二枚重ね著た（人）を。
二六　妻にしたい。
二七　はげしく。
二八　奥に使う少女。
二九　「伯の母」の姉。
三〇　紅の単衣を召している。
三一　乳母（うば）
三二　うまく乳母を説き落して。
三三　しかるべき因縁（前世の約束）であったのか。

ど、かひもなし。ほどへて、めのと音信《おとづれ》たり。あさましく心うしと思へども、いふかひなき事なれば、時々うち音信《おとづれ》て過《すぎ》けり。[一]はくの母、ひたちへ、かくいひやり給《たまふ》。

　[二]にほひきや宮《みや》この花はあづまぢに
　　こちのかへしの風のつけしは

[三]かへし、あね

　[四]吹かへすこちのかへしは身にしみき
　　都の花のしるべと思ふに

　年月へだたりて、はくのはゝ、[五]ひたちのかみのめにてくだりけるに、あねはうせにけり。[六]むすめふたりありけるが、かくときききてまゐりたりけり。ゐ中人《なかびと》ともみえず、いみじくしめやかに、はづかしげに、よかりけり。[七]ひたちのかみのうへを「[八]むかしの人ににさせ給《たまひ》たりける。」とて、いみじくなきあひたりけり。[九]四年があひだ、[一〇]みやうもんにもおもひたらず、ようじなどもいはざりけり。[一一]任はてて、のぼるをりに、ひたちのかみ、「[一二]むげなりけるものどもかな。かくなんのぼると、いひにやれ。」と、をとこにいはれて、伯のはゝ、のぼるよしいひにやりたりければ、「うけたまはりぬ。まゐり候はん。」とて、[一三]あさてのぼらんとての[一四]日まゐりたりけり。えもいはぬ馬、一《ひとつ》をたからにする程《ほど》の馬十疋づつ、ふたりして、又皮子《かはご》おほせたる馬ども百疋づつ、ふたりし

一　大姫御前の妹。
二　後拾遺集巻一九、雑五に「あづまに侍りけるはくからの許にたよりにつけて遣しける—源兼俊母」と題して、第五句は「風につけしは」。「宮こ」は、都（京）。
三　返歌、姉（大姫御前）
四　後拾遺集に同じく「かへし—康資王母」としてある。「こち」は、東風・此方の懸詞。「しるべ」は案内。
五　常陸守（常陸国の国守）の妻になって。
六　姉の大姫御前（多気の大夫の妻）の女二人。
七　常陸守の奥方（伯の母）を。
八　亡き人。二人の女の母、大姫御前のこと。
九　国守の任期は四年。
一〇　名聞（名誉）とも思っていず。
一一　任期が終って。
一二　分らない娘たちだな。
一三　明後日上京しようとしての日。
一四　娘二人で。

て、たてまつりたり。何とも思《おもひ》たらず、か計《ばかり》のことしたりともおもはず、打《うち》たてまつりて歸《かへり》にけり。ひたちのかみの「一五ありける常陸四年があひだの物は、なにならず。そのかはごの物どもしてこそ、よろづのくどく一六もなにもし給《たまひ》けれ。ゆゝしかりける物共《ども》の心のおほきさ、ひろさかな。」とかたられけるとぞ。此いせのたいふの子孫は、めでたきさいはひ人《びと》おほくいでき給たるに、大姫公《ぎみ》の、かく、ゐ中びとになられたりける、あはれに心《こゝろ》うくこそ。

## 一〇　同*人佛事ノ事

今はむかし、伯《はく》のは一七ゝ佛《ほとけ》くやうしけり。一八永縁《やうえん》僧正をしやうじて、さま〴〵の物どもをたてまつる中《なか》に、むらさきの一九うすやうにつゝみたる物あり。あけて見れば、

朽《くち》にけるながらの橋のはしばしら
法《のり》のためにもわたしつるかな

二〇ながらのはしのきれなりけり。又の日まだつとめて、二一若狹《わかさ》あじやりかくえんといふ人、歌よみなるがきたり。『あはれ、此ことをききたるよ』と僧正おぼすに、ふところより二二みやうぶをひきいでてたてまつる。「この橋のきれ給はらん。」と申《まうす》。僧正「かばかりの希有《けう》の物は、いかでか。」とて、「なにし

一五　有りし常陸在任四年間の収入など（その餞別の物に比べれば）何でもない。
一六　功徳。善行。
＊　古本説話集第二一話と同話。
一七　仏像落成の供養。
一八　式部丞藤原永相の子、歌人。天治二年逝。年七八。
一九　薄様紙。薄い鳥の子紙。
二〇　長柄橋（摂津国〔大阪府〕西成郡長柄川の橋）の木片。
二一　若狭阿闍梨覚縁。八冊本「隆源」（若狭守通宗の子）。古本説話集「りうぐゑん」
二二　名簿。名ふだ。

にか、とらせ給はん。くちをし。」とて歸《かへり》にけり。[一]すき〴〵しくあはれなる事どもなり。

## 二　藤六ノ事*

今は昔、[二]とうろくといふ哥《うた》よみありけり。げすの家にいりて、人もなかりけるをりを見つけて入《いり》にけり。なべにける物をすくひくひける程に、家あるじの女水をくみて、おほぢのかたよりきてみれば、かくすくひくへば、「いかに、かく人もなき所にいりて、[三]かくはする物をばまゐるぞ。[四]あなうたてや、藤六にこそいましけれ。さらば、哥《うた》よみ給へ。」といひければ、

むかしよりあみだ佛《ほとけ》の[五]ちかひにて
にゆる物をばすくふとぞ知る

とこそ、よみたりけれ。

## 三　多田新發意郎等ノ事**

是も今は昔、[六]多田満仲のもとに、たけくあしき郎等《らうどう》ありけり。物の命《いのち》をころすをもて業《わざ》とす。野にいで山に入《いり》て、鹿《しゝ》をかり鳥を取《とり》て、いさゝかの善根《ぜんこん》

一　物好きで。

*　古本説話集第二五話と同話。

二　藤原長良の孫で弘経の六男、輔相。拾遺集の歌人。

三　こうして煮ている物をば召上るのか。

四　ああひどいな。

五　「誓ひ」に「匙(かひ)」を懸け、「すくふ」は、救う・抄うの懸詞。竹取物語にも「かひは斯く有りけるものを侘び果てて死ぬる命をすくひやはせぬ」

**　今昔物語巻一七第二四話と同話。

六　清和源氏。六孫王基経の子。摂津国(大阪府)河辺郡多田の住人。長徳三年逝。年八六。

する事なし。有時出《あるときいで》て狩するあひだ、馬を馳《はせ》て鹿をおふ。[七]矢をはげ弓を引《ひき》て、鹿にしたがひて、はしらせてゆく道に寺ありけり。そのまへをすぐる程に、きとみやりたれば、内に地藏たち給へり。左の手を持《もち》て弓を取《とり》、右の手して笠をぬぎて、いさゝか歸依《きえ》の心をいたして、はせ過《すぎ》にけり。そののち、いくばくの年をへずして、病つきて、日比《ひごろ》よくくるしみわづらひて命たえぬ。冥《めい》途《ど》に行《ゆき》むかひて、[八]炎魔《えんま》の廳にめされぬ。みれば、おほくの罪人、罪の輕重にしたがひて[九]打《うち》せため、罪せらるゝ事いといみじ。我一生の罪業を思つゞくるに、涙おちて、せんかたなし。かかる程に一人の僧出できたりて、のたまはく、「汝をたすけんと思ふ也《なり》。はやく古郷《ふるさと》に歸《かへり》て、罪を[一〇]懺悔《さんげ》すべし。」との給《たまふ》。僧にとひたてまつりていはく、「これはたれの人のかくは仰《おほせ》らるゝぞ。」と。僧こたへ給《たま》はく、「我は汝鹿を追《おひ》て、寺の前を過《すぎ》しに、寺の中にありて、汝にみえし地藏𦬇《ぼさつ》也。汝罪業《ざいごふ》深重なりといへども、いさゝか我に[一一]歸依《きえ》の心をおこしし業《ごふ》によりて、我今汝を助けんとする也《なり》。」との給《たまふ》と思て、[一二]よみがへりて後は、[一三]殺生《せつしやう》をながくたちて、地藏𦬇につかうまつりけり。

## 三　因幡國別當地藏作リ差シタル事 ***

これも今はむかし、[一四]因幡國《いなばのくに》たかくさの郡、[一五]さかの里に[一六]伽藍《がらん》あり。[一七]こくりう

七　矢を弓に番え。
八　閻魔（梵語。冥府の王で死者の裁判官）の役所。
九　責めさいなみ。巻一三第一四話に「何の料にこの老法師をば、かくはせたむるぞや」
一〇　過去の罪過を後悔し告白すること。
一一　古板本「きえの心のおこりし功によりて」
一二　黄泉（よみ）より帰りて。蘇生して。
一三　生き物を殺すこと。
***　今昔物語巻一七第二五話・地蔵霊験記巻上と同話。
一四　因幡国（鳥取県）気高郡の内。
一五　今昔物語には「野坂郷」和名抄、高草郡に「野坂（乃佐加）」とある地か。
一六　梵語の僧伽藍摩の略。精舎。僧院。寺院。
一七　国隆寺。野坂郷小原村の辻堂。

寺となづく。[一]此國の前《さき》の國司ちかなが造れるなり。そこに年老《としおい》たるもの、かたりつたへていはく、此寺に別當ありき。家に佛師をよびて、地藏をつくらする程に、[二]別當が妻、こと男《をとこ》にかたらはれて、跡をくらうして失《うせ》ぬ。別當心をまどはして、佛の事をも佛師をもしらで[三]、里村《さとむら》に手をわかちて尋《たづね》もとむるあひだ、七八日をへぬ。佛師ども[四]檀那《だんな》をうしなひて、空をあふぎて手をいたづらにしてゐたり。その寺の[五]専當法師是《これ》をみて、善心をおこしてくひ物《もの》を求《もとめ》て佛師にくはせて、わづかに地藏の木作ばかりを、したてまつりて、[六]さい色《しき》・えうらくをばえせず。そののち此専當法師、病付《づき》て命終《をはり》ぬ。妻子かなしみ泣《なき》て、棺に入《いれ》ながら、捨《すて》ずして置《おき》て、猶これをみるに、[七]死《しにて》て六日と云《いふ》日の[八]ひつじの時ばかりに、にはかに此棺[九]はたらく。みる人おぢおそれて迯《にげ》さりぬ。妻泣《なき》かなしみて、あけてみれば、法師よみがへりて、水を口にいれ、やう〳〵ほどへて冥途《めいど》の物《もの》がたりす。「大《おほき》なる鬼二人きたりて、我をとらへて、追《おひ》たててひろき野を行《ゆく》に、しろききぬきたる僧いできて、『鬼共。この法師とくゆるせ。我は地藏芥《ぼさつ》なり。因幡國のこくりう寺にてわれを造《つくり》し僧なり。佛師等食物なくて日比《ひごろ》へしに、此法師信心を致《いた》して、食物《くひもの》をもとめて、佛師等を供《く》養《やう》してわが像をつくらしめたり。この恩わすれ難し。必《かならず》ゆるすべき物なり。』とのたまふ程に、鬼共ゆるしをはりぬ。ねんごろに道をしへてかへしつとみて、いきかへりたる也《なり》」といふ。其《その》のち此地藏芥を、妻子ども彩色し供養し

一 今昔物語「彼ノ国ノ前ノ介千包（ちかね）」とある。地蔵霊験記には「介親」
二 住職の妻が。
三 構わないで。
四 梵語で、檀越（だんをち）ともいう。施主と釈す。
五 今昔物語「専当ノ法師」ここは宣道法師（下役を支配する妻帯の僧）のことかという。
六 彩色・瓔珞（珠飾）
七 死んで六日目。
八 午後二時頃。
九 動く。

たてまつりて、ながく歸依《きえ》したてまつりける、いまこの寺におはします。

## 一四　伏見修理大夫俊綱ノ事*

是も今は昔、[一〇]伏見修理大夫《ふしみのすりのだいぶ》は[一一]宇治殿の御子にておはす。あまり[一二]公達《きんだち》おほくおはしければ、やうをかへて、[一三]橘俊遠と云人の子になし申て、藏人《くらうど》になして、十五にて尾張守になし給《たまひ》てけり。それに尾張にくだりて國おこなひけるに、その比《ころ》[一四]熱田神《あつたのかみ》、[一五]いちはやくおはしまして、[一六]おのづから笠をもぬがず、馬のはなをむけ、無禮をいたすものをば、やがてたち所に罰せさせおはしましければ、[一七]大宮司《だいぐうじ》の威勢、國司にもまさりて、國のものどもおぢおそれたりけり。それに[一八]この國司くだりて、[一九]國のさたども有《ある》に、大宮司『われは』と思てゐたるを、國司とがめて、「いかに大宮司ならんからに、[二〇]國にはらまれては、見參にもまゐらぬぞ。」と云《いふ》に、「さき〳〵さる事なし。」とてゐたりければ、[二一]國司むつかりて、「國司も國司にこそよれ。我等に逢ひてかうは云《いふ》ぞ。」とて、[二二]いやみ思て、「[二三]しらん所ども點ぜよ。」など云時に、人有《あり》て大宮司に云。「まことにも國司と申《まうす》にかゝる人おはす。見參にまゐらせ給へ。」といひければ、「さらば。」といひて、衣冠に[二四]きぬいだして、ともの物ども卅人ばかり具《ぐ》して、國司のがりむかひぬ。國司出《いで》あひて對面して、人どもをよびて、「きやつ、た

＊　今鏡巻四「ふしみの雪の朝」。宝物集第五にも見える話。
一〇　藤原俊綱。藤原頼通の子、母の祇子は讃岐守橘俊遠の妻となったので橘俊綱といわれた。修理大夫（修理職の長官）で、山城国伏見にいた。
一一　関白藤原頼通。
一二　頼通の若君達。頼通の子は師実・通房・俊綱・家綱・忠綱・覚円の六人。
一三　橘俊済の子で、従四位下・讃岐守。
一四　尾張国愛智郡熱田の神社（名古屋市熱田区）
一五　神威があらたかで。
一六　偶然。うっかり。
一七　熱田神社の神官の長。
一八　尾張守俊遠をさす。
一九　国政の処理。
二〇　此の国に生まれた以上。
二一　国司（俊綱）が機嫌を悪くして。この七字、原本に脱している。
二二　いやがり憎み。
二三　支配する領地どもを点検して没収しろ。
二四　出衣（いだしぎぬ）して。袴の下に下著の裾を出して。

しかにめし籠《こ》めて[一]勘當《かんだう》せよ。神官といはんからに、國中にはらまれて、いかに奇怪《きくわい》をばいたす。」とて、召したてて、[二]ゆふ程に、こめて勘當す。その時、大宮司、「心うき事に候。御神はおはしまさぬか。下﨟の無禮をいたすだに、たち所に罰せさせおはしますに、大宮司をかくせさせて御らんずるは。」と、なく〳〵くどきて、まどろみたる夢に、[三]あつたの仰らるゝやう、「此事におきては、我《わが》ちから及ばぬ也《なり》。そのゆゑは僧ありき。法華經を千部よみて、我に[四]法樂せんとせしに、百餘部はよみたてまつりたりき。國のものどもたふとがりて、この僧に歸依しあひたりしを、汝[五]むつかしがりて、その僧を追《おひ》はらひてき。それにこの僧惡心をおこして、『われこの國の守になりて、この[六]答《たふ》をせん』とて、むまれきて、今國司になりてければ、我力およばず、その[七]先生《せんしやう》の僧を俊綱《すんがう》といひしに、この國司も俊綱《としつな》といふなり。」と、夢におほせありけり。人の惡心はよしなき事なりと。

## 一五　長門前司女葬送ノ時歸二本處一事

今は昔、[八]長門前司といひける人の女《むすめ》二人ありけるが、姉は人の妻《め》にてありけり。妹は、いとわかくて宮仕《みやづかひ》ぞしけるが、後には家に居たりけり。[九]わざとありつきたる男もなくて、たゞ時々かよふ人などぞありける。[一〇]高辻室町《たかつじむろまち》わた

一　罪を勘（かんが）えて罰則に当てること。
二　縛る。搦める。
三　熱田神（の神託）
四　法施。読経・説法・歌舞等を仏にささげること。
五　いやがって。憤怒して。
六　返報。巻四第五話に「報答」
七　前生。前の世の生。
八　前任の長門国の国司。誰とも分らない。
九　特にきまった夫もなくて。古板本は「男も」が「男と」とある。
一〇　高辻小路と室町小路との交叉する辺。

りにぞ家はありける。父母《ちゝはゝ》もなく成《なり》て、おくのかたには姉ぞゐたりける。[一一]南のおもての西のかたなる妻戸口《つまどぐち》にぞ、常に人にあひ、物などいふ所なりける。廿七八ばかりなりける年、いみじうわづらひてうせにけり。[一二]おくはところせしとて、その妻戸口にぞやがてふしたりける。さてあるべき事ならねば、姉などしたてて、[一三]鳥部野《とりべの》へゐていぬ。さて[一四]例の作法《さはふ》に、とかくせんとて、車よりとりおろすに、[一五]ひつかろ〴〵として、ふたいさゝかあきたり。あやしくてあけてみるに、いかにも〳〵[一六]露《つゆ》物なかりけり。「道などにて落《おち》などすべき事にもあらぬに、いかなる事にか。」と心えずあさまし。すべきかたもなくて、「さりとてあらんやは。」とて、人びと走歸《かへり》て、「[一七]道におのづからや。」とみれども、あるべきならねば、家へ歸《かへり》ぬ。「もしや。」と見れば、此妻戸口に、もとのやうにてうちふしたり。いとあさましくもおそろしくて、したしき人人あつまりて、「いかがすべき。」といひあはせさわぐ程に、「夜もいたくふけぬれば、いかがせん。」とて、夜明《あけ》て又ひつに入《いれ》て、このたびはよく實《まこと》にし[一八]たゝめて、「[一九]よさりいかにも。」など思てある程に、夕《ゆふ》つかた、みる程に、此櫃《ひつ》のふた、ほそめにあきたりけり。いみじくおそろしく、[二〇]ずちなけれど、したしき人々、「ちかくてよく見ん。」とてよりてみれば、[二一]ひつぎよりいでて又妻戸口に臥《ふし》たり。「いとゞあさましきわざかな。」とて、又かき入《いれ》んとて、よろづにすれど、さら〳〵ゆるがず。つちよりおひたる大木などを、ひきゆる

一一　寝殿の南面の西にあたる妻戸の口。「妻戸」は両方に開く舞戸。
一二　奥は所狭い。
一三　鳥辺野は山城国愛宕郡(京都市)の火葬場地。
一四　野べの送り。葬送。
一五　櫃。「ひつぎ」(柩)の誤かともいう。
一六　露ほども。少しも。
一七　道にひょっとして(落ちはしないか)
一八　処理して。
一九　「夜さり」は夜になること。夜さ。夜。
二〇　術ないが。仕方ないけれど。「ずち」は「すぢ」かともいふ。
二一　ここには「ひつ」でなく「ひつぎ」とある。

がさんやうなれば、すべき方《かた》なくて、『[一]たゞこゝにあらんとてか』とおもひて、[二]おとなしき人よりていふ、「たゞこゝにあらんとおぼすか。さらば、やがてここにもおきたてまつらん。かくては、いとみぐるしかりなん。」とて、妻戸口の[三]板敷《いたじき》をこぼちて、そこにおろさんとしければ、いとかろらかにおろされたれば、すべなくて、その妻戸口一間をいたじきなど、とりのけこぼちて、そこにうづみて、たか〳〵と塚にてあり。家の人々も、[四]さてあひゐてあらん、物むつかしくおぼえて、みなほかへわたりにけり。さて年月へにければ、[五]しんでんもみなこぼれうせにけり。いかなる事にか、此塚のかたはらちかくは、げすなども、えゐつかず、「[六]むつかしき事あり。」と云《いひ》つたへて、大《おほ》かた人も、えゐつかねば、そこはたゞそのつか一《ひとつ》ぞある。高辻《たかつじ》よりは北、室町よりは西、高辻おもてに六七間計《ばかり》が程は小家もなくて、その塚一《ひとつ》ぞ高々としてありける。いかにしたる事にか、つかの上に神のやしろをぞ、一《ひとつ》[七]いはひすゑてあなる。此比《このごろ》も今にありとなん。

## 一六　雀報レ恩事*

今はむかし。春つかた日うらゝかなりけるに、六十《むそぢ》計《ばかり》[八]の女のありけるが、[九]蟲うちとりてゐたりけるに、庭に雀のしありきけるを、童部《わらはべ》石を取《とり》て打《うち》たれ

一　死人はたゞここにいたいとしてであろうか。
二　年長者。
三　板の間をこわして。
四　そうして向いあっているのは気味わるく思われて。
五　(寝殿)当時の貴人の邸造りで中央の主殿をいう。
六　気味わるい事。
七　祭祀してあるそうだ。
*　隣の爺型、腰折雀の話で、賢愚経巻五、長者散陀寧・捜神記巻二〇、楊宝・朝鮮の物語集、興夫伝は類話。
八　おむな(嫗)の当て字であろうか。
九　虱のことか。

ば、あたりて腰をうちをられにけり。羽をふためかしてまどふ程に、烏《からす》のかけりありきければ、「一〇あな心《こゝろ》う、からす取《とり》てん。」とて、此女いそぎ取《とり》て、いきしかけなどして物くはす。小桶に入《いれ》て、よるはをさむ。明《あく》ればこめくはせ、一一銅《あかがね》、薬にこそげてくはせなどすれば、子ども孫ども、「あはれ女房とじ一二は老《おい》て、雀かはるゝ。」とてにくみわらふ。かくて月比《つきごろ》よくつくろ一三へば、やうやうをどりありく。雀の心にも、かくやしなひいけたるを、いみじくうれしうれしと思《おもひ》けり。一四あからさまに物へいくとても、人に「此すゞめ見よ。物くはせよ。」などいひ置《おき》ければ、子《こ》まごなど、「あはれ、なんでふ雀かはるゝ。」とて、にくみわらへども、「さはれ、いとほしければ。」とて、飼《かふ》ほどに、飛《とぶ》ほどに成《なり》にけり。「今はよも烏にとられじ。」とて、一五外《と》にいでて手にすゑて、「飛《とび》やする。みん。」とて、さゝげたれば、ふら〳〵と飛びていぬ。女おほくの月比日比、くるればをさめ、明《あく》れば物くはせて、ならひて、「あはれや飛《とび》ていぬるよ。又來《き》やするとみん。」など、一六つれ〴〵に思《おもひ》ていひければ、人《ひと》にわらはれけり。さて廿日計《ばかり》ありて、此女のゐたる方に、雀のいたくなくこゑしければ、『雀こそいたくなくなれ。一七ありしすゞめの、くるにやあらん』と思《おもひ》ていでてみれば此雀也《なり》。「あはれにわすれず、きたるこそあはれなれ。」といふ程に、女のかほをうちみて、口より露計《ばかり》の物をおとしおくやうにして飛《とび》ていぬ。女「なにゝかあらん。雀のおとしていぬる物は。」とて、よりてみれ

一〇　ああ心憂い。
一一　銅を薬にけずって。林笠翁の仙台間話「自然銅ハ接骨ノ主薬ナル由、本草ニ見エ」
一二　古板本「女とじ」刀自(とじ)は、一家の主婦。
一三　治療したので。世話したので。
一四　ちょっと。
一五　外に出して。古板本「ほかにいでて」次に「とに取いでたれば」ともある。
一六　物さびしく思って。「ならひて」より続く文脈。
一七　先頃の雀が。

ば、ひさご[一]の種をたゞ一《ひとつ》おとしておきたり。「もてきたる、様《やう》こそあらめ」とて、とりてもちたり。「あないみじ。雀の物えて賣にし給《たまふ》。」とて、子どもわらへば、「さはれ植《うゑ》てみん。」とて、うゑたれば、秋になるまゝに、いみじくおほくおひひろごりて、なべて[二]の杓《ひさご》にもにず、大に[三]おほくなりたり。女悦《よろこび》けうじて、里隣の人にもくはせ、とれども〳〵つきもせずおほかり。わらひし子孫も、これをあけくれ食《くひ》てあり。一里《ひとさと》[四]くばりなどして、はてには、まことにすぐれて大《おほき》なる七八《なゝつやつ》は、ひさごにせん[五]と思《おもひ》て、内につりつけておきたり。さて月比へて、「今はよく成《なり》ぬらん。」とて、みれば、よくなりにけり。とりおろして口あけんとするに、すこしおもし。あやしけれども、きりあけてみれば、物ひとはた[六]入《いり》たり。「なににかあるらん。」とてうつしてみれば、白米の入《いり》たる也《なり》。思《おもひ》かけずあさましとおもひて、大《おほき》なる物にみなをうつしたるに、おなじやうに入《いり》てあれば、「たゞごとにはあらざりけり。雀のしたるにこそ。」と、あさましくうれしければ、物に入《いれ》てかくしおきて、のこりの杓《ひさご》どもをみれば、おなじやうに入《いり》てあり。これをうつし〳〵つかへば、せんかたなく多かり。さてまことに、たのしき人[七]にぞなりける。隣里《となりさと》の人も見あさみ[八]、いみじき事にうらやみけり。此隣にありける女の子どものいふやう「おなじ事なれど、人はかくこそあれ。はか〳〵しき事も、えしいで給はぬ。」などいはれて、隣の女、此女房のもとに來りて、「さても〳〵こはいか

一　瓢簞。
二　一般の。世間並みの。
三　「大（おほき）に多く」か。或は「多（おほ）に多く」の意か。
四　里じゅう。全村。
五　容器（入れ物）にしよう。
六　一ぱい。
七　裕福な人。古板本には「たのもしき人」
八　見て驚嘆し。

なりし事ぞ。九雀のなどはほのきけど、よくはえしらねば、もとありけんまゝにの給《たま》へ。」といへば、「ひさごのたねを一《ひとつ》おとしたりし、植《うゑ》たりしよりある事也《なり》。」とて、こまかにいはぬを、猶「ありのまゝに、こまかにのたまへ。」と、せつにとへば、『心せばくかくすべき事かは』と思《おもひ》て、「かう〳〵こしをれたる雀のありしを、飼生《かひいけ》たりしを、うれしと思《おもひ》けるにや、杓の種を一《ひとつ》もちてきたりしをうゑたれば、かくなりたる也《なり》。」といへば、「そのたねたゞ一《ひとつ》たべ。」といへば、「それに入《いり》たる米などはまゐらせん。一〇種はあるべきことにもあらず。さらに、えなんちらすまじ。」とてとらせねば、『我も一一いかで、腰をれたらん雀見つけて、かはん』とおもひて、一二目をたててみれど、こし折《をれ》たる雀更にみえず。一三つとめてことにうかゞひみれば、一四せどのかたに米のちりたるを食《くふ》とて、雀のをどりありくを、石をとりて『もしや』とてうてば、あまたの中にたび〳〵うてば、おのづから打《うち》あてられて、えとばぬあり。悦《よろこび》てよりて、腰より一五打折《うちをり》て後に、取《とり》て物くはせ、薬くはせなどしておきたり。『一六一《ひとつ》が徳をだにこそみれ。ましてあまたならば、いかにたのもしからん。あの隣の女にはまさりて、子どもにほめられん』と思《おもひ》て、一七この内に米まきて、うかゞひゐたれば、雀どもあつまりて食《くひ》にきたれば、又うち〳〵しければ、三打折《みつうちをり》ぬ。一八『いまは、かばかりにてありなん』と思《おもひ》て、腰折《をれ》たる雀三計《みつばかり》桶に取入《とりいれ》て、一九銅こそげて、くはせなどして、月比ふる程《ほど》に、みなよく成《なり》にたれば、悦て、とに

九　雀の（恩返し）などとはほのかに聞くが。
一〇　種の方は差上げるわけに行きません。
一一　どうかして。
一二　目を見張って。
一三　「翌朝殊に」か。「早朝毎に」かともいう。
一四　背門。裏口。
一五　古板本「よく」
一六　一羽のおかげでさえ。
一七　「籠（こ）の内」かという。
一八　もうこのくらいにしておこう。
一九　外に取り出したところが。

取《とり》いでたれば、ふら〳〵と飛《とび》てみないぬ。『いみじきわざしつ』と思ふ。雀は腰打《うち》をられて、かく月比こめおきたるを、[一]よにねたしとおもひけり。さて十日計《ばかり》ありて、此雀どもきたれば、悦て、まづ『口に物やくはへたる』とみるに、ひさごのたね一《ひとつ》づつみなおとしていぬ。『さればよ』とうれしくて、とりて三《み》ところに、いそぎ植《うゑ》てけり。[二]れいよりもするすると生《おひ》たちて、いみじく大《おほき》になりたり。是はいとおほくもならず、七八《なゝつやつ》ぞなりたる。女[三]ゐみまけてみて、子どもにいふやう「はか〴〵しき事しいでずといひしかど、我は隣の女にはまさりなん。」といへば、『[四]げにさもあらなむ』とおもひたり。これは、かずのすくなければ、米おほくとらんとて、人にもくはせず我もくはず。子どもがいふやう、「隣の女房は里《さと》どなりの人にもくはせ、我もくひなどこそせしか。これはまして三《みつ》が種なり。我も人にもくはせらるべきなり。」といへば、『さも』と思《おもひ》て、ちかき隣の人にもくはせ、我《われ》も子どもにも、もろともにくはせんとて、[五]おほらかにてくふに、にがき事物にもにず、[六]きはだなどのやうにて、心《ここ》ちまどふ。くひとくひたる人々も、子どもも我も[七]物をつきてまどふ程《ほど》に、隣の人共もみな心ちをそんじて、きあつまりて、「こはいかなる物をくはせつるぞ。あなおそろし。露計《ばかり》[八]けぶりの口によりたるものも、物をつきまどひあひて、死ぬべくこそあれ。」と、腹たちて、[九]いひせためんと思《おもひ》てきたれば、ぬしの女をはじめて、子供もみな[一〇]物おぼえず、つきちらして、ふ

一 非常にくやしい。
二 例よりも。普通よりも。
三 笑みこぼれて見て。発心集巻三「耳もとまでゑみまけて」
四 そうもあってほしい。
五 多らかにて。たっぷりと。
六 和名抄「黄蘗、一名黄木、和名岐波太（キハダ）」この樹皮も実も薬用になり苦味が強い。
七 嘔吐をついて。吐いて。
八 煮た湯気のことであろう。原文「けぶん」。板本による。
九 責めこらしめよう。
一〇 正気を失って。

せりあひたり。いふかひなくて、ともに歸《かへり》ぬ。二三日も過《すぎ》ぬれば、たれ〳〵も心ちなほりにたり。女思ふやう『みな米にならんとしける物を、いそぎてくひたれば、かくあやしかりけるなめり』と思《おもひ》て、のこりをばみなつりつけておきたり。さて月ごろへて「今はよく成ぬらん。」とて、[一一]うつしいれんれうの桶どもぐして、へやに入る。うれしければ、はもなき口して、[一二]耳のもとまでひとりゐみして、桶をよせて移しければ、あぶ・はち・むかで・とかげ・[一三]くちなはなどいでて、目・はなともいはず、[一四]ひと身《み》にとりつきて、させども、女[一五]いたさもおぼえず。たゞこめのこぼれかゝるぞと思《おもひ》て、「しばしまち給へ。雀よ。すこしづつとらん〳〵。」といふ。七八《なゝつやつ》のひさごより、[一六]そこらの毒蟲ども出《いで》て、子どもをもさしくひ、女をばさしころしてけり。雀の腰を打《うち》をられて、ねたしと思《おもひ》て、よろづのむしどもをかたらひて入《いれ》たりける也《なり》。隣の雀はもと腰をれて、からすの、[一七]命取《とり》ぬべかりしを、やしなひいけたれば、うれしとおもひけるなり。されば物《もの》うらやみはすまじき事也《なり》。

## 一七　*小野篁廣才ノ事

今は昔、[一八]小野篁《をののたかむら》といふ人おはしけり。[一九]嵯峨《さが》の御門《みかど》の御ときに、内裏《だいり》に札《ふだ》をたてたりけるに、無惡善とかきたりけり。御門、篁に「よめ。」とおほせられ

一一　移し入れるための桶どもを携えて。
一二　相好を崩して笑う形容。落窪物語巻一「口は耳もとまでゑみまけてゐたり」
一三　蛇。
一四　全身。
一五　原文「いたき」古板本による。
一六　数多の。多くの。
一七　原文「命食ぬべかりしを」板本によった。
*　江談抄巻三・古事談巻三・十訓抄第七第六話・東斎随筆人事類などは前半の話を収め、世継物語四五話に同話がある。
一八　小野岑守の長男。参議・左大弁・東宮学士、従三位。仁寿二年逝。年五一。
一九　桓武帝第二子。平城帝の同母弟。在位一四年。承和九年逝。年五七。

たりければ、「よみはよみさぶらひなむ。されど、恐《おそれ》にて候へば、え申《まうし》さぶらはじ。」と奏しければ、「たゞ申せ。」とたび〱仰《おほせ》られければ、「[一]さがなくてよからんと申て候ぞ。されば君をのろひまゐらせて候なり。」と申ければ、「是は[二]おのれはなちては、たれか書《かゝ》ん。」とおほせられければ、「さればこそ、申《まうし》さぶらはじとは、申《まうし》て候《さぶらひ》つれ。」と申《まうす》に、御門「さて、[三]なにもかきたらん物は、よみてんや。」と仰られければ、「なにてもよみさぶらひなん。」と申《まうし》ければ、片假名《かたかな》の[四]ねもじを十二かかせ給て、「よめ。」と仰られければ、「ねこの子《こ》の、子《こ》ねこ、ししの子《こ》の、こじし。」とよみたりければ、御門ほゝゑませ給《たまひ》て、[五]事なくてやみにけり。

## 一八　平貞文本院侍従等ノ事*

今は昔、兵衛佐《ひやうゑのすけ》[六]平貞文をばへいちう[七]といふ。色《いろ》ごのみにて、宮づかへ人《びと》は更なり、人のむすめなど、しのびてみぬはなかりけり。思ひかけて、文《ふみ》やる程の人のなびかぬはなかりけるに、[八]本院侍従といふは[九]村上の御母后の女房也《なり》。世の色ごのみにてありけるに、文《ふみ》やるに、にくからず返《かへり》ごとはしながら、あふ事はなかりけり。『しばしこそあらめ、つひにはさりとも』と思《おもひ》て、ものあはれなる夕ぐれ空、又月のあかき夜などに、えんに人の目とゞめつべき

一　悪性（さが）無くて善からむ。さがに嵯峨が通じるというのである。運歩色葉集「無悪善（サガナキハヨシ）、嵯峨帝王之時落書也」

二　己れ（汝）を除いては誰れが書こう。

三　何でも書いた物は読めるか。

四　「子」文字。音がシで、訓はコまたはネ（十二支の子）である。

五　無事で。咎めもなくて。

＊　今昔物語巻三〇第一話・世継物語・十訓抄第一第二九話と同話。

六　今昔物語は「平定文」正躬王の孫で少納言平好風の子。歌人。兄弟三人の仲なので平仲と称された。平仲物語の主人公。

七　平中又は平仲。

八　在原棟梁の女。藤原国経大納言（時平の叔父）の妻だったが、時平が連れ出して妻にしたという話が今昔物語巻二二第八話に見える。

九　村上帝の母上（醍醐帝の后で藤原基経の女穏子）に仕えた女房。

程をはからひつゝ、おとづれければ、女も、みしりて、なさけはかはしながら、心をばゆるさず。つれなくて、[一〇]はしたなからぬほどにいらへつゝ、人ゐまじり、[一一]くるしかるまじき所にては、物いひなどはしながら、めでたくのがれつゝ、心もゆるさぬを、男はさもしらで、かくのみすぐる、心もとなくて、つねよりも、しげく[一二]おとづれて、「まゐらん。」といひおこせたりけるに、[一三]れいのはしたなからずいらへたれば、四月《うづき》のつごもり比《ごろ》に、雨[一四]おどろ〱しくふりて、物おそろしげなるに、『かゝるをりにゆきたらばこそ、あはれとも思はめ』とおもひていでぬ。道すがらたへがたき雨を、『これにいきたらんに、あはで返《かへ》す事、よも』と、たのもしく思て、つぼねにゆきたれば、人いで來て、[一五]「うへになれば、あんない申さん。」とて、はしのかたにいれていぬ。みれば、物のうしろに火ほのかにともして、[一六]とのゐ物《もの》とおぼしき衣[一七]ふせごにかけて、[一八]たき物《もの》しめたるにほひ、なべてならず。いとゞ心にくくて、身にしみていみじとおもふに、人歸て、「たゞいま[一九]おりさせ給。」といふ。うれしさかぎりなし。すなはちおりたり。「かゝる雨には、いかに。」などいへば、「[二〇]これにさはらんは、むげにあさき事にこそ。」などいひかはして、ちかくよりて、かみをさぐれば、こほりをのしかけたらんやうに、ひやゝかにて、あたりめでたき事かぎりなし。なにやかやと、えもいはぬ事どもいひかはして、うたがひなく思ふに、「あはれ、[二一]やり戸をあけながら、わすれてきにけり。つとめ

一〇　どっちつかずでない程度に答え答えして。
一一　差支えのないような所では。
一二　たよりをして。
一三　例の如く。
一四　仰山に。今昔物語「五月ノ廿日餘ノ程ニ成テ、雨隙無ク降リテ、極（イミジ）ク暗カリケル夜」
一五　大奥に（勤めて）いらっしゃるから。
一六　宿直に着用する物。
一七　（伏籠）伏せておいて衣をかけ香を焚きしめるのに用いる籠。
一八　煉香を焚き染めたかおり。
一九　宮仕えより局へ退出していらっしゃる。
二〇　この雨に妨げられるようなのはひどく情の浅い事でしょう。
二一　（遣戸）上下の溝にはめて左右に引きあける戸。引き戸。

て、『たれかあけながらは出《いで》にけるぞ』など、わづらはしき事になりなんず。[一]たてて歸《かへ》らん。ほどもあるまじ。」といへば、さる事と思《おもひ》て、かばかりうちとけにたれば、心やすくて、[二]きぬをとゞめてまゐらせぬ。まことに、やりどたつる音して、こなたへくらんと待《まつ》ほどに、おともせで、おくざまへ入《いり》ぬ。それに心もとなく、あさましく、[三]うつし心もうせはてて、[四]はひもいりぬべけれど、すべき方もなくて、やりつるくやしさを思へど、かひなければ、なくなく[五]あか月《つき》ちかく出《いで》ぬ。家に行《いき》ておもひあかして、[六]すかしおきつる心うさ、かきつゞけてやりたれど、「何しにか、すかさん。歸《かへ》らんとせしに、[七]めししかば、後にも。」などいひて、すごしつ。『大かたまぢかき事は有《ある》まじきなめり。今はさは、[八]この人のわろくうとましからん事をみて、おもひうとまばや。かくのみ心づくしに思はでありなん』と思て、[九]ずゐじんをよびて、「その人の[一〇]ひすましの、かはごもていかん、[一一]ばひとりて我にみせよ。」といひければ、日ごろそひてうかゞひて、からうじてにげたるを、おひて、ばひとりて主《しう》にとらせつ。へいちう悦《よろこび》て、かくれにもてゆきてみれば、[一二]かうなるうす物の三重がさねなるにつゝみたり。かうばしき事たぐひなし。ひきときてあくるに、かうばしさ、たとへんかたなし。みれば、[一三]ぢん・[一四]丁子《ちやうじ》を、[一五]こくせんじていれたり。[一六]又たき物をば、おほくまろがしつゝ、あまたいれたり。さるまゝに、かうばしさおしはかるべし。みるに、いとあさまし。『ゆゝしげに[一七]しおきたらば、

一　閉めて来ましょう。
二　女が上着をのこして平仲に差上げた。今昔物語には「女起テ上ニ著タル衣ヲバ脱置テ、単衣袴許リヲ著テ行ヌ」
三　現の心。正気。
四　今昔物語には「此ク知タラマシカバ副テ行テコソ懸サスベカリケレ……ト」
五　暁。
六　自分をだまし置いた不快さ。
七　主人が召したので。
八　この女房の悪く疎ましい点を見て嫌いになりたい。
九　(随身)近衛舎人の、兵仗を帯して供する者。平仲は二人の随身を従えていたと思われる。
一〇　便器を洗う下女が。
一一　奪い取って。
一二　香色(黄色がかった淡紅色)の薄い絹の三重に重ねたのに便器を包んである。
一三　沈香。香木の名。
一四　丁香。香木の名。
一五　濃く煎じて入れてある。小便に擬す。
一六　煉香を多く円め円めて数多入れてある。大便に擬す。
一七　本物の大小便をして置

それにみあきて、こゝろもやなぐさむとこそ思ひつれ、こはいかなる事ぞ。かく心ある人やはある。たゞ人《びと》ともおぼえぬ[一八]ありさまかな』と、いとゞ、しぬ計《ばかり》おもへど、かひなし。『[一九]わがみんとしもやは思《おもふ》べきに』と、かかるこゝろばせをみてのちは、いよ〳〵[二〇]ほけ〳〵しく思ひけれど、つひにあはでやみにけり。「我身ながらも、かれに、よにはぢがまし[二一]くねたくおぼえし。」と、へいちう、みそかに人にしのびてかたりけるとぞ。

## 一九　一*條攝政哥ノ事

今は昔、[二二]一條攝政とは[二三]東三條どのの兄《あに》におはします。御《おん》かたちよりはじめ、心もちひなどめでたく、[二四]ざえありさま、まことしくおはしまし、又色めかしく、女をもおほく御らんじけうぜさせ給けるが、すこし、[二五]きやう〳〵におぼえさせ給ければ、御名をかくさせ給て、[二六]大くらのぜうとよかげとなのりて、うへならぬ女のがりは御ふみもつかはしける。[二七]けさうせさせ給《たまひ》、あはせ給《たまひ》もしけるに、みな人[二八]さ心えて、しりまゐらせたり。やむごとなく、[二九]よき人のひめ君のもとへおはしましそめにけり。めのと・母などをかたらひて、[三〇]父にはしらせさせ給はぬほどに、ききつけて、いみじく腹立《はらだち》て、母をせため、[三一]つまはじきをして、いたくのたまひければ、「さることなし。」とあらがひて、「[三二]ま

いてあるならば見て愛想も尽きて。
一八　板本「ありさまども」
一九　自分が見るだろうとは(女房は)予想もしないだろうに。
二〇　ほれぼれと。
二一　くやしく思われた。
*　一条摂政御集・後撰和歌集巻一一と同話。
二二　藤原伊尹。九条右大臣師輔の一男。摂政・太政大臣。天祿三年逝。年四九。
二三　藤原兼家。師輔の三男。摂政・太政大臣。永祚二年三条亭で逝。年六二。
二四　才。学才。
二五　軽々。軽忽。
二六　大蔵丞（大蔵省の第三等官）豊蔭。
二七　懸想。
二八　伊尹だと承知して。
二九　後撰集では「小野好古の女」である。
三〇　後撰集では「小野好古」篁の孫、葛絵の子。従三位、参議。康保五年逝。
三一　(爪弾き) いらいらする時にする動作。
三二　まだその女に逢わない趣。

だしきよしの文《ふみ》かきてたべ。」と、はゝぎみのわび申たりければ、

[一]人しれず身はいそげども年をへて
　などこえがたき逢坂《あふさか》の關

とてつかはしたりければ、父にみすれば、「さてはそらごとなりけり。」とおもひて、返《かへ》し、父のしける。

[二]あづまぢにゆきかふ人にあらぬ身は
　いつかは越《こえ》ん逢坂の關

とよみけるをみて、ほゝゑまれけんかしと、御しふ[三]にあり。をかしく。

## 二〇　狐家ニ火付ル事

今は昔、甲斐國にたちの[四]侍《さぶらひ》なりけるものの、夕ぐれに、館《たち》をいでて家ざまに行《いき》ける道に、狐のあひたりけるを追《おひ》かけて、[五]引目《ひきべ》していければ、狐の腰に射あててけり。狐いまろばかされて[六]、鳴《なき》わびて、こしを引《ひき》つゝ草に入《いり》にけり。此男、ひきべをとりて行程《いくほど》に、此狐腰を引《ひき》て、さきにたちて行《いく》に、又いんとすれば失《うせ》にけり。家いま四五町かとみえて行《いく》程に、此狐二町計《ばかり》さき立て、火をくはへて走《はしり》ければ、「[七]火をくはへて走るはいかなる事ぞ。」とて、馬をもはしらせけれども、家のもとに走《はしり》よりて、人になりて火を家につけてけり。「人

一　後撰集巻一一恋三に「女の許に遣しける―これまさ（伊尹）の朝臣」としてあり、第一句「人知れぬ」

二　後撰集「かへし―小野好古朝臣女」としてある。逢坂の関に男女の逢う意味をかけ、関は関所で、人をせきとめたのでいう。

三　御集。一条摂政御集。伊尹の家集。

四　（館）国司の役所。甲斐国（山梨県）東八代郡英村の地にあったという。

五　蟇目（ひきめ）の矢で射たところが。

六　射転がされて。

七　火を口に咬えて。本草綱目「或云、狐至二百歳一拝二北斗一、変為二男婦一以惑レ人。又能撃レ尾以出レ火」

のつくるにこそありけれ。」とて、矢をはげて走らせけれども、つけはててければ、狐になりて、草の中に走入《はしりいり》て失《うせ》にけり。さて家焼《やけ》にけり。かゝるものも、たちまちにあたをむくふ也《なり》。是をききて、かやうのものをば、かまへてて[八]うずまじきなり。

八　打擲してはならないのだ。枕草子「この翁丸（犬の名）うち打（ちやう）じて」

# 巻第四

## 一　狐、人ニ付テシトギ食フ事

むかし、[一]物《もの》のけわづらひし所に、物のけわたし[二]し程《ほど》に、物のけ、[三]物付《ものつき》につきていふやう、「おのれはたゝりのもののけにても侍《はべ》らず。うかれてまかりとほりつる狐なり。塚屋に子ども侍るが、ものをほしがりつれば、『かやうの所には、くひ物《もの》ちろぼふ物ぞかし』とて、まうできつる也《なり》。[四]しとぎばし、たべてまかりなん。」といへば、しとぎをせさせて、[五]一《ひと》をしきとらせたれば、すこしくひて「あな、うまや〳〵。」といふ。「此女の、しとぎほしかりければ、[六]そら物づきてかくいふ。」とにくみあへり。「紙給《たまは》りてこれつゝみてまかりて、[七]たうめや子どもなどに、くはせん。」といへば、紙を二枚ひきちがへてつゝみたれば、大きやかなるを、こしに[八]ついはさみたれば、むねにさしあがりてあり。かくて「[九]おひ給へ。まかりなん。」と[一〇]験者《げんざ》にいへば、「おへ〳〵。」といへば、立《たち》あがりて、たふれふしぬ。しばし計《ばかり》ありて、やがておきあがりたるに、ふところなるもの、さらになし。うせにけるこそふしぎなれ。

一　(物の気)生霊・死霊・怪物の霊などが人について悩ますこと。物の怪(け)。
二　物の気を(祈禱によって)尸童(よりまし)にのりうつらした時に。
三　尸童に憑(つ)いて。
四　古板本「しとぎばら」和名抄に「粢餅」を之度岐(しとぎ)と読ませ「祭餅也」とある。米粒で作った餅の名。「ば」「し」は助詞か。
五　(一折敷)。一盆。
六　物の憑いた振りをして。
七　老女。土佐日記「おきなびと一人、たうめ一人」ここは老狐。
八　古板本に「つい」がない。
九　私を追って下さい。
一〇　修験者。山伏。

## 二　佐渡國ニ有㆑金事*

[一一]能登國《のとのくに》には、鐵《くろがね》といふもののすがね[一二]といふ程なるを取《とり》て、[一三]守《かみ》にとらするものの[一四]六十人ぞあんなる。[一五]さね房《ふさ》といふ守の任に、くろがねとり六十人が長なりけるものの、「佐渡國にこそ、[一六]こがねの花さきたる所はありしか。」と、人にいひけるを、守つたへききて、その男を、守よびとりて、物とらせなどして、すかし問《とひ》ければ、「さどの國には誠に金の侍《はべる》なり。候《さぶらひ》し所をみおきて侍《はべる》なり。」といへば、「さらば、いきて、とりてきなんや。」といへば、「つかはさば、まかり候はん。」と云ふ。「さらば舟をいだしたてん。」といふに、「人をば給はり候はじ。たゞ小舟一《ひとつ》と、くひ物《もの》すこしとを給候て、まかりいたりて、[一七]もしやと、とりてまゐらせん。」といへば、たゞ是《これ》が云《いふ》にまかせて、人にもしらせず、小舟一《ひとつ》と、くふべき物すこしとをとらせたりければ、それを[一八]もて佐渡國へわたりにけり。一月ばかりありて、[一九]うちわすれたるほどに、此男ふときて、守に[二〇]目を見あはせたりければ、守心えて人《ひと》づてにはとらで、みづから出合《であひ》たりければ、[二一]袖うつしに、[二二]くろばみたるさいでにつゝみたる物を取らせたりければ、守おもげにひきさげて、ふところにひき入《いれ》て、歸り入《いり》にけり。そののち、そのかねとり《の》男は、いづちともなくうせにけり。よろづにたづね

* 今昔物語巻二六第一五話と同話。
一一　石川県の内。
一二　素金。まだ鍛えない鉄。
一三　国守。能登国守。
一四　今昔物語「六人」
一五　民部少輔藤原方正の子。能登守、従五位上。
一六　万葉集巻一八、大伴家持の作「賀㆓陸奥国出㆑金詔書㆒歌」の短歌に「天皇(すめろぎ)の御代栄えむと、東なる陸奥山(みちのくやま)に黄金花咲く」
一七　今昔物語「若シヤト試ミ候ハム」
一八　原本「みて」古板本による。
一九　忘れた時分になって。
二〇　目くばせしたので。
二一　袖から袖へと。
二二　黒みがかった布片。

けれども、行方もしらずやみにけり。いかに思て失《うせ》たりといふ事をしらず。『金のあり所をとひ尋《たづね》やすると、思《おもひ》けるにや』とぞうたがひける。[一]その金は千兩ばかり有《あり》けるとぞ、かたりつたへたる。かかれば佐渡國には、金ありけるよしと、能登國の者どもかたりけるとぞ。

## 三 薬師寺別當ノ事*

今は昔、[二]薬師寺の別當[三]僧都といふ人ありけり。別當はしけれども、ことに寺の物もつかはで、極樂に生《むま》れん事をなんねがひける。年老《おい》やまひして、死ぬるきざみになりて、念佛して、きえいらんとす。無下《むげ》にかぎりとみゆるほどに、[四]よろしうなりて、弟子をよびていふやう、「みるやうに念佛は他念なく申《まうし》て、しぬれば、極樂のむかへいますらんと、またるゝに、極樂の迎へはみえずして火の車をよす。『こは、なむぞ。[五]かくは、おもはず。なにの罪によりて地獄の[六]迎《むかへ》はきたるぞ』といひつれば、車につきたる鬼どものいふやう、『此寺の物を、一とせ五斗かりていまだ返さねば、其罪によりて、このむかへは、えたる也《なり》』といひつれば、我《われ》いひつるは、『さばかりの罪にては、ぢごくに落《おつ》べきやうなし。その物を返《かへ》してん』といへば、火の車をよせて待《まつ》なり。されば よく〳〵[七]一石ずきやうにせよ」といひければ、弟子ども手まどひをし

一 古板本「その金八千両」今昔物語「其金千両」

* 今昔物語巻一五第四話・日本往生極楽記・元亨釈書巻一〇済源伝と同話。

二 南都七大寺の一、薬師寺の長官。

三 僧官の上で僧正の下で律師の上。今昔物語には「薬師寺ニ済源僧都ト云人有ケリ。俗姓ハ源ノ氏」済源は薬師寺の延義の弟子で、応和四年逝、年八三。

四 今昔物語「起上リテ」

五 地獄へ行くなどとは自分は思わない。

六 古板本「迎はむきたるぞ」

七 (一石誦経) 米一石を誦経料にせよ。今昔物語に「米一石ヲ以テ寺ニ送リ可レ奉シ」

て、いふまゝに誦經《ずきやう》にしつ。その鐘《かね》のこゑのする折、[八]火の車歸《かへり》ぬ。さて、とばかりありて「火の車の歸《かへり》て、極樂のむかへ今なんおはする。」と、手をすりて悦《よろこび》つゝ、をはりにけり。その坊は藥師寺の[九]大門の北の脇に有《ある》坊なり。いまにそのかた、うせずしてあり。さばかり程の物つかひたるにだに、火ノ車迎へに來《きた》る。まして、寺物を心のまゝにつかひたる諸寺の別當のちごくのむかへこそ、おもひやらるれ。

## 四　妹背嶋ノ事＊＊

土佐國[一〇]はたの郡にすむ下種《げす》ありけり。おのが國にはあらで、こと國《くに》に田を作《つくり》けるが、おのがすむ國に苗代《なはしろ》をして、植《うう》べき程になりければ、その苗を舟にいれて、うゑん人どもにくはすべき物よりはじめて、鍋《なべ》・釜《かま》・鋤《すき》・鍬《くは》・[一一]からすきなどいふ物にいたるまで、[一二]家の具《ぐ》を舟につみて、[一三]十一二ばかりなるをのこご・をんなご二人の子を舟の[一四]まもりめにのせおきて、父母は「うゑんといふ物、やとはん。」とて、陸《くが》にあからさまにのぼりにけり。舟をば[一五]あからさまと思《おもひ》て、すこしひきすゑて、つながずしておきたりけるに、此わらはべども舟《ふな》ぞこにね入《いり》にけり。しほのみちければ、舟は浮《うき》たりけるを、[一六]はなつきにすこし吹《ふき》いだされたりける程に、[一七]干鹽《ひしほ》にひかれて、はるかに[一八]澳《おき》へ出《いで》にけり。

八　今昔物語には「僧都云ク、『火ノ車ハ返リ去リヌ』ト」とある。これは済源のことばである。火の車は本人にだけ見えて弟子たちには見えないわけである。

九　今昔物語「東ノ門ノ北ノ脇」

＊＊　今昔物語巻二六第一〇話と同話。

一〇　幡多郡。

一一　(唐鋤) 和名抄「犂和名加良須岐 (からすき) 墾レ田器也」牛につけて耕すもの。

一二　家財道具。巻二第一二話「家の物の具」

一三　今昔物語に「十四五歳許有男子、其ガ弟ニ十二三歳許有女子」

一四　見張り人。番人。

一五　古板本「あからさまに」

一六　今昔物語には「放ツ風ニ」

一七　干潮。退き潮。

一八　原本「湊へ」古板本「みなとへ」今昔物語「澳」

沖《おき》にていとゞ風吹《ふき》まさりければ、帆をあげたる様《やう》にてゆく。其の時に童部《わらはべ》おきてみるに、かゝ[一]りたる方もなき沖にいできければ、なきまどへども、すべき方もなし。いづかたともしらず、たゞふかれて行《ゆき》にけり。さる程《ほど》に、父母[二]は人どもやとひあつめて、舟にのらんとて、きてみるに舟なし。しばしは風がくれにさしかくしたるかとみる程に、よびさわげども、たれかは、いらへん。浦々もとめけれども、なかりければ、いふかひなくてやみにけり。かくてこの舟は、はるかの南の沖にありける嶋に吹付《ふきつけ》てけり。童部ども泣々《なくなく》おりて、舟つなぎてみれば、いかにも人なし。歸《かへる》べき方もおぼえねば、嶋におりていひけるやう、「いまは、すべきかたなし。さりとては命をすつべきにあらず。此くひ物《もの》のあらんかぎりこそ、すこしづつも食《くひ》て、いきたらめ。これつきなば、いかにしていのちはあるべきぞ。いざ、この苗のかれぬさきにうゑん。」といひければ、「げにも。」とて、水のながれのありける所の、田につくりぬべきを、もとめいだして、鋤・鍬[三]はありければ、木きりて庵《いほり》などつくりける。なり物の木の、をりになりたるおほかりければ、それを取食《とりくひ》て、あかしくらすほどに、秋にも成《なり》にけり。さるべきにやありけん[四]、作《つくり》たる田のよくて、こなたに作《つくり》たるにも、ことの外まさりたりければ、おほく刈《かり》おきなどして、さりとてあるべきならねば、めをとこ[五]になりにけり。をのこご・女子《をんなご》あまたうみつゞけて、又それが妻《め》をとこになり／＼しつゝ、大きなる嶋なりけ

一　四方寄りばもない茫漠たる沖。

二　風のあたらない物蔭。

三　今昔物語に「鋤・鍬ナド皆有リケレバ、苗ノ有ケル限リ皆殖テケリ。然テ斧・鐇（たつぎ）ナド有リケレバ、木伐テ庵ナド造テ居タリケルニ」

四　そうなる因縁であったのだろうか。

五　女夫。夫婦。

れば、田畠もおほく作《つくり》て、此比はその妹背《いもせ》[六]がうみつゞけたりける人ども、しまにあまるばかりになりてぞあんなる。妹背嶋とて土佐の國の南の沖にあるとぞ、人かたりし。

## 五　石橋ノ下ノ虵ノ事

此ちかくの事《こと》なるべし。女ありけり。[七]雲林院《うりんゐん》の[八]菩提講《ぼだいかう》に、[九]大宮をのぼりにまゐりける程に、[一〇]西院のへんちかく成《なり》て、石橋ありける水のほとりを、廿《はたち》あまり卅《みそぢ》ばかりの女房、[一一]中《なか》ゆひてあゆみゆくが、石橋をふみ返《かへ》して過《すぎ》ぬるあとに、ふみかへされたる橋のしたに、まだらなる[一二]こくちなはのきり〳〵としてゐたれば、「石のしたに、くちなはのありける。」とみるほどに、此ふみ返したる女のしりに立《たち》て、ゆら〳〵と、このくちなはのゆけば、[一三]しりなる女のみるにあやしくて、「いかに思《おもひ》て行《ゆく》にかあらん。ふみいだされたるをあしと思《おもひ》て、それが報答《はうたふ》せんと思ふにや。[一四]これがせんやうみむ。」とて、しりにたちて行《ゆく》に、此女時々は見返りなどすれども、我《わが》ともにくちなはのあるとも知らぬげなり。又おなじやうに行《ゆく》人あれども、くちなはの女にぐして行《ゆく》をみつけいふ人もなし。たゞ最初《さいしよ》みつけつる女の目にのみみえければ、『これがしなさんやうみん』と思《おもひ》て、この女の尻《しり》をはなれずあゆみ行《ゆく》ほどに、うりん院にまゐりつきぬ。

六　妹（いも）と兄（せ）。夫婦。

七　山城国愛宕郡紫野（京都市）にあった天台宗の寺。

八　菩提のために法華経を講説する法会。今昔物語巻一五第二二話に「今昔、雲林院ト云フ所ニ菩提講ヲ始メ行ヒケル聖人有リケリ。本ハ鎮西ノ人也」

九　大宮大路を上りに。これは西大宮大路のことか。

一〇　淳和院址。

一一　衣をあげて腰帯する外出姿。巻一四第二話「僧正、中結ひ打ちして高足駄はきて」

一二　小蛇。

一三　後にある女が。

一四　くちなわ（蛇）を指す。

寺のいた敷《じき》にのぼりて此女居《ゐ》[一]ぬれば、此蛇《くちなは》ものぼりて、かたはらにわだかまりふしたれど、これを見つけてさわぐ人なし。『希有《けう》のわざかな』と、目をはなたずみるほどに、かうはてぬれば[二]、女たちいづるにしたがひて、くちなはも、つきていでぬ。此女、『これがしなさんやうみん』とて、尻にたちて[三]京ざまにいでぬ。[四]下《しも》ざまに行《ゆき》とまりて家あり。その家にいれば、くちなはも、ぐして入《いり》ぬ。これぞ、これが家なりけると思ふに、『ひるはすがた[五]もなきなめり。よるこそ、とかくする事もあらんずらめ。これがよるのありさまを見ばや』と思ふに、みるべきやうもなければ、その家にあゆみよりて、「ゐ中《なか》よりのぼる人の、[六]ゆきとまるべき所も候はぬを、こよひ計《ばかり》やどさせ給《たまひ》なんや。」といへば、このくちなはのつきたる女を家あるじとおもふに、「こゝ[七]にやどり給人《たまふひと》あり。」といへば、老《おい》たる女いできて、「たれか、の給ぞ。」といへば、これぞ家あるじなりけると思て、「こよひ計《ばかり》やどかり申《まうす》なり。」といふ。「よく侍《はべり》なん。入《いり》ておはせ。」といふ。うれしと思て入《いり》てみれば、板敷のあるにのぼりて此女ゐたり。くちなはは板敷のしもに柱のもとにわだかまりてあり。めをつけてみれば、此女を[八]まもりあげて此くちなははゐたり。蛇つきたる女[九]「殿にあるやうは。」など物がたりしゐたり。宮仕《みやづかへ》する物也とみる。かかるほどに日たゞくれに暮《くれ》て、くらく成《なり》ぬれば、くちなはのありさまをみるべきやうもなくて、此家主とおぼゆる女にいふやう、「かくやどさせ給へるかはり

一 坐ると。
二 講が終ってしまうと。
三 京方面に。
四 下京方面に。
五 姿。または「すかた」で、「するかた」の誤か。
六 蛇のついている女。
七 「こゝに……」は蛇のついた女の言葉。
八 見つめ仰いで。
九 殿中の有様は。「殿」は勤務先の館。

に、一〇緒《を》やある。一一うみてたてまつらん。火ともし給へ。」といへば、「うれしくの給《たまひ》たり。」とて、火ともしつ。一二を取出《とりいだ》してあづけたれば、それをうみつゝみれば、この女ふしぬめり。いまや、よらんずらんとみれども、ちかくはよらず。『この事やがてもつげばや』と思へども、『つげたらば、我《わが》ためもあしくやあらん』と思《おもひ》て、物もいはで『しなさんやうみん』とて、夜中のすぐるまで、まもりゐたれども、つひにみゆるかたもなき程に、火消《きえ》ぬれば、此女もねぬ。明《あけ》て後《のち》『いかがあらん』と思《おもひ》て、まどひおきてみれば、此女よき程にねおきて、一三ともかくもなげにて、家あるじとおぼゆる女にいふやう、「こよひ夢をこそ見つれ。」といへば、「いかに見給へるぞ。」ととへば、「このねたる枕上《まくらがみ》に、人のゐると思《おもひ》てみれば、こしよりかみは人にて、しもはくちなはなる女のきよげなるが、ゐていふやう、『おのれは人をうらめしとおもひし程に、一四かくくちなはの身をうけて、石橋のしたにおほくのとしをすぐして、一五わびしとおもひゐたる程に、昨日おのれがおもしの石をふみ返《かへ》し給《たまひ》しに、たすけられて、石のその苦《く》をまぬかれて、うれしと思ひ一六給《たまへ》しかば、此人のおはしつかん所をみおきたてまつりて、一七よろこびも申さむと思て、御共にまゐりしほどに、𦬇講《ぼだいかう》の一八庭にまゐり給《たまひ》ければ、その御ともにまゐりたるによりて、あひがたき法《のり》をうけ給《たまは》りたるによりて、おほく罪をさへほろぼして、その力にて人にむまれ侍《はべる》べき功徳《くどく》のちかくなり侍れば、いよ〳〵一九悦をいたゞきて、かくて

一〇 苧。紐にするための麻。
一一 績（う）んで差上げましょう。
一二 苧を取り出して。
一三 どうもこうもない様子で。
一四 蛇に生れ替って。
一五 つらい。
一六 この「給ふ」は下二活用で、「侍り」の意。
一七 悦びの挨拶。御礼。
一八 場。席。
一九 有難く感じて。「いただきて」は「いたして」の誤かともいう（野村博士）。

まゐりたる也《なり》。このむくいには物よくあらせたてまつりて、[一]よきをとこなどあはせたてまつるべきなり』といふとなんみつる。」とかたるに、あさましくなりて、此やどりたる女のいふやう、「まことはおのれは、ゐ中《なか》よりのぼりたるにも侍らず。[二]そこそこに侍るものなり。それが昨日𦬇講《ぼだいかう》にまゐり侍《はべり》し道に、そのほどに行《ゆき》あひ給《たまひ》たりしかば、しりにたちてあゆみまかりしに、大宮のその程の、川の石橋をふみ返されたりし下より、まだらなりし[三]こくちなはのいできて、御共にまゐりしを、『かくとつげ申さん』と思《おもひ》しかども、『つげたてまつりては、我《わが》ためもあしき事にてやあらんずらん』と、おそろしくて、え申さざりし也《なり》。まこと講の庭にも、そのくちなは侍《はべり》しかども、人も、えみつけざりし也《なり》。はてて、出給《いでたまひ》しをり、又ぐしたてまつりたりしかば、[四]なりはてんやうゆかしくて、思《おもひ》もかけず、こよひこゝにて夜を明《あか》し侍りつる也《なり》。この夜中過《すぐ》るまでは、此蛇、柱のもとに侍《はべり》つるが、明《あけ》て、み侍《はべり》つれば、くちなはもみえ侍らざりし也《なり》。[五]それにあはせて、かゝる夢がたりをし給へば、あさましくおそろしくて、[六]かくあらはし申《まうす》なり。今よりこれを[七]ついでにて、なに事も申さん。」などいひかたらひて、後はつねにゆきかよひつゝ、しる人になん成《なり》にける。さてこの女、[八]よに物よく成《なり》て、この比は、なにとはしらず、[九]大殿の下家司《げけいし》の、いみじく[一〇]徳あるが妻になりて、よろづ事叶《かなひ》てぞありける。尋《たづね》ば、[一一]かくれあらじかしとぞ。

一 よい夫。
二 しかじかの所に居住する者です。
三 小蛇。
四 成り果てよう様が知りたくて。
五 これと同時に。
六 打明け。
七 機会。
八 大変裕福になって。
九 大殿（摂政・関白・大臣家）の家事を取締る下役。
一〇 富ある男の妻になって。
一一 わかるであろう。

## 六　＊東北院菩提講聖ノ事

[一二]東北院の菩提講《ぼだいかう》はじめける[一三]聖《ひじり》は、もとはいみじき悪人《あくにん》にて、[一四]人屋《ひとや》に七度ぞ入《いり》たりける。七たびといひけるたび、検非違使《けびゐし》どもあつまりて、「これはいみじき悪人也《なり》。一二度人屋《ひとや》にゐんだに、人としてはよかるべき事かは。まして、[一五]いくそばくのおかしをして、かく七《なゝ》たびまでは、あさましく[一六]ゆゝしき事也《なり》。このたびこれが足切《きり》てん。」と、足《あし》きりにゐてゆきて、きらんとする程に、[一七]いみじき相人《さうにん》ありけり。それが物へいきけるが、此あしきらんとするものによりていふやう、「この人おのれにゆるされよ。これはかならず[一八]往生すべき[一九]相《さう》あるなり。」といひければ、「よしなき事いふ、ものもおぼえぬ相《さう》する御房かな。」といひて、たゞ切《きり》にきらんとすれば、そのきらんとするあしのうへにのぼりて、「このあしのかはりにわが足をきれ。往生すべき相ある物の[二〇]あしきらせては、いかでかみんや。おう〳〵。」とをめきければ、切《きら》んとする物ども、[二一]しあつかひて、検非違使に「かう〳〵の事侍《はべり》。」といひければ、やんごとなき相人のいふ事なれば、さすがに、もちひずもなくて、[二二]別當に「かかる事なんある。」と申《まうし》ければ、「さらば、ゆるしてよ。」とて、ゆるされにけり。その時この盗人、[二三]心おこして、法師に成《なり》て、いみじき聖《ひじり》に成《なり》て、此菩提講《ぼだいかう》

＊　今昔物語巻一五第二二話と同話。
一二　藤原道長の女（上東門院彰子）の創建で、法成寺の東北にあたる。今昔物語では「雲林院」とする。
一三　今昔物語には「本八鎮西ノ人也」
一四　牢屋。
一五　若干の犯罪。
一六　いまいましい事。
一七　すばらしい人相見。
一八　極楽に往って生れること。往生極楽。
一九　人相。
二〇　古板本「あしきられては」
二一　もてあまして。
二二　検非違使庁の長官。
二三　発心して。道心を発して。

ははじめたる也《なり》。まことに相《きう》にかなひて、一いみじく終《をはり》とりてこそうせにけれ。かゝれば、二かうみやうせんずる人は、その相ありとも、三おぼろげの相人のみる事にてもあらざりけり。はじめおきたる講も、けふまでたえぬは、まことにあはれなる事なりかし。

## 七　*三河入道遁世之間ノ事

四參川入道、いまだ俗にてありけるをり、もとの妻《め》をば去りつつ、五わかくかたちよき女に思《おもひ》つきて、それを妻《め》にて三川《みかは》へゐてくだりけるほどに、その女ひさしくわづらひて、よかりけるかたちもおとろへて、うせにけるを、かなしさのあまりに、とかくもせで、よるもひるもかたらひふして、口をすひたりけるに、あさましき香の口より出《いで》きたりけるにぞ、うとむ心いできて、なくなくはふりてける。それより『世はうき物にこそありけれ』とおもひなりけるに、三川國に六風祭《かざまつり》といふ事をしけるに、七いけにへといふ事に、八猪をいけながらおろしけるをみて、九『この國退《の》きなむ』とおもふ心付《つき》てけり。雉《きじ》を生《いけ》ながらとらへて、人のいできたりけるを、「いざ、この雉子《きじ》いけながらつくりて、くはん。いますこし、あぢはひやよきと、心みん。」といひければ、いかで一〇か心にいらんと思《おもひ》たる郎等の物もおぼえぬが、「一一いみじく侍《はべり》なん。いかで

一　立派に往生をして。
二　高名をたてようとする人は。
三　いい加減な人相見。
*　今昔物語巻一九第二話の前半・三国伝記巻一一・発心集巻二と同話。
四　参河守大江定基。寛和二年内記入道保胤の弟子となって寂昭と改名、後、比叡山の源信僧都に学び長保四年入宋、円通大師の名を賜うた。長元七年宋で逝去。
五　源平盛衰記巻七、近江石塔寺事「大江定基三河守に任じて赤坂の遊君力寿に別れて道心出家して」
六　風の神を祭って豊年を祈ること。
七　生贄。獣を生けながら贄として神に供えるもの。
八　生かしてあるままで料理したのを見て。
九　参河国を去ろう。
一〇　気に入ろうか。
一一　おいしいでしょう。どうして味がよくならないわけはあろう。

か、あぢはひまさらぬやうはあらん。」など、はやしいひけり。すこしもの心《こころ》しりたるものは、『あさましき事をもいふ』など思《おも》ひけり。かくて前にて、いけながら毛をむしらせければ、しばしは、ふた〳〵とするを、おさへてたゞむしりにむしりければ、鳥の目より血の涙をたれて、目をしばたゝきて、これかれにみあはせけるをみて、えたへずして、立《たち》てのく物もありけり。「これが、かく鳴《なく》こと。」と興じわらひて、いとゞなさけなげにむしるものもあり。むしりはてて、おろさせければ、刀にしたがひて血のつぶ〳〵といできけるを、のごひ〳〵おろしければ、あさましく、たへがたげなるこゑをいだして、死《しに》はてければ、おろしはてて、「いりやきなどして心みよ。」とて、人々心みさせければ、「ことの外に侍《はべり》けり。死《しに》たるおろしていりやきしたるには、これはまさりたり。」などいひけるを、つく〴〵と見きて、涙を流して、こゑをたてて、をめきけるに、「うまし。」などいひけるものども、[一二]したくたがひにけり。さてやがて、その日[一三]國《こ》府《ふ》をいでて京にのぼりて、法師になりにけり。道心のおこりければ、「よく心をかためん。」とて、かかる希有《けう》の事をしてみける也《なり》。乞食《こつじき》といふ事《こと》しけるに、ある家に食物《くひもの》えもいはずして、庭に疊をしきて、物をくはせければ、此たゝみにゐて、くはんとしけるほどに、簾を巻《まき》あげたりける内に、よき[一四]しやうぞくきたる女のゐたるを見ければ、わがさりにしふるき妻《め》なりけり。「あの[一五]かたゐ、かくてあらんをみんと、おもひしぞ。」

一二　あてがちがって。国守に気に入ろうとした心あてがちがったこと。
一三　国司の役所。今の愛知県豊橋市付近。
一四　装束。
一五　乞食。もとの妻が定基を恥ずかしめようとしてこういったのだ。

といひて見あはせたりけるを、はづかしとも、くるしとも思《おもひ》たるけしきもなくて、「あな、たふと。」といひて、物よくうちくひて歸《かへり》にけり。あり[一]がたき心也《なり》かし。道心をかたくおこしてければ、さる事にあひたるも、くるしともおもはざりけるなり。

## 八　進命婦清水詣ノ事*

今はむかし、進命婦《[二]しんみやうぶ》若かりける時、常に清水《[三]きよみづ》へまゐりける間、師の僧、き[四]よかりける八十《やそぢ》のもの也《なり》。法華經《ほけきやう》を八萬四千部讀《よみ》たてまつりたる者也《ものなり》。此女房を見て、欲心《よくしん》をおこして、たちまちに病になりて、すでに死なんとするあひだ、弟子どもあやしみをなして問《とひ》ていはく、「この病のありさま、うちまかせ[五]たる事にあらず。おぼしめす事のあるか。仰られずは、よしなき事也《なり》。」といふ。この時かたりていはく、「まことは京より御堂へまゐらるゝ女房に近づきなれて、物を申さばやと思《おもひ》しより、この三ケ年不食《[六]ふじき》の病になりて、いまはすでに蚰道《[七]じやだう》に落《おち》なむずる、心うき事也。」といふ。こゝに弟子一人、進命婦のもとへ行《ゆき》て、この事をいふ時に、女房程《ほど》なくきたれり。病者《ばうざ》かしらをそらで年月を送《おくり》たるあひだ、ひげかみ銀《しろがね》の針をたてたるやうにて、鬼のごとし。されども、この女房おそるゝけしきなくしていふやう、「年《とし》ごろたのみたてま

一　珍しい心。

*　古事談巻二にも見える話。

二　藤原祇子。因幡守種成の女。「進」は皇后宮職などの官名。「命婦」は五位以上の女官。

三　京都の東山の寺。本尊は十一面観音。

四　不犯童貞を守っていた。古事談に「浄行八旬者也」

五　一とおりの事。尋常一様の事。

六　食べられない病気。

七　悪道ともいい、地獄・餓鬼・畜生を三悪道という。「邪道」か。

八　法華経、普門品の「若有二女人一設欲レ求レ男、礼二拜供二養観音菩薩一。便生二福徳智慧之男一。設欲レ求レ女、便生二端正有相之女一。」を指すか。

九　宇治関白藤原頼通。道長の長子。

つる心ざしあさからず。なに事にさぶらふとも、いかでか仰《おほせ》られん事そむきたてまつらん。御身くづをれさせ給はざりしさきに、などかおほせられざりし。」といふ時、此僧かきおこされて、念珠《ねんず》をとりて、おしもみていふ様《やう》、「うれしくきたらせ給《たまひ》たり。八萬餘部よみたてまつりたる法華經[八]の最第《さいだい》一の文《もん》をば御前にたてまつる。『俗をうませ給《たま》はば、關白・攝政をうませ給《たま》へ。女をうませ給《たま》はば、女御《にようご》・后《きさき》を生《うま》せ給へ。僧をうませ給はば、法務の大僧正を生《うま》せ給《たま》へ。』」と言ひをはりて、すなはち死《しに》ぬ。其後、この女房、宇治殿[九]に思はれまゐらせて、はたして京極大殿[一〇]・四條宮[一一]・三井[一二]の覺圓座主をうみたてまつれりとぞ。

## 九　業遠朝臣蘇生ノ事**

是も今は昔、業遠朝臣[一三]《なりとほあそん》死《しぬ》る時、御堂[一四]の入道殿仰《おほ》せられけるは、「いひおくべき事あらんかし。不便《ふびん》の事なり。」とて、解脱《げだつ》寺[一五]の觀修[一六]僧正をめして、業遠が家にむかひ給て加持《かぢ》する間、死人たちまちに蘇生《そせい》して、要事をいひてのち、又目を閉《とぢ》てけりとか。

一〇　藤原師実。関白頼通の三男。従一位、太政大臣・摂政・関白。康和三年逝。年六〇。
一一　藤原寛子。頼通の女。後冷泉帝の皇后。四条中宮。治暦四年天皇の逝後、剃髪、大治二年宇治別荘で逝。年九二。
一二　三井寺の明尊大僧正の弟子。頼通の子。法務大僧正。天台座主。承徳二年逝。年六八。宇治僧正。
**　古事談巻三にも見える話。観修は業遠よりも二年前に歿しているから伝説の誤か(佐藤亮雄氏説)
一三　高階敏忠の子。正四位下、春宮権亮。寛弘七年(一〇一〇)四月一〇日寅時逝。年四六(権記)。
一四　藤原道長。御堂関白。万寿四年逝。年六二。
一五　山城国愛宕郡(京都府)。扶桑略記長保四年七月一七日条「大僧正観修、年五十八、供二養解脱寺内常行堂一…」
一六　姓は紙子。三井寺長吏。大僧正。寛弘五年七月八日申刻逝。年六四。長谷僧正。智静と諡号。業遠よりも二年前に逝去している。

## 一〇　篤昌・忠恒等ノ事

是も今は昔、[一]民部大夫《みんぶたいふ》篤昌《あつまさ》といふものありけるを、[二]法性寺殿《ほふしやうじどの》ノ御時、藏人《くらうど》所《ところ》の所司《しよし》によしすけとかや云《いふ》者ありけり。[三]件《くだん》ノ篤昌を役《やく》に催しけるを、「我はかやうの役はすべきものにもあらず。」とてまゐらざりけるを、所司に舎《とね》人《り》をあまたつけて、[四]苛法に催しければ、參《まゐり》にけり。さて先《まづ》「所司に物申さん。」とよびければ、出《いで》あひけるに、この世ならず腹だちて、「かやうの役に、もよほし給ふは、いかなる事ぞ。まづ篤昌をばいかなる物としり給《たまひ》たるぞ。承《うけたまは》らん。」と、しきりにせめけれど、しばしは物もいはでゐたりけるをしかりて、「の給へ。まづ篤昌がありやううけ給はらん。」と、いたうせめければ、「別《べち》の事候はず。民部大夫五位、はなあかきにこそ、しり申《まうし》たれ。」といひたりければ、「をう。」といひて逃《にげ》にけり。又此所司がゐたりけるまへを、ただつねといふ隨身《ずゐじん》、ことやうにて、ねりとほりけるをみて、「[五]わり有《ある》隨身のすがたかな。」と、忍《しのび》やかにいひけるを耳とききて、隨身、所司がまへに立《たち》歸《かへ》りて、「わりあるとは、いかにのたまふ事ぞ。」と、とがめければ、「我は人のわりのありなしも、えしらぬに、たゞいま[六]武正府生《たけまさふしやう》のとほられつるを、この人々、『わりなきもののようだいかな』といひあはれつるに、すこしも、に

一　藤原範綱の子。
二　藤原忠通。忠実の長子。摂関。太政大臣。長寛二年逝。年六八。
三　古板本「件ノ者」（よしすけがの意）
四　古板本「かはうをして催しければ参りにける」
五　わりなき（理無き・一とおりでない）の反対語。実際にはない語。
六　下野武忠の子。巻八第二話参照。「府生」は近衛府の下役。

給はねば、『さてはもし、わりのおはするか』とおもひて、申《まうし》たりつるなり。」といひたりければ、ただつね「をう。」といひて、にげにけり。この所司をば、「[七]あら所司。」とぞ、つけたりけるとか。

## 二　後朱雀院丈六ノ佛奉レ作給事*

これもいまは昔、[八]後朱雀院[九]例《れい》ならぬ御事、大事におはしましける時、[一〇]後生《ごしやう》の事恐《おそれ》おぼしめしけり。それに御夢に、御堂入道殿まゐりて申給ていはく、「[一一]丈六の佛を作れる人、子孫においてさらに悪道におちず。それがし、おほくの丈六を作《つくり》たてまつれり。[一二]御𦬇《ぼだい》において疑ひおぼしめすべからず。」と。これによりて、[一三]明快座主《みやうくわいざす》に仰合《おほせあはせ》られて、丈六の佛をつくらる。件の佛、[一四]山の[一五]灌佛院に安置したてまつらる。

## 三　式部大輔實重賀茂ノ御體拜見ノ事**

これも今は昔、[一六]式部大夫實重は、[一七]賀茂へまゐる事ならびなき物なり。前生《ぜんしやう》の運おろそかにして、身に過《すぎ》たる利生《りしやう》にあづからず。人の夢に、大明神、「又實重來たり〳〵。」とて、[一八]歎かせおはしますよし、みけり。實重、[一九]御本地《ほんぢ》を

七　荒いことばをいうのでこのあだ名がつけられたのであろう。

＊　古事談巻五に見える話。

八　一条帝の第三子。上東門院彰子（御堂入道道長の女）の所生。
九　御不例。（御病気）
一〇　死後の世。
一一　たけ一丈六尺の仏像。
一二　御菩提。御成仏。
一三　藤原俊宗の子。明豪大僧正の弟子。天台座主。大僧正。延久二年逝。年八六。
一四　比叡山延暦寺。
一五　古事談「護仏院」

＊＊　古事談巻五に見える話。
一六　平生昌の四代の孫。詞花・千載の作者。
一七　賀茂神社（大明神）
一八　古事談「令レ歎給之由」
一九　本地垂跡説では、仏は本地、神は垂跡であると説く。

みたてまつるべきよし祈申《いのりまうす》に、ある夜、[一]下《しも》の御社に通夜《つや》したる夜、[二]夢に[三]上《かみ》へまゐるあひだ、[四]なから木《き》のほとりにて行幸にあひたてまつる。百官供奉《ぐぶ》つねのごとし。實重片藪《かたやぶ》にかくれてゐてみれば、鳳輦《ほうれん》の中に[五]金泥《こんでい》の經一巻たたせおはしましたり。その外題に、[六]一稱南無佛《いちしようなむぶつ》、皆已成佛道《かいいじやうぶつだう》とかかれたり。夢則《すなはち》さめぬとぞ。

## 一三　智海法印癩人ト法談ノ事*

是もいまはむかし、[七]智海法印[八]有職《ちかいはふいんいうしき》の時、清水寺《きよみづでら》へ百日まゐりて、夜深《ふけ》て下向しけるに、橋の上に、[九]唯圓教意《ゆゐゑんけうい》、逆卽是順《ぎやくそくぜじゆん》、自餘三教《じよさんけう》、逆順定故《ぎやくじゆんぢやうこ》といふ文《もん》を誦《ず》するこゑあり。『たふとき事かな。いかなる人の誦《ず》するならん』と思《おもひ》て、ちかうよりてみれば[一〇]白癩人《びやくらいにん》なり。かたはらにゐて法文の事をいふに、智海ほと〳〵[一一]云《いひ》まはされけり。『[一二]南北二京に、これほどの學生《がくしやう》あらじ物を』と思ひて、「いづれの所にあるぞ。」と問《とひ》ければ「この坂に候なり。」といひけり。後にたび〳〵尋《たづね》けれど、たづねあはずしてやみにけり。『もし[一三]化人《けにん》にやありけん』とおもひけり。

一　賀茂の下社。
二　「夢に」は原本にない。板本による。
三　賀茂の上社。
四　半木、流木。賀茂上・下の間の小社。
五　紺紙に金泥で書いた経文。
六　法華経方便品の偈句。

*　古事談巻三にある話。

七　天台僧澄豪の門。建久三年（一一九二）頃までの人。承安三年（一一七三）五月一四日法橋に叙任前の話か（佐藤亮雄氏）
八　拾芥抄「已講・内供・阿闍梨、謂二之有職一」
九　法華文句記、釈提婆達多品の文。
一〇　白肌の癩病人。
一一　古板本「みまはされけり」
一二　北京（京都）・南京（奈良）に。
一三　変化の人。原本・古板本「他人」（ことひと?）
**　古事談巻四にある話。似た話は源平盛衰記巻一六、

## 一四　白**川院御寝ノ時物ニオソハレサセ給事

是も今は昔、[一四]白河院、[一五]御とのごもりてのち、[一六]物におそはれさせ給《たまひ》ける。「しかるべき武具《ぶぐ》を、御枕のうへにおくべし。」とさたありて、[一七]義家朝臣《ぎかあそん》にめされければ、[一八]まゆみのくろぬりなるを一張まゐらせたりけるを、御枕にたてられてのち、おそはれさせおはしまさざりければ、御感ありて、「この弓は[一九]十二年の合戰の時や、もちたりし。」と、御尋《たづね》ありければ、おぼえざるよし申されけり。上皇しきりに御感ありけるとか。

## 一五　永***超僧都魚食フ事

これも今は昔、[二〇]南の京の[二一]永超僧都《やうてうそうづ》は、魚《うを》なきかぎりは、[二二]時《とき》・非《ひ》時《じ》もすべてくはざりける人なり。[二三]公請《くしやう》つとめて、在京のあひだ、ひさしくなりて、魚をくはで、[二四]くづをれてくだるあひだ、[二五]なしまの丈六堂の邊にて、[二六]ひるわりごくふに、弟子一人近邊の[二七]在家《ざいけ》にて、魚をこひてすゝめたりけり。件の魚のぬし、のちに夢にみるやう、おそろしげなる物《もの》ども、そのへんの在家をしるしけるに、我家をしるしのぞきければ、たづぬる處に、使のいはく、「永超僧都に魚

三位入道芸道等事の条に。
一四　後三条帝の太子。崇徳帝大治四年逝。
一五　御寝みの後。
一六　物の気にうなされ。新撰字鏡に「魘」を「眼（眠）中見レ良（鬼）、於曾波留」
一七　源頼義の長男。八幡太郎。陸奥守・鎮守府将軍。天仁元年逝。年六八。
一八　檀（まゆみ）の木で作った弓の黒塗りなのを。
一九　いわゆる前九年の役。永承六年（一〇五一）―康平五年（一〇六二）の、奥州十二年合戦のこと。（渡辺氏）
***　古事談巻三にある話。
二〇　平城京。奈良。
二一　橘俊孝の子、興福寺の主恩の門人。康平二年維摩会の講師。
二二　午前の食事・午後の食事。「時」は斎。
二三　朝廷から法会に請ぜられること。
二四　衰弱して奈良へ下向する際。
二五　山城国綴喜郡（京都府）の梨間（奈島）
二六　昼、弁当を食う時に。「破子」は中にしきりのある箱。弁当箱。
二七　在俗の人の家。

をたてまつる所也《なり》。さてしるしのぞく。」といふ。そのとし、このむらの在家、こと〴〵くえやみ[一]をして死ぬるものおほかりけり。此魚のぬしが家たゞ一宇[二]、その事をまぬかるゝによりて、僧都のもとへまゐりむかひて、このよしを申《まうす》。僧都此よしをきて、かづけ物[三]一重《ものひとかさね》たびてぞかへされける。

## 一六　了延房ニ實因自㆓リ湖水ノ中㆒法文之事*

是も今は昔、了延房阿闍梨《れうえんばうあざり》、日吉社《ひよしのやしろ》[四]へまゐりて、かへるに、辛崎《からさき》[五]の邊を過《すぐ》るに、「有相安樂行《うさうあんらくぎやう》、此依觀思《しいくわんし》[六]」といふ文《もん》を誦《ず》したりければ、浪中に「散心誦《さんしんじゆ》法花《ほふくゑ》、不入禪三昧《ふにふぜんさんまい》」と、すゑの句をば誦《ず》する聲あり。不思議の思《おもひ》をなして、「いかなる人のおはしますぞ。」と問《とひ》ければ、「具房僧都實因[七]。」と名のりければ、汀に居て法文を談じけるに、少々僻事《ひがごと》どもをこたへければ、「これは僻事なり。いかに。」と問《とひ》ければ、「よく申《まうす》とこそおもひ候へども、生《しやう》をへだてぬれば力及ばぬ事なり。我なればこそ、これ程も申せ。」といひけるとか。

## 一七　慈惠僧正戒壇築タル事**

是も今はむかし、慈惠僧正《あそうじやう》[八]は近江國淺井郡の人也《なり》。叡山の戒壇[九]を、人夫《にんぶ》か

一　疫病。流行病。
二　一戸。一軒。
三　賜り物。纏頭（はな）
*　古事談巻三に見える話。
四　比叡山東麓の山王権現。祭神大山咋神。
五　近江国滋賀郡（滋賀県）、琵琶湖畔。
六　古事談には「此依観発品」（法華経、普賢菩薩勧発品?）。南岳の慧思禅師の法華懺法の文句。
七　古板本「奥房僧都実因」本朝法華験記中第四三話に「叡山西塔具足坊実因大僧都」
**　古事談巻三に見える話。
八　良源。姓は木津。近江国の人。天台座主、大僧正。法務。永観三年逝。年七四。諡は慈恵。
九　戒を授ける壇場。東塔大講堂の西にあったという。

なはざりければ、一〇えつかざりける比《ころ》、淺井の郡司《ぐんじ》は、したしきうへに、一一師檀《しだん》にて佛事を修《しゅ》する間、此僧正を請じたてまつりて、僧膳の料《れう》に、前にて大豆をいりて酢《す》をかけけるを、「なにしに酢をばかくるぞ。」ととはれければ、郡司いはく、「あたゝかなる時、酢をかけつれば、一二すむつかりとて、一三にがみて、よくはさまるゝなり。しからざれば、すべりてはさまれぬなり。」といふ。僧正のいはく、「いかなりとも、なじかは、はさまぬやうやあるべき。なげやるとも、はさみくひてん。」とありければ、「いかでさる事あるべき。」と一四あらがひけり。僧正「勝申《かちまうし》なば、こと事《ごと》あるべからず。戒壇を築《つき》てたまへ。」とありければ、「やすき事。」とて、いりまめをなげやるに、一五一間ばかりのきて居給て、一度もおとさずはさまれけり。みる物一六あさまずといふ事《こと》なし。一七柚《じゅ》のさねのたゞいま一八しぼりいだしたるをまぜて、なげやりたりけるをぞ、はさみすべらかし給《たまひ》たりけれど、おとしもたてず、やがて又はさみとゞめ給ける。郡司一九一家ひろきものなれば、人數《にんず》をおこして、二〇不日に戒壇を築《つき》てけりとぞ。

一〇　築きえられなかった頃。古事談には「依レ不二合期一人夫えつかざりける比」
一一　師と檀家。師僧と施主。
一二　「武蔵国埼玉郡葛蒲の里の近辺にてすみつかりといふ物を製りて正月年神に供することあり」（松屋筆記巻十四）
一三　しかんで。皺がよって。
一四　いい争った。古事談「からかひになりにけり」
一五　柱と柱との間の長さ。今の「二間」（四メートル弱）
一六　驚嘆しないという事がない。
一七　柚子の種。
一八　古事談「しぼり出したるを取寄せて」
一九　家門のひろい者。
二〇　日ならずして。

# 巻第五

## 一 四[*]ノ宮河原地藏ノ事

これもいまはむかし、[1]山科《やましな》の道づらに、[2]しの宮がはらといふ所にて、袖《そで》くらべといふ商人《あきびと》あつまる所あり。そのへんに下《げ》すのありける、地藏𦬇《ぼさつ》を一躰つくりたてまつりたりけるを、[3]開眼《かいけん》もせで[4]櫃《ひつ》にうち入《いれ》て、おくの部屋などとおぼしき所にをさめおきて、[5]世のいとなみにまぎれて程《ほど》へにければ、忘《わすれ》にけるほどに、三四年計過《ばかりすぎ》にけり。ある夜、夢に、大路《おほち》をすぐるもののこゑだかに人よぶ聲のしければ、「なに事ぞ。」ときけば、「[6]地藏こそ〳〵。」と、たかくこの家の前にていふなれば、おくのかたより「何事ぞ。」と、いらふるこゑす也《なり》。「明日[7]天帝尺《てんたいしやく》の[8]地藏會《ちざうゑ》したまふにまゐらせ給はぬか。」といへば、此小家の内より、「まゐらんと思へど、[9]まだ目のあかねば、えまゐるまじきなり。」といへば、「[10]構《かま》へてまゐり給へ。」といへば、「目も見えねば、いかでかまゐらん。」といふ聲す也《なり》。[11]うちおどろきて『なにのかくは夢にみえつるにか』とおもひまゐらすに、あやしくて、夜あけて、おくのかたをよく〳〵み

＊ 醒睡笑巻一にある。
一 山科（山城国宇治郡）の道のほとりに。（京都市）
二 四宮河原。仁明帝第四子人康親王の宮址から出た地名。
三 仏像に眼を入れる供養を行うこと。
四 櫃。箱。
五 生計。生活。
六 「こそ」は敬称の接尾語。巻一第一〇話「花こそ」古板本に「〳〵」はない。
七 帝釈天と同じ。
八 地蔵菩薩供養のために行《おこな》う法会。
九 まだ開眼しないので。
一〇 是非参詣なさい。
一一 目覚めて。

れば、此地蔵ををさめておきたてまつりたりけるを思《おもひ》いでて、見いだしたりけり。『これがみえ給《たまふ》にこそ』とおどろきおもひて、いそぎ開眼したてまつりけりとなん。

## 二　伏見修理大夫ノ許ヘ殿上人共行向フ事

是も今は昔、[一二]伏見修理大夫のもとへ、殿上人《てんじやうびと》廿人ばかりおしよせたりけるに、俄にさわぎけり。[一三]肴物《さかなもの》とりあへず、[一四]沈地の机に時の物ども色々、たゞおしはかるべし。盃たび〳〵になりて、おの〳〵たはぶれいでける。厩《うまや》に黒馬の額すこし白きを、二十疋たてたりけり。[一五]移《うつし》の鞍廿具、[一六]くらかけにかけたりけり。殿上人酔《ゑひ》みだれて、おの〳〵此馬にうつしの鞍おきて、のせて返しにけり。[一七]つとめて、「さても昨日《きのふ》[一八]いみじくしたる物かな。」といひて、「いざ又おしよせん。」といひて、又廿人押寄《おしよせ》たりければ、このたびは、さるていにして、俄かなる様《さま》は昨日にかはりて、[一九]すびつをかざりたりけり。厩《うまや》をみれば、黒栗毛なる馬をぞ廿疋までたてたりける。これもひたひ白《しろ》かりけり。大《おほ》かた、[二〇]かばかりの人はなかりけり。これは[二一]宇治殿の御子におはしけり。されども公《きん》達《だち》おほくおはしましければ、[二二]橘俊遠《たちばなのとしとほ》といひて、世中《よのなか》の[二三]徳人《とくにん》ありけり。其子になして、かかるさまの人にぞなさせ給《たまひ》たりけるとか。

一二　藤原俊綱。巻三第一四話参照。「伏見」を古板本「臥見」
一三　酒の菜の用意もなく。
一四　沈香の木地で作った机。食卓用。
一五　かけ替え用の鞍。
一六　鞍をかけおく台。
一七　翌朝。
一八　すばらしく饗応したものだな。
一九　炭櫃。角火鉢か。炉の類ともいう。
二〇　こんな豪奢な人はなかったそうな。
二一　藤原頼通。
二二　従四位上・大和守橘俊済の子。従四位上・讃岐守。巻二第二話に出た。
二三　富人。金持。

## 三　以長物忌ノ事

これも今はむかし、[一]大膳亮大夫《だいぜんのすけたいふ》橘《たちばなの》以長《もちなが》といふ藏人の五位ありけり。[二]宇治左大臣殿より召《めし》ありけるに、「今明日は、かたき[三]物忌《ものいみ》を仕る事候。」と申したりければ、「こはいかに、世にある物の物忌といふことやはある。たしかにまゐれ。」と、めしきびしかりければ、恐《おそれ》ながらまゐりにけり。さる程《ほど》に十日計《ばかり》ありて、左大臣殿に、よにしらぬかたき物忌いできにけり。[四]御かどのはざまに[五]かいたてなどして、[六]仁王講おこなはるゝ僧も、[七]高陽院《かやのゐん》のかたの[八]土戸《つちど》より童子などもいれずして、僧計《ばかり》ぞまゐりける。「御物忌あり。」と、この以長きて、いそぎまゐりて土戸よりまゐらんとするに、[九]舍人《とねり》二人ゐて、『人ないれそ』と候。」とて、立《たち》むかひたりければ、「[一〇]やうれ、おれらよ。めされてまゐるぞ。」といひければ、これらもさすがに[一一]職事《しきじ》にて、つねにみれば、力及ばでいれつ。まゐりて藏人所《くらうどどころ》に居て、なにとなく聲高《こわだか》に物いひゐたりけるを、[一二]左府《さぶ》きかせ給て、「この物いふは、たれぞ。」と問《とは》せ給《たまひ》ければ、[一三]盛兼申《まうす》やう、「以長に候。」と申ければ、「いかに、か計《ばかり》かたき物忌には、[一四]夜部《よべ》よりまゐりこもりたるかと、尋《たづね》よ。」と仰ければ、行《ゆき》て仰の旨をいふに、[一五]藏人所は御所より近かりけるに、「くは〱。」と大聲して憚からず申やう、「過候《すぎさぶらひ》ぬる比《ころ》、

一　大膳職の次官で五位の橘以長。広房の子。嘉応元年逝。
二　藤原頼長。関白忠実の二男。忠通の弟。保元元年の乱で流矢に中って七月一四日逝。年三七。宇治悪左府。
三　気になることがあると家にこもって謹慎すること。
四　御門の隙間に。
五　「掻い楯」か「書い立て」か。
六　仁王経を講ずる法会。物の気をはらう祈禱として。
七　東三条の邸の表門は物忌で閉鎖したので、その西北の高陽の方の裏門から入らせたのだ。
八　築地に設けた門。
九　大臣家の雑役の者。
一〇　黙れ、汝らよ。
一一　関白家の蔵人所の職事。
一二　左大臣。頼長のこと。
一三　大臣家の侍か。
一四　昨夜。
一五　蔵人所は普通東西廊の内にあった。
一六　左府（頼長）が……
＊　続本朝往生伝のと同話。
一七　比叡山（延暦寺）の三塔の一、横川（よがわ）に

わたくしに物忌仕《つかまつり》て候しにめされ候《さぶらひ》き。物忌のよしを申候《まうしさぶらひ》しを物忌といふ事やはある。たしかにまゐるべき由《よし》仰候しかば、まゐり候にき。されば物忌といふ事は候はぬと、しりて候也。」と申ければ、[一六]きかせ給《たまひ》て、うちうなづきて、物もおほせられで、やみにけりとぞ。

## 四　範久阿闍梨西方ヲ後ニセザル事*

是も今はむかし、範久阿闍梨《はんきうあざり》といふ僧ありけり。[一七]山の楞嚴院《りようごんゐん》にすみけり。ひとへに[一八]極樂をねがふ。[一九]行住坐臥《ぎやうぢゆうざぐわ》西方をうしろにせず。つばきをはき、大小便西にむかはず。[二〇]入日《いりひ》をせなかにおはず。[二一]西坂より山へのぼる時は、[二二]身をそばだててあゆむ。つねにいはく、「うゑ木のたほるゝ事かならずかたぶく方《かた》にあり。心を西方にかけんに、なんぞ心ざしをとげざらん。[二三]臨終正念うたがはず。」となんいひける。[二四]往生傳に入《いり》たりとか。

## 五　陪従家綱兄弟互ニ謀タル事**

これも今はむかし、[二五]陪従《べいじゆう》は[二六]さもこそはといひながら、これは世になきほどの[二七]さるがくなりけり。堀川院の御時、[二八]内侍所《ないしどころ》の御神樂《みかぐら》の夜仰《おほせ》にて、「今夜《こよひ》めづ

ある寺院。
一八　死後、西方極楽浄土に往生することを願う。
一九　歩く時、止まる時、坐る時、臥す時。これを四威儀という。
二〇　西に入る日に背を向けない。
二一　比叡山の西口の坂。山城方面から登る坂。
二二　身を側にそらして歩く。
二三　死期に臨んで平常の志念を失わないこと。
二四　続本朝往生伝（大江匡房撰）。　群書類従巻六六に収む。
**　十訓抄巻中、第七第一七話と同話。
二五　加茂・春日・八幡などの祭の歌舞に舞人に従う楽人。
二六　そんなものだろうとはいいながら。
二七　（猿楽）中國の散楽の転訛であろう。周礼、春官に「舞二散楽一」鄭注に「散楽、玲人為レ楽之善者」藤原明衡の新猿楽記「都猿楽之能、鳴滸之詞莫レ不二断レ腸解レ頤一」滑稽の所作をしたものらしい。
二八　温明殿中の神鏡を祀る所。内侍が奉仕した。賢所。

らしからん事仕れ。」と仰ありければ、[一]職事家綱をめして、此よし仰けり。承《うけたまはり》て「何事をかせまし。」と、あんじて、おとゝ[二]行綱をかたすみにまねきよせて、「かゝるおほせ下されたれば、わがあんじたる事のあるは、いかがあるべき。」といひければ、「いかやうなる事をせさせ給はんずるぞ。」と云《いふ》に、家綱がいふやう、「庭火《にはび》しろく燒《たき》たるに、袴をたかくひきあげて、[三]ほそはぎをいだして、『よりに〳〵夜のふけて、さりに〳〵さむきに、ふりちうふぐりを、ありちうあぶらん』といひて、庭火を三《み》めぐりばかり走《はしり》めぐらんとおもふ、いかがあるべき。」といふに、行綱がいはく、「さも侍《はべり》なん。たゞし[四]大《おほ》やけの御前にて、ほそはぎかきいだして、ふぐりあぶらんなどさぶらはんは、[五]びんなくや候《さぶらふ》べからん。」といひければ、家綱「まことに、さいはれたり。さらば、[六]こと事《ごと》をこそせめ。かしこう申あはせてけり。」といひける。殿上人など「仰を奉りたれば、こよひいかなる事をせんずらん。」と、目をすましてまつに、[七]人長《にんぢやう》「家綱めす。」とめせば、家綱出《いで》て、させる事なきやうにて入《いり》ぬれば、[八]上よりもそのことなきやうにおぼしめす程《ほど》に、人長又すゝみて、「行綱めす。」とめす時、行綱まことにさむげなるけしきをして、ひざをもゝまでかきあげて、ほそはぎを出して、わなゝきさむげなる聲にて、「よりに〳〵夜のふけて、さりに〳〵さむきに、ふりちうふぐりを、ありちうあぶらん。」といひて、庭火を十《とを》まはりばかり走廻《はしりまは》りたりけるに、上より下ざまにいたるま

一　藏人の役員。
二　信濃守主殿頭。今鏡巻四うすざくらに「行綱……もとのさるがうなれども」
三　細脛を出して。
四　天皇。
五　不都合でしょう。
六　他の事をしよう。
七　神楽の舞人の長。近衛の舎人がこれを務める。
八　天皇（堀河院）

で、大かた[九]とよみたりけり。家綱かたすみにかくれて、「きやつにかなしうはかられぬるこそ。」とて、中たがひて、目も見あはせずしてすぐるほどに、家綱思《おもひ》けるは『はかられたるは、にくけれど、さてのみやむべきにあらず』と思《おもひ》て、行綱にいふやう、「この事さのみぞある。さりとて兄弟の中たがひ、はつべきにあらず。」といひければ、行綱 喜《よろこび》て、ゆきむつびけり。[一〇]賀茂の臨時の祭の[一一]還《かへり》だちに御神樂のあるに、行綱、家綱にいふやう、「人長めしたてん時、[一二]竹臺《たけのだい》のもとによりて、そゝめかんずるに、『あれはなんする物ぞ』とは[一三]やい給へ。その時『[一四]ちくへうぞ〳〵』といひて、へうのまねをつくさん。」といひければ、家綱「ことにもあらず。[一五]てのきいはやさん。」と[一六]事うけしつ。さて人長、たちすゝみて、「行綱めす。」といふ時に、行綱やをらたちて、竹の臺のもとによりて、はひありきて、「あれは、なにするぞや。」といはば、それにつきて、「ちくへう。」といはんと待《まつ》ほどに、家綱、「かれは、なんぞのちくへうぞ。」と問《とひ》ければ、[一七]詮《せん》といはんと思ふちくへうをさきにいはれければ、いふべき事なくて、ふとにげて走入《はしりいり》にけり。此事上まできこしめして、中々ゆゝしき興《きよう》にて有《あり》けるとかや。さきに行綱にはかられたりける[一八]當《たう》とぞいひける。

九　響き動いた。大笑いした。喝采した。
一〇　賀茂神社の一一月の下の酉の日に行われた祭。恒例は四月の中の酉の日に行われた。
一一　賀茂の祭の終った後、宮中で行われた遊宴。
一二　清涼殿の前に河竹台、仁寿殿の西面に呉竹台がある。
一三　はやい「囃し」の音便。
一四　竹豹。虎と共に竹に縁があるから単に豹をいうのか。百練抄、堀河帝寛治二年一〇月。
一七日条「宋人張仲所ㇾ献竹豹廻却、官符請ㇾ印」の時事を利用したのか。
一五　十訓抄「面白かりなん。手の限りはやさん」とある。「てのきい」は「手の際（きは）」の誤りか。
一六　承諾した。
一七　落ちとしていおうと思う竹豹を先にいわれたので。
一八　たふ（答）をたう（当）と誤ったのか。古板本「あたり」巻三第一四話「この答（たふ）をせむ」報復。

## 六　陪從清仲ノ事

是も今はむかし、[一]二條の大宮と申《まうし》けるは、白川院の宮、[二]鳥羽院の[三]御母代《はゝしろ》におはしましける。二條の大宮とぞ申ける。二條よりは北、堀川よりは東におはしましけり。その御所破《やぶれ》にければ、[四]有賢《ありかた》大藏卿、[五]備後國《びんごのくに》をしられける重任の功に修理《すり》しければ、宮もほかへおはしましにけり。それに陪從清仲《べいじゆうきよなか》といふものつねにさぶらひけるが、宮おはしまさねども、猶[六]御車宿《やどり》の妻《つま》どに居て、[七]ふるき物はいはじ、あたらしうしたるつか柱・[八]立蔀《たてじとみ》などをさへやぶり燒《たき》けり。此事を有賢、鳥羽院にうたへ申ければ、清仲をめして、「宮わたらせおはしまさぬに、猶とまりゐて、ふるき物あたらしき物、[九]こぼちたくなるは、いかなる事ぞ。修理する物うたへ申《まうす》なり。まづ宮しもおはしまさぬに、猶こもりゐたるは、なに事によりてさぶらふぞ。子細《しさい》を申せ。」と仰せられければ、清仲申やう、「別《べち》の事に候はず。たき木につきて候也。」と申ければ、大かたこれ程の事、とかく仰らるゝに及ばず。「すみやかに追いだせ。」とて、わらはせおはしましけるとかや。此清仲は、[一〇]法性寺殿の御時、[一一]春日の祭の[一二]乘尻《のりじり》の立《たち》けるに、[一三]神馬づかひおの〳〵さはりありて、事かけたりけるに、清仲ばかり、かうつとめたりし物なれども、事かけにたり。「相構へてつとめよ。せめて

一　白河帝の皇女令子内親王。嘉承二年鳥羽帝の准母。斎院。天仁元年二条堀川に住み、後、太皇太后の尊号。天養元年逝去。年六七。
二　堀河院の長子。保安四年譲位、保元元年五四で逝去。
三　母代り。准母。
四　宇多源氏。刑部卿政長の子。大蔵省の長官。
五　備後国を治められた国司再任の功として。
六　中門の外の御車入れの建物の開き戸。
七　古い物はもちろん。
八　衝立風の塀。
九　壊し焚くというのは。
一〇　藤原忠通。
一一　奈良の春日神社（藤原氏の氏神）の祭。祭は二月・一一月の上の申の日。
一二　春日の祭に神馬と共に走馬（騎馬）をも奉納したが、その走馬、更に騎手をも乗尻という。騎手は衛府の官人が勤めた。
一三　奉納の神馬・走馬の取締。近衛中少将が勤めた。近衛使。

[一四]京計《ばかり》をまれ、事なきさまに、はからひつとめよ。」と仰られけるに、「畏《かしこまり》て承《うけたまはり》ぬ。」と申て、やがて社頭にまゐりければ、返々《かへすがへす》感じおぼしめす。「いみじうつとめてさぶらふ。」とて、御馬をたまひたりければ、ふしまろび悦て、「[一五]このぢやうに候はば、[一六]定使を仕《つかまつり》候《さぶら》はばや。」と申けるを、[一七]仰つぐ者《もの》も、さぶらひあふ物どもも、ゐつぼに入《いり》て笑《わらひ》のゝしりけるを、「何事ぞ。」と御尋《たづね》ありければ、「しか〴〵。」と申けるに、「いみじう申たり。」とぞ[一八]仰事ありける。

## 七　假名暦誂タル事

これも今は昔、有《ある》人のもとに、[一九]なま女房のありけるが、人に紙こひて、そこなりけるわかき僧に、「假《か》名暦《なごよみ》かきてたべ。」といひければ、僧「やすき事。」といひて、かきたりけり。はじめつかたは、[二〇]うるはしく、『神佛《かみほとけ》によし』『[二一]かん日』『[二二]くゑ日』など書《かき》たりけるが、やう〳〵すゑざまになりて、あるひは『物くはぬ日』などかき、又『これぞあればよくくふ日』などかきたり。この女房『[二三]やうがるこよみかな』とは思へども、いとかうほどには思ひよらず、『さる事にこそ』と思《おもひ》てそのまゝにたがへず。又あるひは『[二四]はこすべからず』とかきたれば、『いかに』とはおもへども、又『さこそあらめ』[二五]と思て、

一四　京だけでもよい。
一五　この定(ぢやう—通り)であるならば。
一六　定任の神馬使になりたいなあ。
一七　命令を取次ぐ者。
一八　法性寺殿の……
一九　新参の女房。
二〇　きちんと。真面目に。
二一　(坎日) 物事の凶の日。説文、「坎……陥也、除也、又穴也」
二二　(凶会日)陰陽相尅の日。
二三　様がる暦。風変りな暦。
二四　糞便するな。
二五　古板本「とて」

ねんじ[一]てすごすほどに、ながく忌日[二]のやうに『はこすべからず。〳〵』とつづけかきたれば、二三日までは念じゐたる程に、大かたたゆ[三]べきやうもなければ、左右の手して尻《しり》をかゝへて、「いかにせん〳〵」と、よぢりすぢりする程に、物[四]もおぼえずしてありけるとか。

## 八　實子ニ非ザル人實子ノ由シタル事

これも今は昔、その人[五]の一定子《いちぢやうこ》ともきこえぬ人有《あり》けり。世の人はそのよしをしりて、をこ[六]がましく思けり。そのてゝ[七]ときこゆる人失《うせ》にける後、その人のもとに年比《としごろ》[八]ありける侍の、妻《め》にぐして田舎へいにけり。そのめ、うせにければ、すべき様《やう》もなく成《なり》て京へのぼりけり。よろづ[九]あるべきやうもなく、たより[一〇]なかりけるに、「此子といふ人こそ、一定のよしいひて親の家にゐたなれ。」とききて、この侍まゐりたりけり。「故殿《こどの》[一一]に年ごろさぶらひしなにがしと申ものこそまゐりて候へ。御見參《ごけんざん》に入《いり》たかり候。」といへば、この子「さる事ありとおぼゆ。しばしさぶらへ。御對面あらんずるぞ。」といひ出したりければ、侍『しおほせつ』と思《おもひ》てねぶりゐたる程に、ちかうめしつかふ侍《さぶらひ》いできて、「[一二]御《おん》でゐへまゐらせ給へ。」といひければ、悦てまゐりにけり。この召次《めしつぎ》[一三]しつる侍、「しばし候《さぶら》はせ給へ。」といひて、あなたへゆきぬ。見まは[一四]

一 念じて。我慢して。
二 長凶会日。
三 (堪ふべき) 堪えられる。
四 失心して。
五 その人の子とは名のるが、たしかに(一定)その人の子とも聞えない人があったそうな。
六 ばからしく。
七 父。
八 年来仕えていた侍が。
九 万事によい手だてもなく。
一〇 手づる。
一一 亡き殿。「この子となのる人」の父君。
一二 御出居。応接間。「でゐ」は面会所。応接間。いでゐ。
一三 取次ぎした侍。
一四 古板本「見まゐらせば」

せば、御でゐのさま、こどののおはしまし[一五]しつらひに露《つゆ》かはらず、[一六]みさうじなどはすこしふりたる程《ほど》にやと見る程に、中の障子《さうじ》引明《ひきあく》れば、きと見あげたるに、この子となのる人あゆみ出《いで》たり。これをうちみるまゝに、此としごろの侍[一七]さくりもよゝと泣く。袖もしぼりあへぬほどなり。このあるじ、『いかにかくは泣《なく》ならん』と思て、ついゐて、[一八]「こは、などかくなくぞ。」と問《とひ》ければ、「故殿《こどの》のおはしまし候にたがはせおはしまさぬが、あはれにおぼえて。」といふ。『さればこそ我も故殿にはたがはぬやうにおぼゆるを、[一九]此人々のあらぬなどいふなる、あさましき事』と思て、此なく侍にいふやう「おのれこそ事の外に老《おい》にけれ。世中《よのなか》はいかやうにてすぐるぞ。我はまだ幼くて母のもとにこそありしかば、故殿のありやう、よくも覺《おぼえ》ぬなり。おのれをこそ故殿と憑《たのみ》てあるべかりけれ。なに事も申せ。又ひとへにたのみてあらんずるぞ。まづ當時《たうじ》さむげなり。このきぬきよ。」とて、綿ふくよかなるきぬ一《ひとつ》ぬぎてたびて、「今は[二〇]さうなし。これへまゐるべき也《なり》。」といふ。この侍しおふせてゐたり。昨日けふのものの、かくいはんだにあり、いはんや、こどのの年ごろの物のかくいへば、家主《いへぬし》ゐみて、『此をのこの年來《としごろ》[二一]ずちなくてありけん、不《ふ》便《びん》の事《こと》なり』とて、[二二]うしろみにめしいでて、「これは故殿のいとほしくし給《たまひ》し物《もの》なり。まづかく京に旅だちたるにこそ。思《おもひ》はからひて、さたしやれ。」といへば、[二三]ひげなるこゑにて「む。」といらへて立《たち》ぬ。この侍は、「そらごとせ

一五　設備。
一六　御障子。御襖。
一七　巻一第一三話に「さくり上げてよゝと泣きけるは」原本「よゝに」とある。
一八　古板本「とは」
一九　世間の人々が自分を故殿に似ていないなどというのは。
二〇　(左右なし)何も構わない。
二一　(術なくて)せんかたない様子でいたのは、かわいそうだ。
二二　「に」は誤で、後見役を召出しての意味か。次に「うしろみめしいでて」とある。
二三　「卑下なる声」か。誤脱あるか。

じ。」といふ事をぞ佛に申《まうし》きりてける。さて、このあるじ、我を不定《ふぢやう》げにいふなる人々よびて、此侍に、事の子第《しだい》いはせてきかせんとて、うしろみめしいでて、「あさて、これへ人々わたらんといはるゝに、さるやうに引《ひき》つくろひて、もてなしすさまじからぬやうにせよ。」といひければ、「む。」と申《まうし》てさまざまにさたし、まうけたり。此[一]とくいの人々、四五人ばかりきあつまりにけり。あるじ、つねよりもひきつくろひて、出合《いであひ》て、御酒たび〳〵まゐりてのち、いふやう、「わがおやのもとに、年比《としごろ》おひたちたる物候をや、御らんずべからん。」といへば、此あつまりたる人々、心ちよげにかほさきあかめあひて、「もとも、めしいださるべく候。故殿に候《さぶらひ》けるも、かつはあはれに候。」といへば、「人やある。なにがしまゐれ。」といへば、ひとりたちてめすなり。みれば、[二]鬢はげたるをのこの六十餘計《ばかり》なるが、[三]ま見《み》のほどなど、そらごとすべうもなきが、[四]うちたるしろきかりぎぬに、[五]ねり色《いろ》のきぬのさるほどなるきたり。これは給はりたる衣《きぬ》とおぼゆる。めしいだされて、[六]事うるはしく、扇を笏《しやく》にとりて、うづくまりゐたり。家主のいふ、「やうやくこゝのてゝのそのかみより、おのれは[七]老《おい》たちたる物《もの》ぞかし。」などいへば、「む。」といふ。「[八]みえにたるか。いかに。」といへば、此侍いふやう、「その事に候。故殿には十三よりまゐりて候。五十まで、よるひるはなれまゐらせ候はず。故殿の『小冠者小冠者』とめし候《さぶらひ》き。[九]無下《むけ》に候《さぶらひ》し時も、[一〇]御あとにふせさせおはしまして、

一 懇意の人々。
二 古板本「鬚」
三 目つきの様子。
四 打ってつやを出した白い狩衣。
五 淡黄色の衣の相当なのを着ている。
六 行儀正しく、扇を笏のように持って。
七 古板本「生（おひ）たちたるもの」
八 親しく仕えていたのか。まみえていたのか。
九 病気のひどかった時も。
一〇 御あとべ。御床の傍。

夜中曉、[一一]大《おほ》つぼまゐらせなどし候《さぶらひ》しその時は、[一二]わびしうたへがたくおぼえ候しが、[一三]おくれまゐらせて後《のち》は、など、さおぼえ候けんと、くやしうさぶらふなり。」といふ。あるじの云《いふ》やう、「抑《そも〳〵》ひとひ汝をよび入《いれ》たりしをり、我障子《われさうじ》を引《ひき》あけて出《いで》たりしをり、うちみあげてほろ〳〵と泣《なき》しは、いかなりし事ぞ。」といふ。その時、侍がいふやう、「それも別《べち》の事にさぶらはず。ゐ中《なか》にさぶらひて、『故殿うせ給《たまひ》にき』とうけ給《たまはり》て、いま一どまゐりて、御ありさまをだにも、をがみ候はんと思《おもひ》て、恐々《おそる〳〵》まゐり候《さぶらひ》し、[一四]さうなく御《おん》でゐへめし入《いれ》させおはしまして候し、大方かたじけなく候しに、御障子を引《ひき》あけさせ給候しを、きと見あげまゐらせて候しに、御《おん》ゑばうしの[一五]まくろにて、まづさしいでさせおはしまして候《さぶらひ》しが、故殿のかく の如く出《いで》させおはしましたりしも、御烏帽《ゑばう》子《し》はまくろにみえさせおはしまし候が、思《おもひ》いでられおはしまして、おぼえず涙のこぼれ候ひしなり。」といふに、此あつまりたる人々も、ゑみをふくみたり。又此あるじも氣色《けしき》かはりて、「さて又いづくか故殿には似たる。」といひければ、此侍「その外は、大かた似させおはしましたる所おはしまさず。」といひければ、人々ほゝゑみて、ひとりふたりづつこそ迯去《にげうせ》にけれ。

一一　大壺。便器。和名抄「褻器、謂㆓虎子之類㆒也。俗語虎子。於保都保」
一二　つらく。
一三　死に後れ。先立たれ。
一四　（左右なく）早速。
一五　真黒。

## 九　御室戸僧正ノ事、一乗寺僧正ノ事

これも今はむかし、[一]一乗寺僧正、[二]御室戸《みむろど》僧正とて、三井の門流にやんごとなき人おはしけり。御室戸の僧正は、[三]隆家帥《たかいへのそち》の第四の子也《なり》。一乗寺僧正は、[四]経輔大納言《つねすけだいなごん》の第五の子也《なり》。御室戸をば隆明といふ。一乗寺をば増誉といふ。此二人おの／＼たふとくて、いき仏《ぼとけ》なり。御室戸はふとりて[五]修行するに及《およ》ばず、偏に本尊の御まへをはなれずして、夜昼《よるひる》おこなふ鈴のおとたゆる時なかりけり。おのづから人の行《ゆき》むかひたれば、門をば常にさしたる。門をたゝく時、たま／＼人の出《いで》きて、「たれぞ。」ととふ。「しか／＼の人のまゐらせ給《たまひ》たり。」もしは「院の御つかひにさぶらふ。」などいへば、「申さぶらはん。」とて、おくへ入《いり》て、[六]むごにあるほど鈴のおとしきり也《なり》。さて、とばかりありて、門の關木《くわんのき》をはづして、扉《とびら》かたつかたを人ひとり入《いる》ほどあけたり。みいれば、庭には草しげくして、みちふみあけたる跡もなし。露を分《わけ》て入《いり》てのぼりたれば、[七]廣庇《ひろびさし》一間あり。妻戸《つまど》に[八]あかり障子《さうじ》たてたり。すゝけとほりたる事、いつの世に、はりたりともみえず。しばし計《ばかり》ありて、[九]墨染《すみぞめ》きたる僧、足おともせで出《いで》きて、「しばしそれにおはしませ。おこなひの程に候。」といへば、待居たる程に、とばかりありて、内より「それへいらせ給へ。」とあれば、す

一　増誉。明尊の弟子。三井寺の法務・天王寺座主・天台寺座主。大僧正。承久四年逝。年八五。一乗寺は山城国愛宕郡（京都市）にあった。
二　隆明。三井寺の心誉の弟子。護持僧、三井寺長吏。大僧正。長治元年逝。年八五。御室戸寺は山城宇治郡（京都府）にあった。
三　中の関白藤原道隆の四男。伊周の弟。正二位、中納言、太宰権帥。寛徳元年逝。年六六。
四　藤原隆家の二男。正二位、権大納言に至り、出家。承保元年逝。年七七。
五　諸国を行脚して仏道を修行する。
六　（無期）長時間。巻一第一二話「むごの後に」
七　庇の間。母屋の外、簀子縁の内。
八　普通の紙障子。
九　墨染の衣を着た僧。

すけたる障子を引《ひき》あけたるに、香《かう》の煙《けぶり》くゆり出《いで》たり。なえとほりたる衣に、袈裟《けさ》なども所々やぶれたり。物もいはでゐられたれば、この人も『いかに』と思《おもひ》て向ひゐたるほどに、[一〇]こまぬきて、すこしうつぶしたるやうにてゐられたり。しばしある程《ほど》に、「おこなひのほど能《よ》くなり候《さぶらひ》ぬ。さらばとく歸らせ給へ。」とあれば、いふべき事もいはでいでぬれば、又門やがてさしつ。是はひとへに[一一]居《ゐ》おこなひの人なり。一乘寺の僧正は、[一二]大峯は二度とほられたり。[一三]蚳をみる法 行《おこなは》る。又龍の駒などをみなどして、[一四]あられぬありさまをしておこなひたる人也《なり》。その坊は、一二町ばかりよりひしめきて、[一五]田樂《でんがく》・[一六]猿樂《さるがく》などひしめき、隨身《ずゐじん》・衞府《ゑふ》のをのこどもなど出入《いでいり》ひしめく。物うり共入《ともいり》きて、鞍《くら》・太刀《たち》さま〴〵の物を賣《うる》を、かれがいふまゝにあたひをたびければ、市をなしてぞつどひける。さてこの僧正のもとに、世の寶はつどひあつまりたりけり。それに[一七]呪師《じゆし》小《こ》院《ゐん》といふ童《わらは》を愛せられけり。[一八]鳥羽の田植に[一九]みつきしたりける。さき〴〵[二〇]は、[二一]くひにのりつゝ、みつきをしけるをこの田うゑに、僧正いひあはせて、この比《ごろ》するやうに肩にたち〳〵して、[二二]こはゝより出《いで》たりければ、大かたみる物もおどろき〳〵しあひたりけり。この童あまりに、[二三]てうあいして、「よしなし。法師になりて、夜ひるはなれずつきてあれ。」とありけるを、童「いかが候べからん。いましばし[二四]かくて候はばや。」といひけるを、僧正なほいとほしさに、「たゞなれ。」とありければ、童しぶ〳〵法師に成《なり》に

一〇　腕組をして。
一一　籠居して修行すること。
一二　大和国吉野郡(奈良県)の仏道修行の霊地。
一三　原本「蚳をみうる法」古板本による。「蚳」(じや)は、蛇。
一四　あられもない様子。
一五　農夫が田の祭りに行った所作から出て専門の芸人田楽法師が行った郷土演芸。
一六　茶番の類。
一七　田楽師の童だったのか。「呪師」は、呪願読誦の役僧。巻八第二話「まうれんこいん(小院)」
一八　山城国鳥羽(京都市)の田植の祝祭に(田楽の場で)
一九　田楽の曲名か。未詳。
二〇　古板本には「は」がない。
二一　「杭」か。
二二　又は「こはゞ」未詳。「こはく」とも読める。
二三　寵愛。
二四　こうしていたい。

けり。さて過《すぐ》るほどに、春雨うちそゝぎて、つれ〴〵なりけるに、僧正、人をよびて、「あの僧の装束はあるか。」ととはれければ、この僧、「[一]をさめ殿《どの》にいまだ候ふ。」と申ければ、「取《とり》てこ。」といはれけり。もてきたりけるを、「これをきよ。」といはれければ、呪師小院「みぐるしう候《さぶらひ》なん。」といなみけるを、「たゞきよ。」と、せめの給《たまひ》ければ、[二]かたかたへ行《ゆき》て[三]さうぞきて、[四]かぶとしていでたりけり。つゆむかしにかはらず、僧正うちみて、[五]かひをつくられけり。小院又[六]おもがはりしてたてりけるに、僧正「いまだ[七]はしりでは、おぼゆや。」とありければ、「おぼえさぶらはず。たゞし、[八]かたさゝはの[九]てうぞ、よくしつけて候《さぶらひ》し事なれば、すこしおぼえ候。」といひて、[一〇]せうのなかわりてとほるほどを、はしりてとぶ。かぶともちて一拍子にわたりたりけるに、僧正こゑをはなちて、なかれけり。さて「こちこよ。」とよびよせて、うちなでつゝ、「なにしに出家を[一一]させけん。」とて、なかれければ、小院も「さればこそ、いましばしと申候し物を。」[一二]といひ、装束ぬがせて、[一三]障子のうちへ、ぐしていられにけり。そののちは、いかなる事かありけん、しらず。

## 一〇　或僧人ノ許ニテ氷魚盗食タル事

これもいまはむかし、ある僧、人のもとへいきけり。酒などすゝめけるに

一 物を納め置く所。納戸。
二 片方。片隅。
三 装束して。
四 兜を冠って。「かぶと」は田楽師がかぶる鳥兜か。
五 べそをかく意味か。
六 面ざしをかえて。
七 「走り出」で、田楽の曲名か。未詳。
八 田楽の曲名か。古板本には「かたさらは」
九 (調) 調子。
一〇 笙(しよう)の中を割って通るくらいの(狭い)所を。しかしはっきりしない。
一一 「せさせけん」の訛か。
一二 古板本「といひて」
一三 襖。唐紙(からかみ)

[一四]氷魚《ひを》はじめていできたりければ、あるじ、めづらしく思《おもひ》て、もてなしけり。あるじ、ようの事ありて内へ入《いり》て、又いでたりけるに、この氷魚の、ことのほかにすくなく成《なり》たりければ、あるじいかにとおもへども、云《いふ》べきやうもなかりければ、物がたりしゐたりける程《ほど》に、この僧の鼻より、氷魚の一《ひとつ》ふといでたりければ、あるじあやしうおぼえて、「その御はなよりひをの出《いで》たるは、いかなる事にか。」といひければ、とりもあへず、「この比の氷魚は目鼻よりふり候なるぞ。」といひければ、人みな、はとわらひけり。

## 二　仲胤僧都地主権現説法ノ事

これも今はむかし、[一五]仲胤僧都を、[一六]山の大衆《だいす》、[一七]日吉の二宮《にのみや》にて、[一八]法華経を供養しける導師《だうし》に、請《しやう》じたりけり。説法えもいはずして、はてがたに[一九]「地主権現の申せとさぶらふは」とて、[二〇]此経難持《しきやうなんぢ》、若暫持者《にやくざんぢしや》、我《が》即歓喜《そくくわんき》、諸佛亦然《しよぶつやくねん》といふ文《もん》を、打上《うちあげ》て誦《ず》して、諸佛といふ所を「地主権現の申せと候は、我即歓喜、諸神亦然」といひければ、そこらあつまりたる大衆、異口同音に[二一]あめきて、扇をひらきつかひたりけり。これをある人、日吉社《ひよしのやしろ》の御正體を[二二]あらはしたてまつりて、各《おのおの》御前にて[二三]千日の講をおこなひけるに、二宮の御れうのをり、ある僧、この句をすこしもたがへずしたりける。ある人、仲胤僧都に、「か

一四　白魚に似た魚。琵琶湖、宇治川で秋末から冬に亘って捕れた。

一五　説法の名手。原本は「件胤」巻一第二話参照。
一六　比叡山（延暦寺）の僧衆。
一七　大比叡の宮（大宮）の北にある小比叡の神。大山咋神を祭る。日吉七社の一。地主権現。
一八　法華経を書写して供養する法会。
一九　二宮の神。
二〇　法華経見宝塔品の偈文。「諸善男子、於我滅後、誰能受持、読誦此経、今於仏前、自説誓言」
二一　うめいて。
二二　御開帳して。
二三　千日間行う法会。

かる事こそありしか。」と語《かたり》ければ、仲胤僧都きやら〳〵[一]と笑ひて、「これはかう〳〵の時、仲胤がしたりし句也《なり》。えい〳〵。」とわらひて、「大方はこの頃の説經《せつきやう》をば、犬のくそ説經といふぞ。犬は人の糞を食《くひ》てくそをする也《なり》。仲胤が説法をとりて、この比の説經師はすれば、犬のくそ説經といふ也《なり》。」といひける。

## 三　大二條殿ニ小式部内侍奉三歌讀懸一ケ事*

是もいまは昔、大二條殿[二]、小式部内侍[三]おぼしけるが、たえまがちになりける比、[四]れいならぬ事おはしまして、久しう成《なり》てよろしくなり給《たまひ》て、上東門院[五]へまゐらせ給たるに、小式部、臺盤所《だいばんどころ》[六]にゐたりけるに、出《いで》させ給《たまふ》とて「しなんとせしは、など、とはざりしぞ。」と、仰られて過給《すぎたまひ》けるに、御直衣《おんなほし》のすそを引《ひき》とゞめつゝ申けり。

[七]しぬばかり歎《なげき》にこそはなげきしか
いきて[八]とふべき身にしあらねば

たへずおぼしけるにや、かきいだきて、局《つぼね》へおはしまして、ねさせ給《たまひ》にけり。

一　からからと笑って。
* 袋草紙巻三と同話。
二　関白藤原教通。
三　和泉式部の女。巻三第三話参照。
四　不例の事。病気。
五　御堂関白藤原道長の長女彰子。一條帝の后で、後一条・後朱雀帝の生母。後、出家し、承保元年逝。年八七。この院は東北院に住まい、小式部内侍はこゝに仕えていた女房。
六　台盤（神祭の食器台）を収めた所。女房の詰所。
七　後拾遺和歌集巻一七、雑三「二条前大いまうち君、日頃わづらひて怠りて後、など訪はざりつるぞと云ひ侍りければ、詠める―小式部内侍」としてある。
八　「生きて」「行きて」の懸詞。

## 一三　山**横川賀能地蔵ノ事

是も今はむかし、山の横川《よがは》[九]に賀能[一〇]知院といふ僧、きはめて破戒無慙《はかいむざん》のものにて、晝夜に佛の物をとりつかふ事をのみしけり。横川の[一一]執行《しゆぎやう》にてありけり。[一二]「政所《まんどころ》へ行《ゆく》。」とて、塔《たふ》のもとをつねに過《すぎ》ありきければ、塔[一三]のもとに、ふるき地蔵の物の中《なか》に捨《すて》おきたるを、きとみたてまつりて、時々きぬかぶりしたるをうちぬぎ、頭をかたぶけて、[一四]すこし〳〵うやまひをがみつゝゆく時もありけり。かゝるほどに、かの賀能はかなく失《うせ》ぬ。師の僧都是《これ》をききて、「彼《かの》僧、破戒無慙の物にて、後世《ごせ》さだめて地獄におちん事うたがひなし。」と、心《こころ》うがり、あはれみ給《たまふ》事かぎりなし。かゝる程に、「塔のもとの地蔵こそこの程見え給はね。いかなる事にか。」と、院内の人々いひあひたり。「人の修理《すり》したてまつらんとて、とり奉《たてまつり》たるにや。」などいひけるほどに、此僧都の夢に見給《たまふ》やう、「此地蔵のみえ給はぬは、いかなる事ぞ。」と尋給《たづねたまふ》に、かたはらに僧ありていはく、「此地蔵菩薩《ぢざうぼさつ》、はやう賀能知院が[一五]無間地獄《むげんぢごく》に落《おち》しその日、やがて助《たすけ》んとて、あひぐして入給《いりたまひ》し也《なり》。」といふ。夢心ちにいとあさましくて、「いかにして、さる罪人《ざいにん》にはぐして入給《いりたまひ》たるぞ。」と問給《とひたま》へば、「塔のもとを常に過《すぐ》るに、地蔵をみやり申《まうし》て、時々をがみ奉《たてまつり》しゆゑなり。」と、こたふ。夢覺《さめ》

** 元亨釈書巻二九拾異志では、役夫賀能が一破宇の地蔵像に雨が漏ったのを見て、自分の小弊笠を脱いで像の頭を覆うて去ったという理由になっている。類話である。

九　比叡山三塔（東塔・西塔・横川）の一。中堂は楞厳院。

一〇　元亨釈書には「役夫賀能」とある。

一一　寺領の事務を執り行う役僧。

一二　荘園の貢米、その他の事を沙汰する役所。

一三　横川の塔か。元亨釈書「過二睿山横川般若谷一逢レ雨寄二一破宇一中有二地蔵尊一」

一四　「過ごし〳〵」かの説もある。板本「すこしく」

一五　八大地獄（等活・黒縄・衆合・叫喚・大叫喚・焦熱・大焦熱・無間）の一。梵語阿鼻の訳。阿鼻地獄。

て後、みづから塔のもとへおはしてみ給《たまふ》に、地蔵まことにみえ給はず。『さは此僧に、まことにぐしておはしたるにや』とおぼす程に、其後又僧都の夢に見給やう、塔のもとにおはしてみ給へば、此地蔵立給たり。「これは失《うせ》させ給し地蔵、いかにしていでき給《たまひ》たるぞ。」との給へば、又人のいふやう、「賀能ぐして地獄へ入《いり》て、たすけて歸《かへり》給へるなり。されば御あしのやけ給へる也《なり》。」といふ。御足をみ給へば、誠に御足くろう燒《やけ》給ひたり。夢心ちにまことにあさましき事かぎりなし。さて夢さめて、涙とまらずして、いそぎおはして塔のもとをみたまへば、うつゝにも地蔵立給《たちたま》へり。御足をみれば誠にやけ給へり。これをみ給ふに、あはれにかなしき事かぎりなし。さてなくなく、此地蔵をいだき出《いだ》したてまつり給てけり。「いまにおはします。二尺五寸計《ばかり》の程にこそ。」と人はかたりし。これかたりける人は、をがみたてまつりけるとぞ。

# 巻第六

## 一　*廣貴依二妻訴一炎魔宮へ被レ召事

是も今はむかし、[一]藤原廣貴《ふぢはらのひろたか》といふ物ありけるに、死《しに》て閻魔《えんま》の廳《ちやう》にめされて、[二]王の御前とおぼしき所にまゐりたるに、王、の給やう、「汝が子を孕《はらみ》て產をしそこなひたる女しにたり。地獄に落《おち》て苦《く》をうくるに、[三]うれへ申事《まうすこと》のあるによりて、汝をばめしたる也《なり》。まづ、さる事あるか。」と、とはるれば、ひろたか「さる事さぶらひき。」と申《まうす》。王、の給はく、「妻のうれへ申心は、『われ[四]男に具《ぐ》してともに罪をつくりて、しかもかれが子を產《うみ》そこなひて、死して地獄におちて、かゝるたへがたき苦をうけ候へども、いさゝかも我後世をも、とぶらひさぶらはず。されば我一人苦をうけさぶらふべき樣《やう》なし。廣貴をも諸共にめして、おなじやうにこそ苦をうけさぶらはめ』と、申《まうす》によりてめしたるなり。」との給へば、廣貴が申《まうす》やう、「[五]此うたへ申《まうす》事尤《もとも》ことわりに候、[六]大やけわたくし世《よ》をいとなみ候あひだ、思ながら後世をばとぶらひ候はで、月日はかなく過《すぎ》さぶらふ也《なり》。たゞし今におき候《さぶらひ》ては、ともにめされて苦をうけ候

＊ 日本霊異記巻下第九話と同話。
一 日本霊異記には「藤原広足」
二 閻魔大王。
三 愁訴。訴訟。
四 夫に連れ添うて。
五 訴え申す事。
六 公事・私事に生計が忙しくて。

とも、かれがために苦のたすかるべきに候はず。さればこのたびは、いとまを給はりて、[一]娑婆《しゃば》にまかり歸《かへり》て、妻のために[二]よろづをすてて、佛經《ぶつきやう》を書き供《く》養《やう》してとぶらひ候はん。」と申せば、王「しばしさぶらへ」との給《たま》ひて、かれが妻を召し出《いで》て、「汝が夫ひろたかが申樣《まうすやう》を問給《とひたま》へば、實《まこと》に佛經をだにかき、くやうせんと申候はば、とくゆるし給へ。」と申時に、又廣貴をめし出て、申ま〻の事を仰せ聞かせて、「さらばこのたびは、まかり歸れ。たしかに妻のために佛經を書《かき》、供養してとぶらふべき也《なり》。」とて、かへしつかはす。廣貴かかれども、[三]『是《これ》はいづく、たれが、の給ふぞ』ともしらず、ゆるされて[四]庭を立《たち》て歸る道にて思ふやう、『此玉の簾《すだれ》のうちにゐさせ給《たまひ》て、かやうに物のさたして、我をかへさる〻人はたれにかおはしますらん』と、いみじくおぼつかなくおぼえければ、又まゐりて庭にゐたれば、簾《すだれ》の内より、「あの廣貴は返しつかはしたるにあらずや。いかにして又まゐりたるぞ。」と、とはるれば、ひろたか申樣《まうすやう》、「はからざるに御恩をかうぶりて、歸《かへり》がたき[五]本國へかへり候事を、いかにおはします人の仰とも、えしり候はでまかり歸候はん事《こと》の、きはめていぶせく口惜《くちをしく》候へば、恐《おそれ》ながらこれをうけ給はりに、又まゐりて候なり。」と申せば、「汝[六]ぶかくなり。[七]閻浮提《えんぶだい》にしては、我を地藏𦬇《ぼさつ》と稱す。」と、の給《たまふ》をききて、『さて炎魔王と申《まうす》は地藏にこそおはしけれ。此𦬇《このぼさつ》に[八]仕《つかへまつ》らば、地獄の苦をばまぬかるべきにこそあんめれ』と思ふ程に、三日といふに生歸《いきかへり》て、

一 梵語で、忍界と漢訳される。この世（現世）の称。
二 多くの物を寄捨して。（写経供養のために）
三 古板本「これはいついつたれがの給ぞ」
四 古板本「座をたちて」しかし次に「又まゐりて庭にゐたれば」とある。
五 もとの国。この世。
六 （不覚）不覚悟。
七 閻浮提においては我（閻魔）を地蔵菩薩ととなえるぞ。「閻浮提」とは梵語。南瞻部洲といい、須彌山の南にある大洲の名。我の住むこの世界のこと。我地蔵菩薩経に「或現二琰魔王身一」
八 古板本「つかうまつり候が」
九 唐の寂法師の法華験記にならって後朱雀帝の長久年中に沙門鎮源が撰した書。三巻。正しくは大日本法華経験記。たゞし、この話は法華経験記には見えず、日本霊異記に見える。これは嵯峨帝の弘仁年中に僧景戒の著した書。三巻。

その後、妻のために佛經をかき供養してけりとぞ。[九]日本法花驗記にみえたるとなん。

## 二　*世尊寺ニ死人ヲ掘出事

今はむかし、[一〇]世尊寺といふ所は、[一一]桃園大納言住給けるが、大将になる宣旨《せんじ》かうぶり給にければ、[一二]大饗《だいきやうの》[一三]あるじのれうに修理し、まづは祝し給《たまひ》し程に、あさてとて、にはかにうせ給《たまひ》ぬ。つかはれ人《びと》みな出で散りて、北方《きたのかた》・若公《わかぎみ》ばかりなん、すごくて住《すみ》給ける。そのわかぎみは、[一四]とのもりの[一五]かみちかみつといひしなり。此家を[一六]一條攝政殿とり給て、太政大臣に成て、大饗行なはれける。[一七]坤《ひつじさる》の角《すみ》に塚《つか》のありける。築地《ついぢ》をつきいだして、そのすみは、[一八]したうづがたにぞありける。殿「そこに堂を建てん。この塚をとりすてて、そのうへに堂をたてん。」と、さだめられぬれば、人々も「つかのために、いみじう功徳《くどく》になりぬべき事也《なり》。」と申ければ、塚をほりくづすに、中に石の唐櫃《からびつ》あり。あけてみれば、尼の年廿五六ばかりなる、色うつくしくて、口びるの色など露《つゆ》かはらで、えもいはずうつくしげなる、ね入《いり》たるやうにて臥《ふし》たり。いみじううつくしき衣の、[一九]色々なるをなん、きたりける。若かりける物のにはかに死《しに》たるにや。[二〇]金《かね》のつき、うるはしくてすゑたりけり。入《いり》たる物、なにもかうばし

＊　富家語談にも見える話。打聞集第二七話はこの話を書くつもりだったのか。今昔物語巻二七「桃園柱穴指出児手招人語第三」参照。
一〇　もと清和帝の皇子桃園親王（貞純）の邸で、保光中納言の家、太政大臣伊尹の家となった。
一一　藤原忠平の四男師氏。権大納言。天祿元年逝。年五八。枇杷大納言。
一二　任官祝賀の宴会。
一三　饗応のために。
一四　主殿寮の長官。
一五　「ちかのぶ」（近信。師氏の二男）の誤か。
一六　藤原師輔の長男伊尹。正二位太政大臣になったのは師氏の歿年の翌天祿二年。そして翌三年に四九で逝去。
一七　西南方の隅。
一八　襪形。「したうづ」は「したぐつ」の音便。靴の下に履く足袋。今の靴下。「かた」は八冊本「だか」（高？）
一九　古板本「色々なるを……死たるにや」を脱す。
二〇　金の杯。物を盛る金製の器。

き事たぐひなし。あさましがりて、人々立《たち》こみてみるほどに、[一]乾《いぬゐ》の方より風吹《ふき》ければ、色々なる塵《ちり》になん成《なり》て失《うせ》にけり。かねのつきよりほかの物、つゆとまらず。「いみじきむかしの人なりとも、骨髪《ほねかみ》のちるべきにあらず。かく風の吹《ふく》に、ちりになりて吹《ふき》ちらされぬるは希有《けう》の物なり。」といひて、その比《ころ》、人あさましがりける。[二]攝政殿いくばくもなくて失給《うせたまひ》にければ、「このたたりにや。」と人うたがひけり。

## 三　*留志長者ノ事

今は昔、天竺に[三]留志長者《るしちやうじや》とて、[四]世にたのしき長者ありけり。大方蔵《おほかたくら》もいくらともなくもち、たのしきが、[五]心のくちをしくて、妻子にも、まして従者にも、物くはせ、きする事なし。おのれの物のほしければ、人にもみせず、かくしてくふ程《ほど》に、物のあかずおほくほしかりければ、妻にいふやう、「飯《いひ》・酒《さけ》・くだ物《もの》どもなど[六]おほらかにしてたべ。我につきて物をしまする[七]慳貪《けんどん》の神まつらん。」といへば、「物をしむ心うしなはんずる、よき事。」と喜《よろこび》て、[八]色にてうじて、おほらかにとらせければ、うけとりて、『人も見ざらん所に行て、よくくはん』と思て、[九]ほかゐにいれ、[一〇]瓶子《へいじ》に酒入《いれ》などしてもちて出《いで》ぬ。「此木のもとには、からすあり。」「かしこには雀あり。」などえりて、人は

一　西北方。
二　伊尹の歿したのは天祿三年一一月一日（四九歳）。（公卿補任・尊卑分脈）
＊　盧至長者経・法苑珠林巻七七、十悪篇慳貪部・古本説話集五六話・今昔物語巻三第二二話と同話。
三　今昔物語・盧至長者経「盧至」
四　非常に裕福な。古板本「たのもしく」
五　吝嗇で。
六　たっぷりとおくれ。
七　物おしみの神を祭ろう。
八　（妻が）調理して。
九　行器。円筒形で蓋あり三脚。食物を盛って持ち運ぶ器。
一〇　酒を入れる壺。板本「ひさご」

なれたる山の中の木の陰に、鳥・獸もなき所にて、ひとり食《くひ》ゐたり。心のたのしさ物にもにずして、[一一]ずんずるやう、[一二]「今曠野中《こんくわうやちゆう》、食《じき》レ飯飲《ばんおん》レ酒大安樂《じゆだいあんらく》、猶《ゆう》過《くわ》二毘《ひ》沙門天《しやもんてん》一、勝二天帝尺《しようてんたいしやく》一。」此心は『けふ人なき所に一人ゐて、物をくひさけをのむ、あんらくなる事、[一三]毘沙門・帝尺にも優りたり』といひけるを、帝尺きと御らんじてけり。にくしとおぼしけるにや、留志長者が形《かたち》に化《け》し給《たまひ》て、彼《かの》家におはしまして、「我、山にて物をしむ神をまつりたるしるしにや、その神はなれて、物のをしからねば、かくするぞ。」とて、藏《くら》どもをあけさせて、妻子をはじめて、從者ども、それならぬよその[一四]人共も、[一五]修業者・乞食《こつじき》にいたるまで、寶物共《たからものども》を取出《とりいだ》して、くばりとらせければ、みなみな悦てわけとりける程にぞ、まことの長者は歸《かへ》りたる。倉共《ども》みなあけて、かく寶どもみな人のとりあひたる、あさましく、かなしさ、いはんかたなし。「いかにかくはするぞ。」と、のゝしれども、我とたゞおなじかたちの人出《いで》きて、かくすれば、ふしぎなる事かぎりなし。「あれは變化《へんげ》の物《もの》ぞ。我こそ、そよ。」といへども、ききいるゝ人なし。御門《みかど》にうれへ申せば「母にとへ。」とおほせあれば、母に問ふに、「人に物くるゝこそ我子にて候はめ。」と申せば、するかたなし。「腰の程《ほど》に、[一六]はゝくそといふもののあとぞ、さぶらひし。それをしるしに御らんぜよ。」といふに、あけてみれば、帝尺それをまなばせ給はざらんやは。二人ながらおなじやうに物のあとあれば、力なくて佛の御もとに二人ながら

一一　誦するよう。
一二　古本説話集は「今日曠野中、飲酒大安楽、猶過毘沙門、亦勝天帝釈」。盧至長者経には「我今節慶際、縦酒大歓楽、踰過毘沙門、亦勝天帝釈」
一三　梵語。多聞と訳される。多聞天は四天王（持国天王・増長天王・広目天王・多聞天王）の一。須彌山の北に居て北方を守護し財産を掌る神。
一四　古板本「人〻も」
一五　古板本「修行者」
一六　原本「はわくひ」古板本「はゝくひ」今、板本による。古本説話集「はわくそ」原話「母答レ王云、児左脇下有二小瘡瘢一猶二小豆許一」和名抄「黑子、和名波々久曾」愚管抄巻四「ははくろ」（今いうほくろ）ろ（呂）を、そ（曾）と誤ったのか。

まゐりたれば、その時、帝尺もとのすがたに成《なり》て、御前におはしませば、論じ申べきかたなしと思ふ程《ほど》に、佛の御力にて、やがて[一]須陀洹果《すだをんくわ》を[二]ぜうじたれば、あしき心はなれたれば、物をしむ心もうせぬ。かやうに帝尺は、人をみちびかせ給事はかりなし。[三]そゞろに長者が財《たから》をうしなはんとは、なにしにおぼしめさん。慳貪《けんどん》の業《ごふ》によりて、地獄に落《おつ》べきをあはれませ給御心ざしによりて、かくかまへさせ給けるこそ目出《めで》けれ。

## 四　清水寺ニ二千度参詣ノ者打ニ入双六ニ事*

今はむかし、人のもとに宮《みや》づかへしてあるなま侍《さぶらひ》ありけり。する事のなきまゝに、[四]清水《きよみづ》へ人まねして、千度詣《まうで》を二たびしたりけり。其後いくばくもなくして、[五]しうのもとにありけるおなじ様《やう》なる侍と[六]双六《すぐろく》をうちけるが、おほくまけてわたすべき物なかりけるに、いたくせめければ、思《おもひ》わびて「われ持《もち》たる物《もの》なし。只今たくはへたる物とては、清水に二千度まゐりたる事のみなんある。それをわたさん。」といひければ、かたはらにてきく人は、『はかる也《なり》』と、をこに思て笑けるを、此勝《かち》たる侍、「いと善き事也《ことなり》。わたさば、えん。」といひて、「いな、かくてはうけとらじ。[七]精進《さうじ》三日して、此よし申て、おのれわたすよしの文《ふみ》かきてわたさばこそ、うけとらめ。」といひければ、「よき事

一　声聞四果中の初果、すなわち、小乗の人の悟に四つの段階がある中の第一の悟の名。古板本「須陀ねんくは」

二　成じ（成就し）。「証し」かともいう（渡辺氏）

三　むやみに。

＊　今昔物語巻一六第三七話・古本説話集五七話と同話。

四　京都東山の清水寺。

五　主の許に。

六　盤面に双方に一二ずつ目を盛り各一二の黒白の駒を並べ竹の筒から二つの賽をふり出して駒を進め早く敵の線中に入った方を勝とする。

七　原本・古板本・古本説話集に「精進」の二字はない。板本による。

なり。」と契りて、其日より精進して、三日と云《いひ》ける日、「さは、いざ清水へ。」といひければ、此まけ侍《さぶらひ》、『此[八]しれ物《もの》にあひたる』とをかしく思て、悦《よろこび》てつれてまゐりにけり。いふまゝに文《ふみ》かきて、御前にて師の僧よびて、事のよし申させて、「二千度まゐりつる事[九]それがしに双六に打《うち》いれつ」と、かきてとらせれば、うけとりつゝ悦て、ふしをがみてまかり出にけり。そののちいく程なくして、此まけ侍、思《おもひ》かけぬ事にてとらへられて[一〇]人屋《ひとや》に居にけり。とりたる侍は、[一一]思かけぬたよりある妻《め》まうけて、[一二]いとよく徳つきてつかさなど成《なり》て、たのしくてぞありける。「目に見えぬ物なれど、誠の心をいたして請《うけ》とりければ、佛、あはれとおぼしめしたりけるなんめり。」とぞ人はいひける。

## 五　**觀音經化レ蛇輔レ人給事

今はむかし、[一三]鷹をやくにて過《すぐ》る物ありけり。鷹の放《はな》れたるをとらんとて、飛《とぶ》にしたがひて行《ゆき》ける程に、遥《はる》かなる山の奥の谷のかた岸に、高き木の有《ある》に、鷹の巣くひたるを見つけて、『いみじき事見おきたる』とうれしく思《おもひ》て、歸《かへ》りてのち、『いまはよき程に成《なり》ぬらん』とおぼゆる程に、「子をおろさん。」とて又ゆきてみるに、えもいはぬ[一四]深山《ふかきやま》の、[一五]ふかき谷のそこひもしらぬうへに、いみじく高き榎《え》の木《き》の、枝は谷にさしおほひたる[一六]かたえに、巣を食《くひ》て子をう

八　(癡者) 愚か者。
九　某に双六の賭物として打ち入れた。
一〇　牢屋。獄屋。
一一　思いがけない都合よい妻を得て。
一二　富がついて。
**　本朝法華験記巻下第一一三話・古本説話集六四話・今昔物語巻一六第六話と同話。
一三　鷹を飼うのを職業として世を過す者。今昔物語「年来鷹ノ子ヲ下シテ、要ニスル人ニ与ヘテ、其ノ直(あたひ)ヲ得テ世ヲ渡リケリ」
一四　古本説話集「おく山」
一五　際涯。古板本「底ゐ」
一六　古板本「おほひたるがかみに」。「かたえ」は「片枝」か。

みたり。鷹、巣のめぐりに、しありく。みるに、えもいはずめでたき鷹にてあれば、『子もよかるらん』と思て、よろづもしらずのぼるに、やう〳〵いま巣のもとにのぼらんとする程《ほど》に、ふまへたる枝をれて谷におち入《いり》ぬ。谷の片岸にさしいでたる木の枝に落《おち》かゝりて、その木の枝をとらへてありければ、生《いき》たる心ちもせず、すべき方《かた》なし。見おろせば、そこひもしらず深き谷也《なり》。見あぐればはるかに高き岸なり。かきのぼるべき方もなし。従者共《ずさども》は『谷に落入《おちいり》ぬれば、うたがひなく死《しに》ぬらん』とおもふ。『さるにても、いかがあると見ん』と思て、岸のはたへよりて、わりなくつまだてて、おそろしけれど、僅かに見おろせば、そこひもしらぬ谷のそこに、木の葉しげくへだてたる下なれば、さらにみゆべきやうもなし。目くるめき、かなしければ、しばしも、えみず。すべき方なければ、さりとてあるべきならねば、みな家に歸《かへり》て「かうかう。」といへば、妻子ども泣《なき》まどへども、かひなし。あはぬまでも見にゆかまほしけれど、「さらに道もおぼえず。又おはしたりとも、そこひもしらぬ谷の底にて、さばかりのぞき、よろづにみしかども、見え給はざりき。」といへば、「まことにさぞあるらん。」と人々もいへば、いかずなりぬ。さて谷には、すべき方なくて、石のそばの折敷《をしき》のひろさにて、さし出《いで》たるかたそばに尻をかけて、木の枝をとらへて、すこしもみじろくべき方《かた》なし。いさゝかもはたらかば、谷に落入《おちいり》ぬべし。いかにも〳〵せん方《かた》なし。鷹飼《たかかひ》をやくにて

一　万事を忘れて。
二　古板本「かた峯に」古本説話集「たにのそこに、（たかききのありけるえだに）」
三　古板本「高き嶺」古本説話集「たかき木」
四　無理に（強いて）爪立てて。
五　古板本「みおろしければ」
六　古本説話集「たにそこにて」古板本「谷にて」
七　石のかど。原本「右のかど」古本説話集「いしのそば」今、古板本による。
八　古板本「折布」（をしき）

世をすぐせど、をさなくより[九]觀音經《くわんおんぎやう》を讀《よみ》たてまつりたもち奉りたりければ、「助給《たすけたま》へ。」と思入て、ひとへに憑《たのみ》たてまつりて、此經をよるひるいくらともなくよみたてまつる。[一〇]弘誓深如海《ぐぜいしんによかい》とあるわたりをよむほどに、谷の底のかたより、物のそよ〳〵とくる心ちのすれば、何《なに》にかあらんと思て、やをらみれば、えもいはず大きなる虵《じや》なりけり。長さ二丈計《ばかり》もあるらんとみゆるが、[一一]さしにさして、はひくれば、『我は此虵にくはれなんずるなめり。かなしきわざかな。觀音助給へとこそおもひつれ。こはいかにしつる事《こと》ぞ』と思て、ねんじ入《いり》てある程《ほど》に、たゞ、きにきて我《わが》ひざのもとをすぐれど、我をのまんと、さらにせず。たゞ谷よりうへざまへのぼらんとする氣色《けしき》なれば、『いかがせん。たゞこれに取付《とりつき》たらば、のぼりなんかし』と思ふ心つきて、腰の刀をやはらぬきて、此虵の背なかにつきたてて、それにすがりて、虵の行《ゆく》まゝにひかれてゆけば、谷より[一二]岸のうへざまに、こそ〳〵とのぼりぬ。そのをり、此男はなれてのくに、刀を取らんとすれど、つよくつき立てければ、えぬかぬ程に、ひきはづして、背に刀さしながら、虵はこそろとわたりて、むかひの谷にわたりぬ。此男、うれしとおもひて、家へいそぎてゆかんとすれど、此二三日[一三]いさゝか身をもはたらかさず、物もくはずすごしたれば、[一四]かげのやうに、やせさらぼひつゝ、[一五]かつ〴〵と、やう〳〵にして家に行《いき》つきぬ。さて家には、「いまはいかがせん。」とて、[一六]跡《あと》とふべき經佛のいとなみなどしけるに、

九　法華経、普門品第二十五を別冊として観音経と称する。
一〇　「弘誓」は弘大なる誓願。観音経の偈文に「汝聴観音行、善応諸方所、弘誓深如海、歴劫不思議」
一一　指しに指して。
一二　古板本「峯のうへざまに」
一三　少しも身をうごかさず。
一四　影のように痩せ衰えて。
一五　辛うじて。板本「かろがろと」
一六　亡き跡をとぶらう。

かくおもひかけずよろぼひ來たれば、おどろき泣《なき》さわぐ事かぎりなし。かうかうのことと語りて、「觀音の御たすけにて、かくいきたるぞ。」と、あさましかりつる事ども泣々《なくなく》かたりて、物などくひてその夜はやすみて、つとめて、とくおきて手あらひて、いつもよみたてまつる經を讀《よま》んとて引《ひき》あけたれば、あの谷にて蛇の背につきたてし刀、此御經に弘誓深如海の所に立《たち》たり。みるに、いとあさましなどはおろかなり。『こは此經の、蛇《じゃ》に變じて我をたすけおはしましけり』と思ふに、あはれにたふとくかなし、いみじとおもふ事かぎりなし。そのあたりの人々、これをききて[一]見あさみけり。今さら申べき事ならねど、觀音をたのみ奉《たてまつら》んに、そのしるしなしといふこと有間《あるま》敷事也《じきことなり》。

## 六 *自二賀茂ノ社一御幣紙米等給事

今はむかし、比叡山《ひえのやま》に僧ありけり。いとまづしかりけるが、[二]鞍馬《くらま》に七日まゐりけり。『[三]夢などやみゆる』とて、まゐりけれど、見えざりければ、今七日とてまゐれども猶みえねば、七日をのべ〳〵して百日まゐりけり。その百日といふ夜の夢に、「我は、えしらず。清水へまゐれ。」と仰らるゝと、みければ、明《あく》る日より又清水へ百日まゐるに、又「我は、えこそしらね。[四]賀茂にまゐりて申せ。」と夢にみてければ、又賀茂にまゐる。七日と思へども、例の

一 見て驚嘆したとさ。

* 古本説話集六六話・今昔物語巻一七第四四話と同話。ただし後者は目録に「僧依二毘沙門助一令レ産レ金得レ便語第四十四」とあって本文は欠けている。

二 山城国愛宕郡(京都府)鞍馬山の中腹にある鞍馬寺。本尊は毘沙門天。

三 神のお告げある夢でも見られるか。

四 賀茂神社。

夢みん〳〵とまゐるほどに、百日といふ夜の夢に、「わ僧《そう》がかくまゐる、いとほしければ、[五]御幣・紙・[六]うちまきの米ほどの物《もの》、たしかにとらせん。」と仰らるゝとみて、[七]うちおどろきたる心ち、いと心うくあはれにかなし。『[八]所々まゐりありきつるに、[九]ありく〳〵てかく仰《おほせ》らるゝよ。うちまきのかはり計《ばかり》給はりてなににかはせん。我山へかへりのぼらむも人目はづかし。賀茂川にやおち入《いり》なまし』など思へど、又さすがに身をも、えなげず。『いかやうにはからはせ給べきにか』と、[一〇]ゆかしきかたもあれば、もとの山の坊に歸《かへり》てゐたる程に、[一一]しりたる所より、「物申《まうし》候はん。」といふ人あり。「たそ。」とてみれば、白き[一二]長櫃《ながびつ》をになひて、えんにおき歸《かへり》ぬ。いとあやしく思て、使を尋《たづぬ》れど大《おほ》かたなし。これをあけてみれば、しろき米《よね》とよき紙とを一長櫃入《いれ》たり。これはみし夢のまゝなりけり。さりともとこそ思《おもひ》つれ、[一三]これはかりを誠に[一四]たびたるに、いと心うく思へど『いかがはせん』とて、此米をよろづにつかふに、たゞおなじおほさにて、つくる事なし。帋《かみ》もおなじごとつかへど、失《う》する事《こと》なくて、いと[一五]べちにきら〳〵しからねど、[一六]いとたのしき法師になりてぞありける。猶心ながく物《もの》まうではすべき也《なり》。

五　「幣」は、麻・木綿・帛など神に捧げるものの総称。
六　散米。神供として打ち撒く洗米。
七　目ざめた心持。
八　諸所。
九　とどのつまり。
一〇　頼もしくもあるので。
一一　古本説話集「我しりたる所より」(自分が領し治めている所からの意か)
一二　櫃の長いもの。長持の類。
一三　「ど」を補って見る。
一四　板本・古本説話集「たびたると」とあるのは、「『これはみし夢のまゝ……誠にたびたる』と」となるのであろう。
一五　(別に) 特に。
一六　大そう裕福な僧になって。

## 七　信濃國筑摩ノ湯ニ觀音沐浴ノ事*

今はむかし、[一]信濃國つくまの湯といふ所に、よろづの人のあみける藥湯《くすりゆ》あり。そのわたりなる人の夢にみるやう、「[二]あすの午《うま》の時に觀音湯《ゆ》あみ給ふべし。」といふ。「いかやうにてか、おはしまさんずる。」ととふに、いらふる樣《やう》、「とし卅ばかりの男のひげくろきが、[三]あやゐ笠《がさ》きて、[四]ふしぐろなるやなぐひ、皮まきたる弓持て、[五]こんのあをきたるが、[六]夏毛のむかばきはきて、葦《あし》毛《け》の馬に乘《のり》てなむ來《く》べき。それを觀音としりたてまつるべし。」といふとみて、夢さめぬ。おどろきて夜あけて、人々につげまはしければ、人々ききつけて、その湯にあつまる事かぎりなし。湯をかへ、めぐりを掃除《さうぢ》し、注連《しめ》を引《ひき》、花香をたてまつりて、ゐあつまりて待《まち》たてまつる。やう〱午ノ時すぎ、[七]未《ひつじ》になる程《ほど》に、たゞ此夢に見えつるに、露たがはずみゆる男の、かほよりはじめ、きたる物、馬なにかにいたるまで、夢にみしにたがはず。よろづの人にはかに立て、[八]ぬかをつく。此男大《おほき》に驚《おどろき》て、心もえざりければ、よろづの人にとへども、たゞをがみにをがみて、その事といふ人なし。僧のありけるが、手をすりて、ひたひにあてて、をがみ入《いり》たるがもとへよりて、「こはいかなる事ぞ。おのれを見てかやうにをがみ給ふは。」と、[九]よこなまりたるこゑにて

* 古本説話集六九話・今昔物語巻一九第一一話と同話。
一 信濃の国（長野県）筑摩郡で有名だった温泉。枕草子、湯は「つかまのゆ」後拾遺集雑四「修理大夫惟正信濃守に侍りける時、ともにまかり下りて、つかまの湯をみ侍りて―源重之」
二 明日の正午に。
三 （綾藺笠）藺草で編んだ文（あや）のある深い被り笠。
四 節を削らない竹で作った、矢を盛る具。
五 紺の襖（あお）。襖は裏付けの狩衣で武官の服。
六 鹿の毛が夏の半ば以後黄色になって白い斑点の鮮かに出た頃の毛で作った行縢（むかばき。腰につけ前方に垂れる物）
七 未の刻。今の午後二時頃。
八 額ずく。
九 横訛った声で。なまりある声で。古板本「こなまりたる」
一〇 先つ頃。先頃。
一一 茹でよう。湯治しよう。
一二 当惑して。
一三 古本説話集「ことは」
一四 今昔物語は「其庭ニ弓

とふ。この僧、人の夢にみえけるやうをかたる時、この男いふやう、「おのれは、一〇さいつころ狩をして、馬より落《おち》て右のかひなをうちをりたれば、それを一一ゆでんとて、まうできたるなり。」といひて、とゆきかう行《ゆき》する程《ほど》に、人々しきりにたちてをがみのゝしる。男し一二わびて、『我身は、さは觀音にこそありけれ。一三こゝは法師になりなん』と思て、一四弓《ゆみ》・やなぐひ・太刀《たち》・刀切《かたなきり》すてて法師になりぬ。かくなるをみて、よろづの人、なきあはれがる。さて見しりたる人いできていふやう、「あはれ、かれは一五かんづけの國におはする一六ばとうぬしにこそいましけれ。」といふをききて、これが名をば一七馬頭觀音《ばとうくわんおん》とぞいひける。法師になりて後、一八横川《よがは》にのぼりて、一九かてう僧都《そうづ》の弟子になりて、横川にすみけり。其後は土佐國にいにけりとなむ。

## 八　帽子叟與㆓孔子㆒問答ノ事**

いまは昔、二〇もろこしに二一孔子《くじ》、林の中の岡だちたるやうなる所にて逍遙《せうえう》し給。我は琴《こと》をひき、弟子共はふみをよむ。爰《こゝ》には舟に乘《のり》たる二二叟《おきな》の帽子《ばうし》したるが、舟を蘆《あし》につなぎて陸《くが》にのぼり、杖をつきて琴のしらべのをはるをきく。人々『あやしき物かな』と思へり。此おきな、孔子の弟子共をまねくに、ひとりの弟子まねかれてよりぬ。叟二三云《いふ》、「此琴引給《ひきたまふ》はたれぞ。もし國の王か。」とと

箭ヲ棄テ兵仗ヲ抛テ、忽ニ髻ヲ切テ法師ト成ヌ」

一五　上野の国（群馬県）

一六　「馬藤主」か。古本説話集「わとうぬし」（王藤主？）

一七　馬頭観音は六観音（千手・聖・馬頭・十一面・准胝・如意輪）の一で、馬頭を戴く観音。今昔物語「王藤観音」

一八　比叡山三塔の一。

一九　八冊本「カクテウ」今昔物語「覚朝僧都」横川の覚超僧都のことかという。姓巨勢氏、和泉の国大鳥郡（大阪府）の人。慈慧の門人、源信に兄事した。後、横川の楞厳院に住した。

**　荘子巻六漁父篇・今昔物語巻一〇第一〇話と同話。

二〇　唐土。中国。

二一　名は丘、字は仲尼、魯の人。周の敬王四一年（前四七九）逝。年七三。

二二　長老。次の「翁」と同じ。荘子には「漁父」とし、今昔物語では「栄啓期」の事とする。淮南子巻九主術訓に「栄啓期一弾、而孔子三日楽、感㆓于和㆒」とある。

二三　古板本「翁」

ふ。「さもあらず。」といふ。「さは國の大臣か。」「それにもあらず。」「國の司《つかさ》か。」「それにもあらず。」「さはなにぞ。」ととふに、「たゞ國のかしこき人として政《まつりごと》をし、あしき事をなほし給《たまふ》かしこき人なり。」とこたふ。翁あざわらひて、「[一]いみじきしれ物《もの》かな。」といひてさりぬ。御弟子、ふしぎに思て、ききしまゝにかたる。孔子ききて、「かしこき人にこそあなれ。とくよびたてまつれ。」御弟子走て、いまこぎいづるをよびかへす。よばれて出《いで》きたり。孔子、の給《たま》はく、「なにわざし給人ぞ。」[二]叟のいはく、「[三]させる物にも侍《はべ》らず。たゞ舟にのりて、[四]心をゆかさんが爲《ため》にまかりありくなり。君は又なに人ぞ。」「世の政をなほさんためにまかりありく人なり。」[五]叟のいはく、「きはまりてはかなき人にこそ。世に影《かげ》をいとふ物あり。[六]晴《はれ》にいでてはなれんとはしる時、影はなるゝ事《こと》なし。[七]陰にゐて心のどかにをらば、影はなれぬべきに、さはせずして、はれにいでてはなれんとする時には、[八]力こそつくれ、影はなるゝ事なし。又犬の死《し》かばねの水にながれてくだる、これをとらんとはしるものは、水におぼれて死ぬ。かくのごとくの無益《むやく》の事をせらるゝ也《なり》。たゞしかるべき居所をしめて、一生を送《おく》られん、是《これ》[九]今生の望《のぞみ》なり。この事をせずして、心を世にそめてさわがるゝ事は、きはめてはかなき事也《なり》。」といひて、返答もきかで歸行《かへりゆき》、舟に乘《のり》入てこぎ出《いで》ぬ。孔子そのうしろをみて二たびをがみて、棹の音せぬまで、をがみ入てゐたまへり。音せずなりてなん、車に乘《のり》て歸給《かへりたまひ》に

一 今昔物語「極タル嗚呼(をこ)ノ人也」
二 古板本「翁」
三 さしたる者。大した者。
四 心を遣り慰めんがために。
五 古板本「おきな」
六 日あたりに出て。
七 日かげにいて。
八 力こそ尽くれ(ど)。古板本「中こそつくれ」
九 今昔物語「一生」

けるよし、人のかたりし也《なり》。

## 九　＊僧伽多行二羅刹國一事

むかし、天竺《てんぢく》に[一〇]僧伽多《そうかた》といふ人あり。五百人の商人《あきびと》を船にのせて、[一一]かねの津《つ》へ行《ゆく》に、俄《にはか》にあしき風吹《ふき》て、舟を南のかたへ吹《ふき》もてゆく事矢を射《いる》がごとし。しらぬ世界に吹《ふき》よせられて、陸《くが》によりたるを、かしこき事にして、左右《さう》なくみなまどひおりぬ。しばしばかりありて、いみじくをかしげなる女房、十人計出《ばかりいで》きて、歌をうたひてわたる。しらぬ世界にきて心ぼそくおぼえつるに、かかる目出《めで》たき女どもを見つけて悦《よろこび》てよびよす。よばれてよりきぬ。[一二]ちかまさりして、らうたき事、物にもにず。五百人の商人目をつけて、めでたがる事限《かぎり》なし。商人、女に問《とひ》ていはく、「我等寶を求《もとめ》む爲《ため》に出《いで》にしに、あしき風にあひて、しらぬ世界にきたり、たへがたく思ふあひだに、[一三]人々の御ありさまをみるに愁《うれへ》の心みなうせぬ。今はすみやかに、ぐしておはして、我等をやしなひ給へ。舟はみなそんじたれば、歸《かへる》べきやうなし。」といへば、この女ども、「さらば、いざさせ給へ。」といひて、前にたちてみちびきてゆく。家にきつきてみれば、[一四]しろく高き築地《ついぢ》を遠く[一五]つきまはして、門をいかめしくたてたり。そのうちにぐして入《いり》ぬ。門のじやうをやがてさしつ。内に入《いり》てみれば、

＊ 大唐西域記巻一一・法苑珠林巻三一・経律異相巻四三・今昔物語巻五第一話と同話。

一〇 今昔物語「僧迦羅」。大唐西域記「僧伽羅」。天竺（印度）の豪商僧伽の子という。

一一 「金の津」か。今昔物語「財ヲ求ムガ為ニ南海ニ出デテ行クニ」とある。

一二 近づいて見るほどよくなって。

一三 皆様の御様子。

一四 今昔物語には「広ク高キ」

一五 築き廻して。

さま〴〵の屋どもへだて〳〵作《つくり》たり。男一人もなし。さて商人ども、みなとりどりに妻《め》にしてすむ。[一]かたみにおもひあふ事かぎりなし。[二]片時もはなるべき心地せずして住《すむ》あひだ、此女、日ごとにひるねをする事久《ひさ》し。かほをかしげながら、ね入度《いるたび》に少し[三]けうとくみゆ。僧伽多、此けうときをみて心えず、あやしくおぼえければ、やはらおきて、かた〴〵をみれば、さま〴〵のへだてへだてあり。こゝにひとつのへだてあり。築地《ついぢ》をたかくつきめぐらしたり。戸にじやうをつよくさせり。そばよりのぼりて内をみれば、人おほくあり。或《あるひ》は死に、或は[四]によう聲す。又しろきかばね・赤き屍《かばね》おほくあり。[五]僧かた、ひとりのいきたる人をまねきよせて、「是《これ》はいかなる人の、かくてはあるぞ。」ととふに、答《こたへて》云、「我は南天竺の物《もの》なり。あきなひのために海をありきしに、あしき風にはなたれて、此嶋にきたれば、よにめでたげなる女どもに、たばかられて、歸らん事も忘《わすれ》て住《すむ》ほどに、[六]うみとうむ子はみな女なり。かぎりなく思ひて住むほどに、又こと商人《あきびと》、舟よりきぬれば、もとの男をばかくのごとくして、[七]日の食《じき》にあつるなり。御身どもも又舟きなば、かゝる目をこそは見給はめ。いかにもしてとく〳〵迯《にげ》給へ。此鬼は[八]晝三時計《ばかり》は、ひるねをする也《なり》。このあひだによく迯《にげ》ば逃《にげ》つべき也《なり》。此籠《このこめ》られたる四方は鐵《くろがね》にてかためたり。その上[九]よをろすぢを[一〇]たたれたれば、逃ぐべきやうなし。」となく〳〵いひければ、「あやしとは思《おもひ》つるに。」とて、歸《かへり》て、のこりの商人どもに此よし

一 互に。
二 古板本「へんじ」
三 (気疎く) 気味わるく。物恐ろしく。
四 「によ (吟) ふ」で、呻吟する。
五 僧伽多。
六 産んだ子はすべて女である。今昔物語には「見ルト見ル人ハ皆女也」
七 一日の食料。「日々の食」か。
八 六時間ほど。
九 膕筋。膝の後の筋。今昔物語は「胸筋」。「よをろ」は八冊本「よぼろ」(膕)。
一〇 断ち切られたから。

をかたるに、みなあきれまどひて、女のねたるひまに、僧かたをはじめとして濱へみな行《ゆき》ぬ。はるかに[11]補陀落世界《ふだらくせかい》のかたへむかひて、もろともにこゑをあげて觀音を念じけるに、沖の方より大《おほき》なる[12]白馬、浪の上を游《およぎ》て、商人等が前に來てうつぶしにふしぬ。『これ念じまゐらするしるしなり』と思て、あるかぎりみなとりつきて乘《のり》ぬ。さて女ども、はねおきて見るに、男ども一人もなし。「逃《にげ》ぬるにこそ。」とて、あるかぎり濱へいでてみれば、男みな[13]あしげなる馬にのりて、海をわたりてゆく。女ども忽《たちまち》に長《たけ》一丈計《ばかり》の鬼になりて、[14]四五十丈たかくをどりあがりてさけびのゝしるに、この商人の中に、女の[15]よにありがたかりし事を、おもひいづる物一人ありけるが、とりはづして海におち入《いり》ぬ。[16]羅刹《らせつ》[17]ばひしらがひて、これを破り食《くひ》けり。さて此馬は、南天竺の西の濱にいたりてふせりぬ。商人ども悦ておりぬ。その馬[18]かきけつやうにうせぬ。そうかた、ふかくおそろしと思て、この國に來てのち、此事を人にかたらず。二年をへて、この羅刹女の中に、僧伽多が妻にてありしが、そうかたが家に來《きた》りぬ。みしよりも猶いみじく目出《めでたく》なりて、いはんかたなくうつくし。そうかたにいふやう、「君をば[19]さるべき昔の契《ちぎり》にや、ことにむつまじく思ひしに、かくすてて逃《にげ》給へるはいかにおぼすにか。我國にはかかる物の、時々いできて人を食《くふ》なり。さればじやうをよくさし、築地をたかくつきたるなり。それにかく、人のおほく濱にいでてのゝしるこゑをききて、かの鬼どものき

一一　補陀落（Potalaka）は梵語。海島と訳す。印度南岸にあって観世音菩薩の現じた霊地と信じられた。
一二　馬頭人身の神の元の形であろう。法華経普門品「若有ニ百千万億衆生一為レ求ニ金・銀・瑠璃・硨磲・瑪瑙・珊瑚・真珠等・宝一入ニ於大海一仮使黒風吹ニ其船舫一飄堕ニ羅刹国一。其中若有下乃至一人称ニ観世音菩薩名一者上是諸人等、皆得レ解ニ脱羅刹之難一」
一三　葦毛の馬。
一四　古板本「十四五丈」今昔物語「四五丈」
一五　女の美しさが世に稀だったことを。
一六　食人鬼と訳す。鬼女の名。黒身・朱髪・碧眼・獣のような牙と雁のような爪とを有するという。
一七　互に奪いあって。今昔物語では「引キシロヒ噉（ク）フ事限ナシ」
一八　掻き消すように。
一九　しかるべき前世の約束でか。

て、いかれるさまをみせて侍《はべり》し也《なり》。あへて我等がしわざにあらず。歸給《かへりたまひ》て後、あまりに戀しく[一]かなしくおぼえて。殿《との》はおなじ心にもおぼさぬにや。」とて、さめ〴〵となく、[二]おぼろげの人の心には『さもや』と思《おもひ》ぬべし。されども、そうかた、大に嗔《いかり》て、太刀をぬきて殺さんとす。かぎりなく恨て、僧伽多が家を出《いで》て、[三]内裏《だいり》にまゐりて申《まうす》やう、「そうかたは、わがとし比《ごろ》の夫なり。それに我を捨《すて》てすまぬ事《こと》は、誰《たれ》にかは、うたへ申《まうし》候はん。帝王これを[四]ことわり給へ。」と申《まうす》に、公卿・殿上人これをみて、かぎりなくめでまどはぬ人なし。御《み》門《かど》きこしめして、のぞきて御らんずるに、いはん方《かた》なくうつくし。そこばくの女御《にょうご》・后《きさき》を御らんじくらぶるに、みな土《つち》くれのごとし。これは玉のごとし。[五]『かかる物《もの》にすまぬ僧伽多が心、いかならん』とおぼしめしければ、そうかたをめして、とはせ給《たまふ》に、そうかた申やう、「是はさらに御内へ入《いれ》みるべき物《もの》にあらず。返々《かへす〴〵》おそろしき物《もの》なり。[六]ゆゝしき僻事《ひがごと》いでき候はんずる。」と申て出《いで》ぬ。御門このよしきこしめして、「此僧伽多は云甲斐《いひがひ》なき物《もの》かな。よしよしうしろのかたより入《いれ》よ。」と、[七]藏人《くらうど》して仰せられければ、夕くれがたにまゐらせつ。御門《みかど》ちかくめして御らんずるに、けはひすがた、[八]みめありさま、かうばしくなつかしき事かぎりなし。さてふたりふさせ給て後、二三日《ふつかみか》までおきあがり給はず。[九]世のまつりごとをもしらせ給はず。僧伽多まゐりて、「ゆゝしき事いできたりなむず。あさましきわざかな。これはすみやかにこ[一〇]

一　原本は「くおぼえて。殿はおなじ」を脱す。古板本による。ただし「おぼえて」の次に「かく参りけるを」とでも補って見る。
二　いいかげんな人の心では。
三　皇居。王城。
四　おとりさばき下さい。
五　このような美女と同棲しない僧伽多の心。
六　いまわしい間違い事。
七　「侍臣」ほどの意か。
八　眉目容姿。
九　長恨歌「春宵苦レ短日高起、従レ此君王不二早朝一」
一〇　今昔物語には「可レ被レ害キ也」（鬼女を殺しなさるべきですの意）とある。

ろされ給《たまひ》ぬる。」と申せども、耳にきいるゝ人なし。かくて三日になりぬる朝、御二かうしもいまだあがらぬ程に、此女、三よるのおとゞよりいでて、たてるを見れば、まみもかはりて、よにおそろしげなり。口に血つきたり。しばし世のなかをみまはして、軒《のき》より飛《とぶ》がごとくして雲に入《いり》てうせぬ。人々「このよし申さん。」とて、夜《よる》のおとゞにまゐりたれば、一三御帳《みちやう》の中より血ながれたり。あやしみて御帳の内をみれば、あかきかうべ一殘《ひとつのこ》れり。そのほかは物《もの》なし。さて宮の内のゝしる事一四たとへんかたなし。臣下男女泣《なき》かなしむ事かぎりなし。御子の春宮《とうぐう》、やがて位につき給《たまひ》ぬ。僧伽多をめして、事の次第をめしとはるゝに、そうかた申樣《まうすやう》、「さ候へばこそ、かかる物《もの》にて候へば、速に追出さるべきよしを申候也。いまは宣旨《せんじ》を蒙《かうぶり》て、これをうちてまゐらせむ。」と申《まうす》に、「申さんまゝに仰《おほせ》たぶべし。」とありければ「つるぎの太刀《たち》はきて候はん兵《つはもの》一五百人、弓矢《ゆみや》帯《たい》したる百人、早船にのせて出《いだ》したてらるべし。」と申《まうし》ければ、そのまゝにいだしたてられぬ。僧伽多、此軍をぐして、彼《かの》羅刹の嶋へ漕《こぎ》行《ゆき》つゝ、まづ商人のやうなる物《もの》を、十人計《ばかり》濱におろしたるに、例のごとく一六玉の女ども哥《うた》をうたひてきて、商人をいざなひて女の城へ入《いり》ぬ。その尻《しり》に立《たち》て、一七二百人の兵《つはもの》亂入《みだれいり》て、此《この》女どもを打《うち》きり射《いる》に、しばしは恨《うらみ》たるさまにて、あはれげなるけしきをみせけれども、僧伽多大《おほき》なるこゑをはなちて、走廻《まはり》てお一八きてければ、その時に鬼のすがたに成《なり》て、大口《おほぐち》をあきてかゝりけれども、太

二　(格子) 和名抄に「竹障名也」とある。もとは竹製だったらしい。原本「し」を脱している。

三　夜の御殿。御寝所。

一三　帳台などの上に垂れるとばりの類。

一四　古板本「たとへん事なし」

一五　今昔物語「万人」

一六　美人。古板本「玉女」詩経「有レ如レ玉」前にも「これは玉のごとし」

一七　今昔物語「二万人」

一八　指図したので。「おきつ」(下二活) の連用形。

刀にて頭をわり、手足を打切《うちきり》などしければ、空を飛《とび》てにぐるをば弓にて射おとしつ。一人も殘《のこる》ものなし。家には火をかけて燒拂《やきはらひ》つ。むなしき國となしはてつ。さて歸《かへり》て、大やけ[一]にこの由を申ければ、僧伽多にやがてこの國をたびつ。二百人の軍をぐして、その國にぞ住《すみ》ける。いみじくたのしかりけり。今[二]は僧伽多が子孫、彼《かの》國の主《ぬし》にてありとなん申《まうし》つたへたる。

一 朝廷。帝王。
二 今昔物語には「其レヨリ僧迦羅ガ孫、今ニ其ノ国ニ有リ。羅刹ハ永ク絶エニキ。然レバ其ノ国ヲバ僧迦羅国ト云フ也トナン語リ伝ヘタルトヤ」僧迦羅国とは羅刹国ともいった、昔のランカ (Lanka) 島、今のセイロン (Ceylon) 島のことという。

# 巻第七

## 一　五色鹿ノ事*

これもむかし、天竺に、身の色は[三]五色にて、角の色は白き鹿《しか》一《ひとつ》ありけり。[四]深き山にのみ住て人にしられず。その山のほとりに大なる川あり。その山にまた烏《からす》あり。此かせき[五]を友として過《すご》す。ある時この川に男一人ながれて、すでに死なむとす。「我を人たすけよ。」[六]とさけぶに、此かせき、このさけぶ聲をききて、かなしみにたへずして、川をおよぎよりて此男をたすけてけり。男、命のいきぬる事を悦て、手をすりて鹿にむかひていはく、「何事をもちてか此恩をむくいたてまつるべき。」といふ。かせきのいはく、「何事をもちてか恩をばむく[七]いはん。たゞこの山に我ありといふ事《こと》を、ゆめ〳〵人にかたるべからず。我身の色五色なり。人しりなば皮をとらんとてかならず殺されなむ。この事をおそるゝによりて、かゝる深山[八]にかくれてあへて人にしられず。しかるを汝がさけぶこゑをかなしみて、身の[九]行《ゆく》すゑを忘《わすれ》てたすけつるなり。」といふ時に、男、「これ誠にことわり也《なり》。さらに漏《も》らす事あるまじ。」と、返《かへす》

* 仏説九色鹿経・法苑珠林巻五〇背恩篇引証部・今昔物語巻五第一八話と同話。

三　仏説九色鹿経・今昔物語では「九色」

四　古板本「深山」

五　鹿の異名。承安二年三月一九日清輔朝臣侑歯会記に、弁アザリの歌に「かせきの苑」とあるのが、返歌には「鹿（しか）の苑」とある。

六　今昔物語には「山神・樹神・諸天・竜神何ゾ我レヲ不レ助ザル、キ」とある。

七　「報ゆ」（ヤ上二）が「報ふ」（ハ四）に変化していたのだ。

八　古板本「み山」

九　原本「行ゑ」（行方）古板本「ゆくすゑ」に従う。

返契《がへすちぎり》てさりぬ。もとの里に歸りて月日を送れども、更に人にかたらず。かかる程《ほど》に、國の后《きさき》夢にみ給《たまふ》やう、大《おほき》なるかせきあり。[一]身の色は五色にて角白《しろ》し。夢覺《さめ》て大王に申給はく、「かゝる夢をなんみつる。このかせきさだめて世にあるらん。大王かならず尋とりて、我にあたへ給へ。」と申給に、大王宣旨《せんじ》を下《くだ》して、「もし五色のかせき尋《たづね》てたてまつらん物《もの》は、金銀・珠玉などの寶、幷《ならび》に一國等《など》をたぶべし。」と仰《おほせ》ふれらるゝに、此たすけられたる男、内裏《だいり》に參《まゐり》て申やう、「尋《たづね》らるゝ色のかせきは、その[二]國の深山にさぶらふ。あり所をしれり。狩人《かりびと》を給《たまひ》て取《とり》てまゐらすべし。」と申に、大王大に悦給て、みづからおほくの狩人をぐして、此男を[三]しるべにめしぐして行幸なりぬ。その[四]深山に入給《いりたまふ》。此かせきあへてしらず。洞《ほら》の内にふせり。かの友とする烏、これをみて、大におどろきて、こゑをあげてなき、耳を[五]くひてひくに、鹿おどろきぬ。からす告《つげ》て云、「國の大王おほくの狩人をぐして、此山をとりまきて、すでに殺さんとし給《たまふ》。いまは迯《にぐ》べき方《かた》なし。いかがすべき。」と云《いひ》て、なく〳〵さりぬ。かせきおどろきて、大王の御輿《みこし》のもとにあゆみよるに、狩人ども矢をはげて射んとす。大王、の給やう、「かせきおそるゝ事なくしてきたれり。さだめてやうあるらん。射《いる》事勿れ。」その時、狩人ども矢をはづしてみるに、御輿《みこし》の前にひざまづきて申さく、「我毛の色をおそるゝによりて、此山にふかく隱《かくれ》すめり。しかるに大王いかにして、我住所をばしり給へるぞや。」と申

一 原本「身は」
二 某国。
三 道しるべ。案内。
四 原本「深」を脱す。古板本に従う。
五 くわえて引く。

に、大王の給《たまふ》「此輿のそばにある顔[六]にあざの有《ある》男、告申《つげまうし》たるによりて來れる也。」かせき、みるに、かほにあざありて御輿傍《みこしのかたはら》にゐたり。我《わが》たすけたりし男なり。かせき、かれに向《むかひ》て云樣《いふやう》、「命を助けたりし時、此恩何《なに》にても報じつくしがたきよしいひしかば、こゝに我《われ》あるよし人にかたるべからざるよし、返々契《かへすがへすちぎり》し處也《なり》。しかるにいま其恩を忘て、殺させ[七]奉《たてまつら》んとす。いかに汝水におぼれて死なんとせし時、我命をかへりみず、およぎよりてたすけし時、汝かぎりなく悦し事はおぼえずや。」と、ふかく恨たる氣色《けしき》にて涙をたれてなく。其時に、大王[八]、おなじく泪《なみだ》をながして、の給はく、「汝は畜生《ちくしやう》なれども慈悲《じひ》をもて人をたすく。彼《かの》男は欲にふけりて恩を忘《わすれ》たり。畜生と云《いふ》べし。恩をしるをもて人倫《じんりん》[九]とす。」とて、此男をとらへて、鹿の見る前にてくびをきらせらる。又のたまはく、「今より後、國の中にかせきを狩事《かること》なかれ。もし此宣《せん》旨《じ》をそむきて、鹿の一頭《ひとかしら》にても殺す物《もの》あらば、すみやかに死罪に行《おこな》はるべし。」とて歸給《かへりたまひ》ぬ。其後より天下安全に、國土豐《ゆたか》に成けりとぞ。[一〇]

## 二　播磨守爲家ノ侍佐多ノ事*

今は昔、[一一]播磨守爲家《はりまのかみためいへ》と云人あり。それが内に、させる事もなき侍あり。あ[一二]ざな[一三]さたとなんいひけるを、例の名をばよばずして、主も傍輩《はうばい》もたゞ「さた」

六　今昔物語「顔ニ疵有ル男」

七　今昔物語「我レヲ殺サスル心何（いか）ニゾ」

八　「大王、おなじく泪をながして……くびをきらせらる」の文は今昔物語にはない。

九　人の類。人間。

一〇　今昔物語は、九色鹿経の本生談を承けてか「彼ノ九色鹿ハ今ノ釈迦仏ニ在マス、心ヲ通ゼシ烏ハ阿難也、后ト云フハ今ノ孫陀利也、水ニ溺レタリシ男ハ今ノ提婆達多也トナム語リ伝ヘタルトヤ」とする。

＊　今昔物語巻二四第五六話と同話。

一一　正三位太宰大弐高階成章の子で、正四位下・備中守。今昔物語に「高階ノ為家朝臣ノ播磨守ニテ有ケル時」

一二　通称。

一三　今昔物語には「佐太」その題には「佐多」とある。

とのみよびける。さしたる事はなけれども、まめにつかはれて年比《としごろ》になりにければ、[一]あやしの郡《こほり》のすなふなどせさせければ、喜《よろこび》てその郡に行《いき》て、[二]郡司《ぐんじ》のもとにやどりにけり。なすべき物の沙汰などいひさたして、四五日ばかりありて[三]のぼりぬ。この郡司がもとに京よりうかれて人にすかされてきたりける女房のありけるを、[四]いとほしがりて[五]粮《やしなひ》おきて、物ぬはせなどつかひければ、さやうの事なども心えてしければ、あはれなるものにおもひておきたりけるを、此さたに従者がいふやう、「郡司《ぐんじ》が家に、[六]京の女房といふ物《もの》の、かたちよく髮ながきがさぶらふを、かくしすゑて、[七]殿にもしらせたてまつらで、おきてさぶらふぞ。」とかたりければ、「ねたき事《こと》かな。わ男かしこにありし時はいはで、こゝにてかく云《いふ》は、にくき事なり。」といひければ、「そのおはしまししかたはらに、[八]きりかけの侍《はべり》しをへだてて、それがあなたにさぶらひしかば、しらせ給《たまひ》たるらんとこそおもひ[九]給へしか。」といへば、「このたびはしばしいかじと思《おもひ》つるを、いとま申《まうし》て、とく行《いき》て、その女房[一〇]かなしうせん。」といひけり。さて二三日ばかりありて、爲家に「さたすべき事どものさぶらひしを、[一一]さたしさしてまゐりて候し也《なり》。いとま給はりてまからん。」といひければ、「事をさたしさしては、なにせんにのぼりけるぞ。とくいけかし。」といひければ、喜てくだりけり。行《いき》つきけるまゝに、とかくの事もいはず、もとより見なれなどしたらんにてだに、うとからん程は、さやはあるべき、[一二]従[一三]者な

一 貧弱な郡の収納（租税取立役）
二 郡の長官。
三 国府（国司の庁のある所）へ上った。和名抄「播磨国、国府在㆓飾磨郡㆒。行程上五日、下三日」
四 古板本「いとをかしがりて」
五 古板本「養」
六 古板本「京のめなどいふ物の」
七 「佐多」をさす。
八 板を横にして柱に切り懸け、幾枚も畳み重ねた一種の板塀。
九 「給ふ」は下二活で謙遜語。「侍り」の意。
一〇 寵愛しよう。かわいがろう。
一一 処理しかけて。
一二 「に」を補って解する。親しくない間はそんな風であってはよくないのに。
一三 今昔物語では「従者ノ為ム様ニ」

どにせんやうに、著《き》たりける[一四]水干《すゐかん》のあやしげなりけるが、ほころびたえたるを、切《きり》かけの上よりなげこして、たかやかに、「これがほころび、ぬひておこせよ。」といひければ、程もなくなげ返したりければ、「物ぬはせ事《ごと》[一五]さすときくが、げに、とくぬひておこせたる女人かな。」と、あらゝかなる聲してほめてとりてみるに、ほころびをばぬはで、[一六]みちのくに紙《がみ》の文《ふみ》をそのほころびのもとにむすびつけて、なげ返したるなりけり。あやしと思てひろげて見れば、かくかきたり。

[一七]われが身は竹の林にあらねども
さたがころもをぬぎかくる哉《かな》

とかきたるをみて、『あはれなり』と思《おもひ》しらん事こそ[一八]かなしからめ、みるまゝに大《おほき》に腹をたてて、「目つぶれたる女人かな。ほころびぬひにやりたれば、ほころびのたえたる所をば、[一九]みだにえ見つけずして、『さたの』とこそいふべきに、[二〇]かけまくもかしこき[二一]守殿《かうのとの》だにも、まだこそ、こゝらの年月比《ごろ》まだしかめさね。なぞ、わ女の『さたが』と言ふべき事か。この女人に[二二]物ならはさん。」といひて、[二三]よにあさましき所をさへ、なにせんかせんと、[二四]のりのろひければ、女房は物をおぼえずしてなきけり。腹たちちらして郡司をさへのりて、「[二五]いでこれ申て事にあはせん。」といひければ、郡司も「よしなき人をあはれみおきて、[二六]そのとくには、はては勘當かぶるにこそあなれ。」といひければ、か

[一四] 水干（狩衣を略製にした物）の粗末げで、ほころびたのを。
[一五] 旧国史大系本「せさす」
[一六] 陸奥国紙。檀紙。
[一七] 金光明最勝王経、捨身品第二六に見える話。釈迦の前生だった薩陲（さた）太子が竹林に身の衣裳を脱ぎかけて餓虎を救うために身を捨てたという話。法隆寺玉虫厨子の密陀絵にも見える。
[一八] 今昔物語は「難カラメ」（ドを補って見る）ことの方がわかる。
[一九] 見つけもできないで。
[二〇] ことばにかけて申すのも恐れ多い。今昔物語には「忝クモ」
[二一] 国守殿。播磨守殿（高階為家）のこと。
[二二] 目にもの見せてやろう。
[二三] 陰部のこと。
[二四] ののしり悪口いったので。今昔物語「奇異（あやし）キ所ヲ、サハ何セムナド罵ケレバ」
[二五] さあこの事を国守（為家）殿に申して郡司にも罪を蒙らしてやろう。
[二六] そのお蔭で、終にはお咎めを蒙るのか。

たがた女おそろしうわびしく思けり。かく腹立《はらたち》しかりて、かへりのぼりて、[一]さぶらひにて、「やすからぬ事こそあれ。物もおぼえぬくさり女に、かなしういはれたる、かうの殿だに『さた』とこそめせ、この女め、『さたが』といふべきゆゑやは。[二]」と、たゞ腹たちにはらたてば、きく人どもえ心えざりけり。「さてもいかなる事をせられて、かくはいふぞ。」ととへば、「きき給へよ。申さん。かやうの事は誰もおなじ心に守殿にも申給へ。きみだちの名だて[三]にもあり。」といひて、ありのまゝの事をかたりければ、「さて〳〵。」といひて、わらふ物もあり。にくがる物もおほかり。女をばみないとほしがり、やさしがりけり。此事を爲家きゝて、前によびて問《とひ》ければ、『[四]我《わが》うれへ成《な》りにたり』と悦て、こと〴〵しくのびあがりていひければ、よくききて後、そのをのこをば追出《おひいだ》してけり。女をばいとほしがりて、物とらせなどしけり。[五]心から身をうしなひけるをのこなりとぞ。

## 三　三條中納言水飯ノ事*

[六]これも今はむかし、[七]三條中納言といふ人ありけり。[八]三條右大臣の御子なり。才《ざえ》かしこくて、もろこしの事この世の事みなしり給へり。心ばへかしこく、きもふとく、[九]おしがらだちてなんおはしける。笙《しやう》のふえをなんきはめて吹給《ふきたまひ》

一　侍の詰所。
二　「ある」または「あるべき」を補って見る。
三　悪名を立てること。名折れ。不面目。
四　我が愁訴が成就した。佐多の心持。
五　我が心から。
*　今昔物語巻二八第二三話・古今著聞集巻一八と同話。
六　古板本「今は昔」
七　藤原朝成。右大臣定方の六男。従二位・中納言。天延二年逝。年五八。
八　藤原定方。内大臣高藤の二男。従二位右大臣。承平二年逝。年六〇。
九　「押柄立ちて」か。「押柄」は、押しのつよいことか。
一〇　(薬師重秀)医師の丹波重秀。今昔物語では「医師和気ノ重秀」と誤る。丹波系図に典薬権助忠俊の子に重秀(一本には重季)が見える。

ける。長《たけ》たかく大《おほき》にふとりてなんおはしける。ふとりのあまりせめてくるしきまで肥給《こえたまひ》ければ、[一〇]くすししげひでをよびて、「かくいみじうふとるをば、いかがせんとする。立居《たちゐ》などするが身のおもく、いみじうくるしきなり。」との給へば、重秀《しげひで》申やう、「冬は湯づけ、夏は水漬にて、物をめすべきなり。」と申けり。そのまゝにめしけれど、たゞおなじやうに肥えふとり給《たまひ》ければ、せんかたなくて、又重秀をめして、「いひしまゝにすれど、そのしるしもなし。[一一]水飯食《すゐはんくひ》てみせん。」との給て、をのこどもめすに、さぶらひ一人まゐりたれば、「例のやうに、水飯してもてこ。」といはれければ、しばし計《ばかり》ありて、[一二]御臺もてまゐるをみれば、御だいかた〴〵[一三]よそひもてきて御前にすゑつ。御だいに[一五]箸《はし》のだいばかりすゑたり。つゞきて[一四]御盤さゝげてまゐる。御まかなひの臺にすふるをみれば、[一六]中の御盤にしろき干瓜《ほしうり》、三寸ばかりに切《きり》て十計《ばかり》もりたり。又[一七]すしあゆの[一八]おせぐくにひろらかなるが、しりかしらばかり[一九]おして卅計《ばかり》もりたり。大《おほき》なる[二〇]かなまりをぐしたり。みな御臺にすゑたり。いま一人の侍、大なる銀《しろがね》の提《ひさげ》に銀の[二一]かひをたてて、おもたげにもてまゐりたり。[二二]中納言、金鞠《かなまり》をとりて侍に賜ひて、「これに盛《も》れ。」と、の給へば、侍、かひに[二三]御《お》ものをすくひつゝ、高やかにもりあげて、そばに水をすこし入《いれ》てまゐらせたり。殿、だいを引《ひき》よせ給て、かなまりをとらせ給へるに、さばかり大《おほき》におはする殿の御手に大なるかなまりかなとみゆるは、[二四]けしうはあらぬ程なるべし。ほしう

一一　水漬け飯のこと。これは夏の食い物。今昔物語「其ノ時六月許ノ事ナレバ、中納言、重秀ヲ、『然バ暫ク居タレ。水飯食テ見セム』ト宣ケレバ」

一二　御台盤。食膳。

一三　ととのえ。原本「よろひ」

一四　丼鉢の類。伊呂波字類抄「盤承ㇾ食器也」

一五　ワ下二から八下二にも変化された。「据う」→「据ふ」

一六　古板本に「中の」はない。

一七　(鮨鮎) 鮎の酢漬け。

一八　押し平めたのが。今昔物語には「大キニ広ラカナルヲ」

一九　押して。土佐日記に「押鮎」の名が見える。

二〇　金椀。金属製の椀。和名抄「椀、俗云二賀奈万利一」

二一　匙。杓子の類。「匕、和名賀比、所三以取二飯也。匕、一名匙」

二二　「中納言……との給へば、侍」は古板本では「金鞠を給たれば」の七字。

二三　御物。御飯。

二四　不似合ではない程だからであろう。

り三《み》きり計《ばかり》くひきりて、五六《いつゝむつ》ばかりまゐりぬ。次に鮎《あゆ》を二きり計《ばかり》に食切《くひきり》て、五六《いつゝむつ》計《ばかり》やすらかにまゐりぬ。次に水飯を引《ひき》よせて、二たび計《ばかり》はしをまはし給ふとみる程に、おものみなうせぬ。「又。」[一]とてさし給《たま》はす。さて二三度にひさげの物みなになれば、又提《ひさげ》に入《いれ》てもてまゐる。重秀これをみて、「水飯を、[二]やくとめすとも、[三]このぢやうにめさば、さらに御ふとりなほるべきにあらず。」とて、迯《にげ》ていにけり。さればいよ〳〵相撲《すまひ》などのやうにてぞおはしける。

## 四　検非違使忠明ノ事*

これも今はむかし、[四]たゞあきらといふ[五]検非違使《けびゐし》ありけり。それが若かりける時、[六]清水《きよみづ》の橋のもとにて、[七]京童部《きやうわらべ》どもに[八]いさかひをしけり。京童部、手ごとに刀をぬきて、たゞあきらをたちこめて殺さんとしければ、忠明《たゞあきら》も太刀を抜《ぬき》て御堂《みだう》ざまにのぼるに、御堂の東の[九]妻《つま》にも、あまた立《たち》てむかひあひたれば、内へ迯《にげ》て、[一〇]しとみのもとを脇にはさみて、前の谷へをどりおつ。しとみにし[一一]ぶかれて、谷の底に、鳥のゐるやうに、やをら落《おち》にければ、それより迯《にげ》ていにけり。京童部ども谷を見おろして、あさましがりて立《たち》なみてみけれども、すべきやうもなくてやみにけりとなん。

一　今昔物語「亦盛レトテ、鋺ヲ指遣リ給フ」
二　役目にして召上っても。
三　このとおりに召上るならば。
＊　今昔物語巻一九第四〇話・古本説話集第四九の前半と同話。
四　（忠明）八条大納言藤原国経の孫、左近少将滋幹（谷崎潤一郎氏の小説で名高い人）の子。
五　検非違使庁の役人。
六　今昔物語「清水ノ橋殿ニテ」（古本説話集も同じ）清水は京の東山の清水寺。
七　古本説話集「京わらべと」
八　（諍）あらそい。
九　東の端。
一〇　蔀戸（しとみど）の下部。
一一　古本説話集「風しぶかれて」（風が渋かれての意か）

## 五　長谷寺参籠ノ男預二利生一事**

今はむかし、父母《ちゝはゝ》もしうもなく、妻も子もなくてたゞ一人ある一二青侍《あをさぶらひ》ありけり。すべき方もなかりければ、「観音たすけ給へ。」とて、一三長谷《はせ》にまゐりて御前にうつぶし伏《ふし》て申けるやう、「此世にかくてあるべくば、やがて此御前にて一四ひじにに死《しに》なん。もし又おのづからなる便《たより》もあるべくば、そのよしの夢をみざらんかぎりは、出《いづ》まじ。」とて、うつぶしふしたりけるを、寺の僧みて、「こはいかなるもののかくては候ぞ。物食《くふ》所もみえず。かくうつぶしうつぶしたれば、寺のため一五けがらひいできて、大事に成《なり》なん。誰を師にはしたるぞ。いづくにてか物はくふ。」など問ひければ、「かくたよりなき物《もの》は、師もいかでか侍《はべ》らん。物たぶる所もなく、あはれと申人もなければ、佛の給はん物をたべて、佛を師とたのみ奉て候也《なり》。」とこたへければ、寺の僧どもあつまりて、「此事いと不便《ふびん》の事也《ことなり》。寺のために、あしかりなん。観音をかこち申人にこそあんなれ。是《これ》あつまりて、やしなひさぶらはせん。」とて、かはる〴〵物をくはせければ、もてくる物をくひつゝ、御前を立さらず候ける程に、一六三七日になりけり。三七日はてて、明《あけ》んとする夜の夢に、御帳《みちやう》より人のいでて、「此をのこ前世の罪の一七むくひをばしらで、観音をかこち申て、かくて候ふ事いと

** 今昔物語巻一六第二八話・古本説話集五八話・雑談集巻五「信智之徳事」中の話と同話。日本昔話集成、本格昔話、一五五「藁しべ長者」参照。
一二　若侍。
一三　大和国磯城郡(奈良県)初瀬にある長谷寺。本尊は十一面観音。
一四　(干死)　餓死。
一五　(穢らひ)　死の穢れ。
一六　三、七、二一日。
一七　古本説話集「むくい」

あやしき事也《ことなり》。さはあれども、申事のいとほしければ、いさゝかの事はからひ給りぬ。まづすみやかにまかりいでよ。まかり出《いで》んに、なにもあれ手にあたらん物をとりて、捨《すて》ずしてもちたれ。とく〳〵まかり出《いで》よ。」とおはるるとみて、はひおきて、[一]やくそくの僧のがりゆきて、物をうち食て、まかりいでける程に、大門にてけつまづきて、うつぶしにたほれにけり。おきあがりたるに、[二]あるにもあらず手ににぎられたる物を見れば、[三]わらすべといふ物たゞ一筋にぎられたり。『佛の[四]たぶ物にてあるにやあらん』と、いとはかなく思へども『佛の計《はか》らはせ給《たまふ》やうあらん』と思て、これを[五]手まさぐりにしつつ行程《いくほど》に、[六]蛸一《あぶひとつ》[七]ふめきて、かほのめぐりにあるを、うるさければ、木の枝ををりて拂《はらひ》すつれども、猶たゞおなじやうにうるさくふめきければ、とらへて腰をこのわらすぢにてひきくゝりて、枝のさきにつけてもたりければ、腰をくゝられて、ほかへは、えいかで、ふめき飛《とび》まはりけるを、長谷《はせ》にまゐりける女車の、前の簾《すだれ》をうちかづきてゐたる[八]ちごの、いとうつくしげなるが「あの男のもちたる物はなにぞ。かれこひて我にたべ。」と、馬にのりて、ともにあるさぶらひにいひければ、その侍《さぶらひ》「その持《もち》たる物《もの》、若公《わかぎみ》のめすにまゐらせよ。」といひければ、「佛のたびたる物に候へど、かく仰事候へば、まゐらせ候はん。」とて、とらせたりければ、「此男いとあはれなる男也《なり》。若公のめす物を、やすくまゐらせたる事。」といひて、[九]大柑子《だいかうじ》を、「これのどかわくら

一 約束の僧の許に行って。古本説話集「あれといひける僧のもとによりて」
二 覚えず。何となく。今昔物語「不意ニ」
三 八冊本「わらすぢといふ物」古本説話集「わらのすぢといふ物」今昔物語「見レバ藁ノ筋也」雑談集巻五「ワラシベノアルヲ」
四 賜ぶ。
五 手でもてあそぶこと。
六 古板本「[illegible]」古本説話集「あぶ」和名抄「蝱、字亦作レ虻、和名阿夫、齧レ人飛蟲也」
七 ぶんぶん音たてて。
八 (乳児) 児童。幼児。
九 大形の柑子(蜜柑)「オホカウジ」とも読むか。

ん。たべよ。」とて、三《みつ》いとかうばしき、みちのくに紙《がみ》につゝみてとらせければ、侍とりつたへてとらす。『藁一《ひと》すぢが大柑子三《みつ》になりぬる事』と思て、木の枝にゆひつけて、[一〇]かたにうちかけて行《ゆく》ほどに、『[一一]ゆゐある人の忍《しのび》てまゐるよ』とみえて、侍などあまたぐして、[一二]かちよりまゐる女房のあゆみこうじて、[一三]たゞたりにたりゐたるが、「のどのかわけば水のませよ。」とて、きえ入《いる》やうにすれば、ともの人々手《て》まどひをして、「ちかく水やある。」と、走《はしり》さわぎもとむれど水もなし。「こはいかがせんずる。[一四]御はたご馬《むま》にや、もしある。」と問へば、はるかにおくれたりとてみえず。[一五]ほと〳〵しきさまにみゆれば、まことにさわぎまどひて、しあつかふをみて、『のどかわきてさわぐ人よ』と[一六]みければ、やはらあゆみよりたるに、「こゝなる男こそ水のあり所はしりたらめ。此邊ちかく水のきよき所やある。」と問《とひ》ければ、「此四五町がうちには、きよき水候はじ。いかなる事の候にか。」と、とひければ、「あゆみこうぜさせ給て、御喉のかわかせ給て水ほしがらせ給に、水のなきが大事なれば、たづねぬるぞ。」といひければ、「不便《ふびん》に候ふ御事かな。水の所は遠くて、くみてまゐらば、[一七]程《ほど》へ候《さぶらひ》なん。これはいかが。」とて、つゝみたる柑子を三《みつ》ながらとらせたりければ、悦さわぎてくはせたりければ、それを食《くひ》てやうやう目を見あけて、「こはいかなりつる事ぞ。」といふ。「御のどかわかせ給て、水のませよとおほせられつるまゝに、[一八]御とのごもりいらせ給つれば、水

一〇　肩にかけて。
一一　由緒ある人。今昔物語には「品不レ賤ヌ人」
一二　徒歩で参る。
一三　今昔物語に「只垂（つかれ）ニ垂居タルヲ見レバ」「たる」は、ひだるくなる。疲労する。
一四　旅籠（はたご）を負う馬。旅籠は食料など旅行用具を入れた籠。
一五　古本説話集「ほと〳〵しきやうに見ゆれば」危急なさまに見えるので。
一六　古本説話集「見えければ」
一七　時間がかかるでしょう。
一八　お寝みになりましたので。気絶したことをいう。

もとめ候つれども、清き水の候はざりつるに、こゝに候男の、思かけぬに、その心をえて、この柑子を三《みつ》たてまつりたりつれば、まゐらせたるなり。」といふに、此女房、「我はさはのどかわきて絶《たえ》いりたりけるにこそ有《あり》けれ。水のませよといひつる計《ばかり》はおぼゆれど、其後の事は露《つゆ》おぼえず。此柑子えざらましかば、此野中にて[一]きえ入《いり》なまし。うれしかりける男かな。此男いまだあるか。」ととへば、「かしこに候。」と申《まうす》。「その男しばしあれといへ。いみじからん事ありとも、たえ入《いり》はてなば、かひなくてこそやみなまし。[二]男のうれしと思ふばかりの事は、かゝる旅にてはいかがせんずるぞ。くひ物《もの》はもちてきたるか。くはせてやれ。」といへば、「あの男しばし候へ。御はたご馬など[三]まゐりたらんに、物など食《くひ》てまかれ。」といへば、「うけ給《たまはり》ぬ。」とてゐたるほどに、はたご馬・[四]かはご馬などきつきたり。「など、かくはるかにおくれてはまゐるぞ。御はたご馬などは、つねにさきだつこそよけれ。[五]とみの事などもあるに、かくおくるゝはよき事かは。」などいひて、やがて[六]まんひき、たゝみなどしきて、「水遠《とほ》かんなれど、こうぜさせ給《たまひ》たれば、めし物はこゝにてまゐらすべき也《なり》。」とて、[七]夫《ぶ》どもやりなどして、水くませ食物しいだしたれば、此男にきよげにしてくはせたり。物をくふ〳〵『ありつる柑子なににかならんずらん。観音はからせ給事なれば、よもむなしくては、やまじ』と思ひゐたる程に、しろくよき布を[八]三《み》むらとりいでて、「これあの男にとらせよ。此

一　絶命したでしょうに。
二　男が嬉しいと思うほどのお礼は。
三　参ったら。
四　皮籠を負うた馬。
五　急な事。
六　幔幕を張り。「幔」は幕の類。
七　人夫ども。
八　三巻き。三反。今昔物語「三段」

柑子の[九]喜《よろこび》は、いひつくすべき方《かた》もなけれども、かゝる旅の道にては、うれしと思ふ計《ばかり》の事はいかがせん。是《これ》はたゞ[一〇]心ざしのはじめをみする也《なり》。京のおはしまし所は[一一]そこ〳〵になん。かならずまゐれ。此柑子の喜《よろこび》をばせんずるぞ。」といひて、布三《ぬのみ》むらとらせたれば、悦《よろこび》て布をとりて、『わらすぢが布三むらになりぬる事』と思て、腋にはさみてまかる程に、其日暮《くれ》にけり。[一二]道つらなる人の家にとゞまりて、明《あけ》ぬれば、鳥と共におきて行《ゆく》ほどに、日さしあがりて、[一三]辰《たつ》の時ばかりに、えもいはずよき馬にのりたる人、此馬を愛しつつ、道もゆきやらずふるまはする程に、『まことにえもいはぬ馬かな。これをぞ[一四]千貫《せんぐわん》がけなどはいふにやあらん。』とみるほどに、此馬にはかにたほれて、たゞ、しにゝしぬれば、[一五]主《ぬし》、我にもあらぬけしきにて、おりて立《たち》ゐたり。てまどひして、従者どもも鞍《くら》おろしなどして、「いかがせんずる。」といへども、かひなく、しにはてぬれば、手をうち、あさましがり[一六]泣《なき》ぬばかりに思たれど、すべき方なくて、あやしの馬のあるに乗《のり》ぬ。「かくてこゝにありともすべきやうもなし。我等はいなん。これ、ともかくもして、ひきかくせ。」とて、下《げ》すをとこを一人とゞめていぬれば、[一七]此男みて、『此馬わが馬にならんとて死ぬるにこそあんめれ。藁一すぢが柑子三《みつ》になりぬ。柑子三《みつ》が布三むらになりたり。此ぬのの馬になるべきなめり』と思て、あゆみよりて、此下《げ》す男にいふやう、「こはいかなりつる馬ぞ。」ととひければ、「[一八]みちのくによりえさせ給へる馬

九　謝礼。
一〇　志の一端。
一一　これこれの所です。
一二　路傍。
一三　午前八時頃。
一四　銭千貫かけて得た馬。古本説話集「千段（?）がけ」
一五　馬の持主。
一六　泣かんばかりに。
一七　「青侍」のこと。
一八　陸奥国。奥州。今の東北地方の称。

なり。よろづの人のほしがりて、あたひもかぎらず買《かは》んと申《まうし》つるをも、をしみて、[一]はなち給はずして、[二]けふかくしぬれば、[三]そのあたひ[四]少分をもとらせ給はずなりぬ。おのれも皮をだに、はがばやと思へど、旅にてはいかがすべきと思て、まもり立て侍《はべる》なり。」といひければ、「その事也《ことなり》。いみじき御馬かなと見侍りつるに、はかなく、かくしぬる事、命《いのち》ある物はあさましき事也《なり》。まことに旅にては、[五]皮はぎ給《たまひ》たりとも、えほし給《たまふ》まじ。おのれは此邊に侍《はべ》れば、皮はぎてつかひ侍らん。[六]えさせておはしね。」と、此布を一むらとらせたれば、男『思はずなる所得《せうとく》したり』と思て、『[七]おもひもぞかへす』とや思ふらん、布をとるまゝに、見だにもかへらず、はしりいぬ。[八]男よくやりはてて後、手かきあらひて、[九]はせの御方にむかひて、「此馬を[一〇]いけて給はらん。」と念じゐたる程に、此馬、目を見《み》あくるまゝに、頭をもたげておきんとしければ、やはら手をかけておこしぬ。うれしき事限《かぎり》なし。おくれてくる人もぞある。又ありつる男もぞくるなどあやふくおぼえければ、やう〳〵かくれのかたに引入《ひきいれ》て、時うつるまでやすめて、もとのやうに心ちもなりにければ、人のもとに引《ひき》もてゆきて、その布一《ひと》むらして、轡《くつわ》やあやしの鞍《くら》にかへて馬に乗《のり》ぬ。[一一]京ざまにのぼるほどに、[一二]宇治わたりにて日くれにければ、その夜は人のもとにとまりて、今一むらの布《ぬの》して、馬の草・わが食物などにかへて、其夜はとまりて、[一三]つとめていとどく京ざまにのぼりければ、[一四]九條わたりなる人の家に、物

一　手放し。
二　今日かように死んだので。
三　今昔物語「其ノ直（あたひ）一匹ヲダニ不レ取シテ止ヌ」
四　少しばかり。「多分」の反対。
五　今昔物語「皮剝テモ忽マチニ干得難カリナム」
六　（私に）譲っていらっしゃい。
七　侍が気変りでもするか。
八　従者の男を十分やりすごして後。
九　長谷寺観音のいます方角に向って。
一〇　生かして。
一一　京方面に。
一二　山城国久世郡（京都府）の宇治辺。
一三　翌朝。早朝。
一四　九条は京の南端を東西に通った大路。

へいかんずるやうに立《たち》さわぐ所あり。『此馬京にゐて行きたらんに、見しりたる人ありて、「ぬすみたるか。」などいはれんも一五よしなし。一六やはら是を賣《うり》てばや』と思て、『かやうの所に馬《むま》など一七用《よう》なる物ぞかし』とて、おり走てよりて、「もし馬などや買《かは》せ給ふ。」ととひければ、『馬かな』と思《おもひ》けるほどに、此馬をみて、「いかがせん。」とさわぎて、「一八只今かはりぎぬなどはなきを、この一九鳥羽《とば》の田や米などには、かへてんや。」といひければ、『中々きぬよりは第一の事也《なり》』と思て、「きぬや錢《ぜに》などこそ用には侍《はべ》れ。おのれは旅なれば、田ならば何《なに》にかはせんずると思給ふれど、馬の御用あるべくば、たゞ仰にこそしたがはめ。」といへば、此馬にのり、二〇心みばせなどして、「たゞ思《おもひ》つるさま也《なり》。」といひて、此鳥羽のちかき田三町、稲すこし米などとらせて、二一やがて此家をあづけて、「おのれもし命《いのち》ありて歸《かへり》のぼりたらば、其時返しえさせ給へ。のぼらざらんかぎりは、かくてゐ給へ。もし又命たえて、なくもなりなば、やがてわが家《いへ》にして居給へ。子も侍らねば、とかく申人もよも侍らじ。」といひて、あづけてやがてくだりにければ、その家に入居《いりゐ》て、えたりける米稲など取おきて、たゞひとりなりけれど、食物ありければ、かたはらそのへんなりける下《げ》すなどいできて、つかはれなどして、たゞ二二ありつき居つきにけり。二月計《ばかり》の事なりければ、そのえたりける田を、なからは人に作らせ、いまなからは我《わが》れうにつくらせたりけるが、人のかたのもよけれども、それ

一五　つまらない。
一六　そろそろこれを売ってしまいたい。「やはら」古本説話集は「やをら」
一七　「用なる」は「用ある」の誤りかという。古本説話集「ようする」今昔物語集「要スル」
一八　古本説話集は「たゞいま、きぬなどなむなきを」「かはりぎぬ」は、「代金に用いる絹」か。
一九　今昔物語には「此ノ南ノ田居ニ有ル田ト米少トニハ替テヤ」
二〇　試しに走らせること。
二一　そのまま。
二二　住みついてしまった。

は世のつねにて、一おのれがぶんとて作《つくり》たるは、ことの外おほくいできたりければ、稲おほく刈《かり》おきて、それよりうちはじめ、風の吹《ふき》つくるやうに徳つきて、二いみじきとく人《にん》にてぞありける。その家あるじも、三おとせずなりにければ、其家も我物にして、子孫などいできて、ことほかに、さかえたりけるとか。

## 六 小野宮大饗ノ事、付西宮殿・富小路大臣等大饗ノ事*

今は昔、四小野宮殿《をののみやどの》の大饗《だいきやう》に、五九條殿の御贈物にし給たりける女の装束《さうぞく》に、そへられたりける紅《くれなゐ》の六打《うち》たるほそながを、心なかりける七御前《みさき》の取《とり》はづして、八遣水《やりみづ》に落し入《いれ》たりけるを、則《すなはち》とりあげてうちふるひければ、水ははしりてかわきにけり。そのぬれたりけるかたの袖の、つゆ水にぬれたるともみえで、おなじやうに、九うちめなどもありける。むかしは打《うち》たる物は、かやうになんありける。

又一〇西宮殿の大饗に、「小野宮殿を一一尊者におはせよ。」とありければ、「年老《としおい》腰いたくて、庭の拜《はい》えすまじければ、えまうづまじきを、雨ふらば庭の拜もあるまじければ、まゐりなん。ふらずば、えなんまゐるまじき。」と、御返

一 古本説話集「をのれがれうとなづけたりける、ことのほかに……」
二 すぐれた富人。富豪。
三 音せず。消息なく。
* 三段から成り、第一の小野宮殿の大饗の事は今昔物語巻二四第三話にも見えるが、第二の西宮殿大臣の大饗の事は、今見当らない。第三の富小路大臣の大饗の事は古事談巻二にも見える話。
四 藤原実頼。貞信公忠平の一男。従一位摂政太政大臣。安和三年逝。年七一。
五 藤原師輔。忠平の二男。正二位右大臣。天徳四年逝。年五三。
六 打って光沢を出した細長（女の服）。源氏物語、末摘花「無紋の桜の細長」
七 今昔物語「御前駈」
八 庭に流し入れた流。
九 （打目）打った痕。
一〇 源高明。醍醐帝の皇子。天元五年逝。年六九。
一一 大饗の時の客人の上座の者。高位の長者が選ばれる。

事のありければ、雨ふるべきよし、いみじく祈給《いのりたまひ》けり。そのしるしにやありけん、その日になりて、わざとはなくて、[一二]空くもりわたりて雨そゝぎければ、小野宮殿は、脇よりのぼりておはしけり。中嶋に、[一三]大《おほき》に木《こ》だかき松一本たてりけり。その松をみとみる人、[一四]「藤のかゝりたらましかば。」とのみ、みつゝいひければ、この大饗の日は、[一五]む月《つき》の事なれども、藤の花いみじくをかしくつくりて、松の木末《こずゑ》よりひまなうかけられたるが、[一六]時ならぬ物はすさまじきに、これは空のくもりて雨のそぼふるに、いみじくめでたう、をかしうみゆ。池のおもてに影のうつりて、風の吹けば、水のうへもひとつになびきたる、まことに藤波といふ事は、これをいふにやあらんとぞみえける。

又後の日、[一七]富小路《とみのこうぢ》のおとゞの大饗に、御家のあやしくて、所々の[一八]しちらひ、わりなくかまへてありければ、人々も「みぐるしき大饗かな。」と思《おもひ》たりけるに、日暮《くれ》て事やうやう、はてがたになるに、[一九]引出《ひきで》物《もの》の時になりて、東の廊《らう》のまへにひきたる幕《まく》のうちに、引出物ノ馬を引立《ひきたて》てありけるが、幕のうちながらいなゝきたりけるこゑ、空をひゞかしけるを、人々「いみじき馬の聲かな。」とききける程に、幕柱を蹴《け》折《をり》て、[二〇]口とりをひきさげていでくるをみれば、黒栗毛《くろくりげ》なる馬の、[二一]たけ八きあまりばかりなる、ひらにみゆるまで身ふとく肥《こえ》たる、[二二]かいこみがみなれば、額《ひたひ》のもち月《つき》のやうにて、しろくみえければ、見てほめのゝしりけるこゑ、かしがましきまでなん、きこえける。馬のふるま

一二　寝殿前の池の中に築かれた島。
一三　八冊本「大木の高き松」
一四　（見と見る人）見るすべての人。
一五　睦月。正月。
一六　時節外れのものは殺風景であるのに。
一七　藤原顕忠。時平の二男、従二位右大臣。康保二年逝。年六八。
一八　（しつらひ）設備。古板本「しつらひも」
一九　贈物。
二〇　馬の口を取る者（馬丁）
二一　身長四尺八寸余、「き」は寸。馬の身長は四尺を基準としてそれ以上を「寸」で数える。
二二　「刈り込み髪」か。古事談「毛ツルメナル馬」（毛深い馬？）

ひ・[一]おもだち・[二]尾ざし・足つきなどの、「こゝは。」とみゆる所なくつき〴〵しかりければ、家の[三]しちらひの、みぐるしかりつるもきえて、めでたうなんありける。さて世の末までもかたりつたふる也《なり》けり。

## 七　式成・満・則員等三人被ルルレ召サ二瀧口ノ弓藝一ニ事

是も今はむかし、鳥羽院位《くらゐ》の御時、[四]白河院の[五]武《む》者所《さどころ》の中に、宮道式成《みやちの[六]のりなり》・源《の》満《みつる》・則員《のりかず》、ことに的弓《まとゆみ》の上手なりと、そのときゝこえありて、鳥羽院位の御時の[七]瀧口《たきぐち》に、三人ながらめされぬ。こゝろみあるに、大かた一度もはづさず。これをもてなし興《きよう》ぜさせ給《たまふ》。或時三尺五寸の的をたびて、「これが[八]第二のくろみ、射おとして[九]持《も》てまゐれ。」と仰あり。[一〇]巳時《みのとき》に給はりて、[一一]未時《ひつじのとき》に射おとしてまゐれり。[一二]いたつき三人の中に[一三]三手《みて》なり。「矢とりて矢取の歸《かへ》らんをまたば、程《ほど》へぬべし。」とて、殘《のこり》の輩《ともがら》、我と矢を走《はしり》たちて、とり〴〵して、立《たち》かはり立かはり射程《いるほど》に、[一四]未のときのなからばかりに、第二のくろみを射《い》めぐらして、射おとして持《も》てまゐれりけり。「これすでに、[一五]やうゆうがごとし。」と、時の人ほめのゝしりけるとかや。

一　顔だち。
二　古板本「尻ざし」
三　古板本「しつらひ」
四　白河殿。山城国愛宕郡（京都府）にあった。
五　院（上皇）御所を警護する下北面（げほくめん）の武者の詰所。
六　八冊本「ノリシゲ」
七　蔵人所の下司で、六位の侍の武勇に秀れた者を任じる。
八　古板本「第一」
九　古板本「持て参られよ」「れ」は「せ」の誤りか。
一〇　今の午前一〇時。
一一　今の午後二時。
一二　鏃の頭を平らにした稽古矢。和名抄「平題箭、鏃不レ鋭謂二之平題一和名以多都岐、題鏑レ頭也」
一三　矢三対。六本の矢。古板本「上手」
一四　未の時半頃。今の午後三時頃。
一五　（養由）中国の周代の弓の名人。史記、周紀「楚有二養由基者一、善レ射者也、去二柳葉一百歩而射レ之、百発而百中レ之」

# 巻第八

## 一　大膳大夫以長前駈之間事

これもいまはむかし、[16]橘大膳亮大夫《だいぜんのすけたいふ》以長《もちなが》といふ藏人《くらうと》の五位ありけり。[17]法勝《ほつしよう》寺《じ》[18]千僧供養に、鳥羽院御幸《ごかう》ありけるに、[19]宇治左大臣まゐり給《たまひ》けり。さきに公卿の車行《ゆき》けり。しりより[20]左府《さぶ》まゐり給《たまひ》ければ、[21]車をおさへてありければ、御前の隨身《ずゐじん》おりてとほりけり。それにこの以長《もちなが》一人おりざりけり。いかなる事にかとみる程《ほど》に、[22]とほらせ給《たまひ》ぬ。さて歸らせ給て、「いかなる事《こと》ぞ。公卿あひて禮節して車をおさへたれば、御前の隨身みなおりたるに、[23]未練《みれん》の物こそあらめ、以長おりざりつるは。」とおほせらる。以長申すやう、「こはいかなる仰にか候らん。禮節と申候は、前《まへ》にまかる人、しりより御出なり候はば、車を遣返《やりかへ》して、御車にむかへて牛をかきはづして、榻《しぢ》に[24]くび木をおきて、とほしまゐらするをこそ禮節とは申候に、さきに行《ゆく》人、車をおさへ候とも、しりをむけまゐらせて、とほしまゐらするは、禮節にては候《さぶら》はで、無禮をいたすに候とこそ見えつれば、[25]さらん人には、[26]なんでふおり候はんずるぞと思《おもひ》て、

一六　巻五第三話参照。
一七　京都洛東白河にあって六勝寺（法勝・尊勝・円勝・最勝・成勝・延勝）の一。
一八　千人の僧に斎（とき）を設けて供養すること。千僧会。
一九　藤原頼長。
二〇　左大臣の唐名。宇治大臣頼長の事。
二一　（宇治左大臣に敬意を表して）前に行く公卿が牛車を控えて停めたので、左大臣の御前駆の随身が馬をおりて通った。
二二　左大臣は……。古板本「かへらせ給ぬ」
二三　未熟者ならばともかく老練な以長が……。
二四　軛。轅（ながえ）の端の横木。牛の頸にかけるもの。
二五　そんな人には。
二六　何だって。

おり候はざりつるに候ふ。あやまりてさも候はば、[一]打《うち》よせて一《ひと》こと葉《ば》申さばやと思候《おもひさぶらひ》つれども、以長年老候《としおいさぶらひ》にたれば、[二]おさへて候つるに候。」と申ければ、左大臣殿、「いさ、この事いかがあるべからん。」とて、[三]あの御方に「かかる事こそ候へ。いかに候はんずる事ぞ。」と申させ給《たまひ》ければ、「以長ふるさぶらひに[四]候《さぶらひ》けり。」とぞ仰事《おほせごと》ありける。むかしはかきはづして、榻《しぢ》をば轅《ながえ》の中に[五]おりんずるやうにおきけり。これぞ禮節にてあんなるとぞ。

## 二　下野武正大風雨ノ日参二法性寺殿一事

是も今はむかし、[六]下野武正《しもつけのたけまさ》といふ舎人《とねり》は[七]法性寺殿に候けり。あるをり、大風大雨ふりて、京中の家みな[八]こぼれやぶれけるに、[九]殿下、近衛殿におはしましけるに、[一〇]南面《みなみおもて》のかたに、のゝしるもののこゑしけり。誰ならんとおぼしめしてみせ給《たまふ》に、武正、[一一]あかかうのかみしもに蓑笠《みのかさ》を著て、みののうへに縄《づな》を帯にして、[一二]ひがさのうへを、又[一三]おとがひになはにてからげつけて、[一四]かせ杖をつきて走《はしり》まはりておこなふなりけり。大かたそのすがた、[一五]おびたゞしく、にるべき物なし。殿、南《みなみ》おもてへいでて御簾より御らんずるに、あさましくおぼしめして、御馬をなんたびける。

一　馬を打ち寄せて。
二　差控えていたのです。古板本「をさへてうつるに候」
三　かの公卿の御方。傍註に「富家殿」とある。これは頼長の父藤原忠実。
四　古板本「に候けりとぞ仰事ありける。むかしはかきはづして榻をば」を脱す。
五　下車しようとするように。

六　巻四第一〇話参照。
七　関白藤原忠通。
八　壊れ破れ。
九　法性寺殿（忠通）をさす。
一〇　古板本「南西」
一一　赤香（赤に黄色を帯びた染色）の上下（上衣と下袴）。
一二　直垂の上下。
一三　(頤) あご。
一四　杖の頭が撞木（しゅもく）の形をして桛（かせ）に似たもの。鹿杖。
一五　ことごとしく仰山で。

## 三　*信濃國聖ノ事

　今はむかし、信濃國に[一六]法師ありけり。さる田舍にて法師になりにければ、まだ受戒《ずかい》もせで、『いかで京にのぼりて、[一七]東大寺といふ所にて受戒せん』と思《おもひ》て、とかくしてのぼりて受戒してけり。さてもとの國へ歸らんと思《おもひ》けれども『よしなし。さる無佛世界のやうなる所に歸らじ。ここにゐなん』とおもふ心つきて、東大寺の佛の御《み》まへに候《さぶらひ》て、『いづくにか行《ぎやう》じて、のどやかに住《すみ》ぬべき所ある』と、よろづの所を見まはしけるに、[一八]坤《ひつじさる》のかたにあたりて山かすかにみゆ。そこにおこなひてすまむと思《おもひ》て行《ゆき》て、山の中にえもいはず行ひて過《すご》す程に、すゞろに[一九]ちひさやかなる厨子佛《づしぼとけ》を[二〇]おこなひいだしたり。毗沙門《びしやもん》にてぞおはしましける。そこにちひさき堂をたてて、すゑたてまつりて、えもいはず行ひて年月をふる程《ほど》に、[二一]此山のふもとに[二二]いみじき下《げ》す徳人《とくにん》ありけり。そこに[二三]聖《ひじり》の鉢《はち》はつねに飛行《とびゆき》つゝ、物は入《いり》てきけり。大《おほき》なる[二四]あぜ倉《くら》のあるをあけて物とりいだす程に、此鉢飛《とび》て例の物こひにきたりけるを、「例の鉢きにたり。[二五]ゆゝしく、ふくつけき鉢よ。」とて、取《とり》て倉のすみになげおきて、とみに物もいれざりければ、鉢は待《まち》ゐたりける程に、[二六]物どもしたゝめはてて、此鉢をわすれて、物もいれず、とりもいださで、倉の戸をさして主歸《ぬしかへり》ぬる程に、

*　古本説話集六五話・信貴山縁起と同話。今昔物語巻一一第三六話にはこの前半が見える。「諸寺略記」参照。

一六　僧侶。信貴山縁起「命蓮上人」今昔物語「名ヲバ明練ト云フ常陸ノ国ノ人也」

一七　奈良にある寺。

一八　西南方。

一九　厨子に安置する小さな仏像。

二〇　修行して見出した。

二一　信貴山縁起に「この山のあなた、山崎といふ所に」

二二　身分が賤しくて富んだ人。

二三　験者が鉢を飛ばす霊験の事は巻一三第一二話に見える。

二四　（校倉）三角材を組んで作った蔵。

二五　いまいましく、欲ばりな鉢だな。

二六　倉中の物々をかたづけ終えて。

とばかりありて、この藏《くら》[一]すゞろにゆさ〳〵とゆるぐ。「いかに〳〵。」と見さわぐ程にゆるぎ〳〵て、土より一尺計《ばかり》ゆるぎあがる時に、「こはいかなる事ぞ。」とあやしがりてさわぐ。「まこと〳〵、ありつる鉢をわすれて、とりいでずなりぬる、それがしわざにや。」などいふ程に、この鉢、藏よりもりいでて、此鉢に藏のりて、たゞのぼりに空《そら》ざまに一二丈ばかりのぼる。さて飛行《とびゆく》ほどに、人々見のゝしり、[二]あさみさわぎあひたり。藏のぬしもさらにすべきやうもなければ、「此倉のいかん所をみん。」とて、尻《しり》にたちてゆく。そのわたりの人々も皆はしりけり。さてみれば、やう〳〵飛《とび》て、[三]河内國に此聖《ひじり》のおこなふ山の中に飛行《とびゆき》て、聖の[四]坊のかたはらにどうとおちぬ。いとゞあさましと思《おもひ》て、さりとてあるべきならねば、この藏《くら》ぬし、聖のもとによりて申やう、「かかるあさましき事なんさぶらふ。此鉢のつねにまうでくれば、物入《いれ》つゝまゐらするを、けふ、[五]まぎらはしく候《さぶらひ》つる程に、倉に[六]うちおきてわすれて、とりもいださで、じやうをさして候《さぶらひ》ければ、この藏たゞゆるぎにゆるぎて、こゝになん飛《とび》てまうできておちて候。此くら返し給候《たまひさぶら》はん。」と申時《まうすとき》に、「まことにあやしき事なれど、飛《とび》てきにければ、藏はえ返しとらせじ。こゝにかやうの物もなきに、おのづから物をもおかんによし。[七]中ならん物《もの》はさながらとれ。」と、の給へば、ぬしのいふやう、「いかにしてか、たちまちには、はこびとり返さん。せん石《ごく》つみて候也《なり》。」といへば、「それはいとやすき事也《なり》。

一 不意に。
二 驚嘆し騒ぎ合った。
三 信貴山縁起・今昔物語は「大和国」信貴山は大和国（奈良県）と河内国（大阪府）に跨がり、中腹に観喜院朝護国孫子寺があり、信貴の毘沙門という。
四 僧の宿舎。
五 多忙にまぎれていましたうちに。
六 ちょっと置いて。
七 中味はそのままそっくり取れ。

たしかに我《われ》はこびてとらせん。」とて、此鉢に一俵《いつぺう》を入《いれ》て飛《とば》すれば、鴈《かり》などのつゞきたるやうに、のこりの俵どもつゞきたる、むらすゞめなどのやうに飛《とび》つゞきたるをみるに、いとゞあさましく、たふとければ、ぬしのいふやう、「しばし、[八]みな、なつかはしそ。米[九]二三百はとゞめてつかはせ給へ。」といへば、聖「あるまじき事也《なり》。それこゝにおきては、なににかはせん。」といへば、「さらば、たゞ[一〇]つかはせ給計《たまふばかり》、十・廿をもたてまつらん。」といへば、「さまでも入《いる》べき事のあらばこそ。」とて、主の家にたしかにみなおちゐにけり。かやうにたふとく行《おこなひ》てすぐす程に、[一一]其比延喜《えんぎ》の御門《みかど》おもくわづらはせ給《たまひ》て、さま〳〵の御祈《おんいのり》ども[一二]御修法《みしほふ》御讀經《みどきやう》などよろづにせらるれど、[一三]更に、えおこたらせ給はず。ある人の申やう、「河内《かふち》の信貴《しぎ》と申所に、此年來《このとしごろ》行《おこなひ》て里へ出《いづ》る事もせぬ聖候也《ひじりさふらふなり》。それこそいみじくたふとく、[一四]しるしありて鉢を飛《とば》し、さてゐながらよろづありがたき事をし候なれ。それを召《めし》て祈《いのり》せさせ給はば、おこたらせ給《たまひ》なんかし。」と申せば、「[一五]さらば。」とて、藏人を御使にて、めしにつかはす。いきてみるに、聖のさま、ことに貴くめでたし。「かうかう宣旨《せんじ》にてめす也《なり》。とく〳〵まゐるべき。」由《よし》いへば、聖「なにしにめすぞ。」とて、更にうごきげもなければ、「かう〳〵[一六]御悩《ごなう》大事におはします。祈《いのり》まゐらせ給へ。」といへば「それはまゐらずとも、[一七]こゝながら祈まゐらせ候はん。」といふ。「さては、もしおこたらせおはしたりとも、いかでか[一八]聖のしるしと

八　皆遣わすな。原本「みなつかはしそ」今、古板本・古本説話集による。
九　古板本「二三百石」
一〇　お使いになるほど、一〇石でも二〇石でも差上げましょう。
一一　醍醐天皇。延喜はその時の年号。
一二　仏式の御祈禱。
一三　一向に快くおなりにならない。「怠る」は「病気が快くなり行く」こと。
一四　(験)げん。効験。
一五　古本説話集「さはとて」
一六　御病気が危篤で。
一七　ここにいながら。
一八　お坊さんの祈りの効験とは知られよう。

は、しるべき。」といへば、「それが、たがしるしといふ事しらせ給はずとも、[一]御心ちだにおこたらせ給《たまひ》なばよく候《さぶらひ》なん。」といへば、藏人「さるにても、いかでかあまたの御祈の中にも、そのしるしとみえんこそよからめ。」と言《いふ》に、「さらば祈《いのり》まゐらせんに、[二]劔《つるぎ》の護法をまゐらせん。おのづから御夢にもまぼろしにも御らんぜば、[三]さとはしらせ給へ。劔《けん》を[四]あみつゝ、きぬにきたる護法也《なり》。我は更に京へは、えいでじ。」といへば、敕使歸《かへり》まゐりて「かうかう。」と申程《ほど》に、[五]三日といふひるつかた、ちとまどろませ給ふともなきに、きらきらとある物の、みえければ、いかなる物にかとて御覽ずれば、あの聖のいひけん劔の護法なりとおぼしめすより、御心地さわさわとなりて、いさゝか心ぐるしき御事もなく、[六]例《れい》ざまにならせ給《たまひ》ぬ。人々悦て、聖をたふとがりめであひたり。御門《みかど》もかぎりなくたふとくおぼしめして、人をつかはして、「僧正・僧都にやなるべき。又その寺に[七]庄などや[八]よすべき。」と仰《おほせ》つかはす。聖うけ給はりて、「僧都・僧正更に候まじき事也《なり》。又かゝる所に庄などよりぬれば、[九]別當なにくれなどいできて、中々むつかしく罪《つみ》得がましく候。たゞかくて候はん。」とて、やみにけり。かかる程《ほど》に、この聖の姉ぞ一人ありける。『此聖、受戒せんとてのぼりしまゝ見えぬ、かうまで年比《としごろ》みえぬは、いかになりぬるやらん。おぼつかなきに尋《たづね》てみん』とて、のぼりて、東大寺・[一〇]山階《やましな》寺《でら》のわたりを「[一一]まうれんこいんといふ人やある。」と尋ぬれど、「しらず。」

一　御病気さえよくおなりになったらそれでいいでしょう。
二　次に「劔を編みつゝ衣に着たる護法」信貴山縁起にその像が描かれている。護法は仏法守護の天童。巻一第九話参照。
三　そうだとは御承知下さい。
四　信貴山縁起には「あみつゞけて」
五　三日目の昼頃。
六　平常どおりに。
七　庄園。私領地。寺領地。
八　寄進すべき。
九　別当（管理者）や何の役など出来て、かえって煩わしく。
一〇　興福寺。大和国生駒郡（奈良県）にある。
一一　明（命）練（蓮）小院か。古本説話集「命れむこゐ」今昔物語「明練」諸寺略記「聖人明蓮」元亨釈書「釈明蓮」

とのみいひて、「しりたる。」といふ人なし。尋《たづね》わびて、『いかにせん。これが行《ゆく》へききてこそ歸らめ』と思て、その夜、東大寺の大佛の御前にて、「此まうれんがあり所をしへ給へ。」と、[一二]夜《よ》一夜《ひとよ》申て、うちまどろみたる夢に、この佛、仰らるゝやう、「尋ぬる僧のあり所は、これより[一三]ひつじさるのかたに山あり。其山に雲たなびきたる所に行《ゆき》て尋《たづね》よ。」と仰らるゝと見て、さめたれば、曉《あかつき》方《がた》に成《なり》にけり。いつしか、とく夜の明《あけ》よかしと思て見ゐたれば、ほのぼのと明《あけ》がたになりぬ。ひつじさるのかたを見《み》やりたれば、山かすかにみゆるに、紫の雲たなびきたり。うれしくて、そなたをさして行《ゆき》たれば、まことに堂などあり。[一四]人ありとみゆる所へよりて「まうれんこいんやいまする。」といへば、「[一五]たそ。」とていでてみれば、信濃なりしわが姉也《なり》。「こはいかにして尋《たづ》ねいましたるぞ。思かけず。」といへば、ありつる有様をかたる。「さていかにさむくておはしつらん。これをきせたてまつらんとて、もたりつる物也《なり》。」とて、ひきいでたるをみれば、[一六]ふくたいといふ物《もの》を、なべてにも似ず、ふときいとして、あつ〳〵とこまかにつよげにしたるをもてきたり。悦てとりてきたり。もとは紙ぎぬ[一七]一重《ひとへ》をぞきたりける。さていとさむかりけるに、これをしたにきたりければ、あたゝかにてよかりけり。さておほくの年ごろおこなひけり。さてこの姉の尼ぎみも、もとの國へ歸《かへら》ず、とまりゐて、そこにおこなひてぞありける。さておほくの年比《としごろ》此ふくたいをのみきて行ひければ、

一二　一晩中祈念申して。
一三　（坤）西南方。
一四　古本説話集「人のけしきみゆるところ」古板本には「人あり」を脱す。
一五　誰れぞ。誰れか。
一六　古本説話集には「たいといふもの」とある。倭名抄僧坊具「玄奘三蔵表云、衲袈裟一領、俗云、能不（のふ）、一云太比（たひ）」服体（倭訓栞）・腹帯（野村博士）・福衲（川口久雄氏）などの漢字が当てられる。胴着の類ではあろう。
一七　紙衣。紙子（かみこ）の類。

はてには、やれ〳〵[一]ときなしてありけり。鉢にのりてきたりし藏をば飛くらとぞいひける。その藏にぞ、ふくたいのやれ[二]などは、をさめて、まだあんなり。其やれのはしをつゆ計《ばかり》など、おのづから緣にふれてえたる人はまもりにしけり。その藏も朽《くち》やぶれていまだあんなり。その木のはしを、露計《ばかり》[三]えたる人はまもりにし、毗沙門を作りたてまつりて持《もち》たる人は、かならず德つかぬはなかりけり。されば、きく人緣を尋て、其倉の木のはしをば買《かひ》とりけり。さて信貴《しぎ》とて、えもいはず驗《しるし》ある所にて、今に人々あけくれまゐる。この毗沙門は、まうれん聖《ひじり》のおこなひいだしてたてまつりけるとか。

## 四　[*]敏行朝臣ノ事

是も今はむかし、[四]敏行《としゆき》といふうたよみは手をよく書《かき》ければ、これかれがいふにしたがひて、法華經《ほけきやう》を二百部計書《ばかりかき》たてまつりたりけり。かかる程に俄に死《しに》にけり。『我はしぬるぞ』とも思はぬに、俄《にはか》にからめて引《ひき》はりてゐて[五]行《ゆけ》ば、[六]『我計《ばかり》の人を大《おほ》やけと申《まうす》とも、かくせさせ給《たまふ》べきか。心えぬわざかな』と思て、からめて行《ゆく》人に、「これはいかなる事ぞ。なに事のあやまりにより、かくばかりのめをばみるぞ。」ととへば、「[七]いさ我はしらず。『たしかに、めしてこ』と仰を承《うけたまはり》て、ゐてまゐるなり。[八]そこは法華經や、かきたてまつりた

一　破れ破れ（ぼろぼろ）と着なして。
二　破れ。破片。
三　福德（富）のつかない人は。
*　今昔物語巻一四第二九話と同話。十訓抄第六第二七話は簡略。
四　藤原敏行。富士麿の子。従四位上・左近衛少将・右兵衛督。能書家・歌人。今昔物語では「左近衛ノ少将橘ノ敏行」（橘敦行の子、左近衛少将・能書家、歌人）とあるが、藤原敏行の方が時代があう。
五　ゐ（率）て行くので。
六　自分ほどの官位の人を。古板本「出行ば」
七　いや私は知らない。
八　そこもと。汝。

る。」ととへば「しかぐ書《かき》たてまつりたり。」といへば、「我《わが》ためにはいくらか書《かき》たる。」ととへば、「我ためとも侍《はべ》らず。たゞ人のかかすれば、二百部計《ばかり》かきたるらんとおぼゆる。」といへば、「その事の九うれへいできて、さたのあらんずるにこそあめれ。」と計《ばかり》いひて、又こと事もいはで行程《ゆくほど》に、あさましく人のむかふべくもなく、おそろしといへばおろかなる物《もの》の、眼《まなこ》をみれば、いな光《びかり》のやうにひらめき、口は一〇ほむらなどのやうにおそろしきけしきしたる軍《いくさ》の鎧冑《よろひかぶと》きて、えもいはぬ馬に乗《のり》つゞきて二百人計《ばかり》あひたり。みるに、肝《きも》まどひ、たふれふしぬべき心ちすれども、我にもあらずひきたてられてゆく。さて此軍は先立《さきだち》ていぬ。我《われ》からめて行《ゆく》人に、「あれはいかなる軍ぞ。」ととへば、「えしらぬか。これこそ汝に經《きやう》あつらへて、かかせたる物《もの》どもの、經の功徳によりて、天にもむまれ一一極樂にも参り、又人に生歸《むまれかへ》るとも、よき身ともむまるべかりしが、汝がその經書《かき》たてまつるとて、魚をもくひ女にもふれて、一二きよまはる事もなくて、心をば女のもとにおきて書《かき》たてまつりたれば、其功徳のかなはずして、かく一三いかう武《たけ》き身にむまれて、汝を一四ねたがりて、『よびて給はらん。そのあた報ぜん』とうれへ申せば、一五此たびは、道理にてめさるべきたびにあらねども、この愁《うれへ》によりてめさるゝ也《なり》。」といふに、身もきるるやうに心もしみこほりて、これをきくに死ぬべき心ちす。「さて我をばいかにせんとて、かく申ぞ。」ととへば、「おろかにもとふ哉《かな》。その持《もち》たりける

九　愁訴。訴訟。

一〇　（火群）火焔。

一一　原本「極楽にも参り、又人に生」を脱す。古板本によった。

一二　潔斎する。

一三　「鹹（いか）く」の音便か。ただし今昔物語には「嗔（イカリ）ノ高キ身」とある。

一四　恨しく思って。

一五　この度は道理上、当然召さるべき時機ではないが。今昔物語「此ノ度ハ可レ被レ召ベキ道理ニ非ズト云ヘドモ」

太《た》刀刀《ちかたな》にて、汝が身をばまづ二百にきりさきて、各一《ひと》きれづつとりてんとす。其二百のきれに、汝が心もわかれて、きれごとに心のありて、[一]せためられんにしたがひて、かなしくわびしきめをみんずるぞかし。たへがたき事たとへんかたあらんやは。」と云《いふ》。「さてその事をば、いかにしてか、たすかるべき。」といへば、「更に[二]我も心も及ばず。ましてたすかるべき[三]事はあるべきにあらず。」といふに、あゆむそらなし。又ゆけば、大なる川あり。その水をみれば、こくすりたる墨の色にて流《ながれ》たり。「あやしき水の色哉《かな》。」とみて、「これはいかなる水なれば墨の色なるぞ。」ととへば、「しらずや。これこそ汝が書《かき》奉《たてまつり》たる法華經の墨の、かく流るゝよ。」といふ。「それはいかなれば、かく[四]川にてながるゝぞ。」ととふに、「[五]心のよく誠《まこと》をいたして清く書《かき》たてまつりたる經は、さながら[六]王宮にをさめられぬ。汝が書奉たるやうに、心きたなく身けがらはしうて書奉たる經は、ひろき[七]野にすておきたれば、その墨の雨にぬれて、かく川にて流るゝ也《なり》。此川は汝が書奉たる經の墨の川なり。」といふに、いとゞおそろしともおろか也《なり》。「さてもこの事は、いかにしてか助かるべき事ある。をしへて助給へ。」と泣ゝ《なくく》いへば、「いとほしけれども、[八]よろしき罪ならばこそは、たすかるべきかたをもかまへめ。これは心もおよび、口にてものぶべきやうもなき罪なれば、いかがせん。」といふに、ともかくもいふべき方《かた》なうて、いく程に、おそろしげなる物はしりあひて、「おそくゐてまゐ

一 古板本「せめられむに随て」

二 今昔物語「我ガ心ニ不レ及ズ」

三 古板本「ちから」

四 川となって。

五 「よく」は「きよく」の誤脱か。今昔物語「心清ク」古板本に「心の能（よく）」とする。

六 閻魔王宮。

七 古板本「野べに」

八 一通りの罪。

る。」と、いましめいへば、それをききて、[九]さきだててゐてまゐりぬ。大なる門に我《わが》やうに引《ひき》はられ、又[一〇]くびかしなどいふ物をはげられて、ゆひからめられて、たへがたげなるめども見たるものどもの、數もしらず十方より出《いで》きたり。[一一]あつまりて門に所なく入《いり》みちたり。門より見入《みい》れば、あひたりつる軍ども、目をいからかし、したなめづりをして、我をみつけて、[一二]『とくゐてこかし』と思《おもひ》たるけしきにて、立ちさまよふを見るに、いとゞ土もふまれず。「さてもさてもいかにし侍らんずる。」といへば、其ひかへたる物、「[一三]四巻經書奉らんといふ願をおこせ。」と、みそかにいへば、今門入程《いるほど》に、『此咎《とが》は四[一四]弖經かき供養して[一五]あがはん』といふ願を發《おこ》しつ。さていりて、廳の前に引《ひき》すゑつ。事沙汰する人、「かれは敏行か。」ととへば、「さに侍り。」と、此つきたる物《もの》こたふ。「愁《うれへ》ども頻《しきり》なる物を、など遲くはまゐりつるぞ。」といへば、「[一六]召捕《めしとり》たるまゝ、とゞこほりなくゐてまゐり候。」といふ。「[一七]娑婆にて、なに事かせし。」と問はるれば、「仕《つかまつり》たる事もなし。人のあつらへにしたがひて、法華經を二百部書奉て侍《はべり》つる。」とこたふ。それを聞きて、「汝はもと[一八]うけたる所の命はいましばらくあるべけれども、その經書《かき》たてまつりし事のけがらはしく、淸からで書《かき》たるうれへの出《いで》きてからめられぬる也《なり》。すみやかにうれへ申《まうす》ものどもにいだしたびて、かれらが思《おもひ》のまゝにせさすべきなり。」とある時に、ありつる軍ども、悦べるけしきにて、うけとらんとする時、わなゝく〳〵

九　原本・古板本「さけたてて」板本による。
一〇　くびかせ（首枷）。頸にはめる刑具。
一一　原本「あやまりて」
一二　速かに連れて来いよ。
一三　曇無讖訳の「金光明経」四巻。
一四　「弖」は、巻。
一五　「贖（アガナ）はむ」の意。巻一一第一話にも「あがひせん」「その罪あがひ候」など見える。
一六　古板本「即捕たるまま」とある。
一七　八冊本・古板本「娑婆世界」この世。
一八　授った所の命は。

「四巻經かき供養せんと申《まうす》願のさぶらふを、その事をなんいまだとげ候はぬに、めされさぶらひぬれば、此罪おもく、いとゞあらがふかた候はぬなり。」と申せば、このさたする人、ききおどろきて、「さる事《こと》やはある。まことならば不便《ふびん》なりける事哉《ことかな》。帳[一]を引《ひき》てみよ。」といへば、又人、大なる文[二]《ふみ》をとり出《いで》て、ひく／＼みるに、我《わが》せし事共《ども》を一事もおとさずしるしつけたる中に、罪の事のありて、功徳《くどく》の事一《ひとつ》もなし。この門入《いり》つる程に、おこしつる願なれば、おくのはて[三]に註《しる》されにけり。文ひきはてていまは[四]とする時に、「さる事侍《はべ》り。此おくにこそ、しるされて侍れ。」と申あげければ、「さては、いと不便の事也《なり》。このたびのいとまをばゆるしたびて、この願遂《とげ》させて、ともかくもあるべき事也《なり》。」と定められければ[五]、この目をいからかして、我をとくえんと、手をねぶりつる[六]軍ども失《うせ》にけり。「たしかに娑婆世界に歸《かへり》て、その願かならずとげさせよ。」とて、ゆるさるゝとおもふ程に生きかへりにけり。

妻子なきあひて有《あり》ける二日といふに、夢のさめたる心ちして、目を見あけたりければ、「いき歸りたり。」とて、悦《よろこび》て湯のませなどするに、『さは我は死《しに》たりけるにこそありけれ』と心えて、かんがへられつる事ども[七]、ありつる有樣、願をおこしてその力にて免《ゆる》されつる事など、あきらかなる鏡に向《むかひ》たらんやうにおぼえければ、いつしか我力付《わがちからつき》て、清《きよ》まはりて心きよく、四巻經書《かきく》供養《やう》し奉《たてまつら》んと思《おもひ》けり。やう／＼に日比《ごろ》へ、比過《ころすぎ》て[八]、例の樣《やう》に心ちも成《なり》にけれ

一 帳簿（閻魔の）
二 書。書物。
三 巻末。
四 もうこれまで。
五 判決されたので。
六 手を舐っていた。手に唾していた。
七 勘問された事。
八 日頃経（へ）、頃過ぎて。今昔物語には「月日過ギテ」

ば、いつしか四巻經かきたてまつるべき紙、[九]經師《きやうじ》に打つがせ、[一〇]鎅《け》かけさせて書奉んと思けるが、猶もとの心の色めかしう、經佛の方に心のいたらざりければ、此女のもとにゆき、あの女[一一]けしやうし、いかでよき哥《うた》よまんなど思《おもひ》ける程に、いとまもなくて、はかなく年月過《すぎ》て、經をも書たてまつらで、このうけたりける齡《よはひ》のかぎりにやなりにけん、つひに失《うせ》にけり。其後一二年計《ばかり》へだてて、[一二]紀友則といふ哥《うた》よみの夢にみえけるやう、此敏行とおぼしき物にあひたれば、敏行とは思へども、さまかたちたとふべき方《かた》もなく、あさましくおそろしう[一三]ゆゝしげにて、うつゝにもかたりし事をいひて、「四巻經書奉んといふ願によりて、しばらくの命をたすけて返《かへ》されたりしかども、なほ心のおろかに、おこたりて、その經をかかずしてつひに失《うせ》にし罪によりて、たとふべきかたもなき苦をうけてなんあるを、もしあはれと思給はば、そのれうの紙は未だあるらん。その帋尋《かみたづね》とりて、[一四]三井寺にそれがしといふ僧にあつらへて、書《かき》供養せさせてたべ。」といひて、大なる聲をあげてなきさけぶとみて、汗水になりておどろきて、あくるやおそきと、その[一五]料紙《れうし》尋《たづね》とりて、やがて三井寺に行《ゆき》て、夢に見つる僧のもとへ行《ゆき》たれば、僧みつけて、「うれしき事かな。たゞいま人をまゐらせん。身づからにてもまゐりて申さんと思ふ事のありつるに、かくおはしましたる事のうれしさ。」といへばまづ我《わが》見《み》つる夢をばかたらで、「なに事ぞ。」ととへば、「こよひの夢に[一六]故敏行朝臣の見え給《たまひ》つる也《なり》。

九　經文を巻物、折本などにしたてる業者。後には広く表具師をいう。
一〇　罫（けい）を引かせて。
一一　「假粧し」か。古板本「けさうし」（懸想し）、今昔物語には「彼ノ女ヲ假借シ」
一二　宮内権少輔紀有友の子。貫之の従兄弟。大内記。古今和歌集の撰者の一人。同集巻一六、哀傷歌に「藤原敏行朝臣の身まかりにける時に詠みて、かの家に遣しける―紀友則」と題して「寢ても見ゆ寢でも見えけり大方は空蟬の世ぞ夢には有りける」
一三　忌まわしい様子で。
一四　園城寺ともいう。
一五　用紙。
一六　「故」は原本「右」とある。「古」（故の略画）の誤か。

四巻經書《かき》たてまつるべかりしを、心のおこたりに、えかき供養したてまつらずなりにし、その罪によりて、[一]きはまりなき苦をうくるを、その料紙は、[二]御まへのもとになん[三]あらん。その帋《かみ》たづねとりて四巻經かき供養したてまつれ。事のやうは御まへに問《とひ》たてまつれとありつる。大《おほき》なる聲をはなちてさけびき給《たまふ》とみつる。」とかたるに、あはれなる事おろかならず。さしむかひてさめざめとふたりなきて、「我もしか〲夢をみてその紙を尋《たづね》とりて、こゝにもちて侍《はべ》り。」といひて、とらするに、いみじうあはれがりて、この僧、まことをいたして、手づからみづから書《かき》供養したてまつりて後、又ふたりが夢に、この功徳によりて、たへがたき苦すこしまぬかれたるよし、心ちよげにて、形《かたち》もはじめ[四]見しにはかはりて、よかりけりとなんみける。

## 五　東大寺華嚴會ノ事*

これも今はむかし、東大寺に恆例《こうれい》の大法會《だいはふゑ》あり。[五]花《け》嚴會《ごんゑ》とぞいふ。[六]大佛殿のうちに高座をたてて、[七]講師《かうじ》のぼりて堂のうしろより、[八]かいけつやうにして迯《にげ》ていづるなり。古老つたへていはく、「御《み》堂建立《だうこんりふ》のはじめ、[九]鯖賣翁《さばうるおきな》きたる。こゝに本願の[一〇]上皇、めしとゞめて大會《だいゑ》の[一一]講師とす。うる所の鯖を經机《きやうづくゑ》におく。變じて[一二]八十華嚴經となる。則《すなはち》講說のあひだ[一三]梵語《ぼんご》をさへづる。法會の中間に、

一　八冊本「きはまる」板本「きはまりたる」今昔物語「可レ喩キ方モ無キ」
二　御前（友則）の所にありましょう。
三　「あらん」は古板本にはない。
四　「見し」古板本にはない。
*　東大寺要録巻二・建久御巡礼記・古事談巻三と同話。今昔物語巻一二第七話のは少々異なる。
五　華厳経を講讃する法会。古事談に「此寺ニ三月四日有ニ大会一号ニ華厳会ニ」
六　大仏（奈良の大仏のこと）を安置する仏殿。
七　法会の時、経を講ずる役の僧。
八　掻き消す。
九　あおさば。
一〇　東大寺は聖武天皇の本願によって建立された寺。古事談には「天皇」今昔物語には「聖武天皇」
一一　今昔物語「読師」
一二　大方広仏華厳経。八十巻のものをいう。
一三　天竺語（古代印度語 Sanskrit）を唱える。

高座にして忽に失《うせ》をはりぬ。」又いはく、「鯖をうる翁、杖をもちて鯖をになふ。その[一四]鯖の數八十、則變じて八十花嚴經となる。件《くだん》の杖の木、大佛殿の内[一五]東回廊の前につきたつ。忽に枝葉をなす。これ[一六]白榛《ひやくしん》の木也《なり》。今伽藍《がらん》のさかえおとろへんとするにしたがひて、この木さかえ枯《かる》。」といふ。かの會《ゑ》の講師、この比までも、中間に高座よりおりて、後戸よりかいけつやうにしていづる事、これを[一七]まなぶなり。かの鯖の杖の木、[一八]三十四年が先《さき》までは、葉は靑くてさかえたり。其《その》後なほ枯木にてたてりしが、此たび[一九]平家の炎上《えんじやう》にやけをはりぬ。世の末ぞかしと口惜《くちをし》かりけり。

## 六　獵師佛ヲ射事[**]

[二〇]昔あたごの山に久しくおこなふ聖《ひじり》ありけり。年比《としごろ》行《おこなひ》て坊をいづる事なし。西のかたに獵師あり。此聖をたふとみて、つねにはまうでて物たてまつりなどしけり。ひさしく參らざりければ、[二一]餌袋《あぶくろ》に干飯《ほしいひ》など入《いれ》てまうでたり。聖悅《よろこび》て、「[二二]日比のおぼつかなさ。」など、の給ふ。その中にゐよりて、の給《たまふ》やうは、「この程はいみじくたふとき事あり。此年來《としごろ》、他念なく經をたもちたてまつりてあるしるしやらん、この夜比[二三]普賢𦬇《ふげんぼさつ》、象にのりて見え給《たまふ》。こよひとどまりてをがみ給へ。」といひければ、この獵師、「よにたふとき事にこそ候

一四　古板本「其物のかず八十」
一五　古板本「東門らう」古事談に「東西廊」また「東面廊」
一六　古事談に「白身ノ木」白槇とも書く。
一七　まねる。
一八　「三十よ年」または「三四十年」の誤りか。
一九　平家の戦火。安徳帝治承四年（一一八〇）一二月二八日平重衡等が奈良の僧兵を攻めた時、火を放って大仏殿を焼いたのを指す。
**　今昔物語巻二〇第一三話と同話。
二〇　愛宕山。巻二第一話参照。
二一　食物類を入れる袋。
二二　日頃逢わない気がかりさ。
二三　法華経、普賢菩薩勧発品に、法華三昧の道場には普賢菩薩が六牙の白象に乗って示現することが見える。

なれ。さらば、とまりてをがみたてまつらん。」とてとゞまりぬ。さて聖のつかふ童《わらは》のあるに問ふ「聖のたまふやう、いかなる事ぞや。おのれもこの佛をばをがみまゐらせたりや。」ととへば、童は「五六度ぞ見たてまつりて候。」といふに、獵師「我もみたてまつる事もやある。」とて、聖のうしろに、いねもせずしておきゐたり。[一]九月廿日の事なれば夜もながし。いまや〳〵とまつに、夜半過《よなかすぎ》ぬらんと思ふ程に、東の山の峯より月の出《いづ》るやうに見えて、嶺の嵐もすさまじきに、この坊の內、光さし入《いり》たる樣《やう》にてあかく成《なり》ぬ。みれば普賢𦬇[二]白象に乘《のり》て、やう〳〵おはして坊の前に立給《たちたま》へり。聖なく〳〵をがみて、「いかに、ぬし殿《との》はをがみたてまつるや。」といひければ、「[三]いかがは。この童もをがみたてまつる。をい〳〵、いみじうたふとし。」とて、獵師思《おもふ》やう、『聖《ひじり》は年比《としごろ》經をも、たもち讀《よみ》給へばこそ、その目ばかりに見え給はめ。此童・我身などは、經のむきたるかたもしらぬに、みえ給へるは、心えられぬ事也《なり》』と、心のうちにおもひて、『此事心みてむ。これ罪うべき事にあらず』とおもひて、[四]とがり矢《や》を弓につがひて、聖のをがみ入《いり》たるうへよりさしこして、弓をつよく引《ひき》て、ひやうと射たりければ、御胸の程にあたるやうにて、火をうちけつごとくにて光もうせぬ。谷へ[五]とゞろめきて逃行《にげゆく》おとす。聖「これはいかにし給へるぞ。」といひ、なきまどふ事かぎりなし。男、申《まうし》けるは、「聖の目にこそみえ給はめ。わが罪ふかきものの目に見え給へば、心みたてまつ

一 今昔物語に「九月二十日餘」
二 板本その他には「象」
三 「いかがは（拜み奉らざらむ）」の意。
四 鏃（やじり）の鋭く尖った矢。
五 音を響かせて。

らんとおもひて射《い》つる也《なり》。まことの佛ならば、よも矢はたち給はじ。さればあやしき物なり。」といひけり。夜明て、血[六]をとめて行《ゆき》てみければ、一町ばかり行て、谷の底に大なる狸[七]の、胸よりとがり矢を射とほされて死《し》にてふせりけり。聖なれど無智なれば、かやうにばかされける也《なり》。獵師なれども、慮《おもひはかり》ありければ狸を射害《いころし》、そのばけを顯《あらは》しけるなり。

## 七　千手院僧正仙人ニ逢事*

昔、山の西塔《[八]さいたふ》千手院に住給ける靜觀僧正《[九]じやうくわんそうじやう》と申ける座主《ざす》、夜深《ふけ》て、尊勝陀羅尼《[一〇]そんしようだらに》を夜もすがらみてあかして、年比《としごろ》になり給《たまひ》ぬ。きく人もいみじくたふとみけり。陽勝[一一]仙人と申仙人、空を飛《とび》てこの坊のうへを過《すぎ》けるが、この陀羅尼のこゑをききて、おりて高欄のほこ木[一二]の上に居給《ゐたまひ》ぬ。僧正、あやしと思ひて、とひ給ひければ、蚊《か》の聲のやうなるこゑして、「やうせう仙人にて候なり。空を過候《すぎさぶらひ》つるが、尊勝陀羅尼の聲をうけたまはりて、まゐり侍《はべる》なり。」と、のたまひければ、戸をあけて請《しやう》ぜられければ、飛入て前に居給ぬ。年比の物語して、「いまは、まかりなむ。」とて立《たち》けるが、人げ[一三]におされて、えたたざりければ、「香爐《[一四]かうろ》の煙《けぶり》をちかくよせ給へ。」との給《たまひ》ければ、僧正香呂《かうろ》をちかくさしよせ給《たまひ》ける、その煙にのりて空へのぼりにけり。此僧正は年を經て香呂をさ

六　血をたどって。血痕を求めて。
七　今昔物語には「野猪」
＊　今昔物語巻一三第三話の終の部分と同話。
八　比叡山三塔（東塔・西塔・横川）の一。「千手院」は巻二第三話参照。
九　巻二第二話参照。
一〇　仏頂尊勝陀羅尼経（一巻。唐の仏陀波利訳）の中の呪文。巻一第五話参照。
一一　姓は紀氏、能登の人。比叡山の空日律師の弟子。金峯山で仙法を習い、延喜元年の秋、袈裟を松の枝にかけて登仙したという。
一二　勾欄の柱の矛形に立っているもの。今昔物語「房ノ前ノ椙ノ木」
一三　人間の気に圧せられて。
一四　香を焚く器。次に「香呂」と書いてある。

しあげて、けぶりをたてておはしける。此仙人は、一もとつかひ給ける僧の、おこなひして失《うせ》にけるを、年比あやしとおぼしけるに、かくしてまゐりたりければ、あはれ〳〵とおぼしてぞ、つねになき給ける。

一 静観僧正がもとお使いになっていた僧で、修行して不明になったのを。

# 巻第九

## 一　瀧*口道則習レ術事

むかし、[二]陽成院位にておはしましける時、[三]瀧口[四]道則、宣旨を蒙《かうぶり》て、陸奥へくだるあひだ、信濃國[五]ヒクニといふ所にやどりぬ。郡《こほり》の司《つかさ》にやどをとれり。まうけしてもてなして後、あるじの郡司《ぐんじ》は郎等《らうどう》引具《ひきぐ》して出《いで》ぬ。いもねられざりければ、やはらおきてたゝずみありくに、みれば、屛風をたてまはして、疊などきよげにしき、火ともして、[六]よろづめやすきやうにしつらひたり。[七]そらだき物するやらんと、かうばしき香《か》しけり。いよ〳〵[八]心にくくおぼえて、よくのぞきてみれば、年廿七八ばかりなる女一人ありけり。[九]見《み》めことがら、姿ありさま、ことにいみじかりけるが、たゞひとりふしたり。みるまゝに、ただあるべき心ちせず。あたりに人もなし。[一〇]火は[一一]几帳《きちやう》の外《と》にともしてあればあかくあり。さてこの道則おもふやう、『よに〳〵ねんごろにもてなして、心ざし有《あり》つる郡司の妻を、[一二]うしろめたなき心つかはん事いとほしけれど、この人のありさまを見るに、たゞあらむことかなはじ』と思《おもひ》て、よりてかたはら

* 今昔物語巻二〇第一〇話と同話。
二 清和帝の長子。貞観一八年践祚、翌年即位、在位八年で元慶八年退位、天暦三年、八二歳で逝去。
三 宮中警護の衛士。
四 今昔物語は「道範」
五 古板本「ひくう」信濃国（長野県）伊那郡の「いがら」（育良）の誤りかともいう。
六 万事見苦しくないように。
七 （空薫物）どこともなく匂うように香（かう）をくゆらせること。
八 奥ゆかしく。
九 眉目や人品。
一〇 灯。
一一 衝立用に帳を垂れた台。
一二 後ぐらい心。

に臥《ふす》に、女[一]けにくくもおどろかず、口おほひをしてわらひふしたり。いはむ方なくうれしく覺《おぼえ》ければ、[二]長月《ながつき》十日比なれば、衣《きぬ》もあまたきず、一《ひと》かさねばかり男も女もきたり。香《かうば》しき事かぎりなし。我《わが》きぬをばぬぎて、女のふところへ入《いる》にしばしは、[三]ひきふたぐやうにしけれども、あながちにけにくからず、ふところに入《いれ》ぬ。男のまへのかゆきやうなりければ、さぐりてみるに物なし。おどろきあやしみてよく／＼さぐれども、[四]おとがひのひげをさぐるやうにて、すべてあとかたなし。大きにおどろきて、此女のめでたげなるもわすられぬ。この男のさぐりてあやしみ[五]くるめくに、女すこしほゝゑみて有《あり》ければ、いよいよ心えずおぼえて、やはらおきて、わがね所《どころ》へ歸《かへり》てさぐるに更になし。あさましくなりて、ちかくつかふ郎等《らうどう》を呼びて、「かかる。」とはいはで、「ここにめでたき女あり。我も行《ゆき》たりつる也《なり》。」といへば、悅《よろこび》て[六]此の男いぬれば、しばしありて、よに／＼あさましげにて、此男いできたれば、[七]『これもさるなめり』と思て、[八]又こと男をすゝめてやりつ。是《これ》も又しばしありて出《いで》きぬ。空をあふぎて、よに心えぬけしきにて歸《かへり》てけり。かくのごとく七八人まで郎等をやるに、おなじ氣色に見ゆ。かくするほどに、夜も明《あけ》ぬれば、道則思ふやう、『よにあるじのいみじうもてなしつるをうれしと思《おもひ》つれども、かく心えずあさましき事のあれば、とくいでむ』と思て、いまだ明《あけ》はてざるにいそぎて出《いで》れば、七八町行《ゆく》ほどに、うしろより[九]よばひて馬を馳《はせ》てくる物あり。はし

一 気憎くも。そっけなくも。枕草子第二〇段「さやはけにくく仰言を映えなうもてなすべき」
二 陰暦九月。
三 肌をひきふさぐ。
四 あごひげ。
五 狼狽するに。
六 郎等をさす。
七 この男も自分と同様らしい。
八 他の男。郎等の一人。
九 （呼ばひて）「呼ばふ」は「呼ぶ」の再活用。

りつきてしろき紙につゝみたる物をさしあげてもて來《く》。馬を引《ひか》へてまてば、ありつるやどに、かよひしつる郎等也《なり》。「これはなにぞ。」ととへば、「此郡司の『まゐらせよ』と候物にて候。かゝる物をばいかですてておはし候ぞ。一〇かたのごとく御まうけして候へども、御いそぎにこれをさしおとさせ給《たまひ》てけり。さればひろひあつめてまゐらせ候。」といへば、「いで、なにぞ。」とて取《とり》てみれば、松茸をつゝみあつめたるやうにしてある物九《ここのつ》あり。あさましく覺えて、八人の郎等どももあやしみをなしてみるに、まことに九のものあり。一度《いちど》にさつとうせぬ。さて使はやがて馬を馳《はせ》て歸《かへり》ぬ。そのをり、我身よりはじめて郎等どもみな「ありく〳〵。」といひけり。さて奥州にて金うけとりて歸《かへる》とき、又信濃の有《あり》し郡司のもとへゆきてやどりぬ。さて郡司に一一金《こがね》・馬・一二鷲《わしの》羽《は》などおほくとらす。郡司よに〳〵悦《よろこび》て、「これはいかにおぼして、かくはし給ぞ。」といひければ、ちかくよりていふやう、一三「かたはらいたき申事《まうしごと》なれども、はじめこれにまゐりて候し時、あやしき事の候《さぶらひ》しは、いかなることにか。」といふに、郡司、物をおほくえてありければ、一四さりがたく思ひて、ありのまゝにいふ。「それはわかく候し時、この國のおくの郡に候し郡司の年よりて候しが、妻のわかく候しに、しのびてまかりよりて候しかば、かくのごとく失《うせ》てありしに、あやしく思ひて、その郡司に、ねん比《ごろ》に心ざしをつくして習《ならひ》て候也。もしならはんとおぼしめさば、このたびは大《おほ》やけの御使なり。

一〇　きまりのように準備いたしましたが。
一一　皆陸奥国の産物。
一二　矢に矧（は）ぐのに用いたもの。
一三　極りのわるい（面目ない）申し条。
一四　避け難く思って。

速に[一]のぼり給て、又わざと下《くだり》給て、ならひ給へ。」といひければ、その契《ちぎり》をなしてのぼりて、金などまゐらせて、又いとまを申てくだりぬ。郡司にさるべき物などもちて下《くだり》てとらすれば、郡司大に悦て、『心のおよばんかぎりは教へん』とおもひて、「これは[二]おぼろげの心にて、ならふ事にて候はず。七日水をあみ精進《さうじ》をして、習事也《ならふことなり》。」といふ。そのまゝに清《きよ》まはりて、その日になりて、ただふたりつれて、ふかき山に入《いり》ぬ。大なる川のながるゝほとりに行《いき》て、[三]さまざまの事どもを、えもいはず[四]罪ふかき誓言《せいごん》ども立てさせけり。さてその郡司は水上へいりぬ。「その川上よりながれこん物《もの》を、いかにも〳〵鬼にてもあれ、なににてもあれ、いだけ。」といひて行《ゆき》ぬ。しばしばかりありて水上の方より雨ふり風吹て、くらくなり水まさる。しばしありて、川上よりかしら[五]一《ひと》いだきばかりなる大蛇《だいじや》の、目は[六]かなまりを入《いれ》たるやうにて、せなかは青く紺青《こんじやう》をぬりたるやうに、くびのしたは紅のやうにてみゆるに、「先《まづ》こん物をいだけ。」といひつれども、せんかたなくおそろしくて草の中にふしぬ。しばしありて郡司きたりて、「いかに、とり給《たまひ》つや。」といひければ、「かうかうおぼえつれば、とらぬ也《なり》。」といひければ、「かく口惜《くちを》しき事哉《かな》。さては[七]此事は、えならひ給はじ。」といひて、「今一度心みん。」といひて又入《いり》ぬ。しばし計《ばかり》ありて、[八]やをばかりなる猪《ゐ》のしゝのいできて、石をはら〳〵とくだけば、火きら〳〵といづ。毛をいらゝかして走《はしり》てかゝる。せんかたなくおそ

一　京へおのぼりになって。
二　いい加減の心で。
三　今昔物語では「永ク三宝ヲ不レ信ゼジト云フ願ヲ發シテ、様々の事共ヲシテ」
四　仏教にそむいた所謂外道の術だからである。
五　一抱えほどの大蛇。
六　金属製の椀（まり）。金椀。
七　前の物（陽物）を失う秘法。
八　「やせ」とも読める。今昔物語では「長八四尺許」

ろしけれども、『是《これ》をさへ』と思《おもひ》きりて、はしりよりていだきてみれば、朽木《くちき》の三尺ばかりあるをいだきたり。ねたくくやしき事かぎりなし。『はじめのもかかる物にてこそありけれ。などかいだかざりけん』と思ふほどに、郡司きたりぬ。「いかに。」ととへば、「かう〳〵。」といひければ、「まへの物うしなひ給事は、えならひ給はずなりぬ。さて、こと事《ごと》のはかなき物《もの》をものになす事はならはれぬめり。さればそれをしへむ。」とて、をしへられて歸《かへり》のぼりぬ。口惜事《くちをしきこと》かぎりなし。[九]大内《おほうち》にまゐりて、瀧口どののはきたる沓《くつ》どもを、あらがひをして、みな犬ノ子になしてはしらせ、古き藁沓を三尺計《ばかり》なる鯉になして、[一〇]臺盤のうへにをどらする事などをしけり。[一一]御門《みかど》このよしをきこしめして、[一二]黒戸《くろど》のかたにめしてならはせ給《たまひ》けり。御几帳のうへより、[一三]賀茂祭などわたし給けり。

## 二　寶志和尚影ノ事*

昔、もろこしに[一四]寶志《はうし》和尚《くわしやう》といふ聖《ひじり》あり。いみじくたふとくおはしければ、御門《みかど》「かの聖の姿を[一五]影《えい》にかきとゞめむ。」とて、繪師《ゑし》三人をつかはして、「もし一人しては書《かき》たがふる事もあり。」とて、三人して面々《めん〳〵》にうつすべきよし仰《おほせ》ふくめられてつかはさせ給《たまふ》に、三人の繪師、聖のもとへまゐりて、「かく

九　または「ダイダイ」大内裏。皇居。
一〇　食膳の台。
一一　陽成院。
一二　清涼殿から弘徽殿に渡る北廊にある戸。
一三　賀茂神社の祭礼の行列などをお通しなさったとか。
＊　打聞集第一〇話・高僧伝巻一〇・景徳伝灯録巻二七の話と同話。
一四　中国の宋の僧で、常に神異の業をしたという。宝志とも保誌とも書かれた。
一五　画像。肖像画。

宣旨《せんじ》を蒙《かぶり》てまうでたる。」よし申ければ、「しばし。」といひて、法服の装束《さうぞく》して出合《いであひ》給へるを、三人の繪師おの〳〵かくべき絹をひろげて、三人ならびて筆をくださんとするに、聖、「しばらく。我《わが》まことの[一]形あり。それをみて書《かき》うつすべし。」とありければ、繪師左右《さう》なくかかずして、聖の[二]御顔を見れば、[三]大指の爪にてひたひの皮をさしきりて、皮を左右へ引《ひき》のけてあるより、金色《こんじき》の菩薩《ぼさつ》のかほをさし出《いで》たり。一人の繪師は[四]十一面觀音とみる。一人の繪師は[五]聖《しやう》觀音とをがみたてまつりけり。おの〳〵みるまゝにうつしたてまつりて、持《もち》てまゐりたりければ、御門《みかど》おどろき給て、別《べち》の使をやらせ給ふに、[六]かいけつやうにして失給《うせたまひ》ぬ。それよりぞ、「たゞ人《びと》にてはおはせざりけり。」と申《まうし》合へりける。

## 三　越前敦賀ノ女觀音助給事*

越前國に、[七]つるがといふ所にすみける人ありけり。とかくして、身ひとつばかり、わびしからですぐしけり。女《むすめ》ひとりより外に又子もなかりければ、このむすめをぞ又なき物に[八]かなしくしける。此女を、「わがあらんをり、[九]たのもしく見おかむ。」とて、[一〇]をとこあはせけれど、男も[一一]たまらざりければ、これやこれやと四五人まではあはせけれども、猶たまらざりければ、思《おもひ》わびて、

一　古板本「影」
二　古板本「御影」
三　拇指。おやゆび。
四　十一箇の顔面を具えた観音菩薩で、七観音（千手・馬頭・十一面・聖・如意輪・准胝・不空羂索）の一。
五　七観音の一。正観音。
六　（宝志和尚は）掻き消すようにして姿を消しなさった。
＊　今昔物語巻一六第七話・宝物集巻三、金前観音の事と同話。古本説話集五四話・今昔物語巻一六第八話は類話。
七　敦賀。
八　かわいがっていた。
九　自分の生きてある内に頼もしいものと見届けよう。
一〇　夫。良人。
一一　居つかなかったので。今昔物語「其ノ夫去テ不レ来ズ」

のちにはあはせざりけり。居たる家のうしろに堂をたてて、「此女にたすけ給へ。」とて、觀音をすゑたてまつりける。供養し奉りなどして、いくばくもへぬほどに父うせにけり。それだに思ひなげくに、引《ひき》つゞくやうに母もうせにければ、なきかなしめどもいふかひもなし。一二しる所などもなくて、かまへて世をすぐしければ、やもめなる女ひとりあらんには、いかにしてかはかぐしき事《こと》あらん。おやの物のすこし有《あり》ける程は、つかはるゝ物四五人ありけれども、物うせはててければ、つかはるゝ物ひとりもなかりけり。物くふ事かたくなりなどして、一三おのづからもとめいでたるをりは、一四手づからといふばかりにしてくひては、「我おやの一五思《おもひ》しかひありて助け給へ。」と、觀音にむかひ奉て、なく〳〵申《まうし》ゐたるほどに、夢にみるやう、このうしろの堂より老《おい》たる僧の來て、「いみじういとほしければ、男あはせんと思ひてよびにやりたれば、あすぞこゝにきつかんずる、それがいはんにしたがひて、あるべき也《なり》。」と、の給《たまふ》とみてさめぬ。『この佛のたすけ給べきなめり』と思ひて、水うちあみて、なく〳〵申て、夢をたのみて、その人を待《まつ》とて、一六うちはきなどしてゐたり。家は大きにつくりたりければ、親うせてのちは、すみつきあるべかしき事なけれど、一七やばかりはおほきなりければ、かたすみにぞゐたりける。しくべき莚《むしろ》だになかりけり。かかるほどに、その日の夕がたになりて、馬の足おとどもしてあまた入《いり》くるに、人どものぞきなどするをみれば、旅人のやど

一二　所領地。領有地。
一三　今昔物語「若シ求メ得タル時ハ自シテ食フ。不二求得一ザル時ハ餓ノミ有ケルニ」
一四　古板本「手づからいふばかりにして」
一五　今昔物語には「思ヒ傳(オキ)テシ験(シル)シ有テ」
一六　打掃き。掃除。
一七　家。古板本「屋」

かるなりけり。「すみやかに居よ。」といへば、みな入《いり》きて、「こゝよかりけり。家ひろし。いかにぞや。」など、「物いふべきあるじもなくて、我《わが》まゝにもやどりゐるかな。」などいひあひたり。[一]のぞきてみれば、あるじは卅《みそぢ》ばかりなるをとこの、いときよげなる也《なり》。郎等二三十人ばかりあり。下《げ》すなどとりぐして七八十人計《ばかり》あらむとぞみゆる。たゞゐにゐるに、莚・疊をとらせばやと思へども、[二]はづかしと思てゐたるに、[三]皮子莚《かはごむしろ》をこひて、皮にかさねてしきて、幕引《ひき》まはして居ぬ。そゝめく程に、日もくれぬれども物くふともみえぬは、物のなきにやあらむとぞみゆる。物あらばとらせてましとおもひゐたるほどに、夜うちふけて、この旅人のけはひにて、「[四]此おはします人よらせ給へ。物申さん。」といへば、「なに事にか侍らん。」とてゐざりよりたるを、なにのさはりもなければ、ふといりきてひかへつ。「こはいかに。」といへど、[五]いはすべくもなきにあはせて、夢にみし事もありしかば、とかくおもひいふべきにもあらず。此男は、美濃國に猛將ありけり、それがひとり子《ご》にて、その親うせにければ、よろづの物うけつたへて、おやにもおとらぬ物にてありけるが、思《おもひ》ける妻に[六]おくれて、[七]やもめにてありけるを、これかれ「聟《むこ》にとらむ。」「[八]妻《め》にならん。」といふものあまたありけれども、『ありし妻に似たらん人を』と思て、やもめにてすぐしけるが、[九]若狹《わかさ》に沙汰すべき事ありて行《ゆく》なりけり。ひるやどりゐるほどに、かたすみにゐたる所も、なにのかくれもなか

一　女主人が……。
二　「なければ」を補って見る。
三　今昔物語「主人、皮子裹(ツヽミ)タル莚ヲ、皮ニ重テ敷テ居ヌ」
四　女主人をさす。
五　男が口をきかせそうもない上に。
六　死なれて。
七　男後家のこと。
八　古板本には「妻にならん」はない。
九　若狭国。石川県の西部。

りければ、『いかなる物のゐたるぞ』とのぞきてみるに、たゞ[一〇]ありし妻のありけるとおぼえければ、目もくれ心もさわぎて、『いつしか、とく暮《くれ》よかし。近《ちか》からんけしきもこゝろみん』とて入《いり》きたる也《なり》けり。物うちいひたるよりはじめ、露[一一]たがふ所なかりければ、「あさましくかかりける事もありけり。」とて、「若狭へとおもひたたざらましかば、この人をみましやは。」と、うれしき旅にぞありける。若狭にも十日計《ばかり》あるべかりけれども、この人の[一二]うしろめたさに、「あけば行《ゆき》て前の[一三]日帰《かへる》べきぞ。」と、返々《かへすがへす》契りおきて、さむげなりければ[一四]衣《きぬ》もきせおき、郎等四五人ばかり、それが従者などとりぐして、廿人ばかりの人の有《ある》に、物くはすべきやうなく、馬に草くはすべきやうもなかりければ、『いかにせまし』と思《おもひ》なげきける程に、おやの[一五]みづし所《どころ》につかひける女の、むすめのありとばかりはききけれども、きかよふ事もなくて、[一六]よきをとこして、ことかなひてありと計《ばかり》はききわたりけるが、おもひもかけぬに、きたりけるが、『誰にかあらむ』と思て、「いかなる人のきたるぞ。」ととひければ、「あな心《こゝろ》うや、[一七]御覧じしられぬは我身のとがにこそさぶらへ。おのれは[一八]故《こ》うへのおはしましをり、みづし所つかまつり候《さぶらひ》しもののむすめに候。年比いかでまゐらんなど思てすぎ候を、けふはよろづをすててまゐり候《さぶらひ》つる也《なり》。かくたよりなくおはしますとならば、[一九]あやしくとも、居《ゐ》て候所にもおはしましかよひて、四五日づつもおはしませかし。心ざしは思たてまつれども、よそ

一〇　以前の妻。亡妻。
一一　(亡妻と)少しもちがう所がなかったので。
一二　この新しい愛人が気がかりで。
一三　翌日。
一四　着物も着せ置き。今昔物語にはこの次に「越エニケリ」とある。
一五　(御厨子所)御厨子棚(食物を納めおく棚)のある所。台所。
一六　よい良人を持って。
一七　お見覚えないのは。御存じないのは。
一八　亡き奥様(女主人の亡母)
一九　たとい粗末でも、私の住んでいる所にもおいでになって。

ながらは明《あけ》くれとぶらひたてまつらん事も、[一]おろかなるやうにおもはれ奉りぬべければ。」など、こまぐ\とかたらひて、「このさぶらふ人々はいかなる人ぞ。」ととへば、「こゝにやどりたる人の若狭へとていぬるが、あす、こゝへ歸《かへり》つかんずれば、[二]そのほどとて、このある物どもをとゞめおきていぬるに、これにもくふべき物はぐせざりけり。こゝにもくはすべき物もなきに、日はたかくなれば、ほしく思へども、すべきやうもなくてゐたるなり。」といへば、[三]「しりあつかひたてまつるべき人にやおはしますらん。」といへば、[四]「わざと、さは思はねど、こゝにやどりたらむ人の物くはでゐたらむを、見《み》すぐさんも[五]うたてあるべう、[六]又おもひはなつべきやうもなき人にてあるなり。」といへば、「さていとやすき事なり。[七]けふしも、かしこくまゐり候にけり。さらばまかりて、さるべき樣《さま》にてまゐらむ。」とて、たちていぬ。『いとほしかりつる事を、おもひかけぬ人のきて、たのもしげにいひていぬるは、とかくたゞ觀音のみちびかせ給《たまふ》なめり』と思て、いとゞ手をすりて念じたてまつる程《ほど》に[八]則《すなはち》物どももたせてきたりければ、くひ物《もの》どもなどおほかり。馬の草までこしらへもちてきたり。いふかぎりなくうれしとおぼゆ。この人々[九]もてきやうようし、物くはせ酒のませはてて、[一〇]入《いり》きたれば、「こはいかに。我《わが》おやのいき返《かへり》おはしたるなめり。とにかくにあさましくて、すべきかたなく、いとほしかりつる恥をかくし給へること。」といひて、悦《よろこび》なきければ、女もうちなき

一 疎かなように。
二 その間といって。
三 (知り扱ひ奉るべき人にや……)昵懇で待遇申さなければならない人でいらっしゃいましょうか。
四 特にそうとは思わないが。
五 あんまりでしょうし。
六 見捨ててもおけない人であるのです。
七 今日はちょうど都合よく来たものです。
八 即ち。じきに。
九 もてなし饗応し。
一〇 元の召使女の娘が女主人の所に入って来ると。

ていふやう、「年比《としごろ》もいかでかおはしますらんと思給へ[一一]ながら、世の中すぐし候人は、心とたがふやうにてすぎ候《さぶらひ》つるを、けふかゝるをりにまゐりあひて、いかでかおろかにはおもひまゐらせん。若狭へこえ給《たまひ》にけん人は、いつか歸りつき給はんぞ。御共人はいくらばかり候ふ。」ととへば、「[一二]いさ、まことにやあらん、[一三]あすの夕《ゆふ》さり、こゝに[一四]くべかんなる。ともには、[一五]このある物どもぐして、七八十人ばかりぞありし。」といへば、「さてはその御まうけこそつかまつるべかんなれ。」といへば、「これだにおもひかけずうれしきに、さまではいかがあらん。」といふ。「いかなる事なりとも、今よりはいかでか、つ[一六]かまつらであらむずる。」とて、たのもしくいひおきていぬ。この人々のゆふさり・つとめてのくひ物までさたしおきたり。おぼえなくあさましきまゝには、たゞ觀音を念じ奉るほどに、その日もくれぬ。又《また》の日になりて、[一七]このあるものども、「けふは殿おはしまさんずらむかし。」とまちたるに、さるの時ばかりにぞつきたる。著《つ》きたるやおそきと、[一八]この女、物どもおほくもたせてきて申《まうし》のゝしれば、物たのもし。此男いつしか入《いり》きて、おぼつかなかりつる事などいひふしたり。「曉《あかつき》はやがてぐして行《ゆく》べき。」よしなどいふ。『いかなるべき事にか』などおもへども、佛の「たゞまかせられてあれ。」と夢にみえさせ給《たまひ》しをたのみて、ともかくもいふにしたがひてあり。この女、曉たたむまうけなども、しにやりて、いそぎくるめくがいとほしければ、なにがな

一一　「思ひ侍りながら」と同じ。
一二　さあ。
一三　明日の夕方。
一四　「来べくあるなる」で、来るはずである。
一五　ここに残っている者共を合せて。
一六　夕方・翌朝の食物まで指図しておいた。
一七　（申時）午後四時頃。
一八　召使女の娘。

とらせんと思へども、とらすべき物なし。「おのづから入事《いること》もやある。」とて、一紅なるすゞしのはかまぞ一《ひとつ》あるを、これをとらせてむと思て、我は男のぬぎたるすゞしのはかまをきて、此女をよびよせて、「とし比《ごろ》は、さる人あらんとだに、しらざりつるに、思《おもひ》もかけぬをりしも、きあひて、二恥がましかりぬべかりつる事を、かくしつる事の、この世ならずうれしきも、なににつけてか、三しらせむと思へば、心ざしばかりに、これを。」とてとらすれば、「あな心うや、四あやまりて人の見たてまつらせ給《たまふ》に、御さまなども心うく侍れば、たてまつらんとこそ五おもひ給《たま》ふるに、こはなにしに給はらん。」とてとらぬを、「このとし比《ごろ》も六さそふ水あらばとおもひわたりつるに、思《おもひ》もかけず、『ぐしていなん』とこの人のいへば、あすはしらねども、したがひなんずれば、かたみともし給へ。」とて猶とらすれば、「御心ざしの程《ほど》は、返々《かへすがへす》もおろかには思給《おもひたまふ》まじけれども、かたみなど仰らるゝがかたじけなければ。」とて、とりなんとするをも、七程なき所なれば、この男ききふしたり。鳥なきぬれば、いそぎたちて、この女のしおきたる物くひなどして、馬にくらおき引《ひき》いだして、のせむとするほどに、八「人の命《いのち》しらねば、又をがみたてまつらぬやうもぞある。」とて、旅装束しながら手あらひて、うしろの堂にまゐりて、観音ををがみたてまつらんとて見たてまつるに、九観音の御かたにあかき物かゝりたり。『あやし』と思てみれば、この女にとらせし袴也《なり》けり。『こはいかに。この女と思《おもひ》

一（紅なる生絹の袴）紅色の生絹製の袴。「生絹」は練絹に対する。

二 恥をかかなければならなかった事を。

三 我が感謝の心を知らせよう。

四 偶然人が御らんになると。今昔物語には「人ノ見給フニ御様モ異様ナレバ我レコソ何ヲカ奉ラント思ヒツルニ、此ハ何（イカ）デカ給ハラム」とある。

五 思い侍るに。

六 古今和歌集巻一八雑歌下に「文屋の康秀が三河の掾に成りて、あがた見にはえ出で立たじやと云ひやりける返事に詠める―小野小町」として「侘びぬれば身を浮草の根を絶えて、誘ふ水あらば、行なむとぞ思ふ」

七 この男の臥した所は程近い所なので。

八 人の寿命はわからないから。

九 お肩。

つるは、さは、この觀音のせさせ給《たまふ》なりけり』とおもふに、涙の雨しづくとふりて、しのぶとすれど、ふしまろびなくけしきを、男ききつけて、『あやし』とおもひて走《はしり》きて、「なに事ぞ。」ととふに、[一〇]なくさまおぼろげならず。「いかなる事のあるぞ。」とてみまはすに、觀音の御肩に赤キ袴かゝりたり。これをみるに、「いかなる事にかあらん。」とて、ありさまをとへば、此《この》女の思《おもひ》もかけずきて、しつるありさまをこまかにかたりて、「それにとらすと思《おもひ》つるはかまの、この觀音の御かたにかゝりたるぞ。」と、いひもやらず、こゑをたててなけば、をのこも空《そら》ねしてききしに、女にとらせつるはかまにこそあんなれと思ふが、かなしくて、おなじやうになく。郎等共《ども》も、[一一]物の心しりたるは手をすりなきけり。かくて[一二]たてをさめ奉《たてまつり》て、美濃へこえにけり。其後、おもひかはして、[一三]又よこめする事なくてすみければ、子どもうみつづけなどして、このつるがにも、つねにきかよひて、觀音に返々《かへすがへす》つかまつりけり。[一四]ありし女は、「さる物《もの》やある。」とて、ちかくとほくたづねさせけれども、さらにさる女なかりけり。それよりのち、又おとづるゝ事もなかりければ、ひとへにこの觀音のせさせ給へるなりけり。この男女、たがひに七八十に成《なる》までさかえて、をのこご・女《をむな》ごうみなどして、死《しに》の別《わかれ》にぞわかれにける。

一〇　真剣に泣く様子だ。
一一　人情を解する者は。
一二　堂の扉を閉じ収め。
一三　脇目することなくて。他心なくして。
一四　せんだっての女（召使女の娘）をば。

## 四　クウスケガ佛供養ノ事

一くうすけといひて、二兵《つはもの》だつる法師ありき。親《した》しかりし僧のもとにぞありし。その法師の「佛をつくり、供養したてまつらばや。」といひわたりければ、うちきく人、『三佛師《ぶつし》に物とらせて、つくりたてまつらんずるにこそ』と思《おもひ》て、佛《ぶつ》しを家によびたれば、「三尺の佛造《つくり》たてまつらんとする也《なり》。四たてまつらんずる物どもはこれなり。」とて、とりいでて、みせければ、佛師、よきことと思《おもひ》て、取《とり》ていなんとするに、いふやう、「佛師に物たてまつりて五おそく造《つくり》たてまつれば、我身も腹《はら》だたしく思ふ事もいでて、せめいはれ給《たまふ》佛師もむつかしうなれば、功徳つくるもかひなくおぼゆるに、此物どもはいとよき物どもなり。六ふうつけてこゝにおき給て、やがて佛をもこゝにてつくり給へ。作《つくり》いだし奉り給《たまひ》つらん日、皆ながらとりておはすべきなり。」といひければ、佛師『うるさき事かな』とは思《おもひ》けれど、物おほくとらせたりければ、七いふまゝに佛つくりたてまつる程に、「佛師のもとにて作《つくり》たてまつらましかば、そこにてこそは物はまゐらましか。八こゝにいまして、物くはんとやは、の給はまし。」とて、物もくはせざりければ、「さる事也《なり》。」一〇とて、我家にて物うちくひては、九つとめてきて、一日作《つくり》たてまつりて、夜さりは歸《かへり》つゝ、日比《ひごろ》へて造《つくり》たてまつ

一　私註に「空輔と書くよし。猶可レ考。」
二　武ばった僧。僧兵ぶった僧。
三　仏像彫刻家。
四　報酬として差上げようとする物はこれです。
五　造り奉るのが遅れた時は。
六　封をして。
七　そこ（仏師の所）で食事をとられるであろうに。
八　ここに居られて、食事しようとはおっしゃろうか。（おっしゃらないでしょうね）
九　早朝来て。
一〇　夜。晩方。

りて、「[一一]此えんずる物をつのりて、人に物を借《かり》てうるしぬらせたてまつり、[一二]薄《はく》かひなどして、えもいはず作《つくり》たてまつらんとす。かく人に物を借《かる》よりは、漆のあたひの程は先《まづ》えて、薄《はく》もきせ、うるしぬりにもとらせん。」といひけれども、「など、かくの給《たまふ》ぞ。はじめみな[一三]申《まうし》したゝめたる事にはあらずや。物は[一四]むれらかにえたるこそよけれ。細々《こまぐ》にえんとの給ふ、わろき事也《なり》。」といひて、とらせねば、人に物をば借《かり》たりけり。かくて造《つくり》はてたてまつりて、佛の御眼など入《いれ》たてまつりて、「物えて歸らん。」といひければ、『いかにせまし』と思《おもひ》まはして、小女子どもの二人ありけるをば、「けふだにこの佛師に[一五]物《もの》してまゐらせん。[一六]なにもとりてこ。」とていだしやりつ。我も又物とりてこんずるやうにて、太刀ひきはきていでにけり。たゞ妻ひとり、佛師にむかはせておきたりけり。佛師、佛の御眼入《いれ》はてて、[一七]をとこの僧歸《かへり》きたらば、物よく食《くひ》て、封《ふう》つけて置《おき》たりし物ども見て、『家にもて行《ゆき》て、その物はかの事につかはん、かの物はその事につかはん』と、したくし思《おもひ》けるほどに、[一八]法師こそ〳〵として入《いり》くるまゝに、目をいからかして「[一九]人の妻まく物《もの》、[二〇]あや〳〵。をう〳〵。」といひて、太刀をぬきて、佛師をきらんとて走《はしり》かゝりければ、佛師、かしらうちわれぬと思て、立《たち》はしり逃《にげ》けるを追《おひ》つきて、きりはづし〳〵つゝ追《おひ》にがしていふやうは、「ねたきやつをにがしつる。[二一]しや頭うちわらんと思《おもひ》つる物を。佛師はかならず人の妻やまきける。[二二]おれのちにあはざらむやは。」とて、[二三]ね

一一　自分の貰うべきこの報酬の物を抵当（質）にして。
一二　箔。ここは金箔。
一三　口約束した事ではありませんか。
一四　（群らかに）一度にかためて。一括して。
一五　馳走して差上げよう。
一六　何でも取って来い。
一七　夫の僧。くうすけのこと。
一八　くうすけ。
一九　人妻を寝とる者。
二〇　「あや〳〵」は古板本「あり、やうやう」
二一　あいつの頭。そっ首。
二二　貴様後に会わないだろうかい。「おぼえていろ」の意。
二三　にらみつけて。

めかけて歸《かへり》にければ、佛師逃《にげ》のきていきつきたちて思ふやう『[一]かしこく頭をうちわられずなりぬる。「後に逢《あは》ざらんやは」とねめずばこそ、[二]腹のたつほどかくしつるかとも思《おも》はめ、「みえあはば又頭わらむ」ともこそ[三]いへ、千萬の物、命にます物なし』と思て、[四]物《もの》の具《ぐ》をだにとらず、ふかくかくれにけり。薄《はく》・漆《うるし》のれうに物かりたりし人、つかひをつけて責《せめ》ければ、佛師とかくして返しけり。かくて、くうすけ「かしこき佛を造《つくり》たてまつりたる、いかで供養し奉らん。」などいひてければ、この事をききたる人々、わらふもあり、にくむもありけるに、「[五]よき日とりて佛供養したてまつらん。」とて、主にもこひ、しりたる人にも物こひとりて、[六]講師《かうじ》のまへ、人にあつらへさせなどして、その日になりて、講師よびければ來《き》にけり。[七]おりて入《いる》に、この法師いでむかひて、[八]出《いで》ゐをはきて居たり。「こはいかにし給《たまふ》事ぞ。」といへば、「いかでかく仕《つかまつ》らではさぶらはん。」とて、[九]名簿《みやうぶ》を書《かき》てとらせたりければ、講師は「思《おもひ》かけぬ事なり。」といへば、「けふよりのちは仕《つか》まつらんずればまゐらせ候なり。」とて、よき馬を引出《ひきいだ》して、「こと物《もの》は候はねば、この馬を御布施《おんふせ》にはたてまつり候はんずる也《なり》。」といふ。又[一〇]にび色《いろ》なる絹《きぬ》の、いとよきをつゝみてとりいだして、「これは[一一]女のたてまつる御布施なり。」とて見すれば、講師[一二]ゑみまけて、よしと思《おもひ》たり。[一三]まへの物まうけてすゑたり。講師くはんとするに、いふやうは、「まづ佛を供養してのち、物をめすべきなり。」といひければ、「さる事也《ことなり》。」

一　幸に。運よく。
二　一時立腹した間だけこんな事をしたのかとも思おうが。
三　「いへば」の意。云うから。
四　家財道具。
五　吉日を選んで。
六　「まへ」は次に「前の物」とある。膳部のこと。源氏物語、蜻蛉「前の事」ともある。
七　牛車をおりて。
八　客間を掃いて。
九　名札を書いて与えたので。名簿を人に贈るのはその人に敬意を表する意である。原本「簿」字がない。
一〇　（鈍色）薄黒い色。鼠色。
一一　「め」で、妻のことであろう。
一二　笑いくずれて。
一三　膳部。

とて高座にのぼりぬ。布施よき物《もの》どもなりとて、講師心に入《いれ》てしければ、きく人もたふとがり、この法師もはら〳〵と泣きけり。講《かう》はてて金打《かねうち》て高座よりおりて、物くはんとするに、法師よりきていふやう、手をすりて、「[一四]いみじく候ひつる物かな。けふよりは、ながくたのみまゐらせんずる也《なり》。[一五]つかまつり人《びと》となりたれば、[一六]御まかりに候《さぶらふ》人は、御まかりたべ候《さぶらひ》なん。」とて、はしをだにたてさせずして、とりてもちていぬ。これをだにあやしとおもふほどに、馬を引《ひき》いだして、「この馬は[一七]しのりに給候《たまはりさぶら》はん。」とて、引返《ひきかへ》していぬ。絹《きぬ》をとりてくれば、さりともこれは、えさせんずらんとおもふ程に、「[一八]冬そふつに給はり候《さぶらは》ん。」とてとりて、「さらば歸らせ給へ。」といひければ、[一九]夢にとびしたるらん心ちしていでていにけり。[二〇]こと所《ところ》によぶありけれど、これはよき馬など、ふせにとらせんとすと、かねてききければ、人のよぶ所には、いかずして、こゝに來《き》けるとぞききし。[二一]かゝりともすこしの功徳は得てんや、いかがあるべからん。

## 五　ツネマサガ郎等佛供養ノ事

昔、[二二]ひやうとうたいふつねまさといふ物ありき。それは筑前國[二三]やまがの庄《さう》といひし所にすみし。又そこにあからさまにゐたる人ありけり。つねまさが

一四　実に結構でしたね。
一五　奉仕者。従者。
一六　お給仕の人はおさがりの食物を頂きましょう。後の「御まかり」は、板本「御さがり」
一七　「端乗」か。「陪乗」の意か。
一八　「冬僧都に」か。「冬ぞ、ふつに」か。誤脱があろう。或は「各〻、ふつに」（野村博士）か。
一九　夢の中で富を得たような心持。源氏物語、行幸、「夢にとみ（富）したる心地しはべりてなむ、むねに手をおきたるやうに侍ると申し給ふ」
二〇　他所に（講師として）招待するのがあったが。
二一　かくありとも。そうした（供養した）としても。
二二　「兵藤大夫恒政」か。
二三　山鹿の庄。筑前国遠賀郡（福岡県）にあった庄園。

郎等に、まさゆきとてありしをのこの佛つくりたてまつりて、供養し奉《たてまつら》んとすときゝわたりて、つねまさがゐたる方に、物くひ、さけのみのゝしるを、「こは、なに事するぞ。」といはすれば、「まさゆきと云《いふ》もの佛供養したてまつらんとて、しうのもとに、かうつかまつりたるを、かたへの郎等どものたべのゝしる也《なり》。[一]けふ、饗《あへ》百膳計《ばかり》ぞつかまつる。あす、[二]そこの御《お》まへの御れうには、つねまさ、やがて[三]ぐしてまゐるべくさぶらふなる。」といへば、「佛供養したてまつる人は、かならずかくやはする。」「ゐ中《なか》のものは佛くやうしたてまつらんとて、かねて四五日より、かかる事どもをしたてまつるなり。昨《きの》日《ふ》一昨日《をとっひ》はおのが[四]わたくしに、里隣私のものどもよびあつめてさぶらひつる。」といへば、「をかしかりける事かな。」といひて、「あすを待《まつ》べきなめり。」といひてやみぬ。あけぬれば、いつしかと待《まち》ゐたるほどに、つねまさいできにたり。さなめりと思ふほどに「[五]いづら、これまゐらせよ。」といふ。『さればよ』と思ふに、させる事はなけれど、たかく大きにもりたる物ども、もてきつゝ[六]すゆめり。さぶらひのれうとて、あしくもあらぬ饗一二ぜんばかりすゑつ。雑色《ざふしき》・女どものれうにいたるまでかずおほくもてきたり。講師《かうじ》の御心みとて、[七]こだいなる物すゑたり。講師には、[八]このたびなる人のぐしたる僧をせんとしける也《なり》けり。かくて物くひ酒のみなどするほどに、この講師に請《しやう》ぜられんずる僧のいふやうは、「あすの講師とはうけ給《たまは》れども、[九]その佛をく

一　今日、饗膳百人前ほどをいたします。
二　あなたさまの御用としては。
三　揃えて。
四　内々に。
五　どうだ。
六　据えるようだ。「据ゆ」はワ行下二がヤ行下二に変じたもの。巻一第一七話にも「つい据ゆ」
七　原本「こだひ」いま古板本による。古代・御膳・小台盤・巨大（渡辺氏）とも解される。「古代」は、古風。
八　「あからさまにゐたる」とある人のつれている僧。「たび」は旅。
九　これこれの仏。何という名の仏。

やうせんずるぞとこそ、えうけたまはらね。なに佛をくやうしたてまつるにかあらん。佛はあまたおはします也《なり》。うけ給《たまはり》て説經をもせばや。」といへば、つねまさききて、「さる事なり。」とて、「まさゆきや候。」といへば、此佛くやうしたてまつらんとするをのこなるべし、たけたかく、一〇をせぐみたるもの、あかひげにて、とし五十ばかりなる、太刀《たち》はき、一一もゝぬきはきて、いできたり。「こなたへまゐれ。」といへば、庭中にまゐりてゐたるに、つねまさ、一二「かのまうとは、なに佛を供養したてまつらんずるぞ。」といへば、「いかでか、しりたてまつらんずる。」といふ。「こはいかに。たがしるべきぞ。もし、一三こと人《びと》のくやうしたてまつらんずるを、たゞ供養の事のかぎりをするか。」ととへば、「さも候はず。一四まさゆきまろがくやうし奉るなり。」といふ。「さてはいかでか、なに佛とはしりたてまつらぬぞ。」といへば、「佛師《ぶつし》こそは、しりて候《さぶらふ》らめ。」といふ。あやしけれど、『げにさもあるらん。此男佛の御名をわすれたるならん』とおもひて、「その佛師はいづくにかある。」ととへば、一五「ゑいめいぢにさぶらふ。」といへば、「さては近かんなり。よべ。」といへば、この男歸《かへ》りいりてよびてきたり。一六ひらづらなる法師のふとりたるが、六十ばかりなるにてあり。物に心えたるらんかしと見えたり。いできてまさゆきにならびてゐたるに、「此僧は佛師か。」ととへば、「さに候。」といふ。「まさゆきが佛やつくりたる。」ととへば、「作《つくり》たてまつりたり。」といふ。一七「いくかしら造《つくり》

一〇　古板本「おせぐみたるもの」「小背組み」で、背のかがむことか。
一一　（股貫）股引の類か。皮製の深沓かともいう。
一二　あの方（かた）「まうと」（真人）は敬語。僧をさすか。
一三　他人が供養申し上げるのを、お前は単に供養の事務だけをするのか。
一四　「まろ」は、自称で、ここは接尾語に用いられている。
一五　地名か。「えいめいじ」（叡明寺）かともいう。
一六　平顔。
一七　幾体。「かしら」は仏像を数える称。

たてまつりたるぞ。」ととへば、「五頭《いつかしら》つくりたてまつれり。」といふ。「さてそれはなに佛を作奉りたるぞ。」ととへば、「えしり候はず。」とこたふ。「こはいかに。まさゆきしらずといふ。佛師しらずば、たがしらんぞ。」といへば、佛師は「いかでかしり候はん。佛師のしるやうは候はず。」といへば、「さは、たがしるべきぞ。」といへば、「講師の御房こそしらせ給はめ。」といふ。「こはいかに。」とて、あつまりてわらひのゝしれば、佛師ははらだちて、「物一のやうだいもしらせ給はざりけり。」とて、たちぬ。「こはいかなる事ぞ。」とてたづぬれば、「はやうたゞ佛つくりたてまつれ。」二といへば、たゞ三まろがしらにて、四齋《さい》の神の冠もなきやうなる物《もの》を、五《いつ》かしらきざみたてて、供養したてまつらん講師して、その佛かの佛と名をつけたてまつるなりけり。それをとひききて、をかしかりし中にも、おなじ功徳にもなればとききし。五あやしのものどもは、かく六希有《けう》の事どもをし侍りけるなり。

## 六　哥讀テ被レ免レ罪事*

いまは昔、七大隅守《おほすみのかみ》なる人、國の政をしたゝめおこなひ給《たまふ》あひだ、郡司《ぐんじ》のし八どけなかりければ、「召《めし》にやりていましめん。」といひて、先々《さきざき》の様《やう》にしどけなき事ありけるには、罪にまかせて、重く輕くいましむる事ありければ、一

一　物の様子もよく御報せがなかった。
二　まさゆきが言うから。
三　円頭。
四　道祖神。道路の要点に立って通行人を守るという神（巻一第一話参照）
五　下賤の者どもは。
六　へんな事。ふしぎな事。
*　古本説話集四四話・今昔物語巻二四第五五話・拾遺和歌集巻九・俊頼口伝集巻上・十訓抄巻下第一〇の話と同話。
七　拾遺和歌集巻九や十訓抄第一〇によると「桜島忠信」本朝文粋巻十二、落書に「桜島忠信落書。依二此落書一拝任三大隅守二云々」
八　だらしなかったので。締りがなかったので。
九　今昔物語「前々誡ムル様ニゾ、ウツ臥セテ尻頭ニ上リ可レ居、可レ打キ様ナド儲ケテ待ツニ、人二人シテ引張テ将テ来タリ。見レバ……」
一〇　笞。罪人を打つ具。和名抄「笞、和名之毛度。大頭二分、小頭一分半」元来は小枝のない若枝をいった。

度にあらず、度々しどけなき事あれば、おもくいましめんとて、めすなりけり。「こゝにめして、ゐてまゐりたり。」と人の申《まうし》ければ、さき〴〵[九]するやうにしふせて、しりかしらにのぼりゐたる人、しもと[一〇]をまうけて、打《うつ》べき人まうけて、さきに人ふたりひきはりて、出《いで》きたるをみれば、頭は黒髪もまじらず、いとしろく、とし老《おい》たり。見るに打《ちやう》ぜん事いとほしくおぼえれば、何事に[一一]つけてか、これをゆるさんと思ふに、事つくべき事《こと》なし。あやまちどもをかたはしよりとふに、たゞ老[一二]をがうけにて、いらへをる。いかにしてこれをゆるさんと思《おもひ》て、「おのれはいみじき盗人《ぬすびと》かな。哥《うた》はよみてんや。」といへば、「はか〴〵しからず候《さぶらへ》ども、よみ候《さぶらひ》なん。」と申しければ、「さらば、つかまつれ。」といはれて、程もなくわなゝきごゑにて、うちいだす。

[一三]としをへてかしらの雪はつもれども
しもとみるにぞ身はひえにける

といひければ、いみじうあはれがりて、感じてゆるしけり。人はいかにもな[一四]さけはあるべし。

## 七　大安寺別當ノ女ニ嫁スル男夢見ル事**

今はむかし、奈良《なら》の[一五]大安寺《だいあんじ》の[一六]別當《べたう》なりける僧の女《むすめ》のもとに、藏人《くらうど》なりける

楚。
一一　かこつけてか。
一二　老齢を口実にして。「がうけ」は高家か、豪家か。巻一〇第一話に「大納言をがうけに思ふか」
一三　拾遺和歌集巻九雑下「大隅守さくらじまの忠信が国に侍りける時、郡のつかさに頭白き翁の侍りけるを召しかんがへむとし侍りけるに、翁の詠み侍りける」として「老い果てて雪の山をば戴けど、しもと見るにぞ身は冷えにける」とあり、左註に「この歌により許され侍りにける」と見える。「しもと」は、「笞」「霜と」の懸詞。
一四　風流の情。または人情・慈悲。
**　今昔物語巻一九第二〇話と同話。
一五　推古帝二五年大和国平群郡（奈良県）熊凝村に創建。舒明帝一一年百済河の側に移し百済大寺と号した。天武帝一二年高市郡に移し、大官大寺といい、和銅三年奈良に遷した。
一六　寺を支配する長官。住職。

人のしのびてかよふほどに、[一]せめて思はしかりければ、時々は晝もとまりけり。ある時、ひるねしたりける夢に、俄《にはか》にこの家の内に、上下の人[二]どよみてなきあひけるを、いかなる事やらんとあやしければ、立出《たちいで》てみれば、しうとの僧・[三]妻の尼公《あまぎみ》より始《はじめ》て、ありとある人、みな大きなる土器《かはらけ》をさゝげてなきけり。『いかなれば、このかはらけをさゝげてなくやらん』とおもひて、よくよくみれば、[四]あかがねの湯を土器《かはらけ》ごとにもれり。[五]打《うち》はりて、鬼の飲《のま》せんだにも、のむべくもなき湯を、[六]心となく〳〵のむなりけり。からくしてのみはてつれば、[七]又こひそへてのむものもあり。下《げ》らふにいたるまでも、のまぬもあのなし。我がかたはらにふしたる君を、[八]女房きてよぶ。おきていぬるを、おぼつかなさに又みれば、この女も、大《おほき》なる銀《しろがね》の土器《かはらけ》に、銅の湯を一土器《ひとかはらけ》いれて、女房とらすれば、この女とりて、[九]ほそくらうたげなる聲をさしあげて、なく〳〵のむ。目鼻より烟《けぶり》くゆりいづ。あさましとみてたてる程《ほど》に、又「[一〇]まう人《と》にまゐらせよ。」といひて、かはらけをだいにすゑて、女房もてきたり。『我もかゝる物をのまんずるか』と思ふに、あさましくて、まどふとおもふほどに夢さめぬ。おどろきてみれば、女房くひ物《もの》をもてきたり。しうとのかたにも物くふおとしてのゝしる。『[二]寺の物をくふにこそあるらめ。それがかくはみゆるなり』と、[三]ゆゝしく心うくおぼえて、むすめの思はしさもうせぬ。その後は、つひさて心ちのあしきよしをいひて、ものをくはずしていでぬ。

一　切に恋しく思われたので。
二　騒いで。
三　今昔物語に「姑ノ尼君」
四　銅を沸騰した熱湯。
五　古板本「うち入りて」今昔物語「打チ責テ」ここは「打ちはたりて」（催促して）かともいう。
六　自分の心から泣く泣く飲むようだ。
七　乞い添えて。
八　侍女。
九　かわいらしい声をはり上げて。
一〇　（真人）客人。蔵人のことをいう。古板本「まらうど」
二　寺の財物を勝手に用い食うのであろう。
三　いまわしく心つらく思われて。

にかしこへゆかずなりにけり。

## 八　博打＊ノ子聟入ノ事

昔、[一三]ばくちの子の年わかきが、目鼻一所《ひとつところ》にとりよせたるやうにて、世の人にも似ぬありけり。ふたりのおや、これいかにして世にあらせんずると、思《おもひ》てありける處に、[一四]長者の家に[一五]かしづく女《むすめ》のありけるに、「かほよからん聟取らむ。」と、母のもとめけるをつたへききて、「[一六]あめのしたのかほよしといふ人『聟にならん』と、の給《たまふ》。」といひければ、長者悦て、「むこにとらん。」と[一七]て日をとりて契《ちぎり》てけり。その夜になりて、裝束など人にかりて、月はあかかりけれど、かほみえぬやうにもてなして、ばくちどもあつまりてありければ、[一八]人々しくおぼえて心にくく思ふ。さてよる〳〵いくに、[一九]晝《ひる》ゐるべきほどになりぬ。いかがせんと思《おもひ》めぐらして、ばくち一人、長者の家の天井《てんじやう》にのぼりて、ふたりねたるうへの天井を、ひし〳〵とふみならして、いかめしくおそろしげなるこゑにて、「あめのしたのかほよし。」とよぶ。家のうちのものども、「いかなる事ぞ。」とききまどふ。聟いみじくおぢて、「おのれをこそ、世の人、天のしたのかほよしといふときけ。いかなる事ならん。」といふに、三度までよべば、[二〇]いらへつ。「これは[二一]いかにいらへつるぞ。」といへば、「心にも

＊　日本昔話集成本格昔話一二五「博徒聟入」特に岐阜県採集のもの参照。
一三　（博打）賭博する者。
一四　富豪。大金持。
一五　大切に育てる娘。
一六　天下の好男子。
一七　吉日を選んで。
一八　一人前らしく思われてゆかしく思う。
一九　古板本「晝ぬ（寝）る」
二〇　答えた。
二一　どうして。どういうつもりで。

あらでいらへつるなり。」といふ。鬼のいふやう、「この家のむすめは、[一]わが領《りやう》じて三年になりぬるを、汝いかにおもひて、かくはかよふぞ。」といふ。「さる御事ともしらでかよひ候《さぶらひ》つるなり。たゞ御たすけ候へ。」といへば、鬼「いと〳〵にくき事なり。[二]一こととして歸《かへ》らん。汝命《なんぢいのち》とかたちといづれかをしき。」といふ。聟「いかがいらふべき。」といふに、しうと・しうとめ「[三]なにぞの御かたちぞ。命だにおはせば。『たゞかたちを』との給へ。」といへば、をしへのごとくいふに、鬼「さらば、[四]すふ〳〵。」といふ時に、聟顔をかゝへて、「あら〳〵。」といひてふしまろぶ。鬼は[五]あよび歸《かへり》ぬ。さて「かほはいかが成《なり》たるらん。」とて、[六]脂《し》燭《そく》をさして人々みれば、目はなひとつ所にとりするたるやうなり。聟はなきて、『たゞ命』とこそ申《まうす》べかりけれ。かゝるかたちにて世中《よのなか》にありては、なにかせん。[七]かからざりつるさきに、かほを一《ひと》たびみえたてまつらで。大かたはかくおそろしき物にりやうぜられたりける所にまゐりける、あやまちなり。」と、[八]かこちければ、しうと、いとほしと思て、「このかはりには、我もちたる寶をたてまつらん。」といひて、めでたく[九]かしづきければ、うれしくてぞありける。「所のあしきか。」とて、[一〇]べちによき家をつくりて、すませければ、いみじくてぞありける。

一 自分（鬼）が我が物として。自分が領有して。

二 一言いうて。

三 なんの御容貌が惜しかろう。

四 吸う音であろう。

五 「歩み帰りぬ」か。法華修法一百座聞書抄「太子ノオマヘニアユビイタル」

六 （紙燭）紙をまいて油をひたして火をともすもの。竹取物語「脂燭さして来（こ）」

七 こうならなかった前に。

八 愚痴をいったので。

九 大事にしたから。

一〇 別に。

＊ 伴大納言絵詞・十訓抄中第六の一六話・大鏡裏書・愚管抄巻三などと同話。

一二 清和天皇。文徳帝第四子。貞観一八年二七歳で陽成帝に譲位、元慶四年三一歳で逝去。陵墓が山城国葛野郡（京都府）水尾の地にある。

# 巻第一〇

## 一　伴*大納言焼㆓應天門㆒事

今はむかし、[一一]水尾《みつのを》の御門《みかど》の御時に應[一二]天門やけぬ。人のつけたるになんありける。それを[一三]伴善男《とものよしを》といふ大納言、「これはま[一四]ことの大臣《おとゞ》のしわざなり。」と、大《おほ》やけに申《まうし》ければ、そのおとゞをつみせんとせさせ給《たまひ》けるに、[一五]忠仁公、世の政は御おとうとの[一六]西三條の右大臣にゆづりて、[一七]白川にこもりゐ給へる時にて、この事をききおどろき給て、御烏帽子《おんゑばうし》・直垂《ひたゝれ》ながら、[一八]移《うつし》の馬に乗給て、のりながら[一九]北の陣までおはして、御前にまゐり給てこの事申《まうす》。「人の讒言《ざんげん》にも侍らん。大事になさせ給事、いとことやうの事也《なり》。かかる事は返々《かへすぐ》よくたゞして、まこと・空《そら》ごとあらはして、おこなはせ給べきなり。」と[二〇]そうし給《たまひ》ければ、『まことにも』とおぼしめして、たゞさせ給に、[二一]一定《いちぢやう》もなき事なれば、「ゆるし給《たまふ》よし仰せよ。」とある宣旨《せんじ》うけ給《たまはり》てぞ、おとゞは歸給ける。左のおとどは、つゆ過《あやまち》したる事もなきに、[二二]かかるよこざまの罪にあたるをおぼしなげきて、日の裝束して、庭にあらごもをしきていでて、天道にうたへ申給ける

一二　皇居の大極殿の正門で南の方朱雀門に向う。三代実録、貞観八年閏三月一〇日乙卯「応天門火、延焼㆓棲鳳・翔鸞両楼㆒」同八月三日乙亥「左京人備中権史生大初位下大宅首鷹取、告㆓大納言伴宿禰善男・右衛門佐伴宿禰中庸等、同㆑謀行㆑火焼㆓応天門㆒」

一三　巻一第四話参照。

一四　左大臣源信。嵯峨帝の皇子。貞観一〇年逝。年五九。

一五　藤原良房。冬嗣の二男。従一位摂政太政大臣。貞観一四年逝、年六九。

一六　藤原良相。冬嗣の五男。良房の弟。正二位右大臣。貞観九年逝。年五一。

一七　京都の東。

一八　乗替の馬。巻五第二話「うつし鞍」

一九　拾芥抄「縫殿陣、朔平門云㆓北陣㆒」

二〇　（奏し）天皇に申上げ。

二一　確実でない事。

二二　無実の罪。寃罪。大納言伴善男と左大臣源信との勢力争いのことは三代実録貞観一〇年閏一二月二八日の条にある。

に、ゆるし給ふ御使に、頭中將《とうのちゆうじやう》、馬にのりながらはせまうでければ、いそ[一]ぎ罪せらるゝ使ぞと心えて、ひと家《いへ》なきのゝしるに、ゆるし給よしおほせかけて歸《かへり》ぬれば、又悦《よろこび》なきおびたゞしかりけり。ゆるされ給にけれど、「大《おほ》やけにつかうまつりては、よこざまの罪いでぬべかりけり。」といひて、ことにもとのやうに宮づかへもし給はざりけり。此事は過《すぎ》にし秋の比《ころ》、右兵衞の舍人《とねり》なるもの、東[二]の七條に住《すみ》けるが、つかさにまゐりて夜深《ふけ》て家に歸《かへる》とて、應天門の前をとほりけるに、人のけはひしてさゞめく。廊の腋《わき》にかくれたちてみれば、柱よりかゝぐりおるゝものあり。あやしくてみれば伴大納言なり。次に子[三]なる人おる。又次に雑色《ざふしき》[四]とよ清《きよ》といふものおる。「なにわざしておるるにかあらん。」と、つゆ心もえで、みるに、この三人おりはつるまゝに、はしることかぎりなし。南の朱雀門ざまに走《はしり》ていぬれば、この舍人も家ざまに行《ゆく》程に、二條堀河のほど行《ゆく》に、「大内のかたに火あり。」とて大路のゝしる。見かへりてみれば、内裏の方とみゆ。走《はしり》かへりたれば、應天門の上のなからばかりもえたるなりけり。『このありつる人どもは、この火つくるとて、のぼりたりけるなり。』と心えてあれども、人のきはめたる大事なれば、あへて口よりほかにいださず。その後「左のおとゞの、し給へる事。」とて、「罪かうぶり給べし。」といひのゝしる。『あはれ、したる人のある物を。いみじき事かな。』とおもへど、いひいだすべき事ならねば、いとほしと思《おも》[五]ひありく

一 伴大納言絵詞には「いま」とある。
二 朱雀大路から東の方の七条大路。
三 右衛門佐中庸か。
四 豊清は三代実録貞観八年九月二二日甲子の「紀豊城」か。
五 「思ひ有り来に」か「思ひてありしに」の誤写か。

に、「おとゞゆるされぬ。」ときけば、『罪なき事は、つひにのがるゝ物《もの》なりけり』となん思《おもひ》ける。かくて九月計《ばかり》になりぬ。かかる程《ほど》に伴大納言の出納《すゐなふ》[六]の家のをさなき子と、舎人が小童と、いさかひをして泣き[七]のゝしれば、いでて[八]とりさへんとするに、この出納、おなじくいでてみるに、よりてひきはなちて、我子をば家に入《いれ》て、この舎人が子の髪を取《とり》て、うちふせて、しぬばかりふむ。舎人思ふやう、「我子も人の子もともに童《わらはべ》[九]いさかひなり。たゞさてはあらで、我子をしも、かくなさけなくふむは、いと[一〇]あしき事なり。」と腹《はら》だたしうて、「[一一]まうとはいかでなさけなくをさなきものを、かくはするぞ。」といへば、出納いふやう「おれは何事いふぞ。[一二]とねりだつるおればかりのおほやけ人《びと》を、わがうちたらんに、なに事のあるべきぞ。わが君大納言殿のおはしませば、いみじきあやまちをしたりとも、なに事のいでくべきぞ。[一三]しれ事《ごと》いふかたゐかな。」といふに、舎人おほきに腹立《はらだち》て、「おれはなにごといふぞ。[一四]わがしうの大納言をがうけに思ふか。[一五]おのがしうは我口によりて人にてもおはするはしらぬか。わが口あけては、おのがしうは人にては、ありなんや。」といひければ、出納は[一六]腹だちさして、家にはひ入《いり》にけり。このいさかひをみるとて、里隣の人、市《いち》をなしてききければ、『いかにいふ事にかあらん』と思《おもひ》て、[一七]あるは妻子にかたり、あるはつぎ〳〵かたりちらしていひさわぎければ、世にひろごりて、おほやけまできこしめして、舎人をめしてとはれければ、

六 伴大納言家の納殿（をさめどの）の出納を預かる下役人。
七 「泣き」原本・古板本「出納」
八 制止しようとする。
九 子供喧嘩。
一〇 絵詞には「あやしき事」
一一 （真人）あなた。
一二 舎人ふぜいのお前ぐらいの役人を。
一三 ばかなことという乞食だな。
一四 自分の主人の伴大納言をえらいと思うか。巻九第六話「老をがうけにて」
一五 お前の主人（伴大納言）は俺の口一つによって人並の人間でもいらっしゃることは知らないか。
一六 立腹しかけたままで。
一七 或は。

はじめはあらがひけれども、われも罪かうぶりぬべく、[一]とはれければ、ありのくだりのことを申《まうし》てけり。そののち大納言も、とはれなどして、事あらはれての後なん流[二]されける。應天門を燒《やき》て、まことの大臣におほせ[三]て、かのおとゞをつみせさせて、一[四]の大納言なれば、大臣にならんとかまへける事《こと》の、かへりてわが身罪せられけん、いかにくやしかりけむ。

## 二 放鷹樂明暹ニ是季ガ習事*

これも今はむかし、[五]放鷹樂《はうようらく》といふ樂《がく》をば、[六]明暹已講《みやうせんいかう》たゞ一人習《ならひ》つたへたりけり。白河院、野行幸[七]あさてといひけるに、[八]山階寺《やましなでら》の三面[九]の僧坊にありけるが、「こよひは門《いり》なさしそ。尋ぬる人あらんものか。」といひて待《まち》けるが、案のごとく入きたる人あり。これをとふに、「是季[一〇]なり。」といふ。「放鷹樂ならひにか。」といひければ、「しかなり。」とこたふ。すなはち坊中にいれて件《くだり》の樂をつたへけり。

## 三 堀川院明暹ニ笛吹サセ給事**

これも今は昔、堀川院[一一]の御時、奈良[一二]の僧どもをめして、[一三]大般若《だいはんにや》の御讀經《みどきやう》お

一 糺問されたので。古板本「といはれければ」
二 三代実録九月二二日甲子「是日、大納言伴宿禰善男・右衛門佐伴宿禰中庸・同レ謀者紀豊城・伴秋実・伴清縄等五人坐レ焼二応天門一当レ斬、詔降二死一等一並処二之遠流一。善男配二伊豆国一、中庸隠岐国、豊城安房国、秋実壱岐嶋、浄縄佐渡国、相坐配流者八人……」
三 （罪を）負わせて。
四 第一位の大納言。
* 古事談巻六・東斎随筆音楽類・教訓抄にも見える話と同話。
五 唐楽の曲名。乞食調。
六 東宮学士藤原明衡の子。「已講」は僧職。
七 紫野・嵯峨野・大原野等への鷹狩の行幸。東斎随筆では「熊野行幸」
八 奈良の興福寺。
九 今昔物語巻一二第二一話に「西室・東室・中室各大小の房」とあるのを指すか。
一〇 古事談には「是秀」教訓抄「惟季」
** 古事談巻六・東斎随筆音楽類と同話。

こなはれけるに、明暹《みやうせん》この中にまゐる。其時に[一四]主上御[一五]笛をあそばしけるが、やう〳〵に調子《てうし》をかへてふかせ給ひけるに、明暹調子ごとに[一六]こゑたがへずあげければ、主上あやしみ給《たまひ》てこの僧をめしければ、明暹ひざまづきて庭に候[一七]。仰によりて、のぼりて[一八]簀子《すのこ》に候に、「笛やふく。」ととはせおはしましければ、「かたのごとくつかまつり候。」と申ければ、「さればこそ。」とて、御笛たびてふかせられけるに、[一九]萬歳樂《まんざいらく》をえもいはず吹《ふき》たりければ、御感ありて、やがてその笛をたびてけり。件《くだり》の笛[二〇]つたはりて、いま[二一]八幡《やはた》別當[二二]幸清がもとにありとか。[二三]件笛幸清進二上当今一建保三年也。

四　***浄藏ガ八坂坊ニ强盗入事

これも今はむかし、[二四]天暦のころほひ、[二五]浄藏《じやうざう》が[二六]八坂《やさか》の坊に、强盗その數入《いり》みだれたり。しかるに火をともし、太刀をぬき、目を見はりて、おの〳〵たちすくみて、さらにする事なし。かくて[二七]數刻をふ。夜やう〳〵あけんとするとき、こゝに浄藏、本尊《ほんぞん》に啓白《けいびやく》して、「はやくゆるしつかはすべし。」と申けり。その時に盗人ども、[二八]いたづらにて逃歸《にげかへり》けるとか。

一一　白河帝の次、在位二一年。嘉承二年逝。二九歳。
一二　興福寺・東大寺・薬師寺などの僧共。
一三　大般若波羅蜜多経。
一四　天皇（堀河天皇）
一五　横笛。
一六　声の調子を誤らず経を読み上げたので。
一七　東斎随筆「候す」
一八　竹縁。
一九　平調の楽曲の名。隋の煬帝が大楽令白明達に作らせたという。
二〇　古板本「侍りて」
二一　山城国綴喜郡（京都府）男山の石清水八幡宮の長官。
二二　石清水別当法印紀成清の子。文暦二年歿。年五九。古事談「件笛、般若丸ト付テ秘蔵シテ持タリケリ。伝伝シテ今在ニ八幡別当幸清之許ニ云々」
二三　この註は古板本にも古事談にもない。「当今」は今上天皇（順徳天皇）「建保」は順徳帝の年号。
***　古事談巻三・扶桑略記、天暦八年一二月五日の条・元亨釈書巻一〇浄蔵伝に見える。
二四　村上天皇の年号。

## 五　*播磨守子サタユフガ事

今はむかし、[一]播磨守きんゆきが子に[二]さたいふとて、五條わたりにありしものは、この比《ごろ》あるあきむねといふものの父なり。そのさたいふは[三]阿波守さとなりがともに阿波へくだりけるに、道にて死《しに》けり。そのさたいふは[四]河内ノ前司といひし人のるゐにてぞありける。その河内ノ前司がもとに、[五]あめまだらなる牛ありけり。その牛を人の借《かり》て、車かけて[六]淀《よど》へやりけるに、[七]ひづめの橋にて、牛飼あしくやりて、片輪を橋よりおとしたりけるに、ひかれて車の橋よりしたに落《おち》けるを、車のおつると心えて、牛のふみひろごりて、たてりければ、[八]むながいきれて車は落《おち》てくだけにけり。牛は一《ひとり》橋のうへにとゞまりてぞありける。人ものらぬ車なりければ、そこなはるゝ人もなかりけり。「[九]えせ牛ならましかば、ひかれておちて牛もそこなはれまし。いみじき牛の力かな。」とて、そのへんの人いひほめける。かくてこの牛をいたはりてかふほどに、この牛いかにして失せたるといふ事なくて、うせにけり。「こは、いかなる事ぞ。」と、もとめさわげど、なし。「はなれていでたるか。」とて、ちかくより遠くまで尋《たづね》もとめさすれども、なければ「いみじかりつる牛をうしなひつる。」となげく程に、河内前司が夢にみるやう、このさたいふがきた

三五　京の人。参議三善清行の第八子。村上帝康保元年雲居寺で逝く。年七四。
三六　京都東山八坂にある八坂寺の僧坊。八坂寺は法観寺とも号し、今の八坂神社。
三七　数時間を経た。
三八　むだで。何もとらないで。

*　今昔物語巻二七第二六話と同話。
一　播磨守公行。今昔物語には「播磨ノ守佐伯ノ公行」
二　今昔物語「佐大夫□トテ、四条ト高倉トニ有シ者ハ」
三　今昔物語には「阿波ノ守藤原ノ定成ノ朝臣」阿波国は徳島県。
四　今昔物語には「河内禅師」
五　黄斑。和名抄に黄牛を阿米宇之と読ます。今昔物語にはキマダラと読ます。
六　山城国久世郡(京都府)。
七　樋爪・火爪と書く。山城国乙訓郡。
八　鞅(むながい)。胸部に当てる牛具。
九　つまらぬ牛であったならば。

りければ、これは海に落入《おちいり》て死《しに》けるときく人は、『いかにきたるにか』とおもひおもひいであひたりければ、さたいふがいふ様《やう》、「我はこのうしとら[一〇]のすみにあり。それより日に一ど、ひづめの橋のもとにまかりて、苦をうけ侍るなり。それにおのれが罪のふかくて、身のきはめておもく侍れば、乗物のたへずして、かち[一一]よりまかるがくるしきに、このあめまだらの御車牛の力のつよくて、のりて侍《はべる》に、いみじくもとめさせ給へば、いま五日ありて、六日と申さん巳《み》[一二]の時ばかりには返したてまつらん、いたくなもとめたまひそ。」とみてさめにけり。「かかる夢をこそみつれ。」といひて過《すぎ》ぬ。その夢見つるより六日といふ巳の時計《ばかり》に、そゞろに此牛あゆみ入《いり》たりけるが、いみじく大事[一三]したりげにて、くるしげに舌たれ、汗水にてぞ入《いり》きたりける。「このひづめの橋にて車おち入《いり》、牛はとまりたりけるをりなどに行《いき》[一四]あひて、『力つよき牛かな』とみて、借《かり》て乗《のり》てありきけるにやありけんと、思《おもひ》けるもおそろしかりけり。」と、河内前司かたりしなり。

## 六　**吾嬬人止㆓生贄㆒事

今は昔、山陽道美作《みまさか》國に、[一五]中《ちゆう》ざん・[一六]かうやと申《まうす》神おはします。かうやは[一七]くちなは、中ざむは[一八]猿丸にてなんおはする。その神、年ごとの祭に、かならず

一〇　（艮）東北方。
一一　徒歩で。
一二　午前一〇時。
一三　大骨折した様子で。
一四　今昔物語に「彼ノ佐大夫ガ霊ノ、其時ニ行会テ」
**　今昔物語巻二六第七話と同話。捜神記巻一九・私聚百因縁集巻一の宝明童子事、巻二の堅陀羅貧女事、巻三の善見童子などは類話。日本昔話名彙「猿神退治」参照。
一五　中山神社（俗に仲山大明神）美作国苫田郡（岡山県）一宮にある。
一六　高野神社。同郡二宮にある。
一七　蛇。
一八　猿。「丸」は接尾語。

[一]いけにへをたてまつる。人のむすめのかたちよく、かみながく色しろく、身なりをかしげに、すがた[二]らうたげなるをぞ、えらびもとめてたてまつりける。昔より今にいたるまで、その祭おこたり侍らず。それにある人の女、いけにへにさしあてられにけり。おやども、なきかなしむ事かぎりなし。人のおや子となることは、さきの世の契《ちぎり》なりければ、[三]あやしきをだにも、おろかにやは思《おも》ふ。ましてよろづにめでたければ、身にもまさりておろかならず思へども、さりとてのがるべからねば、なげきながら月日をすぐすほどに、やうやう命《いのち》つゞまるを、おや子と逢《あひ》みん事いまいくばくならずと思ふにつけて、日をかぞへて、[四]明暮《あけくれ》はたゞねをのみなく。かかる程《ほど》に、[五]あづまの人の狩といふことをのみ、[六]やくとして、猪《ゐ》のしゝといふ物の[七]腹たちしかりたるはいとおそろしき物なり、それをだになにとも思《おも》たらず、心にまかせてころし、とりくふ事をやくとするものの、いみじう身の力つよく、心たけう、[八]むくつけきあら武者のおのづから[九]いできて、そのわたりにたちめぐる程に、この女の父母のもとにきにけり。物語するついでに、女の父の云様《いふやう》、「おのれが女《むすめ》のたゞひとり侍《はべる》をなん、かう〳〵のいけにへにさしあてられ侍れば、思《おもひ》くらし、なげきあかしてなん、月日をすぐし侍《はべ》る。世にはかゝる事も侍《はべり》けり。さきの世にいかなる罪をつくりて、この國にむまれてかかる目《め》をみ侍るらん。かの女ごも『心にもあらず、あさましき死《しに》をし侍りなんずるかな』と申《まうす》、いとあはれ

一　生贄。生きたまま神仏に供える魚鳥獣の類。
二　かわいらしい様子なのを。
三　粗末な子でもおろそかに思わない。
四　朝夕ひたすらに泣く。「ね」も泣くこと。
五　(吾嬬人。東人)東国の人。今昔物語「東ノ方ヨリ事ノ縁有テ其ノ国ニ来レル人有ケリ。此ノ人、犬山ト云フ事ヲシテ、数ノ犬ヲ飼テ、山ニ入テ、猪鹿ヲ犬ニ令ニ噉殺ニテ取ル事ヲ業トシケル人也」
六　役として。仕事として。
七　腹立ち怒ったのは。
八　恐ろしい荒武者。
九　(自ら)偶然。

にかなしう侍る也《なり》。[一〇]さるはおのれが女とも申《まう》さじ、いみじううつくしげに侍《はべる》なり。」といへば、あづまの人「さてその人は、いまは死《しに》たまひなんずる人にこそおはすれ。人は命にまさる事なし。身のためにこそ神もおそろしけれ。このたびのいけにへを出《いだ》さずして、その女君をみづからにあづけたぶべし。死給《しにたま》はんもおなじことにこそおはすれ。いかでか、たゞひとりもちたてまつり給へらん御女を、目のまへにいきながら[一一]なますにつくり、切《きり》ひろげさせて見給はん、[一二]ゆゝしかるべき事也《ことなり》。[一三]さるめみたまはんもおなじ事也《なり》。たゞその君を我にあづけ給へ。」と、ねんごろにいひければ、「げに[一四]目のまへにゆゝしきさまにて、しなむをみんよりは。」とてとらせつ。かくてあづま人《びと》、この女のもとに行《いき》てみれば、かたち・すがたをかしげなり。[一五]あいぎやうめでたし。物思《ものおもひ》たる姿にて、よりふして手習をするに、涙の袖のうへにかゝりてぬれたり。かかるほどに、人のけはひのすれば、髪をかほにふりかゝるをみれば、髪もぬれかほも涙にあらはれて、思《おもひ》いりたるさまなるに、人のきたれば、いと[一六]つゝましげに思《おもひ》たるけはひして、すこしそばむきたる姿、まことにらうたげなり。凡《およそ》けだかく[一七]しな〳〵しう、をかしげなる事、ゐ中人《なかびと》の子といふべからず。あづま人《びと》これをみるに、かなしき事いはんかたなし。されば、『いかにもいかにも我身なくならばなれ、たゞそれにかはりなん』と思《おもひ》て、此女の父母にいふやう、[一八]「思《おもひ》かまふる事こそ侍れ。もし此君の御事によりてほろび

一〇　というのは、わが娘にも似合わず。
一一　和名抄「膾、和名奈萬須。細切肉也」
一二　いまわしいことです。
一三　そんな辛い目。
一四　原本「目の」を脱す。
一五　（愛敬）かわゆげ。
一六　恥ずかしげに。
一七　上品で。
一八　思いはかる。

などし給はば、くるしとやおぼさるべき。」と問へば、「このために、みづからはいたづらにもならばなれ、更にくるしからず。いきても、なにかはし侍らんずる。たゞおぼされんまゝに、いかにも〱し給へ。」といらふれば、「さらば此御祭の御きよめするなり。」とて、一四目《しめ》引《ひき》めぐらして、「いかにもいかにも人なよせ給《たまひ》そ。またこれにみづから侍ると、二な人にゆめ〱しらせ給《たまひ》そ。」といふ。さて日比《ひごろ》こもりゐて、三此女房とおもひすむ事いみじ。かかる四程《ほど》に、としごろ山につかひならはしたる犬の、いみじきなかに、かしこきをふたつえりて、それにいきたる猿丸をとらへて、明《あけ》くれは、五やく〱と食《くひ》ころさせてならはす。さらぬだに猿と犬とはかたきなるに、いとかうのみならはせば、猿をみては、をどりかゝりて、くひころす事かぎりなし。さて明くれば、六いらなき太刀をみがき、刀をとぎ、劒をまうけつゝ、たゞこのめの君とことぐさにするやう、「七あはれ先《さき》の世にいかなる契をして、御命にかはりていたづらになり侍りなんとすらん。されど御かはりと思へば、命は更にをしからず。たゞ八別《わかれ》きこえなんずと思ひ給ふるが、いと心ぼそくあはれなる。」などいへば、女も「まことにいかなる人のかくおはして、九思《おもひ》ものし給にか。」といひつゞけられて、かなしうあはれなる事いみじ。さて過行《すぎゆく》ほどに、その祭の日になりて一〇宮《みや》づかさよりはじめ、よろづの人々こぞりあつまりて、迎《むかへ》にのゝしりきて、あたらしき長櫃《ながびつ》を、この女のゐたる所にさし入《いれ》ていふやう、

一 注連縄（しめなは）聖場の標とするために引きめぐらす縄。
二 人に決して決して知らせなさるな。
三 婦人。
四 二匹選んで。
五 ただ役として。
六 事々しい。この上ない。
七 言種。口ぐせ。
八 お別れ申そうとすると思いますのが。
九 物思いなさるのか。
一〇 宮司。神官の長。

「例《れい》のやうにこれに入《いれ》て、その生贄《いけにへ》いだされよ。」といへば、このあづま人「たゞ此たびの事は、みづからの申さんまゝにし給へ。」とて、此櫃《ひつ》にみそかに入《いり》ふして左右のそばにこの犬どもをとりいれていふやう、「おのれら、この日比《ひごろ》、いたはりかひつるかひありて、此《この》たびのわが命にかはれ。おのれらよ。」といひて、かきなづれば、うちうめきて、脇に[一二]かいそひてみなふしぬ。又日比とぎみがきつる太刀・刀、みなとりいれつ。さて櫃《ひつ》のふたをおほひて、[一三]布《ぬの》してゆひて封つけて、わがむすめをいれたるやうに思はせて、さし出したれば、鉾《ほこ》・榊《さかき》・鈴《すゞ》・鏡《かゞみ》をふりあはせて、[一三]さきおひのゝしりて、もてまゐるさまいといみじ。さて女是《これ》をきくに、『我にかはりてこの男のかくしていぬるこそ、いとあはれなれと思ふに、又[一四]無爲に[一五]こといでこば、わがおやたちいかにおはせん』と、かたがたになげきゐたり。されども父母のいふやうは、「身のためにこそ神も佛もおそろしけれ。しぬる君の事なれば、今はおそろしき事もなし。[一六]おなじことを、かくてをなくなりなん。今はほろびんもくるしからず。」といひゐたり。かくていけにへを御社にもてまゐり、神主[一七]のといみじく申《まうし》て、神の御《お》まへの戸をあけて、この長櫃をさし入《いれ》て、戸をもとのやうにさして、それより外《と》のかたに、宮づかさをはじめて、次々《つぎ〳〵》の司《つかさ》ども次第にみなならびゐたり。さるほどに、この櫃を刀のさきして、みそかに穴をあけて、あづま人、みければ、まことに、えもいはず大きなる猿の、たけ七八尺

一二　（掻い添いて）よりそって。
一三　布でしばって封をして。
一三　前払いし。
一四　古板本「ふゐに」とある。「不意に」であろう。
一五　事が出来たならば。
一六　今昔物語「同ジク無ク成ラムヲ此テ止ミナム」
一七　祝詞（のりと）延喜式巻八に文例がある。

ばかりなる、かほと、しりとはあかくして、むしり綿をきたるやうに、いら[一]なくしろきが、毛はおひあがりたるさまにて、よこ座《ざ》[二]により居たり。つぎつぎの猿ども、左右に二百[三]ばかりなみゐて、さま〴〵に顔をあかくなし、まゆをあげ、こゑ〴〵になきさけびのゝしる。いと大《おほき》なるまないたに、ながやかなる庖丁刀《はうちやうがたな》を具《ぐ》[四]して置《おき》たり。めぐりには、す[五]・酒・しほ入《いり》たる瓶《かめ》どもなめりとみゆる、あまた置《おき》たり。さてしばしばかりあるほどに、この横座に居たる[六]をけ猿よりきて、長櫃のゆひ[七]をときて、ふたをあけんとすれば、次々のさるども、みなよらんとするほどに、此男、犬どもに、「くらへ。おのれ。」といへば、二《ふたつ》の犬をどりいでて、なかに大なる猿をくひて、うちふせてひきはりて、食《くひ》ころさんとする程《ほど》に、此男、髪をみだりて[八]槽よりをどりいでて、氷のやうなる刀をぬきて、そのさるをまな板のうへにひきふせて、くびにかたなをあてていふやう、「わおのれ[九]が人の命をたち、そのしゝむら[一〇]を食《くひ》などする物はかくぞある。おのれら、うけ給はれ。たしかにしやくび[一一]切《きり》て、犬にかひ[一二]てん。」といへば、かほをあかくなして、目をしばたゝきて、歯をましろにくひ出して、目より血の涙をながして、まことにあさましきかほつきして、手をすりかなしめども、さらにゆるさずして、「おのれがそこばくのおほくの年比《としごろ》、人の子どもをくひ、人のたねをたつかはりに、しや頸《くび》[一三]きりてすてん事、たゞ今にこそあめれ。おのれ[一四]が身さらば我をころせ、更にくるしからず。」

一 この上なく白いのが。
二 （横座）正座。
三 今昔物語「百ばかり」
四 揃えて。
五 酢。
六 「をさ猿」（長猿）の誤りかともいう。運歩集に「長猿、コケザル」ただし今昔物語「大猿」
七 結緒（ユヒヲ。結び紐）を解いて。
八 乱して。
九 （我己れ）貴様。
一〇 肉塊。肉。
一一 そっ首を切って。
一二 犬に食べさせよう。
一三 古板本「しや頭」
一四 「おのれ、かみならば」の誤りか。今昔物語「神ナラバ我ヲ殺セ」

といひながら、さすがにくびをば、とみにきりやらず。さるほどに、この二《ふたつ》の犬どもにおはれて、おほくの猿ども、みな木のうへに逃《にげ》のぼり、まどひさわぎさけびのゝしるに、山もひゞきて地もかへりぬべし。かかるほどに、一人の神主に[一五]神つきて云様《いふやう》、「けふより後、さらに〳〵この生贄《いけにへ》をせじ。ながくとゞめてん。人をころす事[一六]こりともこりぬ。命をたつこと今よりながくし侍らじ。又[一七]我をかくしつとて、この男とかくし、又けふの生贄にあたりつる人の[一八]ゆかりを、[一九]れうじわづらはすべからず。[二〇]あやまりてその人の子孫のすゑずゑにいたるまで、我《われ》まもりとならん。たゞとく〳〵此たびのわが命をこひうけよ。いとかなし。我をたすけよ。」とのたまへば、宮司・神主よりはじめて、おほくの人どももおどろきをなして、みな社の内に入《いり》たちて、さわぎあわてて手をすりて、「[二一]ことわりおのづからさぞ侍る。たゞ[二二]御神にゆるし給へ。御神もよくぞ仰《おほせ》らるゝ。」といへども、このあづま人「[二三]さなすかされそ。人の命をたちころす物なれば、きやつにもののわびしさをしらせんと思ふなり。[二四]我身こそあなれ、たゞころされん、くるしからず。」といひて、更にゆるさず。かかる程に、此猿のくびはきりはなたれぬと見ゆれば、宮づかさも手《て》まどひして、まことにすべきかたなければ、いみじき[二五]ちかごとどもをたてて、祈申《いのりまうし》て、「今よりのちは、かかる事、更に〳〵すべからず。」など神もいへば、「さらばよし〳〵。今より後は[二六]かかる事なせそ。」といひふくめてゆるしつ。さ

一五　猿神がのりうつって。
一六　懲り懲りした。
一七　自分をこうしたとて、この東男にかれこれ（復讐など）したり。
一八　（娘の）縁者。
一九　掕じ。犯し。
二〇　誤まっても。
二一　道理。
二二　御神に免じて許して下さい。
二三　そうだまされるな。古板本「さなゆるされそ」
二四　我が身はどうでもよい。
二五　誓言。
二六　かようなことをするな。

てそれよりのちはすべて人をいけにへにせずなりにけり。さてその男、家に歸《かへり》て、いみじう男女あひおもひて、年比の妻夫《めをとこ》に成《なり》てすぐしけり。男はもとよりゆゑ[一]ありける人のすゑなりければ、くちをしからぬさまにて侍りけり。その後はかの國に猪《ゐ》・鹿《しか》をなん生贄《いけにへ》にし侍りけるとぞ。

## 七　豊前王ノ事*

今はむかし、[二]柏原《かしはばら》の御門の五[三]の御子にて、[四]とよさきの大《おほ》ぎみといふ人ありけり。四位にて、司《つかさ》は刑部卿・[五]大和ノ守にてなん有《あり》ける。世の事をよくしり、心ばへすなほにて、大やけの御政をもよきあしきよくしりて、除目《ぢもく》[六]のあらんとても、先《まづ》國のあまた[七]あきたるのぞむ人あるをも、[八]國のほどにあてつゝ、「その人はその國ノ守《かみ》にぞなさるらむ。」「その人は道理だてて望《のぞむ》とも、えならじ。」など、國ごとにいひゐたりける事を、人ききて、除目の朝に、この大君の[九]おしはかり事にいふ事は露たがはねば、「この大君のおしはかり除目かしこし。」といひて、[一〇]ぢもくのさきには、此おほぎみの家にいきつどひてなん、「なりぬべし。」といふ人は、手をすりてよろこび、「えならじ。」といふをききつる人は、「なに事いひをるふる大君ぞ、[一一]さへの神まつりてくるふにこそあめれ。」などつぶやきてなん歸《かへり》ける。「かくなるべし。」といふ人のな

一　由緒あった人の子孫。

＊　今昔物語巻三一第二五話と同話。

二　桓武帝。山城国（京都府）柏原陵に葬ったので。ただし「浄見原の帝」（天武帝）の誤りか。

三　第五皇子。今昔物語では「五郎ノ御子ノ御孫」これなら第五皇子の孫。ただし「孫」は「子孫」の意味か。

四　豊前の大王。皇胤紹運録などには見えない。三代実録、清和帝貞観七年二月二日の条に豊前王が六一歳で卒した。王は舎人親王（天武帝の第五子）の後、四世木工頭従五位上栄井王の子。博学で知られたとある。

五　豊前王の任じられたのは仁寿三年春という。

六　官吏の任命式。

七　欠員になったのを望む人。

八　国の等級に充てて。昔六十六国を大上中下の四等に分けた。

九　推量説。

一〇　除目の前には。

一一　斎の神。道祖神。

らで、[一二]不慮《ふりよ》にこと人《びと》なりたるをば、「あしくなされたり。」となん世にはそしりける。さればおほやけも、「とよさきの大君は、いかが除目をばいひける」となん、したしく候人《さぶらふひと》には、「行《ゆき》てとへ。」となん仰《おほせ》られける。これは[一三]田むら・[一四]水《みづ》のをなどの御時になんありけるにや。

## 八　藏人頓死ノ事

今はむかし、[一五]圓融院の御時、[一六]内裏焼《やけ》にければ、[一七]後院《ごゐん》になむおはしましける。[一八]殿上の臺盤に人々あまた著《つき》て物くひけるに、[一九]藏人さだたか、臺盤に額をあてゝねぶりいりて、いびきをするなめりと思ふに、やゝしばしになれば『あやし』と思ふ程に、臺盤にひたひをあてて、のどをくつ〳〵とくつめくやうにならせば、[二〇]小野宮大臣殿、いまだ頭中将《とうのちゆうじやう》にておはしけるが、[二一]主殿司《とのもりづかさ》に、「その[二二]式部丞のねざまこそ心えね。それおこせ。」との給ひければ、とのもりづかさ、よりておこすに、すくみたるやうにてうごかず。あやしさにかいさぐりて、「はや死給《しにたまひ》にたり。いみじきわざかな。」といふをききて、ありとある殿上人・藏人、ものもおぼえず物おそろしかりければ、やがてむきたるかたざまにみな走《はしり》ちる。頭中將、「さりとてあるべき事ならず。これ諸司の下部めして、[二三]かきいでよ。」とおこなひ給。「いづかたの陣よりか、いだすべき。」

一二　思いがけず他の人がなったのを。
一三　文徳帝。陵を田村の山陵と称した。仁明帝第一子。
一四　清和帝。巻一〇第一話参照。
＊＊　今昔物語巻三一第二九話・十訓抄第六第三四話・寝覚記巻五と同話。
一五　村上帝第五子。
一六　日本紀略、天元三年一一月二二日辛酉の条「賀茂臨時祭、奏二宣命一之間、従二主殿寮人等候所一火焔忽起、天皇御二中院一……此間諸殿舎皆悉焼亡……。戌時、天皇移二職曹司一」
一七　日本紀略、天元四年七月七日壬寅の条「天皇遷二御四条後院一。太政大臣（頼忠）四条坊門大宮第也。以レ之為二後宮一」
一八　清涼殿の殿上の間の食卓。
一九　藤原実光の子。日本紀略、天元四年九月四日「蔵人式部丞藤原貞孝候二殿上一間、為二鬼物一被レ殺。後院」
二〇　藤原実資。実頼の四男、従一位右大臣。寛徳三年逝。年九〇。天元四年頃は従四

と申せば、「東の陣より出すべきなり。」との給ふをきて、内の人あるかぎり、東の陣にかいいでゆくを見んとて、つどひあつまりたる程に、たがへて西の陣より、殿上のたゝみながらかきいでて出《いで》ぬれば、人々も見ずなりぬ。陣の口かきいづる程に、父の三位きて、むかへとりてさりぬ。「かしこく人々に見あはずなりぬる物かな。」となん人々いひける。さて廿日ばかりありて、頭中將の夢に、ありしやうにて、いみじう泣《なき》てよりて物をいふ。きけば、「いとうれしく、おのれが死《しに》の恥をかくさせ給たる事は、世々に忘申《わすれまうす》まじ。はかりごちて西よりいださせ給はざらましかば、おほくの人に面《おもて》をこそは見えて、死《しに》の恥にて候《さぶら》はましか。」とて、なく〳〵手をすりて悦《よろこぶ》となん、夢にみえたりける。

## 九　小槻當平ノ事*

今《い》まは昔、主計頭《かずへのかみ》小槻當平《をつきのまさひら》といふ人ありけり。その子に算博士《さんはかせ》なるものあり。名は茂助となんいひける。主計頭忠臣が父、淡路守大夫史奉親が祖父《おほぢ》なり。いきたらば、やんごとなくなりぬべきものなれば、いかでなくも成《なり》なん、これが出《いで》たちなば、主計頭・主税頭助《ちからのかみすけ》・大夫史《たいふし》には、こと人《びと》はきしろふべきやうもなかんめり。なりつたはりたる職なるうへに、才《ざえ》かしこく心ばへ

位上・蔵人頭。
二一　主殿寮の下司。
二二　式部省の第三等官。貞孝のこと。
二三　昇き出せ。

---

一　宣陽門。
二　「昇き出で」の音便。原本「かくいで」
三　行き違えにして。
四　宜秋門。
五　畳(薄縁)のままで。
六　従五位実光(尊卑分脈)。五位の誤りか。
七　生前の様子で。
八　見られて。
*　今昔物語巻二四第一八話と同話。
九　民部省主計寮の長官。
一〇　小槻今雄の子。
一一　大学寮の官で算術の教授。今昔物語「算ノ先生」
一二　「大夫」は五位の称、「史」は太政官の弁官の次。
一三　どうかしてなくなってほしい。
一四　民部省主税寮の長官や次官。
一五　競(きそ)いようもないだろう。
一六　父祖伝来の職。今昔物語「成リ伝ヘ来ル孫」

も[一七]うるせかりければ、六位ながら、世のおぼえやう〳〵きこえたかくなりもてゆけば、なくてもありなんと思ふ人々もあるに、此人の家に[一八]さとしをしたりければ、その時[一九]陰陽師《おんやうじ》に物をとふに、いみじくおもくつゝしむべき日どもをかきいでて、とらせたりければ、そのまゝに門をつよくさして、[二〇]物忌《ものいみ》して居たるに、[二一]敵《かたき》の人かくれて、陰陽師に[二二]死ぬべきわざどもを、せさせければ、そのまじわざする陰陽師のいはく、「物忌してゐたるは、つゝしむべき日にこそあらめ。[二三]その日のろひあはせばぞ、しるしあるべき。さればおのれをぐしてその家におはしてよびいで給へ。門は物忌ならば、よもあけじ。たゞこゑをだにききては、かならずのろふしるしありなん。」といひければ、陰陽師をぐして、それが家にいきて、門《かど》をおびたゞしくたゝきければ、下《げ》すいできて、「たそ。この門たゝくは。」といひければ、「それがしが[二四]とみの事にてまゐれるなり。いみじきかたき物忌なりとも、ほそめにあけていれ給へ。大切の事なり。」といはすれば、この下す男歸入《かへりいり》て「かくなん。」といへば、「いと[二五]わりなき事也《ことなり》。世にある人の身思はぬやはある。えいれたてまつらじ。更にふようなり。とく歸給《かへりたまひ》ね。」といはすれば、又いふやう、「さらば門をばあけ給はずとも、その遣戸《やりど》から顔をさしいで給へ。[二六]みづからきこえん。」といへば、しぬべき[二七]宿世《すくせ》にやありけん、「何事ぞ。」とて、やり戸からかほをさしいでたりければ、陰陽師そのこゑをききかほをみて、[二八]すべきかぎりのろひつ。この

一七　善かったので。
一八　神仏のお告げ。
一九　巻二第八話参照。
二〇　潔斎謹慎すること。
二一　敵視する人。今昔物語「彼ノ敵ニ思ヒケル者」
二二　死ぬべきまじないのわざ。
二三　物忌ある日に呪詛し合せたら効験があるでしょう。
二四　急用。
二五　無理な事。むちゃな事。
二六　自身申上げよう。
二七　前世の約束事。
二八　できるだけ詛った。

あはんといふ人は、「いみじき大事いはん。」といひつれども、いふべき事もおぼえねば、「たゞ今ゐ中《なか》へまかれば、そのよし申さんと思《おもひ》て、まうできつるなり。はや入給《いりたまひ》ね。」といへば、「大事にもあらざりける事により、かく人をよびいでて、[一]物もおぼえぬ主《ぬし》かな。」といひて入《いり》ぬ。それよりやがてかしらいたくなりて、三日といふに死《しに》にけり。されば物忌には、こゑだかくよその人にはあふまじきなり。かやうに[二]まじわざする人のためには、それにつけてかかるわざをすれば、いとおそろしき事也《ことなり》。さてそのゝろひ事《ごと》せさせし人も、いくほどなくて殃《わざはひ》にあひて死にけりとぞ。[三]「身におひけるにや、あさましき事なり。」となん人のかたりし。

## 一〇　海賊發心出家ノ事

今はむかし、攝津國にいみじく老《おい》たる[四]入道の、[五]おこなひうちしてありけるが、人の「海賊にあひたり。」といふ物語するついでに、いふやう、「我は若かりしをりに、まことに[六]たのしくてありし身也《なり》。きる物《もの》・食物《くひもの》にあきみちて、明《あけ》くれ[七]海にうかびて世をば過《すぐ》ししなり。[八]淡路の六郎つゐぶくしとなんいひし。それに安藝の嶋にて、こと船《ぶね》もことになかりしに、舟一艘ちかくこぎよす。みれば、廿五六計《ばかり》の男のきよげなるぞ、[九]しうとおぼしくてある。さてはわか

一　わきまえのない方だな。
二　まじないのわざ。
三　呪詛の罰を我が身に負うたのであろうか。
四　仏道に入った人。
五　修行していたのが。
六　富裕であった身。
七　海に浮んで世を過したのです。つまり老いた入道は若い頃海賊だったのである。
八　淡路の六郎追捕使。入道が海賊だった時の通称。「追捕」は逮捕・没収の意。ここは没収。
九　(主)　主人。

き男二三ばかりにてわづかにみゆ。さては女どものよきなどあるべし。おのづから簾《すだれ》のひまよりみれば、皮子《かはご》などあまたみゆ。物はよくつみたるに、はかばかしき人もなくて、たゞこの我舟につきてありく。[一〇]屋形のうへに、わかき僧一人ゐて經よみてあり。くだればおなじやうにくだり、島へよればおなじやうによる。とまればまたとまりなどすれば、[一一]此舟を、え見もしらぬなりけり。あやしと思て、とひてんとおもひて、『こはいかなる人の、かくこの舟にのみぐしておはするぞ。いづくにおはする人にか』ととへば、『[一二]周防國よりいそぐ事ありてまかるが、あるべきたのもしき人もぐせねば、おそろしくて此御舟をたのみて、かくつき申《まうし》たるなり』といへば、[一三]いとをこがましと思て、『これは京にまかるにもあらず。こゝに人待《まつ》なり。[一四]待《まち》つけてすはうのかたへくだらんずるは、いかでぐしてとはあるぞ。京にのぼらん舟に、ぐしてこそおはせめ』といへば、『さらば、[一五]あすこそは、さもいかにもせめ。こよひは猶御舟にぐしてあらん』とて、しまがくれなる所にぐしてとまりぬ。[一六]人ども『たゞいまこそ、よき時なめれ。[一七]いざこの舟うつしてん』とて、この舟にみなのる時に、物もおぼえずあきれまどひたり。物のあるかぎり我舟にとり入《いれ》つ。人どもはみな男女海にとりいるゝに、主人《あるじ》手をこそ〳〵とすりて、[一八]水精《すゐさう》のずずの緒《を》きれたらんやうなる涙を、はら〳〵とこぼしていはく、『よろづの物はみな取給《とりたま》へ。たゞ[一九]我命の限りはたすけ給へ。京に老《おい》たる親のかぎ

一〇 船上に屋の形を設けたもの。
一一 この船を海賊船とは気もつかないのだ。
一二 山口県の内。
一三 ばからしい。
一四 待ち受けて。
一五 明日はどうにかそうでもしましょう。
一六 古板本「人々」海賊船の者たち。
一七 さあ、先方の船の物をこちらへ移してしまえ。
一八 水晶の数珠の紐。
一九 我が命だけは。

りにわづらひて、「今一度みん。」と申《まうし》たれば、[一]よるをひるにて、つげにつかはしたれば、いそぎまかりのぼる也《なり》』とも、えいひやらで、我に目を見あはせて、手をするさまいみじ。『これ、かくないはせそ。[二]れいのごとく、とく』といふに、目を見あはせて、なきまどふさま、いと〳〵いみじ。あはれに[三]むざうにおぼえしかども、[四]さいひていかがせんと思《おもひ》なして海に入《いれ》つ。屋形のうへに廿計《ばかり》にて、[五]ひはつなる僧の、經袋くびにかけて、よるひる經よみつるを、とりて海にうち入《いれ》つ。時に手まどひして、經袋をとりて、水のうへにうかびながら、手をさゝげて此經をさゝげて、うきいで〳〵する時に、『[六]けうの法師のいままで死なぬ』とて、舟のかい[七]して頭《かしら》をはたとうち、せなかをつきいれなどすれど、うきいで〳〵しつゝ此經をさゝぐ。あやしと思てよくみれば、此僧の水にうかびたる[八]跡枕《あとまくら》に、うつくしげなる童の[九]びづらゆひたるが、しろき[一〇]ずはえを持《もち》たる、二三人ばかりみゆ。僧の頭に手をかけ、一人は經をさゝげたるかひなをとらへたりと見ゆ。かたへの者どもに『あれ見よ。この僧につきたる童部《わらはべ》はなにぞ』といへば、『[一一]いづら〳〵。更に人なし』といふ。『我目にはたしかにみゆ。此童部そひて、あへて海にしづむ事なし。うかびてあり。あやしければみん』と思て、『[一二]これにとりつきてこ』とて、棹《さを》をさしやりたれば、とりつきたるを引《ひき》よせたれば、人々『[一三]などかくはするぞ。よしなしわざする』といへど、『さはれ、此僧ひとりはいけん』とて舟にのせつ。

一　夜昼の別無く。
二　いつものように早く(海にうち入れろ)
三　無慙に。
四　そういってもきりがない。
五　か弱げな僧が。
六　希有の。きたいな。
七　櫂でもって。
八　後先に。前後に。
九　みづら。昔男子が髪を左右に分けて結いわがねた髪の結い方の名。びんづら。
一〇　(楉)長く伸びた若枝。
一一　どこにどこに。
一二　とりついて来い。
一三　(生けむ)助けよう。

ちかくなれば、此わらはべは見えず。此僧にとふ、『一四我は京の人か。いづこへおはするぞ。』ととへば、『ゐ中の人に候。法師になりて、久しく受戒《ずかい》をえ仕《つかうまつ》らねば、「いかで京にのぼりて受戒せん」と申《まうし》しかば、「一五いざ我にぐして、一六山にしりたる人のあるに、申つけて、せさせん」と候しかば、まかりのぼりつる也《なり》』といふ。『わ僧の頭やかひなに取付《とりつき》たりつる兒共《ちごども》はたそ。なにぞ』ととへば、『一七いつか、さるもの候《さぶらひ》つる、更におぼえず』といへば、『さて經さゝげたりつるかひなにも童そひたりつるは。抑《そも〳〵》なにと思て只今しなんとするに、此經袋をばさゝげつるぞ』ととへば、『死なんずるは思《おもひ》まうけたれば、命は惜《をし》くもあらず。我はしぬとも、經をしばしが程もぬらしたてまつらじと思てささげ奉《たてまつり》しに、かひな、一八たゆくもあらず。一九あまりにかろくて、かひなもながくなるやうにて、たかくさゝげられさぶらひつれば、御經のしるしとこそ、しぬべき心ちにもおぼえ候《さぶらひ》つれ。命いけさせ給はんは、うれしき事』とてなくに、二〇此婆羅門《ばらもん》のやうなる心にも、あはれに尊くおぼえて、『これより國へ歸らんとや思ふ。又京に上《のぼり》て受戒とげんとの心あらば、おくらん』といへば、『更に受戒の心も今は候はず。たゞ歸りさぶらひなん』といへば、『これより返しやりてんとす。さてもうつくしかりつる童部は、なにか、かく見えつる』とかたれば、この僧あはれにたふとくおぼえて、ほろ〳〵と二一なかる。『七《なゝつ》より法華經をよみ奉て、日比《ひごろ》もことごとなく、物のおそろしきまゝにも、よみ

一四　汝は。
一五　前に海に投げ入れられた「船の主人」のことば。
一六　比叡山延暦寺。
一七　いつ、そんな者（児をさす）が居りましたか。
一八　だるくもない。
一九　古板本「あやまりて」一本「あまつさへ」
二〇　この私の婆羅門のような心にも。「婆羅門」は仏教以前の印度の宗教で、仏教にとっては悪魔外道とされた。すなわち無道・無慈悲の我が心にもの意。
二一　（泣かる）泣かれる。

奉りたれば、[一]十羅刹のおはしましけるにこそ』といふに、此婆羅門のやうなるものの心に、さは佛經は目出《めでた》くたふとくおはします物なりけりと思て、此僧にぐして、山寺などへいなんと思ふ心つきぬ。さて此僧と二人ぐして、[二]かてすこしをぐして、[三]のこりの物どもはしらず、みなこの人々にあづけてゆけば、人々『物にくるふか。こはいかに。[四]俄の道心よにあらじ。物のつきたるか』とて、せいしとゞむれども、きかで、弓・[五]やなぐひ・太刀・刀もみな捨て、此僧にぐして、[六]これが師の山寺なる所にいきて、法師に成《なり》て、そこにて經一部よみまゐらせて、おこなひありくなり。かかる罪をのみつくりしが、むざうにおぼえて、[七]此男の手をすりて、はら〳〵と泣《なき》まどひしを、海に入《いれ》しより、すこし道心おこりにき。それにいとゞ、此僧に十羅刹のそひておはしましけると思ふに、法華經のめでたく、讀《よみ》たてまつらまほしくおぼえて、俄に[八]かく成《なり》てあるなり。』と[九]かたり侍《はべり》けり。

一 羅刹は梵語。護士と訳され、鬼女の名。諸仏の化身で法華経を念持する者を擁護する藍婆以下十種の羅刹女がある。（法華経陀羅尼品）
二 糧（食糧）を少し携えて。
三 その余の物品はかまわず。
四 にわかに発した道心は本物ではあるまい。「道心」は仏果を求める心。
五 古板本「ゑびら」（箙）。矢を盛って背負う器。
六 この僧の師の。
七 この男（船の主人）が。
八 このように法師になって。
九 老いたる入道（もとの海賊）が語りましたそうな。

# 巻第一一

## 一　青常*ノ事

今は昔、村上の御時、[一〇]古き宮の御子にて[一一]左京大夫《さきやうのだいぶ》なる人おはしけり。[一二]長《たけ》すこしほそだかにて、いみじうあてやかなる姿はしたれども、[一三]やうだいなどもをこなりけり。かたくなはしきさまぞしたりける。頭の[一四]あぶみがしらなりければ、[一五]えいは背《せ》にもつかず、はなれてぞふられける。色は露草の花をぬりたるやうに青じろにて、[一六]まかぶらくぼく、鼻あざやかにたかく赤し。くちびるうすくて色もなく、ゑめば歯がちなるものの歯肉《はじし》あかくて、ひげもあかくて長かりけり。こゑははな聲にてたかくて、物いへば[一七]一《ひと》うちひゞきてきこえける。あゆめば身をふり、[一八]尻をふりてぞありきける。色のせめて青かりければ、「あをつねの君」とぞ殿上《てんじやう》の公達《きんだち》はつけてわらひける。若き人たちの立《たち》ゐにつけて、やすからずわらひのゝしりければ、御門《みかど》きこしめしあまりて、「此をのこどもの、これをかくわらふ、[一九]びんなき事也《ことなり》。[二〇]父の御子『ききて制せず』とて、我を恨《うらみ》ざらんや。」など仰られて、まめやかに[二一]さいなみ給へば、殿上の

* 今昔物語巻二八第二一話と同話。
一〇 醍醐帝の第四子重明親王。三品・式部卿。
一一 源邦正。「従四位下・侍従・左京大夫。号二青侍従一。世云二青常一」（皇胤紹運録）
一二 古活字本には「ひとゝなり」とある。
一三 容体（風体）なども間がぬけていた。
一四 （鐙頭）後凸の頭。
一五 （纓）冠の後に垂れるもの。
一六 まぶたが窪んで。
一七 一家中。
一八 板本「肩」
一九 （便無き事）不都合な事。
二〇 父である皇子（重明親王）
二一 （苛み）責め、叱り。

人々[一]したなきをして、みなわらふまじきよしいひあへり。さていひあへるやう、「かくさいなめば、いまよりながく起請《きしやう》す。もしかく起請してのち『あをつねの君』とよびたらんものをば酒・くだ物などとりいださせて、[二]あがひせん。」といひかためて、起請して後いくばくもなくて、[三]堀川殿の殿上人《てんじやうびと》にておはしけるが、[四]あぶなく、たちて行《ゆく》[五]うしろでをみて、忘《わすれ》て、「あの青《あを》つね丸《まる》はいづち行《いく》ぞ。」と、の給ひてけり。殿上人ども、「かく起請をやぶりつるは、いとびんなき事也《なり》。」とて、「いひさだめたるやうに、すみやかに酒・くだ物とりにやりて、此事あがへ。」と、あつまりて、せめのゝしりければ、あらがひて、「せじ。」と、[六]すまひ給《たまひ》けれど、[七]まめやかに〳〵せめければ、「さらば、あさてばかり、あをつねの君のあがひせん。殿上人・蔵人、その日あつまり給へ。」といひて出給《いでたまひ》ぬ。その日になりて「堀川中將殿の、青つねの君のあがへ。」とて、まゐらぬ人なし。殿上人ゐならびて待《まつ》ほどに、堀川中將直《なほ》衣《し》すがたにて、かたちはひかるやうなる人の、香《かう》はえもいはずかうばしくて、[八]あいぎやうこぼれにこぼれて、まゐり給へり。直衣のながやかにめでたきすそより、青き打《うち》[九][一〇]いだし衵《あこめ》して、指貫《さしぬき》も青色のさしぬきをきたり。隨身《ずゐじん》三人に青き狩衣《かりぎぬ》・はかまきせて、ひとりには、あをく色どりたる[一一]をしきに、[一二]あをじのさらに、[一三]こくはを盛《も》りてさゝげたり。いま一人は竹の枝に、[一四]山鳩を四《よつ》五計《いつつばかり》つけてもたせたり。またひとりは、あをじのかめに酒を入れて、青き

一　(舌鳴)　恐れるさま。
二　(贖)　あがない。巻八第四話参照。
三　藤原兼通。右大臣師輔の二男。堀川太政大臣と称された。
四　板本「あうなく」(奥無く)　不用意に。今昔物語には「危ク」
五　後姿。
六　争い。頑張り。「相撲」はその名詞形。
七　真剣に。
八　(愛敬)　あいきょう。
九　砧で打って光沢(つや)を出した。
一〇　直衣の下から下着(衵)の裾を出すようにして。出し衣(ぎぬ)。
一一　(折敷)　木の角盆。
一二　(青磁の皿)　青色の釉薬をかけて焼いた磁器の皿。「あをぢ」(諸本)は青地か(渡辺綱也氏説)
一三　獼猴桃(さるもも)　今昔物語に「蓿」
一四　青鳩。今昔物語には「青キ小鳥」

[一五]うすやうにて口をつゝみたり。殿上の前にもちつゞきて出《いで》たれば、殿上人どもみて、もろごゑにわらひとよむ事おびたゞし。御門《みかど》きかせ給《たまひ》て、「何事ぞ。」殿上におびたゞしくきこゆるは。」と、とはせ給へば、女房、「兼通が青つねよびてさぶらへば、その事によりて、をのこどもにせめられて、その罪あがひ候を笑《わらひ》候なり。」と申ければ、「いかやうにあがふぞ。」とて、[一六]ひのおましにいでさせ給て、[一七]こじとみより、のぞかせ給ければ、[一八]我よりはじめて、随身も皆[一九]ひた青なる装束にて、あをきくひ物どもをもたせて、あがひければ、『これをわらふなりけり』と御らんじて、えはらだたせ給はで、いみじうわらはせ給けり。そののちは、まめやかにさいなむ人もなかりければ、いよいよなん笑《わらひ》あざけりける。

## 二　保輔盗人タル事

今は昔、[二〇]攝津守保[二一]昌が弟に、[二二]兵衛尉《ひやうゑのじよう》にて冠《かうぶり》たまはりて、[二三]保輔といふものありける、盗人の長にてぞありける。家は姉小路の南、高倉の東にゐたりけり。家の奥に藏をつくりて、したをふかう井のやうに掘《ほり》て、太刀・鞍《くら》・鎧・かぶと・絹・布など、よろづの[二四]うる物をよび入《いれ》て、いふまゝに買《か》ひ、「あたひをとらせよ。」といひて、「おくの藏のかたへ、ぐしゆけ。」といひければ、

一五　鳥の子紙の薄い物。
一六　(昼御座)　清涼殿内の天皇の居間。
一七　(小蔀)　天皇が日の御座から殿上の間を見る小窓。
一八　兼通自身。
一九　青ずくめの装束。
二〇　原本の傍註や板本は「丹後守」
二一　大納言藤原元方の孫、右京大夫致忠の子。摂津守・丹後守。長元元年歿。年七九。
二二　左右兵衛尉は従六位下が相当なのを特に五位に叙せられたこと。「冠」は、位階。
二三　日本紀略、一条帝・永延二年の条「六月……十三日戊辰・権中納言顕光卿家、強盗首藤原朝臣保輔籠居云々、仍囲二彼家一捜二求之一。……十七日壬申、左獄被二禁固一強盗首保輔依二自害疵一死去了。右馬権頭藤原致忠三男也」
二四　次には「物うり」

「あたひ給《たま》はらん。」とて行《ゆき》たるを、藏の內へよび入《いれ》つゝ、掘《ほり》たる穴へつきいれつきいれして、もてきたる物をばとりけり。この保輔が[一]り物もて入《いり》たるものの歸《かへり》ゆくなし。この事を物うりあやしうおもへども、うづみころしぬれば、此事をいふものなかりけり。これならず京中をしありきて、ぬすみをしてすぎけり。この事おろ〳〵きこえたりけれども、いかなりけるにか、とらへからめらるる事なくてぞ過《すぎ》にける。

## 三　晴明ヲ心見ル僧ノ事、付晴明殺レ蛙事 *

昔、晴明[二]が土御門の家に、おいしらみたる老僧[三]きたりぬ。十歳計《ばかり》なる童部《わらはべ》二人具《ぐ》したり。晴明、「なにぞの人にておはするぞ。」ととへば、「播磨國の者にて候。陰陽師を習はん心ざしにて候。此道にことにすぐれておはしますよしを承《うけたまはり》て、せう〳〵ならひまゐらせんとてまゐりたるなり。」といへば、晴明が思ふやう、『此法師はかしこき者にこそあるめれ。我を心みんとてきたる物なり。それにわろくみえてはわろかるべし。この法師すこしひきまさぐらん』と思《おもひ》て、『ともなる童は、[四]式神《しきがみ》をつかひてきたるなめり。もし、しき神《がみ》ならば、めしかくせ』と心に念じて、袖の內にて印《いん》を結《むすび》て、ひそかに呪《ず》を唱《とな》ふ。さて法師にいふやう、「とく歸給《かへりたまひ》ね。のちによき日して、習はんとの給

一　「の許に」の意。板本には「に」とある。

＊　今昔物語巻二四第一六話と同話。

二　次に「はれあきら」とある。一般に「せいめい」と音読。巻二第八話に出た。

三　今昔物語巻二四第一九話に「播磨国[　][　]郡に陰陽師ヲ為ル法師有ケリ、名ヲバ智徳ト云ケリ。年来其国ニ住テ、此道ヲシテ有ケルニ其法師ハイト只者ニモ非ヌ奴也ケリ……晴明に会テゾ識神ヲ被レ隠タリケル、然レドモ其ハ其法ヲ不レ知ハ不レ弊」と見える人か。

四　巻二第八話に出た。

はん事どもは、をしへたてまつらん。」といへば、法師「あら、たふと。」といひて、手をすりて額にあてて立《たち》はしりぬ。今はいぬらんと思ふに、法師とまりて、さるべき所々、車宿《くるまやどり》などのぞきありきて、又前によりきていふやう、「このともに候《さぶらひ》つる童の、二人ながら失《うせ》て候。それ給はりて歸らん。」といへば、晴明、「御坊は希有《けう》の事いふ御坊かな。晴明は、なにの故に、人のともならんものをばとらんずるぞ。」といへば、法師のいふやう、「さらにあが君おほきなることわり候。さりながらたゞゆるし給はらん。」とわびければ、「よし〳〵御坊の人の心みんとて、式神つかひてくるが、[五]うらやましき事におぼえつる。こと人《びと》をこそ、さやうには心み給はめ。晴明をばいかでさる事し給べき。」といひて、物よむ[六]様《やう》にしてしばしばかりありければ、外《と》の方より童二人ながら走入て、法師の前に出來《いでき》ければ、そのをり、法師の申やう、「實《まこと》に心み申つる也《なり》。仕事《つかふこと》はやすく候。人のつかひたるをかくすことは、更にかなふべからず候。今よりはひとへに御弟子となりて候《さぶら》はん。」といひて、ふところより名簿《[七]みやうぶ》ひきいでてとらせけり。

此晴明、ある時、廣澤[八]僧正の御坊にまゐりて、物申《ものまうし》うけ給はりけるあひだ、若僧《わかきそう》どもの、[九]はれあきらにいふやう、「式神をつかひ給《たまふ》なるは、たちまちに人をばころし給や。」といひければ、「やすくは、えころさじ。力を入《いれ》てころしてん。」といふ。「さて蟲などをば、すこしの事せんに、かならずころしつべ

五　板本「やすからぬ事」今昔物語「不レ安ズ思ツル也」

六　物をかぞえるようにして。今昔物語「袖ニ手ヲ引入テ物ヲ読様ニシテ暫ク有ケレバ」

七　なふだ。名刺の類。

八　寛朝。宇多帝の孫、敦実親王の第二子。嵯峨の広沢の遍照寺に住した。大僧正。長徳四年逝。

九　「晴明」のこと。

し。さていくるやうをしらねば、[一]罪をえつべければ、さやうの事よしなし。」といふほどに、庭に[二]蛙《かへる》のいできて、五六《いつゝむつ》ばかりをどりて池のかたざまへ行《いき》けるを、「あれひとつ、さらば、ころし給へ。心みん。」と僧のいひければ、「罪をつくり給《たまふ》御房かな。されども、心み給へば、殺してみせ奉《たてまつら》ん。」とて、葉の草をつみきりて、物をよむやうにして、かへるのかたへなげやりければ、その草の葉の蛙のうへにかゝりければ、かへる、[三]まひらにひしげて死《しに》たりけり。これをみて、僧どもの色かはりて、『おそろし』と思《おもひ》けり。家の中に人なきをりは、このしき神をつかひけるにや、[四]人もなき蔀《しとみ》を上《あげ》おろし、門をさしなどしけり。

## 四　*河内守頼信平忠恒ヲ責ル事

昔、[五]河内守頼信《よりのぶ》、上野守《かうづけのかみ》にてありし時、[六]坂東に[七]平忠恒《たゞつね》といふ兵《つはもの》ありき。[八]仰らるゝ事なきがごとくにする、うたんとて、おほくの軍《いくさ》おこして、かれが[九]すみかの方へ行《ゆき》むかふに、[一〇]岩海のはるかにさし入《いり》たるむかひに、家をつくりてゐたり。この岩海をまはる物ならば、七八日にめぐるべし。[一一]すぐにわたらばその日の中に[一二]責《せめ》つべければ、忠恒[一三]わたりの舟どもをみなとりかくしてけり。さればわたるべきやうもなし。濱《はま》ばたに打立《うちたち》て、[一四]『この濱のまゝにめぐるべ

一　神仏に対する罪。
二　今昔物語「蝦蟆」
三　ぺちゃんこにつぶれて。
四　古板本「人もなきに」
＊　今昔物語巻二五第九話と同話。
五　清和源氏。満仲の四男。頼光の弟。鎮守府将軍。永承三年歿。年八一。
六　関東。
七　忠経・忠常とも書く。桓武平氏。村岡五郎良文の孫。忠頼の子。後一条帝長元元年朝廷に叛し同四年源頼信に討たれた。
八　今昔物語「公事ヲモ事ニモ不レ為リケリ、亦常陸守(頼信)ノ仰スル事ニモ事ニ触テ忽諸ニシケリ」日本紀略・扶桑略記・百錬抄等参照。
九　上総国(千葉県)香取郡椿湖畔。
一〇　板本「入海」
一一　真直に。直接に。
一二　「攻め」の意。
一三　渡しの舟。
一四　この浜に沿うて。

きにこそあれ』と、兵《つはもの》ども思《おもひ》たるに、上野守のいふやう、「この海のまゝに廻《めぐり》てよせば、一五日比《ひごろ》へなん。その間に逃《にげ》もし又寄《よせ》られぬかまへもせられなん。けふのうちによせて責《せめ》んこそ、あのやつは存外《ぞんじのほか》にしてあわてまどはんずれ。しかるに舟どもはみな取隠したる、いかがはすべき。」と軍《いくさ》どもに問《とは》れけるに、軍ども「さらに渡し給《たまふ》べきやうなし、廻てこそよせさせ給《たまふ》べく候へ。」と申ければ、「此軍《このいくさ》どもの中に、さりとも、この道しりたるものはあるらん。頼信は坂東方はこのたびこそ、はじめてみれ。されども我家のつたへにてききおきたる事あり。この海の中には、堤のやうにて廣さ一丈ばかりして、すぐにわたりたる道あるなり、深さは馬のふと腹《ばら》にたつときく。一六この程にこそその道はあたりたるらめ。さりとも、このおほくの軍どもの中に、しりたるもあるらん。さらば先《さき》にたちてわたせ。頼信つゞきてわたさむ。」とて、馬をかきはやめてよりければ、しりたる者にやありけん、四五騎計《ばかり》、馬を海に打《うち》おろして、たゞ渡《わたり》にわたりければ、それにつきて、五六百騎計《ばかり》の軍どもわたしけり。まことに馬の太腹にたちてわたる。おほくの兵どもの中に、たゞ三人ばかりぞこの道はしりたりける。のこりは露もしらざりけり。「きく事だにもなかりけり。しかるに一七この守殿《かうのとの》、この國をばこれこそはじめにておはするに、我等はこれの一八重代の者どもにてあるに、聞《きき》だにもせずしらぬに、かくしり給へるは、げに人にすぐれたる兵《つはもの》の道かな。」と、一九みなさゝやきおぢて渡

一五 日数がかかるであろう。

一六 この辺に。

一七 上野守殿。頼信をさす。

一八 この地の代々の住人。

一九 今昔物語に「皆思テ恐ヂ合ケル、然テ渡リ持行クニ」「給」は「行」の誤りか。

り給程《たまふほど》に、忠恒は『海をまはりてぞ、よせ給はんずらん。舟はみなとりかくしたれば、あさ道《みち》をば、我計《ばかり》こそ知りたれ、すぐにはえわたり給はじ。濱を廻《まはり》給はん間には、とかくもし逃《にげ》もしてん。左右《さう》なくば、えせめ給はじ』と思て、心しづかに軍そろへゐたるに、家のめぐりなる郎等、あわて走來ていはく、「上野殿は、この海の中にあさき道の候けるより、おほくの軍を引《ひき》ぐして、すでにこゝへ來給《きたまひ》ぬ。いかがせさせ給はん。」と、わなゝきごゑにあわてていひければ、忠恒かねての支度《したく》にたがひて、「我すでに責《せめ》られなんず。かやうにしたて奉ん。」といひて、たちまちにみやうぶにかきて、文《ふみ》ばさみにはさみて、さしあげて、小舟に郎等一人のせてもたせて、むかへてまゐらせたりければ、守殿《かうのとの》みて、かのみやうぶをうけとらせていはく、「かやうにみやうぶにおこたり文をそへていだすは、すでにきたれる也。さればあながちに責《せむ》べきにあらず。」とて、此文をとりて馬を引返しければ、軍どもみな歸りけり。そののちより、いとゞ守殿《かうのとの》をば、「ことにすぐれていみじき人におはします。」と、いよ〳〵いはれ給けり。

## 五　*白川法皇北面受領ノ下リノマネノ事

これも今は昔、白川法皇、鳥羽殿におはしましける時、北おもての物ども

一　浅道。今昔「浅キ道」
二　無造作には。
三　ふるえ声で。今昔物語には「横ナバリタル音以テ」
四　(名簿)名ふだ。名刺。
五　今昔物語に「文差ニ差テ」「文挟」は、文書を挟んで捧げる杖のようなもの。
六　(怠文)怠状。謝罪状。
七　降参したのだ。
*　十訓抄巻中、第七にも見える話。
八　京都下京の鳥羽にあった離宮。百錬抄、寛治元年二月五日の条「上皇(白河院)遷ニ御鳥羽離宮一営作甫就之故也」
九　院御所の北面に詰めた武士の称。

に、[一〇]「受領《ずりやう》の國へくだるまねせさせて御覽あるべし。」とて、玄蕃頭《げんばのかみ》[一一]久孝《ひさたか》といふものをなして、衣冠にきぬいだして、そのほかの五位どもをば前馳せさせ、衞府共《ども》をば[一二]やなぐひおひにして御覽あるべしとて、おの〳〵錦・唐綾をきて、おとらじとしけるに、[一三]左衞門尉源行遠、心ことに出立《いでたち》て、「人にかねて見えば[一四]目なれぬべし。」とて、御前近かりける人の家に入《いり》ゐて、從者をよびて、「やうれ、御前の邊にて見てこ。」といひてまゐらせてけり。[一五]むごに見えざりければ、「いかにかうはおそきにか。」と、[一六]『辰の時とこそ催《もよほ》しはありしか、さるといふ定《ちやう》、[一七]午未《うまひつじ》の時にはわたらんずらん物を』と思て待居《まちゐ》たるに、門の方に聲して、「あはれ、[一八]ゆゝしかりつる物かな〳〵。」といへども、『たゞまゐる物《もの》をいふらん』とおもふほどに、「玄蕃殿の國司姿こそをかしかりつれ。」といふ。「藤左衞門殿は錦をき給《たまひ》つ。」「[一九]源兵衞殿は[二〇]縫物《ぬひもの》をして、[二一]金の文《もん》をつけて。」などかたる。あやしうおぼえて、「やうれ。」とよべば、此《この》「みてこ。」とてやりつる男、ゑみていできて、「大かたかばかりの見物候はず。賀茂祭も[二二]物にても候はず。院の[二三]御桟敷《さじき》のかたへわたしあひ給《たまひ》たりつるさまは、目も及《および》さぶらはず。」といふ。「さていかに。」といへば、「はやう、はて候《さぶらひ》ぬ。」といふ。「こはいかにきては告《つげ》ぬぞ。」といへば、「こはいかなる事にかさぶらふらん。『まゐりてみてこ』と仰《おほせ》候へば、目もたゝかず、よくみてさぶらふぞかし。」といふ。大かたとかくいふばかりなし。さるほどに、行遠は、

一〇 国司。
一一 十訓抄「ひさのり」
一二 (胡籙) 矢を盛る器。
一三 左衛門尉源師行の子。
一四 目馴れて珍しくなくなるだろう。
一五 無期に。いつまでも。
一六 午前八時。
一七 正午・午後二時。
一八 みごとな物だな。
一九 兵衛尉で源氏の人。
二〇 刺繡。
二一 金の模様。
二二 物の数でもない。何でもない。
二三 物見のために一段高く構えた所。

[一]「進奉《しんぶ》不《ふ》參《さん》返々《かへす〴〵》奇怪なり。たしかにめしこめよ。」と仰下されて、廿日あまり候《さぶらひ》ける程に、此次第をきこしめして、わらはせおはしましてぞ、めしこめ[二]はゆりてけるとか。

## 六　藏人得業猿澤池ノ龍ノ事*

これも今はむかし、奈良に[三]藏人得業《くらうどとくごふ》恵印《ゑいん》といふ僧ありけり。鼻大きにて赤かりければ、「大鼻《おほはな》の藏人得業。」といひけるを、後《のち》ざまには「事《こと》ながし。」とて、「鼻藏人。」とぞいひける。猶のち〳〵には「鼻《はな》くら〳〵。」とのみいひけり。それが若かりける時に、[四]猿澤の池のはたに、[五]「その月のその日、此池より龍ののぼらんずるなり。」といふ簡《ふだ》をたてけるを、ゆききの物、若き老《おい》たる、さるべき人々「ゆかしき事かな。」とさゞめきあひたり。此鼻藏人『をかしき事かな。我《わが》したる事を人々さわぎあひたり。をこの事かな。』と心中《こころのうち》にをかしく思へども、[六]すかしふせんとて、[七]そらしらずして過行《すぎゆく》ほどに、その月になりぬ。大かた大和・河内・和泉・攝津國の物《もの》まで、ききつたへて、つどひあひたり。恵印『いかにかくはあつまる。なにかあらん。[八]やうのあるにこそ。あやしき事かな。』と思へども、さりげなくて過行《すぎゆく》ほどに、すでにその日になりぬれば、道もさりあへず、ひしめきあつまる。その時になりて、此恵印お

一　御所に伺候しないこと。「進奉」の奉は、「供奉」の奉と同様の用法か。

二　許されたとかいう。

＊　芥川龍之介「龍」はこれに基づく。

三　藏人は在俗の時の官名か。得業は学階の名。保元元年（一一五六）已講になった人。

四　奈良興福寺の南にある。

五　某月某日。

六　だましおおせよう。

七　知らぬふりして。

八　事情。わけ。

もふやう、『たゞ事《ごと》にもあらじ。我《わが》したる事なれども、やうのあるにこそ。』と思《おもひ》ければ、『此事さもあらんずらん。行《いき》てみん』と思て、頭《かしら》つゝみてゆく。大かた、ちかうよりつくべきにもあらず。興福寺の[九]南大門《なんだいもん》の壇の上にのぼりたちて、今や龍の登る〳〵とまちたれども、なにののぼらんぞ。日も入《いり》ぬ。くら〳〵になりて、さりとては、かくてあるべきならねば、歸《かへり》ける道に、[一〇]ひとつ橋に目《め》くらがわたりあひたりけるを、此惠印、「あな、あぶなの目くらや。」といひたりけるを、めくらとりもあへず、「あらじ。[一一]鼻くらなり。」といひたりける。この惠印を、はなくらといふとも、しらざりけれども、目《め》くらといふにつきて、「あらじ。はなくらなり。」といひたるが、鼻くらにいひあはせたるが、をかしき事の一《ひとつ》なりとか。

## 七　清水寺御帳給ル女ノ事[＊＊]

いまは昔、たよりなかりける女の、清水《きよみづ》にあながちにまゐるありけり。年月つもりけれども、露ばかりそのしるしとおぼえたる事なく、いとゞたよりなく成《なり》まさりて、はてはとし比《ごろ》ありける所をも[一二]その事となくあくがれて、よりつく所もなかりけるまゝに、なく〳〵觀音を恨申《うらみまうし》て「いかなる先世のむくいなりとも、たゞすこしのたより[一三]給候はん。」と、[一四]いりもみ申て、御前にうつ

九　西金堂の南にあって二王、師子（獅子）などを安置してあった門。
一〇　一本橋。
一一　鼻先が暗いのだ。「ななり」は、なるなり。
＊＊　今昔物語巻一六第三〇話・古本説話集第五九話と同話。
一二　あてもなく浮かれ出て。
一三　古本説話集「給はり候はん」
一四　今昔物語「煎（イ）り攘（モミ）テ申シテ」焦慮し祈り申すこと。巻三第九話参照。

ぶしふしたりける夜《よ》の夢に、「御前より。」とて、「かくあながちに申せば、いとほしくおぼしめせど、すこしにてもあるべきたよりのなければ、その事をおぼしめしなげく也《なり》。これを給《たまは》れ。」とて、[一]御帳《みちやう》のかたびらを、いとよくたゝみて、前にうちおかるとみて、夢さめて御《み》あかしの光にみれば、夢のごとく御帳のかたびらたゝまれて、まへにあるをみるに、『さはこれよりほかに、たぶべき物のなきにこそあんなれ』と思ふに、[二]身のほどの思《おもひ》しられて、かなしくて申《まうす》やう、「これさらに給《たま》はらじ。すこしのたよりも候はば、にしきをも御《み》ちやうには、ぬひてまゐらせんとこそ思候ふに、此帳計《ばかり》を給はりて、まかり出《いづ》べきやうも候はず。返しまゐらさせぶらひなん。」と申て、[三]犬ふせぎの内にさし入《いれ》ておきぬ。又まどろみ入《いり》たる夢に、「など、[四]さかしくはあるぞ。[五]たゞたばん物をば給《たま》はらで、かく返しまゐらする、あやしき事なり。」とて、又給《たま》はるとみる。さてさめたるに、又おなじやうに前にあれば、なく〳〵返しまゐらせつ。かやうにしつゝ、三《み》たび返し奉るに、猶また返《かへ》したびて、はてのたびは此たび返したてまつらば、[六]むらいなるべきよしを、いましめられければ、『かかるともしらざらん寺僧は、「御帳のかたびらをぬすみたる」とや、うたがはんずらん』と思ふもくるしければ、まだ夜ぶかく、ふところに入《いれ》てまかりいでにけり。『これをいかにとすべきならん』と思《おもひ》て、ひきひろげてみて、きるべき衣《きぬ》もなきに、『さは、これをきぬにしてきん』と思ふ心つきぬ。これ

一 今昔物語「御帳ノ帷(トバリ)」とある。

二 我が身の運命。

三 仏前の格子風の低い建具。

四 小賢しくはあるのか。

五 古本説話集「給はん」

六 (無礼) ぶれい。

を衣にして、きて後、見《み》とみる男にもあれ、女にもあれ、あはれにいとほしき物に思はれて、[七]そゞろなる人の手より物をおほくえてけり。大事なる人の[八]うれへをも、そのきぬをきて、しらぬやんごとなき所にもまゐりて申させければ、かならず[九]なりけり。かやうにしつゝ、人の手より物をえ、よき男にも思はれて、[一〇]たのしくてぞありける。さればその衣をばをさめて、かならず[一一]せんどと思ふ事のをりにぞ、とりいでてきける。かならずかなひけり。

## 八　*則光盗人ヲ切事

いまは昔、[一二]駿河前司橘季通が父に、[一三]陸奥前司のりみつといふ人ありけり。兵《つはもの》の家にはあらねども、人に所おかれ、力などぞいみじうつよかりける。世《よ》おぼえなどありけり。わかくて衞府《ゑふ》の藏人《くらうど》にぞありける時、[一四]殿居所《とのゐどころ》より女のもと[一五]へ行くとて、太刀ばかりをはきて、小舎人童《こどねりわらは》をたゞ一人具《ぐ》して、[一六]大宮をくだりにいきければ、[一七]大垣《おほがき》の内[一八]に人のたてるけしきのしければ、おそろしと思て過《すぎ》ける程《ほど》に、八九日の夜ふけて、月は西山にちかくなりたれば、西の大《おほ》墻《がき》の内は影にて、人のたてらんもみえぬに、大垣の方よりこゑ計《ばかり》して、「あのすぐる人、まかりとまれ。[一九]公達《きんだち》のおはしますぞ。[二〇]えすぎじ。」といひければ、『さればこそ』と思て、[二一]すゝどくあゆみて過《すぐ》るを、[二二]「おれは、さてはまかりな

七　何の関係もない人。
八　訴訟。
九　成功した。（勝訴した）
一〇　「頼もしくて」と同じで、「裕福で」の意。
一一　（先途と思う事の折）これが一大事と思う場合。古本説話集「かならずせむと思ふ事のおり」とある。
＊　今昔物語巻二三第一五話と同話。
一二　巻二第九話に参照。
一三　駿河守敏政の子、陸奥守従四位上橘則光。江談抄巻三「橘則光於㆓斉信大納言宅㆒自搦㆑盗勇力軼㆑人」
一四　宿直所。
一五　原本「へ行くとて」はない。板本によって補った。
一六　東大宮大路を南へと。
一七　皇居の外垣。
一八　今昔物語は「辺」
一九　若者がいらっしゃるぞ。
二〇　通り過ぎられまい。通らせないぞ。
二一　すばやく。今昔物語「疾（ト）ク」
二二　おのれ（お前）

んや。」とて、走《はしり》かゝりて[一]物のきければ、うつぶきてみるに、弓のかげはみえず、太刀のきら〳〵としてみえければ、『弓にはあらざりけり』とおもひて、かいふして逃《にぐ》るを、追付《おひつき》てくれば、『頭《かしら》うちわられぬ』とおぼゆれば、にはかにかたはらざまに、ふとよりたれば、おふ物の走《はしり》はやまりて、えとゞまりあへず、さきに出《いで》たれば、[二]すごしたてて太刀をぬきて打《うち》ければ、頭を中よりうち破《わり》たりければ、うつぶしに、はしりまろびぬ。[三]『ようしつ』と思ふほどに、「あれはいかにしつるぞ。」といひて、又物の走《はしり》かゝりてくれば、太刀をも、えさしあへず、脇にはさみてにぐるを、「[四]けやけきやつかな。」といひて、走《はしり》かゝりてくるもの、はじめのよりは走《はしり》のとくおぼえければ、『これはよも、[五]ありつるやうには、はかられじ』と思《おもひ》て、俄《にはか》に[六]ゐたりければ、走《はしり》はやまりたるものにて、我にけつまづきて、うつぶしにたふれたりけるを、[七]ちがひてたちかゝりて、おこしたてず頭を又打破《うちわり》てけり。『いまは、かく』と思ふ程《ほど》に、三人ありければ、いまひとりが「さては、えやらじ。けやけくしていく奴《やつ》かな。」とて、[八]しうねく走《はしり》かゝりてきければ、『このたびは我はあやまたれなんず。神佛たすけ給へ』と念《ねんじ》て、太刀を桙《ほこ》のやうにとりなして、走《はしり》はやまりたるものに、俄《にはか》にふと立《たち》むかひければ、[九]はら〳〵とあはせて走《はしり》あたりにけり。やつも切《きり》けれども、あまりにちかく走《はしり》あたりてければ、[一〇]きぬだにきれざりけり。桙のやうに持《もち》たりける太刀なりければ、うけられて中よりとほりたりけるを、

一 何者かが来たので。
二 今昔物語「過シ立テ」
三 うまくやった。今昔物語「吉ク打チツ」
四 殊勝な奴。生意気な奴。
五 さっきのようには。
六 うずくまっていたところが。
七 入れ違いに。
八 「しう」は「しふ」がよい。執念ぶかく。しつこく。
九 板本「はる〳〵とあはせて」今昔物語「腹ヲ合セテ」
一〇 衣でも切れなかった。

太刀の束《つか》を返しければ、のけざまにたふれたりけるを切《きり》てければ、太刀もちたるかひなを、肩より打《うち》おとしてけり。さて走《はしり》のきて、「又人やある。」ときけれども、人のおともせざりければ、[11]走《はしり》まひて中[12]御門の門より入《いり》て、柱にかいそひてたちて、『小舍人童はいかがしつらん』と待《まち》ければ、童は大宮をのぼりに、なく〳〵いきけるをよびければ、悦《よろこび》て走《はしり》[13]きにけり。殿居所にやりて、きがへとりよせて、きかへて、もときたりけるうへのきぬ・指貫《さしぬき》には血の付《つき》たりければ、童してふかくかくさせて、童の口[14]よくかためて、太刀に血のつきたるあらひなど、したゝめて、殿ゐ所にさりげなくて入《いり》ふしにけり。夜《よ》もすがら「我《わが》したる。」などき[15]こえやあらんずらんと、むねうちさわぎて思ふ程《ほど》に夜《よ》明《あけ》てのち、物どもいひさわぐ。「大[16]宮・大炊《おほひ》御門《みかどの》邊に大《おほき》なる男三人、いく程もへだてず切《きり》ふせたる、[17]あさましくつかひたる太刀かな。[18]かたみに切《きり》合《あひ》て死《しに》たるかとみれば、おなじ太刀のつかひざま也《なり》。敵のしたりけるにや。されど盜人とおぼしきさまぞしたる。」などいひのゝしるを、殿上人ども、「いざ行《いき》てみてこん。」とて、さそひてゆけば、[19]『ゆかじはや』と思へども、いかざらんも又心えられぬさまなれば、しぶ〳〵にいぬ。車にのりこぼれて、やりよせてみれば、いまだともかくもしなさで、おきたりけるに、年[20]四十餘計《ばかり》なる男のかづら[21]ひげなるが、[22]無《む》文《もん》の袴に紺のあらひざらしのあ[23]をに、[24]山吹のきぬの衫《かざみ》よくさらされたるきたるが、[25]猪のさやづかのしりざやしたる太刀

一一　今昔物語「走廻テ」
一二　東大宮大路に面する皇居の東側の門（待賢門）。陽明門と郁芳門との間。
一三　（袍）表衣。
一四　他言しないように戒めて。
一五　評判。
一六　東大宮大路と大炊御門大路との交叉する辺。大炊御門は郁芳門で待賢門の南。
一七　あきれるほど上手に使った太刀だな。今昔物語「極ク仕タル太刀カナ」
一八　互に。
一九　いやいやながら行った。
二〇　今昔物語「三十許」
二一　蓬のような生い茂った鬚。
二二　無地。
二三　（襖）あわせ。
二四　山吹色（黄色）の衣服。
二五　（猪の鞘柄の尻鞘）今昔物語「猪ノ逆頬（さかづら）ノ尻鞘シタル太刀」

はきて、[一]申《さる》の皮のたびに沓《くつ》はきなして、わきをかき、[二]およびをさして、[三]とむきかうむき物いふ男たてり。「なに男にか。」とみるほどに、雑色《ざふしき》の走《はしり》よりて、「あの男の『盗人《ぬすびと》かたきにあひて、つかうまつりたる』と申《まうす》。」といひければ、『うれしくもいふなる男かな』と思ふ程に、車の前に乗《のり》たる殿上人の、「かの男めしよせよ。子細《しさい》とはん。」といへば、雑色走《はしり》よりてめしもてきたり。みれば、[四]たかづらひげにて、[五]おとがひそり、鼻さがりたり。[六]赤ひげなる男の[七]血目《ちめ》にみなして、片膝つきて、太刀の束に手をかけてゐたり。「いかなりつる事ぞ。」ととへば、「此夜中ばかりに物へまかるとて、こゝをまかり過《すぎ》つる程に、物の三人、『おれはまさにまかり過《すぎ》なんや』と申て、走つゞきてまうで來つるを、盗人なめりと思給[八]へて、[九]あへくらべふせて候也《なり》。今朝みれば、なにがしを[一〇]みなしと思たまふべきやつ原《ばら》にてさぶらひければ、[一一]敵《かたき》にて仕りたりけるなめりと思給ふれば、しや頭どもをきつて、かくさぶらふなり。」と、[一二]たちぬゐぬ、およびをさしなど、かたりをれば、人々、「さて〳〵。」といひて、とひきけば、いとゞくるふやうにしてかたりをる。その時にぞ[一三]人にゆづりえて、面もたげられてみける。[一四]『けしきやしるからん』と、人しれず思たりけれど、「我《われ》。」となのるもののいできたりければ、それにゆづりてやみにしと、[一五]老《おい》てのちに、子どもにぞかたりける。

一 今昔物語「鹿ノ皮ノ沓(くつ)」
二 指。
三 彼方を向いたり此方を向いたりして。
四 「高面鬚」か。
五 顎が反り。
六 今昔物語「赤髪」
七 血走った目つきをして。
八 「給へて」の「給ふ」は、侍り、候ふの意(下二段活用)
九 合わせ競べ伏せて。今昔物語「相構テ打伏セテ」
一〇 一本「び(便)なし」拙者を討つべきてだてがないと。
一一 敵として。
一二 立ったり坐ったり。
一三 「則光は」の意。
一四 自分のやった事が著しいであろうか。
一五 則光が年とって後に。

## 九　空入水シタル僧ノ事

これも今は昔、「[16]桂川に身なげんずる聖《ひじり》。」とて、まづ[17]祇陀林寺《ぎだりんじ》にして[18]百日懺法おこなひければ、近き遠きものども、道もさりあへずをがみにゆきちがふ[19]女房車などひまなし。みれば卅餘計なる僧の、ほそやかなる目をも人に見あはせず、[20]ねぶりめにて時々阿彌陀佛を申。[21]そのはざまは脣ばかりはたらくは、念佛なめりとみゆ。また時々[22]そゝと息をはなつやうにして、つどひたる者どものかほを見わたせば、その目に見あはせんとつどひたるものども、こちおし、あちおし、ひしめきあひたり。さてすでにその日のつとめては堂へ入て、さきにさし入《いり》たる僧どもおほくあゆみつゞきたり。しりに雜役車に、この僧は紙の衣・袈裟などきて、のりたり。なにといふにか脣はたらく。人に目も見あはせずして時々大《おほ》いきをぞはなつ。ゆく道に立《たち》なみたる見物のものども、[23]うちまきを霰のふるやうになげ散す。聖、「いかにかく目鼻にいる。たへがたし。心ざしあらば紙袋などに入《いれ》て、[24]我ゐたりつる所へおくれ。」と時どきいふ。これを[25]無下《むげ》の者は手をすりてをがむ。すこし物の心ある者は、「などかうはこの聖はいふぞ。たゞいま水に入《いり》なんずるに、『[26]ぎんだりへやれ。目鼻に入《いる》たへがたし』などいふこそあやしけれ。」などさゝめく物もあ

一六　山城国（京都府）にあり、大井川の下流。
一七　中御門京極の東にあった寺。
一八　百日間法華懺法（天台大師作）を仏前で誦すること。
一九　女車。
二〇　眠り目。
二一　その間は。
二二　古板本「そこに」
二三　散米。
二四　祇陀林寺をさす。
二五　くだらない者。
二六　祇陀林（ぎだりん）の通称か。山茶花をさざんかという類か。

り。さてやりもてゆきて、[一]七條の末にやりいだしたれば、[二]京よりはまさりて、「入水の聖をがまん。」とて、河原の石よりもおほく人つどひたり。河ばたへ車やりよせてたてれば、聖「たゞいまはなん時《どき》ぞ。」といふ。ともなる僧ども、「[三]申《さる》のくだりになり候《さぶらひ》にたり。」といふ。「往生の刻限には[四]まだしかんなるは。いますこし、[五]くらせ。」といふ。待かねて、遠くよりきたる物は歸《かへり》などして河原人《ひと》ずくなに成《なり》ぬ。これを見はてんと思たるものは、なをたてり。それが中に僧のあるが、「往生には刻限やはさだむべき。心えぬ事かな。」といふ。とかくいふほどに、此聖[六]たふさきにて、[七]西にむかひて川にざぶりと入《いる》程に、舟ばたなる縄に足かけて、づぶりともいらで、ひしめくほどに、弟子の聖はづしたれば、さかさまに入《いり》てごぶ〳〵とするを、男の川へおりくだりて、「よくみん。」とて立てるが、この聖の手をとりて引あげたれば、左右の手して、かほはらひて、くゝみたる水をはきすてて、この引上《ひきあげ》たる男にむかひて、手をすりて、「廣大の御恩蒙《かうぶり》さぶらひぬ。この御恩は極樂にて申《まうし》さぶらはん。」といひて、陸《くが》へ走のぼるを、[八]そこらあつまりたる者ども、童部《わらはべ》、河原の石をとりて、まきかくるやうにうつ。はだかなる法師の河原くだりに走《はしる》を、つどひたるものども[九]うけとり〳〵打ければ、頭うちわられにけり。此法師にやありけむ、大和より瓜を人のもとへやりける文《ふみ》のうはがきに、さきの入水《じゆする》の上人《しやうにん》とかきたりけるとか。

一 七条大路の果て。
二 京にあった時よりも増して。
三 午後四時過ぎ。
四 「未だしくあるなるは」で、まだ早いな。
五 日を暮れさせろ。
六 褌。
七 西方（極楽浄土の方角）に向って。
八 数多。
九 ひきつぎひきつぎ。次々に。

## 一〇　日蔵上人吉野山ニテ逢レ鬼事

昔、吉野山の[一〇]日蔵《にちざう》のきみ、[一一]吉野の奥におこなひありき給けるに、たけ七尺ばかりの鬼、身の色は紺青の色にて、髪は火のごとくにあかく、くびほそく、むな骨はことにさし出《いで》て、[一二]いらめき、腹ふくれて脛《はぎ》はほそくありけるが、この[一三]おこなひ人《ひと》にあひて、手をつかねて泣く事かぎりなし。「これはなに事する鬼ぞ。」ととへば、この鬼、涙にむせびながら申やう、「我はこの四五百年を過《すぎ》てのむかし人《ひと》にて候《さぶらひ》しが、人のために恨《うらみ》をのこして、いまはかかる鬼の身となりて候。さてそのかたきをば、思のごとくにとり殺してき。それが子・孫《まご》・[一四]彦《ひこ》・[一五]やしは子《ご》にいたるまで、のこりなくとりころしはてて、今はころすべき物なくなりぬ。されば、なほかれらがむまれかはりまかる後までもしりてとりころさんと思候に、つぎ〳〵のむまれ所、つゆもしらねば、とりころすべきやうなし。[一六]瞋恚《しんい》のほのほは、おなじやうにもゆれども、敵の子孫はたえはてたり。我ひとり、つきせぬ瞋恚のほのほに、もえこがれて、せんかたなき苦をのみ受侍り。かかる心をおこさざらましかば、極樂・[一七]天上にも生れなまし。ことにうらみをとゞめて、かかる身となりて、[一八]無量億劫の苦をうけんとする事の、せんかたなくかなしく候。人のために恨をのこすは、[一九]しかし

一〇　三善氏吉の子、清行の弟。金峰山椿山寺で出家。後に金峰山に勤修二六年に及んだという。御嶽上人。
一一　吉野大峰の奥の笙の窟に三七日無語断食した。（十訓抄）
一二　角立（かどだ）ち。
一三　行者。日蔵のこと。
一四　孫の子。曾孫。
一五　孫の孫。玄孫。
一六　また、「シンニ」。憎み憤ること。
一七　兜率天（弥勒菩薩の住する所）の上。
一八　量りしられぬ長い時間。
一九　さながら。そのまま。そっくり。

ながら我身のためにてこそありけれ。敵の子孫はつきはてぬ。わが命はきはまりもなし。かねて此やうをしらましかば、かかる恨をばのこさざらまし。」といひつゞけて、涙をながして、なく事かぎりなし。そのあひだに、うへよりほのほやう〳〵もえいでけり。さて山のおくざまへあゆみ入《いり》けり。さて日藏のきみ、あはれと思て、それがために、さま〲のつみほろぶ[一]べき事どもをし給けるとぞ。

## 二　丹後守保昌下向ノ時致經父ニ逢フ事*

これも今は昔、丹後守保昌[二]國[三]へくだりける時、與佐《よさ》[四]の山に白髪の武士一騎あひたり。路のかたはらなる木の下《した》にうち入《いり》て立《たち》たりけるを、國司[五]の郎等ども、「此翁、など馬よりおりざるぞ。奇恠也《きくわいなり》。とがめおろすべし。」といふ。こゝに國司のいはく、「一人當千の馬のたてやう也。たゞにはあらぬ人ぞ。とがむべからず。」と、せいして、うちすぐるほどに、三町ばかり行《いき》て、大矢[六]の左衞門尉致經、數多の兵をぐしてあへり。國司會尺《あしやく》[七]する間、致經が云、「こゝに老者一人逢《あひ》たてまつりて候つらん。致經が父平五大夫[八]に候。堅固の田舍人にて子細をしらず。無禮を現じ[九]候つらん。」といふ。致經過《すぎ》てのち、「さればこそ。」とぞいひけるとか。

一　罪障消滅のための回向。

*　古事談巻四・十訓抄中巻第三の第一一話にも見える話。
二　藤原致忠の子。和泉式部の夫。
三　任国たる丹後国。
四　丹後国与謝郡(京都府)の普甲山。
五　地方官。丹後国守(保昌)のこと。
六　平致頼の子。「大矢」は大矢を射る腕ききの通称か。
七　古事談「與二國司一會釋ノ間」
八　平致頼。平氏で五郎で大夫(五位)なのでいう。武蔵守公雅の子。
九　「現じ」は「致し」かという。(野村八良氏)

## 三　出家功徳ノ事[**]

これも今はむかし、[一〇]筑紫《つくし》に[一一]たうさかの[一二]さへと申す齋《さい》の神まします。そのほこらに、修行しける僧のやどりてねたりける夜、夜中計《ばかり》にはなりぬらんと思ふほどに、馬のあしおとあまたして人の過《す》ぐるときく程に、「齋はましますか」ととふこゑす。このやどりたる僧、あやしときくほどに、此ほこらの內より「侍り。」とこたふなり。又あさましときけば、「明日[一三]武藏寺にやまゐり給ふ。」ととふなれば、「さも侍らず。なに事の侍《はべ》るぞ。」とこたふ。「あす武藏寺に新佛いで給べしとて、[一四]梵天・帝尺《たいしやく》・諸天・龍神あつまり給ふとは、しり給はぬか。」といふなれば、「さる事も、えうけたまはらざりけり。うれしくつげ給へるかな。いかでかまゐらでは侍らん。かならずまゐらんずる。」といへば、「さらばあすの[一五]巳時《みのとき》ばかりの事なり。かならずまゐり給へ。まち申さん。」とて過《すぎ》ぬ。この僧これをききて、『希有《けう》の事をもききつるかな。あすは物へゆかんと思《おもひ》つれども、この事みてこそ、いづちもゆかめ』と思て、あくるやおそきと、むさし寺にまゐりてみれども、さるけしきもなし。れいよりは中々しづかに人もみえず。あるやうあらんと思て、佛の御前に候《さぶらひ》て、巳時《みのとき》をまちゐたるほどに、今しばしあらば[一六]午時《うまのとき》になりなんず。『いかなる事にか』

** 今昔物語巻一九第一二話と同話。
一〇 九州。また北九州地方の称。
一一 「たかさか」（豊後国大分郡高坂）の誤かともいう。
一二 （塞）斎の神（道祖神）のこと。
一三 大分郡武蔵郷の寺か。筑前国筑紫郡武蔵温泉の武蔵寺か。
一四 今昔物語は「四大天王（持国・広目・増長・多聞の四天王）竜神八部」
一五 午前十時。
一六 正午。

と、思《おもひ》ゐたるほどに、年七十餘計《ばかり》なる翁の、一髪もはげて、白きとても、おろおろある頭に、ふくろの烏帽子をひき入《いれ》て、二もともちひさきが、いとゞこしかがまりたるが、杖にすがりてあゆむしりに尼たてり。ちひさく黒き桶になににかあるらん、物いれてひきさげたり。御堂にまゐりて、男は佛の御前にて、三ぬか二三度計《ばかり》つきて、四もくれんずの念珠《ねんず》の大きにながき、五おしもみて候へば、尼、そのもたる六桶を翁のかたはらにおきて、「御房呼びたてまつらん。」とていぬ。しばしばかりあれば、六十計《ばかり》なる僧まゐりて、佛をがみ奉て、「なにせんに、よび給《たまふ》ぞ。」ととへば、「けふあすともしらぬ身にまかり成《なり》にたれば、このしらがの、すこしのこりたるを剃《そり》て、御弟子にならんと思ふ也。」といへば、僧、目おしすりて、「いとたふとき事かな。さらばとく〳〵。」とて、小桶なりつるは湯なりけり、その湯にて頭あらひて剃て、戒《かい》さづけつれば、また佛をがみ奉てまかりいでぬ。そののち又七こと事《ごと》なし。さはこの翁の法師になるを隨喜して、八天衆もあつまり給て、新佛のいでさせたまふとは、あるにこそありけれ。出家九隨分の功徳《くどく》とは、今にはじめたる事にはあらねども、ましてわかくさかんならん人の、よく一〇道心おこして隨分にせんものの功德、これにていよ〳〵おしはかられたり。

一 今昔物語「黒キ髪モ無クテ白シトテモ所々有頭ニ袋ノ様ナル烏帽子ヲ押入レテ」
二 最も。今昔物語には「本ヨリモ」
三 「ぬか……つきて」は額づいて。礼拝して。
四 （木欒子）念珠（ずず）に作られた。
五 今昔物語「長キヲ」
六 板本・今昔物語「小桶」
七 他事。ほかの事。
八 天にある衆類。四天王・梵天・帝釈天などの仏神達をいう。
九 分相応。
一〇 菩提心。仏果を求める心。

# 巻第一二

## 一　達磨見ニル天竺僧ノ行ニ事[*]

昔、天竺に一寺あり。住僧尤《もとも》おほし。[一一]達磨和尚《だるまをしやう》此寺に入て僧どもの行をうかゞひ見給に、或房には念佛し經をよみ、さまぐ〳〵におこなふ。或房をみ給に、八九十計なる老僧の、只今二人ゐて圍碁を打《うち》、佛もなく經《きやう》もみえず。たゞ圍碁を打《うつ》ほかに他事《ことごと》なし。達磨、件《くだりの》房を出て他の僧に問《とふ》に、答云《こたへていはく》、「此老僧二人若《わかき》より圍碁のほかはする事なし。すべて佛法の名をだにきかず。仍《よりて》寺僧、にくみいやしみて交會[一二]する事なし。むなしく僧供《そうく》を受《うけ》、外道[一三]《げだう》のごとく思へり。」と云々。和尚これを聞て、『定《さだめ》て樣《やう》あるらん』と思て、此老僧が傍に居て、圍碁打《うつ》あり樣をみれば、一人は立《たて》り、一人は居りと見《みる》に、忽然《こつねん》として失《うせ》ぬ。あやしく思程に、立《たて》る僧は歸居《かへりゐ》たりとみる程に、又居たる僧うせぬ。みれば又出《いで》きぬ。『さればこそ』と思て、「圍碁のほか他事なしとうけ給《たまは》るに、證果[一四]の上人にこそおはしけれ。そのゆゑをとひ奉[一五]《たてまつら》ん。」との給ふに、老僧答云、「年來《としごろ》此事よりほかは他事なし。但黑勝《ただしくろかつ》ときは我煩惱勝《わがぼんなうかち》ぬとかな

＊　今昔物語巻四第九話・宝物集巻六・法苑珠林巻三四摂念篇引証部などと同話。

一一　南天竺香至国の王子。禅宗の始祖。梁の武帝に遇せられ、のち少林寺に住した。

一二　今昔物語「交座」

一三　仏教以外の学徒。

一四　涅槃果を証得した聖僧。

一五　原本「奉ん」今、板本による。ただし「承（うけたまはら）ん」の誤りなら、「とひ」はなくても通じる。

しみ、白勝時《しろかつとき》は菩提《ぼだい》[一]勝ぬと悦ぶ。打《うつ》に隨《したがひ》て煩惱の黑を失ひ、菩提の白の勝《かた》ん事を思ふ。此功德によりて、忽に證果の身と成侍《なりはべる》なり。」と云々。和尚、房を出《いで》て他僧に語《かたり》たまひければ、年來にくみいやしみつる人々、後悔してみな貴《たふと》みけりとなん。

## 二　＊提婆𦬇參二ル龍樹ノ許一ニ事

昔、西天竺《さいてんぢく》[二]に龍樹𦬇《ぼさつ》[三]と申《まうす》上人まします。智惠甚深也。又中天竺に提婆《だいば》𦬇と申上人、龍樹の智惠深きよしを聞給て、西天竺に行向《ゆきむかひ》て、門外に立《たち》て案內を申さんとし給處に、御弟子「外より來給て、いかなる人にてましますぞ。」ととふ。提婆𦬇答給やう、「大師の智惠深くましますよしうけ給《たまはり》て、嶮難[四]をしのぎて中天竺よりはる〲參《まゐり》たり。このよし申《まうす》べき。」よしの給ふ。御弟子、龍樹に申ければ、小箱に水を入《いれ》て出《いだ》さる。提婆、心え給て、衣の襟より針を一《ひとつ》取いだして、此水に入《いれ》て返し奉る。これをみて龍樹大《おほき》に驚て、「はやくいれ奉れ。」とて、房中を掃清《はらひきよ》めて、入《いれ》奉給。御弟子あやしみ思やう、『水をあたへ給事は、遠國よりはる〲と來給へば疲《つかれ》給らん。喉潤《うるほ》さんためと心えたれば、此人針を入て返し給。大師驚給てうやまひ給事心えざる事かな』と思て、後に大師に問申ければ答給やう、「水をあたへつるは、我智惠は小箱の內の

一　悟り。煩悩（貪欲・瞋恚・愚痴など）を断滅した心境。

＊　今昔物語巻四第二五話・大唐西域記巻一〇に見える話。

二　五天竺（東・西・南・北・中）の一。西印度。

三　また竜猛。「菩薩」は仏果を証した高僧。

四　原本「冷難」

水のごとし。しかるに汝萬里をしのぎて來る。智恵をうかべよとて水をあたへつる也。上人空《そら》[五]に[六]その心を知て、針を水に入《いれ》て返す事は、我針計《ばかり》の智恵を以て、汝が大海の底を極《きはめ》んと也。汝等年來隨逐[七]すれども、此心をしらずして、これをとふ。上人は始て來《きた》れども我心をしる。これ智恵のあると無《なき》と也《なり》。」云々。則《すなはち》[八]瓶水を寫《うつす》ごとく、法文をならひ傳給て、中天竺に歸給けりとなん。

## 三　**慈恵僧正延㆓引受戒之日㆒事

慈恵《じゑ》[九]僧正良源[一〇]永觀三年正月三日入滅。七十三歲。近江國人也。座主《ざす》[一一]の時、受《ず》戒《かい》行《おこなふ》べき定日《ちやうにち》、例のごとく催儲《もよほしまうけ》て、座主の出仕を相待之處《あひまつのところ》に、途中より俄に歸給へば、供の者共《ども》、『こはいかに』と心えがたく思けり。衆徒《しゆと》・諸職人《しよしきにん》[一二]も「これほどの大事、日の定《さだまり》たる事を、今と成て、さしたる障《さはり》もなきに、延引せしめ給事、然《しかる》べからず。」と、謗《ばう》ずる事限なし。諸國の沙彌《しやみ》[一三]等まで悉《こと〴〵く》參集《まゐりあつまり》て、受戒すべきよし思《おもひ》ゐたる處に、横川《よがはの》[一四]小綱《せうかう》[一五]を使にて、「今日の受戒は延引也。重《かさね》たる催《もよほし》に隨《したがひ》て行《おこな》はるべき也。」と仰下しければ、「なに事により留給《とゞめたまふ》ぞ。」ととふ。使「またく其故をしらず。ただはやく走向《はしりむかひ》て、此由を申せと計《ばかり》の給《たまひ》つるぞ。」といふ。集れる人々、おの〳〵心えず思てみな退散しぬ。かかる程に、未《ひつじ》[一六]のとき計《ばかり》に、大風吹て、南門[一七]俄に倒れぬ。その時人々、「此事[一八]あるべしと兼《かね》てさと

五　暗（あん）に。
六　原本「御心」
七　追随。従学。
八　潟瀉（しゃへい）。法を伝えること瓶の水を他器に移して一滴も漏さない喩え。
**　打聞集第一七話と同話。
九　巻四第一七話参照。
一〇　この註は後の記入か。
一一　天台座主。
一二　法会の時に雑事を行う役人。職衆。
一三　新入門の僧。
一四　比叡山三塔（東塔・西塔・横川）の一。
一五　「上綱（じょうこう）」で、僧綱の上首のことかという。
一六　午後二時。
一七　打聞集「戒壇門」
一八　「此事……そこばくの人々」まで底本に脱す。

りて、延引せられける。」と思《おもひ》あはせけり。「受戒行はれましかば、そこばくの人々みな打殺されなまし。」と感じのゝしりけり。

## 四　内記上人破二ル法師陰陽師ノ紙冠一事*

[一]内記上人寂心《じやくしん》といふ有《あり》けり。道心堅固の人也。「堂を造り塔をたつる、最上の善根《ぜんごん》[二]也。」とて勧進《くわんじん》[三]せられけり。材木をば播磨國に行《ゆき》てとられけり。ここに法師《はふし》[四]陰陽師《おんやうじ》、紙冠をきて、祓《はらへ》するをみつけて、あわてて馬よりおりて走《はしり》よりて、「なにわざし給《たまふ》御房ぞ。」ととへば、「祓し候也。」といふ。「なにしに紙冠をばしたるぞ。」ととへば、「祓戸《はらへど》[五]の神達は法師をば忌《いみ》給へば、祓する程しばらくして侍也《はべるなり》。」といふに、上人聲をあげて大《おほき》に泣《なき》て、陰陽師に取懸《とりかゝ》れば、陰陽師心えず仰天して、祓をしさして[六]、「是《これ》はいかに。」といふ。祓せさ[七]する人もあきれて居たり。上人冠を取《とり》て、引破《ひきやぶり》て泣事限なし。「いかにしりて、御房は佛弟子と成《なり》て、祓戸の神達にくみ給といひて、如來《によらい》[八]の忌給事《いみたまふこと》を破《やぶり》て、しばしも無間地獄《むけんぢごく》[九]の業《ごふ》をばつくり給ぞ。誠にかなしき事也。ただ寂心を殺せ。」といひて、取付《とりつき》て泣事おびたゞし。陰陽師のいはく、「仰らるゝ事尤《もとも》道理也。世の過《すぎ》[一〇]がたければ、さりとてはとて、かくのごとく仕也《つかうまつるなり》。しからずば何わざをしてかは、妻子をばやしなひ我命をも續侍《つぎはべ》らん。道心なければ

* 今昔物語巻一九第三話の前半と同話。
一 大内記賀茂（後姓は慶滋）保胤の出家後の称。忠行の子。菅原文時に師事した。
二 善い応報を受くべき善行。
三 信者に勧めて資財を寄進させること。勧化。
四 僧形の陰陽師。
五 今昔物語「祓殿ノ神達」祓をする殿の神々、瀬織津比咩・速開都比売・気吹戸主・速佐須良比売の四神。
六 しかけてやめて。
七 祓をさせる人。
八 仏十号の一。釈迦仏のこと。
九 阿鼻（無間）地獄に堕ちるほどの罪業。
一〇 生活し難いから。今昔物語「世ヲ過ム事ノ難レ有ケレバ」

上人にもならず、法師のかたちには侍れど、俗人のごとくなれば、後世《ごせ》の事いかがとかなしく侍れど、世のならひにて侍れば、かやうに侍《はべる》なり。」といふ。上人のいふやう、「それはさもあれ、いかが[二]三世如來の御首に冠をば著給《きたまふ》。不幸にたへずして、か様《やう》の事し給はば、堂作らん料《れう》に勸進しあつめたる物共を汝に與《あたへ》ん。一人菩提《ぼだい》に勸《すゝむ》れば、堂寺造《つくる》に[三]勝《すぐ》れたる功德也《なり》。」といひて、弟子どもをつかはして材木とらんとて勸進しあつめたる物を、みなはこびよせて此陰陽師にとらせつ。さて我身は京に上給《のぼりたまひ》にけり。

## 五　**持經者叡實效驗ノ事

むかし、[一三]閑院大臣殿[一四]冬嗣三位《さんみの》中將におはしける時、[一五]わらは病《やみ》おもくわづらひ給けるが、「[一六]神名といふ所に叡實といふ[一七]持經者なん、童病《わらはやみ》はよく祈落《いのりおと》し給《たまふ》。」と申人ありければ、「此持經者に祈《いのら》せん。」とて行給《いきたまふ》に、[一八]荒見川の程にて、はやうおこり給《たまひ》ぬ。寺はちかく、成《なり》ければ、此《これ》より歸べきやうなしとて、[一九]ねむじて神名におはして、房の簷《のき》に車をよせて案内をいひ入《いれ》給に、「近[二〇]比蒜《ひる》を食《くひ》侍《はべ》り。」と申。しかれども「たゞ上人を見奉ん。只今まかり歸事《かへること》かなひ侍らじ。」とありければ、「さらば、はや入《いり》給へ。」とて、房の蔀下立《しとみおろしたて》たるを取て、あたらしき莚敷《むしろしき》て、「入《いり》給へ。」と申ければ、入給《いりたまひ》ぬ。持經者沐浴して、とば

二　過去・現在・当来の仏。今昔物語「三世ノ諸仏」
三　板本「勝（まさ）りたる」
**　今昔物語巻一二第三五話の前半・本朝法華験記中巻・続本朝往生伝・元亨釈書巻一一などと同話。
一三　藤原公季。九条右大臣師輔の子。太政大臣。長元二年逝。年七三。
一四　この註は後の書き入れであろう。「公季」の誤りか。今昔物語「閑院ノ太政大臣ト申ス人御（おはしまし）ケリ。名ヲバ公季ト申ス。九条殿ノ十二郎ノ御子也。母ハ延喜ノ天皇ノ御子ニ御ス」
一五　瘧病。おこり。
一六　今昔物語「京ノ西ニ神明トイフ山寺有リ」本朝法華験記「第六十六神明寺叡実法師」
一七　常に法華経を受持読誦する者の称。
一八　紙屋川の一名。桂河の支流。今昔物語「賀耶河」
一九　（念）我慢して。
二〇　解熱剤として用いられたが、臭気が強い。にんにく。

かりありて出合《いであひ》ぬ。長高《たけ》き僧の、痩《やせ》さらぼひて、見《みる》に貴げなり。僧申やう、「風おもく侍《はべる》に、醫師《くすし》の申《まうす》にしたがひて蒜を食《くひ》て候也。それにかやうに御坐《おはしまし》候《さぶら》へば、いかでかはとて、參《まゐり》て候也。法華經は淨不淨をきらはぬ經《きやう》にてましませば、讀《よみ》たてまつらん。一何條事《なんでふこと》か候はん。」とて、念珠を押摺《おしすり》て、そばへよりきたる程尤《もとも》たのもし。御頸に手を入《いれ》て我膝を枕にせさせ申て、二壽量品《ぼん》を三打出してよむこゑはいとたふとし。『さばかり貴き事もありけり』とおぼゆ。すこししわがれて、高聲に誦《ずする》こゑ實《まこと》に哀也。四持經者、目より大《おほき》なる涙をはらはらと落して、泣事《なくこと》限なし。其時覺めて、御心ちいとさわやかに殘《のこり》なくよくなり給《たまひ》ぬ。返々後世《かへすぐごせ》まで契《ちぎり》て歸り給《たまひ》ぬ。それよりぞ五有驗《うけん》の名は高く廣まりけるとか。

## 六　空也上人ノ臂、觀音院僧正祈リ直ス事*

むかし、六空也《くや》上人申べき事ありて、七一條大臣殿に參《まゐり》て、藏人所に上《のぼり》て居たり。八餘慶僧正又參會し給。物語などし給程に、僧正のの給ふ、「其臂《ひぢ》はいかにして折《をり》給へるぞ。」と。上人の云《いはく》、「我母、物妬《ものねたみ》して、幼少の時、片手を取て投侍し程に折て侍《はべる》とぞ聞侍《はべり》し。幼稚の時の事なれば覺侍《おぼえはべ》らず。九かしこく左にて侍る。右手折《をり》侍らましかば。」といふ。僧正の給《たまふ》。「そこは貴き上人にてお

一　今昔物語「何事候ハム」
二　法華経第六巻の初め、如来寿量品第十六をいう。
三　高声に。
四　今昔物語「持経者目ヨリ涙ヲ落シテ泣々ク誦スルニ其ノ涙病者ノ温タル胸ニ氷ヤカニテ懸ルガ其レヨリ氷エ弘ゴリテ打チ振ヒ度々為ル程ニ寿量品三返許押シ返シ誦スルニ醒メ給ヌ」
五　祈禱の効験があるという評判。

*　打聞集第二六話の上半・撰集抄巻八・元亨釈書巻一一余慶伝にも見える話。
六　光勝。空也念仏の始祖。天祿三年逝。年七〇。市上人。
七　一条左大臣源雅信。
八　観音院座主、智証の門徒。諡は智辨。正暦二年逝。年七三。撰集抄「平等院の僧正行尊」とする。
九　都合よく。

はす。[一〇]天皇の御子とこそ人は申せ。いとかたじけなし。御臂[一一]誠に祈直し申さんは如何《いかに》。」上人云《いはく》、「尤悦侍《もともよろこびはべる》べし。實《まこと》に貴侍《たふとくはべり》なん。これ加持し給へ。」とて、近く寄れば、殿中の人々湊《あつまり》てこれをみる。その時、僧正、頂より黒煙《くろけぶり》を出して加持し給に、暫《しばらく》ありて曲れる臂、はたとなりてのびぬ。則《すなはち》右の臂のごとくに延《のび》たり。上人涙を落して三度禮拜す。見人《みるひと》みなのゝめき感じ、或は泣《なき》けり。其日、上人、共に若き聖《ひじり》三人具《ぐし》たり。一人は縄をとりあつむる聖也。道に落《おち》たるふるき縄をひろひて、壁土にくはへて古堂の破《やぶれ》たる壁を塗《ぬる》事をす。一人は瓜《うり》の皮を取集て、水に洗て、[一二]獄衆に與《あたへ》けり。一人は[一三]反古《ほぐ》の落散《おちちり》たるを拾集て紙にすきて經を書寫し奉る。その反古の聖を、臂なほりたる布施《ふせ》に僧正に奉ければ、悦て弟子になして義觀と名づけ給。[一四]ありがたかりける事なり。

七　増賀上人参二リ三條宮一ニ振舞ノ事[**]

むかし、[一五]多武峰《たふのみね》に[一六]増賀上人とて貴き聖《ひじり》おはしけり。きはめて[一七]心武《たけ》う、きびしくおはしけり。ひとへに名利をいとひて、頗《すこぶる》物ぐるはしくなん、わざと振舞《ふるまひ》給ける。[一八]三條大《おほ》きさいの宮、尼にならせ給はんとて、[一九]戒師のために、めしにつかはされければ、「尤《もとも》たふとき事なり、増賀こそは誠に[二〇]なしたてまつらめ。」とて參《まゐり》けり。弟子共『此御使を嗔《いかり》て、打《うち》たまひなどやせんずらん』と思

一〇　醍醐天皇と伝える。
一一　「試に」の誤りか。打聞集「心見に」
一二　入獄中の者ども。
一三　不用の紙。ほご。
一四　珍しい事。
**　今昔物語巻一九第一八話の前半・続本朝往生伝にも見える話。
一五　大和国磯城郡（奈良県）。山上に妙楽寺があり藤原鎌足を祭る。今の談山神社。
一六　橘恒平の子、慈恵僧正の弟子。長保五年逝。年八七。
一七　心猛く。
一八　三条皇太后の宮。東三条院詮子。藤原兼家の二女。円融院の后で一条院の母。夫の亡後、正暦二年三二歳で尼となり長保二年四〇歳で逝去。
一九　戒を授ける師。
二〇　尼になし奉ろう。

ふに、思の外に心安く参給へば、ありがたき事に思あへり。かくて宮に参《まゐり》たるよし申ければ、悦《よろこび》てめし入《いれ》給て、尼になり給《たまふ》に、上達部《かんだちべ》・僧共おほくまゐり集り、内裏《だいり》より御使などまゐりたるに、此上人は目はおそろしげなるが、躰も貴げながら、わづらはしげ[一]になんおはしける。さて御前に召《めし》いれて、御几帳《きちやう》のもとに参《まゐり》て、出家の作法して、めでたく長き御髪をかき出して、此上人に、はさませらる[二]。御簾中に女房達見て、泣事かぎりなし。はさみはてて出《いで》なんとするとき、上人高聲にいふやう、「増賀をしも、あながちにめすは何事ぞ。心えられ候はず。もし、きたなき物[三]を大《おほき》なりときこしめしたるか。人のよりは大に候へども、今は練《ねり》ぎぬ[四]のやうにくた／＼と成《なり》たる物を。」といふに、御簾の内ちかく候女房たち、外には公卿・殿上人・僧たち、これを聞《きく》にあさましく、目口はだかりて[五]おぼゆ。宮の御心ちもさらなり。貴さもみなうせて、おの／＼身より汗あえて[六]我にもあらぬ心ちす。さて上人、まかり出《いで》なんとて、袖かきあはせて、「年まかりよりて、風おもく成《なり》て、今はたゞ痢病のみ仕れば、まゐるまじく候つるを、わざとめし候つれば、相構《あひかまへ》て候《さぶらひ》つる。堪《たへ》がたくなりて候へば、いそぎまかりいで候なり。」とて、出ざまに、西臺《にしのだい》[七]の簀《す》子《こ》[八]についゐて尻をかゝげて、楾《はんざふ》[九]の口より水をいだすやうに、ひりちらす音高く、臰事《くさきこと》かぎりなし。御前まできこゆ。わかき殿上人、笑《わらひ》のゝしる事おびただし。僧たちは、「かゝる物狂《ものぐるひ》をめしたる事。」と謗《そしり》申けり。か様《やう》に事にふれ

一 病気らしい様子。

二 鋏で切らせなさる。

三 「前の物」と同じ。

四 練糸で織った絹。

五 目も口もあいたままに思われた。あきれかえったさま。

六 冷汗が出て。

七 今昔物語「西ノ対ノ南ノ放出ノ簀子ニ」「西台」は、西の対屋(たいのや)のこと。

八 竹の縁。

九 口のある盥(たらい)の一種。和名抄に「匜、和名波邇佐布(ハニサフ)。柄中有レ道、可ニ以注ア水之器也。俗用ニ楾字一……」

て、物狂に態《わざ》とふるまひけれど、それにつけても、貴きおぼえ彌《いよ〳〵》まさりけり。

## 八　*聖寶僧正渡二ル一條大路一事

むかし、東大寺に、[一〇]上座法師のいみじく[一一]たのもしき有《あり》けり。つゆ計《ばかり》も人に物あたふる事をせず、慳貪《けんどん》に罪深くみえければ、その時、[一二]聖寶僧正のわかき僧にておはしけるが、「此上座のをしむ罪のあさましきに。」とて、わざとあらがひをせられけり。「御房、何事したらんに、大衆《だいす》に[一三]僧供《そうぐ》ひかん。」といひければ、上座思様《おもふやう》『物あらがひして、もし負《まけ》たらんに、僧供ひかんも由《よし》なし。[一四]さりながら衆中にてかくいふ事を、何とも答《こたへ》ざらんも口惜《くちをし》』と思て、かれがえすまじき事を思廻《おもひめぐら》していふやう、「[一五]賀茂祭の日、ま裸にてたふさき計《ばかり》をして、[一六]干鮭《からざけ》太刀にはきて、やせたる女牛《めうし》に乘《のり》て、[一七]一條大路を[一八]大宮より河原まで、『我は東大寺の聖寶也』と、たかく名のりてわたり給へ。しからば此御寺の大衆より下部《しもべ》にいたるまで大僧供ひかん。」といふ。心中に『さりとも、よもせじ』と思ければ、かたくあらがふ。聖寶、大衆みな催《もよほし》あつめて、大佛の御前にて、[一九]金打《かねうち》て佛に申てさりぬ。その期《ご》ちかくなりて、[二〇]一條富小路に桟敷《さじき》うちて、「聖寶が渡らん見ん。」とて大衆みなあつまりぬ。上座もありけり。しばらくありて、大路の見物のものども、おびたゞしくのゝしる。『何事かあ

＊　古事談巻三に「加茂祭ニ聖人渡事者、聖宝僧正始ケリ。其後増賀上人被レ渡。」

一〇　長老。三綱といわれる役僧。巻一二第三話「横川の小綱」

一一　裕福な者。板本「たのしき」

一二　讃岐国の人。貞観寺の座主、延喜九年逝。年七八。理源と諡。

一三　僧へ供養の物。「ひく」とは、贈る。

一四　できそうもない事。

一五　賀茂神社の祭典。毎年四月の中の酉の日に行われた。

一六　乾燥させた鮭。

一七　京の最北を東西に走る大通り。

一八　東大宮大路（京を南北に走る大通り）から賀茂河原まで。

一九　鉦を打って。

二〇　一条大路と富小路との交叉する辺。

らん』と思て、頭さし出《いだ》して西のはうを見やれば、牝牛《めうし》に乗たる法師の裸なるが、干鮭を太刀にはきて、牛の尻をはた〳〵と打て、尻に百千の童部《わらはべ》つきて、「東大寺の聖寶こそ上座とあらがひして渡れ。」と、たかくいひけり。其年の祭には、是を詮《せん》[一]にてぞありける。さて大衆《だいす》おの〳〵寺に歸て、上座に大僧供ひかせたりけり。此事、御門《みかど》きこしめして、「聖寶は我身を捨《すて》て人を導《みちびく》ものにこそ有《あり》けれ。今の世にいかで、かかる貴人《たふときひと》ありけん。」とて、召出して僧正までなしあげさせ給けり。上《かみ》[二]の醍醐はこの僧正の建立なり。

## 九　*穀斷ノ聖不實露顯ノ事

むかし、[三]久しくおこなふ上人ありけり。五穀を斷《たち》て年來《としごろ》になりぬ。[四]御門《みかど》きこしめして[五]神泉苑《しんぜんゑん》にあがめすゑて、ことに貴み給。木の葉をのみ食《くひ》ける。物笑する若公達《わかきんだち》あつまりて、「此聖の心みん。」とて行《ゆき》むかひてみるに、いとたふとげにみゆれば、「穀斷幾年計《こくだちいくとせばかり》に成給《なりたまふ》。」と問《とは》れければ、「若《わかき》より斷《たち》侍れば、五十餘年に罷成《まかりなり》ぬ。」といふを聞《きき》て、一人の殿上人のいはく、「穀斷の屎《くそ》はいか樣《やう》にか有《ある》らん。[六]例《れい》の人にはかはりたるらん。いで行《いき》てみん。」といへば、二三人つれて行《いき》てみれば、穀屎をおほく痢《ひり》おきたり。『あやし』と思て、上人の出《いで》たる隙《ひま》に、「居《ゐ》たるしたをみん。」といひて、[七]疊の下を引あけてみれば、

一　これが一番の見物であった。
二　山城国宇治郡の醍醐寺。上下二所に分れている。
*　今昔物語巻二八第二四話、文徳実録巻六斉衡元年七月乙巳の条に見える話。
三　今昔物語「文徳天皇ノ御代ニ波太岐ノ山ト云フ所ニ聖人有ケリ」
四　文徳天皇。
五　天皇の遊行があり、池で雨乞いが行われた所。
六　普通の人とは。
七　今昔物語「居タル畳ヲ引返シテ見レバ」
八　今昔物語はこの上に「板敷ニ穴有リ」とある。
九　今昔物語「米屎ノ聖」文徳実録「米糞聖人」
**　大和物語巻中第一〇三段の前半部・古本説話集第一一話の後半・世継物語第一〇話後半・新古今和歌集巻八にも見える話。

八土をすこし掘て、布袋に米を入《いれ》て置《おき》たり。公達見て、手をたゝきて、「九穀糞の聖穀糞の聖。」と呼《よば》はりて、のゝしりわらひければ、迯去《にげさり》にけり。その後は行《ゆく》方《かた》もしらず、ながく失《うせ》にけりとなん。

## 一〇　季直少将哥ノ事**

いまはむかし、一〇季直少将といふ人ありけり。病つきてのち、すこし一一おこたりて、一二内《うち》にまゐりたり。一三公忠辨の、掃部助《かもんのすけ》にて藏人《くらうど》なりける比《ころ》の事也。「みだり心ち、まだよくもおこたり侍らねども、一四心元なくてまゐり侍《はべり》つる。後はしらねど、かくまで侍れば、あさて計《ばかり》に又まゐり侍らん。一五よきに申させ給へ。」とて、まかり出《いで》ぬ。三日ばかりありて、少將のもとより、

一六くやしくぞ後にあはんと契《ちぎり》ける
　けふをかぎりといはまし物を

さて、その日うせにけり。あはれなる事のさまなり。

## 一一　樵夫ノ小童隱題ノ哥讀ム事***

今はむかし、一七かくし題をいみじく興《きよう》ぜさせ給ける御門《みかど》の、一八ひちりきをよま

一〇　大和物語・新古今集によると、「すゐなは」は「すゐなほ」の誤りか。藤原季縄は千乗の子、右近衛少将。交野少将という。
一一　病勢が衰えて。
一二　内裏。
一三　光孝源氏。国紀の子。右大辨。滋野と号した。
一四　職務が気懸りで。
一五　大和物語「よきに奏したまへ」
一六　悔しくも、後に逢おうなどと契ったものです。今日を限りだといおうものだったのに。新古今集巻八哀傷歌「病に沈みて久しく籠り居て侍りけるが、たまたま宜しうなりて内に参りて、右大辨公忠、蔵人に侍りけるに逢ひて、又あさてばかり参るべき由申して罷り出でにけるまゝに病重くなりて、限りに侍りけれど、公忠朝臣に遣しける。藤原季縄」と題する。
***　古本説話集第三八話とほとんど同文。醒睡笑巻五にもある。
一七　物の名を歌の中に隠して詠むこと。
一八　（篳篥）雅楽用楽器。

せられけるに、人々わろくよみたりけるに、木《き》こる童の、曉、山へ行《いく》とていひける、「この頃篳篥《ひちりき》をよませさせ給《たまふ》なるを、人のよみ給はざんなる、童こそよみたれ。」といひければ、ぐして行く。童部《わらはべ》、「あな、[一]おほけなき事ないひそ。[二]さまにもにず、いま〱し。」といひければ、「などか、かならずさまににる事か。」とて、

[三]めぐりくる春々ごとにさくら花
いくたびちりき人にとはばや

といひたりける。さまにもにず、おもひかけずぞ。

## 三　高忠ノ侍哥讀ム事*

いまはむかし、[四]たか忠といひける、越前守の時に、いみじく不幸なりける侍《さぶらひ》の夜晝まめなるが、多なれど帷《かたびら》をなんきたりける。雪のいみじくふる日、この侍「[五]きよめす。」とて、物のつきたるやうにふるふをみて、守《かみ》「哥《うた》よめ。をかしうふる雪かな。」といへば、此侍「なにを題にて仕《つかうまつる》べきぞ。」と申せば、「はだかなるよしをよめ。」といふ。程もなく、ふるふこゑをさゝげてよみあぐ。

[六]はだかなる我身にかゝるしら雪は

一　分に過ぎた事。
二　柄にも似合わず。
三　毎年めぐって来る春毎に桜花は幾度散ったと人に問いたいな。
＊　今昔物語巻一九第一三話・古本説話集第四〇話（ほとんど同文）・醒睡笑巻五などに見える話。
四　今昔物語「藤原孝忠」
五　掃除する。「きよめす……ふるふをみて、守」を底本に脱す。
六　裸である我が身に降りかかる白雪（白髪）は打ち払っても消えうせないことだ。

うちはらへどもきえせざりけり[七]

とよみければ、かみ、いみじくほめて、きたりけるきぬを、ぬぎてとらす。北方《きたのかた》もあはれがりて、[八]うす色の衣の、いみじうかうばしきを、とらせたりければ、二《ふたつ》ながらとり、かいわぐみて脇にはさみてたちさりぬ。[九]侍《さぶらひ》に行《いき》たれば、ゐなみたる侍ども見て、おどろきあやしがりて問《とひ》けるに、かくときゝて、あさましがりけり。さて此侍、其後みえざりければ、あやしがりて、かみ尋《たづね》させければ、[一〇]北山にたふとき聖ありけり。そこへ行て、此えたるきぬを二《ふたつ》ながらとらせていひけるやう、「年まかり老《おい》ぬる身の不幸、としをおひてまさる。この生《しやう》の事は、[一一]やくもなき身に候《さぶらふ》めり。後生《ごしやう》をだに、いかでとおぼえて、法師にまかりならんと思侍れど、[一二]戒の師に奉るべき物の候はねば、いまにすごし候つるに、かく思かけぬ物を給《たまひ》たれば、かぎりなくうれしく思給へて、これを布施にまゐらする也。」とて、「法師になさせ給へ。」と、涙にむせかへりて、なく〱いひければ、聖いみじうたふとがりて、法師になしてけり。さてそこよりゆくかたもなくてうせにけり。あり所もしらずなりにけるとか。

## 一三　貫之哥ノ事**

いまはむかし、[一三]貫之《つらゆき》が土佐守になりて、くだりて有《あり》ける程に、任《にん》はてのと

七　今昔物語「フルヘドモ」

八　普通、薄紫色。

九　侍の詰所。次の「侍」は侍い人。

一〇　京の北方にある山々。

一一　益もない身。

一二　戒を授ける師僧。

**　今昔物語巻二四第四三話・紀貫之の紀行「土佐日記」・古本説話集第四一話(ほとんど同文)に見える話。

一三　紀貫之。中納言長谷雄の孫、蔵人望行の子。古今集の撰者で仮名序の作者。延長八年一二月土佐守となり、承平五年一二月任国土佐を出発、翌年二月帰京した。その時の紀行が土佐日記。天慶九年逝。

し、[一]七八《なゝつやつ》ばかりの子の、えもいはずをかしげなるを、かぎりなく[二]かなしうしけるが、とかくわづらひて失《う》せにければ、泣まどひて、やまひつく計おもひこがるゝほどに、月比《つきごろ》になりぬれば、『かくてのみあるべき事かは。[三]のぼりなん』と思ふに、『[四]ちごのこゝにて、なにとありしはや』など思《おもひ》いでられて、いみじうかなしかりければ、柱に書付《かきつけ》ける。

[五]宮《みや》こへと思ふにつけてかなしきは
　かへらぬ人のあればなりけり

とかきつけたりける哥《うた》なん、いままでありける。

## 一四　[*]東人ノ哥ノ事

今はむかし、[六]あづまうどの哥《うた》いみじう好みよみけるが、螢をみて、

[七]あなてるや蟲のしや尻《じり》に火のつきて
　こ人玉《ひとだま》ともみえわたるかな

「あづま人のやうによまん。」とて、實《まこと》は貫之がよみたりけるとぞ。

## 一五　[**]河原院ニ融公ノ靈住ム事

一　今昔物語「七ツ八ツ許有ケル男子」土佐日記「女子（をんなご）」とある。
二　かわいがったのが。
三　上京しよう。
四　亡き児が（生前）ここでこんな事をしたっけ。今昔物語「彼児ノ此ニテ此彼（これかれ）遊ビシ事ナド思ヒ被レ出テ……」
五　都へ帰ろうと思うにつけて悲しいのは、帰らない人があるからです。土佐日記、承平四年一二月二七日の条に「ある人の書きて出せる歌」として「都へと思ふも物の悲しきは……」今昔物語には「都へと思ふ心のわびしきは……」
＊　古本説話集第二二話と同文。
六　東国の人。
七　ああ照るよ、虫の尻に火がついて、小さい人魂とも見渡されるよ。「しや」は、「其奴」から出た東国方言か。例「しや頭（かしら）」
＊＊　今昔物語巻二七第二話・古本説話集第二七話の前半・江談抄巻三・古事談巻一・続古事談巻四などに

今はむかし、[八]河原の院は、[九]融の左大臣の家也。みちのくのしほがまのかたをつくりて、うしほをくみよせて、しほをやかせなど、さま〴〵のをかしき事をつくして住給《すみたまひ》ける。おとゞうせて後、宇多院《うだゐん》には、たてまつりたる也。[一〇]延喜《えんぎ》の御門、たび〳〵行幸ありけり。まだ[一一]院のすませ給けるをりに、夜中計《ばかり》に、西對《にしのたい》の塗籠《ぬりごめ》をあけて、そよめきて人のまゐるやうにおぼされければ、みさせ給へば、ひの装束《さうぞく》うるはしくしたる人の、太刀はき、笏《しやく》とりて、二間計《ばかり》のきて、かしこまりて居たり。「あれは、たそ。」ととはせ給へば、「こゝのぬしに候翁也。」と申。「融のおとゞか。」ととはせ給へば、「しかに候ふ。」と申す。「さはなんぞ。」と仰《おほせ》らるれば、「家なれば住候に、おはしますがかたじけなく[一二]所《ところ》せく候なり。いかが仕《つかふ》べからん。」と申せば、「それはいと〳〵ことやうの事也。[一三]故《こ》おとゞの子孫の我にとらせたれば、住《すむ》にこそあれ。わがおしとりてゐたらばこそあらめ。禮もしらず、いかにかくはうらむるぞ。」と、たかやかに仰られければ、[一四]かいけつやうに失《うせ》ぬ。そのをりの人々、「なを御《み》かどは、[一五]はたことにおはします物なり。たゞの人はそのおとゞに逢《あひ》て、さやうに[一六]すくよかには、いひてんや。」とぞいひける。

も見える話。
八　左大臣源融の邸で陸奥国の塩釜の勝景を模したという。
九　嵯峨帝の子。源氏。寛平七年逝。年七四。河原左大臣。
一〇　醍醐帝。
一一　父の院、宇多院。
一二　窮屈です。
一三　故大臣（融左大臣）
一四　掻き消す。
一五　（将異に）また特別で。原本「かたこと」
一六　（直よかに）はきはきと。

## 二六 *八歳ノ童孔子ト問答ノ事

今はむかし、もろこしに[一]孔子《くじ》道を行給に、八《やつ》ばかりなる童あひぬ。孔子に問申《とひまうす》やう、「日の入《いる》所と[二]洛陽《らくやう》といづれかとほき。」と。孔子、いらへ給やう、「日の入所は遠し。洛陽はちかし。」童の申やう、「日の出入《いでいる》所はみゆ。らくやうはまだ見ず。されば日のいづる所はちかし。洛陽は遠しと思ふ。」と申ければ、孔子「かしこき童なり。」と感じ給ける。「孔子には、かく物とひかくる人もなきに、かくとひけるは、たゞ物にはあらぬなりけり。」とぞ人いひける。

## 二七 **鄭大尉ノ事

いまはむかし、おやに孝する物有《あり》けり。朝夕に木をこりて親をやしなふ。孝養の心[三]空《そら》にしられぬ。[四]梶《かぢ》もなき舟に乗て、むかひの嶋に行《いく》に、朝には南の風ふきて北の嶋に吹《ふき》つけつ。夕には舟に木をこり入《いれ》てゐたれば、北の風吹て家にふきつけつ。かくのごとくする程に年比になりて、[五]大《おほ》やけにきこしめして、大臣になして、めしつかはる。その名を鄭大尉[六]とぞいひける。

* 今昔物語巻一〇第九話の中頃に見える話。世説夙慧篇（明帝が幼時長安と太陽との遠近を弁じた故事）列子問湯篇（孔子が東游して両小児の弁闘を見た故事）に基づく話か。
一 中国の魯の聖人。
二 周の都の名。洛邑ともいう、河南省。

** 後漢書、鄭弘伝の註に見える話・辞源引用の会稽記の話か。
三 天に通じたの意か。
四 櫓や櫂の類。
五 朝廷。
六 鄭弘。字は巨君。会稽山陰の人。後漢の顕宗に仕えて大尉（当時は三公の一）になった。

## 一八　貧俗觀ニジ佛性一ヲ富ム事

今は昔、もろこし[七]のへんしうに一人の男あり。家貧しくして寶なし。妻子《めこ》をやしなふに力なし。もとむれども、うる事なし。かくて年月をふ。思わびて、ある僧にあひて、寶をうべき事をとふ。智恵ある僧にて、こたふるやう、「汝たからをえんと思はば、たゞまことの心をおこすべし。さらば寶もゆたかに、後世《ごせ》[八]はよき所に生れなん。」といふ。この人「實《まこと》の心とはいかゞ。」ととへば、僧の云《いはく》、「實の心をおこすといふは、たの事にあらず、佛法を信ずる也。」といふに、又とひて云、「それはいかに。たしかにうけ給《たまは》りて、[九]心をえて、たのみ思て、[一〇]二なく信をなし、たのみ申さん。うけたまはるべし。」といへば、僧のいはく、「[一一]我心はこれ佛也。我心をはなれては佛なしと。しかれば我心の裏《うち》に佛はいますなり。」といへば、手をすりて泣々《なくなく》をがみて、それより此事を心にかけて、よるひる思ければ、[一二]梵《ぼん》・尺《しやく》諸天きたりてまもり給ければ、はからざるに寶出《いで》きて、家の內ゆたかになりぬ。命をはるに、いよ〳〵心佛を念じ入《いり》て、[一三]浄土にすみやかにまゐりてけり。この事をききみる人、たふとみ、あはれみけるとなん。

七　唐国の辺州（片田舎）

八　善所。極楽。

九　会得して。納得して。

一〇　余念なく。一心に。

一一　観無量寿経に「汝等心想レ仏時、是心即是三十二相、八十随形好、是心作レ仏、是心是仏。」

一二　梵天・帝釈天などの諸天。

一三　極楽浄土。

## 一九　宗行ノ郎等射レ虎事

いまはむかし、壹岐守宗行が郎等《らうどう》を、はかなき事によりて主《しう》の殺さんとしければ、小舟に乘《のり》て逃《にげ》て、新羅國[一]へわたりて隱《かくれ》てゐたりける程に、新羅にき[二]んかいといふ所の、いみじうのゝしりさわぐ。「何事ぞ。」ととへば、「虎の[三]こふに入《いり》て人をくらふ也。」といふ。此男とふ。「とらはいくつばかりあるぞ。」と。「たゞ一《ひとつ》あるが俄にいできて、人をくらひて逃《にげ》ていき〳〵するなり」といふをききて、此男のいふやう、「あの虎に合《あひ》て、一矢を射て、しなばや。[四]虎かしこくば共にこそしなめ。たゞむなしうは、いかでか、くらはれん。[五]此國の人は、兵《つはもの》の道わるきにこそはあめれ。」といひけるを、人ききて、國守《くにのかみ》に「かうかうの事をこそ、此日本人申せ。」といひければ、「かしこき事かな。よべ。」といへば、人きて「めしあり。」といへば、まゐりぬ。「まことにや。この虎の人くふを、やすく射んとは申《まうす》なる。」と、とはれければ、「しか申候《まうしさぶらひ》ぬ。」とこたふ。守「いかでかかる事をば申ぞ。」ととへば、此男の申やう、「この國の人は、我身をばまたくして敵をば害せんと思たれば、[六]おぼろげにて、かやうのたけき獸《けだもの》などには、我身の損ぜられぬべければ、まかりあはぬにこそ候めれ。日本の人はいかにも、我身をばなきになしてまかりあへば、

一　朝鮮半島東海岸にあった独立国。
二　金海か。金海郡は朝鮮慶尚南道の東南部の海岸。
三　（国府）原本「こう」金海郡の首都を日本の国府に擬していう。
四　虎の方がえらかったら。
五　新羅国の人は武芸が拙いのであるようだ。
六　いい加減では。

[七]よき事も候めり。弓矢にたづさはらん物、なにしかは我身を思はん事は候はん。」と申ければ、守「さて虎をば、かならず射ころしてんや。」といひければ、「我身のいきいかずはしらず。必かれをば射とり侍《はべり》なん。」と申せば、「いといみじうかしこき事かな。さらばかならずかまへて射よ。いみじき[八]悦《よろこび》せん。」といへば、をのこ申すやう、「さてもいづくに候ぞ。人をばいかやうにて、くひ侍《はべる》ぞ。」と申せば、守のいはく、「いかなるをりにかあらん。こふの中に入《いり》きて、人ひとりを頭を食《くらひ》て、肩にうちかけて去也。」と。この男申やう、「さてもいかにしてか、くひ候。」ととへば、人のいふやう、「虎はまづ人をくはんとては、猫の鼠をうかゞふやうにひれふして、しばし計《ばかり》ありて大口をあきてとびかゝり、頭をくひ、肩に打かけて、はしりさる。」といふ。「とてもかくても、さはれ、一矢射てこそは、くらはれ侍らめ。虎のあり所ををしへよ。」といへば、「これより西に、廿餘町のきて、[九]をの畠あり。それになん、ふす也《なり》。人おぢて、あへてそのわたりにゆかず。」といふ。「おのれたゞしり侍らずとも、そなたをさしてまからん。」といひて、[一〇]調度《てうど》おひていぬ。新羅の人々、「日本の人ははかなし。虎にくらはれなん。」とあつまりて、そしりけり。かくて此男は、虎のあり所とひききて行てみれば、まことに、をのはたけ、はる〴〵とおひわたりたり。をのたけ四五尺計《ばかり》なり。その中をわけ行《ゆき》てみれば、まことに臥《ふし》たり。[一一]とがり矢をはげて、かた膝をたててゐたり。

七　うまく行く事。成功する事。
八　謝礼しよう。
九　麻の畠。
一〇　武器。
一一　（尖矢）鏃のとがった矢。

虎、人の香をかぎて、[一]ついひらがりて、猫のねずみうかゞふやうにてあるを、をのこ、矢をはげて、おともせで、ゐたれば、虎大口をあきてをどりて、をのこのうへにかゝるを、をのこ弓をつよくひきて、うへにかゝるをりに、やがて矢をはなちたれば、[二]おとがひの下より、うなじに七八寸ばかり、とがり矢を射出しつ。虎さかさまに臥《ふし》てたほれてあがくを、[三]かりまたをつがひ二《ふた》たび腹をいる。二たびながら、土に射つけて、つひに殺して、矢をもぬかで國府《こふ》に歸て、守に「かう〳〵射ころしつる。」よしをいふに、守感じのゝしりて、おほくの人を具《ぐ》して、虎のもとへ行てみれば、まことに[四]箭《や》みながら射とほされたり。みるにいといみじ。「まことに百千の虎おこりてかゝるとも、[五]日本の人十人ばかり馬にておしむかひて射ば、虎なにわざをかせん。此國の人は、一尺ばかりの矢に、きりのやうなる[六]矢じりをすげて、それに毒をぬりていれば、つひにはその毒のゆゑに死ぬれども、たちまちに[七]その庭に射ふする事はえせず。日本人《にほんのひと》は、我命死なんをも露をしまず。大《おほき》なる矢にていれば、其庭にいころしつ。なを兵の道は、日本の人にはあたるべくもあらず。さればいよ〳〵いみじうおそろしくおぼゆる國也。」とておぢけり。さて此をのこをば、猶をしみとゞめて、いたはりけれど、妻子を戀て[八]筑紫《つくし》に歸て、宗行がもとに行て、そのよしをかたりければ、「日本の[九]おもておこしたる物なり。」とて、[一〇]勘當もゆるしてけり。おほくの物ども[一一]祿にえたりけるを、[一二]宗行にもと

一 平べったくなって。原本「つゐひらがりて」
二 あご。
三 （雁股）鏃が股をなした矢。
四 皆ながら。ことごとく。
五 新羅国の人。
六 （鏃）矢の根。
七 その場に。
八 北九州。
九 面目を施した者。
一〇 お咎め。
一一 祿（恩賞）として貰った物を。
一二 主人の壱岐守宗行にも与えた。

らす。おほくの商人《あきびと》ども、新羅の人のいふをききつぎて、かたりければ、筑紫にも此國の人の兵は、いみじき物にぞしけるとか。

## 二〇　遣*唐使ノ子被レルル食レハ虎ニ事

今はむかし、一三 遣唐使にてもろこしにわたりける人の、十ばかりなる子を、一四 えみであるまじかりければ、ぐしてわたりぬ。さてすぐしける程に、雪のいとたかくふりたりける日、ありきもせでゐたりけるに、この兒《ちご》のあそびにいでていぬるが、一五 おそく歸《かへり》ければ、あやしとおもひて、いでてみれば、一六 あしがた、うしろのかたからふみて行《いき》たるにそひて、大《おほき》なる犬の足がたありて、それより此兒の足がたみえず。山ざまにゆきたるをみて、『これは虎のくひていきけるなめり』と思に、せんかたなくかなしくて、太刀をぬきて、足がたを尋《たづね》て山のかたに行《いき》てみれば、岩屋のくちに、此兒を食殺して腹をねぶりてふせり。太刀をもちて走よれば、えにげてもいかで、一七 かいかゞまりてゐたるを、太刀にて頭をうてば、鯉のかしらをわるやうにわれぬ。つぎに又、そばざまにくはんとして走よるせなかをうてば、せぼねをうちきりて、くた〳〵となしつ。さて子をば死《しに》たれども、脇にかいはさみて家に歸たれば、その國の人人見て一八 おぢあさむ事かぎりなし。もろこしの人は、虎にあひて逃《にぐ》る事だにか

＊ 日本書紀、欽明天皇六年春三月の条に見える膳臣巴提便（カシハデノオミハテヒ）の百済における話はこれに似ている。

一三 唐と修交のために遣される使節。普通四艘に分乗した。

一四 見ないでいられそうもなかったので。可愛くて手離せないこと。

一五 帰りが遅いので。

一六 足跡。

一七 掻い屈まりて。「掻い」は「掻き」の音便で接頭語。蹲って。

一八 恐れ驚嘆する。

たきに、かく虎をばうちころして、子をとりかへしてきたれば、もろこしの人は、いみじき事にいひて、猶日本の國には、兵《つはもの》のかたはならびなき國なりとめでけれど、子死《しに》ければ、なにかはせん。

## 三　或上達部、中將之時逢二フ召人一ニ事

今はむかし、一上達部《かんだちべ》のまだ二中將と申ける、内《うち》へまゐり給道に、法師をとらへて、ゐていきけるを、「こは、なに法《ほふ》しぞ。」ととはせければ、「年比《としごろ》三仕《つか》はれて候主をころして候物なり。」といひければ、「誠に罪おもきわざしたるものにこそ。心うきわざしける物かな。」と、なにとなくうちいひて過給《すぎたまひ》けるに、此の法師四あかき眼《まなこ》なる目の、ゆゝしくあしげなるして、にらみあげたりければ、『よしなき事をもいひてけるかな』と、五けうとくおぼして過給けるに、又男をからめていきけるに、「こはなに事したる物ぞ。」と、六こりずまに問ければ、「人の家に追入《おひいれ》られて候《さぶらひ》つる。男は迯《にげ》てまかりぬれば、これをとらへてまかるなり。」といひければ、「別《べち》の事もなきものにこそ。」とて、そのとらへたる人を、みしりたれば、こひゆるしてやり給《たまふ》。大かた此心ざまして、人のかなしきめをみるにしたがひて、たすけ給ける人にて、はじめの法師も七事よろしくばこひゆるさんとて問給けるに、罪のことの外におもければ、さの給《たまひ》

一　公卿。
二　近衛中将と申した人が。
三　「使はれて」とあるべきところ。
四　血走った眼。
五　気味わるく。
六　懲りないで。
七　事情がゆるせば。

けるを法師はやすからず思けり。さて程なく大赦のありければ、[八]法《ほふ》しもゆりにけり。さて月あかかりける夜、みな人はまかで[九]、[一〇]あるはねいりなどしけるを、此中將、月にめでてたゝずみ給ける程に、ものの[一一]築地《ついぢ》をこえておりけると見給ほどに、うしろより[一二]かきすくひて飛《とぶ》やうにして出《いで》ぬ。あきれまどひて、いかにもおぼしわかぬ程に、おそろしげなる物きつどひて、はるかなる山のけはしくおそろしき所へゐていきて、柴《しば》のあみたるやうなる物を、たかくつくりたるにさしおきて、「[一三]さかしらする人をば、かくぞする。やすき事をひとへに罪おもくいひなして、かなしきめ、みせしかば、その[一四]たふにあぶりころさんずるぞ。」とて、火を山のごとく燒《たき》ければ、夢などを見る心ちして、[一五]わかくきびはなる程にてはあり、物おぼえ給はず。あつさはたゞあつに成《なり》て、たゞかた時にしぬべくおぼえ給けるに、山のうへよりゆゝしきかぶら矢を射おこせければ、[一六]あるものども、「こはいかに。」とさわぎけるほどに、雨のふるやうに射ければ、これらしばし此方よりも射けれど、あなたには人の數おほく、えいあふべくもなかりけるにや、火のゆくへもしらず、いちらされて迯《にげ》ていにけり。そのをり、男ひとりいできて、「いかにおそろしくおぼしめしつらん。[一七]おのれはその月のその日からめられてまかりしを[一八]御とくにゆるされて、世にうれしく、この御恩むくひまゐらせばやと思候つるに、法師の事はあしく仰せられたりとて、日比[一九]うかゞひまゐらせつるを見て候程に、つげまゐら

八　法師も許された。
九　罷り出で。退出し。
一〇　或は。
一一　土塀。
一二　（中将を）引っさらって。
一三　小ざかしいこと。賢（かしこ）ぶること。
一四　（答）返報。復讐。
一五　若くかよわい時分。
一六　そこに居る者ども。
一七　私は某月某日縛られて。
一八　お蔭で。
一九　付け狙い申し上げているのを。

せばやと思ながら、我身かくて候へばと思候つる程に、[一]あからさまに、きと立《たち》はなれまゐらせ候つる程に、かく候《さぶらひ》つれば、築地《ついぢ》をこえていで候つるに、あひまゐらせて候つれども、そこにてとりまゐらせ候はば、殿も御疵などもや候はんずらんと思て、こゝにてかく射はらひて取まゐらせ候つるなり。」とて、それより馬にかきのせ申て、たしかに、もとの所へ[二]おくり申てけり。ほのぼのと明《あく》るほどにぞ歸給ける。年おとなになり給て、「かゝる事にこそあひたりしか。」と、人にかたり給けるなり。[三]四條大納言の事と申はまことやらん。

## 三　陽成院妖物ノ事

いまはむかし、[四]陽成院おり居《ゐ》させ給ての御所は、[五]大宮よりは北、西洞院よりはにし、油小路よりは東にてなん有ける。そこは[六]物すむ所にてなんありける。大《おほき》なる池のありける釣殿に、番のものねたりければ、夜中計《ばかり》に、ほそぼそとある手にて、此男がかほをそと〳〵なでけり。[七]『けむつかし』と思て、太刀をぬきて、かたてにてつかみたりければ、[八]淺黄《あさぎ》の上下《かみしも》きたる叟《おきな》の、事のほかに物わびしげなるがいふやう、「我はこれ昔住《すみ》しぬしなり。[九]浦嶋の子がおとと也。いにしへより此所にすみて千二百餘年になる也。ねがはくは、ゆ

一　仮初に。ついちょっと。
二　原本「送りてんげり」
三　藤原公任。巻一第一〇話に出た。
四　陽成院が（元慶八年二月四日）御退位後の御所。陽成院とも二条院ともいう。
五　大宮大路よりは北、西洞院大路よりは西。
六　物の気。霊。化物。
七　わずらわしい。薄気味わるい。
八　薄青の直垂の上下。
九　丹後国与謝郡（京都府）水江の人で仙境に行って三百年後に帰郷したという。（丹後風土記・日本書紀雄略天皇二二年七月の条・浦島子伝・続浦島子伝・古事談巻一参照）お伽草紙以後「浦島太郎」が通名。

るし給へ。こゝに社を造ていは一〇ひ給へ。さらばいかにも、まもりたてまつらん。」といひけるを、「我《わが》心ひとつにてはかなはじ。このよしを院一一へ申てこそは。」といひければ、「にくき男のいひ事《ごと》かな。」とて、三たび上ざまへけあげけあげして、なえ／＼くた／＼となして、おつる所を口をあきてくひたりけり。一二なべての人ほどなる男とみる程に、おびたゞしく大《おほき》になりて、この男ただ一口に食《くひ》てけり。

## 三　水無瀬殿鼯ノ事*

一三後鳥羽院の御時、一四水無瀬殿《みなせどの》に夜々山より、一五から笠《かさ》程なる物の、光《ひかり》て御堂へ飛入《とびいる》事侍けり。一六西おもて・北おもての物共、一七めん／＼に「これを見あらはして高名《かうみやう》せん。」と、心にかけて用心し侍けれども、むなしくてのみ過《すぎ》けるに、ある夜、一八景《かげ》かたたゞひとり中嶋一九にねて待けるに、例のひかり物、山より池のうへを飛行《とびゆき》けるに、おきんも心もとなくて、あふのきにねながら、よく引《ひき》て射たりければ、手ごたへして池へ落入物《おちいるもの》ありけり。其後人々につげて火ともして、めん／＼みければ、ゆゝしく大《おほき》なるむさゝび二〇の、年ふり毛などもはげ、しぶとげなるにてぞ侍ける。

一〇　祭祀して下さい。
一一　陽成院。
一二　並みの人間ほどの大きさの男。
＊　類話は古今著聞集巻一七変化第二七に見える。
一三　在位一五年で退位、承久三年五月の乱の結果隠岐島に移され延応元年六〇歳で逝去。顕徳院と追号。仁治三年（一二四二）後鳥羽院と改められた。
一四　摂津国三島郡（大阪府）水無瀬にあった離宮。
一五　傘。
一六　上皇御所の西面・北面に伺候して守護する武士。
一七　（面々）各自。銘々。
一八　清和源氏の景行の子景方かの説がある。
一九　池の中の築き島。
二〇　（鼯鼠）深山に棲み樹間を飛び、小児のような泣声を発する。ももんが。

## 二四　一條棧敷屋鬼ノ事

今はむかし、[一]一條棧敷《さじき》屋に或男とまりて、[二]傾城《けいせい》とふしたりけるに、夜中計《ばかり》に風吹雨降てすさまじかりけるに、[三]大路に[四]「諸行無常《しよぎやうむじやう》」と詠じて過る物あり。なに物ならんとおもひて、蔀《しとみ》をすこしおしあけてみければ、長《たけ》は軒《のき》とひとしくて馬の頭なる鬼なりけり。おそろしさに、しとみをかけて、おくのかたへいりたれば、此鬼格子《かうし》おしあけて、顔をさし入《いれ》て、「よく御覧じつるな〳〵。」と申しければ、太刀を抜て、いらば切らんとかまへて、女をばそばにおきて待《まち》けるに、「よく〳〵御覧ぜよ。」といひていにけり。[五]「百鬼夜行にてあるやらん。」と、おそろしかりけり。それより一條のさじき屋には、又も、とまらざりけるとなん。

一　一条大路にあったという。徒然草「応長の頃……東山より安居院の辺へ罷り侍りしに、四条より上ざまの人、皆北をさして走る。一条室町に鬼ありとのゝしりあへり。今出川の辺より見やれば、院の御棧敷のあたり、更に通り得べうもあらず立ちこめたり」

二　美女の意から、遊女のこと。漢書外戚伝李延年の歌「北方有㆓佳人㆒絶世而独立、一顧傾㆓人城㆒、再顧傾㆓人国㆒」

三　一条大路。

四　涅槃経に出た四句の偈文に「諸行無常、是生滅法、生滅々已、寂滅為楽」

五　夜、いろいろの鬼が出歩くこと。巻一第一七話参照。

# 巻第一三

## 一　上緒ノ主得レル金ヲ事[*]

いまはむかし、[六]兵衛佐《ひやうゑのすけ》なる人ありけり。冠のあげを[七]の長かりければ、世の人、「あげをのぬし。」となん、つけたりける。西の八條と京極との畠の中に、あやしの小家一《ひとつ》あり。その前を行程に夕立のしければ、この家に馬よりおりて入《いり》ぬ。みれば女[八]ひとりあり。馬をひき入《いれ》て、夕立をすぐすとて、ひらなる[九]小辛櫃《こからびつ》のやうなる石のあるに、尻をうちかけてゐたり。小石をもちて、この石を手まさぐり[一〇]にたゝきゐたれば、うたれてくぼみたる所をみれば、金[一一]色になりぬ。希有《けう》の事かなと思て、[一二]はげたる所に土をぬりかくして、女にとふやう、「此石はなぞの石ぞ。」女のいふやう、「なにの石にか侍らん。むかしより、かくて侍也。昔、長者の家なん侍ける。この屋は藏《くら》どもの跡にて候也。」と。まことにみれば、大なる石ずゑの石どもあり。さて「その尻かけさせ給へる石は、その藏のあとを畠につくるとて、うねほるあひだに、土の下より掘いだされて侍《はべる》なり。それがかく屋《や》の内に侍れば、かきのけんと思侍れど、女は

＊　今昔物語巻二六第一三話と同話。
六　兵衛府の次官。
七　（上緌）冠を髻（もとどり）に結ぶ緒。
八　今昔物語「嫗」
九　今昔物語「石ノ碁枰（ごばん）ノ様ナル有リ、其ニ」
一〇　手で玩ぶこと。
一一　今昔物語「銀ニコソ有ケレ」
一二　原本「はたる」

力よわし。かきのくべきやうもなければ、にくむ／＼かくておきて侍也。」といひければ、『我この石とりてん。のちに目くせ[一]ある物もぞ見つくる。』と思て、女にいふやう、「此石我とりてんよ。」といひければ、「よき事に侍り。」といひければ、その邊にしりたる下人のをむな車[二]をかりにやりて、つみて出《いで》んとする程に、わたぎぬ[三]を脱ぎて、たゞに[四]とらんが、罪えがましければ、此女にとらせつ。心もえで、さわぎまどふ。「この石は、女共こそよしなし物と思《おもひ》たれども、我家にもていきて、つかふべきようのあるなり。さればたゞにとらんが、つみえがましければ、かく衣《きぬ》をとらする也。」といへば、「思かけぬ事也。ふようの石のかはりに[五]、いみじきたからの御《おん》ぞの、わたのいみじき、給はらん物とは、あなおそろし。」といひて、さをのあるにかけてをがむ。さて／＼車にかきのせて家に歸て、うちかき／＼賣て、物どもを買《かふ》に、米・錢・絹・綾などあまたにうりえて、おびたゝしき德人《とくにん》[六]に成《なり》ぬれば、西の四條よりは北、皇嘉門よりは西、人もすまぬ、うきのゆぶ／＼としたる[七]、一町ばかりなるうきあり。『そこは買《かふ》ともあたひもせじ』と思て、たゞすこしに買つ。ぬし[八]はふようのうきなれば、畠にもつくらるまじ。家もえたつまじ。やくなき所[九]と思ふに、あたひすこしにてもかはんといふ人を、いみじきすき物[一〇]と思てうりつ。あげをのぬし、このうきをかひとりて、津の國に行ぬ[一一]。舟四五艘計《ばかり》ぐして、難波《なには》わたりにいぬ[一二]。酒・粥などおほくまうけて、鎌又おほう

一　目利（き）きの人。今昔物語「目有ル者」
二　下人の女車を。板本「下人を、むな車を」今昔物語「下人ノ許ニ車ヲ借テ」「むな車」は、から車。
三　（綿衣）綿入れの衣。
四　無償で。
五　不用の石の代りに。
六　えらい金持。
七　沼地のぶくぶくした。
八　沼地（うき）の所有主。
九　無益な所。
一〇　物好きな人。
一一　摂津国に行った。
一二　難波津（大阪港）の辺に行った。

まうけたり。行《ゆき》かふ人をまねきあつめて、「此酒・かゆ、まゐれ。」といひて、「そのかはりに此蘆刈《あしかり》て、すこしづつ、えさせよ。」といひければ、悦てあつまりつゝ、四五そく・十そく・二三十そくなど刈てとらす。かくのごとく三四日からすれば、山のごとく刈《かり》つ。舟十艘計に積《つみ》て、京へのぼる。酒おほくまうけたれば、のぼるまゝに、この下人どもに「たゞにいかんよりはこの綱[一三]《つな》手《で》ひけ。」といひければ、此酒をのみつゝ綱手を引て、いととく賀茂川尻に引《ひき》つけつ。それより車借[一四]《くるまかし》に物をとらせつゝ、その蘆にて此うきにしきて、しも[一五]人《うど》どもをやとひて、そのうへに土はねかけて、家を思ふまゝに作《つくり》てけり。南の町は大[一六]納言源のさだといひける人の家。北の町は此あげをのぬしのうめて作れる家なり。それを此さだの大納言の買とりて、二町《ふたまち》にはなしたる也けり。それはいはゆるこの比の西[一七]の宮なり。かくいふ女の家なりける金の石をとりて、それを本[一八]《ほん》たいとしてつくりたりける家なり。

## 二　元輔落馬ノ事*

いまはむかし、哥[一九]よみの元輔、く[二〇]らのすけになりて、賀[二一]茂祭の使しけるに、一條大路わたりける程に、殿上人、車おほくならべたてて、物見けるまへ[二二]わたる程に、お[二三]いらかにてはわたらで、『人見給に』と思て、馬をいたくあふり

一三　曳き舟の手綱。
一四　車力。鳥羽・白河の車借は人に知られていたらしい。
一五　（下人）げにん。
一六　源定は嵯峨源氏。河原左大臣融の兄。正三位・大納言。貞観五年逝。年四九。
一七　四条の北、朱雀の西。
一八　資本。
＊　今昔物語巻二八第六話と同話。
一九　歌人の清原元輔。梨壺の五人。後撰集の撰者の一人。清少納言の父。
二〇　内蔵助。中務省内蔵寮の次官。
二一　賀茂社祭典の勅使。
二二　前を通る時に。
二三　尋常に。

ければ、馬くるひて落《おち》ぬ。年老たるものの頭をさかさまにておちぬ。君達《きんだち》『あな、いみじ』とみるほどに、いととくおきぬれば、冠ぬげにけり。一本鳥《もとどり》つゆなし。たゞ二ほとぎをかづきたるやうになん有ける。三馬副《うまぞひ》手までまどひをして、冠をとりて、きせさすれば、四うしろざまにかきて、「あなさわがし。しばしまて。五君達にきこゆべき事あり。」とて、殿上人どもの車の前にあゆみよる。日のさしたる頭きら〳〵と、いみじうみぐるし。大路のもの、市をなして、わらひのゝしる事かぎりなし。車・棧敷の物どもわらひのゝしるに、一《ひとつ》の車のかたざまにあゆみよりていふやう、「君達、この馬よりおちて冠おとしたるをば、六をこなりとや思給。しかおもひ給まじ。其故は、七心ばせある人だにも、物につまづきたほるゝ事はつねの事也。まして馬は心ある物にあらず。此大路はいみじう石たかし。馬は八口をはりたれば、あゆまんと思《おもふ》だにあゆまれず。九とひきかう引《ひき》、くるめかせば、たほれなんとす。馬をあしと思《おもふ》べきにあらず。一〇から鞍《くら》はさらなる鐙《あぶみ》のかくうべくもあらず。それに馬はいたくつまづけば落《おち》ぬ。それわろからず。又冠のおつるは、一一物してゆふ物にあらず。一二髪をよくかき入《いれ》たるにとらへらるゝ物なり。それにびんはうせにたれば、一三ひたぶるになし。さればおちん冠うらむべきやうなし。又例なきにあらず。なにのおとど一四は大嘗會《だいじやうゑ》の御禊《ごけい》におつ。なにの中納言は一五その時の行幸におつ。かくのごとく一六例もかむがへやるべからず。しかれば案内もしり給はぬ此比のわかき公達わ

一 髻が少しもない。禿げているのである。
二 （缶）土器の瓶。禿頭の形容。
三 馬の口取り。
四 後方に掻きやって。今昔物語「元輔冠ヲ不レ為ズシテ」
五 若君たちに申し上ぐべき事があります。
六 愚かだと思いなさるか。
七 思慮ある人でも。
八 手綱で口を張っているから。
九 あちらを引きこちらを引いて廻転するので。
一〇 唐鞍は皿のような鐙で足がかけられない。今昔物語に「唐鞍ハ糸盤也（いとさらなり）物可レ拘（ものかくべ）クモ非ズ」
一一 紐か何かで結ぶ。
一二 髪を冠の巾子（こじ）の中に播入れて、それによって落ちないよう留められる。
一三 ひたすらに。一向に。
一四 大嘗会（天皇即位最初の新嘗祭）に先立って行われる禊ぎ祓い。
一五 某時の行幸の際。今昔

らひ給べきにあらず。笑給はば、かへりて、をこなるべし。」とて、車ごとに手ををりつゝかぞへていひきかす。かくのごとくいひはてて、「冠もてこ。」といひてなん、取《とり》てさし入《いれ》ける。その時に、とよみてわらひのゝしる事かぎりなし。冠せさすとて、よりて馬ぞひのいはく、「[一七]おち給《たまふ》則《すなはち》冠をたてまつらで、などかくよしなし事《ごと》は仰らるゝぞ。」ととひければ、「[一八]しれ事《ごと》ないひそ。かく道理をいひきかせたらばこそ、此君《きん》だちは、のち／＼にもわらはざらめ、さらずば、[一九]口さがなき君《きん》だちは、ながくわらひなん物をや。」とぞいひける。人わらはする事[二〇]やくにする也けり。

## 三　利*宣合二フ迷神一ニ事

今はむかし、三條院の[二一]八幡《やはた》の行幸に、[二二]左京屬《さきやうのさくわん》にて、[二三]くにのとしのぶといふ物の供奉《ぐぶ》したりけるに、[二四]長岡に寺戸といふ所の程いきけるに、人どもの、「このへんには、[二五]まよひ神あんなるへんぞかし。」といひつゝわたる程に、としのぶも「[二六]さきくは。」といひてゆく程に過《すぎ》もやらで、日もやう／＼さがれば、いまは[二七]山崎のわたりには行《いき》つきぬべきに、あやしうおなじ長岡の邊をすぎて、[二八]おとくに川のつらを行《ゆく》と思へば、又寺戸の岸をのぼる。[二九]寺戸過て又ゆきもてゆきて、おとくに川のつらに來てわたるぞと思へば、又すこし[三〇]桂川

一六 今昔物語「如レ此ノ例計（かぞ）へ不レ可レ尽（つくすべからず）」
一七 お落ちなさると直ぐ様冠をお召しにならないで。
一八 ばかな事をいうな。
一九 口の悪い若君達。
二〇 役にする。役目のようにする。
* 今昔物語巻二七第四二話と同話。
二一 山城国（京都府）久世郡男山の石清水八幡宮。
二二 左京職の職員。
二三 今昔物語「邦ノ利延」
二四 山城国乙訓郡向日町鶏冠井の地。
二五 今昔物語「迷ハシ神」
二六 （然聞くは）そう聞くよ。
二七 山城国乙訓郡で淀川に接する所。
二八 （乙訓川）大枝山に発源。淀川の支流。
二九 「すぎし」の誤りか。今昔物語「過ニシ」
三〇 嵐山の麓を流れる。

をわたる。やう〳〵日暮《くれ》がたになりぬ。しりさきみれども、人ひとりもみえずなりぬ。しりさきに、はるかにうちつゞきたりつる人[一]も見えず。夜のふけぬれば、寺戸の方の西の方なる[二]板屋の軒におりて、夜をあかして、つとめて思へば『我は左京の官人なり。[三]九條にてとまるべきに、かうまできつらん、きはまりてよしなし。それにおなじ所を夜《よ》一夜《ひとよ》めぐりありきけるは、九條の程より、まよはかし神のつきて、ゐてくるをしらで、かうしてけるなめり』とおもひて、明《あけ》てなん、[四]西京《にしのきやう》の家には歸《かへり》きたりける。としのぶがまさしうかたりし事なり。

## 四 龜*ヲ買テ放ッ事

昔、[五]天竺の人、寶を買《かは》んために、[六]錢五十貫を子にもたせてやる。大きなる川のはたを行に、舟にのりたる人あり。舟のかたを見やれば、舟より[七]龜くびをさし出したり。錢もちたる人立《たち》とまりて、[八]その龜をば「なにのれうぞ。」ととへば、「殺して物にせんずる。」といふ。「その龜かはん。」といへば、この舟の人いはく、「いみじき大切の事ありてまうけたる龜なれば、いみじきあたひなりとも、うるまじき。」よしをいへば、なをあながちに手をすりて、此五十貫の錢にて龜を買取て、[九]はなちつ。心に思ふやう、親の寶買《かひ》に隣の國へ

一 「人も……板屋の」二五字、原本に脱す。
二 板葺きの家屋。今昔物語「板屋堂」
三 京の南の果を東西に走る大通り。
四 東ノ京（右京）に対して西ノ京（左京）をいう。
＊ 今昔物語巻九第一三話・打聞集第二一話・法苑珠林巻一八敬法篇感応縁・法華験記巻八・冥報記等にも見える話。
五 法苑珠林では中国人で「陳楊州厳恭」
六 今昔「五千両」打聞集「五千巻（貫）」法苑珠林「銭五万」
七 冥報記・法苑珠林「黿」今昔物語「亀五ツ船ヨリ頸ヲ指出テ有リ」打聞集「亀五頸ヲ捧ゲテ有リ」これは「五人おの〳〵」に照応する。
八 今昔物語「其レハ何ゾノ亀ゾ」
九 水に放った。

やりつる錢を、龜にかへてやみぬれば、おやいかに腹立《はらだち》給はんずらむ。さりとて又親のもとへ、いかであるべきにあらねば、親のもとへ歸行に、道に人あひていふやう、「こゝに龜賣《うり》つる人は、一〇この下《しも》の渡《わたり》にて舟うち返して死《しに》ぬ。」となんかたるをききて、親の家に歸行て、錢は龜にかへつるよしかたらんと思ふ程に、おやのいふやう、「なにとてこの錢をば返しおこせたるぞ。」一一とといへば、子のいふ、「さる事なし。その錢にてはしか〴〵龜にかへてゆるしつれば、そのよしを申さんとてまゐりつるなり。」といへば、親のいふやう、「くろき衣きたる人おなじやうなるが、五人おの〳〵十貫一二づつもちてきたりつる。一三これそなり。」とて、みせければ、この錢いまだぬれながらあり。はや買《かひ》て放しつる龜の、その錢川に落入《おちいる》をみて、一四とりもち、親のもとに子の歸らぬさきにやりける也。

## 五　**夢買フ人ノ事

むかし、備中國に郡司《ぐんじ》一五ありけり。それが子にひきのまき人《びと》一六といふありけり。わかき男にてありける時、夢をみたりければ、『あはせさせん』一七とて、夢とき一八の女のもとに行て、夢あはせてのち、物語してゐたるほどに、人々あまたこゑしてくなり。國守一九の御子の太郎君二〇のおはするなりけり。年は十七八計《ばかり》の男

一〇　この川下の渡し場で。
一一　放生（ほうじょう）したから。
一二　今昔物語「錢千両」打聞集「錢千巻」ただし、冥報記「烏衣客五十人詣レ門寄レ宿弁錢五万付二恭父一」
一三　これがそれです。
一四　板本「とりもちて」
**　北条政子は異母妹が高峯に登り月日を左右の袂に収め橘の三個なった枝をかざすと見た夢を語るのを聞き、恐しい夢だとおどして夢を買いとり後源頼朝の妻になった話（曾我物語巻二）参照。
一五　郡長。
一六　吉備真備の訛伝か。奈良時代の人。右大臣。宝亀六年逝。年八三。
一七　夢合せをさせよう。
一八　夢合せする女。夢の吉凶を判断する巫女。
一九　備中国守のお子さんの。
二〇　長男殿。

にておはしけり。心ばへはしらず、かたちはきよげなり。人四五人ばかりぐしたり。「これや夢ときの女のもと。」ととへば、御共の侍「これにて候。」といひてくれば、まき人は上の方の内に入て、部屋のあるに入て、穴よりのぞきてみれば、この君入給て、「夢をしか〴〵みつる、いかなるぞ。」とて、かたりきかす。女ききて、「よにいみじき御夢なり。かならず大臣までなりあがり給べき也。返々《かへすぐ〵》目出《めでた》く御覧じて候。[一]あなかしこ〳〵、人にかたり給な。」と申ければ、この君うれしげにて、衣をぬぎて女にとらせて歸《かへり》ぬ。そのをり、まき人、部屋よりいでて女にいふやう、「夢はとるといふ事のあるなり。この君の御夢我にとらせ給へ。[二]國守は四年過《すぎ》ぬれば歸のぼりぬ。我は[三]國人なれば、いつもながらへてあらんずるうへに、郡司の子にてあれば、我をこそ大事に思はめ。」といへば、女、「[四]のたまはんまゝに侍べし。さらば、おはしつる君のごとくにして入給て、そのかたられつる夢をつゆもたがはずかたり給へ。」といへば、まき人悦《よろこび》て、かの君のありつるやうに、いりきて夢がたりをしたれば、女おなじやうにいふ。まき人いとうれしく思て、衣をぬぎてとらせてさりぬ。そののち、文《ふみ》をならひよみたれば、[五]たゞとほりにとほりて才ある人になりぬ。大《おほ》やけきこしめして心みらるゝに、まことに才ふかくありければ、[六]もろこしへ、物よく〳〵ならへとて、つかはして、久しくもろこしにありて、さま〴〵の事どもならひつたへて歸たりければ、[七]御門《みかど》かしこき

一 ああ恐れ多い。

二 国守の任期は四年だから、四年たつと京へ帰り上ってしまう。

三 この備中国の人。

四 おっしゃるとおりにいたしましょう。

五 上達に上達して。

六 吉備真備は留学生として元正帝霊亀二年二四歳で唐に遣され一九年ぶりで聖武帝天平七年三月四三歳で帰朝したという。

七 真備は帰朝後、聖武・孝謙・淳仁・称徳・光仁の五帝に仕えた。

物におぼしめして、次第になしあげ給て大臣までになされにけり。されば夢とる事は實《まこと》にかしこき事也。かの夢とられたりし備中守の子は、司《つかさ》もなき物にてやみにけり。夢をとられざらましかば、大臣までも成《なり》なまし。されば夢を人にきかすまじき也といひつたへけり。

## 六　*大井光遠ノ妹強力ノ事

むかし、甲斐國《かひのくに》の[八]相撲《すまひ》大井光遠は、[九]ひきふとにいかめしく、力つよく足はやく、[一〇]みめ・ことがらよりはじめて、いみじかりし相撲なり。それが妹に、年廿六七ばかりなる女の、みめ・ことがら・[一一]けはひもよく、姿もほそやかなるありけり。それは[一二]のきたる家に住けるに、それが門に、人におはれたる男の刀をぬきて走入て、この女を[一三]しちにとりて、腹に刀をさしあてて居《ゐ》ぬ。人はしり行て、[一四]せうとの光遠に「姫君は質《しち》にとられ給ぬ。」と告《つけ》ければ、光遠がいふやう、[一五]「そのおもとは、[一六]薩摩《さつま》の氏長ばかりこそは、しちにとらめ。」といひて、[一七]なにとなくてゐたれば、告《つけ》つるをのこ、あやしと思て、立歸て物よりのぞけば、九月計《ながつきばかり》の事なれば、[一八]薄色の衣一重に[一九]紅の袴をきて、[二〇]口おほひしてゐたり。男は大《おほき》なるをのこのおそろしげなるが、[二一]大の刀をさかてにとりて腹にさしあてて、足をもてうしろよりいだきてゐたり。この姫君、左の手しては、

＊　今昔物語巻二三第二四(?)話と同話。
八　今昔物語「左ノ相撲」
九　(低太)長(たけ)が低く太っていて。
一〇　容貌・人品。
一一　身振。
一二　離れ家。
一三　(質)人質。
一四　(兄人)兄。
一五　(其御許)あの妹(こ)「御許」は婦人の親称。今昔物語「其ノ女房」
一六　薩摩の氏長だけは我が妹を人質に取るだろう。伴氏長は腕力すぐれ相撲の最手(ほて)として天下無雙だったという。光孝帝の頃の人。
一七　平気でいたので。
一八　今昔物語「綿薄ノ衣一ツ計ヲ著」
一九　板本「紅葉ノ袴」
二〇　恥かしがる様子。
二一　今昔物語「大ナル刀」

かほをふたぎてなく。右の手しては、前に[一]矢の[二]あらづくりたるが、二三十ばかりあるをとりて、手ずさみに節《ふし》のもとを指にて、板敷におしあてて[三]にじれば、朽木《くちき》のやすらかなるをおしくだくやうに、くだくるを此ぬす人、目をつけてみるに、あさましくなりぬ。『いみじからん[四]せうとのぬし、鐵槌《かなづち》をもちて打くだくとも、かくはあらじ。ゆゝしかりける力かな。このやうにては、たゞいまのまに、我はとりくだかれぬべし。むやくなり。迯《にげ》なん』と思て、人めをはかりて、とびいでてにげはしる時に、すゑに人ども走《はしり》あひてとらへつ。しばりて、光遠がもとへ、ぐして行《ゆき》ぬ。光遠「いかにおもひて迯《にげ》つるぞ。」ととへば、申やう、「大《おほき》なる矢箆《やの》のふしを、朽木などのやうにおしくだき給つるを、あさましと思て、おそろしさに迯《にげ》候つるなり。」と申せば、光遠うちわらひて、「いかなりとも、[五]その御もとはよもつかれじ。つかんとせん手をとりて、[六]かいねぢて、かみざまへつかば、肩の骨はかみざまへいでてねぢられなまし。[七]かしこくおのれがかひなぬかれまし。[八]宿世《すくせ》ありて、御もとはねぢざりけるなり。光遠だにも[九]おれをば、てごろしにころしてん。かひなをばねぢて、腹むねをふまむに、おのれはいきてんや。それにかの御もとの力は、光遠二人ばかりあはせたる力にておはする物を。さこそほそやかに女めかしくおはすれども、光遠が手たはぶれするに、とらへたるうでをとらへられぬれば、[一〇]手ひろごりてゆるしつべき物を。[一一]あはれをのこ子《ご》にてあらましかば、

一 矢箆（やの）。矢竹。矢幹（やがら）
二 荒作りにした矢竹が。
三 押しひねると。
四 兄君。大井光遠のこと。
五 あの妹はよもや突かれまい。
六 （掻い捻ぢて）ねじって。
七 都合よく。しあわせに。
八 前世の約束。因縁。
九 貴様。
一〇 手が（しびれて）ひろがって、放してしまうものを。
一一 ああ妹が男子であったなら、相手になる敵もないであろうに。

あふかたきもなくてぞあらまし。口惜《くちをし》く女にてある。」といふをきくに、この盗人死《し》ぬべき心ちす。女と思て、いみじき質《しち》を取《とり》たると思てあれども、その儀はなし。「おれをばころすべけれども、御もとのしぬべくはこそ殺さめ。おれしぬべかりけるに、かしこう、とく迯《にげ》てのきたるよ。大なる鹿の角を膝にあてて、ちひさきから一二木のほそきなんどを折《をる》やうにをる物を。」とて、追放ちてやりけり。

## 七　或*唐人女ノ羊ニ生タルヲ不レ知シテ殺ス事

一三いまは昔、唐《もろこし》に、なにとかやいふ司《つかさ》になりて、下らんとする物侍《はべり》き。名をばけいそくといふ。それがむすめ一人有けり。ならびなくをかしげなりし、十餘歳にして失《うせ》にけり。父母泣かなしむ事かぎりなし。さて二年計《ばかり》一四ありて、ゐ中《なか》にくだりて、したしき一家の一類はらからあつめて、國へくだるべきよしをいひ侍らんとするに、市より羊を買とりて、この人々にくはせんとするに、その母が夢にみる樣《やう》、一五うせにしむすめ、靑き衣をきて、しろきさい一六でして、かしらをつゝみて、髪に玉のかんざし一七一《ひと》よそひをさしてきたり。いきたりしをりにかはらず。母にいふやう、「わがいきて侍《はべり》し時に、父母われを一八かなしうし給て、一九よろづをまかせ給へりしかば、おやに申さで物をとりつかひ、又人

一二　（枯木）枯れた木の細いのなどを。
*　今昔物語巻九第一八話・法苑珠林巻七四、十悪篇偸盗部感応縁・冥報記にもある話。
一三　慶植。今昔物語「震旦ノ貞観ノ中ニ魏王府ノ長吏トシテ京兆ノ人、韋慶植ト云フ人有ケリ」貞観は唐の太宗の年号。
一四　今昔物語「其ノ後二年許ヲ経テ、慶植遠キ所ヘ行ムト為ルニ」「くだりて」は「下らんとして」とありたい。後に「ゐ中にも下り侍らずなりにけりとぞ」
一五　今昔物語「死ニシ娘青キ衣着テ白キ衣ヲ以テ頭ヲ裹（つつみ）テ髪ノ上ニ玉ノ釵一雙ヲ差テ来タリ」
一六　（裂帹）布切れ。
一七　板本「一よろひ」（一具）
一八　可愛がりなさって。
一九　今昔物語「万ヅヲ心ニ任セ」

にもとらせ侍《はべり》き。ぬすみにはあらねど、申さでせし罪によりて、いま羊の身をうけたり。きたりてそのはう[一]をつくし侍らんとす。あす、まさにくびしろ[二]き羊になりて殺されんとす。ねがはくは、我命をゆるし給へ。」といふとみつ。おどろきて、つとめて[三]食物《くひもの》する所をみれば、誠に青き羊のくび白きあり。はぎ・せなかしろくて、頭にふたつのまだらあり。つねの人のかんざしさす所なり。母これをみて、「しばしこの羊なころしそ。[四]殿歸《とのかへり》おはしてのちに、あんない申てゆるさんずるぞ。」といふに、[五]守殿《かうのとの》、物より歸て、「など人々[六]まゐり物はおそき。」とて、[七]むづかる。「されば此羊を[八]てうじ侍《はべり》て[九]よそはんとするに、[一〇]うへの御前『しばし、なころしそ。殿に申てゆるさん』とて、とゞめ給へば。」などいへば、腹立《たち》て、「ひが事《ごと》なせそ。」とて、ころさんとて、つりつけたるに、このまらう[一一]人どもきてみれば、いとをかしげにて、かほよき女子の十よさいばかりなるを、かみになはつけてつりつけたり。この女子のいふやう、「わらははこの守《かみ》の女《むすめ》にて侍しが、羊になりて侍《はべる》也。けふの命を御まへたち、たすけ給へ。」といふに、この人びと「あなかしこ〱。ゆめ〱ころすな。申てこん。」とて、ゆく程に、この[一二]くひ物《もの》する人は例の羊とみゆ。「さだめておそしと腹立なん。」とて、うちころしつ。そのひつじのなくこゑ、このころすもののみゝには、たゞつねの羊のなくこゑ也。さて羊を殺して、いり、やき、さま〲にしたりけれど、このまらうどどもは、物もくはで

一　(報)むくい。
二　首。今昔物語「頭」
三　調理場。今昔物語「飲食ヲ調フル所」
四　主人。慶植のこと。
五　国守殿。慶植のこと。
六　今昔物語「何ゾ此ノ客人等ノ飲食遅キゾト」
七　叱る。
八　調理し。料理し。
九　装はむ。巻七第三話「御台かた〲よそひ持て来て」
一〇　主人の妻の敬称。
一一　客人。
一二　料理人には。

[一三]歸にければ、[一四]あやしがりて人々にとへば、「しか〴〵なり。」と、はじめよりかたりければ、かなしみてまどひける程に、病に成て死《しに》にければ、ゐ中にもくだり侍らずなりにけりとぞ。

## 八　*上出雲寺別當父ノ鯰ニ成タルヲ知ナガラ殺シ食フ事

今はむかし、[一五]王城の北、[一六]かみついづも寺といふ寺たててよりのち、とし久しくなりて、御堂もかたぶきて、はか〴〵しう修理する人もなし。このちかう[一七]別當侍き。その名をば[一八]上《じやう》かくとなんいひける。これぞ前《さき》の別當の子に侍《はべり》ける。あひつぎつゝ、[一九]妻子もたる法師ぞしり侍ける。いよ〳〵寺は[二〇]こぼれて、あれ侍ける。あるは[二一]傳敎大師の、もろこしにて、[二二]天台宗たてん所をえらび給けるに、此寺の所をば繪にかきてつかはしける。「[二三]高雄・[二四]比叡山・かみつ寺と、三つの中のいづれかよかるべき。」とあれば、「[二五]此寺のちは、人にすぐれてめでたけれど、僧なん[二六]らうがはしかるべき。」とありければ、それによりてとゞめたる所也。いとやむごとなき所なれど、いかなるにか、さなりはててわろく侍《はべる》なり。それに上《じやう》かくが夢にみるやう、わが父の前別當《さきのべたう》いみじう老て、杖つきていできていふやう、「あさて、[二七]未時《ひつじのとき》に大風吹て、この寺たほれなん

一三　板本「帰りにけり」
一四　慶植は……。

＊　今昔物語巻二〇第三四話と同話。

一五　皇居。京都のこと。
一六　京都上京区上御霊神社内がその寺址。
一七　一寺の長官。
一八　今昔物語「浄覚」
一九　妻や子を持っている僧が支配していた。
二〇　こわれて。
二一　僧最澄。比叡山延暦寺の創建者。
二二　今昔物語「達磨寺」
二三　山城国葛野郡(京都府)高雄山。山上に神護寺。
二四　今昔物語「比良山」
二五　今昔物語。「此ノ寺ノ地ハ殊ニ勝レテ」
二六　濫りがわしくあるだろう。
二七　午後二時。

とす。しかるに我此寺の瓦の下に、三尺計《ばかり》の鯰にてなん、行《ゆく》かたなく水もすくなく、せばくくらき所にありて、あさましうくるしき目をなんみる。寺たほれば、こぼれて庭にはひありかば、童部《わらはべ》打殺してんとす。その時、汝がまへにゆかんとす。童部にうたせずして[一]賀茂川にはなちてよ。さらばひろきめもみん。大水に行てたのしくなんあるべき。」といふ。夢さめて、「かかる夢をこそみつれ。」と語れば、「いかなる事にか。」といひて日くれぬ。この日になりて、[二]午時《うまのとき》のすゑよりにはかに空かきくもりて、木ををり家をやぶる風いできぬ。人々あわてて家どもつくろひさわげども、風いよ〳〵吹まさりて、村里の家どももみな吹たほし、野山の[三]竹木たほれをれぬ。この寺まことに未《ひつじの》時計《ときばかり》に吹たほされぬ。柱をれ棟《むね》くづれて[四]すぢなし。さる程に[五]うらいたの中に、とし比《ごろ》のあま水たまりけるに、大魚《おほき》どもおほかり。そのわたりの物ども、桶をさげて、みなかきいれ、さわぐ程に、三尺計《ばかり》なるなまづの、ふた〳〵として庭にはひ出《いで》たり。夢のごとく上覺が前にきぬるを、上《じやう》かく思《おもひ》もあへず、魚の大《おほき》にたのしげなるにふけりて、[六]かな杖の大なるをもちて、頭につきたてて、我[七]太郎童《たらうわらは》をよびて「これ。」といひければ、魚大《おほき》にて、うちとらねば、草刈鎌といふ物をもちて、あぎとをかき切て、物につゝませて家にもていりぬ。さて、[八]こと魚などしたゝめて桶に入《いれ》て、女どもに[九]いたゞかせて、我坊に歸たれば、妻《め》の女、「この鯰は夢に見えける魚にこそあめれ。なにしに殺し給へ

一　今昔物語「桂河」
二　正午。
三　今昔物語「木草」
四　乱雑である。
五　屋根裏の板。天井。
六　鉄杖。和名抄「鉄杖、和名加奈都恵、大鉄杖也」
七　長男。古板本「太郎童部」
八　他の魚など処理して。
九　頭にのせさせて。

るぞ。」と心[10]うがれど、「[11]こと童部のころさましもおなじ事。[12]あへなん。我は。」などといひて、「こと人《ひと》まぜず、太郎・次郎童など食《くひ》たらんをぞ、[13]故《こ》御《ご》房《ばう》はうれしとおぼさん。」とて、つぶ〳〵ときり入《いれ》て、煑て食《くひ》て、「あやしういかなるにか、こと鯰よりもあぢはひのよきは、故御房のし[14]ゝむらなれば、よきなめり。これが汁すゝれ。」など、[15]あいして食《くひ》ける程に、大なる骨、喉にたてて、ゑう〳〵といひける程に、とみにいでざりければ、くつうしてつひに死《しに》侍けり。妻はゆ[16]ゝしがりて、鯰をばくはずなりにけりとなん。

## 九　念佛ノ僧魔往生ノ事*

むかし、美濃國[17]伊吹山《いぶきやま》に久しく行ひける聖ありけり。[18]阿彌陀佛よりほかの事しらず。他事なく念佛申てぞ年へにける。夜深く佛の御前に念佛申てゐたるに、空に聲ありて告て云、「汝ねんごろに我をたのめり。今は念佛のかずおほくつもりたれば、あすの[19]未《ひつじ》の時に、かならず〳〵きたりて迎《むかふ》べし。ゆめゆめ念佛おこたるべからず。」といふ。その聲をききて、かぎりなくねんごろに念佛申て、水をあみ香《かう》をたき花[20]をちらして、弟子どもに念佛もろ共に申させて、西にむかひてゐたり。やう〳〵ひらめくやうにする物あり。手をすり念佛を申てみれば、佛の御身より金色の光を放《はなち》てさし入《いり》たり。秋の月の雲間よ

一〇　つらく思ったが。
一一　外の子どもが殺しても同じ事だ。
一二　構うものか。
一三　亡きお坊さん。亡父の別当をいう。童から見れば祖父。
一四　肉塊。
一五　（愛して）うまがって。
一六　忌（い）まわしがって。気味わるがって。

＊　今昔物語巻二〇第一二話・十訓抄第七第二話に見える話。
一七　近江国（滋賀県）坂田郡にあり美濃国（岐阜県）に跨がる。
一八　今昔物語にはここに「名ハ三修禅師トゾ云ケル」
一九　午後二時。
二〇　散華（さんげ）の心持でこうするのである。

りあらはれ出たるがごとし。さま〲の花をふらし、[三]白毫《びやくがう》の光、聖の身をてらす。此時、聖、尻をさかさまになして、をがみ入《いる》。[一]ずずのをも、きれぬべし。觀音、[二]蓮臺をさしあげて、聖の前により給《たまふ》に、[三]紫雲あつくたな引《びき》、聖はひよりて蓮臺にのりぬ。さて西のかたへさり給ぬ。さて坊にのこれる弟子共、なくなくたふとがりて聖の後世《ごせ》をとぶらひけり。かくて七日八日過て後、坊の[四]下《げ》す法師原、念佛の僧に、湯わかして、あびせたてまつらんとて、木こりに奥山に入《いり》たりけるに、はるかなる[五]瀧にさしおほひたる椙《すぎ》の木あり。その木の梢にさけぶこゑしけり。あやしくて、みあげたれば、法師をはだかになして、杪《こずゑ》にしばりつけたり。木のぼりよくする法師ののぼりてみれば、極樂へ迎《むかへ》られ給し我師の聖を、[六]かづらにてしばり付て置たり。此法師、「いかに我師はかかる目をば御覽ずるぞ。」とて、よりて繩をときければ、「『いまむかへんずるぞ。その程しばし、かくてゐたれ』とて、佛のおはしましをば、なにしにかく、ときゆるすぞ。」といひけれども、よりてときければ、「阿彌陀佛、我をころす人あり。をう〱。」とぞさけびける。されども法師原、あまたのぼりて、ときおろして、坊へぐして行《いき》たれば、弟子ども「心うき事なり。」と歎《なげき》まどひけり。聖は[七]人心もなく、二三日計《ばかり》ありて死《しに》にけり。智恵なき聖は、かく天狗にあざむかれけるなり。

三　仏三十二相の一で眉間の白毫（白い毛）は右旋して光明を発するという。
一　数珠（念珠）の緒。
二　仏菩薩の蓮華の台座。
三　今昔物語「而ル間紫雲厚ク庵ノ上ニ立チ渡ル。其時ニ観音紫金台ヲ捧ゲテ聖人ノ前ニ寄リ給フ」
四　下役の僧たち。
五　今昔物語「谷」
六　蔓草。
七　人心地。正気。

## 一〇　慈覺大師入ル二纐纈城一ニ事*

むかし、[八]慈覺大師、佛法をならひ傳へんとて、[九]もろこしへ渡給ひておはしける程に、[一〇]會昌年中に、唐《たうの》武宗、佛法をほろぼして、堂塔をこぼち、僧尼をとらへてうしなひ、或は[一一]還俗《げんぞく》せしめ給《たまふ》亂《みだれ》に合《あひ》給へり。大師をもとらへんとしける程に、迯《にげ》て、ある堂のうちへ入給ぬ。その使、堂へ入《いり》てさがしける間、大師すべきかたなくて、佛の中に迯入て、[一二]不動を念給《ねんじたまひ》けるほどに、使求《もとめ》けるに、あたらしき不動尊、佛の御中におはしけり。それをあやしがりて、いだきおろしてみるに、[一三]大師もとのすがたに成給《なりたまひ》ぬ。使おどろきて、[一四]御門《みかど》にこのよし奏す。御門仰《おほせ》られけるは、「他國の聖也。すみやかに追《おひ》はなつべし。」と仰ければ、はなちつ。大師喜て他國へ迯給《にげたまふ》に、はるかなる山をへだてて人の家あり。築地《ついぢ》高くつきめぐらして一の門あり。そこに人たてり。悦《よろこび》をなしてとひ給《たまふ》に、「これはひとりの[一五]長者の家なり。[一六]わ僧は何人ぞ。」ととふ。答《こたへ》ていはく、「日本國より佛法ならひつたへんとて、わたれる僧なり。しかるに、かくあさましきみだれにあひて、しばしかくれてあらんと思なり。」といふに、「これは[一七]おぼろげに人のきたらぬ所也。しばらくこゝにおはして、世しづまりてのち出《いで》て、佛法もならひ給へ。」といへば、大師 喜《よろこび》をなして内へ入《いり》ぬれば、

＊　今昔物語巻一一第一一話・打聞集第一八話とほとんど同文。日本法華験記巻上・私聚百因縁集巻七・元亨釈書巻二円仁伝参照。
八　僧円仁。壬生氏、第三代天台座主。貞観六年逝。年七一。
九　円仁の渡唐は承和五年六月、帰朝は承和一四年九月という。
一〇　唐の武宗の年号。会昌五年は日本の仁明帝承和一二年。
一一　僧が俗人にかえること。
一二　不動明王。
一三　僧形。
一四　武宗皇帝。
一五　富豪。大金持。
一六　「わ」は親しみよぶ接頭語。
一七　容易に。みだりに。

門をさしかためて、おくのかたに入《いる》に、尻に立て行てみれば、さま〴〵の屋《や》ども作《つくり》つゞけて人おほくさわがし。かたはらなる所にすゑつ。さて、佛法ならひつべき所やあると、見ありき給に、佛經・僧侶等すべてみえず。うしろのかた、山によりて一宅あり。よりてきけば、人のうめくこゑ、あまたす。あやしくて、かきのひまよりみ給へば、人をしばりて上よりつりさげて、したに壺どもをすゑて、血をたらしいる。あさましくて、ゆゑをとへども、いらへもせず。大《おほき》にあやしくて又こと所をきけば、同くによふおとす。のぞきてみれば、色あさましう青びれたる物どもの、やせそんじたる、あまたふせり。一人をまねきよせて、「こはいかなる事ぞ。かやうにたへがたげには、いかであるぞ。」ととへば、木のきれをもちて、ほそきかひなをさしいでて、土に書《かく》をみれば、「これは纐纈城也《かうけつじやうなり》。これへきたる人には、まづ物いはぬ藥をくはせて、次にこゆる藥をくはす。さてそのゝち、たかき所に釣《つり》さげて、所々をさし切て、血をあやして、その血にて、かうけつを染《そめ》て賣侍なり。これをしらずして、かかる目をみる也《なり》。食物の中に胡麻《ごま》のやうにて、くろばみたる物あり。それは物いはぬ藥なり。さる物まゐらせたらば、食《くふ》まねをして捨給へ。さて人の物申さば、うめきにのみうめき給へ。さて後に、いかにもして迯《にぐ》べきしたくをして迯給へ。門はかたくさして、おぼろげにて迯べきやうなし。」と、くはしくをしへければ、ありつる居所に歸居給《かへりゐたまひ》ぬ。さる程に人、くひ物

一 居らせた。
二 打聞集には「弖」（へ）。
三 原本「によをと」（呻吟する声）「によふ」は、うめく。うなる。
四 青ざめた者ども。今昔物語「青キ者」
五 出させて。今昔物語「出シテ」打聞集「垂ラシテ」
六 （纐纈）絞り染め。くくり染め。
七 そんな物を進めたら。

もちてきたり。をしへつるやうに、[八]氣色《けしき》のある物、中にあり。くふやうにして、ふところに入《いれ》てのちにすてつ。人きたりて物をとへば、うめきて物も、の給はず。『いまは、[九]しおほせたり』と思て、肥《こゆ》べき藥をさま〲にしてくはすれば、おなじくくふまねしてくはず。人のたちさりたるひまに、[一〇]艮方《うしとらのかた》にむかひて、「[一一]我山の三寶たすけ給へ。」と、手をすりて祈請《きしやう》し給に、大なる犬一匹いできて、大師の御袖を[一二]くひてひく。やうありとおぼえて、引《ひく》かたにいで給に、思かけぬ[一三]水門のあるより引出《ひきいだ》しつ。外に出《いで》ぬれば犬は失《うせ》ぬ。『今はかう』とおぼして、足のむきたるかたへ、はしり給ふ。はるかに山を越《こえ》て人里あり。人あひて、「これはいづかたよりおはする人の、かくは走給《たまふ》ぞ。」ととひければ、「かかる所へ行たりつるが、迯《にげ》てまかるなり。」と、の給に、「あはれ、あさましかりける事かな。それは纐纈城なり。かしこへ行ぬる人の歸事なし。[一四]おぼろげの佛の御助ならでは出《いづ》べきやうなし。あはれ貴くおはしける人かな。」とて、をがみてさりぬ。それよりいよ〱迯のきて、又[一五]都へ入《いり》て忍《しのび》ておはするに、會昌六年に武宗崩じ給ぬ。翌年大中元年、宣宗位につき給て、佛法ほろぼす事やみぬれば、おもひのごとく佛法ならひ給て、[一六]十年といふに日本へ歸給て、眞言《しんごん》等ひろめ給けりとなん。

八　それ（胡麻）らしい物。打聞集「ケシキアルモノ」今昔物語「胡麻ノ様ナル物」

九　やりとげた。うまくやった。

一〇　丑寅。東北方。

一一　比叡山の仏。「三宝」は「仏宝・法宝・僧宝」で、主として仏宝。今昔物語「本山ノ三宝薬師仏、我レヲ助テ古郷ニ返ル事ヲ令レ得メ給ヘ」

一二　咬えて。

一三　樋の口。閘門。

一四　「おぼろげならぬ仏」の意か。

一五　唐の都。長安。陝西省西安府の地。

一六　一〇年目に。承和五年入唐後一〇年目で。打聞集「十一年ト云ニ」今昔物語「承和十四年ト云フ年帰朝シテ顕密ノ法ヲ弘メ」「顕密」は顕教（天台宗）と密教（真言宗）

## 二　＊渡天ノ僧入ルレ穴ニ事

いまはむかし、[一]唐《もろこし》にありける僧の天竺にわたりて、他事にあらず、たゞ[二]物のゆかしければ、物見にしありきければ、所々みゆきけり。あるかた山に大なる[三]穴あり。牛のありけるが、此穴に入《いり》けるを見て、ゆかしくおぼえければ、牛の行《ゆく》につきて僧も入けり。はるかに行て、あかき所へ出《いで》ぬ。見まはせば、[四]あらぬ世界とおぼえて、見もしらぬ花の色いみじきが、さきみだれたり。牛、此花を食けり。心みにこの花を一房とりて食《くひ》たりければ、うまき事[五]天の甘露《かんろ》もかくやあらんとおぼえて目出《めでた》かりけるまゝに、おほく食たりければ、たゞ肥《こえ》にこえふとりけり。心えずおそろしく思て、ありつる穴のかたへ帰行《かへりゆく》に、はじめはやすくとほりつる穴、身のふとくなりて、せばくおぼえて、[六]やうやうとして穴の口までは出《いで》たれども、えいでずして、たへがたき事かぎりなし。まへをとほる人に、「これたすけよ。」と、よばはりけれども、耳にききいるる人もなし。たすくる人もなかりけり。人の目にもなにと見えけるや覧《らん》、ふしぎ也。日比《ひごろ》かさなりて死《しに》ぬ。後は石になりて、穴の口に頭をさしいだしたるやうにてなんありける。[七]玄弉三蔵《げんじやうさんざう》天竺にわたり給たりける[八]日記に、此よししるされたり。

＊ 今昔物語巻五第三一話・打聞集第二〇話・法苑珠林巻五、六道篇修羅部感応縁引用の西国記にも見える話。

一 今昔物語では、天竺（印度）の「牛飼人」

二 ひたすら物事が見聞したいので。

三 今昔物語「石ノ穴」法苑珠林「修羅窟」

四 思いもよらぬ別世界。

五 中国で仁政の感応である祥瑞として、天から降るという甘い露。

六 やっとの事で。

七 唐の太宗の頃の人で、貞観三年西域に遊学、一九年京師に帰って経論の翻訳に従った。その時の日記を大唐西域記という。

八 法苑珠林には「西国記」に、瞻波国の修羅窟の話としている。「大唐西域記」の記事ではない。

## 三　寂昭上人飛レバス鉢ヲ事[**]

いまはむかし、三川入道寂昭[九]といふ人、唐にわたりてのち、唐の王[一〇]、やんごとなき聖どもをめしあつめて、堂をかざりて僧膳[一一]をまうけて、經を講じ給けるに、王、の給はく、「今日の齋莚[一二]は手なが[一三]の役あるべからず。おの〳〵我鉢を飛《とば》せやりて物はうくべし。」との給ふ。其心は日本の僧を試《こゝろみ》んがためなり。さて諸僧、一座《いちのざ》より次第に鉢を飛せて物をうく。三川入道末座に着《つき》たり。その番にあたりて、鉢をもちてたたんとす。「いかで[一四]。鉢をやりてこそうけめ。」とて、人々せいしとゞめけり。寂昭申けるは、「鉢を飛する事は、別《べち》の法をおこなひてする態《わざ》なり。しかるに寂昭いまだ此法を傳行《つたへおこな》はず。日本國においても此法行ふ人ありけれど、末世にはおこなふ人なし。いかでか飛さん。」といひてゐたるに、「日本の聖、鉢おそし〳〵。」とせめければ、日本の方に向て祈念して云《いはく》、「我國の三寶[一五]神祇[一六]たすけ給へ。恥みせ給《たまふ》な。」と念じ入《いり》てゐたる程に、鉢こまつぶり[一七]のやうにくるめき[一八]て、唐の僧の鉢よりもはやく飛て、物をうけて歸ぬ。その時王よりはじめて、「止事《やむごと》なき人也。」とて、をがみけるとぞ申傳たる。

** 今昔物語巻一九第二話の中頃・続本朝往生伝にも見える話。
九 参河守大江定基が入道して寂照といった（巻四第七話）
一〇 宋の真宗皇帝か。
一一 僧達に供える膳部。
一二 今昔物語「斎会」
一三 給仕の役。
一四 今昔物語「何（いか）デカ然カ有ラム。鉢ヲ令レ飛テコソ請（うけ）メ」
一五 仏法僧の内、主として仏。
一六 天神地祇。天地の神々。
一七 独楽。今昔物語「狛鵅」こまの古名。
一八 くるくるまわって。

## 三 *清瀧川聖ノ事

今はむかし、[一]清瀧川のおくに、柴の庵《いほり》つくりておこなふ僧有けり。水ほしき時は[二]水瓶を飛して、汲《くみ》にやりてのみけり。年經《へ》にければ、『かばかりの行者はあらじ』と、時々[三]慢心おこりけり。かかりける程に、我ゐたる上ざまより水瓶來て水をくむ。『いかなる物の又かくはするやらん』と、そねましくおぼえければ、見あらはさんと思ふ程に、例の水瓶飛來て水を汲て行。その時、水瓶につきて行てみるに、水上《みなかみ》に五六十町のぼりて庵みゆ。行てみれば、三間計《ばかり》なる庵あり。[四]持佛堂、別にいみじく造《つくり》たり。實《まこと》にいみじう貴し。物きよくすまひたり。庭に橘の木あり。木の下に[五]行道《ぎやうだう》したるあとあり。[六]閼伽棚《あかだな》のしたに花がらおほく積《つも》れり。[七]砌《みぎり》に苔むしたり。[八]かみさびたる事限なし。窓のひまよりのぞけば、机に經おほく[九]卷《まき》さしたるなどあり。[一〇]不斷香の煙みちたり。よくみれば、歳七八十計なる僧の貴げなる、[一一]五古《ごこ》をにぎり[一二]脇足《けふそく》におしかゝりて眠居《ねむりゐ》たり。此聖を心みんと思て、やはらよりて、[一三]火界咒《くわかいじゆ》をもちて加持《かぢ》す。火焔にはかにおこりて庵につく。聖眠《ねぶり》ながら[一四]散杖《さんぢやう》をとりて、[一五]香水にさしひたして四方にそゝぐ。その時、庵の火は消《きえ》て、我衣に火付《ひつき》て、たゞ燒《やけ》にやく。[一六]しもの聖、大聲をはなちてまどふ時に、[一七]上の聖、[一八]目をみあけて、散杖をもち

＊ 今昔物語巻二〇第三九話・発心集巻四・古事談巻三に見える話。ただし後二者では「前の僧」を浄蔵のこと（巻一〇第四話）とする。
一 山城国（京都府）大井河の支流。
二 水を入れる瓶子（へいじ）僧具の一。
三 「驕慢の心」と同じ。
四 朝夕念持する仏像を安置する堂。
五 読経しながら仏堂を廻ること。
六 仏に供える閼伽（水）などをのせる棚。
七 軒下の敷石。
八 神々しい。
九 巻きかけた経文。
一〇 断えず焚く香。
一一 両端が五つの股（また）になった金剛杵の一種。五鈷。
一二 （脇息）座側に置いて体をもたせる机風の台。
一三 不動尊の陀羅尼（真言）の名。
一四 水をそそぎ散らす修法の具。
一五 清浄な水。
一六 「川下の聖」の意か。

て、下《しも》の聖の頭にそゝぐ。其時火消《きえ》ぬ。上聖《かみのひじり》のいはく、「何《なにの》れうにかかる目をば見《みる》ぞ。」ととふ。こたへて云《いはく》、「これは年ごろ河[一九]のつらに庵を結《むすび》て、行候《おこなひさぶらふ》修行者にて候。此程水瓶のきて水を汲候《さぶらひ》つる時に、いかなる人のおはしますぞと思候て、見あらはし奉らんとて參たり。ちと心みたてまつらんとて加持しつるなり。御ゆるし候へ。けふよりは御弟子に成て仕《つかへ》侍らん。」といふに、聖、人は何事いふぞとも思はぬげにてありけるとぞ。下の聖、我計たふとき物はあらじと、けうまん[二〇]の心の有ければ、佛のにくみて、まさる聖をまうけて、あはせられけるなりとぞ、かたり傳《つたへ》たる。

## 一四　優婆崛多弟子ノ事

いまはむかし、天竺に佛の御弟子[二一]優婆崛多《うばくった》といふ聖おはしき。如來《にょらい》滅後百年ばかりありて、其聖に弟子ありき。いかなる心ばへをか見給たりけん、「女人に近づく事なかれ。女人にちかづけば、生死[二二]《しゃうじ》にめぐること車の輪のごとし。」と、つねにいさめ給《たまは》ひければ、弟子の申さく、「いかなる事を御覧じて、たびたびかやうにうけ給るぞ。我も證果[二三]の身にて侍れば、ゆめゆめ女にちかづく事あるべからず。」と申。餘《よ》の弟子共も、「此中にはことに貴き人を、いかなればかくの給《たまふ》らん。」と、あやしく思ける程に、此弟子の僧、物へ行とて

一七　「川上の聖」の意か。一八　「見上げて」かともいう。
一九　河べり。河辺。
二〇　驕慢の心。

＊＊　今昔物語巻四第六話・宝物集巻四、証果ノ人々婬行ヲ不レ忘事・阿育王経巻一〇・付法蔵因縁伝巻四などに出ている話。
二一　今昔物語「仏、涅槃ニ入給テ後、百年許有テ、優婆崛多ト申ス証果ノ羅漢在マス」羅漢（阿羅漢の略）は修学を成就した者。
二二　心地観経「有情輪廻生二六道一猶如三車輪無二始終一」
二三　羅漢果を証した身ですから。

川をわたりける時、女人出來《いでき》ておなじく渡りけるが、たゞ流《ながれ》にながれて、「あら、かなし。我をたすけ給へ。あの御房。」といひければ、『師の給《たまひ》し事あり。耳にきき入《いれ》じ』と思けるが、たゞながれにうきしづみ流《なが》れければ、いとほしくて、よりて手をとりて引渡しつ。手のいと白く[一]ふくやかにて、いとよかりければ、此手をはなしえず。女『いまは手をはづし給へかし。物おそろしき物かな』と思たるけしきにていひければ、僧のいはく、「前世《ぜんせ》の契《ちぎり》ふかき事やらん。きはめて心ざしふかくおもひきこゆ。わが申さん事きき給《たまひ》てんや。」といひければ、女こたふ、「只今しぬべかりつる命をたすけ給たれば、いかなる事なりとも、なにしにかは、いなみ申さん。」といひければ、うれしと思て、萩・すゝきのおひしげりたる所へ、手をとりて、「[二]いざ給へ。」とて引《ひき》いれつ。おしふせてたゞ犯《おかし》におかさんとて、またにはさまりてあるをり、この女をみれば我師の[三]尊者《そんじや》なり。あさましく思て、ひきのかんとすれば、優婆崛多、またにつよくはさみて、「なんのれうに此老法師をば、かくは、[四]せたむるぞや。これや汝、女犯《によぼん》の心なき證果の聖者《しやうじや》なる。」と、の給《たまひ》ければ、物も覺《おぼえ》ずはづかしく成《なり》て、はさまれたるをのがれんとすれども、すべてつよくはさみてはづさず。さてかくのゝしり給ければ、道行人《みちゆくひと》あつまりてみる。あさましくはづかしき事限なし。かやうに諸人にみせて後、おき給て、弟子をとらへて寺へおはして、鐘をつき[五]衆會《しゆうゑ》をなして、大衆《だいす》に此よしかたり給。人々[六]わらふ事限

一 ふっくらとしていて。
二 さあいらっしゃい。
三 徳行智がそなわって人を導く者の称。
四 責め苦しめるのか。
五 今昔物語「寺ノ大衆ヲ集メ給フ」
六 今昔物語「咲（わら）ヒ嘲弄シ嗤（のの）シル事。」

なし。弟子の僧、いきたるにもあらず死《しに》たるにもあらず覺《おぼえ》けり。かくのごとく罪を七懺悔《さんげ》してければ、八阿那含果《あなごんくわ》をえつ。尊者、九方便《はうべん》をめぐらして、弟子を一〇たばかりて佛道に入《いら》しめ給けり。

七 過去の罪悪を悟って後悔すること。
八 阿那含（不還と訳す）果は、欲界の煩悩を断尽して再び欲界に還来しない証果。
九 便利の方法（てだて）
一〇 謀って。だまして。

# 巻第一四

## 一　海雲比丘弟子童ノ事*

いまはむかし、[一]海雲比丘、道を行給に、[二]十餘歳計なる童子、道に逢《あひ》ぬ。比丘、童に向て云《いはく》、「何のれうの童ぞ。」との給ふ。童《わらは》答云く、「たゞ[三]道まかる物にて候。」といふ。比丘云《いはく》、「汝は法花經はよみたりや。」ととへば、童云《いはく》、「法花經と申《まうす》らん物こそ、いまだ名をだにもきき候はぬ。」と申。比丘又云、「さらば我房にぐして行て法花經をしへん。」との給へば、童「仰にしたがふべし。」と申て、比丘の御共に行。[四]五臺山の房に行つきて、法花經を敎へ給。經をならふほどに、小僧常に來て物語を申。誰人としらず。比丘のの給、「つねにきたる[五]小《こ》大徳《だいとこ》をば童はしりたりや。」と。童「しらず。」と申。比丘の云、「是こそ此山に住給《すみたまふ》[六]文殊《もんじゆ》よ。我に物語しに來給也。」と。かやうに敎へ給へども、童は「文殊といふ事もしらず候也。されば何とも思《おもひ》たてまつらず。」比丘、童にの給ふ、「汝ゆめ／＼女人《によにん》に近付事《ちかづくこと》なかれ。あたりをはらひて、なるゝ事なかれ。」と。童、物へ行ほどに、あし毛なる馬に乗たる女人の、いみじく

* 法華伝記巻五・宋高僧伝巻二七海雲伝に見える話。

一　唐の五台山の僧。「比丘」は、出家して具足戒を受けた者。

二　法華伝記では「随並州人高守節」宋高僧伝では「門人守節即高力士子也」

三　道路を行く者です。

四　代州雁門県の清涼山のこと。

五　年若い法徳高い僧。

六　文殊菩薩。智慧を司り獅子に乗るという。

[七]けしやうして、うつくしきが、道にあひぬ。此女の云《いはく》、「[八]我《われ》、この馬の口引《ひき》てたべ。道のゆゝしくあしくて、落《おち》ぬべくおぼゆるに。」といひけれども、童耳にもきき入《いれ》ずして行《ゆく》に、此馬あらだちて女さかさまに落ちぬ。うらみて云《いはく》、「我を助《たすけ》よ。すでに死ぬべくおぼゆるなり。」といひけれども、猶耳にきき入《いれ》ず。『我師の女人のかたはらへよる事なかれとの給しに』と思て、五臺山へ歸て、女のありつるやうを比丘に語申て、「されども耳にもきき入《いれ》ずして歸《かへり》候《さぶらひ》ぬ。」と申ければ、「いみじくしたり。其女は文殊の化《け》して、汝が心をみ給にこそあるなれ。」とてほめ給けり。さる程に、童は法花經を一部よみ終《をへ》にけり。其時、比丘、の給はく、「汝法花經をよみはてぬ。今は法師に成て受戒《ずかい》すべし。」とて、法師になされぬ。受戒《ずかい》をば我はさづくべからず。[九]東京の禪定寺にいまする[一〇]倫法師と申て、此の比おほやけの宣旨《せんじ》を蒙《かうぶり》て受戒おこなひ給人なり。其人のもとへ行て受べき也。但今は汝をみるまじき事のあるなり。」とて、泣給事かぎりなし。童の申す、「受戒仕ては、[一一]則《すなはち》歸まゐり候べし。いかにおぼしめして、かくは仰候ぞ。」と。又「いかなれば、かくなかせ給ぞ。」と申せば、「たゞかなしき事のあるなり。」とてなき給。さて童に「戒師のもとに行たらんに、『いづかたより來たる人ぞ』ととはば、『清涼山の海雲比丘のもとより』と申べき也。」とをしへ給て、なく〳〵見おくり給ぬ。童仰にしたがひて倫法師のもとに行て、受戒すべきよし申ければ、[一二]あんのごとく、

七　仮粧。
八　「汝」の意か。
九　洛陽をさすか。宋高僧伝に「上都有㆓臥倫禅師㆒」
一〇　法華伝記・宋高僧伝には「臥倫禅師」
一一　（即）即刻。直ぐ様。
一二　（案の如く）案の定。

「いづかたより來《きた》る人ぞ。」と問給ければ、をしへ給つるやう申ければ、倫法師驚て、「たふとき事なり。」とて禮拜して云、「五臺山には文殊[一]のかぎり住給所なり。汝沙彌《こしやみ》は海雲比丘の善知識[三]にあひて、文殊をよくをがみたてまつりけるにこそありけれ。」とて、たふとぶ事限なし。さて受戒して五臺山へ歸て、日來《ひごろ》ゐたりつる房《ばう》の有所をみれば、すべて人の住たるけしきなし。泣《なく》泣《なく》ひと山《やま》を尋《たづね》ありけども、つひに在所なし。これは優婆崛多[四]の弟子の僧、かしこけれども心よわく女にちかづきけり。これはいとけなけれども、心つよくて女人にちかづかず。かるがゆゑに文殊[五]これを、かしこき者なれば、教化して佛道に入《いら》しめ給也。されば世の人、戒をば破《やぶる》べからず。

## 二　寛朝僧正勇力ノ事*

今はむかし、遍照寺[六]僧正寛朝といふ人、仁和寺《にんなじ》[七]をもしりければ、「仁和寺の破《やれ》たる所修理《すり》せさす。」とて、番匠[八]どもあまたつどへて作けり。日暮て、番匠どもおの〳〵いでてのちに、『けふの造作《ざうさく》はいかほどしたるぞとみん』と思ひて、僧正、中ゆひ[九]うちして、高足駄はきて、杖つきて、たゞひとりあゆみきて、[一〇]あがるくひどもゆひたるもとに立《たち》まはりて、なま夕暮[一一]にみられける程に、くろき裝束したる男の烏帽子引《ひき》たれて、かほたしかにも見えずして、僧正の前

一　文殊菩薩だけが。
二　新入門の僧。
三　人を仏道に導き入れる高徳の人。
四　本書巻一三第一四話に見える。
五　不邪婬戒（十戒の一）を犯すな。
＊　今昔物語巻二三第二〇(?)話と同話。
六　広沢の僧正のこと。巻一一第三話に出た。
七　仁和寺（真言宗大本山。御室という）をも領したので。
八　大工。木工。
九　裾をからげて腰の辺で中結びすること。本巻第三話「帷子ばかり著て中結ひて足駄はきて」
一〇　原本「あがるくい」。「あな〻ひ」の誤写か。今昔物語「麻柱（あな〻ひ）」和名抄「阿奈々比」（足場のこと）
一一　薄暮。

にいできて、ついゐて刀をさかさまにぬきて、ひきかくしたるやうにもてなして居たりければ、僧正「かれはなに者ぞ。」と問《とひ》けり。男、かた膝をつきて、「[一二]わび人に侍り。さむさのたへがたく侍《はべる》に、[一三]そのたてまつりたる御《おん》ぞ一二《ひとふたつ》、おろし申さんと思給なり。」といふまゝに、飛《とび》かゝらんと思たるけしき也《なり》ければ、「[一四]事にもあらぬ事にこそあんなれ。かくおそろしげにおどさずとも。[一五]ただこはで、けしからぬぬしの心ぎはかな。」といふまゝに、[一五ノ二]ちうと立めぐりて、尻をふたとけたりければ、けらるゝまゝに、[一六]男かきけちてみえずなりにければ、やはらあゆみ歸て、坊のもとちかく行て、「人やある。」と、たかやかによびければ、坊より小法師走來にけり。僧正「行《いき》て火ともしてこよ。こゝに我きぬはがんとしつる男の、にはかに失《うせ》ぬるがあやしければ、みんと思ふぞ。[一七]法師原よびぐしてこ。」との給ひければ、小法師走歸て、「[一八]御房ひはぎにあはせ給《たまひ》たり。御房たちまゐり給へ。」とよばはりければ、坊々にありとある僧ども、火ともし太刀さげて、[一九]七八人十人といできにけり。「いづくに盜人はさぶらふぞ。」といひければ、「こゝにゐたりつるぬす人の我きぬをはがんとしつれば、はがれてはさむかりぬべくおぼえて、[二〇]尻をほうとけたれば、失《うせ》ぬる也。火をたかくともして、かくれをるかと見よ。」との給ひければ、法師原「をかしくも仰らるゝかな。」とて、火を打ふりつゝ、かみざまをみる程に、あがるくひの中におちつまりて、[二一]えはたらかぬ男あり。「かしこにこそ人は

一二　困窮者。
一三　そのお着用の御衣一、二枚、下げて頂こうと思うのです。「思給」は「おもひたまふる」(下二段)。
一四　大した事でもない事である。今昔物語「事ニモ非ズ糸安キ事ニコソ有ケレ」
一五　ただ願わないで(威すとは)。
一五ノ二　「ちうと……けらるゝまゝに」底本に脱す。
一六　(搔き消ちて)搔き消すように。
一七　僧たちを呼んで連れて来い。
一八　(引剝)追剝強盗。
一九　今昔物語「七八十人」
二〇　ぽんと蹴たところが。
二一　動けない男。

みえ侍りけれ。番匠にやあらんと思へども、くろき装束したり。」といひてのぼりてみれば、あがるくひの中に落ちはさまりて、みじろくべきやうもなくて、[一]うんじがほつくりてあり。さかてにぬきたりける刀はいまだ持《もち》たり。それをみつけて法師原よりて、刀と[二]本鳥《もとどり》・かひなとをとりて、引あげておろして、ゐてまゐりたり。ぐして坊に歸て、「今よりのち、老法師とて、[三]なあなづりそ。いと[四]びんなき事なり。」といひて、きたりけるきぬの中に、綿あつかりけるをぬぎて、とらせて、おひ出してやりてけり。

## 三 ＊經賴蛇ニ逢フ事

むかし、[五]經賴といひける相撲《すまひ》の家のかたはらに、ふる川のありけるが、ふかき淵なる所ありけるに、夏その川ちかく木蔭のありければ、[六]かたびらばかりきて中ゆひて、[七]足太はきて、また[八]ふり杖といふ物つきて、小童ひとり、[九]ともにぐして、とかくありきけるが、涼まむとてその淵のかたはらの木かげに居《ゐ》にけり。淵青くおそろしげにて底もみえず。蘆《あし》・薦《こも》などいふ物生ひしげりたりけるをみて、汀《みぎは》ちかくたてりけるに、あなたの岸は、[一〇]六七段計は、のきたるらんとみゆるに、水のみなぎりて、こなたざまにきければ、『なにのするにかあらん』と思ふ程に、此方の汀ちかく成て、虵《くちなは》の頭《かしら》をさしいでたりけれ

一 （倦んじ顔作りて）当惑した顔つきして。
二 髻。
三 あなどるなよ。
四 不都合な事だ。今昔物語「悪カリナムゾ」
＊ 今昔物語巻二三第二一（?）話と同話。
五 今昔物語では「丹後国□海ノ恒世ト云フ右ノ相撲人有ケリ」
六 （帷子）裏のつかない、単衣の称。
七 足駄。下駄。
八 （杈椏杖）木の枝の叉になっている杖。
九 お供につれて。
一〇 今昔物語「三丈許ハ去（のき）タラムト見ユルニ」

ば、『此くちなは大きならんかし。[一一]とざまにのぼらんとするにや』と、見たてりけるほどに、蚰、かしらをもたげて、つく〴〵と[一二]まもりけり。『いかに思ふにかあらん』と思て、汀一尺ばかりのきて、はたちかく立《たち》てみれば、しばし計《ばかり》まもり〳〵て、頭を引入《ひきいれ》てけり。さてあなたの岸ざまに水みなぎるとみける程に、又こなたざまに水浪たちてのち、くちなはの尾を汀よりさしあげて、わがたてる方《かた》ざまにさしよせければ、『此蚰おもふやうのあるにこそ』とて、[一三]まかせてみたてりければ、猶さしよせて、經頼が足を[一四]三返《みかへり》、四返《よかへり》ばかりまとひけり。『いかにせんずるにかあらん』と思《おもひ》てたてる程に、まとひえてきし〳〵と引《ひき》ければ、『川に引入《ひきいれ》んとするにこそありけれ』と、そのをりに、しりて、ふみつよりて立《たて》りければ、いみじうつよく引《ひく》と思ふ程に、はきたる足太のはをふみをりつ。引《ひき》たほされぬべきを、かまへて踏《ふみ》なほりて立《たて》れば、つよく引《ひく》ともおろかなり。ひきとられぬべくおぼゆるを、足をつよくふみたてければ、[一五]かたつらに五六寸ばかり足をふみ入《いれ》て立《たて》りけり。『よく引《ひく》なり』と思程に、縄などのきるゝやうに、きるゝまゝに、水中に血のさつとわきいづるやうにみえければ、『切れぬるなりけり』とて足を引《ひき》ければ、[一六]くちなは引《ひき》さしてのぼりけり。その時、足にまとひたる尾をひきほどきて、足を水にあらひけれども、蚰の跡うせざりければ、[一七]「酒にてぞあらふ。」と人のいひければ、酒とりにやりて、あらひなどして、のちに従者どもよびて、尾のかたを引あ

一一　外の方に。今昔物語「此方様ニ」

一二　見守っていた。

一三　蛇のするままにまかせて見て立っていると。

一四　今昔物語「二返許」

一五　片面。今昔物語「固キ土」とある。「かたつち」の誤りかという。

一六　蛇が引きかけたままで上って来た。今昔物語「蛇ノ切引サシテ陸ニ上リケリ」

一七　酒は蛇の毒を消す効があるという考え。

げさせたりければ、大きなりなどもおろかなり。切口の大《おほき》さ、わたり[一]一尺ばかりあるらんとぞみえける。頭の方のきれをみせにやりたりければ、あなたの岸に大《おほき》なる木の根のありけるに、頭の方をあまたかへりまとひて、尾をさしおこして足をまとひて引なりけり。力のおとりて中よりきれにけるなめり。我身のきるゝをもしらず引《ひき》けん、あさましき事なりかし。其後「くちなはの力のほど、いくたりばかりの力にかありしとこゝろみん。」とて、大なる縄を蛇の巻たる所につけて、人十人計してひかせけれども、「猶たらず〳〵。」といひて、六十人計かゝりて引《ひき》ける時にぞ[二]、「かばかりぞおぼえし。」といひける。それをおもふに、経頼が力は、さは百人計が力をもたるにやとおぼゆるなり。

## 四　魚養ノ事*

いまはむかし、遣唐使のもろこしにあるあひだに、妻をまうけて子を生《むま》せつ。その子いまだいとけなき程に日本に帰る。妻に契ていはく、「こと[三]遣唐使いかんにつけて消息《せうそこ》[四]やるべし。又此乳母《めのと》[五]はなれん程には、むかへとるべし。」と、契て帰朝[六]しぬ。母、遣唐使のくるごとに、「消息やある。」と尋ぬれど、あへておともなし。母おほきに恨て、この児《ちご》をいだきて日本へむきて、

一　直径。
二　それでは。
＊　本朝能書伝に「朝野宿禰魚養は、忍海原連首麻呂（おしうなはらのむらじおびとまろ）の末なり。或は吉備大臣入唐して、彼国にてうませたる子にて、其母たよりせざりしを恨みて海に投げ入れてけるが魚にたすけられて渡り来りしかば、魚養と名づけけるともいへり。手をよく書きければ、七大寺の額ども書かせ給ふ。これわが国能書を用ひ給ふはじめなり……大師（弘法）は、この魚養をまなび給へりといへり」醒睡笑巻一にも同話が見える。
三　他の遣唐使。
四　たより。音信。
五　乳母の手から離れるようになる時分には。
六　音沙汰もない。

兒のくびに「遣唐使[七]それがしが子。」といふ簡《ふだ》を書て、ゆひつけて、「[八]すく世《せ》あらば、親子の中は行逢《あひ》なん。」といひて、海になげ入《いれ》て歸《かへり》ぬ。父、あるとき[九]難波《なには》の浦のへんを行に、沖の方に鳥のうかびたるやうにて、しろき物みゆ。ちかくなるまゝにみれば、[一〇]童《わらは》に見なしつ。あやしければ馬をひかへてみれば、いとちかくよりくるに、四《よつ》ばかりなる兒《ちご》のしろくをかしげなる、浪につきてよりきたり。馬をうちよせてみれば、大なる魚のせなかにのれり。従者をもちていだきとらせてみれば、くびに札《ふだ》あり。「遣唐使それがしが子。」とかけり。「さは我子にこそありけれ。もろこしにていひ契《ちぎり》し兒《ちご》をとはずとて、母が腹だちて海に投げ入《いれ》てけるが、しかるべき縁ありて、かく魚にのりてきたるなめり。」と、あはれにおぼえて、[一一]いみじうかなしくてやしなふ。遣唐使のいきけるに付《つけ》て、此よしをかきやりたりければ、母も今ははかなき物に思《おもひ》けるに、かくときゝてなん、「希有《けう》の事なり。」と悦《よろこび》ける。さてこの子おとなに成《なる》まゝに、[一二]手をめでたく書《かき》けり。魚にたすけられたりければ、名をば魚養《うをかひ》とぞつけたりける。[一三]七大寺の額共《がくども》は、是《これ》が書たりけるなり。[一四]

## 五　**新羅國ノ后金ノ榻ノ事

これも今はむかし、[一五]新羅《しらぎ》國に后《きさき》おはしけり。その后忍《しのび》て、[一六]みそかをとこを

七　某の子。
八　（宿世）前世の約束事。
九　今の大阪の辺。
一〇　童と認めた。
一一　大そうかわいがって養育する。
一二　書を巧みに書いた。
一三　大和国の東大寺・興福寺・元興寺・大安寺・薬師寺・西大寺・法隆寺。
一四　古板本に「と」がある。
**　今昔物語巻一六第一九話・長谷寺霊験記・三国伝記などに見える話。
一五　斯盧・斯羅とも書き、徐羅伐・徐耶伐ともいう。三韓の一で辰韓の地。
一六　密夫。

まうけてけり。一御門《みかど》この由をきき給て、后をとらへて、髪に縄をつけて上二へつりつけて、あしを三二三尺ばかり引あげておきたりければ、すべきやうもなくて、心のうちに思給けるやう、『かかるかなしき目をみれども、たすくる人もなし。つたへてきけば、このくにより東に日本といふ國あなり。その國に四長谷《はせ》觀音と申佛現《げん》じ給也。五菩薩《ぼさつ》の御慈悲此國まできこえてはかりなし。たのみをかけたてまつらば、などかは助給はざらん』とて、目をふさぎて念じ入給程に、金の六榻《しぢ》、あしの下にいできぬ。それをふまへてたてるに、すべてくるしみなし。人のみるには此の榻みえず。日比ありてゆるされ給ぬ。後に后、もちたまへる寶どもを、おほく使をさして長谷寺にたてまつり給。その中に大なるすゞ・かゞみ・かねの簾《すだれ》、今にありとぞ。かの觀音念じたてまつれば、他國の人もしるしを蒙らずといふ事なしとなん。

## 六　珠*ノ價無キレ量事

是も今はむかし、七筑紫《つくし》に大夫《たいふ》さだしげと申物ありけり。この比ある八箱崎の大夫のりしげが祖父なり。そのさだしげ、京上《きやうのぼり》しけるに、九故宇治殿にまゐらせ、又わたくしの知《しり》たる人々にも一〇心ざさんとて、一一唐人に物を六七千疋が程借《かる》とて、太刀を十《と》腰《こし》ぞ質《しち》に置ける。さて京にのぼりて宇治殿にまゐらせ、思の

一　今昔物語「国王」
二　今昔物語「間木（まぎ）ニ釣リ係テ」
三　原本「ばかり」はない。今昔物語「足ヲ四五尺許」
四　大和国磯城郡（奈良県）初瀬の長谷寺。本尊は十一面観世音菩薩。
五　観音菩薩の御慈しみはこの新羅国まで聞えて無量である。源氏物語、玉葛にも「はつせなむ、日の本にあらたなるしるしあらはし給ふと、もろこしにも聞えあるなり」
六　車の轅（ながえ）の先を据える机のような台。
＊　前半の貞重の話は今昔物語巻二六第一六話にも見える話。
七　今昔物語「鎮西ノ筑前国□ノ貞重ト云フ勢徳ノ者有リケリ。字ヲバ京大夫トゾ云ヒケル」大夫は五位の称。
八　筑前国粕屋郡（福岡市）
九　亡き宇治関白（藤原頼通）殿。巻一第九話参照。
一〇　贈ろうとして。
一一　中国人。

まゝにわたくしの人々にやりなどしてかへりけるに、淀[一二]にて船にのりけるほどに、人まうけ[一三]したりければ、これをくひなどして居たりけるほどに、はし[一四]舟《ぶね》にてあきなひする物どもよりきて、「[一五]その物やかふ。かの物やかふ。」など尋《たづね》とひける中に、「玉をやかふ。」といひけるを、ききいるゝ人もなかりけるに、さだしげが舎人《とねり》に仕《つかひ》けるをのこ、船のへにたてりけるが、「こゝへもておはせ。みん。」といひければ、袴のこしより、[一六]あこやの玉の大なる豆計《ばかり》ありけるを、取出してとらせたりければ、きたりける水干をぬぎて、「これにかへてんや。」といひければ、玉のぬしの男、[一七]せうとくしたりと思けるにや[一八]、まどひとりて、舟をさしはなちていにければ、舎人も『たかくかひたるにや』と思けれども、まどひいにければ、『くやし』とおもふ〳〵、袴のこしにつゝみて、[一九]こと水干きかへてぞありける。かかる程に日數つもりて、[二〇]博多《はかた》といふ所に行《いき》著《つき》にけり。さだしげ、舟よりおるゝまゝに、物かしたりし唐人のもとに、「質[二一]はすくなかりしに、物はおほくありし。」などいはんとて行たりければ、唐人も待悦て、酒のませなどして物がたりしける程に、この玉もちのをのこ、[二二]下《げ》す唐人にあひて、「玉や買ふ。」といひて、はかまの腰より玉を取いでて、とらせければ、唐人玉をうけとりて、手の上におきて、うちふりてみるまゝに、あさましと思たるかほげしきにて、「これはいくらほど。」と問ければ、ほしと思たるかほげしきをみて、「[二三]十貫。」といひければ、まどひて「十貫にかは

一二　山城国久世郡（京都府）
一三　饗応。
一四　はしけ舟。小舟。
一五　あれをお買いになるか、これをお買いになるか。
一六　阿古屋貝（真珠貝）の珠。真珠。
一七　所得したり。儲けをした。
一八　原本「や」はない。
一九　他の水干（狩衣の類）
二〇　筑前国筑紫郡（福岡市）
二一　入れておいた質物（太刀）は少なかったのに、貸してくれた品物は多かった。
二二　下等な中国人。
二三　今昔物語「十四」

ん。」といひけり。「まことは二十貫。」といひければ、それをもまどひ「かはん。」といひけり。『さてはあたひたかきものにやあらん』と思て、[一]「たべ。まづ。」とこひけるを、をしみけれども、いたくこひければ、我にもあらで、とらせたりければ、「いまよくさだめてうらん。」とて、袴のこしにつゝみて、のきにければ、[二]唐人すべきやうもなくて、さだしげとむかひたる船頭がもとにきて、その事ともなく[三]さへづりければ、此船頭うちうなづきて、さだしげに言ふやう、「[四]御ずんざの中に玉もちたるものあり。その玉とりて給はらん。」といひければ、さだしげ、人をよびて、「此ともなる物の中に玉もちたる物やある。それ尋《たづね》てよべ。」といひければ、このさへづる唐人走出《はしりいで》て、やがてそのをのこの袖をひかへて、「[五]くは、これぞ〳〵。」とて引《ひき》いでたりければ、さだしげ「まことに玉や持《もち》たる。」と問ければ、しぶ〳〵に「さぶらふ。」よしをいひければ、「[六]いで、くれよ。」と、こはれて、袴のこしより取いでたりけるを、さだしげ、郎等してとらせけり。それをとりて、むかひゐたる唐人、手にいれ、うけとりて、うちふりてみて、たちはしり、内に入《いり》ぬ。なに事にかあらんとみる程に、さだしげが七十貫が質におきし太刀共を、[七]十ながらとらせたりければ、さだしげはあきれたるやうにてぞありける。古水干一《ひとつ》にかへたる物を、[八]そこばくの物にかへてやみにけん。げにあきれぬべき事ぞかし。[九]玉のあたひはかぎりなき物といふ事は、今はじめたる事にはあらず。筑紫

一　まずまず返して下さい。
二　貞重に質の融通をした唐人をさす。
三　喋ったので。唐人の中国語を喋るのをこういったのだ。
四　御従者。
五　こりゃ、この人だこの人だ。
六　さあ与えよ。
七　十腰全部。
八　若干。
九　法華経受記品に「以二無価宝珠一繫二其衣裳一与レ之而去」

に[一〇]たうしせうずといふ物あり。それがかたりけるは、物へ行《いき》ける道に、をのこの「玉やかふ。」といひて、反古《ほぐ》のはしにつゝみたる玉を、懐《ふところ》よりひきいでて、とらせたりけるをみれば、[一一]もくれんじよりもちひさき玉にてぞ有ける。「これはいくら。」と問ければ、「絹廿疋。」といひければ、あさましと思て物へいきけるをとゞめて、玉もちのをのこぐして家に歸て、絹のありけるままに、六十疋ぞとらせたりける。「これは廿疋のみはすまじき物を、すくなくいふが[一二]いとほしさに、六十疋をとらするなり。」といひければ、をのこ悦《よろこび》ていにけり。その玉を持《もち》て唐に渡《わたり》てけるに、道の程おそろしかりけれども、身をもはなたず、まもりなどのやうに、くびにかけてぞありける。あしき風の吹ければ、唐人はあしき浪風に逢ぬれば、船のうちに[一三]一の寶と思ふ物を海に入《いる》なるに、「此せうずが玉を海に入《いれ》ん。」といひければ、せうずがいひけるやうは、「此玉を海に入《いれ》ては、いきてもかひあるまじ。たゞ[一四]我身ながらいれば入《いれ》よ。」とて、かゝへてゐたりければ、さすがに人を入《いる》べきやうもなかりければ、とかくいひける程に、玉うしなふまじき[一五]はうやありけん。風なほりにければ、悦て入《いれ》ずなりにけり。その船の一《いち》のせんどうといふ物も、大なる玉もちたりけれども、それはすこし[一六]ひらにて、此玉にはおとりてぞありける。かくて唐に行《いき》つきて、玉かはんといひける人のもとに、船頭が玉をこのせうずにもたせて遣《や》りける程に、道におとしてけり。あきれさわぎて歸りもとめ

一〇　人名。当て字不明。
一一　木蓮子。巻一第六話参照。
一二　気の毒さに。
一三　第一の宝物。海神をなだめるために海に投入する習俗であった。
一四　我が身もろともに。
一五　(報) 果報。
一六　(平) 扁平。

けれども、いづくにかあらんずると思わびて、我玉をぐして、「[一]そこの玉おとしつれば、いまはすべきかたなし。それがかはりにこれをみよ。」とて、とらせたれば、「我玉はこれにはおとりたりつるなり。その玉のかはりに此玉を得たらば、罪ふかかりなむ。」とて返しけるぞ、さすがに[二]こゝの人々にはたがひたりける。此國の人ならば、とらざらんやは。かくて此うしなひつる玉の事をなげく程に、[三]あそびのもとにいにけり。ふたり物がたりしけるついでに、むねをさぐりて、「など胸はさわぐぞ。」ととひければ、「しかじかの人の玉をおとして、それが大事なる事を思へば、むねさわぐぞ。」といひければ、「ことわり也。」とぞいひける。さて歸てのち二日計《ばかり》ありて、此遊《あそび》のもとより、「[四]さしたる事なんいはんとおもふ。今の程に、[五]時かはさずこ。」といひければ、何事かあらんとて、いそぎ行《いき》たりけるを、例の入方《いるかた》よりは入《いれ》ずして、かくれのかたよりよび入《いれ》ければ、いかなる事にかあらんと思ふおもふ、いりたりければ、「これは、[六]もしそれにおとしたりけん玉か。」とて、取いでたるをみれば、たがはず其玉なり。「こはいかに。」とあさましくて、とへば、「こゝに玉うらんとて過《すぎ》つるを、さる事いひしぞかしと思て、よび入《いれ》てみるに、玉の大《おほき》なりつれば、もしさもやと思て、いひとゞめて呼びにやりつる也。」といふに、「[七]事もおろか也。いづこぞ、その玉もちたりつらん物は。」といへば、「かしこにゐたり。」といふを、よびとりやりて、玉のぬしのもとにゐて行《いき》て、

一　そこもとの玉を。
二　日本の人とは。
三　(遊)　遊女。
四　重要な事。
五　時をうつさず来い。即刻来い。
六　そなた (貴方) において。
七　いうもおろかだ。いうに及ばない。

「これはしか〳〵して、その程におとしたりし玉也。」といへば、[八]えあらがはで、「その程にみつけたる玉なりけり。」とぞいひける。いさゝかなる物取らせてぞやりける。さてその玉を返してのち、唐綾一《からあやひとつ》をば、唐には[九]美濃五疋が程にぞもちひるなる。せうずが玉をば、から綾五千段にぞかへたりける。そのあたひのほどを思ふに、[一〇]こゝにては絹六十疋にかへたる玉を、五萬貫にうりたるにこそあんなれ。それを思へば、さだしげが七十貫が質を返したりけんも、おどろくべくもなき事にてありけりと、人のかたりしなり。

## 七　北面ノ女雜使六ノ事

　これも今はむかし、白川院の御時、[一一]北《きた》おもてのざうしに、[一二]うるせき女ありけり。名をば六《ろく》とぞいひける。殿上人ども、もてなしけうじけるに、雨うちそぼふりて、つれ〳〵なりける日、ある人、「六よびてつれ〳〵なぐさめん。」とて、使をやりて「六よびてこ。」といひければ、程もなく「六めしてまゐりて候。」といひければ、「あなたより内の[一三]でゐのかたへぐしてこ。」といひければ、さぶらひ、いできて、「こなたへまゐりたまへ。」といへば、「[一四]びんなく候。」などいへば、侍《さぶらひ》歸《かへり》きて、「めし候へば、『びんなくさぶらふ』と申て、恐申候なり。」といへば、『[一五]つきみていふにこそ』とおもひて、「など、かくは

八　争い得ないで。
九　美濃絹。布一疋は二反(段)のこと。
一〇　日本国では。前の貞重の話をさす。
一一　(北面の曹司) 北面武士の詰所の部屋。
一二　巧者な女。
一三　(出居) 表座敷 (客間) の方へ連れて来い。
一四　都合がわるいです。
一五　固辞して。古今著聞集巻二、「家隆卿所望せられけるを大臣しばしつきみ給ひければ」

いふぞ。たゞこ。」といへども、「[一]ひが事《ごと》にてこそ候らめ。[二]さき〴〵も内御出《うちのおんで》居《ゐ》などへまゐる事も候はぬに。」といひければ、このおほくゐたる人々、「ただまゐり給へ。やうぞあるらん。」とせめければ、「すぢなき恐に候へども、[三]刑部錄《ぎやうぶのろく》といふ[四]廳《ちやう》めしにて候へば。」とてまゐる。このあるじ、みやりたれば、刑部錄といふ廳官《くわん》、びん・ひげに白髪まじりたるが、[五]とくさのかりぎぬに、あを袴きたるが、いと[六]ことうるはしく、さや〴〵と[七]なりて、扇を笏にとりて、すこしうつぶして、うづくまりゐたり。大かたいかにいふべしともおぼえず。物もいはれねば、この廳官いよいよ恐《おそれ》かしこまりてうつぶしたり。あるじ、さてあるべきならねば、「やゝ、廳には又なに物か候。」といへば、「それがし、かれがし。」といふ。いと[八]げに〳〵しくもおぼえずして、廳官うしろざまへすべり行。[一〇]このあるじ、「かう宮仕をするこそ[九]神妙《しんべう》なれ。見參には必いれんずるぞ。とうまかりね。」とてこそ、やりてけれ。この六、のちにきて、わらひけりとか。

## 八　仲胤僧都連哥ノ事

是も今はむかし、[一一]青蓮院《しやうれんゐん》の座主《ざす》のもとへ、[一二]七宮わたらせ給たりければ、「御つれ〴〵なぐさめまゐらせん。」とて、わかき[一三]僧綱《そうがう》・[一四]有職《いうそく》など[一五]庚申《かうしん》して遊け

一　間違い事。
二　以前も。
三　刑部の省の四等官で、大録・小録に分けられる。「六」を「録」と間違えたのである。
四　検非違使庁の官人。この男の兼職か。
五　木賊色（表、青黒・裏、白）の狩衣。
六　端正に。
七　鳴って。音して。
八　尤もらしいわけがあるとも思われないで。
九　殊勝。感心。
一〇　疾く退出せよ。早くひきさがれ。
一一　行玄大僧正。名は良実。藤原師実の子。第四八代天台座主。久寿二年逝。年五九。青蓮院は粟田口にある延暦寺の別院。
一二　鳥羽院の第七子。覚快法親王。
一三　僧正・僧都・律師を三綱とする。
一四　僧綱に次ぐもの。
一五　庚申待。庚申の夜語り明かす行事。
一六　殿上給仕の童子。
一七　酒を入れる器
一八　僧家で使われる童子。

るに、一六うへ童《わらは》のいとにくさげなるが、一七瓶子《へいじ》とりなどしありきけるを、ある僧しのびやかに、「うへわらは一八大童子にもおとりたり。」と一九連哥《れんが》にしたりけるを、人々しばし案ずる程に、仲胤僧都、その座にありけるが、「やゝ、胤《いん》、はやう付《つけ》たり。」といひければ、わかき僧たち、「いかに。」と、かほをまもりあひ侍けるに、仲胤、二〇「祇園《ぎをん》の御會《ごゑ》を待計《まつばかり》なり。」と付《つけ》たりけり。これをおの〳〵、「此連哥はいかに付《つけ》たるぞ。」と、しのびやかにいひあひけるを、仲胤ききて、「やゝ二一わたう、連哥だにつかぬと付《つけ》たるぞかし。」といひたりければ、これをききつたへたるものども、一度に、はつと、とよみわらひけりとか。

## 九　大將愼ノ事*

これもいまはむかし、「月の、二二大將星を犯《をかす》。」といふ二三勘文《かんもん》をたてまつれり。よりて「近衛大將《こんゑのだいしやう》おもくつゝしみ給べし。」とて、二四小野宮右大將はさま〴〵の御祈どもありて、二五春日社・二六山階寺などにも御祈あまたせらる。その時の左大將は、二七枇杷左大將仲平と申人にてぞおはしける。二八東大寺の法藏僧都は此左大將の御祈の師也。さだめて御祈の事ありなんと待《まつ》に、二九おともし給はねば、覺束なさに京に上《のぼ》りて三〇枇杷殿にまゐりぬ。殿、あひ給て、「何事にてのぼられたるぞ。」との給へば、僧都申けるやう、「奈良にてうけ給《たまは》れば、左右大將つ

一九　上の句と下の句を別人が詠んで一首の和歌とすること。
二〇　祇園（八坂神社）の御霊会を待つくらいが関の山だ。祇園会は毎年六月一四日に行われた祭。御会に五位をかけたのか。
二一　おい〳〵諸君（我党）、諸君は連歌さえつけられないとて自分がつけたのですぞ。
*　今昔物語巻二〇第四三話にも見える話。
二二　大将軍という星宿（星座）の名。今昔物語「今ハ昔、朱雀院御代ニ天慶ノ比、天文博士『月、大将ノ星ヲ犯ス』ト云フ勘文奉レル」
二三　陰陽寮から物事の吉凶を勘（かんが）えて奉る文書。
二四　藤原実頼。巻一〇第六話参照。
二五　奈良の春日神社。藤原氏の氏神。
二六　奈良の興福寺。藤原氏の氏寺。
二七　藤原仲平。基経の二男。時平の弟。
二八　安和二年逝去した。
二九　音沙汰も。
三〇　枇杷殿。仲平邸。

つしみ給べしと、天文博士《てんもんはかせ》勘申《かんがへまうし》たりとて、右大將殿は春日社・山階寺などに御祈さまぐ〲に候へば、殿《との》よりもさだめて候《さぶらひ》なんと思給《おもひたまへ》て、案内つかうま[一]つるに、『さる事もうけ給はらず』と、みな申候へば、おぼつかなく思給《たまへ》て、まゐり候つる也。猶御祈候はんこそ、よく候はめ。」と申ければ、左大將の給やう、「尤《もとも》しかるべき事なり。されど、おのが思ふやうは、大將のつゝしむべしと申なるに、おのれもつゝしまば、右大將のためにあしうもこそあれ。かの大將は才《ざえ》もかしこくいま[二]すかり。年も若し。ながく大やけにつかうまつるべき人なり。おのれにおきては、させる事もなし。年も老《おい》たり。いかにもなれ。何條事《なんでふこと》かあらん。と思へば、いのらぬ也。」と、の給ひければ、僧都ほろほろと打なきて、「百千の御祈にまさるらん。[三]此御心の定《ぢやう》にては、事のおそ[四]り更に候はじ。」といひてまかでぬ。されば實《まこと》に[五]ことなくて大臣《おとど》に成《なり》て、七十餘までなんおはしける。

## 一〇　御堂關白ノ御犬晴明等奇特ノ事*

これも今はむかし、[六]御堂《みだう》關白殿、[七]法成寺《ほふじやうじ》を建立し給てのちは、日ごとに御堂へまゐらせ給けるに、[八]白き犬を愛してなん飼《かは》せ給ければ、いつも御身をはなれず御ともしけり。或日、例のごとく御ともしけるが、門を入らんとし給

一　様子を伺うこと。
二　いらっしゃる。
三　かような御心のようでは。原本「は」がない。
四　「恐る」(ラ四段活)の名詞形。
五　事故がなくて。無事で。
*　古事談巻六・十訓抄巻中第七ノ第二一話・東斎随筆鳥獣類にも見える話。
六　藤原道長。巻四第九話参照。
七　古事談「建二立法成寺一之時」十訓抄「法成寺を作らせ給ふ時」寛仁二年創建。無量寿院と称した。
八　古事談「赤犬」

へば、此犬、御さきに[九]ふたがるやうに吠《ほえ》まはりて、内へいれたてまつらじとしければ、[一〇]「何條《なんでふ》。」とて、車よりおりていらんとし給へば、[一一]御衣《おんぞ》のすそをくひて引《ひき》とどめ申さんとしければ、「いかさま、やうある事ならん。」とて、榻《しぢ》をめしよせて御尻をかけて、[一二]晴明に「きとまゐれ。」と、めしにつかはしたりければ、晴明則《すなはち》まゐりたり。「かかる事のあるはいかが。」と尋《たづね》給ければ、晴明しばしうらなひて申けるは、「これは君を[一三]呪咀《ずそ》し奉て候物を道にうづみて候。[一四]御越《こし》あらましかば、あしく候べき。犬は[一五]通力《つうりき》の物にて、つげ申て候也。」と申せば、「さてそれはいづくにか、うづみたる。あらはせ。」と、の給へば、「やすく候。」と申して、しばしうらなひて、「こゝにて候。」と申所を掘《ほら》せて見給に、土五尺計掘たりければ、案のごとく物ありけり。土器《かはらけ》を二《ふたつ》うちあはせて、黄なる紙捻《かみより》にて十文字にからげたり。開《ひらき》てみれば、中には物もなし。[一六]朱砂にて一文字をかはらけの底にかきたる計也。「晴明がほかには知たる者候はず。もし[一七]道摩《だうま》法師や仕《つかうまつり》たるらん。糺《たゞ》して見候はん。」とて、懐より紙を取出し、鳥のすがたに引むすびて、[一八]呪を誦《ず》しかけて空へなげあげたれば、忽に白鷺に成て、南をさして飛けり。「此鳥のおちつかん所をみてまゐれ。」とて、下部《しもべ》をはしらするに、六條坊門・萬里小路《までのこうぢ》邊に、古《ふり》たる家の[一九]もろをり戸の中へ落入にけり。すなはち家主、老法師にてありける、搦取《からめとり》てまゐりたり。呪咀のゆゑを問《とは》るゝに、「[二〇]堀川左大臣顯光公の語《かたらひ》をえて、仕《つかうまつり》たり。」と

九　立ち塞がる。
一〇　「何条事かあらむ」の意。
一一　古事談「御直衣ノ襴(すそ)ヲクハヘテ」
一二　陰陽師安倍晴明。巻二第八話参照。
一三　(呪詛)のろい。
一四　跨いでお越しになったならば。
一五　神通力のある物。
一六　辰砂。朱粉。
一七　蘆屋道満と称される人。古事談「但若、道摩法師之所為歟」
一八　呪文を唱えかけて。
一九　左右に開く折戸。
二〇　藤原兼光の一男。道長と従兄弟。治安元年逝。年七八。道長を恨んだ事情は大鏡兼通伝に見える。

ぞ申ける。「此うへは流罪《るざい》すべけれども、道摩が咎にはあらず。」とて、「[一]向後《きやうこう》かかる態《わざ》すべからず。」とて、本國播磨へ追下されにけり。此顯光公は死後に[二]怨靈《をんりやう》と成て、御堂殿邊へは、たゝりをなされけり。悪靈左府《あくりやうのさふ》となづく云云。犬はいよ〳〵不便《ふびん》にせさせ給けるとなん。

## 二 高階俊平ガ弟入道算術ノ事*

これもいまはむかし、[三]丹後前司高階《たかはし》俊平といふものありけり。後には法師になりて、丹後入道とてぞ有《あり》ける。それがおとゝにて、司《つかさ》もなくてあるものありけり。[四]それが主《しう》のもとにくだりて筑紫《つくし》に有ける程に、あたらしく渡《わたり》たりける唐人の[五]算《さん》いみじくおくありけり。それにあひて、「算おく事ならはん。」といひけれども、はじめは心にも入れで、をしへざりけるを、すこしおかせて見て、「[六]いみじく算おきつべかりけり。日本にありては、なににかはせん。日本は算おく道、いとしもかしこからぬ所なり。我にぐして[七]唐に渡らんといはば、をしへん。」といひければ、「よくだにをしへて、その道にかしこくだにもありなば、いはんにこそしたがはめ。唐にわたりても用《もちひ》られてだにありぬべくば、いはんにしたがひて唐にもぐせられていかん。」など、[八]ことよくいひければ、それになむひかれて、心に入《いれ》て敎へける。をしふるにしたがひて、

一 今後。
二 大鏡、兼通伝「顯光……悪霊の左大臣殿と申し伝へたる、いと心憂き御名ぞかし」愚管抄巻四参照。
＊ 今昔物語巻二四第二二話と同話。
三 高階氏系図に、助順の子で「信平、丹後守・従四下、後拾・金ニ入」とある歌人の信平の誤伝か。
四 今昔物語「其ノ閑院ノ実成ノ師ノ共ニ鎮西ニ下テ有ケル程ニ」
五 算木を巧に置く人があった。
六 たいそう算術が出来そうだ。
七 今昔物語「宋」
八 言葉巧みにいったので。

[九]一事をきては十事をしるやうに成ければ、唐人もいみじくめでて、「[一〇]我國に算おくものはおほかれど、汝ばかり此道に心得たる物はなき也。かならず我にぐして唐へわたれ。」といひければ、「[一一]さらなり。いはんにしたがはん。」といひけり。「此算の道には病する人を[一二]置《おき》やむる術もあり。又病せねども、にくし、ねたしと思ふ物を、たち所におきころす術などあるも、さらにをしみかくさじ。君につたへんとす。たしかに我にぐせんといふ[一三]ちかごとたてよ。」といひければ、[一四]まほにはたてず、すこしは、たてなどしければ、「なほ人ころす術をば、唐へわたらん船の中にて傳《つたへ》ん。」とて、こと〴〵どもをば、よくをしへたりけれども、その一事をばひかへてをしへざりけり。かかる程に、よくならひつたへてけり。[一五]それに俄に主の事ありて[一六]のぼりければ、そのともにのぼりけるを、唐人きてとゞめけれど、「いかでか、としごろの君のかかる事ありて、[一七]にはかにのぼり給はん、おくりせではあらん。おもひしり給へ。やくそくをば、たがふまじきぞ。」など、すかしければ、『げに』と唐人思て、「さはかならず歸《かへり》てこよ。けふあすにても唐へ歸らんとおもふに、君のきたらんを[一八]待《まち》つけてわたらん。」といひければ、その契をふかくして京にのぼりにけり。[一九]世中《よのなか》のすさまじきまゝには、やをら唐にやわたりなましとおもひけれども、京にのぼりにければ、したしき人々にいひとゞめられて、俊平入道などきて、せいしとゞめければ、[二〇]つくしへだに、えいかず成《なり》にけり。この

九　論語、公冶長「回也聞レ一以知レ十、賜也聞レ一以知レ二」
一〇　我が中国。
一一　「いふも更なり」いうまでもない。もちろん。
一二　算を置いて病気を直す術。
一三　(誓言) 堅い約束。
一四　完全には。真面目には。
一五　今昔物語「而ル間、師、安楽寺ノ愁ニ依テ俄カニ事有テ」
一六　上京したので。
一七　俄に上京なさるのをお送りしないで居られましょうや。
一八　待ちうけて。
一九　世間の世智辛いままに。
二〇　筑紫へでも行かれなくなってしまった。

唐人はしばしは待けるに、おともせざりければ、[一]わざと使おこせて、文《ふみ》を書《かき》て恨《うらみ》おこせけれども、「年老《おい》たる親のあるが、[二]けふあすともしらねど、それがならんやう、見はてていかんと思ふなり。」といひやりて、いかずなりければ、しばしこそ待けれども、『[三]はかりけるなりけり』とおもへば、唐人は唐に歸渡て、よくのろひて行にけり。はじめはいみじくかしこかりけるものの、唐人にのろはれてのちには、いみじく[四]ほうけて、ものもおぼえぬやうにてありければ、[五]しわびて法師になりてけり。入道の君とて、ほうけ／＼として、させる事なき物にて、としひら入道がもとと山寺などにかよひてぞありける。ある時、わかき女房どものあつまりて[六]庚申しける夜、此入道の君、かたすみに、ほうけたるていにてゐたりけるを、夜ふけけるまゝにねぶたがりて、中にわかくほこりたる女房のいひけるやう、「入道の君こそ、かかる人はをかしき物がたりなどもするぞかし。人々わらひぬべからん物がたりし給へ。わらひて目さまさん。」といひければ、入道「おのれは[七]口てづつにて人の笑給計の物がたりは、えしり侍らじ。さはありとも、わらはんとだにあらば、わらはかしたてまつりてんかし。」といひければ、「物がたりはせじ。たゞわらはかさんとあるは、[八]猿樂《さるがく》をし給ふか。それはものがたりよりはまさる事にてこそあらめ。」と、まだしきにわらひければ、「さも侍らず。たゞわらはかしたてまつらんと思なり。」といひければ、「こは何事ぞ。とくわらはかし給へ。いづ

一 わざわざ使をよこして。
二 今日か明日かとも分らないが、それのなり行きを見届けて行こうと思うのです。
三 だましたのだな。
四 ぼけて。
五 途方にくれて。
六 本巻第八話参照。
七 口不調法。話下手。今昔物語「口ヅヽ」
八 おどけた所作。巻五第五話参照。

らいづら。」とせめられて、なにかあらん、物もちて火の[九]あかき所へいでき
たりて、『なに事をせむずるぞ』とみれば、算の袋をひきときて、算をさらさ
らと出しければ、これをみて女房ども、「是《これ》がをかしき事にてあるか〳〵。い
ざいざわらはん。」などあざけるを、[一〇]いらへもせで算をさら〳〵とおきゐた
りけり。おきはてて、ひろさ七八分ばかりの算のありけるを、一《ひとつ》とりいでて、
手にさゝげて、[一一]「御ぜんたち、さは、いたくわらひ給てわび給《たまふ》なよ。いざわら
はかしたてまつらん。」といひければ、「その算さゝげ給へるこそ、をこがま
しくてをかしけれ。なに事にて、わぶ計《ばかり》はわらはんぞ。」などいひあひたりけ
るに、その八ふん計《ばかり》の算を置《おき》くはふるとみたれば、[一二]ある人みなながら、すゞ
ろにゐつぼに入《いり》にけり。いたく笑てとゞまらんとすれども、かなはず。[一三]腹の
わたきるゝ心ちして、しぬべくおぼえければ、涙をこぼし、すべき方なくて、
ゐつぼに入《いり》たるものども物をだに、えいはで、入道に向ひて手をすりければ、
「さればこそ申つれ。わらひあき給《たまひ》ぬや。」といひければ、うなづきさわぎ
て、[一四]ふしかへりわらふ〳〵手をすりければ、よくわびしめてのちに、置たる
算をさら〳〵と[一五]おしこぼちたりければ、わらひさめにけり。「いましばしあ
らましかば、死《しに》なまし。また、か計《ばかり》たへがたき事こそなかりつれ。」とぞいひ
あひける。わらひこうじて、あつまりふして、やむやうにぞしける。かかれ
ば、[一六]「人をおきころし、おきいくる術ありといひけるをも、つたへたらましか

九　明るい。
一〇　答えもしないで。
一一　「御前」は女子の敬称。
一二　その場にある人、一同。
一三　腹わたがきれる心持。新猿楽記「都猿楽之能、嗚滸之詞、莫レ不ニ断レ腸解ヲ頤」
一四　転げて。
一五　押しこわし（崩し）たので。
一六　算木を置いて人を殺したり生かしたりする法術。

ば、一いみじからまし。」とぞ人もいひける。算のみちはおそろしき事にてぞありけるとなむ。

一 えらいことだったろうに。

# 巻第一五

## 一　清見原天皇與㆓大友皇子㆒合戰ノ事*

いまは昔、[二]天智天皇の御子に、[三]大友皇子といふ人有り。太政大臣に成《なり》て、世の政《まつりごと》を行《おこなひ》てなんありける。心の中に、『[四]御門失給《みかどうせたまひ》なば、次の御門には我《われ》ならん』と思給けり。[五]清見原天皇、この時は春宮《とうぐう》にておはしましけるが、此の氣色《けしき》をしらせ給ければ、『大友皇子は時の政をし、世のおぼえも、威勢もまう也。我は春宮にてあれば勢も及《およぶ》べからず。[六]あやまたれなん』とおそりおぼして、御門病つき給則《たまふすなはち》、「吉野山の奥に入《いり》て、法師になりぬ。」といひてこもり給《たまひ》ぬ。其時、大友皇子に人申けるは、「春宮を吉野山にこめつるは、[七]虎に羽《は》をつけて野に放《はなつ》ものなり。同宮《おなじみや》にすゑてこそ心のまゝにせめ。」と申ければ、げにもとおぼして、軍をとゝのへて迎《むかへ》たてまつるやうにして、殺し奉んと、はかり給ふ。此大友皇子の妻《め》にては、[八]春宮の御女まし〱ければ、父の殺され給はん事をかなしみ給て、『いかで此事告申さん』とおぼしけれど、すべきやう無かりけるに、思わび給て、[九]鮒のつゝみやきの有ける腹に、ちひさくふみ

＊　日本書紀天武天皇紀・水鏡など参照。
二　舒明帝の第二子。母は斉明帝。
三　天智帝の子。弘文と諡号された。天智帝逝去の翌年（壬申）七月二三日自殺。年二六。
四　天智天皇。
五　天武天皇。天智帝の弟、大海人皇子。大友皇子自殺後、翌（癸酉）二月三日大和国飛鳥浄見原の宮に即位。在位一四年。
六　害せられよう。
七　日本書紀（天武紀）天智天皇一〇年一〇月の条に「壬午、入㆓吉野宮㆒……或曰、虎著㆑翼放㆑之」
八　天武帝の皇女、十市皇女。
九　鮒を何かに包んで焼いた物。近江国（滋賀県）堅田辺の名産か。新撰六帖題和歌第三帖「古へはもとも畏し片田鮒包焼なる中のたまづさ」

をかきて、おし入《いれ》て奉り給へり。春宮是を御覧じて、さらでだにおそれおぼしける事なれば、「さればこそ。」とて、いそぎ下種《げす》の狩衣・袴を著給て、藁《わら》沓《くつ》をはきて、宮の人にもしられず、只一人山を越て、北ざまにおはしける程に、山城國たはらといふ所へ、道もしり給はねば、五六日にぞたどる／＼おはしつきにける。その里人、あやしくけはひのけだかくおぼえければ、高つきに栗を燒《やき》、又ゆでなどしてまゐらせたり。その二色の栗を、「おもふ事かなふべくば、おひいでて木になれ。」とて、片山のそへにうづみ給ぬ。里人これをみて、あやしがりて、しるしをさしておきつ。そこをいで給て、志摩國ざまへ山にそひていで給ぬ。その國の人、あやしがりて問《とひ》たてまつれば、「道に迷たる人なり。喉かわきたり。水のませよ。」と仰られければ、大《おほき》なるつるべに水を汲《くみ》てまゐらせたりければ、喜て仰られけるは、「汝がぞうに此國のかみとはなさん。」とて、美濃國へおはしぬ。この國のすのまたのわたりに舟もなくて立給《たちたまひ》たりけるに、女の大なる舟に布入《ぬのいれ》て洗けるに、「この渡り、なにともしてわたしてんや。」との給ひければ、女申けるは、「一昨日《をとつひ》大友の大臣の御使といふものきたりて、渡《わたり》の舟どもみなとりかくさせて、いにしかば、これをわたしたてまつりたりとも、おほくの渡り、え過《すぎ》させ給《たまふ》まじ。かくはかりぬる事なれば、いま軍責來《いくさせめきた》らんずらん。いかがしてのがれ給べき。」といふ。「さてはいかがすべき。」と、の給ひければ、女申けるは、「みたてま

一 山城国（京都府）綴喜郡田原。栗栖宮の地。
二 （高坏）食物を盛る台付きの器。
三 焼き栗とゆで栗。
四 （岨）崖。
五 三重県志摩半島の一部。
六 汝の一族に。
七 この国（志摩国）の長官。国守。
八 （洲股）美濃国（岐阜県）安八郡の墨俣川。
九 （渡り）渡し場。
一〇 （槽）桶・盥の類。
一一 この渡し場を。

つるやうあり、た〻[一二]にはいませぬ人にこそ。さらばかくし奉ん。」といひて、[一三]湯舟《ゆぶね》をうつぶしになして、そのしたにふせたてまつりて、上に布をおほくおきて、水汲《くみ》かけて洗《あらひ》ゐたり。しばし計《ばかり》ありて、兵《つはもの》四五百人計きたり。女に問ていはく、「これより人やわたりつる。」といへば、女のいふやう、「やご[一四]となき人の、軍千人ばかりぐしておはしつる、今は信濃國には入《いり》給ぬらん。いみじき龍《りよう》のやうなる馬に乗て、飛《とぶ》がごとくしておはしき。此少勢にては、追付《おひつき》給たりとも、みな殺され給なん。これより歸て、軍をおほくと〻のへてこそ追給はめ。」といひければ、まことに思て、大友皇子の兵みな引返しにけり。其後、女に仰られけるには、「此邊に[一五]軍催《いくさもよほ》さんに出《いで》きなむや。」と、問給ければ、女はしりまどひて、その國のむねとある者どもを催しかたらふに、則二三千の兵いできにけり。それを引《ひき》ぐして大友皇子を追給に、[一六]近江國大津と云所に追付てた〻かふに、皇子の軍やぶれて、ちりぐ〵に逃《にげ》ける程に、大友皇子つひに[一七]山崎にて討《うた》れ給て頭とられぬ。それより春宮、大和國に歸《かへり》おはしてなん位につき給ける。田原にうづみ給し燒栗・ゆでぐりは、形もかはらず生出《おひいで》けり。今に田原の御栗とて奉るなり。しまの國にて水めさせたる者は[一八]高階氏《たかはしうぢ》のものなり。されぱそれが子孫、國守にてはある也。その水めしたりしつるべは、今に[一九]藥師寺にあり。すのまたの女は、[二〇]不破《ふは》の明神にてましましけりとなん。

一二　なみなみではいらっしゃらない貴いお方。
一三　湯槽。
一四　（やむごとなき人の）高貴な人が。
一五　おもだった人々。
一六　近江国（滋賀県）滋賀郡。
一七　（山前）日本書紀（天武紀）壬申年七月丙午（二三日）の条「於レ是大友皇子走無レ所レ入、乃還隠二山前一以自縊（クビレヌ）焉」
一八　先祖から供御の魚貝の事を掌る家で、古く世襲して志摩の国守となった家柄。
一九　大和国（奈良県）磯城郡。
二〇　美濃国（岐阜県）不破郡の関比男明神（浄見原天皇をも祀る）かという（野村八良氏）

## 二　頼時ガ胡人見タル事*

これも今はむかし、[一]胡國といふは唐よりもはるかに北ときくを、[二]奥州の地にさしつゞきたるにやあらんとて、[三]宗任《むねたふ》法師とて筑紫《つくし》にありしが、かたり侍《はべり》ける也。此のむねたふが父は[四]頼時とて、[五]みちのくにのえびすにて、大やけにしたがひたてまつらずとて、せめんとせられける程に、「いにしへより今にいたるまで、おほやけに勝《かち》たてまつるものなし。我は[六]過《あやま》たずと思へども、責《せめ》のみかうぶれば、[七]はるくべき方なきを、おくの地より北にわたさるゝ地あんなり。そこにわたりてありさまをみて、[八]さてもありぬべき所ならば、我にしたがふ人のかぎりを、みなゐてわたしてすまん。」といひて、まづ舟一《ひとつ》をとゝのへて、それにのりて行たりける人々、[九]頼時・厨川《くりやがは》の次郎・鳥海の三郎、さては又むつまじき郎等[一〇]ども廿人計、食物・酒などおほくいれて舟をいだしてければ、いくばくもはしらぬ程にみわたしなりければ、[一一]渡《わたり》つきにけり。左右ははるかなる葦原ぞありける。[一二]大なる川の湊《みなと》をみつけて、その湊にさし入《いれ》にけり。「人やみゆる。」と見けれども、人げもなし。「陸にのぼりぬべき所やある。」と見けれども、あし原にて道ふみたる方もなかりければ、「もし人げする所やある。」と、川をのぼりざまに七日までのぼりにけり。それがたゞお

* 今昔物語巻三一第一一話と同話。
一 中国では北狄（蒙古など）をさすが、日本では蝦夷の地（多分北海道）であろう。
二 古板本「陸奥の地」
三 安倍頼時の三男、貞任の弟。鳥海三郎。前九年の役に源頼義に降り法師になって北九州にいた。
四 陸奥大掾忠良の子。源頼義に討たれ、天喜五年九月鳥海柵で戦死。
五 陸奥国の夷。
六 別段罪過はない。
七 冤罪を晴らすべき方法がないのを。「はるく」原本「はるゝ」
八 そうしても住んで居られる所ならば。
九 今昔物語「頼時ヲ始テ子ノ厨河ノ二郎貞任、鳥ノ海ノ三郎宗任、其ノ外ノ子共」
一〇 原本この上の「又むつまじ」の五字を脱す。今昔物語この次に「其従者共亦食物ナド為ル者、取合セテ五十人許一ツ船ニ乗テ暫ク可レ食キ白米・酒・菓子・魚・鳥ナド皆多ク入レ拈

なじやうなりければ、「あさましきわざかな。」とて、猶廿日ばかりのぼりけれども、人のけはひもせざりけり。卅日計のぼりたりけるに、地のひゞくやうにしければ、「いかなる事のあるにか。」とおそろしくて、あし原にさしかくれて、ひゞくやうにするかたを、のぞきてみければ、[一三]胡人とて繪にかきたる姿したるものの、あかき物にて頭ゆひたるが、[一四]馬に乘《のり》つれて打出《いで》たり。「これはいかなる物ぞ。」とてみる程に、打ちつゞき數しらず出《いで》きにけり。河原のはたにあつまりたちて、ききもしらぬ事を[一五]さへづりあひて、川にはら〳〵と打入て渡ける程に、千騎計やあらんとぞみえわたる。これが足おとのひゞきにて、はるかにきこえけるなりけり。[一六]かちの物をば、馬に乘《のり》たるもののそばに引付《ひきつけ》〳〵して渡りけるをば、たゞかちわたりする所なめりとみけり。三十日計のぼりつるに、一所も[一七]瀬なかりし川なれば、『かれこそわたる瀬なりけれ』とみて、人過てのちに、さしよせてみれば、おなじやうにそこひもしらぬ淵にてなんありける。[一八]馬筏《うまいかだ》をつくりておよがせけるに、かち人《ひと》はそれにとりつきてわたりけるなるべし。猶のぼるとも、[一九]はかりもなくおぼえければ、おそろしくてそれより歸にけり。さていくばくもなくてぞ頼時は失《う》せにける。されば、「胡國と日本のひがしのおく地とは、[二〇]さしあひてぞあんなる。」と申ける。

（したゝめ）テ」
一一　この次に今昔物語「然レドモ遙ニ高キ巖ノ岸ニテ上ハ滋キ山ニテ有ケレバ、可レ登キ様モ無カリケレバ、遙ニ山ノ根ニ付テ差廻リ見ケルニ」
一二　石狩川のことかという。
一三　蝦夷人。
一四　今昔物語「一騎打出ヅ」
一五　喋りあって。
一六　徒歩の者。
一七　今昔物語「渡瀬」
一八　馬を幾匹も筏のように密着して渡ること。
一九　際限もなく。
二〇　向き合っているそうな。

## 三　賀茂祭ノ帰サ武正・兼行御覧ノ事*

是も今はむかし、賀茂祭[一]のともに、下野武正[二]・秦兼行つかはしたりけり。そのかへさ[三]、法性寺殿[四]、紫野[五]にて御覧じけるに、武正・兼行、『殿下御覧ず[六]』としりて、ことに引《ひき》つくろひてわたりけり。武正、ことに氣色《けしき》してわたる。次に兼行又わたる。おの〳〵とり〴〵にいひしらず。殿、御覧じて、「今一度北へわたれ。」と仰ありければ、又北へわたりぬ。さてあるべきならねば又南へ歸わたるに、このたびは兼行さきに南へわたりぬ。次に武正わたらんずらんと人々まつ程に、武正やゝ久しくみえず。こはいかにとおもふ程に、むかひに引たる幔《まん》[七]より東をわたるなりけり。いかに〳〵と待けるに、幔の上より冠のこじ[八]計《ばかり》見えて、南へわたりけるを、人々猶すぢなき[九]ものの心ぎはなりとなむほめけりと歟《か》。

## 四　門部府生海賊ヲ射返ス事

是も今はむかし、かどべ[一〇]の府生《ふしやう》といふ舎人《とねり》ありけり。わかく身はまづしくてぞありけるに、まゝき[一一]をこのみて射《い》けり。よるも射ければ、わづかなる家

* 古事談巻六に見える話。
一 賀茂神社の祭のお供として。巻六第六話参照。
二 巻四第一〇話参照。
三 帰途。
四 藤原忠通。巻四第一〇話参照。
五 山城国愛宕郡大徳寺辺（京都市）
六 法性寺殿下（忠通）
七 幔幕。
八 （巾子）冠の頂上の高い所。髪を入れるためのもの。
九 いいがいのない者にしては気の利いた心遣いである。
一〇 府生は衛門府などの下官。
一一 （真巻）弓の一種。和名抄「細射、和名万々岐由美」稽古矢の一種という。

の[一二]葺板をぬきて、ともしていけり。妻もこの事を[一三]うけず。近邊の人も、「あはれ、よしなき事し給物かな。」といへども、「我家もなくて、まと射んは、たれもなにかくるしかるべき。」とて、猶ふき板をともしている。これをそしらぬもの、ひとりもなし。かくする程に、[一五]葺板みなうせぬ。はてには、[一四]たる木・こまひをわりたきつ。又後には、棟《むね》・うつばり燒《たき》つ。後には、けた・柱みなわりたきつ。「これあさましき物のさまかな。」といひあひたる程に、板敷・[一六]したげたまで、みなわりたきて、隣の人の家にやどりたりけるを、[一七]家主此人のやうだいみるに、此家もこぼちたきなむずと思て、いとへども、「さのみこそあれ。待給へ。」などいひてすぐる程に、よく射《いる》よしきこえありて、めしいだされて[一八]賭弓《のりゆみ》つかうまつるに、めでたくいければ、叡感ありて、はてには[一九]相撲《すまひ》の使にくだりぬ。よき相撲どもおほく催し出《いで》ぬ。又かずしらず物まうけて、のぼりけるに、[二〇]かばね嶋といふ所は海賊のあつまる所なり。過行程《すぎゆくほど》に、ぐしたるもののいふやう、「あれ御覧候へ。あの舟共は海賊の舟どもにこそ候めれ。こはいかがせさせ給べき。」といへば、此かどべの府生いふやう、「をのこ、なさわぎそ。千萬人の海賊ありとも、今みよ。」といひて、[二一]皮子《かはご》より賭弓《のりゆみ》の時きたりける裝束とりいでて、[二二]うるはしくしやうぞきて、冠・[二三]老懸《おいかけ》など、あるべき定《ちやう》にしければ、從者ども、「こは物にくるはせ給か。叶はぬまでも、楯つきなどし給へかし。」と[二四]いりめきあひたり。うるはしくとりつけて、

一二　屋根の葺板をはぎとって篝火にともして矢を射た。
一三　（承けず）承認しない。
一四　棰（たるき）、こまひぬき。
一五　梁（はり）。
一六　床下の桁。
一七　そうばかりであろうか。
一八　正月一八日弓場殿で天皇が舎人の弓射の勝負を観覧した儀式。
一九　諸国へ力士を募集しに行く使。巻二第三話参照。
二〇　備前国児島郡（岡山県）という。
二一　皮を張った箱。
二二　きちんと装束つけて。
二三　武官の冠の両耳の上につけた花形の毛。
二四　いらだちあった。気色だちあった。

[一]かたぬぎて、めて[二]・うしろみまはして、屋形のうへに立《たち》て、「今は四十六ぶに[三]よりきにたるか。」といへば、従者ども「大かた、とかく申すに及ばず。」とて、黄水[四]をつきあひたり。「いかに。かくよりきにたるか。」といへば、「四十六ぶにちかづきさぶらひぬらん。」といふ時に、うはやかた[五]へいでて、あるべきやうにゆだち[六]して、弓をさしかざして、しばしあつて、うちあげたれば、海賊[七]が宗《むね》との物、くろばみたる物きて、あかき扇をひらきつかひて、「とくとくこぎよせて、のりうつりて、うつしとれ[八]。」といへども、この府生さわがずして、引かためてとろ〳〵と[九]はなちて、弓たほしてみやれば、この矢、目にも見えずして、宗との海賊がゐたる所へ入《いり》ぬ。はやく左の目に此いたつき[一〇]たちにけり。海ぞく「や。」といひて、扇をなげすてて、のけざまにたほれぬ。矢をぬきてみるに、うるはしく戦などする時のやうにもあらず。ちり計《ばかり》の物なり。これを、此海賊どもみて、「やゝ、これは、うちある矢[一一]にもあらざりけり。神箭[一二]なりけり。」といひて、「とく〳〵おの〳〵こぎもどりね。」とて迯《にげ》にけり。この時、門部府生、うすわらひて、「なにがしらがまへには[一三]、あぶなくたつやつ原《ばら》かな。」といひて、袖うちおろして[一四]、こつばきはきてゐたりけり。海賊さわぎ迯《にげ》ける程に、袋一《ひとつ》など少々物共おとしたりける、海にうかびたりければ、此府生とりて、笑ひてゐたりけるとか。

一 肩肌ぬいで。
二 右手。
三 矢の中る距離。「ぶ」は「歩」
四 船酔で胃液を吐きあった。
五 （上屋形）上方の屋形。
六 （弓立）矢を放つ身構え。
七 海賊のおもだった者。
八 品物を移し取れ。
九 ゆるゆると。
一〇 鏃の平らな稽古矢。巻七第七話参照。
一一 普通にある矢。
一二 神の矢。
一三 我らの前には。
一四 腕まくりした袖をもとのようにおろして小唾を吐いて。

## 五　土佐ノ判官代通清、人違シテ關白殿ニ奉ルレ合ヒ事*

是も今はむかし、土佐判官代通清[一五]といふもの有けり。哥《うた》をよみ源氏《げんじ》[一六]・狹衣《さごろも》などをうかべ、花の下・月の前とすき[一七]ありきけり。かかるすき物[一八]なれば、後《ご》[一九]德大寺《とくだいじ》左大臣、「大内の花みんずるに、かならず。」といざなはれければ、通清『目出《めで》き事に[二〇]あひたり』と思て、やがて破車《やれぐるま》にのりてゆく程に、あとより車二三《ふたつみつ》ばかりして人のくれば、うたがひなき此左大臣のおはすると思て、尻の簾をかきあげて、「あなうたて〳〵。とく〳〵おはせ。」と、扇を開《ひらき》てまねきけり。はやう關白殿[二一]の物へおはしますなりけり。まねくをみて、御ともの隨身《ずゐじん》馬をはしらせて、かけよせて車の尻の簾を[二二]かりおとしてけり。其時ぞ通清あわてさわぎて、前よりまろびおちける程に、烏帽子落《おち》にけり。いと〳〵不便《ふびん》なりけりとか。すきぬる物は、すこしをこにもありけるにや。

## 六　極樂**寺ノ僧施ス二仁王經ノ驗ヲ一事

これも今はむかし、堀川太政大臣[二三]と申人、世心ち[二四]大事にわづらひ給ふ。御祈どもさま〴〵にせらる。世にある僧どものまゐらぬはなし。まゐりつどひ

＊ 十訓抄巻上、第一にも見える話。
一五 十訓抄「道清」醍醐源氏清雅の子に蔵人通清があり、千載集の歌人。
一六 源氏物語（紫式部作）や狭衣物語（大弐三位作？）などを暗誦し。
一七 「好（す）き歩きけり」か。または「過ぎ……」か。
一八 風流人。
一九 藤原実定。右大臣公能の一男。建久二年逝。年五三。
二〇 「大内山」で、仁和寺のことか。
二一 藤原基通（基実の一男）のことか。
二二 十訓抄「やりおとしてけり」
＊＊ 今昔物語巻一四第三五話・古本説話集第五二話と同話。
二三 藤原基経。良房の子。従一位・関白・太政大臣。寛平三年逝。年五六。昭宣公と諡した。
二四 疫病を重くわずらい。愚管抄巻六「頼家ハ世ノ中心チノ病ニテ」

て御祈どもをす。殿中さわぐ事かぎりなし。爰《こゝ》に[一]極樂寺は殿の造給へる寺也。其寺に住みける僧ども、「御祈せよ。」といふ仰もなかりければ、人もめさず。此時に或僧の思けるは、『御寺にやすく住事は殿の[二]御とくにてこそあれ。殿うせ給なば世にあるべきやうなし。めさずともまゐらん』とて、[三]仁王經をもちたてまつりて、殿にまゐりて、物さわがしかりければ、[四]中門の北の廊のすみにかゞまりゐて、[五]つゆめもみかくる人もなきに、仁王經を他念なくよみたてまつる。二時計《ふたときばかり》ありて殿仰らるゝやう、「極樂寺の僧なにがしの[六]大《だい》とこや、これにある。」と尋給に、或人「中門の脇の廊に候。」と申ければ、「それ此方《こなた》へよべ。」と仰らるゝに、人々『あやし』と思《おもひ》、そこばくのやんごとなき僧をばめさずして、かくまゐりたるをだに、よしなしと見ゐたるをしも、めしあれば、心もえず思へども、行てめすよしをいへば、まゐる。高僧どものつきならびたるうしろの[七]えんにかゞまり居たり。さて「まゐりたるか。」とはせ給へば、「南の簀子《すのこ》に候。」よし申せば、「内へよび入《いれ》よ。」とて、臥《ふし》給へる所へめし入れらる。[八]むげに物も仰られずおもくおはしつるに、この僧めすほどの御氣色《けしき》、[九]こよなくよろしくみえければ、人々あやしく思けるに、の給ふやう、「ねたりつる夢に、おそろしげなる鬼どもの、我身をとり〳〵に[一〇]打《うち》れうじつるに、[一一]びんづらゆひたる童子の[一二]ずはえ持《もち》たるが、中門のかたより入《いり》きて、ずはえして此鬼どもを打はらへば、鬼どもみな逃《にげ》ちりぬ。『何ぞの童《わらは》のかく

一 山城国深草（京都市）にある。
二 殿様（堀川太政大臣基経）の御蔭。
三 仁王護国般若波羅蜜経。二巻。
四 寝殿造りで対（たい）の屋と釣殿との間に在る門。
五 少しも目をつける人もない所に。
六 （大徳）徳高い僧の称。
七 縁。
八 むやみに。めったに。
九 この上もなく。
一〇 （打凌じ）打ちさいなんだ。今昔物語「掕躒シツル程ニ」
一一 男の髪の結い方。巻一〇第一〇話「びづら」
一二 （楚）細く伸びた枝の杖。

はするぞ』ととひしかば、『極樂寺のそれがしが、かくわづらはせ給事、いみじう歎申て、年來《としごろ》よみたてまつる仁王經を、今朝より中門のわきにさぶらひて、他念なく讀み奉て祈申侍る。その聖の護法[一三]の、かくやませたてまつる惡鬼どもを、追拂侍る也』と申《まうす》とみて、夢さめてより、心ちの[一四]かいのごふやうによければ、その[一五]悅《よろこび》いはんとてよびつる也。」とて、手をすりてをがませ給て、棹にかゝりたる御衣をめしてかづけ[一六]給。「寺に歸て、猶々御祈よく申せ。」と仰らるれば、悅てまかりいづる程に、僧俗の見思へるけしき、やんごとなし。中門の腋に、[一七]日めもすにかゞみゐたりつる、おぼえなかりしに、ことの外[一八]びびしくてぞ罷出《まかりいで》にける。されば人の祈は、僧の淨不淨にはよらぬ事也。只心に入《いり》たる、驗あるもの也。「[一九]母の尼して祈をばすべし。」と、むかしよりいひつたへたるもこの心なり。

## 七　伊*良縁世恆給㆓ハル毘沙門ノ御下文㆒ヲ事

いまはむかし、越前國に伊[二〇]良縁の世《よ》恆《つね》といふ物有けり。[二一]とりわきて、つかまつる毘[二二]沙門に、物をくはで、物のほしかりければ、「助給へ。」と申ける程に、「かどに、いとをかしげなる女[二三]の、『家《いへ》あるじに物いはん』との給ふ。」といひければ、「誰にかあらん。」とて出《いで》あひたれば、かはらけに物をひともり、

一三　護法童子。巻一第九話参照。
一四　搔い拭う。ふきとる。
一五　お礼をいおう。
一六　引出物とされた。
一七　終日。一日中。「ひねもす」と同じ。
一八　美々しくて。
一九　当時の諺であろう。母は子を思う至情をもって祈るからである。
＊　古本説話集第六一話・今昔物語巻一七第四七話「生江世経仕㆓吉祥天女㆒得㆑富語」と同話。元亨釈書巻二九拾異志にも見える。
二〇　今昔物語「生江世経」古本説話集「伊曾へ野よつね」「伊良縁」「伊曾へ」は「伊具縁」の誤写かとも考えられる。元亨釈書「大江諸世」
二一　取分けて。特に。
二二　多聞天。巻八第三話参照。今昔物語には「吉祥天女」
二三　古本説話集「女房」

「これくひ給へ。物ほしとありつるに。」とて、とらせたれば、悦てとり入《いれ》て、たゞすこし食《くひ》たれば、やがて飽《あき》みちたる心ちして二三日《ふつかみか》は物もほしからねば、これをおきて、物のほしきをりごとに、すこしづつくひてありける程に、月《つき》比過《ごろすぎ》て、此物もうせにけり。「いかがせむずる。」とて、又念じたてまつりければ、又[一]ありしやうに人のつげければ、始にならひて、まどひ出《いで》てみれば、ありし女房の給ふやう、「これくだしぶみ[二]たてまつらん。これより北の谷峯百町を越えて中に高き峯あり。それにたちて『なりた』[三]とよばば、ものいで[四]きなん。それにこのふみを見せて、たてまつらん物をうけよ。」といひていぬ。このくだし文《ぶみ》をみれば、『米二斗わたすべし』とあり。やがてそのまゝ行て見ければ、實《まこと》に高き峯あり。それにて「なりた。」とよべば、おそろしげなるこゑにて、いらへて出《いで》きたる物あり。みれば額に角《つの》おひて目一《めひとつ》ある物、あかきたふさき[五]したる物出來《いでき》て、ひざまづきてゐたり。「これ御下文《くだしぶみ》なり。此米えさせよ。」といへば、「さる事候。」とて下文をみて、「是は『二斗』と候へども、『一斗をたてまつれ』となん候《さぶらひ》つる也。」とて、一斗をぞとらせたりける。そのまゝに請取《うけとり》て歸て、その入《いれ》たる袋の米をつかふに、一斗つきせざりけり。千萬石とれども、只同じやうにて一斗はうせざりけり。これを國守ききて、此よつねをめして、「其袋我にえさせよ。」といひければ、國のうちにある身なれば、えいなびず[六]して、「米百石のぶんたてまつる。」といひて

一　この前のように。
二　（下文）命令の文書。
三　今昔物語「其ノ峯ノ上ニ登テ修陀々々ト呼バ」龍王の難陀（なんだ）に関係があるか（野村八良氏説）
四　去った。
五　原本「たうさき」褌。
六　断れないで。

とらせたり。一斗とれば又いできく〲してければ、『いみじき物まうけたり』と思て、もたりける程に、百石とりはてたれば、米うせにけり。袋計《ばかり》に成《なり》ぬれば、ほい[七]なくして返しとらせたり。世恆がもとにて、又米一斗出《いで》きにけり。かくて、えもいはぬ長者にてぞありける。

## 八　相應和尚上ル㆓都卒天㆒ニ事、付染殿后ヲ奉ル㆑祈リ事*

今はむかし、叡[八]山無動寺に相[九]應和尚といふ人おはしけり。比[一〇]良山の西に、[一一]葛川《かつらがは》の三[一二]瀧といふ所にも通《かよひ》て行《おこなひ》給けり。其瀧にて不[一三]動尊に申給はく、「我を負《おひ》て[一四]都卒《とそつ》の内院彌勒菩薩《みろくぼさつ》の御許にゐて行給へ。」と。あながちに申ければ、「極《きはめ》てかたき事なれど、しひて申事なれば、ゐてゆくべし。其の尻を洗へ。」と仰ければ、瀧の尻にて水あみ、尻よく洗て、明王の頭に乘て都卒天にのぼり給ふ。爰《こゝ》に内院の門の額に、『妙法蓮華』と書《かゝ》れたり。明王の給はく、「これへ參入の者は[一五]此經を誦《ず》して入《いれ》。誦《ず》せざれば、いらず。」との給へば、はるかに見上て相應の給はく、「我此經讀《よみ》はよみ奉る。誦《ず》する事いまだ叶はず。」と。明王「さては口惜《くちをしき》事也。其義ならば參入叶《かなふ》べからず。歸て法華經を誦してのち、參給へ。」とて、搔負《かきおひ》給て、葛川へ歸給ければ、泣悲しみ給事限なし。さ

七　不本意で。

＊　本朝法華験記巻上、第五叡山無動寺相応和尚の条・拾遺往生伝巻下・元亨釈書巻一〇相応伝・相応和尚伝・今昔物語巻二〇第七話参照。
八　比叡山東塔の別所。
九　近江国浅井郡（滋賀県）の人。慈覚の弟子。延喜一八年逝。年八八。
一〇　近江国滋賀郡（滋賀県）
一一　相応の開山たる不動堂（葛川寺）のある地。
一二　帝王編年記、貞観元年「相応和尚於㆓葛川第三清滝㆒拝㆓生身不動㆒……」により「三ノ滝」と読むかという（野村氏説）
一三　不動明王。
一四　都卒天の内院は弥勒菩薩が常在して説法するという（弥勒上生経）
一五　法華経を暗誦して。

て本尊の御前にて經を誦し給てのち、本意を遂《とげ》給けりとなむ。其不動尊は今に無動寺におはします[一]等身の像にてぞまし〳〵ける。

其和尚、かやうに奇特の效驗おはしければ、[二]染殿《そめどの》の后《きさき》[三]物氣《もののけ》になやみ給《たまひ》けるを、或人申けるは、「[四]慈覺大師の御弟子に、無動寺の相應和尚と申すこそ、いみじき行者にて侍れ。」と申しければ、めしにつかはす。則御使につれてまゐりて中門にたてり。人々みれば、長《たけ》高き僧の鬼のごとくなるが、[五]信濃布を衣にき、榲《すぎ》の平足駄《ひらあしだ》をはきて、大木槵子《だいもくれんじ》の念珠を持《もて》り。「其體《そのてい》御前に召《めし》あぐべき物にあらず。[六]無下《むげ》の下種《げす》法師にこそ。」とて、「たゞ簀子《すのこ》の邊に立ながら加持申べし。」と、おの〳〵申て、「御階《みはし》の高欄《かうらん》のもとにて、立《たち》ながら候へ。」と仰下しければ、御階の東の腋の高欄に立ながら押かゝりて祈たてまつる。宮は寢殿《しんでん》の母屋《もや》に伏給《ふしたまふ》。いとくるしげなる御こゑ時々簾の外にきこゆ。和尚纔《わづか》に其御聲をききて、高聲《かうじやう》に加持したてまつる。其こゑ、明王も現じ給《たまひ》ぬと、御前に候《さぶらふ》人々の身の毛よだちておぼゆ。しばしあれば、宮、紅の御衣二計《ふたつばかり》におしつゝまれて、鞠《まり》のごとく簾中よりころび出《いで》させ給て、和尚の前の簀子に投置たてまつる。人々さわぎて、「いと見ぐるし。内へ入《いれ》たてまつりて、和尚も御前に候へ。」といへども、和尚「[七]かかるかたゐの身にて候へば、いかでか、まかりのぼるべき。」とて更にのぼらず。はじめ召《めし》あげられざりしを、[八]やすからずいきどほり思て、たゞ簀子にて宮を四五尺あげて打奉る。人々し

一　願主の身長と等しい仏像。
二　藤原明子。染殿良房の女、文徳帝の后、清和帝の母。昌泰三年逝去。年七二。拾遺往生伝・元亨釈書では右大臣良相（良房の弟）の女西三条女御（多美子）。重病の時の事と伝える。
三　霊の祟。
四　僧円仁。巻一三第一〇話参照。
五　信濃国産の粗布。
六　極めて下等の僧。
七　乞食。
八　気にくわず。面白からず。

わびて、御几帳どもをさし出して、たてかくし、中門をさして[九]人をはらへども、きはめて[一〇]顕露《けんろ》なり。四五度計打奉て、投入《なげいれ》〱祈ければ、もとのごとく内へ投入《なげいれ》つ。其後、和尚まかり出《いつ》。「しばし候へ。」と留《とどむ》れども、「久く立《たち》て腰いたく候。」とて、耳にもきき入《いれ》ずして出《いで》ぬ。宮は投入《なげいれ》られて後、御物氣《おんもののけ》さめて御心ちさわやかになり給ぬ。[一一]験徳あらたなりとて、[一二]僧都に任《にんず》べきよし宣《せん》下せらるれども、「かやうのかたゐは、何條《なんでふ》[一三]僧綱《そうごう》に成《なる》べき。」とて返し奉る。其後も召されけれど、「京は人を賤《いやし》うする所なり。」とて、更にまゐらざりけるとぞ。

## 九　*仁戒上人往生ノ事

是も今はむかし、[一四]南京に[一五]仁戒上人といふ人有けり。[一六]山階寺の僧なり。才學、寺中にならぶ輩なし。然《しかる》に俄に道心をおこして、寺を出《いで》んとしけるに、その時の別當[一七]興正僧都《こうしやうそうづ》、いみじう惜みて制しとゞめて出し給はず。[一八]しわびて、西の里なる人の女を妻《め》にして通《かよひ》ければ、人々やう〱さゝやきたちけり。人にあまねくしらせんとて、家の門に此女の頸にいだきつきて、うしろに立そひたり。行とほる人みて、あさましがり、心うがる事かぎりなし。いたづら物に成《なり》ぬと人にしらせんためなり。さりながら、此妻と相具しながら更に近づ

九　鎖し固めて。
一〇　あらわに見えること。あらたか。顕著。
一一　あらたか。顕著。
一二　僧官の一、僧正の下、律師の上。
一三　三綱（僧正・僧都・律師）の総称。
＊　古事談巻三・続本朝往生伝には仁賀（増賀の弟子）に関する話としている。
一四　奈良。北京（京都）に対する語。
一五　続本朝往生伝「砂門仁賀者大和国人也。住ニ多武峰一以ニ増賀一為レ師。本是興福寺英才。深恐ニ後世一全弃ニ名聞一或称レ嫁ニ寡婦一或称レ有ニ狂病一不レ随ニ寺役一。一生念仏、最後不レ乱、弟子等依ニ其遺言一居ニ於棺中一瘞ニ於垣下一身体不ニ爛壊一」
一六　興福寺。
一七　僧叡尊。奈良西大寺に住し、正応三年（一二九〇）逝。年九〇。興正菩薩と諡号された。しかしここは興福寺別当、貞観元年別当、元慶七年逝去の興昭かともいう（佐藤亮雄氏説）
一八　当惑して。

く事なし。堂に入《いり》て、夜もすがら眠《ねむら》ずして涙をおとして行ひけり。此事を別當僧都聞《きき》て、彌《いよいよ》たふとみて喚《よび》よせければ、しわびて逃て、[一]葛下郡《かつらのしものこほり》の郡司《ぐんじ》が聟に成《なり》にけり。念珠などをもわざと持《もた》ずして、只心中の道心は彌《いよいよ》堅固に行《おこなひ》けり。こゝに[二]添下郡《そふのしものこほり》の郡司、此上人に目をとめて、ふかくたふとみ思ければ、跡を定めずありきける尻に立《たち》て、衣食・沐浴等をいとなみけり。上人思やう、『いかに思て、此郡司夫妻は、ねんごろに我を[三]訪《とふ》らん』とて、その心を尋ければ、郡司答《こたふ》るやう、「何事か侍らん。たゞ貴く思侍れば、かやうに仕也《つかうまつるなり》。但一言《ひとこと》申さんと思事あり。」といふ。「何事ぞ。」と問へば、「御臨終の時いかにしてか値《あひ》申べき。」といひければ、上人、心にまかせたる事のやうに、「いとやすき事に有なん。」と答《こたふ》れば、郡司、手をすりて悦けり。さて年比過て、或冬、雪ふりける日、暮《くれ》がたに、上人、郡司が家に來《き》ぬ。郡司喜《よろこび》て、例の事なれば、食物下人どもにもいとなませず、夫婦手づからみづからして[四]めさせけり。湯などもあみて伏《ふし》ぬ。曉は又郡司夫婦とくおきて、食物種々にいとなむに、上人の臥給へる方かうばしき事限なし。匂一家に充滿《みちみて》り。『是は名香など燒給《たきたまふ》なめり』とおもふ。曉はとく出《いで》んとの給《たまひ》つれども、夜明《あく》るまでおき給はず。郡司「御粥いできたり。此由申せ。」と御弟子にいへば、「[五]腹あしくおはする上人なり。あしく申て打《うた》れ申さん。いまおき給なん。」といひてゐたり。さる程に日も出《いで》ぬれば、[六]例《れい》はかやうに久しくは、ね給はぬに、あや

一　大和国（奈良県）。今は葛下・広瀬二郡を併せて北葛城郡となった。

二　大和国。今は添下・平群二郡をあわせて生駒郡となった。

三　「訪」は、トフ、又はトブラフ。

四　食べさせた。

五　立腹し易い。怒りっぽい。

六　いつもは。平生は。

七　西方阿弥陀浄土に向って。

しと思て、よりておとなひけれど、おとなし。ひきあけてみれば、[七]西に向《むかひ》端坐合掌して、はや死《しに》給へり。淺增《あさまし》き事限なし。郡司夫婦・御弟子どもなど、[八]泣悲み、かつはたふとみをがみけり。『曉かうばしかりつるは、[九]極樂の迎なりけり』と思《おもひ》あはす。「[一〇]をはりにあひ申さん。」と申《まうし》しかば、「こゝに來《きたり》給てけるにこそ。」と、郡司泣々《なくなく》葬送の事もとりさたしてけるとなん。

## 一〇　秦*始皇自二リ天竺一ニ來ル僧ヲ禁獄ノ事

いまは昔、もろこしの[一一]秦始皇《しんのしくわう》の代に天竺より僧[一二]渡れり。御門《みかど》、あやしみ給て、「これはいかなるものぞ。何事によりて來《きた》れるぞ。」僧申ていはく、「[一三]釋迦牟尼佛《さかむにぶつ》の御弟子也。佛法をつたへむために、はるかに西天《さいてん》より來たり渡れるなり。」と申ければ、御門はらだち給て、「その姿きはめてあやし。頭のか[一四]みかぶろなり。衣のてい、[一五]人にたがへり。佛の御弟となのる。佛とはなにものぞ。これはあやしきものなり。[一六]たゞに返すべからず。[一七]人屋にこめよ。今よりのち、かくのごとくあやしき事いはん物をば、[一八]ころさしむべき物也。」といひて、人屋にすゑられぬ。「ふかくとぢこめて、おもくいましめておけ。」と、宣旨をくだされぬ。人屋のつかさのもの、宣旨《せんじ》のまゝに、おもく罪ある物おく所にこめておきて、戸にあまた、[一九]じやうさしつ。此僧「惡王に逢て、

八　板本「かなしみ、なきみ」（悲しんだり泣いたりして）

九　二十五菩薩の来迎。

一〇　臨終。

*　打聞集第二話・今昔物語巻六第一話・法苑珠林巻一二千仏篇感応縁・仏祖統記巻三四法運通塞志などにも見える話。

一一　名は政。荘襄王の子。在位三七年、天下を統一して皇帝と称した。

一二　今昔物語「名ヲ釈ノ利房ト云フ。十八人ノ賢者ヲ具セリ。亦法文聖経ヲ持テ来レリ」

一三　迦毘羅城主浄飯王の子。仏教の開祖。「釈迦」は王族の名。「牟尼」は仙（聖人）のこと。「仏」は覚者。

一四　（禿）坊主頭をいうのであろう。

一五　常人。

一六　このままに。

一七　獄屋。

一八　打聞集「ころしむべきなり」今昔物語「可レ令ニ見懲一キ故也」

一九　錠をかけた。「じゃう」は、「鎖」の音か（渡辺綱也氏）

かくかなしき目をみる。わが本師釋迦牟尼《さかむに》如來《にょらい》、[一]滅後なりとも、[二]あらたにみ給《たまふ》らん。我を助給へ。」と念じ入《いり》たるに、釋迦佛、[三]丈六の御姿にて、[四]紫磨黄金《しまわうごん》の光をはなちて、空より飛《とび》きたり給て、この獄門を踏《ふみ》やぶりて、此僧をとりてさり給《たまひ》ぬ。そのついでにおほくの盗人どもみな逃《にげ》さりぬ。獄の司、空に物のなりければ、いでてみるに、金の色したる僧の、光をはなちたるが、大《おほき》さ丈六なる、空より飛來りて、獄の門をふみ破て、こめられたる天竺の僧を取《とり》て行《いく》おとなりければ、このよしを申《まうす》に、御門いみじくおぢおそり給けりとなん。其時にわたらんとしける佛法、世くだりての漢[五]にはわたりけるなり。

## 二　後*ノ千金ノ事

いまはむかし、もろこしに莊子《さうじ》[六]といふ人有《あり》けり。家いみじうまづしくて、けふの食物たえぬ。隣にかんあとう[七]といふ人ありけり。それがもとへ、けふ食《くふ》べき料《れう》の粟[八]をこふ。あとうがいはく、「今五日ありておはせよ。千兩[九]の金をえんとす。それをたてまつらん。いかでか、やんごとなき人に、けふまゐる[一〇]ばかりの粟をばたてまつらん、返々《かへすがへす》おのがはぢなるべし。」といへば、莊子のいはく、「昨日道をまかりしに、あとによばふこゑあり。かへりみれば人なし。たゞ車の輪のあとのくぼみたる所にたまりたる少水に、鮒一《ひとつ》[一一]ふためく。

一　死後。
二　あらたかに。顕著に。今昔物語この上に「神通ノ力ヲ以テ」とある。
三　一丈六尺。
四　紫がかった最上の黄金。
五　今昔物語「其ノ後ニ漢ノ明帝ノ時ニ渡ル也。昔シ周ノ世ニ正教此ノ土ニ渡ル。亦阿育王ノ造レル所ノ塔此ノ土ニ有リ。秦ノ始皇諸ノ書ヲ焼クニ正教モ皆被レ焼ケリ」後漢の明帝八年(六五)に始めて仏教が中国に入ったという。

＊　今昔物語巻一〇第一一話・荘子外物篇・説苑巻一一善説篇などに見える話。
六　名は周。楚の蒙の人。老子の学をうけた。「荘子」の著者。
七　「かんかこう」(監河侯)の誤りか。説苑には「魏文侯」
八　玄米。白げない米。
九　荘子「三百金」
一〇　今日召上るだけの玄米を差上げる事は。
一一　ばたばたする。

なにぞのふなにかあらんと思て、よりてみれば、すこし計《ばかり》の水にいみじう大なる鮒あり。『なにぞの鮒ぞ』ととへば、ふなのいはく、『我は河伯神の使に一二江湖へ行也。それが飛《とび》そこなひて、此溝に落入たるなり。喉かわき、しなんとす。我をたすけよと思て、よびつるなり。』といふ。答ていはく、『我今二三日ありて、江湖といふ所にあそびしにいかんとす。そこにもて行《いき》て、はなさん。』といふに、魚のいはく、『さらにそれまで、え待《まつ》まじ。たゞけふ一四一提《ひとひさげ》ばかりの水をもて喉をうるへ一五よ』といひしかば、さてなんたすけし。鮒のいひしこと我が身にしりぬ一六。さらにけふの命、物くはずば、いくべからず。後《のち》の千のこがね、さらに益《やく》なし。」とぞいひける。それより、後の千金といふ事、一七名譽せり。

## 三　盗跖**與二孔子一問答ノ事

是も今はむかし、もろこしに、りうかくゐい一八といふ人ありき。世のかしこき物にして、人におもくせらる。そのおとゝに一九盗跖《たうせき》といふ物あり。一《ひとつ》の山ふところに住て、もろ〳〵のあしき物をまねき集《あつめ》て、おのが伴侶として、人の物をば我物《わがもの》とす。ありく時は、このあしき物どもをぐすること二〇二三千人也。道にあふ人をほろぼし、恥をみせ、よからぬ事のかぎりを好みて過《すぐ》すに、り

一二　河の神の使者として。和名抄「河伯、一云二水伯一。河之神也。和名、加波乃加美」

一三　今昔物語「高麗ニ行ク也。我レハ東ノ海ノ波ノ神也」原本「江湖」の下に「もと」がある。

一四　提に一ぱいほどの水。今昔物語「一渧ノ水」

一五　潤おせ。

一六　思い知った。

一七　有名になった。

**　今昔物語巻一〇第一五話・荘子巻七盗跖伝に見える話。

一八　柳下恵。荘子「柳下季」春秋の時の魯人。その家に柳樹があって恵徳を行ったので柳下恵と諡号された。

一九　中国で名高い盗賊。荘子盗跖篇「柳下季之弟、名日二盗跖一盗跖従卒九千人、横二行天下一」

二〇　荘子「九千人」

うかくゐい、道を行時に孔子《くじ》に逢《あひ》ぬ。「いづくへおはするぞ。みづから對面して、きこえん[一]とおもふ事のあるに、かしこく逢給へり。」といふ。りうかくゐい「いかなる事ぞ。」ととふ。「教訓しきこえんと思事は、そこの舎弟[二]、もろもろのあしき事のかぎりを好みて、おほくの人をなげかする、など制《せい》し給はぬぞ。」りうかくゐい答《こたへて》云《いはく》、「おのれが申さん事をあへて用《もちふ》べきにあらず。されば、なげきながら年月をふるなり。」といふ。孔子の云、「そこ、をしへ給はずは、我行てをしへん。いかがあるべき。」りうかくゑい云、「さらにおはすべからず。いみじきこと葉《ば》をつくしてをしへ給とも、なびくべき物にあらず。かへりてあしき事いできなん。あるべき[三]事にあらず。」孔子云《いはく》、「あしけれど、人の身をえたる物は、おのづからよき事をいふにつく事もあるなり。それに『あしかりなん。よもきかじ』といふ事は、ひが事也。よし、み給へ。をしへてみせ申さん。」と、こと葉はなちて、盗跖がもとへおはしぬ。馬よりおり門に立《たち》てみれば、ありとある物、しゝ[四]・鳥をころし、もろ〳〵のあしき事をつどへたり。人をまねきて、「魯《ろ》の孔子《くじ》といふものなん、まゐりたる。」といひいるゝに、すなはち使かへりていはく、「おとにきく[五]人也。何事によりてきたれるぞ。人ををしふる人ときく。我をしへにきたれるか。我心にかなはば、もちひん。叶はずは、肝《きも》[六]なますにつくらん。」といふ。その時に孔子すゝみいでて、庭に立《たち》て、まづ盗跖ををがみてのぼりて座につく。盗跖を

一 申し上げよう。
二 家の弟。ここは、お宅の弟の意か。今昔物語「君ガ御弟ノ盗跖」
三 よくないことです。
四 鹿・猪の類。
五 評判に聞く（有名な）人だ。
六 肝を膾（なます。細かく切った肉）に作ろう。「殺そう」の意。

みれば、頭のかみは上[七]ざまにして、みだれたる事蓬《よもぎ》のごとし。目大《おほき》[八]にして見くるべかす。鼻をふきい[九]からし、牙をかみ、ひげ[一〇]をそらしてゐたり。盗跖がいはく、「汝きたれるゆゑはいかにぞ。たしかに申せ。」と、いかれる聲のたかくおそろしげなるをもちていふ。孔子思給、かねてもききし事なれど、かくばかりおそろしきものとは思はざりき。かたちありさまこゑまで人とは覺《おぼえ》ず。きも心もくだけて、ふるはるれど、おもひ念[一一]じていはく、「人の世にある樣《やう》は道理をもちて身のかざりとし、心のおきて[一二]とする物也。天をいたゞき地をふみて四方をかためとし、大[一三]やけをうやまひたてまつり、下をあはれみ人になさけをいたすを事とする物なり。しかるにうけ給《たま》はれば、心のほしきままにあしき事をのみ事とするは、當時は心にかなふやうなれども、終《をはり》あしき物也。されば猶人はよきにしたがふをよしとす。しかれば申《まうす》にしたがひてい[一四]ますかるべき也。その事申さんと思てまゐりつる也。」といふ。時に盗跖いかづちのやうなるこゑをあげて笑ひていはく、「汝がいふ事ども一《ひとつ》もあたらず。そのゆゑは、むかし堯《げう》[一五]・舜《しゆん》と申二人の御門、世にたふとまれ給き。しかれども、その子孫、世に針[一六]さす計《ばかり》の所をしらず。又世にかしこき人は伯夷[一七]・叔齊なり。首[一八]陽山にふせりて飢死《うゑしに》き。又そこの弟子に顔囘[一九]といふ者ありき。かしこくをしへたてたりしかども、不幸にして命みじかし。又おなじき弟子にて、しろ[二〇]といふものありき。ゐい[二一]の門にして殺されき。しかあれば、かし

七　逆立っていて。
八　目が大きくてぐりぐりさせて見る。
九　今昔物語「いらゝかして」
一〇　鬚を反らして。今昔物語「髪ヲイララカシテ」
一一　我慢して。
一二　規律。「掟つ」の名詞形。
一三　宮廷。帝王。
一四　いらっしゃるがよい。
一五　帝堯陶唐氏・帝舜有虞氏。中国上代の理想的天子とされた。
一六　針さすほどの僅少の土地をも領有しない。
一七　殷の孤竹君の二子。周の武王が主君の殷の紂王を討とうとしたのを諫めたがきかれず、恥じて周の粟を食わず、ついに首陽山に餓死したという。
一八　山西省永済県の南。
一九　魯の人。字は子淵。孔子の高弟。聰明。
二〇　子路。仲由、字は子路。卞の人。
二一　衛。

こき輩はつひにかしこき事もなし。我又あしき事をこのめど、災《わざはひ》身にきたらず。ほめらるゝもの四五日に過《すぎ》ず。そしらるゝ物又四五日にすぎず。あしき事もよきことも、ながくほめられ、ながくそしられず。しかれば我《わが》このみにしたがひ、ふるまふべきなり。汝又[一]木を折《をり》て冠にし、皮をもちて衣とし、世をおそり大《おほ》やけにおぢたてまつるも、二《ふた》たび魯《ろ》[二]にうつされ、あとをゑいにけづらる。[三]などかしこからぬ。汝がいふ所誡におろかなり。すみやかにはしり歸りね。一《ひとつ》も用《もちふ》るべからず。」といふ。時に孔子又[四]いふべき事おぼえずして、座をたちて、いそぎいでて馬に乗給に、よくおくしけるにや、[五]轡《くつわ》を二たびとりはづし、鐙《あぶみ》をしきりにふみはづす。これを世の人「[六]孔子《くじ》たふれす。」といふなり。

宇治拾遺物語　終

一　今昔物語「木ヲ刻テ」「折りて」は「ゑりて」の誤りかという。
二　今昔物語「追レ」
三　何て賢くないことか。
四　臆したのか。
五　口輪。ここは馬の口輪についた手綱のこと。
六　孔子のような賢い人も時には失敗する。源氏物語胡蝶巻「恋の山には、くじのたふれ」義経記巻五「あやまちは常の事、孔子の倒れと申す事候はずや」

# 解説

## 一 巻数のこと

宇治拾遺物語は一五巻ということが常識のようになって来たが、これは元来決定的の巻数ではなかった。というのは、今日の流布本の原本となっている万治二年（一六五九）刊の木板本が出版された際、一五巻本が採用されて、はじめて各話に番号を付したと思われ、もともと巻数不定だったが、それから始めて一五巻本が一般と考えられるようになったものと思われる。その以前の古板本である寛永年間（一六二四―一六四四）出版の木活字本は八巻とされて居り、旧宮内省図書寮本の二冊本・八冊本の写本は板本と内容は同一であるのに、二冊本は万治板本の巻一第一話から巻八第五話（東大寺花厳会ノ事）までを「上」の巻とし、巻八第六話以下巻一五の終までを「下」の巻としている。しかも巻八は第七話まできりないものを、第六・第七の二話だけを「下」の巻に入れているのである。また、八冊本も、上本一（巻一第一話―巻三第九話）・上本二（巻三第一〇話―巻三終）・上末一（巻四第一話―巻六第五話）・上末二（巻六第六話―巻八第五話）・下本一（巻八第六話―巻一〇第九話）・下本二（巻一〇第一〇話―巻一二第一三話）・下末一（巻一二第一四話―巻一四第四話）・下末二（巻一四第五話―巻一五終）という分け方がされている。そして、「上末二」の終が二冊本の「上」の終と一致していて、一五巻本とは「上本二」の終が「巻三」の終と一致しているだけである。これは上下二冊だったものを各々四分して八冊としただけのもので、しかもその分け方も気儘なものであったように思われる。そうすると、古板本は八冊本の写本によって複刻されたもので、少くも万治二年板行の板本に至って一五巻本が採用され、それが今日に流布したものであることが伺われる。内閣文庫本は一五巻本である。つまり上本一・上本二の二巻が三巻にされ、上末一から下末二の六巻が恣意的に一二巻にされて、一五巻本とされたものであろうか。後柏原帝永正二年（一五〇五）八月四日書写されたという「本朝書籍目録」に「宇治拾遺物語廿巻」とあるのは、この事からでも今日の宇治拾遺物語をさしたものでないことが知られると思う。それは今昔物語（今日三一巻とされる）の欠巻本だったかも知れない。

## 二　成立年代のこと

宇治拾遺物語の成立年代については、それの「序」を一応検討して見るべきだと思う。この「序」は著者自身の記したものではないとは考えられるが、図書寮本には二冊本にも八冊本にも、完全ではないが含まれて居り、古板本にも収められてある。今、国史大系本を参考にしてその序を三節に分けて摘記すると、先ず第一節には、

「世に宇治大納言物語といふ物あり。此大納言は隆国といふ人なり。……年たかうなりては、暑さをわびて、いとまを申て、五月より八月までは平等院一切経蔵の南の山ぎはに南泉房といふ所にこもりゐられけり。……往来の者、上中下をいはず呼び集め、昔物語をせさせて、我は内にそひふして、語るにしたがひて、おほきなる双紙に書かれけり。天竺の事もあり、大唐の

事もあり、日本の事もあり……様々やう〳〵なり。世の人是を興じみる。十四帖（諸本に「十五帖」）なり。その正本はつたはりて、侍従俊貞といひし人のもとにぞありける。いかになりにけるにか」

とある。即ち大納言源隆国が打聞くままに書きつけた物語なので、宇治大納言物語といったのであろう。この本は、右の俊貞（隆国の三男俊明の曾孫で、俊雅の子である俊定の事かと菊池久吉氏は説かれた）の父俊雅が近衛帝久安五年（一一四九）九月二四日四五歳で歿した人だから、その子の俊貞の許にあったとすると、少くも一二世紀頃には存在していたわけである。この書が、保延六年（一一四〇）後、間もなく書かれたという大江親通の「七大寺巡礼私記」の「興福寺焼亡後造畢間三箇勝事」の条に「口伝云、山階寺（興福寺）之本仏者、丈六釈迦像也……是第三勝事也、宇治大納言物語同レ之」とあるのによれば、保延の頃、既に読まれていたことも推想されるわけである。（川口久雄氏「古本説話集」解説参照）

けれどもその本を「序」の作者自身は見ていないことは、「ありける」と伝聞の形で記し、「いかになりにけるにか」といっているのでも推想されるが、勿論この本は今日には伝えられていないようだ。ただ順徳帝の「八雲御抄」巻一、学書に「宇治大納言隆国」とあり、同帝の承久二年（一二二〇）に書かれた慈円僧正の「愚管抄」巻三に、一条帝の逝去後関白道長がその遺品を処理した時、手箱に蔵められてあった真筆の宣命めかしい物の初めに「三光欲レ明覆二重雲一大精暗」と書かれてあったのを見て、そのまま巻いて焚き上げたという事を「宇治殿（道長の子頼通）は、隆国〔宇治大納言〕には語らせ給ひけるを隆国は記して侍るなれ」と書いているが、その記事は今日の今昔物語にも宇治拾遺物語にも見えないが、それには宇治殿が物語ったという形式で叙せられた話もあったらしく、或はそれは「江談抄」か「打聞集」（崇徳帝長承三年—一一三四—書写か）風のもので、和・漢・梵に亙って、逸話風の話も多く集められていたものではなかったか。それが十四帖（四《よ》は余《よ》の仮名書き「よ」に宛てられたものか）もあったとすると、是も相当なものであったろうと思われる。宇治関白藤原頼通が、父道長から伝えられた宇治院を寺として、初めて法華三昧会を修して平等院と号したのは、後冷泉帝永承七年（一〇五二）三月二八日（扶桑略記）というのだから、隆国が宇治に住して宇治大納言の称を得たのは、この年四九歳より後の事であろう。彼は寺に行われた説経・法談の類にも趣味をもっていたのではあるまいか。

次に「序」の第二節はいう。

「後にさかしき人々かきいれたるあひだ、物語おほくなれり。大納言より後の事かき入れたる本もあるにこそ」

これは恐らく、今日の今昔物語の事かとも考えられるが、はっきりはしない。今日の今昔物語の記事は、源隆国が七四歳で歿した白河帝承暦元年（一〇七七）より後に起った後三年の役まで入っているし、巻数は三一巻もあったらしいもので、それは単に聞き書きの本を増補した程度のものではない、規画堂々たる一大編纂書である。坂井衡平氏も、「今昔物語集の新研究」で述べられたように、一個人の手に成ったと見るべきである。即ち初めから計画的に一貫した方針と組織との下に編著されたものであることは、その説話の類従の為方や、各話の首尾を型の如く「今ハ昔……トナム語リ伝ヘタルトヤ」で終始されている体裁等、外部的証徴からでも伺われる。この今昔物語の成立年代は、諸学者の研究を経て種々の推説が立てられる。山岸徳平博士は小野玄妙氏の所説に基いて、今昔の巻六・七に大部分、巻二・四に若干採用された約六〇に近い説話が三宝感応要略録から採られているが、この書は隆国の歿後十余年の高麗の宣宗の八年即ち堀河帝の寛治四年（?）非濁の手に成って、寛治八年興福寺の永超が集めた東域伝灯目録の中にまだその書名が見えないから、その本の日本伝来期は、寛治八年即ち嘉保元年（一〇九四）以後で、その渡来は永長二年即ち承徳元年（一〇九七）弥陀極楽書等凡そ二〇巻と共にであったかも知れないから、隆国の歿後二一年で、従って今昔の完成は、堀河・鳥羽帝の嘉承・天仁頃か又は、多少前としても長治・嘉承頃の所産であろうと考えて居られる（岩波講座日本文学「日本文学書目解説（二）鎌倉時代（下）」又「今昔物語集概説」参照）次に、片寄正義氏は、非濁の歿年は清寧九年（後冷泉帝の康平六年―一〇六三）だから、源隆国は非濁の歿後、一四年間も生存したことが明らかになるし、三宝感応要略録は少くも非濁の歿年たる康平六年以前の成立でなければならないとし、今昔物語と十条の説話が関係の認められる弘賛法華伝一〇巻（唐僧恵祥の撰）の、日本に於て最も古い伝本と考えられる東大寺本（保安元年僧覚樹によって書写されたという）の奥書の文によって、本書が保安元年に初めて宋人によって高麗国から伝来されたものとするならば、それを引用する今昔物語は少くも保安元年以後の撰述でなければならないとされる。（「今昔物語集の研究」上）

今昔物語は、隆国の原著（宇治大納言物語）或はその増補されたものを参考し、又はその説話の或る物を採り入れたかも分らないが、その編纂の態度は両書大分異っていたものと思われる。とにかく古い頃に今昔物語の名が全く見えない所を見ると、かなり秘蔵されていたらしく、宇治拾遺の序を書いた人さえそれを見たような形跡がない。山岸博士が「今昔物語は、それ以外の題名はなかった。それが後世、編著者を源隆国と信ぜられて、宇治大納言物語の如く称されるに至ったものと見える」（今昔物語集概説）と説かれたのは卓説であると思う。但し今昔物語は或は未定稿であったとも考えられる。多聞院日記の天正一一年（一五八三）一一月八日の条に、

一、大疏抄四十一帖、今昔物語十五帖大門ニ在之。南井坊へ返遣了。

とあるのを、川口久雄氏は「ここに出てくる「今昔物語」という書名は今のところ、文献に「今昔」がみえるはじめと考えられるが、十五帖とあるところをみると、どうやら「宇治拾遺」をさしていると考えられる。」と説かれる。（説話文学の交流）。

後世、今昔物語が宇治大納言物語と同一視されたことは、高倉帝治承元年（一一七七）後間もない頃に書かれたと思われる平康頼の「宝物集」巻一に「殿守ノ伴ノ宮人心アラバコノ春バカリ朝ギヨメスナ」の歌をあげて、「コノ歌、世継並ニ宇治大納言隆国ノ物語ニハ」としてその由来を記しているが、今昔物語巻二四の敦忠中納言南殿桜読ニ和歌一語第三二に同じ話が見える。又、僧無住の後二条帝嘉元三年（一三〇五）の「雑談集」巻九、万物精霊の事の所に、近江の亀を放った男の話を記して「宇治ノ物語ニ有レ之」とするが、これも今昔物語の巻一七、買レ亀放男依ニ地蔵助一得レ活語第二六に相当する。ところが、それより後の「赤門伝記」は、空也と余慶の話を記した所に、「宇治大納言物語曰」としているが、これは宇治拾遺の巻一二、空也上人の臂観音院僧正祈りなほす事に見えて、今昔の方に見えない。そうすると、宇治拾遺までが早くも宇治大納言物語と称されていたことが伺えるのである。

次に「序」にいう。

「さる程に、いまの世に又物がたりかきいれたる、いできたれり。大納言の物語にもれたるをひろひあつめ、又其後の事など書きあつめたるなるべし。名を宇治拾遺の物語といふ。宇治にのこれるをひろふと付《つけ》たるにや、又、侍従を拾遺といへば、宇治拾遺物語といへるにか。」

とある。「いまの世」とあるから、この「序」の宇治拾遺の成立した頃から、さして遠くない頃に書かれたものとは見えるが、しかもその書名の由来はもう分っていなかったのを思うと、もう書名は「宇治拾遺物語」となっていたことは明らかで、而もその書名はその作者自身の命名であったか、後人の命名であったかも明らかではない。勿論、これは「宇治大納言物語の拾遺」という意味でよばれたのであろうか。しかし、書き出しは「今は昔」「これも今は昔」「昔」「これも昔」「この近くの事なるべし」又は、うちつけに書き出したなどがあって、たとい今昔物語と相似する話が一九六話中、八九話の多きに上っていても、今昔物語に拠ったとはいえないようである。

しかし、今昔物語が宇治大納言物語の名でも呼ばれ、更に宇治拾遺までが宇治大納言物語の名でも呼ばれて来たことは確かである。現に図書寮の二冊本の題簽には「う地《拾遺》の大納言の物語」とされている。ところが、ここに宇治大納言という三巻の一冊本があり、又、この異本のような「小世継物語」というのがあるが、これは宮田和一郎氏が「芸文」で「花鳥余情を溯る事これを近くしては源氏物語提要（永享四年）まで四〇年、これを遠くしては河海抄（永和二年）まで約百年の内にこの宇治大納言物語は世に生れたのであるまいかと推断するのである」と説かれたもので、勿論宇治拾遺とは全然別の本であるが、これも各話が「今は昔」で始められているので、この三巻を一冊とした本と、宇治拾遺の一部の一冊とが同一装幀を施されて「宇治拾遺物語」と題してある写本を旧図書寮で見たことがあるが、こうした誤認は多々あったのであろう。

宇治拾遺物語の著作年代について、詳しい考説をされたのは佐藤誠実氏であるが、その根拠とされた所は、

Ａ　巻八「東大寺花厳会の事」に「かの鯖の杖の木、三十四年がさきまでは、葉は青くて栄えたり。この後猶枯木にて立てりしが、この度平家の炎上（悦次曰、治承四年一二月二八日平重衡らの東大寺焼討をさす）に焼け終りぬ。」

Ｂ　巻一〇「堀河院明暹に笛ふかせ給ふ事」に「件の笛、伝はりて今八幡別当幸清が許にありとか。件笛幸清進ニ上当今一、建保三年也。」

Ｃ　巻一二「水無瀬殿鼯の事」に「後鳥羽院（悦次曰、この諡号は仁治三年七月八日に贈られたもの）の御時、水無瀬殿によな〳〵山より云々」

の三点である。そして佐藤誠実・藤岡作太郎（鎌倉室町時代文学史）両博士・高島権一氏（日本文学大辞典巻一）は建保年間説を採られ、菊池久吉氏（今昔物語作者考）は文治四年付近説、坂井衡平氏（今昔物語集の新研究）も寿永・文治年間説、野村八良博士（鎌倉時代文学新論）は治承から仁治頃の間とされ、尾上八郎（日本文学大系巻七解題）・藤井乙男（国文学名著集三解題）両博士は治承から建暦までとされる。ところでここに注意されるのは、後藤丹治氏が、「建久御巡礼記を論じて宇治拾遺の著作年代に及ぶ」の一文に於て、（ａ）建久三年正月撰の建久御巡礼記（久原文庫本）の東大寺華厳会の所を宇治拾遺巻八の第五話と同文たることを指摘し、その「彼鯖ノ木三十年

ノ前マデハ葉青栄タリキ、枯テ後猶枯木ニテ立リキ、此度炎上ニ焼ニシナリ」から、拾遺の文が出たものとされ、だから拾遺は建久三年以後の著作であること。更に（b）古事談の句法から、「件笛云々」の註は宇治拾遺の方が古事談（悦次曰、古事談には、本文に「便件樹焼失之時焼畢」とある）からとったもので、古事談は建暦二年（その最終記事は建暦二年九月）から、建保三年（古事談の作者源顕兼は建保三年二月歿、年五六）までの作であるし、「当今」は順徳帝で、その譲位は承久三年だからそれ以前の著述と見、（c）後鳥羽院の諡号が「本院」とでもあったものの改記としても「何院の御時」という語の書き方は、それが、過去に属する時代であることを示すとして、承久三年以後の記であるとし、つまり「宇治拾遺は建暦二年から承久三年までの或る時期に作られたが、更に承久三年以後に増補された」と説き、その増補者は原著者か後人か断言できないとされた。しかし佐藤亮雄氏（宗教文化2「宇治拾遺物語覚書」）は詳考の上で、古事談と宇治拾遺の話の相似は、同じような材料による兄弟関係と推考され、古事談の編纂が建暦二年（一二一二年）以後に行われたことを確認し、宇治拾遺は建久二年（一一九一年）以降まもなく大部分の編纂が終ったものと考えられた。

愚考するのに、治承四年（一一八〇）一二月二八日の平家の東大寺焼討事件以後の作であることは確かであろうが、建久六年（一一九五）三月一二日東大寺再興以前と見れば、大体一二世紀終り頃に一先ず成り、少くも建保三年（一二一五）以後・仁治三年（一二四二）七月八日以後の二回は加筆があると見る程度で満足する外はないように思う。

なお、宇治拾遺物語の作者の名は未詳である。私は以前、巻一五「清見原天皇与二大友皇子一合戦事」に高階氏のことが力を入れて特筆されていることから、宇治拾遺の作者は、高階氏の某かと想像したこともあるが、根拠はない。ただ大和物語とか古本説話集とかいう類の短篇物語作者が、説話的興趣にひかれて筆のまにまに説話を雑纂した書と見るべきであろう。

## 三　宇治拾遺物語の説話

宇治拾遺物語の説話数は、

| 巻数 | Ⅰ | Ⅱ | Ⅲ | Ⅳ | Ⅴ | Ⅵ | Ⅶ | Ⅷ | Ⅸ | Ⅹ | Ⅺ | Ⅻ | XIII | XIV | XV | |
|---|---|---|---|---|---|---|---|---|---|---|---|---|---|---|---|---|
| 話数 | 18 | 14 | 20 | 17 | 13 | 9 | 7 | 7 | 8 | 10 | 12 | 24 | 14 | 11 | 12 | 196 |

となり、合計一九六話であるが、今日伝わる今昔物語の話と同話と思われるものは八九話の多きに上っている。即ち

**天竺部**

| (今昔巻数) | (拾遺巻数) |
|---|---|
| 一 | ナシ |
| 二 | 6 |
| 三 | ナシ |
| 四 | 12 12 13 |
| 五 | 6 7 13(打) |

**震旦部**

| (今昔巻数) | (拾遺巻数) |
|---|---|
| 六 | 15(打) |
| 七 | ナシ |
| 八 | ? |
| 九 | 8 13(打) 13(打) 13 |
| 一〇 | 2 6 [12] 15 15 |

**本朝部**

| (今昔巻数) | (拾遺巻数) |
|---|---|
| 一一 | 8 12(打) |
| 一二 | 1(古) 8(古) 12 |
| 一三 | ナシ |
| 一四 | 8 15 |
| 一五 | 4 4 |
| 一六 | 6 6 7 9 11 14 |
| 一七 | [1] 3 3 [6] [15] |
| 一八 | ? |

| | |
|---|---|
| 一九 | 4 6 7 9 11 12 12 12 13 |
| 二〇 | 2 2 8 13 13 13 (古)14 |
| 二一 | ? |
| 二二 | ナシ |
| 二三 | 2 2 11 13 14 14 |
| 二四 | 7 [7] 9 10 11 12 14 |
| 二五 | 2 11 |
| 二六 | 1 2 4 4 10 13 14 |
| 二七 | 10 12 13 |
| 二八 | 2 2 7 11 12 13 |
| 二九 | 3 |
| 三〇 | 3 |
| 三一 | 10 10 10 |
| 計 | 八九話 |

(打)は打聞集・(古)は古事談

となる。この表で見ると、宇治拾遺は巻五以外は皆今昔と相似する説話を含み、そして今昔は巻一・二・七・一三・二二（巻八・一八・二一の三巻は欠巻）の五巻以外は、皆宇治拾遺と同話を有するわけである。そして拾遺が今昔と相似する話の八九話中、天竺（印度）の部が八話、震旦（中国）の部が一〇話だけで、他は皆本朝（日本）の部の話である。それから、もし宇治拾遺のそれらの話が今昔から取られたとするなら、余りに採り方が乱雑すぎることは、この表からよく伺えると思う。ましてその同話を一々の説話について比較して見る時は、その修辞上、語句上、扱い上に、かなり異なったものがあり、而もたとい拾遺の作者が創作的意欲に駆られた所があったとしても、説話を故意に変改するほど説話を愛さなかったとは考えられない。それは、打聞集、今昔物語、特に古本説話集とが、大体同時代の作と思われるに関らず、少くも前者には直接的関係がなさそうでありながら、（橋本進吉博士「古典保存会、打聞集」解説参照）、話の筋のはこびの類似があると同様に、相似の理由は他に求められるべきであろう。宇治拾遺と今昔と打聞と相似する話でも、宇治は今昔よりも打聞に近いものがあるが、更に古本説話集に近いものがある。しかも宇治が打聞からとったとも考えられない。この点については、酒井金次郎氏が「打聞集と今昔物語及び宇治拾遺との関係について」の一文に於て、打聞集の二五条中、今昔物語と一致する二〇条の話を、詳細に比較検討して、橋本進吉博士が両書の直接関係を否定された論拠を否定して、「本書（打聞集）が聞いた話を筆録したのでなく文献に拠ったと考へられ、今昔との直接関係を否定する論拠がないのであれば、今昔との交渉を考へねばなるまい。」として、「両書の先後は、今昔の記述の方が詳密な事」「個有名詞が複雑な事」「説話が複雑な事」「今昔の方誤謬少く本書（打聞集）の方が作り変へられてゐる事、等の諸点より今昔物語集が先出で、打聞集は後と認められる。」とされた。この点について私はそれより先、「打聞集考」の小文で、

一　打聞集は説教の私的聞き書き集であること。

二　その編著は僧侶が説教の材料に役立たせようとでもする目的からであること。

三　当時日本種の説話ばかりでなく、外国の多くの説話が書物によってでなく、口伝えによって、かなり説話の内容が固定するまで語りつがれていたこと。

を打聞集から与えられた知識として述べたことがある。同話の内容は勿論、語句修辞などの驚くべき一致は、説話が法話に利用されて僧侶間に伝承され、更に民間に伝承されること久しいものがあったことに由来するものと思う。この事について、筑土鈴寛氏も「百座法談」の研究から同様な結論に達せられた。勿論僧侶以外で長く民間に語り伝えられて来た説話も多数あったに相違ないから、宇治拾遺の説話も殆ど全部が口伝えのものに拠ったと見る方が妥当ではないかと思う。同じ話が各書にあることは選択の偶然という場合がかなり多いことと思う。まして宇治拾遺を見渡すと、鬼に

癭取らるゝ事（巻一）・樵夫歌の事・雀報㆑恩事（巻三）・石橋の下の蛇の事（巻四）・或僧人の許にて氷魚ぬすみ食たる事（巻五）・博打の子聟入の事（巻九）・樵夫の小童隠題の歌よむ事（巻一二）などは、明らかに民間伝承の説話であり、丹波篠村平茸生事・小藤太聟におどされたる事（巻一）・くうすけが仏供養の事（巻九）・空入水したる僧の事（巻一一）・水無瀬殿鼯の事・一条桟敷屋鬼の事（巻一二）などは民間のトピックを収めたものであろうと思う。柳田国男翁が、「昔話と文学」に於て、宇治拾遺巻七第五話の「長谷寺参籠男預㆓利生㆒事」と今昔物語巻一六第二八話との相似から、

「人によると宇治拾遺は今昔を読んで書き直したやうにいふらしいが、それはまだうつかりと信じられない。如何にも双方に共通の話は尚幾つかあるが、一つの土地でほゞ同時代に説話集を書けば重なるのは当り前で、当時この話の有名だつた証拠にはなつても、乙が甲から採つたといふ事にはなり難い。寧ろ知つてゐたら避けたかと思ふから、是は御互に見せ合はなかつた証拠かも知れぬ。」（昭和一一年六月、国学院大学講演）

と説かれたのは卓説であると思う。

ところで、近年発見された梅沢本古本説話集二巻なるものの成立について川口久雄氏が、大治の末年（一一三〇）前後と推定され、他の説話集と比較して、この共通説話の数をA表のように表示された。

いま、宇治拾遺と、古本説話集との同話を見ると、B表のようになる。これで見ると、両書は直接的関係がありそうに思われるが、さて両書の説話を子細に比較して見ると、古本説話集の方はさすがに宇治拾遺よりも語句に於て修辞に於て古い姿を見せていて、両書に親子関係ありと見ても、

| 梅沢本古本説話集 | 今昔物語 | 宇治拾遺物語 | 刊本世継物語 |
|---|---|---|---|
| 上巻　四六 | 一九 | 一一 | 一三 |
| 下巻　二四 | 二一 | 一二 | 一 |
| 計　七〇 | 四〇 | 二三 | 一四 |

A　表

| 宇治拾遺物語 | 古本説話集 | 今昔物語 |
|---|---|---|
| 巻三 第八話 | 第一八話 | |
| 第九話 | 第二〇話 | |
| 第一〇話 | 第二一話 | |
| 第一一話 | 第二五話 | |
| 巻六 第三話 | 第五六話 | 巻三ノ二二話 |
| 第四話 | 第五七話 | 巻一六ノ三七話 |
| 第五話 | 第六四話 | 巻一六ノ六話 |
| 第六話 | 第六六話 | 巻一七ノ四四話 |
| 第七話 | 第六九話 | 巻一九ノ一一話 |
| 巻七 第四話 | 第四九話前半 | 巻一九ノ四〇話 |

| 宇治拾遺物語 | 古本説話集 | 今昔物語 |
|---|---|---|
| 第五話 | 第五八話 | 巻一六ノ二八話 |
| 巻八 第三話 | 第六五話 | 巻一一ノ三六話 |
| 巻九 第三話 | 第五四話 | 巻一六ノ七話 |
| 第六話 | 第四四話 | 巻二四ノ五五話 |
| 巻一二第七話 | 第五九話 | 巻一六ノ三〇話 |
| 巻一三第一〇話 | 第一一話 | |
| 第一一話 | 第三八話 | |
| 第一三話 | 第四〇話 | 巻一九ノ一三話 |
| 第一三話 | 第四一話 | 巻二四ノ四三話 |
| 第一四話 | 第三三話 | |

B　表

第一五話　第二七話前半　巻二七ノ二話　第七話　第六一話　巻一七ノ四七話
巻一五第六話　第五三話　巻一四ノ三五話　計　三三話

そっくり写したものではなく、語りかえているといった感じである。これも直接の関係ではないかも知れない。が、ともかく、大和物語→古本説話集→宇治拾遺物語という文学系列を見るに足る作品であろうとは考えられる。今昔物語は、日本霊異記・三宝絵詞系列の仏教説話集の一展開と見られるもので、編著者の態度や用字・用語などは宇治拾遺とは横の関係はともかく、縦の関係は認められないほど相異している。今一例をあげて見る。

盧至長者語(今昔物語)　今昔、天竺ニ一人ノ長者有リ、盧至ト云フ、慳貪ノ心深クシテ妻ノ眷属ノ為ニ物ヲ悋《ヲシ》ム事無レ限シ、只独人《タダヒトリ》無クシテ静ナル所ニ行テ心ノ如ク飲食セムト思フニ、鳥獣自然ラ此ヲ見テ来ル、此ニ依テ又其所ヲ厭テ外ヘ行ヌ。人モ無ク鳥獣モ不レ来ヌ所尋ネ得テ飲食ス……仏、盧至長者ヲ勧メ誘ヘ給テ為ニ法ヲ説給フ、長者法ヲ聞テ道ヲ得テ歓喜シケリトナム語リ伝ヘタルトヤ

留志長者の事(古本説話集)　いまはむかし、留志長者とてよにたのしき長者ありけり。おほかた、くらも、いくらともなくもち、たのしなどは、このよならずめでたきが、心のくちおしくて、め(妻)にも、こ(子)にも、ましてつかふ物などには、いかにも物くはせ、きすることなし。をのれ、物のほしければ、たゞ人にもみせず、ぬすまはれてくふほどに、物のあかず、おほくほしかりければ、めにいふ「くだ物、をもの、さけ、あはせどもなど、おほらかにしてくれよ。われにつきたる、物をしまずするけんどんのかみ、まつらん」といへば、「物おしむ心、うしなはん」

と思ひて、したつ。まことに、ひともみさぶらはざらん所にいきて、よく〳〵はんと思ひて、そらごとをするなりけり。さて、とりあつめて、ほかゐにいれ、へいじにさけいれなどして、にないていでぬ。「この木のもとに、からすあり。あしこに、すゞめあり。くはれじ」とえりて、ひとはなれたるやまなかのきのしたしたに、とり、けだ物もなく、くらふつべき物もなきに、くひいたる。……かやうに、たいしやくは人みちびかせ給こと、はかりなし。すゞろに、あれが物うしなはんとは、なじかはおぼしめさん。けんどむにて、ぢごくにおつべきを、おとさじとかまへさせ給へれば、めでたくなりぬる、めでたし。

留志長者事（宇治拾遺）今は昔、天竺に留志長者とて、世にたのしき長者ありけり。大方蔵もいくらともなくもち、たのしきが、心のくちをしくて、妻子にも、まして従者にも、物くはせ、きする事なし。をのれの物のほしければ、人にもみせず、かくしてくふ程に、物のあかずおほくほしかりければ、妻にいふやう「飯・酒・くだ物どもなど、おほらかにしてたべ。我につきて物おしみする慳貪の神まつらん」といへば、「物おしむ心うしなはんずる、よき事」と喜て、色色にてうじて、おほらかにとらせければ、うけとりて、人も見ざらん所に行て、よくくはんと思て、ほかゐにいれ、瓶子に酒入などしてもちて出ぬ。「此木のもとには、からすあり、かしこには雀あり」などえりて、人はなれたる山の中の木の蔭に鳥・獣もなき所にてひとり食ゐたり。……かやうに帝尺は、人をみちびかせ給事はかりなし。そゞろに長者が財をうしなはんとは、なにしにおぼしめさん。慳貪の業によりて、地獄に落べきをあはれませ給御心ざしによりて、かくかまへさせ給けるこそ目出けれ。

これで見ると、今昔物語と古本説話集・宇治拾遺物語との性格がどんなものであるかが伺われると思う。そして後二者がその語句からどんなに時代を隔てているかも知られるであろう。云って見れば古本説話集は平安時代的であり、宇治拾遺物語は鎌倉時代的である。

## 四　宇治拾遺物語の特異点

宇治拾遺物語の特異点としては、

1　その文は、大和物語・古本説話集と同系の和文で、平仮名で書かれ国文としてよくこなれている。この点、中世の説話文学中の白眉といえる。

2　内容からいっても、説話的ヴァライエティに富み、説話学上、伝説学上から見ても興味深いものがある。

3　その説話の中には、現代人の心をとらえ、人間の愚かさ・無智さ・はかなさというものを考えさせるものが多い。短篇小説に光った作を残された芥川竜之介氏の「地獄変」は本書巻三の「絵仏師良秀家の焼くるを見てよろこぶ事」からヒントを得、また「鼻」「芋粥」「竜」もやはり本書巻二の「鼻長き僧の事」、巻一の「利仁署預粥事」（今昔物語にもあるが）、巻一〇の「蔵人得業猿沢池竜の事」から題材を求められたものであろう。

4　単に説話の蒐集、教訓のための著述ではなく、各話を一の小物語たらしめようと努めて居り、伝説を類纂する今昔物語の著者のような態度ではなく、昔話を雑纂する態度で著作され、筋ではたわいないものでも、楽しく読ませようとしている。従って今昔物語・古今著聞集のように人物・場所・年代というような固有名詞に重きをおかない。説話としての面白味を生かそうとしている。

5　今昔物語は各話の書き出しを「今ハ昔」、結びを「トナム語リ伝ヘタルトヤ」で統一し、各話を個々のものとして扱っているが、宇治拾遺の方は、前述したように、各話の書き出しも結びも自由で、書き出しなど「今は昔」で統一せず、「これも今は昔」「昔」「これも昔」「近頃の事なるべし」又は突然書き出したりして、変化を与え、内容も各話が自由な連想のままに随筆風に雑纂され、丁度徒然草を見るように、次々に目さきの変化を追うて一冊が読了されるように配慮されている作者の用意が伺われる。この点、整然たる類纂的の今昔物語とは対照的な特異点であるといえよう。

## 五　本書の底本のこと

本文庫に収めた宇治拾遺物語の底本は、既述の旧宮内省図書寮に蔵せられる大判の写本（上下二冊本）で、その書写の年代は明らかでないが、多分江戸時代中期を降るまいと思われる美本で、題簽には「う地《拾遺》の大納言の物語」と記され、「序」を有している。各冊、巻頭に目次が掲げられ、各話で行を改めて、各々右肩に朱墨の短斜線を加えてある。平仮名が主で、寛永古板本・万治二年板本と比較すると、語句の出入はあるが、同系統のものであると思われる。たとい誤脱の箇所はあるにしても、これによって今日までの諸活字本（流布本）の誤を正すに足るものは多数の箇所にのぼると思う。私の改造文庫本以外にこの写本が版行されたものを見ないので、ここに流布本（十五巻本）

の体裁にして底本とした。何といっても板本の誤を訂し得るものがあり、一語一句でも従来疑問を感じられたものの氷解される箇所は多分百箇所を算するであろうと信じる。

宇治拾遺物語に関する参考書目は小文「宇治拾遺物語序説」（跡見学園紀要第四号、昭和三四年度）を参照されたい。

終りに、原稿の浄書その他に協力してくれた次男理（電気通信大学四年生）が脱稿間近い昭和三二年一〇月二八日午後六時一三分二三歳で世を早くして、刊行された本書を見せられないのは残念であった。一本をその霊前に展することにした。

昭和三五年一月末日

中島悦次記

# 索引

一　本書「宇治拾遺物語」本文中の語句の大部分をアイウエオ順に配列した。
一　文學、語學、史學、民俗學、說話學に關係深いと考えられる項目を特に留意して收めた。
一　歷史かなづかいに從つた。

## あ

## し

せ

な

## ま

め



も



や

### ゐ



### ゑ



### を

# 宇《う》治《じ》拾《しゅう》遺《い》物《もの》語《がたり》

## 中《なか》島《じま》悦《えつ》次《じ》＝校註

昭和35年 4月30日　初版発行
令和2年 8月15日　48版発行

発行者●郡司 聡

発行●株式会社KADOKAWA
〒102-8177　東京都千代田区富士見2-13-3
電話 03-3238-8521（カスタマーサポート）
http://www.kadokawa.co.jp/

角川文庫 1896

印刷所●大日本印刷株式会社　製本所●大日本印刷株式会社

表紙画●和田三造



Printed in Japan
ISBN978-4-04-401701-9　C0193

# 角川文庫発刊に際して

角川源義

第二次世界大戦の敗北は、軍事力の敗北であった以上に、私たちの若い文化力の敗退であった。私たちの文化が戦争に対して如何に無力であり、単なるあだ花に過ぎなかったかを、私たちは身を以て体験し痛感した。西洋近代文化の摂取にとって、明治以後八十年の歳月は決して短かすぎたとは言えない。にもかかわらず、近代文化の伝統を確立し、自由な批判と柔軟な良識に富む文化層として自らを形成することに私たちは失敗して来た。そしてこれは、各層への文化の普及滲透を任務とする出版人の責任でもあった。

一九四五年以来、私たちは再び振出しに戻り、第一歩から踏み出すことを余儀なくされた。これは大きな不幸ではあるが、反面、これまでの混沌・未熟・歪曲の中にあった我が国の文化に秩序と確たる基礎を齎らすためには絶好の機会でもある。角川書店は、このような祖国の文化的危機にあたり、微力をも顧みず再建の礎石たるべき抱負と決意とをもって出発したが、ここに創立以来の念願を果すべく角川文庫を発刊する。これまで刊行されたあらゆる全集叢書文庫類の長所と短所とを検討し、古今東西の不朽の典籍を、良心的編集のもとに、廉価に、そして書架にふさわしい美本として、多くのひとびとに提供しようとする。しかし私たちは徒らに百科全書的な知識のジレッタントを作ることを目的とせず、あくまで祖国の文化に秩序と再建への道を示し、この文庫を角川書店の栄ある事業として、今後永久に継続発展せしめ、学芸と教養との殿堂として大成せんことを期したい。多くの読書子の愛情ある忠言と支持とによって、この希望と抱負とを完遂せしめられんことを願う。

一九四九年五月三日

# 角川ソフィア文庫ベストセラー

# 角川ソフィア文庫ベストセラー

# 角川ソフィア文庫ベストセラー

## 宇治拾遺物語
中島悦次校注

鎌倉時代の説話集。今昔物語と共通する説話も多く、仏教説話が多いが民話風な話も多く入っている。和文で書かれ、国語資料としても重要。

## 大鏡
佐藤謙三校注

文徳天皇から後一条天皇まで（八五〇～一〇二五年）の歴史を紀伝体にして藤原道長の権勢を描く。二人の翁の話という体裁で史論が展開される。

## 平家物語 (上)(下)
佐藤謙三校注

仏教の無常観を基調に、平家一門の栄華と没落を描いた軍記物語。和漢混交文による一大叙事詩として後世の文学や工芸にも取り入れられている。

## 方丈記
現代語訳付き

鴨長明
簗瀬一雄訳注

枕草子・徒然草とともに日本三代随筆に数えられる、中世隠者文学の代表作を、文字を大きく読みやすく改版。格調高い和漢混淆文が心地よい。

## 改訂 徒然草
現代語訳付き

吉田兼好
今泉忠義訳注

鎌倉時代の随筆。兼好法師作。平安時代の『枕草子』とともに随筆文学の双璧。透徹した目で自然や社会のさまざまを見つめ、自在な名文で綴る。

## 新古今和歌集 (上)(下)
久保田淳訳注

勅撰集の中でも、最も優美で繊細な歌集。秀抜な着想とことばの流麗な響きでつむぎ出された名歌の宝庫。最新の研究成果を取り入れた決定版。

## 風姿花伝・三道
現代語訳付き

世阿弥
竹本幹夫訳注

能を演じる・能を作るの二つの側面から、美の本質と幽玄能の構造に迫る能楽論。原文と脚注、現代語訳と部分部分の解説で詳しく読み解く一冊。

# 角川ソフィア文庫ベストセラー

## 枕草子
ビギナーズ・クラシックス 日本の古典

清少納言
角川書店 編

中宮定子を取り巻く華やかな平安の宮廷生活を、清少納言の優れた感性と機知に富んだ言葉で綴る、王朝文学を代表する珠玉の随筆集。

## 和泉式部日記
ビギナーズ・クラシックス 日本の古典

和泉式部
川村裕子 編

王朝の一大スキャンダル、情熱の歌人和泉式部と冷泉帝皇子との十ヶ月におよぶ恋の物語。秀逸な歌とともに愛の苦悩を綴る王朝女流日記の傑作。

## 源氏物語
ビギナーズ・クラシックス 日本の古典

紫式部
角川書店 編

光源氏を主人公とした平安貴族の風俗や内面を描き、時代を超えて読み継がれる日本古典文学の傑作。世界初の長編ロマンが一冊で分かる本。

## 紫式部日記
ビギナーズ・クラシックス 日本の古典

紫式部
山本淳子 編

源氏物語の作者が実在の宮廷生活を活写。彰子中宮への讃仰、同僚女房やライバルの評など、才女の目が利いている。源氏物語を知るためにも最適。

## 御堂関白記 藤原道長の日記
ビギナーズ・クラシックス 日本の古典

藤原道長
繁田信一 編

王朝時代の事実上の最高権力者で光源氏のモデルとされる道長は日記に何を書いていたか。道長の素顔を通して千年前の日々が時空を超えて甦る。

## 更級日記
ビギナーズ・クラシックス 日本の古典

菅原孝標女
川村裕子 編

物語に憧れる少女もやがて大人になる。ついに思いこがれた生活を手にすることのなかった平凡な女性の、四十年間にわたる貴重な一生の記録。

## 大鏡
ビギナーズ・クラシックス 日本の古典

武田友宏 編

道長の栄華に至る、文徳天皇から後一条天皇までの一七六年間にわたる藤原氏の王朝の興味深い歴史秘話を、古典初心者向けに精選して紹介する。

# 角川ソフィア文庫ベストセラー

ビギナーズ・クラシックス 日本の古典
## 平家物語
角川書店編

貴族社会から武士社会へ、歴史の大転換点となる時代の、六年間に及ぶ源平の争乱と、その中で翻弄される人々の哀歓を描く一大戦記。

ビギナーズ・クラシックス 日本の古典
## 百人一首（全）
谷知子編

誰でも一つや二つの歌はおぼえている「百人一首」。日本文化のスターたちが一人一首で繰り広げる名歌の競演がこの一冊ですべてわかる！

ビギナーズ・クラシックス 日本の古典
## 堤中納言物語
坂口由美子編

「虫めづる姫君」をはじめ、意外な結末をもつ短編を季節順に収録。ほとんど現存していない平安末期から鎌倉時代の短編を纏めて読める貴重な本。

ビギナーズ・クラシックス 日本の古典
## 徒然草
吉田兼好
角川書店編

南北朝動乱という乱世の中で磨かれた、知の巨人兼好が鋭くえぐる自然や世相。たゆみない求道精神に貫かれた名随筆集で、知識人必読の書。

ビギナーズ・クラシックス 日本の古典
## 謡曲・狂言
網本尚子編

中世が生んだ芸能から代表作の「高砂」「隅田川」「井筒」「敦盛」「鵺」、「末広かり」「千切木」「蟹山伏」を取り上げ、演劇と文学の両面から味わう。

ビギナーズ・クラシックス 日本の古典
## おくのほそ道（全）
松尾芭蕉
角川書店編

旅に生きた俳聖芭蕉の五ヵ月にわたる奥州の旅日記。風雅の誠を求め、真の俳諧の道を実践し続けた魂の記録であり、俳句愛好者の聖典でもある。

ビギナーズ・クラシックス 日本の古典
## 近松門左衛門『曾根崎心中』『けいせい反魂香』『国性爺合戦』ほか
井上勝志編

文豪近松門左衛門が生涯に残した浄瑠璃・歌舞伎約一五〇作から五作を取り上げ、その名場面を味わう。他『出世景清』『用明天王職人鑑』所収。

# 角川ソフィア文庫ベストセラー

ビギナーズ・クラシックス 日本の古典
## 良寛　旅と人生
松本市壽編

生きる喜びと悲しみを大らかに歌い上げた江戸末期の禅僧良寛。そのユニークな生涯をたどり和歌・漢詩を中心に特に親しまれてきた作品を紹介。

ビギナーズ・クラシックス 日本の古典
## 竹取物語（全）
角川書店編

月の国からやってきた世にも美しいかぐや姫は、求婚者五人に難題を課して次々と破滅に追いやり、帝までも退けた、実に冷酷な女性であった?!

ビギナーズ・クラシックス 近代文学編
## 藤村の「夜明け前」
角川書店編

近代の「夜明け」を生き、苦悩した青山半蔵。幕末維新の激動の世相を背景に、御一新を熱望する彼の生涯を描いた長編小説の完全ダイジェスト版。

ビギナーズ・クラシックス 近代文学編
## 一葉の「たけくらべ」
角川書店編

江戸情緒を残す明治の吉原を舞台に、少年少女の儚い恋を描いた秀作。現代語訳・総ルビ付き原文、資料図版も豊富な一葉文学への最適な入門書。

ビギナーズ・クラシックス 近代文学編
## 漱石の「こころ」
角川書店編

明治の終焉に触発されて書かれた先生の遺書。その先生の「こころ」の闇を、大胆かつ懇切に解き明かす、ビギナーズのためのダイジェスト版。

ビギナーズ・クラシックス 近代文学編
## 鷗外の「舞姫」
角川書店編

明治政府により大都会ベルリンに派遣された青年官僚が出逢った貧しく美しい踊り子との恋。格調高い原文も現代文も両方楽しめるビギナーズ版。

ビギナーズ・クラシックス 近代文学編
## 芥川龍之介の「羅生門」「河童」ほか6編
角川書店編

芥川の文学は成熟と破綻の間で苦悩した大正という時代の象徴であった。各時期を代表する8編をとりあげ、作品の背景その他を懇切に解説する。

# 角川ソフィア文庫ベストセラー

山岡鉄舟の武士道　勝部真長編

幕末明治の政治家であり剣・禅一致の境地を得た剣術家であった鉄舟が、「日本人の生きるべき道」としての武士道の本質と重要性を熱く語る。

論語と算盤　渋沢栄一

経営は道徳と合一すべきである。日本実業界の父渋沢栄一が成功の秘訣を語った企業モラルの不滅のバイブル、経営人必読の名著。解説・加地伸行

知っておきたい日本の神様　武光誠

ご近所の神社はなにをまつる？　代表的な神様を一堂に会し、その成り立ち、系譜、ご利益、信仰のすべてがわかる。神社めぐり歴史案内の決定版。

知っておきたい日本の仏教　武光誠

いろいろな宗派の成り立ちや教え、仏像の見方、仏事の意味などの「基本のき」をわかりやすく解説。日常よく耳にする仏教関連のミニ百科決定版。

知っておきたい日本の名字と家紋　武光誠

約29万種類もある多様な名字。その発生と系譜、分布や、家紋の由来と種類など、ご先祖につながる名字と家紋のタテとヨコがわかる歴史雑学。

知っておきたい日本のご利益　武光誠

商売繁盛、学業成就、厄除け、縁結びなど、霊験あらたかな全国の神仏が大集合。意外な由来、祈願の仕方など、ご利益のすべてがわかるミニ百科。

知っておきたい日本のしきたり　武光誠

なぜ畳の縁を踏んではいけないのか。箸の使い方や上座と下座など、日常の決まりごとや作法として日本の文化となってきたしきたりを読み解く。